三国前传之

东汉权争

夜起听花落◎著

中国文史出版社

图书在版编目（CIP）数据

三国前传之东汉权争 / 夜起听花落著 . -- 北京：中国文史出版社，2019.1
ISBN 978-7-5205-0648-9

Ⅰ . ①三… Ⅱ . ①夜… Ⅲ . ①长篇历史小说 – 中国 – 当代 Ⅳ . ① I247.5

中国版本图书馆 CIP 数据核字（2018）第 253529 号

责任编辑： 戴小璇

出版发行： 中国文史出版社
社　　址： 北京市海淀区西八里庄 69 号院　**邮编：** 100142
电　　话： 010–81136606　81136602　81136603（发行部）
传　　真： 010–81136655
印　　装： 北京柏力行彩印有限公司
经　　销： 全国新华书店
开　　本： 1/16
印　　张： 25.5
字　　数： 403 千字
版　　次： 2019 年 1 月北京第 1 版
印　　次： 2019 年 1 月第 1 次印刷
定　　价： 68.00 元

前言

历史是一个怪圈，东汉更是如此。

光武皇帝刘秀，二十八岁起兵，三十二岁称帝，四十四岁一统天下。相较历来开国皇帝毫不逊色，又以善待功臣而为后人津津乐道，更因携手爱妻忠贞不渝而传唱千古。这样一个传奇帝王，一手打造了强大的东汉帝国，灭匈奴、平交阯，收乌桓、伏鲜卑，其功绩在一定程度上甚至超越西汉，却因一生唯一的憾事，造就了东汉百十年间一个无法打破的怪圈，终是让自己创建的帝国陷入一个反反复复的泥潭。

这一切都缘起于对交阯叛乱的远征。只因伏波将军马援临危受命远征交阯，带回几车薏米粮种，却被污蔑贪赃枉法，以至于一代名将蒙冤而终。或是刘秀心存愧疚，终让马援小女选为太子妃，得以母仪天下，马家兄弟作为外戚，权势日渐威重，甚至对皇权开始产生威胁。此种情形下，东汉皇帝一代代传承下去，外戚掌权的局面一步步扩大，马防、窦宪、邓骘、阎显、耿宝、梁冀、窦武、何进，你方唱罢我登场，将东汉皇权抢夺得支离破碎，终让宦官粉墨登场，士族大姓日渐崛起。在几方势力尔虞我诈之间，搅得东汉帝国乌烟瘴气，贪官肆虐州郡，匈奴、乌桓、鲜卑、羌人外族趁虚而入，民不聊生饿殍遍野，黄巾起义天下大乱。自此群雄逐鹿英雄一时，三国鼎立多少豪杰，而堂堂大汉天子，刘秀的血脉，终是成了曹操股掌之中的玩物。

闲话一时，权作一想。历史不能回还，现实没有如果，古人早已远去，留于你我品味。

乱世生死悬一发，不愿为人宁为狗。可怜三春一晚秋，美景空逝无人瞅。
城头王旗几停留，墙下枯骨已寒休。谁家儿郎登云台，哪记乡人死其手？
自古虎父无犬子，奈何犬子哮朝堂。胸藏治国三百篇，只为一家把名扬。
宁要我负天下人，哪管世间疾与苦？幸而生在太平时，且饮茶来叹不休。

目录

序　章

东汉建武十七年（公元41年），交阯龙编城。

三更十分，月明星稀。

空气中的潮热丝毫没有因为深夜的到来而有稍许退却，将这座大汉最南方的州郡治所紧紧裹缚其中，使人即便脱个干净躺在竹板床上也要汗流浃背。就在这样的燥热中，府衙依旧灯火通明，城防门楼更是人来人往。远戍边疆的汉军将士全然一副大敌当前的势头，时不时望向城外无边无际的黑暗，稍有风吹草动便惊得人们搭弓引箭伏在墙头。

就在前日午时，郡守苏定将越人诗索斩杀于菜市口，一下子把汉人与越人的矛盾再次激发起来。回想刑场周围似乎要瞪出血来的越人目光，汉军将士便觉得不寒而栗。那诗索岂是寻常百姓？身为朱鸢（yuān）县雒将，管束一县越人，控制千余兵马，又与其他郡县越人雒将有着盘根错节的关系，乃是交阯实权人物。历朝历代何曾有过郡守轻易处置越人雒将之事？更何况久戍边疆的将士何人不知，那诗索妻室征侧，乃是个天煞星现世，活阎罗一般的主儿。自诗索下狱一刻起，竟压着怒火四处请托，低三下四苦求郡府，只为救其夫君脱难，却终是得到一具身首异处的尸体。如此深仇岂会善罢甘休？郡守苏定却对此全无一丝悔意，大言不惭告诫越人，诗索之死乃是触犯汉律咎由自取，日后再有胆敢仿效之人定斩不赦。也就龙编都尉还算清醒，力劝苏定绝不可掉以轻心，全城加强警备，严防越人动荡，这才集结兵马抽调壮丁日夜守备。然而过了几日，也未见越人有何异动，外出查探消息的斥候并未见征侧调动兵马。苏定扬扬得意，连说都尉小题大做，便不再理会。只是守城将士仍在都尉坚持下，并未撤换，新编的壮丁也未遣散。

一个满脸稚气的新兵，不住扯着甲胄的皮索，低声抱怨着：“这鬼天气，还要穿这些累赘，真是捂馊了般难受。早知官粮这般不好吃，便不来应征了，还是在家种田安逸自在。”

话音刚落，旁边一个伍长厉声呵斥道：“你个瓜娃，懂个什么？征侧那个贼娘皮，亲爹可是麊（mí）泠（líng）县雒将，莫看诗索已经伏法，可两县的越人兵马都握在征侧手里。待越人杀来，你个瓜娃只怕还嫌这身皮甲不够严实呢！”

正呵斥着，便见有人自内登上城楼来，却是郡府的书吏，手里捏着一卷文书晃来晃去，边走边嚷：“郡守大人有令，越人已经退却，念将士守城辛劳，今夜轮岗守备。”

管事小校迎上前去，正和书吏问询着什么。那新兵呵呵笑着：“我说老哥，还是郡守大人贴心。就说你们这些老兵痞喜欢故弄玄虚，要真这般害怕，便早早退还老家去，何必跋涉万里来交阯受罪？”

那伍长骂道：“你个瓜娃再敢造次，老子抓你个扰乱军心吃上几鞭！”正骂着，忽觉腰下一紧，这才惊恐地发现一柄钢刀已经贴着甲片插入腹中，便听那新兵冷冷一笑高声呼喝：“杀尽汉人，以迎征王！”

伍长踉跄地瘫在墙边，倒地的瞬间眼瞅着城外忽然冒出无数火光，只听得城门吱呀开启，城下腾起一片杀声。再瞧城头早已乱成一团，身穿汉甲的士卒已经斗得不可开交，管事校尉不知怎的也已倒在血泊之中。伍长猛然惊觉，这才隐约记得，那书吏久居官府之中，穿着汉人衣服，说着满口汉话，却让人渐渐忘了，那书吏本也是个越人。

杀进来的越人渐渐多了起来，城中已是一片喧嚣，四处燃起的火光照亮了整座城池，惊醒的百姓尖叫着躲避越人的屠杀，怎奈平日毗邻而居的越人也失去了往常的和善，操着屠鸡宰狗的尖刀，四处追杀汉人，抢夺金银细软。哭号之声经久不觉，龙编城血流成河。

今夜起，交阯再无宁日。

1

烽火再起

东汉建武十七年，距大司马吴汉攻破成都、平定巴蜀已过去五年。光武皇帝刘秀一统华夏，中兴大汉，肆虐中原二十余年的战火趋于平息。虽然早在建武六年，讨灭了青州张步、徐州董宪、淮南李宪后，中原便已日渐稳固，可谁知西征陇右隗嚣、巴蜀公孙述，战事几经波折，竟然胶着了六年之久。征虏将军祭遵、征西大将军冯异、中郎将来歙、征南大将军岑彭先后为国捐躯，数万将士客死他乡，所耗费的钱粮更是无以计数。

刘秀倒也有心减赋养民，可西征不利逼得朝廷不得不广征钱粮，故而中原州郡虽然没了战乱之苦，可世族百姓过得也并不安逸，甚至激起了河东、颍川、东郡、鲁郡数地暴乱。好在执金吾寇恂、东郡太守耿纯、鲁郡太守鲍永迅速收捕乱兵首脑、招安流民，这才未酿成大祸。可即便如此，也让刘秀心惊不已。直到陇蜀平定，天下兵事渐少，匈奴眼见大汉兴起，伪帝卢芳再无复起希望，又贪图大汉财帛，遂强令卢芳归于汉室。而边境又有骠骑大将军杜茂、上谷太守王霸、扬武将军马成防备北蛮，自此之后，大汉将士解甲归田、牧马南山，刘秀这才放手广施仁政，以柔治理天下，世族百姓总算得以休养生息，真正得享天下太平。

此时的帝乡舂陵早已改名章陵。只因出了个开国皇帝，自然水涨船高。刘秀感念起兵艰辛，不但免去乡梓父老世代徭役赋税，更是数拨钱粮多加抚恤。即便是西征陇蜀最为艰难之时，也从未多收乡党一分一毫，使得章陵百姓生活富足安康。

皇帝故土难舍，州郡官吏自然分外上心，章陵数经修整扩建，日渐繁华宏大，即便与南阳治所宛城相比，也有过之而无不及，远非当初那个偏远小县可比拟了。

近日来，章陵张灯结彩，热闹非凡。月余前，有五凤凰现于颍川郏县，身长八尺，皆五彩光芒，行列翱翔，光影盖地数顷，足足停留十七日方才散去，一时闹得沸沸扬扬。天降祥瑞，非比寻常，刘秀亲往查验，祈福于天。而南阳近在咫尺，车驾自然临幸，刘秀也如往常一般住进了章陵行宫。

天下初定之后，刘秀便数次归乡探望。此番归乡，因有祥瑞之故而显得愈发隆重，重修了南阳宗庙，新起春陵宗室祠堂，祭祀历代先祖，置酒作乐、赏赐不绝。此行不但有皇后阴丽华相随，更有太子刘强、中山王刘辅、楚王刘英、东海王刘阳、济南王刘康、东平王刘苍几个皇子陪同，而朝中南阳旧臣，除了辞官在家的李通近来旧病复发未能伴驾，其余旧臣几乎都来随侍。就连前两年因牵扯到度田不实而遭罢黜的南郡太守刘隆都从封地赶来拜贺。

话说中原战事平息之后，天下垦田多有不实，而连年征战，各地人口增减无常，刘秀为长远计，诏令天下州郡检核其事，度量田地宽广、考录人口户籍，以视人口田地多寡重划阡陌分配良田。然而刺史、太守多不平均，优厚亲故世族豪强而侵占羸弱百姓。一时百姓嗟怨、遮道号呼。有陈留县吏投书阙下，云：“颍川、弘农可问，河南、南阳不可问。”刘秀不明所以，还道县吏奇言怪论妄议朝政，欲重处此人以儆效尤，谁知年仅十二岁的东海王刘阳却一语中的。“县吏非是为一己私欲，乃是为万民请愿，欲谏朝廷垦田莫要厚此薄彼而已。尤其河南乃是帝城，多有近臣，而南阳帝乡，多有近亲，田宅逾制尤为过甚，朝中显贵侵夺更是无人敢言。”

刘秀恍然大悟，密遣谒者往河南一查，果如刘阳所言。刘秀不由怒火中烧。昔年王莽篡汉自立，倒行逆施、天下大乱，尤其是纵容皇亲国戚侵占田地引得天怒人怨，以至于莽朝短短二十余载便已灰飞烟灭，前朝旧事历历在目，刘秀又如何不对垦田之事怒不可遏？朝廷颁布度田诏令，乃是为民所想，却被小人从中渔利，不但使得朝廷威信受损，更让刘秀声名蒙羞。此风断不可长！否则大汉怕是要重蹈王莽覆辙。遂令谒者考实罪证，具书奸状，自河南尹张伋以下诸郡守涉度田一案者十余辈，尽皆赐死以平民怨。而让刘秀意外的是，南郡太守刘隆竟然也牵扯其中。刘隆乃是开国重臣，助冯异共拒朱鲔于河内，助马成讨灭李宪于淮南，助岑彭决战蜀兵于荆门，立下多少战功且先不说，单凭刘隆与皇帝在长安游学时的交情，也只是罢官了事。念其旧功，又封为扶乐乡侯，遣去就国。

刘隆自知有负圣恩，却又被天子如此宽待，感激涕零之余不免愧疚难当，听闻天子临幸章陵，忙上疏御前，从封国赶来伴驾左右。

天子归乡省亲固然盛大，可最让南阳百姓津津乐道的，却是新晋国母尊位的皇后阴丽华和其长子东海王刘阳。

阴丽华本就是天子君临天下之前的原配夫人，与天子琴瑟和谐情意绵长。只是世事弄人，天子征伐河北时，生生插进来真定王刘扬甥女郭圣通，更被她抢先诞下皇子刘强。郭圣通母凭子贵，抢得本该属于阴丽华的皇后尊荣。在南阳百姓看来，郭圣通不过凭借其舅父影响而得势罢了，听闻还是个争风吃醋蛮横无理之人，哪比得上南阳出身的阴丽华温婉贤淑秀外慧中？更何况那真定王刘扬谋反未发，被太中大夫耿纯一举击溃就此败落，郭圣通早就该让出皇后之位了。幸而苍天有眼，天子总算废郭圣通为中山王太后，转立贵人阴丽华为皇后，又有凤凰祥瑞现世，真真是上从天帝之意，下应南阳世族百姓之愿。而东海王刘阳，年仅十二岁，从未离开过皇宫，便一语道破度田一案玄机，真乃天降英才。莫看太子之位还是废后郭圣通长子刘强坐着，可如今皇后都易了主，刘阳摇身一变成了嫡长子，这太子刘强可就有些名不正言不顺了，若是天子改立东海王刘阳为太子，那南阳百姓可算是长舒了一口气。毕竟这样一来，大汉正统便真正归于南阳一脉了。而刘阳在度田一事上，未因亲疏远近有一丝偏颇，年纪轻轻便有如此见识和胸襟，倒也真有明君气度，自然也能为天下州郡所拥戴，大汉也必可国运昌盛、福祚绵长。

舂陵百姓的议论纷纷，刘秀也是有所耳闻。虽然对这些传言刘秀不置可否一笑而过，但在刘秀内心深处，对改立刘阳还是乐见其成的。册封阴丽华为皇后，总算完成心中夙愿，只是这样一来，毕竟伤动了河北世族的利益。废去郭氏皇后之位，刘秀本就已经顶着巨大压力，若再急于改立太子，关乎国本兹事体大，只怕朝野震动于国不利，只能先压一压容后从长计议。故而刘秀在章陵月余以来，要么携爱妻阴丽华游山玩水，要么与宗室故旧亲友置酒玩乐，要么与鸿儒才子坐坛论道，对改立太子之事却是闭口不提。如今天下太平，没了军国大事烦扰，刘秀心无旁骛，过得真是神仙一般的日子。自登基称帝以来，还从未这般欢愉过。然而随着一封八百里加急军报自蜀郡传来，刘秀一下子没了游玩的心情。

蜀郡守将史歆举兵反叛，急攻太守张穆，张穆兵败退入广都。史歆自称大司马，占据成都，移檄郡县。巴郡杨伟、徐容各统兵数千以应史歆，抢先占据宕（dàng）渠、朐（qú）忍，切断了巴郡与夷陵水路。而西南夷人见蜀郡生变，趁火打劫，大举侵入益州，越嶲（xī）太守任贵，对夷人作乱毫无应对，仅仅是拒城坚守，短短月余之间，夷人已经在蜀郡南部闹翻了天。

巴蜀生变让刘秀不禁有些烦闷。

天下初定之后，倒也生出些许叛乱。先是青、徐、幽、冀四州散寇余盗，因多与昔年赤眉、青犊、五校、尤来诸兵有染，更有不少张步、董宪余孽，趁着朝廷大举西征陇蜀，为求一时痛快，依旧做些占山为王劫掠百姓的勾当。而朝廷西征正是紧要关头，只求中原大局稳固，对这些小鱼小虾也就未予剿灭，以至于这些匪盗气焰愈发嚣张。待陇蜀平定朝廷稳固之后，这些山大王又恐朝廷秋后算账死罪难逃，索性破罐子破摔，相与勾结，攻劫所在，杀害官吏。官军追讨，便闻风散去，待官军收兵，又复来屯结，闹得河北不堪其扰。

刘秀遣谒者细细一查，竟然有不少郡国大姓、兵长都被这些恶人拉拢收买、狼狈为奸。难怪乱兵屡剿不绝，却是这些人从中通风报信。

刘秀遂传旨意：盗贼相予揭发，五人共斩一人而降者，皆免其罪；官吏先前迟延军情，避贼不战，甚至纵容贼寇者，皆勿问其罪；牧守令长往日界内盗贼肆虐，畏敌不出者，皆不以为负。自今日起，仅以获贼多少论功行赏，唯包庇隐匿贼寇者与贼人同罪。

此令一出，与贼人暗通款曲者听闻朝廷不问旧罪，心中顾虑尽去，本就是些见钱眼开之辈，如今又有利可图，纷纷检举贼人，追捕盗寇。而诸部乱兵没了庇护，已然成了无根之水，在官府清剿之下再无藏匿之处。听闻朝廷有招安之意，一时自相残杀，争相归顺。刘秀收押魁帅近百人，徙往他郡，授予田地房屋，令其安居乐业，短短数月之中，四州乱兵匪盗踪迹全无，邑门不闭。

后又有交阯女子征侧起兵叛乱。虽然交阯早在先秦时便已并入中原，可当地越人一直与汉人若即若离。刘秀中兴大汉后，原交阯牧邓让在岑彭说服之下纳土称臣，使交阯重新归于汉室。刘秀以锡光为交阯太守，以任延为九真太守，传授越人耕稼桑榆以解饥困，缝制冠履一改赤身跣足陋习，初设媒娉以去蛮俗杂居，建立学校传道受业导之礼仪，又迁中原囚徒罪民徙入交阯，与当地越人共居，渐渐与越人交善。九真外族张游仰慕中原，率族人甘心归附，封为归汉里君，引得周遭越人多有感化，献白雉、白兔于刘秀，以谢大汉天子恩德。然而这种和平只是表面现象罢了，大多时候汉越之间相安无事，但稍有异动便又势同水火。而朝廷转拜苏定为交阯太守后，这种隐藏的祸患终于爆发。

交阯远离中原，朝廷也难处处管制，故而苏定虽是大汉臣属，实则在交阯一手遮天，俨然一方霸主。为了大权在握，对越人多有侵夺压榨，又强推汉人律令，欲将越人彻底同化。那征侧本为麊泠县雒将之女，嫁于朱鸢县雒将诗索为妻。苏定见越人与汉人摩擦不断，自作聪明，以律法锁拿诗索下狱，不顾久居交阯的属吏劝阻，强杀诗索欲警示诸部越人。谁知竟是捅了马蜂窝。那征侧虽为女子，却勇悍有力胜于男儿，听闻夫君死于汉官之手，如何肯依？与妹妹征贰密谋，煽动麊泠、朱鸢两县越人，举兵造反。

苏定本为外乡人，汉军中又多有越人，早就对苏定看不顺眼，还没等叛军攻城，便已开了城门，迎征侧入城。苏定惊得翻墙而逃下落不明，却将交阯彻底丢给了征侧。各县越人纷纷响应，九真、日南、合浦诸郡皆叛汉而去归附征侧。征侧姐妹连克六十余城，占据交阯全境，随即自称征王，建都于麊泠，以征贰为大将。

对于交阯叛乱，虽然起于汉人与越人争执，可大汉初定，如何容得下一州之地从朝廷割裂出去？虽说交阯远离中原，可前汉名将陈汤有言，“明犯大汉天威者，虽远必诛。”刘秀复兴大汉，便是强盛的匈奴也未敢轻易开罪朝廷，可那南方蛮夷不知天高地厚，生生扇了刘秀一个嘴巴，这让刘秀如何忍得下这口气？交阯必是要遣大军征讨的，可还未待选定大将，调拨兵马，便又有淮南巫妖之乱。

有卷县人维汜，妖言惑众，自称神仙，平日里做些画符施水、祛病救疾之事，渐有弟子数百人。随着教众增多遂起贪念，意欲谋反生事。幸被郡府早早发觉，锁拿下狱，维汜及其弟子数百人尽皆伏诛，却走脱了维汜弟子李广诸贼。待风声稍稍平息，李广宣言维汜并未身死，而是羽化升仙，诳惑百姓、重收教众。那李广行事隐秘，待聚众数千之多势力远胜维汜之时，官府尚不得知。直到李广攻没淮南皖（wǎn）城，袭杀皖侯刘闵，郡府这才惊觉。有心剿灭邪教，可那李广纠结教众，拉拢当年伪帝李宪余孽，占据皖城，势力暴涨，自称南岳大师，已非郡府所能辖制。刘秀遣谒者张宗领兵数千征讨，竟为李广所败。刘秀只得暂缓讨伐交阯征氏姐妹，拜陇西太守马援为虎贲中郎将，骠骑将军段志为副，发淮南诸郡兵马万余人，先往皖城征讨邪教。

那李广初胜汉军，自以为天下无敌，可当年伪帝李宪占据淮南诸郡，拥兵十数万众，尚且被朝廷围困数年而国破家亡。李广区区一城之地数千之众，又能掀起多大风浪？待马援兵至，李广盛气凌人还欲出城迎敌，却如何是久经沙场的马援敌手？仅仅一战便已溃败。李广心惊胆战，收余众退守城池，打死不再冒头，负隅顽抗以拒王师。三个月后，终是被马援攻破城池，枭首送往洛阳。

先前数次叛乱，刘秀并未如何担忧。河北群贼看似声势浩大，实则流寇余孽各自为政，稍加诱抚足可平定；交阯征侧，虽然气势汹汹，让朝廷有些难堪，可毕竟远在南方蛮夷之地，对中原来说并无多大祸患，缓缓图之足以应对；而皖城李广，更是跳梁小丑贻笑大方。只是巴蜀突然生乱，实在让刘秀有点放心不下。

当年征讨益州，耗费三年之久。中郎将来歙、征南大将军岑彭先后遭蜀帝公孙述刺杀身亡，而大司马吴汉奉命征蜀后，都已攻到成都城下，火烧市桥，依旧未能轻松得胜，前后两败于蜀军之手，就连吴汉本人都险些丧命延岑伏兵刀下。直到辅威将军臧宫攻克涪城，打通巴蜀道路，与吴汉合兵成都，一战歼灭蜀兵，公孙述重创身死，延岑献城归降，这才将益州彻底收归朝廷手中。

只是破城之后，吴汉不但尽灭公孙述族人，连延岑也未脱难，夷灭其族。如此这般还未尽兴，又纵兵大掠，焚成都宫室，死于汉兵之手的百姓不计其数。刘秀恼怒之余，急急诏令吴汉领兵退出巴蜀，拜辅威将军臧宫为广汉太守，武威将军刘尚驻守广都，岑彭护军史歆驻守成都，并接连征辟蜀人名士共治益州，这才渐渐安抚蜀人怨念。

随着益州渐渐稳固，刘秀为了彰显朝廷胸襟，收服蜀人人心，徐徐从益州撤回汉兵。更何况益州交战数年，农事中断，粮草也难供养大批兵马，故而臧宫、刘尚先后退出益州，仅留史歆一将守备成都。谁知防备来防备去，却是史歆造了反。而益州位置特殊，蜀道之难便足以让人头疼，史歆本是征南大将军岑彭部将，岑彭之才不言而喻，史歆久随岑彭左右，自然也有些本事。一旦让史歆在益州站稳脚跟，难免不会再生出一个公孙述来。

刘秀此刻再无兴致继续在章陵游玩，传旨大司马吴汉，统领武威将军刘尚、辅威将军臧宫，领军一万赶赴武都，集广汉、巴、蜀三郡兵马，定要在史歆封锁蜀道之前兵进成都。而虎贲中郎将马援已经剿灭皖城叛乱，交阯征氏逆贼也实在容不得继续为祸，遂加拜马援为伏波将军，段志为楼船将军，抽调长沙、桂阳、零陵、苍梧四郡兵马合万众，大小船舶两千余艘，沿水路南下兵进交阯。刘隆罢官有些时日，虽然在度田之事上品行有些瑕疵，可久经沙场熟知战事，如今用兵在即，遂拜刘隆为中郎将，为马援副帅，领兵开山劈石，与大军水陆并进，必要让那越人不敢兴风作浪。

圣旨即出，各路兵马热火朝天奉命集结，杀气腾腾奔赴前线。刘秀身居尊位，离开沙场有些年头了，戎马一生哪里清闲得住？更何况对益州叛乱也着实放心不下，待稍稍收拾一番，便由章陵开拔，移驾长安，督战征蜀之事。

2

名将的悲哀

听闻大司马吴汉亲领先锋大军日夜兼程已至汉中武都，而各路兵马火速集结，粮草辎重源源不断，叛将史歆一时有些慌乱起来。

史歆作为岑彭护军征战四方，也算见过不少大世面。且不说讨伐秦丰、隗嚣多有其身影，火烧荆门之后，史歆与岑彭一路所向披靡，横扫巴蜀，当真也是有些手段。然而随着岑彭遇刺身亡，吴汉接管平蜀事宜，所用将帅自然多是吴汉亲信，史歆便再没有了建功立业的机会，以至与攻破成都这天大的功劳失之交臂。

史歆虽然心有不甘，可也只能把这憋屈咽在肚子里。待天子召回吴汉，刘尚、臧宫也先后离开了益州，史歆本以为太守之位非己莫属，谁知天子却以其南阳乡人张湛为蜀郡太守。

那张湛早年得中郎将来歙引荐拜为郎中，在吴汉征讨蜀郡时，多是做些委输粮草辎重之事。兵围成都后，张湛谏言吴汉示弱于敌，诱敌出战。看似立下大功，可待攻陷成都后，史歆也听闻公孙述乃是卜算"虏死城下"而主动出城迎击。这样看来，张湛不过是耍耍嘴皮子碰巧撞大运罢了。成都归降之后，张湛第一个进入城中，收其珍宝上呈天子，与吴汉纵兵劫掠倒成了鲜明对比，博得不少虚名。

在史歆看来，张湛的这种矫揉造作与征南大将军岑彭的与民秋毫无犯相比，简直就是东施效颦。然而张湛既是天子亲近之人，又能在吴汉跟前说上话，史歆也只能忍气吞声。可让史歆失望至极的是，张湛奉调离开益州后，天子依旧未提拔重用自己，反倒为了安抚蜀人，用个名不见经传的张穆为太守，这就让史歆有点忍不下去了。

论军功，若没有史歆助岑彭涉江而上，千里奔袭武阳，打通蜀郡战线，吴汉又如何能够攻破成都平定益州？论声望，岑彭远征蜀郡，非但没有激起蜀人的反感和憎恶，反倒因其善待一方百姓而深得民心，纵然死于蜀人刺客之手，也是引得蜀人一片哀怜之声，甚至在武阳城公然为岑彭立庙祭祀。史歆追随岑彭左右，安抚百姓、收治伤残、赈灾救济之事几乎都是史歆操办，在蜀人眼中，史歆与岑彭相比又能低上多少？有这般军功威望，都不能被朝廷认同，非但没有多少封赏，甚至连个蜀郡太守都沾不上边，皇帝真真是瞎了眼！

失落，如同蛆虫一般啃食着五脏！嫉恨，翻江倒海一般奔流在血脉之间！恼怒，终是冲破最后一丝理智的枷锁，让史歆失去了对朝廷的忠诚。

在史歆看来，自己不得重用，皆是朝中无人之故。这样的朝廷对自己而言又有何明天？既然无人看重自己，那便自己动手赢得锦绣前程。公孙述当年不过是个蜀郡卒正，所辖区区数县之地，也是个外乡之人，稍稍有些名望，拉拢不少豪族，又借保护世族百姓之名，剿杀自称汉将的宗成、王岑匪盗之属，逐渐掌控益州军政，终是称孤道寡，成就十二年帝业。如今自己要地有地，要兵有兵，又有不输岑彭的威望，莫看太守张穆总揽政务，又如何压制得住自己？只要抢占成都，封锁汉中、巴郡，独掌益州山河，假以时日，必可与朝廷分庭抗礼。纵是时运不济，能和公孙述一般为帝十二载，也是不枉此生了。

在这样的冲动之中，史歆终是决意反叛了，然而从一开始就不甚顺利。

虽然一举抢下成都城防，占据益州首府，可那太守张穆也不知如何得到风声，竟然逃过追捕，奔入广都募兵抗拒。

史歆不得已，只能矫称张穆反叛，朝廷拜自己为大司马，清剿叛党，又移檄巴蜀两郡，命各郡县抽调兵马一同平叛。巴郡杨伟、徐容起兵响应，在史歆授意下，切断巴郡与夷陵联系，使益州东侧暂无忧患。只是张穆已将成都兵变之事散播出去，各县摇摆不定，再无一兵一卒增援史歆。

最让史歆恼恨的是那越嶲太守任贵。当年公孙述占据巴蜀时，任贵袭杀王莽官吏，向公孙述卑躬屈膝；当公孙述与大汉相争势弱时，任贵便自立为王独霸一方；待岑彭攻占武阳，任贵见风使舵早早归顺岑彭。益州平定后，皇帝依旧以任贵为越嶲太守，镇守蜀郡南方，防备各部夷人。史歆原以为任贵那墙头草的秉性，听闻自己声势浩大，必然倒向自己，谁知过去许久，任贵毫无声息，反倒放纵夷人，侵入益州，搅得南方不稳。史歆恼怒之中，有心威逼任贵一番，可益州北部尚未派兵阻塞道路，太守张穆又在眼皮底下征兵抗拒，史歆哪还有余力去管任贵？只能从不多的兵马当中分拨千余士卒扼守白水、葭萌雄关，以期阻挡汉兵一时，史歆则统领大军围攻广都。

可史歆虽然善战，却硬是被牵制在广都城下月余时间。史歆有心好言相劝招诱张穆，早早结束广都战事抽身北上，却招来城中一番嘲弄，惹得史歆恼羞成怒，不计死伤奋力攻城，虽说已经数次抢上城头，却被守兵一一挡了回来，广都城依旧在史歆的兵锋下屹立不倒。就这样，又拖延了十数日后，史歆终于听到了最不愿意听到的消息。

吴汉亲领率先集结的数千兵马迅速南下，白水、葭萌形同虚设，抵挡不过半日便先后失守，沿途城池闻风而降，吴汉一路畅通无阻，穿过险峻蜀道，不日便将杀入蜀郡。

史歆大惊失色。听闻吴汉到达武都之后，史歆便已有了不好的预感。然而抱着一丝幻想，做着最后一点努力，可这一切来得也太快了些。史歆心有不甘地狠狠瞪了广都城一眼，匆匆收拢兵马退回成都，抓紧时间整顿城防，以期凭着成都坚城，抵御吴汉大军。好在当年汉军入城，乃是延岑归降，故而成都城池未有多少损伤，史歆稍加整顿，筹备工事，便已初具规模。

吴汉冷冷瞅着眼前这座巍峨的城池，心中烦闷不已。倒不是愁于战事而心情低落。史歆虽然有些本事，却还不放在吴汉眼里。当年吴汉与臧宫合军十万有余，困兽之斗的蜀军亦不下十万之数，与那时的情形相比，眼前集结的万余士卒显得没有多少气势。毕竟叛军不过寥寥数千之众，怎可能与昔日讨伐公孙述相提并论。

当年吴汉下令夷灭公孙述、延岑族人，纵兵劫掠城池，虽是因为胜利的喜悦而有些头脑发热，可也是为了长远谋划。毕竟益州地理特殊，易守难攻，一旦巴蜀生变，别有用心之人拥戴公孙述后人反叛，以公孙述在益州经营十多年的声望，难免不会招来心怀复国奢望的蜀人追随。无论这种概率有多小，都是朝廷的心腹大患，倒不如以干净利落的手段，早早断了蜀人渺茫的希望。

吴汉一生征战四方杀人无数，屠害无辜也是时有之事。吴汉知道自己在一些士大夫口中只怕早已声名狼藉，而憎恨自己、恐惧自己的人更是不可胜数，既然如此，为了国家长远之计，让自己再多背负些骂名又能如何？这些年来，吴汉只能不断为国建功，以缓解心中的愧疚，而皇帝对吴汉也是器重无比，建国近二十年，独以吴汉为大司马统率三军。可即便如此，吴汉还是多少能够感觉到皇帝对自己既欣赏又厌恶的复杂心情。

皇帝文成武就古今罕有，又以仁善贤名传于四海，从来就不齿伤及无辜之举，对屠城之事更是义愤填膺。对吴汉的功劳，皇帝是认可的，然而对吴汉的残忍，只怕皇帝是打心底里排斥的。要不然皇帝听闻成都屠城之后，万分愤怒之中也是对刘尚深加斥责，反倒对下了屠城令的吴汉并无怪罪，足见皇帝对吴汉已有点心灰意冷的味道。

君臣离心，向来都是官场大忌。吴汉也清楚，只要自己肯稍稍约束，不再杀戮过甚，以自己才能，必得皇帝真心实意相待，可吴汉不会那样去做。皇帝自有皇帝的英明神武，有些灰暗的事情是做不得的。为人臣子，自当尽忠，还是由自己来为皇帝扫除那些潜在的威胁吧。

这些心事吴汉从不予人说起，只是深深藏在心中默默践行了半生。如今华发已生、壮士暮年，吴汉心中又渐渐多了些别的心思。建国近二十年，朝中人事更迭、英才辈出，皇帝鉴于更始朝廷以功将掌权导致三年亡国的旧事，素来不用功将参政。开国功将除了邓禹、贾复、李通三人与公卿大夫一并管理国家大事外，其余将帅虽然显贵无比，却在洛阳没有半点实权。即便吴汉位列三公之首，也多是征伐在外，少在朝中。反倒是不少后起之秀在朝中风生水起。

尤其那河西窦融、梁统，如今在朝中当真是炙手可热。两人在皇帝亲征凉州隗嚣时，以河西五郡之地、兵马数万之众归顺朝廷。自一开始，便受皇帝器重。待陇蜀平定、战火渐灭，窦融、梁统又领河西五郡太守携家带口入京奏事，上呈官印、请辞兵权。如此一来，更是受皇帝宠幸。

窦融先转拜冀州牧，从那凉州偏远之地一下子入主中原繁华之所，已让不少人眼红。谁知圣旨才下来十余日，还未等窦融赴任，又拜窦融为大司空，位进三公，其弟弟窦友及诸子侄皆有封赏，引得朝中一片惊叹。而梁统以列侯奉朝请，入殿参政，官拜太中大夫，四子皆征为郎官。虽与窦融相比稍逊一筹，可放眼全朝，又有几人有这等殊荣？

未过几年，皇帝又先后招窦融长子窦穆为内黄公主驸马，招窦友之子窦固为涅阳公主驸马，招梁统长子梁松为舞阴长公主驸马。如此一来，窦、梁两家真成了皇亲国戚，愈发显贵。

有窦融、梁统在朝，不少关陇河西士人皆得征辟为国效力，或参政朝中，或外放牧守。朝野大权慢慢握在关陇河西士人手中，隐隐超过了河北、南阳旧臣的势力。倒不是窦融他们擅权用事、任人为亲。凡所举士人多是有些真才实学的。

吴汉此次征讨益州叛乱，兵马集结于武都。短短数日便敢尽速南下，也是得益于武都太守孔奋之力。此子当年为了剿匪，妻子儿女尽死于敌手，得窦融举荐，表为武都太守，把武都治理得境界清平，积蓄丰足。吴汉征讨益州，孔奋供应军需不绝于道，使得吴汉全无后顾之忧，这才得以短短十数日间兵临成都。

吴汉对皇帝不用旧臣而重用新人之举倒也没有什么不满。毕竟武将如何英勇善战，对于朝政来说还是有些陌生的。可随着天下平定，战事越来越少，也就剩些塞外蛮族骚扰边关罢了。这种情形下，吴汉对自己何去何从就有些迷茫了。

身为将军，最可悲的不是战死沙场，而是空有一身才能却再无用武之地。故而吴汉也是有意无意地不让儿子进入军旅。背负了一辈子的凶恶骂名止于自己便好，与其让儿子们学些必然无用的兵法武技，倒不如让他们学些治国安邦之道。遂延请名师教导儿子，以期他们将来得以立于朝堂之上光宗耀祖。

可吴汉却是失望了。

吴汉征战在外难得顾家，妻子整日求田问舍、置办家业，虽然吴汉数有制止，将其所得赠予昆弟外家，可还是不能断去妻子的念想。倒也不是妻子贪财，吴汉夫妻二人早年家境贫寒，过得颇为艰辛。如今陡然富贵，妻子也是想多置些产业，免得他日窘迫罢了。可妻子这般言传身教，使得两个儿子全无鸿鹄之志，学无所长、资质平庸。虽说不至于像那些纨绔子弟游手好闲，可明眼人一瞧，便知没有什么经世之才。人言虎父无犬子，为何自己儿子就这般没有长进呢？

再看看同为幽州出身的耿氏一门，吴汉心里就有些酸溜溜的。耿况教子有方，耿弇、耿舒皆有栋梁之材自不必多说，老三耿国素有贤名，先后历任顿丘、阳翟、上蔡县令，如今官居五官中郎将参政朝中，虽说老四耿广、老五耿霸倒也没有什么过人之处，可耿家的孙辈们如今也渐渐成长起来。耿弇之子耿忠，耿国之子耿秉，耿广之子耿恭，皆承其父辈衣钵。文武双全，有将帅之才。莫看现如今年纪尚轻，假以时日必能为国开疆拓土，成就一番功名。眼见别人家的孩子英姿勃发，自己的孩子却只能靠着父辈爵禄平庸一生，吴汉就有些后继无人的悲哀。

一声嘹亮的军号响起，打断了吴汉思绪。臧宫、刘尚兵马已经集结，蓄势待发，只等中军将令。吴汉转叹了口气，自己建功立业名垂千古，已为后人搏得一份爵禄。儿孙自有儿孙福，纵自己想得再多又有何用？盖延自平定陇蜀后驻军关中，已在两年前薨于治所。想想同战沙场的老兄弟们渐渐故去，自己这把老骨头，还不知再能动弹几年。与其烦恼于后人之事，倒不如再打几场漂亮仗，也不负戎马一生了。

随即一声令下，战鼓隆隆响起，汉军将士杀气腾腾向城边摸了过去。

守军立在城头，紧张地盯着对面军阵动静，见汉兵攻了上来，仿若滚油之中落入水滴般躁动起来。虽然因为时间紧迫，守军士卒与临时编凑的协防壮丁几乎没有什么配合，拥在城头你推我搡有些乱糟糟的，可蜀人在公孙述掌管益州时，征战四方训练有素，青壮之人多在军旅之中服役。虽然成都陷落之后，蜀兵大多解除武装归家务农，可常年累月积聚在血脉之中的骁勇善战，并没有因为握着锄头的手而有多少衰退。在短短的嘈杂过后，便七手八脚与守军士卒联手抗敌。虽说因为岑彭的关系，蜀人对史歆多少有点亲近，再加上也有些许世族为史歆收拢人心推波助澜，可蜀人还不至于对史歆死心塌地。之所以竭尽全力抵御汉军，无外乎对于吴汉当年征蜀时杀戮过甚而充满了愤怒、恐惧，若说还有什么原因的话，那就是点点细若游丝却又痛彻心扉的亡国之恨罢了。莫看汉军士卒彪悍精猛，一双双充满战意的双眼透出的冲天杀气便足以让人心惊不已，却也丝毫没让守城的军士稍稍退缩。

密集的竹箭拖着雪白的翎羽划破阴沉的天空，毒蛇吐信般的细微声响汇聚出慑人心魄的尖锐呼啸，如流星坠地一般，狠狠射入正在冲杀上来的汉兵军阵当中。莫看汉兵士卒有重甲坚盾护身，夺命的羽箭要么深深扎在甲胄之上，仿若豪猪刺猬一般，要么被弹落一边，发出“嗒嗒”的声响。可稍有疏漏之处，便被锋利的箭锋刺穿裸露的皮肤，插入结实的筋骨血肉当中。随着滚烫的鲜血喷出身体，引得喉头一声闷哼。轻伤的忍痛继续冲锋，重创的跌倒在滚滚尘烟之中，抽搐一阵过后便如土石一般再无声息。

肆虐的箭雨刚过，汉军成排的云梯如巨兽的臂膀搭上城头，可那狭窄的阶梯并未通向胜利。杀意渐浓的汉兵单手扶梯攀了上去，身经百战的士卒自然明白，此刻最是凶险。脚下没有丝毫迟疑稳稳向上登去，双眼透过坚盾的边缘，死死盯着垛口守兵一举一动。

巨大的滚木沿着云梯隆隆滑落，震得手臂一阵发麻，早有准备的士卒或侧身避开，或躲在梯下逃过一劫。而下面扶紧梯脚的兵士警醒地向侧一闪，虽然在滚木冲击之下，也有不少人被碾压得血肉模糊，可更多的人依旧稳稳托住云梯，避免城头守军合力推开。

汉兵没有时间稍稍喘息，翻转身来继续上爬。就见头顶一片黑影落下，却是礌石紧随其后狠狠砸下。那礌石当真刁钻，大小正好穿过云梯，准准地砸到躲在后面的汉兵面门之上，连一声闷哼都未及叫出，便直直坠了下去。猩红的鲜血夹杂着白花花的脑浆，一股脑喷在云梯上面，黏糊糊地顺着梯子滑落下去，滴在下面被尸体砸倒的汉兵身上。浓重的腥臭味儿蔓延在战场上，刺激得攻守两方士兵血脉膨胀起来。汉兵士卒看也不看战死的袍泽，踩着被血浆浸得有些湿滑的云梯，你争我夺继续向上冲去。

一阵刺鼻的油烟味儿从城头飘了过来，一股淡淡的黑烟吹向城边。汉兵士卒心中一颤，就见守兵顶着城外射来的箭雨，将烧得正热的大鼎移到垛口。随着一声凄厉的号角，滚烫的火油如大雨般倾泻而下，将惊恐不已的汉兵浇个里外通透，鲜活的生命在火焰之中转眼化作炙肉。有所防备的士卒高举坚盾，勉强隔开那夺命的热浪，却把火油溅得更远，飘洒在下面拥挤的人群当中，引得一片惨叫之声。刹那之间，扑鼻的肉香弥漫在整个战场，只是未能引起人们的食欲，反倒搅得人一阵干呕。

尚在云梯上的士卒没有时间庆幸躲过一劫，竹制的云梯转眼已被火油引燃，站得低些的倒还有命跳下去，爬得高的上也上不得，下也下不去，被烧得正旺的云梯燎得毛发皆燃，吃痛之中跌落下去摔个骨肉尽断。“噼啪”的爆竹声响彻城边，与城下撕心裂肺的惨叫声混成一片。

初攻受挫没让吴汉有太大的意外，毕竟只是试探一番罢了。何况史歆久随岑彭，若没有些真材实料，如何敢这般胆大妄为？朝廷又何必以自己为帅平定叛乱？唯独让吴汉有些恼火的是，城中蜀人竟然对史歆俯首帖耳全力守城，这就让吴汉有些苦闷了。

虽然尽诛公孙述族人，将公孙氏从益州连根拔起，就连那坚守到最后的延岑一族都一并剪除，断了蜀人借公孙氏之名复国的念头，可也因此让蜀人对吴汉恨之入骨。尤其屠城的恐惧深深根植于内心深处，虽然对蜀人起到了一定的威慑，使得益州其余郡县再无兵马驰援成都，可也逼得城中蜀人为了身家性命不得不尽心守城。

莫看史歆所掌兵马有限，可成都这些年来休养生息，虽说人口远未及当年十数万之众，却也不在少数，有这数万百姓协防，再加上成都城高池深，这对仅有万余兵马的吴汉来说，还真是一块硬骨头。

吴汉也不急于攻城，传令高鸣金钟，收兵回营。转而数道军令以快骑发往广汉、巴郡、蜀郡各县城池，抽兵抽粮调往成都。吴汉的名头早已传遍益州，听闻其名，小儿不敢夜啼。这样一个煞星以军令调拨人马，各县如何敢耽搁时日？

一时之间，各地人马纷纷向成都聚来。

3

亦真亦梦

史歆渐渐有些绝望了。

不觉之中，成都已经坚守了三个多月。虽说汉兵至今还没有一人能够攻上城墙，可史歆已经看到了自己末路。非是技不如人，实在是力不从心。从太守张穆逃出成都，逼得史歆无力北上封锁蜀道时，就注定有了今日之局。

汉军粮草补给不绝，纵是攻城时折损不小，随时都可以得到补充，其身后不仅仅是一个益州，更有朝廷这个坚实的后盾。就算吴汉兵马不足以攻破成都，只要没有惨败到撤出蜀郡，便能不断抽调中原兵马入蜀征战。

相较之下，史歆不过是以成都一城与之相抗罢了。所掌兵马本就是大汉士卒，刚开始，史歆还能栽赃张穆反叛稳住军心不乱，这也是史歆为何自称大司马，而没有据地称王的缘由。可随着吴汉兵临城下，谎言顷刻揭穿。好在史歆好歹经营数载，尚有数千嫡系死忠效命，有他们武力弹压胁迫，倒还未有多少士卒逃亡。而城中蜀人也算识趣，不但没有给史歆造成太大的麻烦，而且成了御敌的重要力量。只是随着战事的拖延不决，以往那种似有似无的亲近之意渐渐消散，取而代之的是一种发自内心的排斥和抗拒。

若是说蜀人最初效命军前，是指望史歆可以赶走汉军，重新割据益州，圆了他们所谓的复国之梦，可战事持续三月之久，使得蜀人这种不切实际的幻想越来越虚无缥缈起来。细细一想，复国又能如何？不过是让世族权贵掌控益州大权罢了，又于百姓何益？还不如在大汉天子统御之下，州郡太平相安无事。如今蜀人被史歆强行绑在战车上，重新陷入战火之中，又怎会再对史歆持有好感？史歆对蜀人这种微妙的变化了然于胸，却也没有办法。此刻急需的是一场决定性胜利才能打破这种僵局，除此之外别无他法。可眼下莫说击败吴汉，连守住成都维持现状都已渐渐没有把握了。

吴汉强攻数日碰了钉子后，就再也没有全力攻城，每日只是命臧宫、刘尚两部兵马轮流挑战，也多是试探一番便草草收兵，非但没有多大的伤亡，反倒是消耗了不少弓箭礌石滚木。按理说，吴汉远来当以速战为主，可汉军有益州各郡支应粮饷，全无后顾之忧，慢条斯理显然是想久战。反倒是史歆有城可守，却只能求取速战扭转局势。史歆无奈之中只能传令下去，想方设法筹备军需做好长远打算。不少民房拆个干净，被搬去城头抵御汉兵，而铁匠铺子更是彻夜灯火不熄打造箭镞。储备的铁锭早已消耗一空，就拿铁锅、锄头补上。竹子砍伐干净，便用木枝代替。只是翎羽殆尽，就连兜鍪上的长羽都再难寻。不少箭枝没了尾羽，自然失了准头。可总是聊胜于无，多少能阻汉军一时。

史歆有心传书巴郡杨伟、徐容领军助战，可那分明就是饮鸩止渴。巴郡一开，益州东方再无屏障，朝廷大军随时可以溯江而上直捣蜀郡腹心。更何况交战数月之久，杨、徐二将全无一纸讯息，只怕就算自己想要调拨兵马，都未必能够如愿。

最让史歆绝望的是，汉军近月来所增兵马多是蜀人。出乎所有人意料的是，那个嗜杀成性的吴汉并没有用蜀人充当肉盾上前抢城，只是令他们整日呼喊招降。乡音俚语不绝于耳，所言多是为朝廷歌功颂德，为吴汉往日所作所为正名，痛斥史歆首鼠两端图谋不轨，害得蜀人再无一日安宁。在这般劝降之中，心中本就开始摇摆不定的守城蜀人，对吴汉的恐惧渐渐被对史歆的怨恨取代。成都已是孤城一座，绝无一兵一卒能来驰援，负隅顽抗下去除了一死别无他法，只能是给史歆平白赔上性命。左右是死，慢慢开始有人壮着胆子，趁夜翻出墙外投奔汉军。吴汉非但没有严惩叛逆，追究抗拒王师之罪，反倒好酒好肉相待。第二日，那些归降之人便站在汉军最前排摇手呼喊，俨然吴汉招降纳叛的金字招牌。

成都军心在刹那之间土崩瓦解，当初为史歆摇旗呐喊的蜀人世族多已不见踪影，归降之事再也无从禁绝，纵然有史歆嫡系部众日夜巡视，锁拿逃散的壮丁人头挂满城楼也于事无补。每夜都有成千上百的蜀人逃出城外，史歆本部兵马也开始躁动不安。吴汉对叛乱的蜀人都能网开一面，本为汉军的士卒想必也不会重处。一时之间，不少汉军旧部动起心思，转而投奔城外大营。初时还是偷偷摸摸，到后来已然毫无顾忌，甚至数次与史歆亲信争执械斗，隐隐有兵变之势，城门都险些被乱兵抢开。好在史歆及时弹压才算稳住局势，可守军兵力已然捉襟见肘。如此局面，纵然史歆有天大的本事，也绝难守下去了。

可史歆却是断断不敢开城归降的。吴汉为了扰乱成都军心，一改往日嗜杀本性，善待俘虏，装得好一副面皮。然而一旦史歆归降，蜀乱平定，吴汉哪还有道理继续装扮下去？自是要拿史歆杀鸡儆猴的。想当年苏茂、庞萌，被那同为幽州出身的汉将盖延猜忌排挤，一怒之下叛出朝廷，又有哪一个得了善终？史歆无权无势，在朝中没有半个说话的人，以吴汉秉性，只怕史歆求得一死都是奢望，到头来少不得千刀万剐宗族夷灭。与其临了受辱，倒不如抗拒到底。纵然一死，也算是血性男儿了。至于追随多年鞍前马后舍生忘死的将校部众，史歆已全无心思去为他们生计着想了。自身难保，哪还顾得了多年袍泽情分？最多是睁只眼闭只眼，逃得一人是一人了。

吴汉全无史歆那般烦恼。随着战事日渐明朗，成都破城也就旬日之间。只是时已盛夏，蜀郡的潮热着实让人发自内里地焦躁。

晴空万里时，白晃晃的日头晒得人不敢抬眼，即便躲在阴凉之处，也全无一丝凉意。时而一阵热风，吹来一片雨云，几声闷雷过后，雨水浇个透彻。却无半点清凉，蒸腾起来的水汽裹挟着大地的余温，渗透进人的每一个毛孔，刺激着滚烫的汗水源源不断流出体外，每一寸皮肤无不留下盐粒和征尘交织而成的斑驳印记。待雨稍住，云却不散，阴沉得如同厚厚的棉被，牢牢压满天际，捂得天上地下如同蒸笼一般。

这日，时已夜半。吴汉督战一日回入大帐，匆匆卸去上下披挂，早已捂出一身臭汗，浸得衣裤如同水淋过一般。吴汉草草擦洗一番，只穿件汗衫，在帐中查看当日军报文书。倒也无甚紧要之事，随手放在一边。亲兵盛来饭食，闷热之中也无一点胃口。索性躺倒在军榻上，却翻来覆去难以入眠。烦躁之中，索性换上薄衫，挂了宝剑，走出营帐巡视一番。

比起大帐的闷热，外面竟然有些凉爽。难得没有阴云当空，正是月明星稀，沉闷的天气稍有缓和。将士们征战一日，人困马乏，多已在军帐的燥热中昏昏睡去，偶有未歇的军士，坐在帐前悄声闲谈。营中点点灯火，可见守夜兵丁各司其职谨防敌袭，巡逻军士往来游走亦无懈怠。吴汉止住跟来的亲随，贪着阵阵凉意，信步走在大营之中。

穿过一座座军帐，不觉走了许久，眼前忽现一片空旷所在。吴汉咦了一声。远远望去，夜色之中再无一顶军帐，却也不见大营栏杆塔楼，真真好大一片闲地。前些日巡查未曾见到此处，待细细观瞧，便见杂草丛生，不见路径。既非粮草囤积之所，也非战马牲口圈养之地。

吴汉心中不悦。自己很少约束军纪，多是交由护军监管。难不成是军士偷懒，竟然漏掉大营偏远之处未造营栏？这可真真当死，护军亦要严惩。亏得今晚自己巡夜撞见，若被叛军察觉，由此袭营，岂非大祸？吴汉恼火不已，转身便要回去，也好命人连夜修补营盘。却惊得一身冷汗。便见身后不知何时起了大雾，白茫茫一片，不见半点灯火，哪里还瞧得见大营所在？

吴汉高呼数声，全无应答，也不知是附近军士睡得死了，还是自己走得有些远了。大雾正浓，全然不知方向，只能朝着所来之处摸索过去。想想时辰，自己不过半刻工夫便该走到营边，可分明已过了许久，却还不曾见到半顶军帐。吴汉心中愈发着急，莫不是自己走失了方向？且站在原处定一定心神，就见此时雾气稍散，月光复现，虽仍不见路途，可有了模糊的明月，却也辨得方向，随即向回走去。忽听得一边窸窣声响，浓雾中现出一人影。

吴汉还道军士听闻自己呼喊，前来找寻。随口喝问一声，却不见回答。吴汉心中一紧，再问巡夜口令，亦无声响。吴汉暗道不好，若不是叛军谍探，那多半就是史歆狗急跳墙，遣刺客来取自己性命了。悄悄拔剑在手，暗自戒备，摸上前去。

眼见就到身前，忽听浓雾之中一阵讥笑："嘿嘿嘿！吴将军好手段，些许年未见，依旧是这般偷鸡摸狗之辈。"

吴汉听那声音好是熟悉，却又想不起来，知他已经发觉，也就不再遮掩，暴喝一声，一剑刺了过去。

那人尖叫一声，如同夜猫子一般，躲了开去，随即抽剑在手来战吴汉。只才一交手，吴汉便将那人兵刃弹开，逼得他向后一退，吴汉心中不由耻笑："这般稀松本事，安敢行刺于我？史歆当真无人矣！"正欲上前格杀那人，却一抬头，瞧见那人面庞，便觉浑身毛发都奓了起来。竟是那早已在郯城葬身自己剑下的更始皇帝御下尚书令谢躬。

便见谢躬圆瞪双目，满面狞笑："吴将军别来无恙！当日你偷我城池，暗害忠良，为那欺君罔上的刘秀小贼窃得花花江山，可曾想有朝一日落在我手？”

吴汉暗自吃惊。自己当年亲手结果了谢躬性命，绝无走脱的可能。何况眼前此人与当年面目一般无二，竟无半分老去，只怕是鬼非人，不由怯了三分。可听谢躬一番折辱，吴汉一股怒火从心而起，骂道：“休得妄言。更始老儿任用奸佞，祸乱天下，卖官鬻爵，鱼肉百姓，比那昏君王莽有过之而无不及，怎比得吾主英明神武宏韬大略？天下有德者居之，谢躬你不识天命，纵是为那更始老儿尽忠，也是咎由自取贻笑大方。今日管你是人是鬼，且来战上一回。当年吴某杀得了你，今日便再杀你一回！”说罢，提剑便又杀上前来。

谢躬唬了一跳，虽然图着口快，骂了吴汉一场，可厮斗起来却又如何是吴汉对手？仓皇中迎战，竟被打得全无招架之力。仅仅数合，便被吴汉削去半边臂膀，哭号一声，跑了开去。

吴汉啐了一口，骂道：“这点本事也敢造次，念你愚忠之人倒也可悯，且饶你一遭，再敢纠缠定杀得你魂飞魄散。”

厮斗一场赶走了谢躬，吴汉又乱了方向。正不知该向哪边走去，便听得雾中一声暴喝：“吴老贼，休要猖狂，且看我取你性命！”便觉一股劲浪直冲胸前，一员白袍白甲小将，直挺一杆银枪刺上前来。

吴汉只用剑一挡，便觉虎口一阵发麻，心中苦笑一声，今日真真撞邪了。眼前小将不是别人，正是那勇冠三军的南阳邓奉。

就见邓奉血红着双目，恨不能将吴汉生吞活剥一般。一杆银枪如同蛟龙出海，刺得密不透风，枪头挑动浓雾，仿若撕开空气一般留下条条印记，浓重的雾气之中，竟散发焦灼的干烈气息。兵刃相撞，在刺耳的铿锵声中，溅出点点火光，映衬着天上忽明忽暗的月亮，照得两团黑影舞得正急。

邓奉银枪使得飞快，嘴里也不停息，边打边骂：“吴老贼，你杀我族人，毁我家园，断我前程，送我性命，好生奸诈歹毒，你这等凶顽阴险之徒忝居高位，尽用些无辜鲜血染红你光彩仕途，好生没脸没皮。今日便是你的归期，且随我往修罗地狱走上一遭，受得一身剐，细尝三世苦，也算你偿还满手血债。”

吴汉本就不敌邓奉，又是年老气衰，虽有长剑在手，却如何敌得过邓奉夺命银枪？苦苦支撑，早已累得气喘吁吁，哪里还敢答话，只能用尽生平手段小心应付。饶是如此，身上已然见红，汩汩鲜血沿着臂膀浸透半边薄衫，湿漉漉贴在臂上，使得挥剑的双手愈发迟缓。邓奉却被刺激得兴奋起来，也不急于取了吴汉性命，便如猫拿耗子一般玩弄起来。

吴汉心中窝火不已。邓奉勇不可当，当年擒朱佑、伤贾复、围坚镡，连战耿弇、王常、傅俊、臧宫不落下风，如此勇悍又岂是自己一人所能抵挡?不觉又硬撑了一阵，盘算着如何逃脱出去，周围却渐渐多出不少人影，里三层外三层将这里围个水泄不通。瞥眼一瞧，愈发慌乱。衣衫褴褛的是赤眉、铜马、青犊、檀乡诸部河北义军，衣甲鲜亮的是冀州王朗、豫州刘永、徐州董宪、凉州隗嚣部众，而更多的却是巴蜀士卒。无不冷冷观瞧，高呼："杀！杀！杀！"只等吴汉毙命。一时阴风袭袭，冻彻心扉。

便听一声金鸣，从中开出一条道路，钟乐齐鸣、仪仗奢华，一驾六骥车马缓缓行了过来。车上坐着一人，一身白袍遍绣蛟龙，头顶白冠十二玉珠低垂。车前一个魁梧大汉，披挂齐全，手持长刀，恶狠狠盯着吴汉。

吴汉心叫："苦也！我命休矣！"那车上的乃是国破家亡，被吴汉夷灭宗族的蜀帝公孙述，车前的乃是献城归降后仍被吴汉斩首灭族的蜀国大司马延岑。非是吴汉惧怕亡魂，而是抵挡邓奉一人已是吃力，再有那延岑上前，只怕今日必死无疑了。

就当吴汉心如死灰再难招架之时，空中传来一声呵斥："尔等安敢造次，还不速速退去！"便觉黑夜混沌之中一道金光闪过，浓雾立时散尽。周遭鬼魂如猫见老鼠一般乱作一团，化作缕缕青烟不见了踪影。便是斗了许久的邓奉，也是收了长枪，骂了一句转身离去。

吴汉死里逃生，长舒了口气，忙向那金光来处深深一拜："未知何方神祇护佑，且受吴某一拜。"

便见金光一闪，化作人形，吴汉定眼观瞧，却也是熟人，竟是征蜀时遇刺身亡的征南大将军岑彭岑君然。就见岑彭笑吟吟拜道："大司马别来无恙。"

吴汉与岑彭袍泽多年，南征秦丰、西讨隗嚣、转战公孙述，生死相扶荣辱与共。尤其西城一战，两人患难一场，情谊非同一般。虽说征讨公孙述时有所争执，却也是为国家事，于私情无碍。自岑彭奇袭蜀郡遇刺身亡后，吴汉时常嗟叹缅怀，今日竟复相见，惊喜万分道："君然何故在此？"

就听岑彭笑道："岑某受命征蜀，中道殒命，虽是遭人暗算，却也怪岑某疏忽大意。本当客死他乡沦为孤魂野鬼，幸有巴蜀父老抬爱，怜惜我这无用之人，立庙祭祀，好歹有个容身之处。天见可怜，上苍眷顾，准我个一方神祇，守护益州百姓。却才见大司马迷途受困，且来相助一二。”

吴汉叹道：“君然决战千里之外，而受敌国百姓尊崇，自该有此际遇。”

岑彭面有愧色：“岑某一人身死倒无甚紧，只是因岑某一人而陷国家大事于危地，实乃岑某罪责，真真有负国家重托、圣上错爱，幸得大司马临危受命，力挽狂澜，总算折补了岑某罪责，还请受岑某一拜。”

吴汉连连推辞：“君然怎当如此说话？若非君然之力，吴某如何得以平定益州讨灭公孙述？倘若君然无恙，这平定益州之功非君然莫属。吴某不过借了君然余威，愧领君然之功罢了。”

岑彭笑道：“大司马不必过谦，为国为民何分彼此。更何况岑某不过敲开蜀门，大司马克渔涪、围武阳，挫史兴、破广都，斩谢丰、杀袁吉，败延岑、定成都。八战八克，方得收服益州。岑某就算幸免于难，也未必如大司马这般。”

吴汉推辞一番，亦笑道：“君然说笑了。君然之才，吴某敬服。单说这史歆，随侍君然些许年，学得些皮毛，便已让吴某吃紧，攻伐近百日，尚不得登城，实在令吴某汗颜。”

岑彭叹了一声：“史歆此人倒也有些才学，岑某为国征战，除了冯骏、田鸿、李玄，便是他助我良多，故而提携做了护军。谁知却是包藏祸心，做出此等悖逆之事，也怪岑某用人失察。”

吴汉倒有些不好意思，说道：“吴某失言，只怪这史歆心术不正，又于君然何干？君然莫要自责，且待我攻破成都，自当为君然清理门户。”

岑彭却道：“史歆触犯国法，罪责难逃，自有大司马按律处置，不消岑某多言。只是巴蜀百姓久受征战之苦，如今又已是朝廷子民，不过受史歆一时蒙蔽，做下此等天大祸事。还望大司马念在百姓疾苦，护全一二。其实大司马方才所遇，不过是自己心结罢了。大司马征战一生，杀人无数，既然对这些旧人旧事耿耿于怀，足见大司马绝非性恶之人。其实大司马不必如此自责，为国家大事，哪能半点妇人之仁？谢躬虽忠，却各为其主；邓奉虽冤，却以私废公；至于公孙述，虽有十二载帝王之尊，在天下大乱之际，也确有护民之举，却终是沉沦于权术奢靡之中，自当以死向巴蜀百姓谢罪。”

吴汉心中一动，正疑惑今日遭遇，却听岑彭这般一说，细细一想，却也不假。

虽然南征北战不下百场，双手早已沾满鲜血，死于战场厮杀倒也无甚可说，然而惨遭波及的无辜良善确也不在少数，尤其谢躬、邓奉一直便是吴汉心中无法抹去的印记。谢躬虽然为敌，却忠于更始皇帝，自己为了恩主得掌河北，趁着谢躬讨伐尤来之际，下了黑手夺其邺城取其性命，失之于义；邓奉因自己之故起兵反叛，好好一员猛将，本有着大好的前程和难以估量的功勋，却终是死于非命，失之于法；而前番征蜀，自己没有少害性命，尤其攻破成都，夷灭公孙述、延岑宗族，又纵兵屠城，罪业着实不轻。今天听岑彭一番言语开解，不觉心事一下子少了大半。

非是吴汉过去不知这些道理，只是身在其中，越是有理越觉得是自己故意开脱。直到生死之交一番劝解，这才真正想了个明白。再一想岑彭今日为民请命，却也是怕自己再有昔日屠城之举，难得他这份善心。如今天下已定，益州虽有史歆之乱，却也没能煽动巴蜀人心，否则战事不会这般平顺。待史歆授首，决然没有多少后患撼动朝廷根基，本就无须像前番征蜀那般大肆清洗，就顺水推舟成全岑彭这份心意，说道："君然庇护一方，吴某敬服，自当遵从君然之言，除去首恶，余者必不追究。"

岑彭感激道："既如此，岑某代益州百姓拜谢大司马恩德。"

吴汉赶忙一扶，却闪了个空。一个激灵，翻过身来。细细观瞧，哪里还有岑彭踪影？却依旧在自己军帐之中。桌上灯火兀自闪动，盘中吃食早已冰凉，只觉浑身上下汗水湿个透彻，大热天的竟生生打了一个冷战。回想梦中之事，虽有一番奇遇，却见这些个已死之人，莫不是自己阳寿将尽？迷迷糊糊之中还在寻思究竟是真是梦，却有人掀开帐幕，一道阳光射入帐中，外面竟然已经大亮。那人跑了进来，跪倒便报："禀大司马，成都北门已破，大军杀入城中，叛兵一触即溃，抵死不降者尽遭格杀，余众皆已归降，叛将史歆自尽未遂，被将士们生擒绑缚，正解来帐前。"

吴汉大喜，洗漱更衣，升帐军议。对那史歆只是冷冷一瞧，也便不再废话，径直拉出午门，枭首传送京师，随同擒获的谋反将佐一并斩杀以正军法。又想起梦中岑彭之言，随即传下军令，使蜀郡太守归入成都安民，武威将军刘尚接管城防，其余各部汉军退出城外不得扰民。而叛乱军士看押营中，被迫守城的蜀人按籍造册放归乡里，独有百十世族头脑，皆是与史歆纠葛甚深之辈，徙其党羽迁往南郡、长沙。

成都百姓本还深惧吴汉迁怒，人人自危闭门不出，担惊受怕躲在家中。可过了数日，除了府衙差役登录户口，不见半个汉兵欺凌生事。一时欢天喜地，纷纷往城外劳军。吴汉也不露面，只是让营中将佐一一谢了。

驻守半月有余，军政一应事务已毕，史歆叛乱尘埃落地。吴汉遂将驻守成都、平息南方夷人之事交由刘尚处置，自与辅威将军臧宫，领大军乘船沿江东进开赴巴郡。

随着史歆败亡的消息传遍益州，巴郡早已乱作一团。杨伟、徐荣本还眼巴巴指望着响应史歆后谋个锦绣前程，可汉军势如破竹早早将史歆合围成都。两将自知反叛朝廷罪责难逃，有心去救史歆，却深惧吴汉之名，一时裹足不前，寄希望于史歆能和吴汉拼个鱼死网破。谁知成都竟连半年光景都没支应住，便被吴汉一举收复。两将本就已经惶惶不可终日，听闻吴汉大军顺江而下，有心弃甲归降，却苦无引荐保举之人。只恐吴汉迁怒丢了性命，索性纵兵劫掠一场，将城池洗劫一空，便欲亡入草莽占山为王，且快活一日算得一日。然而两将才将所掠财货装满百十大车，又把掳掠男女人口看押绑缚，强令随军开拔，就远远瞧见汉军水师出现在江水边际。

叛军士卒本就没有多少军纪可言，而杨伟、徐荣又没有迎击的打算，还没看到一个汉军士卒，已然乱了手脚，你争我抢只顾自逃性命。可逃兵、百姓、车马挤作一团，叫骂声、吵嚷声、哭喊声混成一片，哪里有半分路径可循?

杨伟、徐荣正急得满身大汗不知所措，就见汉军水师已经登岸，突骑骁骑杀气腾腾，步兵将士磨刀霍霍，只等集结就绪一声号令，便要冲杀上来擒拿叛将。杨伟、徐荣愈发着急，催促亲随杀开血路，哪管身边究竟是俘获百姓还是麾下士卒，只要相阻尽皆斩杀，玩了命地鞭策战马，踩着满地尸首只顾逃命。引得本就混乱的局面愈发不堪。百姓哭喊着争相避开，怎奈绳索绑缚一团又如何闪避得及，多少无辜在乱兵砍杀和踩踏之中枉自送了性命。而正在逃亡的士卒，本就惊恐怨怒集于一身，再被身边的杨伟、徐荣亲随杀得急了，左右逃不开去，索性连骂带嚷便来寻衅，若能擒得首恶献于吴汉，说不定还能乞得活命。

杨伟、徐荣亲随倒也勇悍，转眼已将那些敢来生事的乱兵尽皆杀散。杨伟、徐荣心中正喜，便想逃开，便听得身后一片喧嚣。回头一望，就见汉军突骑已经急不可耐地冲杀过来。没了乱兵、百姓遮道，突骑正好放开手脚，以摧枯拉朽之势，已然杀奔眼前。

杨伟、徐荣大惊，催促亲随上前迎敌，却哪里挡得住汉军突骑势头，毫无阵势可言的叛军，便如豆腐一般轻松被切个稀碎。在汉军挥舞的长槊大戟中，杨伟、徐荣眼见无路可逃，壮着胆子且战一场，却连数个回合都没撑过，便被乱枪捅死马下。两将一死，叛兵愈发混乱，逃得远的连头都不敢回一下四散而去，逃不及的纷纷弃了兵甲跪地乞降，巴郡叛乱就此平息。

吴汉将杨伟、徐荣党羽首恶两百余人尽皆诛杀，其余从党数百家与成都叛乱世族一并迁往南郡、长沙。而附从的叛兵和胁迫的百姓，去除武装遣散归乡，一时民心稍安。待清剿乱党余孽，益州叛乱至此完结，吴汉再无留守巴郡的必要。便将军政交由郡守管制，自与辅威将军臧宫，统领大军回京复命去了。

4

浪泊之战

大司马吴汉班师凯旋，郁郁不快的刘秀才算高兴一些。吴汉初入益州平叛时，刘秀唯恐有失，坐镇长安督战。直到汉军兵围成都破城指日可待，刘秀便放下心来，车驾转回洛阳。然而刚刚回到京师，便有紧急军报自代郡传来。却是那归降大汉的伪天子卢芳，叛国而去复投匈奴了。

卢芳自归降大汉之后，被刘秀封为代王，镇守代郡。又以闵堪为代国相，以闵林为代太傅，辅佐卢芳。然而随着时日推移，卢芳心中日渐不安起来。需知天下有投降的州牧郡守，有投降的王侯将佐，却哪里有过投降的天子？刘秀越是优厚善待，卢芳心中愈发没有底。而卢芳归降大汉之时，只言自己归降之功，却对匈奴强遣自己归汉之事只字不提。得了皇帝封赏，又无半分财帛分予匈奴右薁（yù）鞬（jiān）日逐王挛（luán）鞮（dī）比，气得匈奴连骂卢芳忘恩负义，集结兵马数次寻衅。卢芳既敌不过匈奴，在代郡除了闵堪、闵林兄弟，又无半个可以相交之人，孤寂之中整日惴惴不安，故而数作奏疏上表朝廷，欲往洛阳朝见皇帝。

刘秀见到卢芳奏疏时尚在章陵，为安抚卢芳之心，遂准其所奏，令明年正月入朝。然而益州忽传兵变，刘秀遣吴汉入蜀平叛，又亲往长安督战，也不知战事何时才会结束，只得将卢芳入朝之事暂缓。可卢芳得皇帝召见旨意后早已起行，人都到了昌平，忽然又得皇帝旨意，令回代郡，将朝见之日推后一年。

卢芳本就对入朝之事心存畏惧，好不容易下定决心入京面圣。先前得到诏命喜不自禁，谁知还没高兴几天，却又得诏书，不许自己入京。卢芳心中深感不安，百般猜疑回到代郡。后来听闻益州叛乱，卢芳忧恐中便欲再生叛逆。本想拉拢闵堪、闵林兄弟一同起事，可让卢芳万万没有想到的是，当年同生共死的闵堪、闵林得了刘秀封赏，再也不必亡走天涯，哪里还愿继续为卢芳效命？非但没有屈从卢芳相招，反倒集结兵马猛攻叛兵，欲擒拿卢芳献于朝廷。

闵堪、闵林本就是代郡世族根深蒂固，卢芳势单力薄，如何敌得过两人？相攻月余，叛兵死伤殆尽，卢芳眼见大势已去，只得觍着脸再次求救于匈奴。挛鞮比虽然恼怒卢芳不分赏赐有心不救，可也戒惧大汉威势，有心用卢芳做个挡箭牌，遂忍了心中不悦，遣数百蛮骑驰入代郡，救了卢芳及其妻儿奔出塞外。

卢芳叛国出逃，使得北方边疆再次出现危机，如不能早早擒回卢芳，再被他说动挛鞮比引兵侵袭，只怕边境又无宁日。天下刚刚太平，刘秀又不愿再生战火劳民伤财，故而一面嘉奖犒赏闵堪、闵林兄弟，使其守备代郡，一面传旨骠骑大将军杜茂、上谷太守王霸、扬武将军马成，谨防匈奴敌袭。又遣匈奴中郎将出使匈奴，劝说挛鞮比送回卢芳，免去两家干戈。

卢芳之事尚未平息，又有巫妖维汜弟子单臣、傅镇纠结邪教余孽起兵造反，袭杀太守，占据原武城，自称将军，宣扬异端邪说，公然与朝廷为敌。先前维汜弟子李广叛乱，虽然声势不小，教众极多，可即便攻破皖城，也只是在淮南境内，刘秀遣虎贲中郎将马援、骠骑将军段志，没用三个月时间便已平息叛乱。然而才过一年时光，这邪教死灰复燃，单臣、傅镇更是在天子脚下大行悖逆之事。且不说于刘秀面子上多不好看，仅原武城距洛阳不过两日行程，便已让京师上下震动了。而这原武城本名博浪沙，乃是当年张良刺秦王所在，也不知这群妖人是有意为之还是纯属巧合，竟在此处生事。若真是有意为之，真真其心可诛，乱党自诩张良，岂不是把刘秀比作暴君嬴政？而那大秦朝三世而亡，短短十五载便为汉楚所灭，如今刘秀立国不足二十年，乱党岂不是诅咒大汉破亡在即？刘秀又惊又怒，本该即刻派兵平叛，却实无多少兵马可以调动。

中原群雄荡灭之后，刘秀为减百姓重担，早已裁撤大批兵马。上自朝堂，有耿弇、邓禹、贾复、朱佑一干功臣自呈将军印绶；下至各州郡兵马，削减将校士卒，多加赏赐遣散归乡。除了边防驻军不好裁撤之外，州郡仅留少许兵马，即便是京师之中除了虎贲御林禁军，也就仅剩北军几营常备兵马。眼下吴汉领军往益州平叛，马援奉命南征交阯，如今河南再次出现危急，禁军又不可轻易调动，刘秀对原武叛乱实在是有些力不从心，只能传旨调集北军及黎阳营兵马平叛。然而一者兵马尚且不足，二者无将可派。虽然洛阳尚有不少功臣旧将骁勇善战，却多已辞去军职安享富贵，刘秀知道从中随便征辟一人便足以平定叛乱，却实不愿行此下策。

功臣旧将南征北战劳苦功高，如今得享安乐，又怎好再去叨扰？更何况这些人功勋卓著，放在历朝历代，必是权倾朝野的国家重臣，刘秀好不容易平稳收回兵权，不到万不得已，也不愿重新启用开国功将，免得留下隐患。恰在此时，吴汉班师回朝，总算解了刘秀燃眉之急。除了对吴汉厚加赏赐之外，又拜臧宫为太中大夫，统领本部兵马，合并北军、黎阳部众，凑得数千勇士，速往原武平叛。

就在臧宫领兵出征之际，由交阯传来军报，刘秀把来一瞧，不禁喜上眉梢。伏波将军马援、中郎将刘隆，旗开得胜，于浪泊大破叛军。

且说伏波将军马援、楼船将军段志、中郎将刘隆三将得皇帝旨意，一路集结兵马，水陆并进南征交阯。虽说车船便利、粮草丰足，可是交阯远离中原，沿途郡县又多是地广人稀之处，水道错综复杂，旱路崎岖难行。不少地方更是悬崖峭壁、道路断绝，着实浪费汉军不少时日。

刘隆领军走旱路，只能逢山开路遇水搭桥，吃了不少苦头。南方多雨，道路湿滑泥泞，不少勇士没能战死沙场，倒是失足跌落，要么摔个筋断骨折，要么卷入滔滔江水，平白丢了性命。而且丛林之中到处都是腐叶烂泥，经雨水浸泡，瘴气大行，又被茂密树丛遮蔽无从散去，真真成了催命道场。而将士们几乎每日都要被雨淋上一场，还得硬着头皮开路行军，纵是铁打的身子也经不住这般煎熬，稍稍有些抵挡不住，便被瘴疫乘虚而入。军旅之中缺医少药，不少士卒打上几日摆子，便一头栽倒在路边烂泥之中再也爬不起来。毒虫猛兽倒也有法防范，只是军中饮水着实不便。沿江行进时还算便利，随时可取江水供给，一旦转入丛林深处，真真苦不堪言。有时寻不到向导，只能凭着方向前行，走了许多弯路。莫看林中泉水洼渠不在少数，然而多有毒疫，外乡之人又不知如何辨别，误饮之后，轻则上吐下泻几日，重则肝肠寸断转瞬丢了性命。有些水煮熟之后虽有异味倒还可饮用，有些水不管如何烧煮过滤，即便清澈透亮依旧夺人性命，逼得汉军立营休整之时，都需深挖竖井取水，方才稳妥一些。

而马援、段志领军走水路，虽然较刘隆已经称得上安逸，可南方江河众多水路交错，行不上一两日便见支流。虽有向导引路，大多时还算顺利，可有些荒蛮之处，即便向导也难辨路径，只能且走且看。若再遇上时有时无的江面大雾，时常行错路径，只得原路折回重新找寻道路。逆水行舟可不是什么轻松的事情，大军南下本是顺水，初时也就没有征发大批纤夫，若得顺风倒还退得便利，若是风乱，当真累煞人也。船夫累得半死也划不了多快，只得抽调兵丁下船拉纤。虽然随军士卒多有长沙、桂阳、零陵、苍梧人士，水性倒也不差，可拉纤是个体力活，不仅仅是水性好就能轻松胜任的。汉军船大吃水很深，离岸近了，稍有不慎便搁浅滩，离岸远了，士卒躬身拉纤，大半个身子淹在水中，脚下烂泥湿滑借不上力，又有江水冲刷举步维艰，穷山恶水之间时有大鱼出没，偶有士卒走着走着突然一跌便没了踪迹，惊得周围士卒连喊带叫跳上岸去。这些艰险也就罢了，偏是那江上毒瘴着实吓人，比山林之中有过之而无不及，时常伴着大雾一同袭来，让人措手不及，便是江上飞鸟都无从闪避，常常飞着飞着便跌落下来，或掉入江中激起一片水花，或砸在船上摔作一摊肉泥。不少士卒都着了道，口吐白沫昏死过去，救得及了还留得半条命来，稍迟缓些便回天乏术。逼得汉军一见雾起，便慌慌张张退回舱中，就地下锚停泊，待雾散去方敢出来行军。即便这样仍有不少士卒不明不白死在船上，荒郊野外哪里寻到尺寸之地安葬，只能草草祭拜一番便丢入江去。楼船将军段志，远行千里本就有些水土不服，江上风大浪急，吐得五脏六腑都掉了个个儿，又遇上毒瘴稍稍避得迟缓了些，再也抵挡不住，一病不起。短短十数日竟将一个偌大的汉子耗得面黄肌瘦。待大军好不容易到了交阯地界，与刘隆会军于合浦时，终是一命呜呼。

还未与叛兵交手，便已折了大将，水路两军减员不下两成，余者更有不少身染时疫，真是出师未捷。马援当年与来歙奇袭略阳，直捣隗嚣腹心，虽说身陷绝地，却有朝廷大军在外征伐，终是打通道路与略阳合军。可今日之事全然不同，远征大军八千之众，粮草倒还充裕，却再无朝廷一兵一卒驰援，征氏叛乱声势浩大，几乎整个交阯都已被煽动起来，八千之众若不能一举克敌，真是要死无葬身之地了。如今兵入危地退无可退，只能奋力一搏，上不负朝廷重托，下方有一条活路。

马援与刘隆商议一阵，且先在合浦休整数日。又传檄临近县府，怒斥叛党罪孽，慰藉受苦百姓。言大汉天子恩德显于天下，怎容奸恶之徒为一己私欲而陷无辜于危难？故而征发精兵十万、悍将千员，不远万里解民倒悬之苦。交阯百姓无论是蒙蔽盲从还是受胁迫屈就，自今日起幡然悔悟者不究其罪，愿投奔汉军以报破家之仇来者不拒，待有战功与汉军将士同赏。

自征氏叛乱越人掌权后，逼得无数汉人家破人亡。本来只能在越人强权之下苟且活命，今日终于盼来朝廷大军南征，一时燃起重生希望，纷纷逃离越人管束投奔汉军营中。莫看征侧在交阯声势滔天，响应郡县不计其数，然而不少越人也是屈于征氏淫威不得不从，又听说汉军十万南下，着实吓了一跳，也不知是真是假，且看那雄伟的船舶、鲜亮的甲胄便先心中怯了，哪还敢继续跟着叛党谋反，弃了征氏转投马援。

马援对投军人马，无论汉人越人，皆是一视同仁。又对征氏叛乱细细查探，也知此事与太守苏定强推汉律自固权柄脱不开干系，越人官逼民反确也是事出无奈，那征侧正是抓住这个短处，煽动起交阯汉越部族仇怨，搅得一片混乱。遂寻来当地府吏，细问越人条律，与汉律相较，剔除相悖不同之处十余条，与越人相约仍以当地旧律为准，引得越人一片欢腾，对马援敬服万分。一时马援之名传于交阯，投军之人日以千计。

未过许久，马援挑选可战之兵万余随军征伐，实力大增。又与刘隆相约，仍分水陆两军进兵。新兵多补入刘隆军中走陆路，而马援合并段志部众，统领水军行进。不觉之中，江水已尽汇入大海，马援引军沿海南下，与刘隆水陆并进。沿途郡县听闻汉军之名，哪敢抗拒天威，纷纷开城乞降，短短十数日间，汉军兵不血刃竟已收服交阯半分天下。

刘隆与马援分兵之后，大军几乎没有遇到什么像样的抵抗。刘隆虽然心存疑惑，却也不放在心上。越人偏居一隅妄自尊大，击败区区一个交阯太守便目空一切，胆敢与大汉天朝叫嚣，真真是蚍蜉撼树，待遇到我精兵强将，自然闻风而逃。刘隆看着大军一侧不远处蜿蜒的海岸，马援水军不见首尾，正气势如虹行于海上。有如此水军庇护侧翼，陆军全无一丝顾虑。看来此番平叛远非当初所想那般艰难，最大的阻碍不过是沿途烟瘴毒水害人性命罢了，如今最大的艰辛已过，征氏姐妹两个跳梁小丑自然手到擒来。

刘隆正这般想着，前方道路忽而一转向林中深处走去。刘隆也未深究，山林之中道路顺势修建本就不可能一路向前，蜿蜒盘绕司空见惯，只是大军徐徐开入丛林，水军旗帜渐渐消失在身后，刘隆还是有一丝不安浮上心头，急令亲兵赶上前去找那开路的越军雒将探询一番，便听回报道：“此地名为浪泊，山路穿行于密林之中十数里，欲往麊泠以此路最近。若走他路，不但难行且离海岸更远些。”刘隆想了想也便不再计较，反正与水军也未隔开多久，遂传令大军小心戒备继续行军。

雨林之中树木茂盛野草丛生，越往深处越是不见天空，只有刺眼的阳光透过层层叠叠的叶片空隙，落下斑驳的光点，看得人不觉有些眼晕。虽然有路可走，然而在万余大军面前还是显得狭窄局促，再加上湿滑泥泞，又偶有枯树倒地阻住道路，使得行军分外缓慢。就这样走走停停，耗费半日时光还未走上一半路程。刘隆不禁有些焦躁起来，不断催促前方快些行军，然而兵马非但没有走得快些，反倒停了下来再也挪动不了一步。刘隆使人再去探查，却言山洪冲毁道路，一时半会儿难以疏通，只怕要耽搁些时辰了。大军阻于险恶之地绝非良兆，必不可延迟一刻工夫，刘隆喝道：“传令前军，不得迟延，避开旧路开山伐木，疏通出一条路来供大军穿行。”

越人雒将得闻军令，心中有些不喜。与主帅马援的宽宏相比，副帅刘隆显得有些严苛。一路上都是越军开路，汉军随后跟进，刘隆似乎觉得理所应当，全无体恤之意，变本加厉催逼越人继续开路，未免有些太不近人情了。可越人本就新投汉军，背负的叛逆之名尚未根除，只能忍气吞声听命行事。

越人心存不满，干起活来自然懈怠，懒懒散散分散在山林之中，寻些枯枝烂叶架在山洪过后留下的烂泥上垫脚。刘隆在中军等得越来越不耐烦，东征西讨大半辈子，对危险有着极其敏锐的感觉，阻塞的山路、幽深的雨林、复杂的地形，若这一切不是偶然，那眼前的不利情形多是叛军设下的罗网，只怕在那目光所不能及的昏暗之中，隐藏着无数的叛兵，正像盯着猎物一般恶狠狠地观望着，只等猎物耗尽气力，便要上前割开喉咙。

刘隆不觉背脊一阵发凉，警惕地盯着周围茂密的丛林，一面催促尽快疏通道路，一面传令兵马严加戒备。就在此时，忽有一声凄厉的惨叫从前方传来，在修路的嘈杂声中显得分外刺耳。众人尚在愣神，还道是有人在修路时砸到了腿脚，却听得越来越多的惨叫声此起彼伏，再细细一瞧，便见一只只弩箭深深插透在倒地之人胸前，而更多的弩箭正穿过雨林的枝丫，带落一片片墨绿的树叶，狠狠射入汉越兵马阵中。刹那之间，本就松散的越人士卒愈发混乱，死于暗箭之人难以计数，惊得余众纷纷躲避，丢下那些中箭重伤之人躺在开阔空地上，伴着弩箭插入身体发出一声胜过一声的惨叫，直到彻底断了气方才罢休。越人雒将眼见情势不妙，呼起本部族众便欲逃散。

征侧勇猛善战绝非怯战之辈，莫看是一女子，却也有些算计。汉军号称十万不容小觑，征侧不明底细也不敢轻举妄动。故而征侧一面四处打探汉军军情，一面召集人马布下罗网只等汉军入伏。浪泊恰好便是这样一个绝佳的所在，汉军受道路所限，不得不转入雨林深处，在这茂密的丛林之中，越人游刃有余而汉军寸步难行，定能将汉军一网打尽。而此处又避开海岸，汉军水师一时难以救援，待将刘隆陆军围杀，再转攻马援水军，必能让那些不知死活的汉人尽数葬身于雨林之中。眼见仅仅几轮箭袭便已搅得汉军哭爹喊娘，征侧不由一阵胜券在握的喜悦。看着投降汉军的越人狼狈逃窜，报复的快感充斥征侧心中。对这些投于汉军的越人，征侧充满了鄙夷，汉军能在雨林行军，多是靠越人引路，首先击破越人士卒，便等同于毁去汉军耳目。何况这些个软骨头，丢尽我越人的脸面，且拿尔等人头来警示诸部族人，胆敢私通外寇者，便是这般下场。

越人雒将此刻只想领了部众逃离战场。然而身后便是压阵的汉军，刘隆又不是什么善茬，一味后撤只怕难逃汉军军法。只能仗着熟悉地势，向周遭山林中逃去。可还没跑出多远，便有更多的惨叫声从逃窜的越人中传了出来，雒将惊恐地循声望去，就见平日里熟悉无比的山林中，不知何时密布了无数夺命陷阱。带着倒刺的套索将人倒提上去，勒得脚腕血肉模糊，还未挣扎几下，便见中空的竹筒弹射出来，将人穿个通透，灼热的鲜血如雨一般喷洒在空中，染得林中一片血腥气息。夺命的陷坑插满尖锐的木桩，失足跌入其中，便如火架上的炙肉一般穿成一串，瞬间失去生命的残躯反射性地颤抖着，摇得木桩发出吱吱的声响。渡河的竹排稍稍改装，捆上削尖的竹管，藏于藤蔓之中，不慎被人触动机栝，便腾的一声冲将出来，顷刻间将一片士卒钉在树上。就在刺鼻的血腥当中，阵阵呼哨从林中传来，驯化的豺狼虎豹奔腾而出，冲入乱成一团的平叛大军当中，撕咬着惊恐的士卒，吞噬着尚有气息的伤兵。

眼见征侧在逃命的路上做满了手脚，逃窜的越人哪还敢再往前走上一步，惊若寒蝉立在原地，抖抖索索抵挡着野兽的侵袭。紧张地望向刘隆中军，却发现汉军竟无多少慌乱。虽说面对征侧的伏击，着实打得汉军有些措手不及，可刘隆身经百战，在此逆境当中并没有后撤一步。从遇袭那刻起，叛兵几乎一直躲在黑暗之中，足见叛兵虽然看似凶狠，实则对汉军心存顾忌，故而只能用些阴险的手段搅乱前军，意图以此击溃汉军军心，好趁着汉军心慌意乱后撤之中再下狠手。此刻决然不能乱了阵脚，否则便是叛兵手中待宰羔羊。刘隆传令汉军不得妄动，收缩军马立好阵势，以坚盾护住四周软肋，弓弩手搭弓引箭搜寻叛兵所在，但有发现便是一阵急射，生生将那些暴露踪迹的叛兵射死在藏身的密林之中。而冲到近前的野兽虽是吓人，可在结阵防守的军士面前也没有多少用武之地，远的被箭射杀，近的皆被刀枪捅死在盾阵之外，惊得野兽要么遁入丛林，要么转去扑杀落单的越人。

征侧见汉军居然没有如预料一般溃乱，蛮狠的血性直冲头脑。莫看征侧自始至终一直领军躲在阴暗之处冷眼旁观，却已将汉军底细瞧了个大概，除去依附汉军的越人，真正的汉兵不过数千之众。既然汉军前部越人已经乱了方寸，剩下那点汉兵又有何惧？随即呼喝一声，亲领人马杀了出来，直奔汉军冲去。便见漫山遍野都有叛兵从伪装的藏身之处跳了出来，呜哇乱叫随着征侧杀了过来。慌乱的越人逃无可逃，夹在汉军与叛兵之间，有心早早归降征侧，却见叛兵全然不顾同族之情，恶狠狠地只顾向前冲杀，但有所阻无论是否弃械求饶尽皆砍死，激得越人士卒狠劲儿上来，不再寻路逃命，三三两两聚在一起与叛兵拼斗起来。可越人兵马本就已经混乱不堪，此时临阵磨枪仓促迎敌，如何挡得住精气正盛凶神恶煞的叛兵？更何况征侧虽是女子却勇猛彪悍，一杆长刀杀得无人近身，转眼已经杀散越人冲到汉军阵前。

叛兵不再藏匿，转而直面冲杀，汉军这才发觉贼兵所在。此刻不但侧翼藏有人马，竟连身后走过的路旁都有伏兵。心惊之余不由暗自庆幸，好在已经布好阵势而未仓促撤兵，否则混乱之中被这铺天盖地而来的叛兵截杀，哪里还有活路？既然已经深陷重围，唯有上下一心奋力死战方有一线生机。虽然叛兵人多势众，又占得先机，可放眼望去，叛兵军械简易粗陋，多是钩叉长矛，甚至还有农具充斥其中，真正算得上兵器的不过是从当地守军中夺得的长刀钢槊，却也少得可怜。披甲之人更是凤毛麟角，多是披发跣足遍纹鬼怪猛兽，即便那杀得正凶的敌酋征侧，也不过身着软甲，头戴羽冠。相较之下，汉军甲胄齐整兵械精良，征侧叛兵虽然蛮横无比，如同猛兽一般凶悍，可面对训练有素武装到牙齿的汉兵，依旧落在下风。

刘隆冷笑一声，就算你征侧将我团团围住，也要看你有无这副口牙将我吞咽下去。随即传下军令，弓弩手射住阵脚，隔开叛兵，刘隆自领兵马冲上前去迎敌。便见汉军将士如同砍瓜切菜一般冲入叛兵之中，仗着甲胄精良，浑然不惧杀红了眼的叛兵，将那些呜哇乱叫贴到近前的敌兵斩杀阵前，不多时便与征侧战作一团。

本还惶恐不已的越人雒将，眼见汉兵这般勇猛，总算放下心来，瞧着汉军阵仗，只怕征侧也占不到多大便宜。转而一扫先前的恐惧，呼喝族人拥上前来，在汉兵弓弩助阵之下，与叛兵争斗起来。一时战场僵持胶着不相上下。叛兵仗着人多势众前赴后继，汉军凭着军备精良死战不退，直杀得雨林之中腥风血雨鬼哭狼嚎。

此刻的马援已经统领水军来到浪泊下游。从看到刘隆兵马转入丛林之中已过去大半日光景，依随军的越人酋长之言，刘隆应该早已穿过这片雨林再次出现在视线之中，至少也该有互通军情的斥候归报兵马所在，可至今全无音信，使得马援不禁有些不安起来。自大军开赴交阯已过去半月有余，兵不血刃拿下大半疆土，至今不见征氏一兵一卒，其中必有蹊跷，眼见距离麊泠不过数日行程，若征氏没有畏罪潜逃，那便决战近在眼前。故而越是快到叛兵都城，马援越是小心谨慎，与刘隆更是随时联络，以便协同破敌。眼下刘隆失了行踪，马援只能传令船队就地抛锚停泊，遣出斥候登岸找寻。可已过去一个多时辰，依旧没有丝毫动静，眼前的山林更是安静得可怕，马援再也按捺不住，不等斥候归报，便传令战船靠上岸边，挑选千余士卒弃船登岸，欲亲领兵马一探究竟。

便在此时，就听到阵阵喊杀之声从那密林之中传了过来，惊得林中飞鸟纷纷逃散开去。马援暗道不好，只怕刘隆必是陷入伏击之中。随即将战船交由副将管制，增调兵马尽速登岸。就在汉军尚未集结之时，就听海岸尽头雨林相交之处传来一声悠长的螺鸣，一阵急促的箭雨从林中射出，落在本就还未结好阵势的汉军当中，逼得汉兵纷纷躲闪。马援急令率先登岸的将士死守阵脚不得后退一步，尚未登岸的士卒尽速集结，留守战船的弓弩手严加戒备。刚刚勉强拉开松散的阵势，便听得林中传出一阵杀声，叛兵如同洪水一般涌出，顷刻间淹没了空旷的沙滩，为首一员彪悍女将，赤着双脚，挥舞两把长柄尖刀，直冲汉军军阵奔来，却是叛军贼首征侧亲妹，大将军征贰。

马援一面指挥兵马死死挡住征贰，一面传令弓弩手不必顾惜箭枝只管射住敌阵，以雷霆手段狠狠压制住叛军气焰。征贰虽然勇猛，两柄尖刀收取了数十汉兵性命，却也一时未能冲破汉军军阵，而随着越来越多的汉兵登上沙滩，战线逐渐向前推移，逼得叛兵向后退去。

马援眼见叛兵来势汹汹，却这般不堪一击，心中反倒不安起来。若袭击船队的征贰只是拖延时日，那么刘隆遇伏只怕情势危急。此刻唯有尽速击溃叛兵，才能速速引军驰援。马援连连催战，直杀得征贰叛兵几乎快要退到林边，自以为稳操胜券时，忽听得身后船队之中传来阵阵惊呼。马援登上楼船向后一望，身上不由一阵冷汗。汉军全神戒备征贰突袭，不知何时竟有无数渔船在暗礁隐蔽之下，悄无声息贴到船队侧翼。那些本是渔民、海盗出生的叛兵，趁着汉军不备，偷偷登上战船，大肆砍杀船上汉兵，抢夺军需辎重，闹得船队边缘的战船上一片混乱。而征贰听闻汉军船队后方传来异响，心知诡计得逞，气焰再度膨胀，统领兵马再次向汉军军阵挤压过来。

马援恨得牙根痒痒。交阯几乎一半疆土临海，内陆又多有江河，不少百姓打渔为生，故而船只不在少数，只是那些渔船也就打渔可用，若征侧想以这些渔船抗拒大汉水师未免以卵击石。而水军一路行来，不但没有遇到叛兵船舶，就连百姓渔船都少有见到，虽然马援心中也存疑惑，可又觉得大军行处，百姓惶恐躲避也在情理之中，何况征侧荒野蛮人，马援打心底里也有些轻视。哪曾想到征侧不但征召渔民从军，又收买那些亡命江海的盗寇为其效力。莫看那些渔船在大汉水师面前形同玩物，可在汉军全身心防备征贰时，那些小船恰好可以凭借其轻便优势突袭汉军，真真打了马援一个措手不及。

眼见水师腹背受敌、危在顷刻，马援高举中军大纛，连声呼喝：“我大汉儿郎，何惧南蛮匪盗，单凭几个鼠辈宵小，就当真能撼动我天朝王师不成？”

跟随马援南征交阯的将士，多是从平定皖城巫妖叛乱的战场中来，本就是大汉常备兵马，南征北战不在少数，更有不少将士自马援投效汉帝以来，便已追随左右征战沙场，真乃骁勇无比的百战勇士。虽然北方之人略逊于水战，可大军一路从淮南顺水而下历经月余，这些北方勇士多少也适应了江海之上的漂泊起伏。虽然忽遇敌袭仓促应战吃了大亏，着实也有些慌乱，可久经沙场磨炼，使得这些勇士还是迅速平复了心中的不安，小心应付眼前之敌。

勇士们在拼杀之余，瞥见大帅正于楼船挥舞战旗激励大军，心中再无一点杂念，只要马援屹立不倒，大军便有了主心骨。多少大风大浪都经历过来，又岂能在这些乌合之众手中毁了声名？一时士气高涨喊杀震天，直杀得抢上战船的叛兵只有招架之力。

尚未登船的叛兵不明所以，还当已经得手，叫嚣着继续向上攀爬，挤得前面的人几乎已和汉兵贴在一起，转眼便被乱枪捅死。后面的人总算抢了上来，本以为可以兴高采烈地大肆掳掠一番，可等着他们的却是汉兵齐刷刷的斩首屠刀。臂膀与断指散落甲板，头颅与鲜血齐飞海空，水清沙白的曼妙美景，似琼似玉的碧海波涛，顷刻间被染得猩红无比，泛着不断涌出的血沫，轻轻拍打着早已失去生机的残躯。

偷袭水师的叛兵再也抢占不了胜机，本就是些渔民盗寇之属，最多抢掠些海上船舶，哪曾与真正的王师交过手？此刻被杀得心怯，纷纷退出汉军战船。只是先前所乘渔船在掉落的尸首撞击之下，或已倾翻过去，倒扣在海面之上，或已乱糟糟地挤在一处，哪来得及调转船头。叛兵在汉军猛烈的反攻之中仓皇跳水遁去，想着汉人不习凫水，必然不敢来追。然而交阯海域清澈见底，待叛兵刚刚逃开拥挤的渔船，便清晰地呈现于汉军眼中，成了活生生的靶子，随着急促的箭雨射来，一朵朵血红的莲花绽放在尚未染红的海面，不多时便已连成一片。侥幸逃过一劫的叛兵，连头都不敢回望一下，争先恐后玩儿命逃去。

征贰领军尚在前方厮杀，浑不知偷袭汉船的兵马已被汉军击溃，眼见离汉军船舶越来越近，征贰愈发兴奋无比，只当攻破汉军擒杀汉将近在眼前，两柄长刀舞得眼花缭乱，直砍得贴近身边的汉军将佐连连避让。可越是靠近汉船，征贰就越发觉得吃力，最后那十数丈距离竟再也难以靠近一步。汉军士卒生生用血肉之躯阻住了征贰疯狂攻势，而船头的汉兵弓弩手，正稳稳地收割着越军性命，使得征贰侧翼渐渐消弱，隐隐有被汉军合围过来的局势。

征贰勇武过人，却也不是没有头脑，自己领军突袭汉军水师，意在拖延时辰，好让大姐征侧剿灭汉军偏师，继而合军一处彻底将汉军围杀干净。自己若是能抢先攻破汉军水师固然可喜，可眼下莫说擒杀汉将，再这样纠缠下去，只怕自己反倒成了汉军囊中之物。自己与汉军攻杀许久，但愿大姐已经得手吧。随即不再一味强攻，领兵且战且退向丛林深处遁去。

马援击退叛军，未有多少欢喜，从听到山林中交战声响至今，又平白耽搁了许久，也不知刘隆兵马境遇究竟如何。眼见日头渐渐西沉，而林中声音徐徐转弱，如不能在天黑之前寻到刘隆，只怕陆军危在旦夕。马援匆匆交代副将打扫战场仔细戒备敌袭，唤起苦战一场累得东倒西歪的士卒，凑得两千人马，由越人向导引路，火速向林中交战所在奔去。

沿途有不少征贰散卒游勇阻扰抵挡，马援稍稍驱散也不去追赶。一边防备叛军伏击，一边只顾驰援刘隆。待依稀听到喊杀之声时，日头已然隐没林海深处，层层叠叠的枝叶将落日最后的余晖遮个干净，幽深的雨林沉浸在浓重的黑意当中，伴着兵戈交击的铿锵声响，散发阵阵肃杀之意。

马援摸黑行了一阵，忽见前方有了些许亮光，仔细一瞧，却是刘隆与叛军交锋正急，天色已黑点起了火炬，虽然借着火光能看清眼前叛军，可持火之人分明成了隐在黑暗之中弓弩手的靶心，一支支暗箭直取火光中的汉兵，不少人稀里糊涂丢了性命，惊得余众要么熄了火把，要么远离火光，在黑暗之中与叛兵拼杀。

刘隆与叛军厮杀了大半日，虽然汉军装备精良占尽上风，可毕竟不过万余人马，其中又有将近半数越兵，征侧几乎尽起交阯可战之兵，除了以大将都羊领军留守九真拱卫国都之外，余众尽皆开赴浪泊，欲借地利之便将汉军围剿于此，虽然征侧与汉军激战许久没能占到多少便宜，可随着夜色降临，战局优势逐渐开始向越军倾斜。马援瞧得真切，就见刘隆早已杀得如同血葫芦一般，长槊不知失落何处，仅以佩剑护身退回阵中，而军士兵刃也多有缺失，长枪断了尖头，权当棍棒来用，宝刀卷了利刃，只能捅刺杀敌。全军上下无不是精疲力乏、狼狈不堪，被叛兵攻破阵脚只在顷刻之间。

马援见状，也不直接去救刘隆，而是瞅准叛军侧翼，传令全军偃旗息鼓摸上前去，欲乘征侧不备，袭其软肋，一举重伤其众，好与刘隆前后夹击击溃叛兵。马援还未走上多远，便见朦胧火光之中，一队越人残兵涌入战场。马援仔细一瞧，正是那袭击汉军水师不成反被击退的征贰部众。就见两部叛兵合作一处，猛攻刘隆，汉军阵脚已然失陷，刘隆复引亲兵杀入敌军之中，以期阻挡叛兵一时，好容将士重结军阵。

刘隆部众安危悬于一线，马援哪敢再有迟延，高呼一声，便引兵马冲杀上去，可还未杀到跟前，便已与藏在战场外围的叛兵撞在一处。那些叛兵正以冷箭偷袭刘隆汉兵，忽遭身后马援突袭，一时方寸大乱。胆壮的挥舞手中长弓便与汉兵硬拼，余众惊慌失措四散逃去。可就这么短短一阵工夫，已然将马援所在暴露无遗。

征侧伏击了刘隆整整一日，眼瞅着歼灭刘隆部众只在眼前，实在舍不得弃了这唾手可得的战果，谁曾想马援竟然会追得这么急，遇伏之后全无一丝犹豫。征贰前脚刚到，马援便已紧随而至。

刘隆兵马本以为战死沙场已是必然，忽听得远方传来汉人喊杀之声，不由狂喜万分，也不必刘隆多言，纷纷振作精神，鼓足最后一丝气力，向叛兵碾压过来。昏暗的战场上，汉军一前一后夹击叛兵，征侧、征贰纵有天大本事，也绝难以疲困之众抵挡腹背之敌，只得借着夜色，慌慌张张向南退去。然而大批叛兵逃避不及，又寻不见主帅，终是在马援、刘隆猛攻之下，弃械乞降。

马援、刘隆虽然得胜，然而天色已然黑得伸手不见五指，也不敢轻易追击免得反遭算计，就地驻扎休整一夜。待得天亮，清点战场，共斩敌数千级，降者万余人。遂一面整军追击叛军，一面上书向朝廷报捷。

5

邪教：改立太子的钥匙

得知马援、刘隆浪泊大捷，刘秀龙心大悦。两将决战叛军于国家千里之外，当真劳苦功高。遂遣谒者南下劳军，厚赐功将军士，务必再接再厉乘胜追击。

交阯战事顺利，可内乱尚未平定。刘秀传旨臧宫加紧攻势，早日剿灭盘踞原武城的巫妖余孽单臣、傅镇，还河南太平无虞。可让刘秀有些意外的是，原武叛乱竟远没有如预料那般顺利。

臧宫随吴汉平定益州史歆叛乱回师洛阳后，恰逢巫妖单臣、傅镇叛乱，还未解下成都征袍，便又奉命领军平叛。臧宫勇冠三军，又素有谋略，本还真未将这群草寇放在眼里。以臧宫来看，若非此事发于河南境内，对付这些乌合之众哪用得着自己统兵征讨？可待臧宫与叛党交手之后，这才惊觉，眼前之敌还真不可小觑。莫看城中不过数千叛党，却以妖言惑众，宣扬异端邪说，硬是蛊惑起城中百姓供奉维汜邪神，助乱党一起抗拒王师。而原武虽小，城池却坚，又处中原富庶繁华之地，城中粮谷积蓄丰足，全然不惧官兵围困。臧宫威慑不住，只得催兵猛攻。

以臧宫看来，单臣、傅镇之属不过是招摇撞骗之徒，耍耍嘴皮蒙骗世人尚可，战场之上却是凭的真刀真枪，这些妖人哪曾经历过生死搏杀，只要强攻数日，让城中叛党见识到官兵勇猛凶悍之状，定可惊得献城归降。可谁曾想乱党浑不惧怕汉兵猛攻，守城也是有板有眼，竟未让臧宫寻到可乘之机。

臧宫哪里知道，这单臣、傅镇皆是巫妖维汜旁系余孽。维汜事发伏诛之后，邪教非但没有随之覆灭，反倒经其弟子李广宣扬，传播愈演愈烈。虽然李广很快被马援荡灭，可还是有不少余孽四散逃去，这单臣、傅镇便是其中一部。虽说两人初识兵事，远不及臧宫久经沙场，可在与马援攻杀之中，多少也学到些守城本事。如今原武有粮有兵，臧宫兵马虽然也都是骁勇善战，却是四处抽调而来，相互协作多少有些生疏，而攻城本就处于劣势，自然一时极难取胜。

臧宫连攻月余，没有丝毫进展，不惜亲选死士抢攻城池。好不容易借着夜色杀上城头，与守城叛党短兵相接。可臧宫虽以勇武著称，竟未能杀退守兵抢开城门。按理说叛党之中多是贫民百姓和草莽之徒，绝难有一人是臧宫这等虎将敌手。单臣闻讯赶来，远远瞧见臧宫已然连杀十数人，心存怯意也不上前，只是躲在人后连声高呼："汜神不灭，羽化升天，为教殉难，位列仙班！"直诓得邪教死忠之辈，如飞蛾扑火一般直奔臧宫。

莫看叛党死伤难以计数，可汉军死士苦斗良久，死伤大半，而城外接应兵马等不到臧宫抢开城门，皆被傅镇领兵阻于城外。臧宫手杀数十辈，也震慑不住源源不断涌来的叛党。心知攻破城池已无指望，只得随手抓来两人垫在身下跳出城外，这才得以全身而退，可那所选死士却多是有去无回了。

臧宫恨归恨，可这原武叛党确实让臧宫有些心惊。这些妖人以邪教煽动人心，教众浑不惧死实乃大患。先有维汜，后有李广，如今又有单臣、傅镇，邪教屡剿不绝，反倒愈演愈烈，臧宫深感不安，决不可再令邪教首恶走脱一人，免得祸水四溢扰乱他方。臧宫归营之后，连夜调兵遣将，数千将士将小小的原武城团团围住，谨防贼众走脱。传令各营不分昼夜猛攻城池，又传送军报于洛阳，求增派兵马。

得知臧宫竟然难已攻破原武，刘秀万分意外。需知臧宫自刘秀起兵之初便已伴驾征伐，历经恶战不下百数，除去昆阳之战不提，仅在征蜀时，以五万人心涣散的降卒大破延岑十万蜀军就足以堪称名将。如此战功赫赫的大将，竟然收拾不了单臣、傅镇这等无名之辈。刘秀不得不重新审视起这巫妖之乱了。

刘秀原本并非偏信鬼神之人，当年因李通一句"刘氏复兴、李氏为辅"的谶言，而与大哥刘縯一同举兵反抗新朝。就当时而言，刘秀并非真信了什么天命之说，只不过王莽无道，闹得天怒人怨，刘秀不过借此为名兴兵讨逆罢了。

此后天下大乱，借谶言举事之人比比皆是，先有王朗僭越称帝于邯郸，后有公孙述称孤道寡于成都，再有刘永擅居大位于睢阳，都大肆宣扬谶纬之说。什么"四夷云集龙斗野，四七之际火为主""八厶（sī）子系，十二为期""黄牛白腹，五铢当复”之语比比皆是，便是刘秀荣登大宝，也是取强华所献谶言。在不断渲染天命所授之中，刘秀渐渐对这谶纬之术着迷起来。

随着群雄逐灭天下一统，谶纬之说愈发兴盛。莫看简简单单一部谶纬书籍，同一句话语由不同之人解析，竟有天壤之别。一旦被别有用心之徒利用，难免再生出些什么王侯将相来。巫妖维汜兴风作浪，也多借助谶语造势。当年一个招摇撞骗的江湖术士即便身死之后，竟还能引得这么多人惑乱天下，实是心腹大患。就算维汜逆党彻底剿灭，也难保不会死灰复燃。为长远计，还需在这谶纬之术上做些文章。

可这谶纬之术由来已久，尤其在王莽手中兴盛后，历经四十余载，若是强加禁止，只怕过犹不及。那样做只会把研习谶纬之人逼得藏身于黑暗之中，背地里做些见不得人的勾当。一旦稍有异动，这些人跳将出来，必然搅得天下根基不稳。与其授人以柄，倒还不如将那谶纬之术传于天下，将那些讳莫如深的言语详加解析，使人人皆知其言，人人皆晓其理，免得有人擅自篡改谶书，以妖言邪说蛊惑人心。刘秀拿定主意，便欲招录天下善于星纬谶记之人，对谶纬书籍一一勘定，尤其是那流传最为广远的《赤伏符》，刘秀更要亲身着笔，仔细勘验。凡有祸乱之语稍稍删减舍弃，隐晦难解之言多加注解分析，以此宣图谶于天下，不但为刘秀天命所归宣扬造势，更可以消除那些对大汉心怀异心之人的诋毁。

刘秀此举一下子引得朝中轩然大波。以往刘秀研习谶纬不过是一人之事，虽也有不少朝中臣子知皇帝喜读谶书而投其所好，可也没有过于张扬。得知皇帝此时竟要将谶纬之术宣扬天下，乃至要与儒家经典相提并论，立刻引得朝臣反对之声。尤其议郎桓谭，数上奏疏劝谏皇帝，直言天道运势便是圣人都难以言明，后世浅薄之人如何通晓？浪荡小人增益图书矫称谶记，欺君罔上诖误人主，切不可亲信。皇帝还当摒弃小人曲解，多习《五经》正义，方是正理。

这桓谭博学多通，当年在莽朝为官时，就因谶纬之说与王莽的国师刘歆多有辩析，直说得刘歆无言以对。自投效大汉以后，为国效力十余载，著有《新论》二十九篇，皆是治国理政良言，深得刘秀赏识，在朝中也是广有声望。桓谭这般劝阻，自然有不少臣属附议。刘秀本意在于借宣扬谶纬之说消除天下隐患，可此意实不好言明，若是让世人得知皇帝劝他人研习谶记，自己却是不信鬼神之人，未免表里不一。故而也不多作解释，既然桓谭公然反对，便将桓谭贬斥出朝，以此打压朝中反对言论，继而为宣扬谶纬之说造势。

虽说刘秀推行谶纬图籍于天下，对于消除异端邪说或许真有益处。可刘秀也明白，远水解不了近渴。原武城的叛乱可不会因为谶纬之说的推行而立竿见影地平定。就算把勘验后的《赤伏符》扎成堆丢进城去，也不可能让那群邪教教众缴械投降。自接到臧宫奏疏后，刘秀已经增派了不少兵马。可又过了月余，那原武城依旧没有丝毫攻破的迹象，稳稳立于洛阳东方不足百里之外，日复一日地羞辱着朝廷颜面。

刘秀问于朝臣，大多臣子皆言易以重金悬赏，引诱叛党自相攻杀。刘秀对此计着实不怎么看好。想当初刘秀与兄长刘縯起兵反抗新朝时，声势浩大，惊得王莽寝食难安，重金悬赏刘縯首级，得者封爵上公，采邑五万户，赏黄金十万斤，如此高的赏额也未动摇刘縯分毫。如今单臣、傅镇反叛朝廷，虽说声势远比不得当年汉军，可野心决然不在刘秀之下，又岂会为些蝇头小利而自毁根基？话虽如此，刘秀又暂没有别的主意，也只得权且一试，结果果如刘秀所想那般，如石沉大海一般全无回应。

这日，刘秀散朝之后甚是苦闷，既没有去太学坐谈诗书经史的雅兴，也没有在殿上审阅州郡奏疏的心情，偷得半日清闲在宫中闲溜一圈。不觉来到东宫，却遇太中大夫张湛与侍讲郅恽（yùn）正为太子刘强讲学。三人忽见天子入殿，慌慌张张上前接驾。

刘秀也不是专意来见太子，默默不语转了一转，随手翻翻案上书册，便见功课杂乱无章，心中本就不豫，此刻越发恼火。自己整日为国日夜操劳，太子年近二十，却这般没有长进，资质平庸也便罢了，却连功课也不尽心，将来却又如何统御天下？不由震怒道："太子究竟在忙些什么？便是太学中随便一个儒生也胜过你这全然不通的文章了。张湛、郅恽两位爱卿皆是当世大儒，却点不透你这木头疙瘩，朕为你请来这些饱学之士又有何用！"

太子刘强惊得浑身一颤，跪倒在地："儿臣有罪，万望父皇莫要动怒。"

刘秀正在气头上，索性将所有邪火都撒在太子身上，连声骂道："朕本也非天资过人，只不过是多用些心罢了。所谓勤能补拙，也算多少学了些先圣之言治国之道。朕在你这年岁，游学长安，栖身太学陋室之间，每日除了研习《尚书》，还要拉车送货赚些钱来糊口，哪像你这般安逸？你倒好，琼楼玉宇、锦衣玉食，却养得你这般不务正业！”

张湛、郅恽见皇帝这般恼怒，有心上前劝解。可皇帝说的尽是些老子教训儿子的话，两人哪好插嘴，只能小心陪在一旁。刘秀骂了半个多时辰，刘强跪在地上不住磕头，眼见刘秀总算停了口，正要拂袖离去，刘强连连跪行上前，战战兢兢地哭诉道：“父皇莫要震怒，孩儿才德不堪，有负父皇厚望，情愿辞去太子之位，让于贤良兄弟，万望父皇恩准。”

此言一出，不仅张湛、郅恽吓了一跳，便是刘秀都愣在原地。见自己胡乱撒气，把太子吓成这样，刘秀心中也有些不忍。细想一番，刘强生母郭圣通被贬去皇后之位后，太子失了嫡长子身份，处境甚是尴尬。刘秀宠爱阴皇后人尽皆知，爱屋及乌，自然对东海王刘阳分外亲爱，总是在不经意间流露对刘阳远超于一个皇子的厚望。朝野之中多有改立太子的言论，而河北世族功臣宿将或已故去，或已功成身退不问朝政，使得刘强举目望去，竟难找到一个可以为其说话之人。故而一直戚戚难安，哪还有心思用在习读功课上。虽然刘秀确也有心改立刘阳，可刘强这些年来并未失德，孝顺父母友爱兄弟，确也是一个大哥该有的表率。刘秀想明白这些，愈发有些亏心，手心手背都是肉，自己对刘强确实有些失了公心，话也软了下来，说道：“我儿休要胡言，快快起来。且安心学业，不然将来如何治理天下。”

刘强抖抖索索扶起身来，垂立一边。张湛本还为太子失口紧张不已，却见皇帝非但没有准其所奏，反倒安抚起来，总算稍稍放下心来。就听皇帝复又问道：“近来原武反贼猖狂无比目无国法，太中大夫臧宫奉命征讨两月有余，至今未能破贼，满朝文武皆言该当悬赏贼首，不知我儿对此有何见解？”

刘强虽为太子，却尚未监国，不知皇帝为何忽然问起军政大事，又为方才训斥尚未平复心境，一时语塞不知该当如何作答，见皇帝一直看着自己，紧张地说道：“既然文武百官皆言如此，自有道理，父皇从善如流，必能百战百胜。”

刘秀万分失落，本有意借原武之事考究一下太子才学，却终是没有半点长进，这般平庸怎堪军国大任？天下之事非是寻常人家，若所托非人，自己出生入死中兴的大汉，只怕要半道终绝了。刘秀丢下刘强、张湛等人愣在原地不知所措，面有愠色转身离去。

原武叛乱本就已经让刘秀烦闷不堪，刘强的平庸愈发让刘秀失望无比。

不觉来到御花园，园中牡丹开得正艳，满园春色、香气宜人，恰是良辰美景。看着百花争艳、蜂飞蝶舞，刘秀这才稍稍欢颜。还未走上多久，便见花丛深处有一小亭，正簇拥着一群人。待一观瞧，却是皇后阴丽华正在那边领着几个皇儿赏花。东海王刘阳虽然年已十五，却还未在宫外开府，也陪侍在他母亲身侧。

刘秀走上前去，阴皇后与诸子忙上前接驾。刘秀扶起皇后，一同坐进亭中。就见小亭之中也无甚酒宴，不过当中桌上随意摆着几盘素果。刘秀甚是欣慰。刘秀虽已是皇帝之尊，却尚节俭，阴丽华聪颖，自然揣摩得刘秀心意，素无铺张之举，游园之中也没有半分奢华。

阴丽华难得见到刘秀游园，可面上却似有惆怅颜色，便问道："陛下近日繁忙，面色憔悴，还当仔细身体才是。"

刘阳也上前劝道："父皇有禹、汤之明，故而国家兴隆昌盛，百姓安居乐业。却失黄、老养性之福，实不利龙体安泰，愿父皇颐养精神，优游自宁。龙体康健方是天下之福。国事自有满朝文武视事处置，父皇只需定下决策便是，不必事事亲身亲为劳费心神。更何况天理昭昭，自有定数。父皇顺天而行，虽偶有不顺之事，只要上合天道，下顺民心，必然无往而不利。"

刘阳一番劝解倒甚合刘秀心意，连连笑道："朕乐于处置政事，不为此疲乏也。"转又一想原武之事，倒也想看看刘阳见识，便问道："近来原武叛乱，我儿可知其事？"

刘阳说道："虽知之不多，却也有所耳闻。臧大夫领兵平叛，至今未能破贼。"

"嗯，既如此，我儿对平叛之事有何见解，不妨说来一听。"

刘阳正要答话，却听阴皇后说道："小孩子家家能懂什么，陛下自该与文武百官商量才是。阳儿不过一藩王，只因年幼，尚未就国，待年长些，自是要往封国的，怎好轻易干涉朝政。"

刘秀自然明白阴丽华何故阻拦。丽华本就不喜与人相争，便是这个皇后之位，也是郭皇后被废黜之后，方才封于她的。丽华对其娘家，也多有规劝，阴识兄弟更是低调，全无一丝外戚的风光和张扬，甚至对刘秀所赐封地也多有辞让。故而丽华也不希望刘阳兄弟几个锋芒毕露。毕竟太子乃是刘强，若是刘阳太过惹眼，多少也会与刘强生出嫌隙，待刘强继承皇位，刘阳岂不是不受待见？

刘秀笑道：“我妻莫要阻拦，朕不过与阳儿随便聊一聊罢了，用不用其言在于朕，与阳儿无干。阳儿，但说无妨。”

刘阳这才说道：“巫妖劫掠为祸，执无久立，其中必有悔于其罪而欲逃亡者。臧大夫为图灭贼，合围城池猛攻不休，使得心存逃亡之人不得出城，只能为求活命而奋死反抗。不若稍缓其围，令其逃亡，待贼人失了城池，声势不复，继而悬赏天下，则一亭长足可擒拿矣。”

刘秀不由幡然醒悟。刘阳之语虽尚有稚嫩之处，却深合兵法。当年昆阳大战，新朝四十二万大军合围昆阳，日夜攻城，那王凤抵挡不住有心乞降，却被新朝不允，硬是逼得王凤与王常合力抗敌，使得新朝连攻半月不能破城，终是等来刘秀援军，里应外合大破新朝大军。今日叛党在汉军围攻之中必然死守，又怎会轻易破城？刘秀与臧宫为了彻底剿灭巫妖之乱，不想放走一人，免得留下后患，一时当局者迷，竟然已与兵法相悖，又怎能平定叛乱？

刘阳年仅十五便有了此等见识，刘秀再想刘强之平庸，心中不由愈发动了易储念头。非是刘秀对刘强薄情，实在是社稷之重必要托于贤明之人。刘阳如今已有嫡长子的身份，所缺只是一些功绩铺路罢了，倒不如借平叛之机，为其创造些机会。刘秀心中有了这样的打算，反倒对原武至今不能平定而有些庆幸起来。随即留了丽华及诸子游玩，自回宫中传旨于臧宫，将刘阳之言原原本本书于旨上，命臧宫稍撤其围。

臧宫初接此旨倒有些意外。巫妖久剿不灭，怎敢放脱一人留下祸患？可臧宫也是能征善战的宿将，细细一想，便知东海王之计定然可行。既然皇帝下旨撤围，臧宫自然遵循，只是也不可全无阻拦任凭贼寇脱逃。臧宫撤去一门兵马之后退于数十里之外四散隐藏，但有城中逃奔出人，待远离城池之后断其退路一一锁拿，虽也会有漏网之鱼，却总胜过让贼人逃个干净。

汉军撤围的消息转瞬之间传遍了原武城每个角落。虽然乱党为单臣、傅镇蛊惑，迷于邪教不可自拔，然而人心都是肉长的，少不得惶恐戒惧，当初被汉军合围难逃一死，自然皆存殉教之心，也想和汜神一般羽化升仙。可如今忽有生路乍现，紧绷的神经松懈下来，又有几人能真正死守邪教教义？更何况城中多有百姓乃是被邪教教众以死相逼不得不从，手中沾染了汉军将士鲜血，也不敢奢望官府赦免其罪，只能屈于贼手顽抗到底。听闻汉军撤围，这些人眼见教众人心浮动，监视远不如当初，一时争相逃窜。守城人手日渐不足，单臣、傅镇本就没有一兵一卒外援，随着守城压力愈来愈大，便是心腹门徒都开始有人失踪。单臣、傅镇心知不妙，再留于原武决然没有胜算，待被臧宫擒获，少不得一身剐。不如趁着手中还有些人马，早早突围，避入山林占山为王，再图他日重整旗鼓。

就当单臣、傅镇领着数百死忠乘夜悄悄出了原武，殊不知其行踪早已看在臧宫眼中。刚刚离了数十里远，众人还当逃出生天庆幸不已，躲在林中休憩一番。乱党多裹挟金银细软，玩命逃了一路早已累得气喘吁吁，刚刚躺倒便已昏然睡去。夜色渐去，日出东方，单臣、傅镇已然是臧宫囊中之物。

耳边忽有兵刃交击之声，单臣猛然惊觉，跳起身来抽刀在手，便见傅镇已被一汉将剁翻在地，正欲开口呼喝教众御敌，就见那将已然冲杀至眼前，未及格挡一下，便被那将一槊戳个通透。

原武叛乱就此平息，司隶境内终于归于太平。首恶无一人逃脱，臧宫破贼有功，升为城门校尉，再加拜左中郎将，掌管京师防务，荣耀无比。

只是此事的影响却远未停止。

朝野所论已不仅仅限于巫妖之祸，转倒是对东海王刘阳赞不绝口。先前刘阳一语中的点破度田一案玄机，如今又献良策勘平原武叛乱，真是文治武功英雄少年。一时刘阳声望如日中天，而刘强相形见绌，太子之位岌岌可危。

6

铜马：来自交阯的军功章

远征交阯的马援对京师这种微妙的变化全然不知，正为如何剿灭征氏姐妹而大伤脑筋。

自浪泊一战，马援与刘隆在极为不利的情形之下，前后夹击大破征氏姐妹数万叛军，一举击溃乱党主力，杀得征侧、征贰一路狼狈逃窜，退回麊泠城。虽然征氏姐妹因熟悉道路而甩开汉军追兵，总算保得万余残兵不失。然而经此一战，叛军对马援、刘隆之名闻风丧胆，还未待马援大军兵临城下，早已人心惶惶、士气涣散。逃亡之人不计其数，纵有麊泠坚城，也绝难顶住汉军泰山压顶之势。

征侧心知麊泠难守，传令其余众县收拢兵马尽速驰援国都。可浪泊战败的消息不胫而走，使得本就对汉军心存畏惧的各县令守愈发惶恐，响应征侧诏命郡县寥寥无几。就连手握万余精兵驻守九真的心腹大将都羊，都对征侧危难冷眼旁观，全无领军救援的一丝迹象。随着汉军渐渐逼近麊泠，征侧眼见国都城破在即，再也指望不上都羊救急。只得与妹妹商议，早早另作打算。那征贰倒也有些主意，连连规劝姐姐弃了麊泠不要，早早退入禁谿（xī）岩穴避难。

交阯地貌奇特，多有岩穴，入口或宽或窄，其内却如迷宫一般四通八达，延伸十数里连绵不绝。麊泠城外数十里地界有唤作禁谿之处，便有这般岩洞。早年征氏姐妹尚未婚嫁之时，常在此地游玩，对禁谿的岩洞真是了如指掌。其中便有一处深穴，入口狭险，洞内却足可藏兵数万。

征侧起兵叛汉之初，虽然席卷交阯难逢敌手，可内心深处还是没有什么底。故而自立为王建都麊泠后，便暗中将抢掠来的大批金银财宝、粮草辎重藏于禁谿穴中以备不时之需。征侧在交阯耀武扬威了大半年光景，都未见到汉军一兵一卒，还当山高皇帝远，大汉天子懒得理会交阯之事，骄纵之中也便渐渐淡忘了禁谿之事。此刻被征贰提起，这才猛然想起还有这样一条退路。汉军远来交阯，本就水土难服，再者粮草转运不易，必然难以持久。莫看汉军兵强马壮、器械精良，越军难以匹敌，可禁谿穴占尽地利，存粮丰厚足可支应一年，又有活水流淌于洞中，藏兵于内真是一夫当关万夫莫开。时日一长，汉军必然退兵了事。到那时，征侧再领兵马杀回麊泠收复失地，必可继续独霸交阯。

有了这样的打算，征侧当机立断，与征贰收拢兵马将宫室、府库所存金银细软、粮草积蓄卷个干净，在汉军兵围麊泠之前，早早遁入禁谿岩穴。其间少不得有乱兵趁火打劫。本为征王国都的麊泠城，妻离子散、家破人亡此起彼伏，商贾顷刻血本无归，百姓转瞬一贫如洗，妇人被掠痛哭哀号，少年遭掳颠沛流离。待马援大军兵临麊泠时，偌大一座交阯名城，已然没了富庶繁华。虽说城池完备，宫室齐整，可百姓既怕越兵为祸，又恐汉军侵掠，多有逃奔而去，十室九空，哪还有半点国都的气势？

按理说兵不血刃攻陷麊泠，乱党闻风而逃，足以为马援记上一功。可征氏姐妹不见踪影，就算占了座空城，又能如何？所谓除恶务尽，贼首尚未伏法，平叛还有太多变数，一日不能将这不安分的姐妹俩绑缚军前，交阯便永无宁日。马援一面接管城防、发榜安抚百姓，一面使刘隆领军四处追讨叛军。虽说征氏姐妹早已逃去多时，可麊泠城中或有遭叛军掳掠而对征氏恨之入骨的百姓，或有被汉军软硬兼施强逼来的越人，引着刘隆追踪乱党踪迹，总算探得征氏姐妹动向。

虽说禁谿山谷中不时见到叛军遗弃之物，可大大小小的岩洞随处可见，刘隆也看得发蒙，只得在谷口扎下营垒，遣出斥候漫山查探。本以为要将那密密麻麻的岩洞探个清楚，怎么也要数月，可让刘隆惊喜的是，短短十数日后，斥候便有所发现。

征侧逃入禁谿，虽是无奈之中的败退，却并不慌乱。万余兵马裹挟所掳青壮远超三万之众，行走于山林之中，人踩马踏，又怎会全无痕迹？折断的枝丫，踏平的茅草，被精明的斥候寻见，顺藤摸瓜便探得征侧藏身之处。刘隆狂喜之中也未多想，只觉得征侧连国都都弃之不顾，必是经浪泊一战已成惊弓之鸟。为夺首功擒拿贼首，刘隆草草抽调千余精兵，便杀入穴中。

当刘隆越往深处，越觉得心惊肉跳，看着洞中时有时无的叛军所弃残兵破甲，明知征侧必是藏身其中，可久久看不到半个敌军，刘隆心中也没了底。硬着头皮再往里走，便见岔路现于四处，地有石笋，头悬钟乳，虽然奇景炫目，可密密麻麻遮在眼前，又仅凭松竹火把照明，荧荧烁烁中也瞧不清路途，只能边走边探。却多是断头死路，往返折复耗费不少光景，也慢慢消磨着汉军将士斗志锐气。正当刘隆心觉不妙，准备领着早已疲乏的军士退出岩穴别寻他法时，便听得退路一阵嘈杂。

黑暗之中，越兵如鬼魅一般闪现，汉军猝不及防，顷刻间便被越兵杀得乱成一团，慌手慌脚便想逃出洞去，哪曾想后路竟然已被越兵悄无声息截断。眼见汉兵已是待宰羔羊，越兵兴奋无比地围杀过来，更有眼尖的瞧见刘隆，认得那是汉军大将，你争我抢便来围杀刘隆。

刘隆本也是一员骁将，此刻深陷绝地，更是激出冲天豪气。不知死活的越兵还未贴到身前，便已被刘隆一柄长槊刺死在地。鲜血和死亡没有威慑住越兵，充斥洞中的杀气和血腥气息反而刺激越兵愈发兴奋，嗷嗷狂叫一味强攻刘隆。

虽说汉兵在狭窄杂乱的岩洞之中难以结成阵势对敌，一时被越兵占尽便宜，可眼见将军这般勇武，又知个人生死存于一线之间，怎肯甘心受俘遭辱？人人拿出浑不惧死的勇气，愤然抗击越兵。然而汉军本就在洞中七转八绕消磨不少气力，哪比得上越兵以逸待劳精气神足？眼见战死汉兵越来越多，昏暗之中勉强瞧准退路，刘隆领着残兵猛攻一处，总算杀出一条血路逃出洞外，正遇闻讯而来的马援接应，这才挡住杀红了眼的越兵。越兵丢下百十尸首后，慌慌张张退回穴中，可刘隆所领千余精兵所存已不足百人了。

眼见刘隆折了不少人马，马援也是一筹莫展。征氏姐妹龟缩于险要之地，全然一副打死不出的模样。就算汉军有向导引路，可在这凶险岩洞之中，只怕也没有多大胜算。刘隆千余精兵生还不足一成，足见岩洞可怕之处。远征汉军一路南下，病死的、战死的已有近一半人马，此刻军中可战精兵本就已经捉襟见肘，大军几乎已是靠投诚的越兵和汉人壮丁撑着大局。若是一味强攻岩穴，只怕就算杀入腹心，擒拿征氏姐妹，汉军也要元气大伤了。更何况马援已经探得叛军支党都羊所在，那万余叛兵养精蓄锐至今未有一战，哪容马援专心攻伐征侧？一旦汉军陷于洞中不可自拔，那都羊领兵来袭，汉军必败无疑。

无奈之中，马援只得按兵不动。一面分兵守备麊泠，谨防都羊暗中偷袭。一面领军封锁禁谿，各处要道皆有兵马驻守，尤其是叛军藏身巢穴，更是严防死守。日夜皆有弓弩手盯紧洞口，但有叛兵露头，若不能生擒，必要乱箭射杀，不使走脱一人。马援又恐贼穴别有出口，命当地越人引军士日日巡山，但有可疑洞窟，皆用山石阻塞断绝，以防征侧暗度陈仓逃出性命。禁谿周遭水路也被尽皆阻塞，切断征侧水源。

汉军封锁禁谿已有月余，叛军全无一丝动静，那征侧弃都城不守，反倒藏身这穷乡僻壤之中，除去岩洞凶险之外，只怕洞中积蓄远超马援所想，征侧一时半会儿也绝不会舍弃岩洞险要之地来与汉军决战。需知汉军远来，粮草输转不易，随军车船所携军需早已消耗干净，眼下皆是靠交阯各城补给。交阯人口远不及中原，经征侧叛乱，青壮要么裹挟于叛军之中，要么被马援征召讨伐叛乱，而百姓又多逃避战火远遁他乡，田地十有九荒，各县存粮捉襟见肘。若马援不再想办法，一味征调交阯存粮，只会逼迫各县大肆盘剥百姓。就怕还没等汉军剿灭征氏姐妹，交阯百姓便已奋起反抗驱逐汉兵了。

马援不是轻言放弃之人。虽说战火尚未平息，征侧藏身于内，都羊虎视于外，可战局一时倒也僵持不下，不如趁着暂无兵事之际，屯田于麊泠禁谿之间，一者收拢流民安抚百姓，有口饭吃便能安稳下来，省得饥民为口吃食投于叛军之中，二者补充军需以解粮困之危，三者开垦荒田，恢复交阯繁荣。

虽然马援行军打仗这么些年，可对屯田这种烦琐的杂事并不陌生。要知道，马援虽出身名门，早年为避王莽乱政，出走于北地、陇右之间，招拢宾客百姓数百家，田牧于边境，短短年余，便得牛马羊数千头、谷数万斛。后来马援又屯田于上林苑一年多光景，为西征兵马补足不少粮草。如今汉军远征交阯缺粮，莫看南方湿洼泥泞，多有池沼遍布，却也因日光充裕气候燥热，稻谷三四月便可早熟。只要平整水地，足以支应大军所需。

马援遂发檄文征召流民，与军士一并垦荒种田。初时应征者寥寥，不少流民是被汉军胁迫而来，马援只得从本就有些吃紧的兵马中抽调军士充入屯兵之中，勉强凑足了人数，开出百十顷良田，种下第一批稻谷。随着时日推移，稻谷渐熟，虽然偶有叛兵骚扰侵夺，却被马援屯军一一击退，叛兵捞不到什么好处，损兵折将，也便不敢再来寻死。军粮之困总算得以暂解，而屯民也渐渐吃上了饱饭。各县流民听闻汉军屯田初见成效，一时争相投奔。马援屯民充裕，不再为劳力发愁，又抽取民夫修整水渠以利灌溉，粮谷收成愈发丰足，遂将不少军士重新调回行伍，护卫屯田免遭叛军侵袭。

虽说屯田之后军粮再无忧患，可南方湿热，禁谿之中林木茂盛，瘴气更甚。沾染时疫的军士有增无减，便是马援都染上疫病。随军医官好生调理，依旧昏昏沉沉身困体乏，幸有越人献来薏米，熬煮粥饭，马援连食月余，疫病渐轻。马援见这薏米可除体内湿气，以胜毒瘴，使人轻身省欲，再无困乏之感，颗粒更是饱满硕大，充作军粮真可谓一举两得。遂使人收集良种于屯田之中种植，以供大军所需。军士得薏米调养之后，果然疫病大减。

不觉之中，马援封锁禁谿已过一个年头。征侧藏身洞中本以为万无一失，可使人出洞探查后，却发现汉军非但没有一丝退兵迹象，反而积蓄丰足，围堵日紧。征侧一下子慌了手脚。汉军竟屯田于外补充军需，这哪有半点退兵的意思？虽说马援阻塞各处水源后，洞中饮水缩减不少，可好在有地下暗流，倒也没有断绝水源。然而洞中存粮有限，再这样耗下去，粮尽之日便是征侧兵败授首之时。征侧惶恐之中，只得令征贰尽起洞中可战之兵，连同裹挟青壮凑得两万余众，领兵出战汉军，就算不能冲破汉军围堵，也要抢掠屯田军粮以补洞中亏空。

然而洞外汉军日夜把守，只等叛兵露头。尤其是刘隆在贼穴吃了大亏，早就憋了一股气，日日守在洞外。听闻斥候所报叛兵异动，显然与以往散兵游勇刺探军情不同，心知叛兵必有所图，遂使兵马偃旗息鼓，匿藏于洞口两侧，任由叛兵鱼贯而出。将士们苦等这么久，此刻仿若看到猎物一般，皆是兴奋无比。人人紧绷弓弦、刀剑出鞘，只等一声将令便要剿杀叛兵。待洞口聚得万八千之众，贼将征贰终于出现在洞外。

见大鱼上钩，刘隆不觉热血上涌。这征贰既是征侧亲妹，又是叛军大将，一旦擒杀征贰，则征侧失其羽翼，破败不远矣。刘隆心中一阵狂喜，提槊在手，统领精锐士卒，如一柄尖刀直刺叛军腹心，生生将叛军拦腰切作两段。征贰慌慌张张领兵迎战刘隆，便听四面八方杀声突起，伏兵如同下山猛兽一般围杀过来。越兵仓促迎战心惊胆战，哪里抵挡得住虎狼之师？而洞中尚有兵马未能出来，眼见征贰遭袭，你推我搡还想救援，怎奈岩洞道路狭窄，若用来御敌自然险峻无比，可要想大军齐出，实在是痴人说梦。更何况越兵久居岩洞黑暗之中，忽见洞外骄阳，一时刺目无比哪里瞧得清楚？便听得一阵箭雨呼啸之声，数百越兵顷刻间毙命于洞前，将本就狭窄的洞口阻塞得愈发难行。

征贰越战越慌，纵然勇猛无比，两把长柄尖刀杀得汉兵无人近得了身，可深陷重围，进进不得，退退不回，洞中兵马又迟迟杀不出来，就算自己能退到洞边，也会为越兵所阻，一时绝难逃入洞去。征贰正盘算着何去何从，便见刘隆已经杀开越兵，一杆长槊直刺而来。征贰心慌之中早已乱了方寸，虽然勉强格开致命一击，可刀法已然凌乱，才与刘隆交手数合，便已只有招架之力，终于被刘隆瞅准破绽，扫落双刀，槊杆一挥，将征贰拍翻在地，左右汉兵早已一拥而上，将征贰反剪双手捆个结实。越兵本就了无战心，见主将被擒，哪里还有勇气继续顽抗，纷纷弃械投降，洞中越兵瞧着势头不妙，你争我抢逃回洞去。

得知刘隆擒获征贰，斩敌千余，收降近两万众，马援大喜。一年多的苦守总算没有白费时光，经此一战，虽说征侧尚藏于洞中，可叛兵再无东山复起的一丝可能。况且征侧尽起兵马欲冲破围堵，足见征侧也已到了穷途末路。只怕洞中积蓄已然不足，擒杀贼首必是近在眼前。

马援一面表奏刘隆之功，一面日夜加紧巡防。果不其然，未过数日，征侧听闻征贰受俘，兵马尽失，惊恐万分之中，自知继续死守岩洞必然难逃一死，与其饥困交加死于洞中不见天日，还不如趁着尚有一丝气力杀出洞去，最不济战死于两军阵前，倒也落个痛快。遂将洞中最后存粮散于军士，令尚存的数千人马饱食一餐，上下披挂齐整，心怀赴死之心，杀气腾腾冲出洞外。

汉军将士见叛兵惨败之后复又杀出，纷纷围拢过来。征侧全不理会，毫无退缩之意，随手拖起洞口尸首，遮挡汉兵箭矢，一步步探出洞外。所领叛兵心知退后也是一死，皆是奋勇向前，纵是身中数箭也未退后一步。困兽出笼凶性大发，汉兵虽远胜其众，可才一交手，便已落在下风，炽热的鲜血泼洒在刚刚冷去的贼兵血迹之上，铮铮铁骨倒在叛兵覆没前的最后一刻。

马援听闻征侧出战，心知叛兵已是到了最后一搏的关头，遂与刘隆各领精兵驰援而来。汉军将士前赴后继正与叛兵杀得难解难分，见援军赶来，一时气势愈盛。莫看叛兵张牙舞爪势不可挡，可汉军将士全无一丝惧意。而归于汉军的越人雒将，见主帅亲至，皆欲擒拿征侧以夺首功。

征侧杀得兴起，本就心存死志，只顾最后一刻杀个痛快。虽然连杀汉兵数十人，可自己兵马已是四分五裂。叛兵眼见必败无疑，渐渐有人开始归降，一人降引得众人皆降，征侧终是众叛亲离孤身一人了，在汉越联军围攻之下，终于力竭遭擒，缚于马援军前。

马援心中舒畅无比，南征交阯已有两个年头，总算历经千辛万苦擒拿首恶。看着那鲜血染得蓬头垢面的征侧，哪还有半点蛮王威风，扬扬得意骂道：“无知小贼，不知天高地厚，胆敢犯我中华，可知今日死罪？”

征侧被军士强压跪地，梗着脖子一阵狂笑，咬牙切齿恶狠狠骂道：“尔等侵我家国，杀我夫君，自诩天朝正统谦谦君子，却待我越人百姓如同草芥，我恨不能杀尽交阯汉人，以谢家乡父老。今日之事，唯死而已，即便做鬼，也要闹得尔等寝食难安！”又转骂越人雒将：“尔等同为越人，却甘为汉人走狗，对得起家乡父老，对得起祖宗英魂吗？”

见征侧死到临头还敢口出狂言，汉军将士皆是愤愤不平，喝骂不已。马援却是心中一惊。征侧叛国生乱，自然是其罪可诛，然而事出有因也是实情，若无交阯太守苏定盘剥百姓强推汉律，也没有官逼民反交阯叛乱。马援暗观雒将神色，也多有羞愧之情。忙喝骂道：“小贼休要强词夺理！你家夫君触犯王法，自当受罚，你却因一己之私而将交阯百姓推入战火之中，本将且问你，交阯动荡不安，越人也好，汉人也罢，皆是流离失所、民不聊生，你这便对得起家乡父老，对得起宗族鬼神了？左右，于我拉下去，连同征贰一并枭首，以正国法！”

征侧听闻马援之言，也是有些愕然，虽说汉越两族之间摩擦纷争不小，可夫君之死在于苏定一人。自己一时之愤起兵叛汉，一者是为夫报仇，二者是想驱逐汉人。然而起兵征战一年之久，非但没能将汉人逐出交阯，反倒引得战火不断。马援南征不足万人，自己数万大军连战连败，虽说汉军器械精良骁勇善战，可无数越人甘为马援驱驰，与同族为敌，这究竟是该怪他们背宗忘祖，还是该怪自己不识天命？征侧有些迷茫了，便是看到妹妹征贰狼狈不堪被带到自己身边也是无动于衷。

随着征氏姐妹首级送往洛阳，刘秀龙心大悦。交阯远离中原，难以管束，经马援南征，越人实力大损，想必也该安分守己，不敢再与中原为敌。遂使谒者不远万里南入交阯，封马援为新息侯，食邑三千户。刘隆功不可没，转封大国，为长平侯。金银财帛赏赐不断，以嘉两将功绩。

马援自投效大汉十六年，随军征讨隗嚣、戡平陇右羌患、讨灭皖城叛乱、剿杀征氏逆党，虽与吴汉这些开国功将相比逊色不少，可也是南征北讨战功赫赫。然而久久不得封侯，多少也是马援心中一点疙瘩。毕竟自己中途归于汉帝，又与隗嚣、公孙述有旧，难免不被皇帝完全信任。今日终于得偿所愿，虽然封爵着实喜庆，可经此一事，足见皇帝不再将自己视为外人，这才让马援欣喜万分。高兴之余，马援杀牛置酒犒赏全军。言年少时自以为人生一世，但能丰衣足食、乘车御马，为郡守掾吏，受乡里称赞便可足矣，奢求太多，不过自寻烦恼。今仰仗全军将士、雒将越兵之力，蒙天子大恩，先于诸君得封爵禄，且喜且惭。愿将士上下一心，平定祸乱，上不负朝廷重托，下得封妻荫子。又将朝廷赏赐分散全军，引得将士一片欢腾。

遂收拢汉越兵马，得两万众进发九真郡。征侧大将都羊，统精兵万余盘踞九真，一直便是马援心腹大患。只因征侧藏身禁谿，故对都羊只是小心提防，无力征讨。如今征侧败亡，又怎能容都羊继续在九真嚣张跋扈？大军由凿口沿海而进，惊得沿途叛军闻风而逃。都羊原以为征侧至少能拖住汉军一年半载，斗个两败俱伤，自己才好乱中取胜，故对征侧求救全不理会。哪知征侧这么快便被汉军剿灭。如今汉军突袭九真，使得都羊措手不及。虽有万余精兵，皆是一盘散沙。被汉军一路追杀，遭斩首者五千余级，余众皆降，峤南悉平。都羊兵败枭首，一场霸王痴梦终是落空。

随着九真平定，交阯叛乱彻底肃清，马援徙叛军渠帅雒将三百余人至零陵安居，交阯终于归于平静。虽然征氏乱党尽皆伏诛，可马援对交阯叛乱的影响还是不敢掉以轻心。毕竟此番战乱缘起于汉越两族之间矛盾，莫看今日汉军平定叛乱，交阯再无反对汉人之言，可待大军还朝，难保不会再有叛乱之事。马援不急于退兵，上疏朝廷，弹劾苏定失职，定要加罪严惩，以平交阯民愤。一面分遣兵马继续追捕乱党余孽，一面宣扬大汉仁德，以先前与越人相约律法约束汉越百姓。凡过郡县，皆为百姓修治城郭、穿渠灌溉，又见西于县辖地辽阔，有户三万两千口，却离治所千余里，遂奏请朝廷，分西于县为封溪、望海两县，以便利百姓。

经马援半年许经营，交阯汉越两族日渐融洽，复现昔日南土繁华。马援再无留守交阯必要，遂将军政移交新任牧守，便欲整军班师还朝。马援讨灭征氏姐妹时，曾获其骆越铜鼓一尊，那铜鼓本是征氏重器，面阔丈余，乃是征侧权势象征。听闻当日初成之际，立于庭院当中，置酒为宴款待起兵相助的同族豪强。越人富豪男女多以金银大钗束发，见此骆越铜鼓，皆取钗叩鼓为乐，叩罢便将金银大钗留于鼓中以敬鬼神。如今征侧覆灭，其重器怎好继续留于交阯？可铜鼓巨大搬运不易，马援临行之际，遂将那铜鼓熔化重铸，置一铜柱于交阯，定为大汉极南边界，以震慑边境异族。余铜尚多，若铸铜钱充入军饷未免可惜，马援念前汉孝武皇帝时，有相马者铸造铜马献于朝廷，更名鲁班门为金马门。然而经王莽篡汉天下大乱，昔日铜马早已不知所踪，着实令人惋惜。兵马乃国家大事，战马又为甲兵之本，马援久居边境，善别名马，又学相马之术于名士子阿，遂用铜鼓余铜铸铜马一匹，高三尺五寸，围四尺五寸，欲献于天子，以为朝廷相马之法。

待铜马铸成之日，马援与刘隆统领大军，浩浩荡荡回师洛阳。

7

薏米：仇恨的种子

盛夏将过，渐入金秋。可洛阳的秋老虎似乎格外猛烈一些，让人丝毫感受不到一丝秋高气爽的凉意，炙热的空气仿若厚厚的稀软面团，紧紧贴在洛阳的地面，挤进屋舍的每一个角落，让人无从躲避。相对于交趾的湿热潮闷，洛阳的燥热已是好上了许多，可马援侧卧于卧榻之上，虽有皇帝所赐寒冰御暑，依旧是大汗淋漓。

自马援离开交趾已过去数月光景，虽然马援常食薏米，可在交趾所染瘴疫仍如同附骨之蛆一般难以清除干净。大军一路北上，才过零陵，马援旧病复发，只得使刘隆先行回洛阳复命，自己一边养病一边徐徐北上。待回到洛阳时，已是夏末秋初时节了。

此番远征交趾，对朝廷意义非同一般。皇帝光复大汉天下二十载，虽然南征北战不在少数，与匈奴、羌胡外族也多有交锋，可还从没有像南征交趾这般，行军万里讨灭羞辱大汉威仪的蛮族，举国上下一片欢腾。

皇帝念南征大军深入蛮荒之地，经瘴疫死者十之四五，生者多有赏赐，死者厚加抚恤。对马援所献铜马，皇帝也异常喜欢。当年皇帝起兵于河北，收服铜马义军之后羽翼渐丰，世人又称皇帝为铜马帝。今日马援献上铜马，当真合了皇帝心意，遂留作相马样式，置于宣德殿下。对马援相马之术也很是在意，甄选良马便以马援之法行之。而对马援之功皇帝自然不会薄待，先前便已封侯嘉奖，今日还朝之际，又钦赐兵车一乘，朝见位同九卿，实为莫大荣耀。知马援南征染疾未愈，使马援回府安养，命宫中太医仔细诊治，饮食珍药赏赐不绝。

皇帝这般宠幸，一时之间，马援在朝中炙手可热，登门拜访之人整日络绎不绝。马援虽然在朝中十多年，也算是开国老臣，可因与隗嚣、公孙述有旧故而身份尴尬，这些年来，皇帝虽用马援，却并未过于任重，人情冷暖，也就没有太多权贵交往。今日陡然而起，引得权贵争相拜访，便是多年不见的旧时友人也来相投。马援自知皇帝恩宠来之不易，但有送礼之人一概回绝，举止言行合乎礼法，倒也让人挑不出什么毛病来。

这日，有平陵人孟冀入府拜贺。这孟冀本是马援昔日挚友，素有计谋，马援深为敬佩，多年不见，也不知有何见教，忙请入府中。谁知聊来聊去，也如他人一般，尽是些歌功颂德之词，听得马援不觉有些失望。昔日豪情万丈的才子，怎也变得这般碌碌世俗？

马援叹了口气，说道："孟兄乃是马某挚友，莫怪马某直言。本以为孟兄有良言相谏，却怎也同众人一般无趣？众人皆以为马某平定交阯功高盖世，可马某觉来，却是愧疚万分，战战兢兢。孝武皇帝时，伏波将军路博德统兵十万进击岭南，击溃叛军俘杀叛将，将岭南、交阯诸地划分七郡，更将海南两郡纳入我大汉天下，先贤开疆拓土才封邑数百户，马某忝与路将军同居伏波一职，却仅以微功，独享大县，功薄赏厚，又岂能长久乎？不知孟兄对此有何见教？"

孟冀一脸羞臊，昔年自觉才高八斗国士无双，今日看来却是心比天高命比纸薄，空有一身才学不得施展，辗转十数年毫无建树，心志日渐消磨，竟已变得这般不堪。本以为马援是朝中红人，念昔日旧情，必可引入朝堂谋个一官半职，却听马援这般说辞，不由酸楚无比，说道："孟某微鄙之人，怎比得上马将军远见，还请赐教。"

马援见自己言辞伤到了孟冀，也是有些不忍，可正因与孟冀有旧，也不愿见他就这般流于世俗，说道："方今匈奴、乌桓尚扰北境，马某待病体康复，便欲自请击之。马某虽已五十有八，可男儿当死于边野，以马革裹尸还葬耳，又岂能老死床头儿女手中？"

马援一番言语豪情万丈，孟冀久不得志，虽对马援敬佩不已，可又有何用，只是附和道："烈士该当如此，孟某敬服！"

孟冀这般说辞，在马援听来，总觉得依旧是阿谀多了些，两人都感无趣，又聊数言，孟冀便拜辞离去。马援前番言语，既是对孟冀激励，也是对自己警醒，绝非有感而发。交阯初定时，马援得皇帝封爵还是欣喜多了一些，可随着时日推移，渐渐从得胜的喜悦中冷静下来，马援便深觉此时的红极一时实在不是什么好事。

马援还朝未过几日，便有军报自益州传来。成都史歆反叛平灭之后，武威将军刘尚奉命留守益州，讨伐南方夷人叛乱。莫看夷人叛乱声势浩大，实则一盘散沙各自为战，刘尚发广汉、犍为、蜀郡、朱提兵马，合汉夷大军一万三千众，南渡泸水。叛兵听闻汉军已至，弃垒奔走不战而逃。刘尚追至不韦，终于击溃叛军，斩首级七千余人，生擒五千七百口，获马三千匹，牛羊三万余头，诸夷悉平。此番益州夷人叛乱，越嶲紧邻其地，却少受叛兵侵害，而太守任贵又对叛兵毫不理会，着实令人生疑。那任贵本就是个两面三刀的人，若说此次益州叛乱，与任贵毫无干系，岂有人信？刘尚回军之际，特意路经越嶲一探究竟。果不其然，任贵自王莽时便已独霸越嶲，虽为太守，实与王侯无异。眼见天下平定，威法必行，实难继续在越嶲只手遮天，故而对夷人叛乱毫不干预任由其愈演愈烈，甚至暗中扶持，就是想搅得益州永不得安宁，也好权势永固。谁想汉军短短数月便已将叛乱平定，又听闻刘尚路经越嶲，任贵立时慌了手脚。收拢兵马，联结汉人豪强夷人酋长，多起营台壁垒。又多酿毒酒，欲以劳军为名，袭击刘尚，抢占巴蜀。可任贵终是井底之蛙，刘尚虽然年岁不大，可从大汉建国之初便已随军征讨，也堪称身经百战。任贵那点小把戏轻易便被刘尚识破，将计就计，趁着任贵入营劳军，分兵捣破贼军巢穴，擒杀任贵，诛灭党羽，徙任贵家属于成都安置。益州自讨灭公孙述后，终于归于安宁。

刘尚先后征战陇右、汉中，两次攻破成都，战功着实不逊于马援，又是南阳刘氏宗亲，至今尚没有封爵。反倒是马援声名显赫，如何不引得旁人眼红？马援对孟冀所言，功薄赏厚也在于此。马援回师之际，大司马吴汉久病不愈，薨逝于洛阳城中。据闻大司马自平定史歆叛乱还朝后，身体便不大好，两年多时光几乎都在家中养病，皇帝数有探视，也未见痊愈。大司马于国家功不可没，今日薨逝引得军政朝野哀叹不断，皇帝更是钦定谥号封为忠侯以嘉其功。可大汉建国二十余年，大司马便一直被吴汉独占，如今三公之首空闲出来，引得无数人猜想不断。谁知刘隆刚刚从交阯回军，便被皇帝拜为骠骑大将军，行大司马事。马援与刘隆同征交阯，也知刘隆功劳不小。可马援毕竟是南征主帅，皇帝却以刘隆为三公之首，马援仅是位同九卿，细细一想，刘隆不仅是南阳宗室，更是皇帝游学长安时的至交，这大司马花落刘隆，也就不足为奇了。故而马援深知，自己虽得皇帝一时宠幸，可若再无新功，久而久之必然疏远，到那时被小人构陷，祸不旋踵矣。遂欲趁着气力尚在，北伐匈奴，多立战功，也对得起皇帝三千户的封赐。

正这般想着，便有侍从报奏："新迁虎贲中郎将梁松入府拜见。"

马援心中有些不安起来。

马援出征在外两年有余，京师政局在这短短两年之中又有不少变化。就在马援刚刚剿灭都羊乱兵后，太子刘强再次奏请皇帝，辞让太子之位。其实皇帝偏爱于东海王刘阳之事，朝野举目共睹。郭皇后被废，阴贵人立为皇后，刘阳作为阴皇后长子，替代刘强承继天下似乎也是顺理成章之事。可皇帝明明属意刘阳，却迟迟不定废立太子之事。刘强惴惴不安数次请辞，都被皇帝驳回。而这一次却准了刘强所请，转封为东海王。也不必远去封国，就在洛阳另建宅邸好生供养，衣食用度与太子无异。改立原东海王刘阳为皇太子，更名刘庄，以承国祚。皇帝总算动了真格改立太子，据闻其中少不得侍讲郅恽功劳。郅恽先是谏言皇帝，言朝野久议太子之事，当深思可否之计，无令天下有议社稷之言，以免人心惶惶朝政混乱。复又谏言刘强，言太子久处疑位，上违孝道，下近于危殆。刘强听从郅恽之言再次请辞，这才有了皇帝废立之举。虽说事后皇帝升迁郅恽为长沙太守，有点投桃报李的意味。可在马援看来，却觉得皇帝久久没有改立太子，只是在于刘阳虽有嫡长子之名，却无半点功绩，轻易更立，只怕难服人心。故而一直久拖不决，直到刘阳先有处置度田一案的良言，后有平定原武巫妖叛乱的奇谋，文治武功都已远胜刘强，这才时机成熟。郅恽恰在此时劝谏刘强辞位，不过适逢其时罢了。

太子更替虽是天下大事，马援也不愿牵扯其中。可朝中权贵就不得不让马援分外小心了。今年年初，大司徒戴涉因所举荐之人监守自盗，偷取府库金银中饱私囊，而遭罢黜下狱，不久便羞愧万分自尽于狱中。而三公参职，作为大司空的窦融难辞其咎，一并罢免。皇帝以得胜还朝的刘隆替代吴汉行大司马事，以太仆朱浮替代窦融为大司空，这两人都是皇帝心腹之人，也无甚可说。朝野本以为随着窦融落马，凉州一脉必然失势。然而出人意料的是，皇帝以广汉太守蔡茂为大司徒。虽说蔡茂乃是河内怀县人氏，本身也刚正不阿，对辖地阴皇后族人不法之事严惩不贷，也算令人敬佩。可蔡茂早年避难张掖，与窦融关系非同一般，皇帝罢免窦融，却以其亲信故旧为大司徒，足见皇帝对窦融并无疏远之意。果不其然，未过多久，便对窦融加位特进，继续参与朝政，而窦融之子窦穆官拜城门校尉，窦友之子窦固官拜黄门侍郎，梁统之子梁松官拜虎贲中郎将。窦、梁两家愈发兴盛。

让马援有些看不惯的是，窦融、窦友、梁统本都是谦逊守法之人，然其子嗣虽然也有些才能，尤其那窦固博览群书、喜好兵法，却因家门显赫恩宠正盛，而生骄纵之意，言行轻薄，交通王侯，结交名士以充门楣。虽然马援对窦固、梁松举止看不上眼，可毕竟两家声势正盛，马援又与梁统有旧，也不愿轻易开罪。然而世事难料，偏偏让马援与窦固、梁松生出嫌隙。

马援有两个侄儿马严、马敦，其父早年亡故，得马援接济，求学于平原杨太伯。兄弟俩也不负马援期望，博览群书熟于《左氏春秋》，唯独喜好讥议时政、结交侠客让马援甚是忧心。马援征伐交阯时，洛阳有杜季良、龙伯高二侠闻名于朝野。杜季良任侠好义、忧人之忧、乐人之乐、清浊无所失，尤其为人称颂。杜季良丧父之时，数郡牧守、名士、豪杰皆往吊唁，足见其声名之盛，又受人举荐入朝官拜越骑司马。而龙伯高敦厚周慎、口无失言、谦约节俭、廉公有威，与杜季良一比，逊色不少。梁松、窦固身世显赫自然与杜季良结交甚深，马严、马敦也乐于与杜季良结交。可在马援看来，杜季良看似贤名远播，却至今未见其真才实学，又有如此声势不知收敛，不见得是什么好事。故而不远万里传家书于侄儿，言刻鹄不成尚类鹜，画虎不成反类犬，劝两侄切莫仿效杜季良，也莫要交往过深。

马援万里传书，意在约束侄儿言行，可偏偏就是这封家书，让马援无缘无故开罪了窦固、梁松。那杜季良后来果如马援所料，因举止轻薄得罪于人，仇家上疏于皇帝，弹劾杜季良举止轻浮、惑乱朝野。本也是杜季良咎由自取，可那上疏之人偏偏多此一举，扯出马援家书之事，言马援万里传书告诫侄儿，梁松、窦固却与杜季良结交，受其蛊惑、败乱朝纲。皇帝对这种私结朋党之事自然万分恼怒，严斥梁松、窦固，又以弹劾文书及马援家书示于两人。梁松、窦固惊恐万分，连连叩首，磕得满面是血。皇帝念于窦融、梁统之情，方才赦免罪过，令两人归家反省。杜季良罢官归家，龙伯高却因马援家书一举成名，官拜零陵太守。

此事在马援心中始终是个疙瘩，自己无端开罪于窦固、梁松。今日梁松入府拜见，也不知究竟是何缘故，遂说道："快快请入堂中。"

梁松刚一进来，见马援侧卧于榻上，慌慌张张步上前来，深深一拜：“小侄听闻将军归朝后微恙，本有心早早探视，只是圣上隆恩，小侄新任军职，事务繁忙不得脱身，今日方得空闲，奉父亲之命前来探视，还望将军切莫怪罪。”

马援心中稍宽，梁松言语谦逊，似乎并未因先前之事而怨恨自己，也就虚手一扶，谢道：“马某贱躯，有劳贤侄挂心了，且代马某向令尊道谢。”

梁松忙说道:“将军乃是国家栋梁,为国征战劳苦功高,小侄可是佩服得紧。想当年将军于天水归心天子，家父自武威投效朝廷，同为凉州一脉，共征隗嚣数载，生死与共相濡以沫，实令小侄敬仰万分。今小侄初入军旅，还有太多要向将军请教，还望将军切莫嫌弃小侄愚钝才是。”

虽说梁松之言愈发谦卑，可马援却怎么听都觉得别扭起来。按理说自己确实如梁松所言，与其父有袍泽之情，可梁松所指却似乎并不在此。马援久在军中，也算有些军略，梁松作为友人之子，欲请教一二也无甚不可，只是梁统本也是带兵之人，戍卫边境十数载，与匈奴、羌人交战无数，守护武威安居乐业，梁松即便有什么不懂之处，足可由其父亲调教，又何必舍近求远来问自己？再一细想梁松平日性情，马援忽而反应过来。自己因平定交阯陡然显赫，梁松显然是以其父为名，来与自己攀扯交情，这就让马援有些不大高兴起来。虽说马援深知在朝为官，少不得与权贵打交道，可马援更愿意发乎情止乎礼，以真才实学为国效力，而不愿陷入权力的蝇营狗苟之中。

马援不由面色一沉，劝道：“贤侄既然尊我为长，那马某便倚老卖老了。凡为人臣，得一时尊贵，该当时刻谨防复归于低贱。若侄儿欲保眼前富贵不失，便该居高位而自持也，莫要学那些结党营私之事，必招来祸患败坏家门。”

梁松听马援这般说辞，不由面上无光，尴尬之余也不好再说些什么，只得匆匆告辞。刚出堂去，还未走远，隐约听见屋里仆从对马援说道：“梁伯孙乃陛下长公主驸马，贵重于朝廷，公卿以下莫不忌惮，见其面都是恭恭敬敬。方才梁伯孙来见将军，独拜床下，可将军却不还礼，实在太过疏忽了。”梁松倒也有心听马援说些什么，便放慢脚步，却听马援说道：“我乃梁松父亲旧友，梁松虽贵，又怎能不分长幼之序？”

梁松本就为马援方才一番说辞窝了一肚子火，此刻又听马援全不把自己放在眼里，气得咬牙切齿，暗暗骂道：“老匹夫，休要张狂，他日定报此仇！”

刚出前院，转入回廊，便见一辆大车自偏门而入，车上满载白花花一片似珠似玉之物，梁松不由有些好奇，却见马援长子马廖正在清点，遂上前问道：“敬平所忙何事？”

马家虽然得势，可马援素来低调，故而马廖至今才是个郎官，见梁松走来，赶忙拜道：“下官忙于家务，未知虎贲中郎将到访，遮蔽了道路，还请莫要见怪。”

梁松呵呵一笑：“敬平怎说这般见外的话。小弟听闻马将军染疾，故来探视。你我父辈乃是世交，我等也当多多亲近才是。”说着走近车前观瞧，便见车上所载之物似是稻米，却又硕大无比，实在罕见，不由问道：“这是何物？”

马廖忙说道：“此乃交阯薏米。家父讨伐征侧时，身染时疫，幸得此物可御瘴气，况且交阯薏米果实硕大，故而回师之际，带了一车粮种，欲引种于北方。只是路途难行，耽搁不少时日，今日才抵洛阳。”

梁松抓起一把，瞧了半天，嘿嘿一乐：“马将军还真是煞费苦心了。”说罢拜别马廖转出府去，心中却暗暗骂道：“老匹夫，他日必让你死无葬身之地。”

8

痛击外虏

不觉之中，马援回师洛阳已有月余，经太医细心诊治，马援身体大好，正想过两日便奏请皇帝，领军北上抵御匈奴，便得闻匈奴寇掠愈盛，北境烽火再起。

自卢芳逃归匈奴之后，皇帝曾遣匈奴中郎将往挛鞮比部，欲说服匈奴遣归卢芳。可卢芳叛逃后，为求活命，不住地在挛鞮比一旁煽风点火，终是让挛鞮比与汉绝交。那挛鞮比本就是贪得无厌之徒，眼见再难从大汉捞到财帛，便重操旧业，尽起兵马入寇中原。

皇帝平定天下后，为防备匈奴侵扰，在北方边境部署防线，有建义大将军朱佑屯兵南行唐，骠骑大将军杜茂领雁门太守郭凉守并州雁门，扬武将军马成屯兵常山、中山，捕虏将军马武驻守下曲阳，上谷太守王霸、渔阳太守陈欣守备幽州边界，再有昔日卢芳降将田飒、桥扈、随昱、闵堪、闵林守备朔方、云中、五原、代郡一线，并调颍川太守郭伋为并州牧监管田飒诸将，北方边界倒也算是固若金汤滴水不漏。

随着时日推移，与匈奴关系缓和、边界稍安。尤其卢芳降汉后，北方防线稍稍松懈。先是朱佑还朝请辞大将军后留于洛阳安享富贵。后有马武私刑处决将官，被皇帝削减五百户封邑后留奉朝请。再有骠骑大将军杜茂触犯军法免职后薨于封国，使得北方防线再无先前严密。皇帝以马成并领朱佑、杜茂兵马，自西河至渭桥、河上至安邑、太原至井陉、中山至鄴城，修缮障塞、构筑堡垒、十里一候、大起烽燧，又以征虏将军祭遵从弟祭肜为辽东太守，以前蜀郡太守张湛接替陈欣为渔阳太守，抵御鲜卑、乌桓，这才让北方防线稍稍稳固。

然而挛鞮比此次南侵，见幽州有王霸坐阵，先前数次侵扰占不到什么便宜，转而自并州出兵，由五原南下，彻底打乱了大汉部署。并州一时乱作一团，匈奴势若破竹，侵入上党，又兵分两路，寇掠天水、右扶风。

匈奴避实就虚，竟然一举侵入三辅之地，直接威慑长安，中原为之震动。

挛鞮比似乎对能顺利侵入中原也深感意外，遂将上党、天水、右扶风大肆洗掠一番后扬长而去。朝野一片哗然，皇帝踌躇之中正欲重设防线，谁知那挛鞮比故技重施，还未待朝廷兵马调拨妥当，再次侵入天水，将郡县席卷一空后复又北去。

匈奴这般目中无人，想来就来想走就走，着实令人恼怒。马援当即入朝奏请，愿领兵讨伐匈奴，重振国家威仪。皇帝自然允诺，只是让马援有些意外的是，皇帝并未使马援领军西行，反倒径直北上冀州屯驻襄国，而遣一个名不见经传的将兵长史陈欣领突骑三千驻守安定郡。转又将五原吏民尽皆迁往河东，留出一个偌大的口子暴露在匈奴面前。

马援细想一番，也便明白了皇帝用意。匈奴此番由五原南下，得了不少便宜，沿途郡县多已被匈奴侵害，城池损毁、百姓流离，若起大军去堵这个口子，只怕在匈奴蛮骑游袭下，一时绝难重立防线。倒不如迁走五原吏民，留下这千里无人之地，使匈奴劫无所获，更诱使匈奴再次由五原南下，那时便可使马援由襄国西行，陈欣由安定东进，大军汇集于上党，截断匈奴归途。匈奴远来，补给皆是靠劫掠所得，那时各郡县坚壁清野死守城池，匈奴多为蛮骑而少攻坚器械，粮断之后势必溃散，自然能一战击溃其众。

可是让所有人出乎意料的是，那蛮王挛鞮比还真不是个省油的灯，嗅出大汉所设陷阱的危险，不再踏入五原一步，一时边境倒是前所未有地安静下来。就在大家都觉得匈奴掳掠一场后，贪婪之心得以满足，想必一时半会不会再有什么动作。就在这时，有两封战报传入洛阳，着实让朝野虚惊了一回。却是挛鞮比得胜之后，察觉出汉军调动，不再以本部兵马侵扰，而是挑唆安定属国青山胡、辽东乌桓鲜卑与汉为敌，一探汉军虚实。

先说那安定属国青山胡部众，早先在卢芳称帝时，便为伪朝爪牙，数次侵扰汉地。当年征西大将军冯异抵御隗嚣、驻守北地时，卢芳遣其大将贾览，领汉胡匈奴联军数万南侵，欲趁着汉军与陇兵相争之时渔翁得利，而青山胡各部便奉卢芳之命一并南下。好在征西大将军早有防备，暗中说降青山胡肥头小卿一部人马，与酋首驳马少伯起了争执，在行军途中火并起来，彻底搅乱贾览兵马，被冯异一举击溃其众。经此事后，李鞮比遣使朝见皇帝，与大汉暂息兵戈，而卢芳伪朝也就此走向衰败。那肥头小卿部众早早便已归降大汉，然而驳马少伯是在卢芳国破家亡之后方才归顺。虽然汉帝并未加罪，命其解散兵马，仍回青山养息，可毕竟驳马少伯无功于朝廷，故而不得重用。地方官吏本就对胡人低瞧一等，对其部众多有盘剥，摊派徭役更是胜于汉人。胡人散漫惯了，哪里受得了汉人管束？一时叫苦连天，心中愤愤不平。匈奴恰在此时遣使往青山，驳马少伯有了匈奴撑腰，底气壮了不少，纠结旧部兵马，又串联不少其他胡人部族，屯聚青山举兵造反。

虽然青山胡叛乱出乎朝廷意料，可好在朝廷已派遣将兵长史陈欣驻守安定。本欲阻截匈奴，却逢胡人叛乱。莫看这陈欣以往并无过人之处，临危受命倒也真显出能耐。从其本部兵马中精选三千突骑，连夜驰奔青山。莫看驳马少伯有万余之众，然而刚刚起事，各部协调不一，交错混杂全无章法，又自以为兵马众多，汉帝纵然遣兵征讨也要月余光景，哪知陈欣突骑不过一日便已杀奔眼前。青山胡全盛时战马精良、刀箭充裕，也堪称北方蛮族中的劲旅，可归降汉室后，遣散士卒、收编战马，以至今日起兵时没有多少战马可用。在陈欣杀气腾腾的突骑面前，乱哄哄一片的叛乱胡人惊恐万分，抽出旧时的弯刀，搭起松散的弓弩，如何阻住突骑雷霆之势？两军刚一交手胜负便已分晓，汉军突骑如入无人之境，直杀得胡人哀号连连。未过半日，叛乱便已平息。

皇帝对青山一战很是满意，虽然胡人叛乱生事，却也不好处决驳马少伯，免得与胡人结下血海深仇，毕竟匈奴蠢蠢欲动，还是不要把青山胡逼上绝路，遂将驳马少伯连同其渠帅亲信徙往天水冀县，以此牵制青山胡人。

青山叛乱说到底不过是场骚乱，毕竟在第一时间便已剿杀，而远在辽东的鲜卑、乌桓南侵可就绝不是一件小事了。

乌桓、鲜卑两族，原本共为东胡，同属一族。早在前汉初年，匈奴冒顿单于灭东胡，其族人四散而去。一部逃亡乌桓山，号为乌桓，一部逃亡鲜卑山，号为鲜卑。两族与匈奴有灭国之仇，可谓势不两立。然而匈奴强盛，乌桓、鲜卑孱弱，为求活命只得屈膝于匈奴。岁岁朝贡敬献牛马牲畜、山珍皮革，稍有延误便遭匈奴征讨，扫掠财货强掳妻儿，充为奴隶者不计其数。而匈奴与大汉为敌，更是令两部送兵送粮以助声势。直到孝武皇帝遣骠骑将军霍去病击破匈奴，乌桓、鲜卑方才脱离苦海，顺势降于大汉，被孝武皇帝迁往上谷、渔阳、右北平、辽西、辽东五郡塞外定居，又设立校尉官职，持节挟制两部族人，以免再与匈奴暗中勾结。

两族在大汉羽翼下，日渐强盛起来，与匈奴时有交锋，更是发掘匈奴单于陵墓，以报灭国之仇。大汉也乐见两部与匈奴仇怨不休，对乌桓、鲜卑多有扶植之意。只是这种相对稳固的关系，却在王莽篡汉后彻底打乱。王莽为求开疆拓土名垂千古，使严尤领军北伐匈奴，乌桓、鲜卑奉命随军征伐，两部渠帅妻儿尽皆留质于郡县。然而严尤北伐数年无功，两族背井离乡久屯塞外，水土不服心生退意，数次请旨归往家乡，皆被王莽驳斥，又遇中原汉兵复起新朝败落，乌桓、鲜卑遂叛出中原，抄掠为盗。两部居于近塞，朝发夕至，代郡以东城池损毁、百姓流亡。

乌桓、鲜卑本与匈奴为敌，可随着光武皇帝复兴大汉，中原复归统一，乌桓、鲜卑自知叛出中原后，难容于汉人，故而与匈奴稍稍缓和，时常联兵侵扰汉地以求自保。卢芳比在天水、右扶风大发一笔横财后，惹得乌桓、鲜卑眼红不已。遂在匈奴游说之下，鲜卑大都护偏何及大人于仇贲、满头心痒难耐，遂起精锐骑兵万余入寇辽东。

在卢芳比看来，汉帝在代郡、上谷、渔阳防线最为牢固，若再去侵扰必是事倍功半，辽东不过数千屯兵，更是散布漫长的边防线上，而太守祭彤本为中原腹地县令，一文弱书生久居太平之地，初来边塞能有多大本事？鲜卑对辽东郡县了然于胸，以万余精锐骑兵，定能横扫辽东。卢芳比信心满满，料定出兵辽东大事可成，也不想把那块肥肉全都给了鲜卑，遂增骑兵千余，与偏何诸部人马一并征杀，也好从中得些好处。

鲜卑、匈奴联军南下，正是金秋时节，依大都护偏何所想，此时正是汉人秋收农忙之时，整日收割庄稼早已精疲力乏，也是警戒最为松懈的时候。与之相比，鲜卑马匹喂养一季，正是膘肥体壮战场厮杀的最佳状态。故而鲜卑往年侵扰汉地，都是选在此时。想着汉人准备好了满仓的粮谷待自己收取，联军上下还未出征，便已洋溢着满载而归的喜悦。

果不其然，联军畅通无阻便已入塞，一路行来不见半个汉兵，沿途所筑烽火也全无一丝动静。偏何大喜，只当此番行军隐秘，骑兵风驰电掣，汉人疏于防备，只怕自己杀到治所襄平，那祭彤都不得而知。遂传令全军不得迟延，莫要贪图行军中那些蝇头小利，火速奔袭辽东富庶城池。然而偏何未注意到，这一路行来，莫说没有见到一个汉兵，便是连一个汉人妇孺老弱都不曾遇见。

不觉中，联军已至衍水，渡过此河，襄平不足半日行程。再往南去，一路全无险阻，正是骑兵纵马驰骋的绝佳战场，汉人除了谨守城池绝难抵挡联军铁蹄。就在联军渡河过半之际，不知何时起，在那绿黄相间的茅草空隙中，竟悄无声息现出大批汉军士卒。两侧弓弩手如同羽翼般张开，隐隐将联军合围其中，正中却有千余骑兵，披挂齐整杀气冲天，长弓在手羽箭虚搭，马槊黝黑直指河岸。虽说不过数千之众，面对联军精锐骑兵，却像是在看待宰的猎物一般。

偏何头皮一阵发麻，显然是掉进了汉人诡计当中。凭着眼力估算，汉人还在一箭之外，尚有转圜余地，遂传令过河兵马尽速集结，以备敌袭。就算汉人善于阴谋，毕竟人少，只要自己抢在汉军贴近身边前结好阵势，那点汉兵还全然不放在眼里。

就在鲜卑悍兵急匆匆展开阵势，前排精骑稍稍集结之时，便听得随风传过几声箭响，鲜卑兵阵中数名百夫长应声落马，引得鲜卑士卒一阵骚动，惊恐地向对面望去。便见汉骑为首一员战将，虽然一身甲胄瞧不清模样，可一看身形也绝非壮硕勇士，然而手中一张乌黑硬弓甚是唬人，至少也有三百斤之力，却被那人轻松扯开，随着一道黑影飞来，又有一名百夫长中箭落马，鲜卑骑兵一下子炸开了锅。虽说鲜卑人精于骑射，其中也有能拉开三百斤硬弓之人，可这般远的距离想要百发百中却是有些为难了，那员汉将转瞬之间射杀数名百夫长，立刻使得鲜卑骑兵阵中混乱起来，刚刚有点模样的阵势顷刻之间乱成一团。还未待鲜卑士卒平稳心绪，便见汉军杀声响起，朝着河岸猛扑过来。

鲜卑骑兵恃勇斗狠，虽然混乱，倒也没有被汉兵阵势吓住，毕竟人人都知这边有万余精骑，汉人不过数千之众，又多为步卒。只要能守住战线，待兵马尽数过河，汉人必败无疑。故而搭弓引箭便朝着汉人射去，纵然那员汉将箭术精湛令人敬畏，又如何应付得了这漫天箭雨？可随着羽箭射出，鲜卑大军不由一阵无奈。

鲜卑自北一路行军而来，此刻却是东南秋风。边塞风疾，羽箭为风所阻，远未过一箭之地便纷纷落下。汉兵毫不客气，一边向前一边齐射，马步两军数千箭枝，借着风势劲道愈大，远远射出一箭之外，狠狠落在鲜卑骑兵当中。骑士也好战马也罢，顷刻间便受了一阵箭雨洗礼，死伤的士卒夹杂着瘫倒的战马，一下子铺满了充斥芳草气息的大地。鲜卑士卒惶恐之中便欲冲锋，欲借助战马优势弥补下风处的被动，可汉军全然没有给鲜卑骑兵这个机会，第一波箭雨刚落，第二波、第三波紧随其后，肆意收割着鲜卑人的性命，就在鲜血流淌于尸首之间时，汉军骑兵收起弓弩挺起长槊，如狂风一般杀入鲜卑兵马当中。

鲜卑将佐被汉兵杀得急红了眼，嗷嗷狂叫上前迎战，便见那员汉将浑然不惧，挥舞长槊一马当先，越是鲜卑人多之处，越是往里冲杀，转眼之间，便已有十数名鲜卑勇士横死其长槊之下，引得身边汉骑皆是不要命了一般疯狂厮杀，惊得鲜卑骑兵惶恐不已，只想避开这个煞神。可战场上本就已经混乱不堪，地上有多有尸首阻拦，鲜卑骑兵绊翻挤倒，在人踩马踏之中丢了性命。偏何心中慌乱，领了亲卫渡河北逃，其他部众一瞧此状，哪还有人傻到去替别人挡枪？你争我抢便想逃回北岸。然而河中多是尚未过来的骑兵，瞧着情势不对便要转舵向北，却在乱哄哄的冲撞之中挤翻了舟船。落水的战马嘶鸣着凫上岸来，鲜卑士卒却多是旱鸭子，如同下饺子一般散落衍水当中越冲越远。

鲜卑联军肝胆皆丧再无阵势，汉军将士却是越战越勇，如收割庄稼一般肆意杀戮着落后的蛮兵。直到将南岸敌寇尽诛于衍水，这才稍稍止住兵锋。望着北岸鲜卑人如同被狼群惊吓了的牛羊般漫无边际地逃去，为首一员汉将摘下兜鍪，大笑一声：“收拢舟楫，全军追击！鲜卑蛮儿屡犯中华，该当交还些利息来了。”正是那辽东太守祭肜祭次孙是也。

养兵千日用兵一时，汉军将士久受鲜卑侵扰，终于在今日扬眉吐气，自然奋勇向前。待过河去，鲜卑军马混乱不堪，蛮兵心惊胆战只顾逃命，遗失的战马、铠甲、兵器不计其数。祭肜只取战马补入军中，一时汉军又多出一支迅猛骑兵。祭肜留步卒随后跟进，独领骑兵追杀鲜卑。落后的散卒皆被射杀，惊得余众丢盔弃甲。好不容易逃出大汉边境，稍稍松了口气，谁知汉军像打了鸡血一般，没有一丝收军的意思，策马扬鞭追出境外，竟是要将鲜卑赶尽杀绝一般。

鲜卑兵将恼羞成怒，虽然大都护偏何此刻早已不知所踪，可鲜卑族人也自有尊严，先前中了汉人奸计吃了大亏，惶恐之余只为逃命，可汉人全不留活路，真真激起了鲜卑兵将的血性。也不用主将调拨，千余骑兵自发结阵。如今已是在鲜卑领地，遥望鲜卑山如同一颗星辰若隐若现在天地之际，那是家的所在，怎能让柔弱的汉人在家门口耀武扬威？眼前皆是开阔草场一览无遗，正是鲜卑骑兵驰骋的疆场。汉人阴柔诡谋，可真刀真枪厮杀起来，怎敌得过鲜卑血性男儿？千余骑兵抖擞精神，如同一道坚实的壁垒摆开阵势，只等汉军不知死活撞个头破血流。时间一点点过去，不觉中已有好几个时辰，可左等右等，就是不见汉军一兵一马，鲜卑骑兵有点迷茫了。汉军已经追杀了一日一夜，按照先前交兵来看，汉军应该早已到了眼前，此时却不见踪迹，莫不是汉军人困马乏终于收兵了？

正这般想着，忽然后队人马传来惊呼之声，便见身后不知何时出现一支骑兵，竟是汉军突骑。鲜卑人哪里知道，祭肜之所以胆敢追入鲜卑境内，全然不惧伏兵之患，皆是仗着斥候得力。祭肜有这么多耳目散于四方，鲜卑一举一动皆被看在祭肜眼里，得知鲜卑骑兵结阵以待，祭肜早已绕过此处，将败散的鲜卑兵马杀得不敢南下，这才调转枪头围剿鲜卑骑兵。

忽遭敌袭，刚刚稳住军心的鲜卑骑兵复陷慌乱之中，本还欲教训教训汉人，谁知再次中了诡计。还未及细想，便已和汉军交上手，你来我往厮杀一处。鲜卑骑兵本就气势衰落，还想垂死挣扎一番，就见大汉边界那边又来不少步卒，前有阻截后有追兵，当真是上天无路入地无门，又一想多年来为祸边境，汉人岂会轻饶？战无可战，降不敢降，遂弃了厮杀的念头，自顾自地逃命去了。

祭肜辽东一役，大展雄威，以数千兵马逆战鲜卑匈奴万余联军骑兵，斩首三千余级，获战马数千匹，得盔甲兵器不计其数。待祭肜收兵回往辽东，逃得性命的外族兵将仅剩千余人马了。

奉命驻守襄国的马援，本意在于抵御匈奴。谁知半年多过去，也不见匈奴一兵一卒。青山、辽东两处激战，陈欣、祭肜皆得战功，却与马援没有半分关系，着实让马援心痒难耐。平定交阯叛乱后，马援一心要在北方建功，也好对得起皇帝封赏。既然外族不敢来此，那便领军北伐好了。马援遂请旨于朝廷，愿领本部兵马北出塞外，外击蛮族，使匈奴不敢再有南下之心。

随着请战奏疏报送于朝廷，马援热火朝天筹划北伐之事，只等朝廷旨意，便要开拔北上了。

9

改变历史格局的天灾

见到马援奏疏，刘秀并无一丝迟疑。匈奴入寇中原，两度侵入天水腹地，使得大汉颜面扫地，又勾结青山胡、鲜卑、乌桓诸部外族，意欲扰乱中华，其心可诛。先前朝廷忙于平定成都史歆、益州夷人、中原巫妖及交阯数次叛乱，一时无力征伐匈奴。近来中原太平无事，也该教训教训这不听话的邻居了。只是挛鞮比实力雄厚也不可小觑，还当除去其羽翼，方好拿匈奴开刀。祭肜辽东大捷，鲜卑一时无力与挛鞮比狼狈为奸。既然马援请旨北伐，倒不如命其征讨乌桓，扫清匈奴外援。也好借此敲打满离、高句骊这些外族，莫再唯匈奴马首是瞻。尤其那乌桓歆志贲部众，盘踞渔阳赤山，更是嵌在大汉边陲的肉中之刺，还当尽早除去为妙。

马援得诏，虽说皇帝没有准许北伐匈奴，却可征讨乌桓，也是兴奋不已。本就已经整装待发，只等一纸诏书，随即装运粮草、集结兵马向北开拔。马援三千兵马皆是突骑，行军迅速，走代郡出五阮关，十数日便已离开大汉境域。

时已入冬。此时出征，在中原并不是什么难事，尤其农闲之后交战，对一年耕作没有什么影响，正是用兵的最佳时机。可对出塞征伐的将士来说，就有些吃力了。刚入冬后，中原不过稍有冷意，可塞外早已是天寒地冻，马援为将士们准备了冬衣，倒也不惧风寒，只是衣甲显得臃肿迟缓。马援也知这般出征，使得突骑的迅捷打了不少折扣，可辽东刚刚大胜一场，鲜卑惊慌失措，蛮族人人自危，正是北方外族最为脆弱的时候，此刻出兵必能有所斩获。

可马援却是要失望了。

辽东一战，鲜卑惨败的消息传遍北方。乌桓闻风丧胆，唯恐汉兵大军征讨，早已率众北逃，便是那歆志贲也领了部众逃离赤山。汉军出了五阮关后，一路北上，却不见乌桓踪迹。离大汉越来越远，马援心中也有些不安，毕竟只有三千突骑，所携粮草辎重也是有限，不敢过于孤军深入，只得再掉头东行，沿着上谷、渔阳边界找寻乌桓大军。

不觉中，马援出塞已有近一月。虽然汉军也找到些许散兵游勇，在三千汉军突骑面前，全无抵抗之力，转瞬便被击溃逃散，斩获敌首百余级。只是大军北伐，这点战果如何能让马援心满意足？可下过数场大雪后，不但行军愈发艰难，更是将乌桓所留蛛丝马迹掩盖得再难找寻。冰天雪地、银装素裹，倒也显出素净之美，马援却无一点心思欣赏雪景。所携粮草辎重即将耗尽，北伐乌桓已然没了可能，马援纵有万般难舍，也只得收兵南下，寄希望于来年再次北伐。然而就在汉军饥困之中徐徐退往汉境的时候，马援满心期待的乌桓大军不合时宜地出现了。

虽然乌桓举众北逃，可为防汉军追杀，也多留斥候探寻汉军动向。得知汉军不过三千突骑，总算松了口气。随着时日推移，眼见汉军退兵，乌桓终是动起了心思。汉兵大张旗鼓北上，却被消耗了近月后，早已没了锐气。如今人困马乏已是强弩之末，这样的对手有何可惧？歆志贲心痒难耐，说动诸部乌桓，凑得近万骑兵，悄悄尾随于汉军之后，找寻时机意欲一口吃掉三千汉骑。

寒风阵阵，雪花飘飘，马援的心已然掉进了冰窟窿中。初来北境时，将士锐不可当，纵然面对乌桓千军万马，也有一战之力，然而此时是汉军最为脆弱之时，忽遇敌军主力决然没有胜算，遂命全军尽舍辎重，快马加鞭退回关内，又领亲卫侍从统兵千余断后，以防被乌桓彻底咬死。

乌桓见汉军惶恐南逃，皆是兴奋不已。汉军如此不堪一击，当真惹人笑话。而鲜卑妄称骁勇，被这样一群乌合之众杀得死伤殆尽，真是丢尽了同为东胡祖上的荣耀。今日便让我乌桓勇士，用汉军的鲜血洗刷鲜卑战败的耻辱。随着一声尖利的号角响起，乌桓骑兵如同围猎一般拉开阵势，恶狠狠地朝着汉军扑来。

然而越来越近后，乌桓骑兵却松散起来。歆志贲放眼一瞧，就见不少骑士放着汉军不追，反倒去搜寻汉军所弃辎重来。乌桓游牧为生，与匈奴一般多靠劫掠汉人获取金银财帛、日常所需，勇则勇矣，却无多少军纪可言，追杀汉军固然诱人，毕竟三千战马也不是个小数，可汉人又不傻，早已玩命逃去，怎会待在原地等人来抢？倒是汉人所弃的车马辎重全无反抗之力，信手取来轻松无比。既有近财，又何苦去追汉兵？一时不少部众争抢车马，乌桓骑兵再无阵势可言。歆志贲恼怒不已，连连呵斥各部速速集结向南追击，不可使汉人逃入关内。虽然也有不少人慑于歆志贲而心有不甘地舍弃辎重，可乌桓部众繁多，也有不少人冷笑一声，全然不顾歆志贲将令，直到将汉军辎重瓜分干净，这才心满意足集结过来。

就在乌桓骑兵阵势稍稍有些规模时，便见远方汉将忽而折返，对着尚有些混杂的乌桓骑兵一通箭射，逼得乌桓士卒躲避箭袭，使得初成的军阵一下子复又乱了起来。歆志贲还道汉军袭来，传令全军小心戒备，谁知汉军射了一通后，全无冲杀之意，调转马头复又向南逃去。

歆志贲恼羞成怒。汉军欺人太甚，这点兵马还敢戏耍乌桓大军，当真不知死活，此刻哪还等得了全军集结，匆匆领了尚有些阵势的本部数千人马，便向汉军疯狂追去，必要将这些汉人斩尽杀绝，方解心头之恨。

虽说乌桓兵马先争抢辎重，后又为箭袭所扰，早已被汉军逃去多时，可乌桓人生于北境长于北境，早已习惯了北方风霜雪雨，熟悉这里一草一木。大雪固然对乌桓造成不小阻碍，可对于人生地不熟的汉军来说，更是苦不堪言。未过多久，歆志贲便已远远瞧见汉军尾巴，兴高采烈领军直冲上去。乌桓本以为杀戮汉军尽在此刻，谁知那汉将见追兵已至，却无半分惊惧，领着为数不多的汉兵边向南逃，边以弓箭阻挡乌桓骑兵。虽然乌桓善于骑射，可在汉兵顽强阻截下，倒也不敢全力追击，而歆志贲手中只有数千骑兵，也怕汉军狗急跳墙反噬一口，不敢分派兵马绕去侧翼截断汉军归路，只能徐徐追击，收割落单汉军的性命。虽说乌桓击杀汉兵斩获不多，可在追击之中，逼得汉军为求活命策马狂奔。雪地本就湿滑，草坑被雪覆盖，成了无数隐藏的绊马索，汉军骑兵不识路途，滑倒的、绊翻的战马比比皆是，有些伤得不重，爬了起来便继续逃亡，有些却被折断了马蹄，挣扎几次也不能站立起来。汉军骑士虽然不舍，可为了活命，只能和别人共乘一马向南逃去，将那些受伤的战马尽皆舍弃给了乌桓。

不觉中，乌桓与汉军一前一后已经耗了一日，虽然没能斩杀多少汉兵，却得了近千匹战马，稍加医治，便可再上战场。而上谷边境已经不远，太守王霸可不是什么省油的灯，歆志贲盘踞渔阳赤山十数年，没少吃王霸的亏，也不敢继续南下，只得见好就收，悻悻回兵。

就在此时，便见北方忽然出现大批兵马，歆志贲吓了一跳，还当中了汉军诡计，正在思量如何保命，却发现北方兵马并非汉兵，而是落在后面的乌桓骑士，这才松了口气。再仔细一瞧，却觉得人马远超自己所想，就见兵马中竟有万余匈奴部众。

原来，自辽东一役鲜卑惨败之后，挛鞮比在青山和辽东两处密谋皆为汉军所破，虽然死伤多是青山胡和鲜卑人，匈奴并未伤及筋骨，可这两战之后，大汉气势复盛，着实对匈奴不利。不少北方胡族原本和乌桓、鲜卑一般皆是匈奴附属，如今大汉兴起，不少人不再像先前一般俯首帖耳，若任由局势这般发展下去，匈奴在北方的霸主地位将不复存在。挛鞮比正思谋着如何痛击大汉一番挽回颜面，便听闻汉军北伐乌桓不成，反被歆志贲击退。挛鞮比惊喜之余，自然不肯放过这绝佳良机。随即遣骑兵万余南下，与乌桓合兵，趁着汉军败退之际，一举侵入上谷。

蛮兵寇境，上谷太守王霸全无一丝戒惧。莫看匈奴、乌桓人多势众，上谷守军不过万余，其中除了数千骑兵，剩余皆是流放刑徒，然而王霸出任上谷太守已有十余年，与匈奴、乌桓大小数百战，眼前这点阵仗还真吓不到王霸。前些年马成奉命修缮中山一线防御，王霸亦在上谷广起烽燧壁垒，自代郡至平城三百余里连绵不绝，更请旨于朝廷，疏通温水漕运，使得粮草补给不但没了陆运损耗，数日间便可达上谷、代郡全境。而渔阳太守张湛，与王霸协力抵御匈奴，使得渔阳日渐稳固，遂于狐奴开稻田八千余顷，劝民耕种，仓廪殷实，使得幽州边境全无粮困之忧。但凡蛮族侵扰，只需严防死守，匈奴、乌桓决然占不到什么便宜。虽说马援北伐失利，可兵马主力尚在，有马援军士协防，任凭蛮族如何来势汹汹又能如何？

望着严阵以待的汉军，匈奴大失所望。听闻汉军被乌桓击退，本以为汉军必然人心惶惶，此战摧枯拉朽必胜无疑，可上谷守军哪有半点慌乱迹象？自建武九年，王霸击退驰援高柳的匈奴左南将军数千精锐骑兵，声名早已传播于草原。若非听闻汉军败退，匈奴也不想轻易来上谷招惹王霸。眼见上谷无利可图，哪敢强行攻城，只得避实就虚，绕过上谷防线，欲出奇兵直取中山。然而匈奴所图岂能不被王霸察觉？各县城池早已坚壁清野，百姓皆已退入城中。匈奴虽未遇到多少抵抗便已行至中山，可有太守马成防御，匈奴也占不到什么便宜，反倒是深入汉境，补给不易，劫无所获立时陷入困境。有心强攻城池，可一者骑兵不善攻城，二者汉军游骑时隐时现，也着实不敢掉以轻心，只能灰溜溜退回边境。

匈奴、乌桓联军在上谷僵持了十数日，满是失望退兵而去。王霸、马成守境有功，得朝廷嘉奖，而马援北伐不成，虽保大军未失，却损马匹千余，更是引来匈奴、乌桓联军寇境，本该降罪，却因皇帝恩宠正盛，也便功过相抵，召回京师休养。只是此时大汉朝廷尚不知道，这次匈奴入侵草草退兵，虽与王霸、马成防线稳固脱不开干系，还有更为重要一点原因。

匈奴大单于死了！

䜣鞬比觊觎大单于之位不是一日两日了，只是大单于乃其季父，威势正盛，而䜣鞬比羽翼未丰，一直不敢造次。虽然䜣鞬比数十年侵扰汉地，在匈奴战功显赫，却也不敢与匈奴王廷公开为敌，甚至忍气吞声接纳大单于所遣使者两骨都侯对自己的监视。这两年，大单于好不容易放松了对䜣鞬比的管控，正遇卢芳重新逃入匈奴，䜣鞬比压了数年的邪火，一下子全都泄在大汉身上。先是两次侵入天水、右扶风，后又煽动青山胡反叛，再说服鲜卑联兵杀入辽东，虽然胜负参半，可䜣鞬比斩获颇丰，总算一扫多年来的抑郁。

按理说大单于忽然病逝，该当传告匈奴各部王侯大人入王廷吊唁，共拥新单于即位。只是䜣鞬比势力庞大，为防生变，此事还是瞒着䜣鞬比了。然而世上没有不透风的墙，王廷遮遮掩掩，还是被䜣鞬比得知了。大单于在世时，为挟制䜣鞬比，将䜣鞬比弟弟渐将王索留于王廷充作人质，大单于刚死，渐将王趁乱将此机密之事传告于䜣鞬比。䜣鞬比正遣兵与乌桓共侵上谷，忽闻此讯，哪里还能坐得稳当？着急忙慌收兵北上，欲争夺大单于之位。可䜣鞬比还是慢了一步，那大单于之子乌达鞬侯唯恐夜长梦多，不等大单于下葬，便草草继任大单于之位，昭告匈奴各部。

䜣鞬比恼怒不已，只是木已成舟，再思量自己实力，一时也没了继续争位之心。心灰意冷便打算撤回领地，老老实实继续做自己的右薁鞬日逐王。正在犹豫中驻足观望数月，这时便有弟弟渐将王密使入营，所带讯息令䜣鞬比既觉惊喜，又感愤懑。乌达鞬侯还未坐稳宝座，便又暴亡于王廷。一时流言四起，多是说老单于尸骨未寒，乌达鞬侯便急不可耐地继任大单于之位，引得神鬼不满，这才暴病身亡。而本已稍稍缓解的旱情忽然加重，蝗虫更是不知从何处袭来，不足月余光景，已搅得北方赤地千里、草木尽枯。伴着旱蝗大灾，又起了瘟疫，牛马羊群死伤不计其数，饥困交加人口锐减。北方各部大人争闹不休无济于事，又戒惧挛鞮比驻军于南方不明用意，遂共立乌达鞮侯弟弟蒲奴继任大单于。

数月中两次与大单于之位失之交臂的感觉并不好受。挛鞮比为乌达鞮侯的暴亡稍稍欢喜了片刻，便陷入深深的愤恨之中。并非挛鞮比痴心妄想一心要夺大单于之位，在挛鞮比看来，身为呼韩邪单于之孙、乌珠留若鞮单于长子，本就该当自己继任大单于，却被季父夺去尊位。这些年自己为匈奴开疆拓土功不可没，也该当自己重新夺回大单于之位了。却是事与愿违。自己争不过季父也便罢了，他两个儿子何德何能窃据高位？北方诸部大人真是瞎了眼，怎就愿意屈服于蒲奴那个软蛋？

挛鞮比出离愤怒了。有心即刻挥师北上，趁着王廷疲软人心惶惶，一举擒杀蒲奴强夺大单于宝座。可又一想北方正闹瘟疫，听那动静还真不敢轻视，自己冒然北上，就算心想事成，万一也被那瘟疫侵扰，自己数万雄师受损，又背负个弑君夺位的恶名，不但汉人是自己强敌，乌桓、鲜卑那些属国蠢蠢欲动，就是匈奴各部都将对自己不利。有了这样的顾虑，挛鞮比又犹豫起来了。

正左右为难，便闻营外一片嘈杂之声，待出帐去瞧，便有侍卫报奏："乌桓骑兵袭扰大营，已被击退。"

虽说乌桓名为挛鞮比属国，可实则与匈奴并非同心，更有亡国之仇，只是戒于挛鞮比威势不敢造次。即便这样，也与挛鞮比大小摩擦不断。数月前，挛鞮比刚刚与乌桓联兵南征上谷，乌桓在此时生乱确实让他有些不明所以。挛鞮比心生狐疑，忙遣斥候一路查探，所得消息令挛鞮比兴奋不已，一条毒计几乎在一瞬间萌发了。

虽然匈奴王廷刻意隐瞒旱蝗瘟疫之事，可乌桓领地与匈奴接壤，不少部族更是与匈奴混杂，匈奴灾情自然逃不过乌桓耳目，反倒是挛鞮比所获消息要比乌桓晚上许多。乌桓诸部先前联兵侵袭上谷，虽然夺得千余马匹，却再无所获，心有不甘中得知匈奴受了天灾，实力急剧转弱，这让乌桓如何不喜出望外？本就与匈奴血海深仇，此时老天爷要惩治匈奴，乌桓如何不再去添把劲？郝旦、歆志贲诸部再次合军，得数万精骑，一路北上，欲灭匈奴以报大仇。路遇挛鞮比大营，还当挛鞮比也是外强中干，遂使游骑袭扰一探虚实，见势不妙便匆匆退去了。

乌桓袭扰挛鞮比不成，心中不由有些迷惑，只听说匈奴受灾死伤大半，可这挛鞮比兵马分毫不见衰弱，莫不是传言有诈？今日与挛鞮比为敌，只怕过不了几日便要受匈奴复仇泄愤了。一想到难敌挛鞮比大军，各部心生退意，有的想要率众离去，有的想要早早敬献财货以向挛鞮比谢罪。数万精骑眼见便要分崩离析，挛鞮比非但没有领军向东，反倒退兵南下，丝毫没有复仇之意。而又有消息自北方传来，言匈奴王廷灾情愈发严重，骑兵早已没了战马更替，数十万大军已然成了摆设，匈奴各部争闹不休，新单于难以禁绝，匈奴王廷破败在即。

乌桓联军再次沸腾起来，早就听闻挛鞮比与匈奴王廷不和，今日乌桓联军袭扰其营，挛鞮比非但没有阻挡，反倒南去，其意显而易见，分明是不想替匈奴单于抵挡乌桓大军。虽然似乎也有借乌桓之手除去匈奴王廷的嫌疑，可越是这样，就越让乌桓确信，匈奴王廷危若累卵。否则，挛鞮比受单于之命管束乌桓，一旦王廷受到乌桓侵袭，必是要拿挛鞮比问罪的。挛鞮比既然不怕匈奴王廷，更有意放乌桓北上，足见单于已经约束不了挛鞮比了。乌桓各部欢呼雀跃，随即挥师北上，直奔匈奴王廷。

蒲奴继任大单于还未有月余，已然被这个尊贵无比的称号折磨得不堪重负。兄长乌达鞮侯继任时，升迁自己做了左贤王，备为国储。本以为兄长正值盛年，怎么也要过个十年八载才有点盼头，谁知短短月余，兄长暴病身亡，将大单于抛给了自己。若在前些年，蒲奴忽然捡个大便宜，自然喜出望外。可眼下多事之秋，这样一个烂摊子丢给蒲奴，实在让他有些力不从心。

其实早在数年前，北方便已有了旱情，只是草原雨水本就算不得充沛，游牧为生的匈奴也习惯了这种时而干旱的气候，只要尚有水草可寻，牛马羊群饿不了肚子，那匈奴便足可屹立不倒。谁知这次大旱竟持续了这么久，更是在近来愈演愈烈，各部领地都已绝了水源，为了争夺仅存的零星半点草场，几乎都要动了刀兵，若非戒于匈奴王廷，只怕各部早已分崩离析。

蒲奴年纪轻轻继任大单于，虽有不少部族支持，却也难以服众，各部大人面上还对大单于尊敬有加，实则借蒲奴之名相互倾轧。蒲奴整日忙于调停纷争，已然身心疲乏。可那挛鞮比又不让蒲奴省心，如一只饿狼般驻扎南方，对王廷虎视眈眈，实令蒲奴如芒在背。不住埋怨父亲在时，没将那挛鞮比斩草除根，害得自己大单于之位岌岌可危。

稍让蒲奴有点安心的是，挛鞮比本是引兵北上意在争夺大单于的，可自己兄弟抢先即位，断了挛鞮比念想。而挛鞮比也没有丧心病狂地直扑王廷以武夺位，反倒是驻军于南方后，北方各部大人因当年力挺父亲即位而与挛鞮比生隙，恐遭挛鞮比复仇只能对蒲奴俯首称臣，更是各引兵马护卫王廷。虽说匈奴因干旱瘟疫兵马大损，可百足之虫死而不僵，依旧凑得数万大军，好歹震慑挛鞮比一时，也让蒲奴多少有点底气。只等旱情稍解，王廷实力复原，再缓缓谋图挛鞮比，蒲奴便可真正坐稳大单于宝座了。

就在蒲奴做着重振匈奴雄风美梦的时候，乌桓精骑的铁蹄踏破了蒲奴的梦乡。乌桓骑兵几乎没有费多大力气便已突破外围防线，匈奴士卒没了战马，连抢先退回王廷防备敌袭的机会都没了，待乌桓大军出现在匈奴王廷的时候，外围败兵尚在百里之外。匈奴乃是游牧为生，逐水草而居，即便王廷所在也没有城池护全。单于的王帐被无数的毡房环围，只能依靠被饥困和瘟疫折磨得疲弱不堪的兵将御敌。

看着昔日高高在上的匈奴权贵仿若正在洗澡的妇人被人看到一般露出惊恐的眼神，乌桓大军兴奋得血脉膨胀起来。这些被匈奴亡国近两百年的东胡人，先祖的荣耀和国家的威严在匈奴的统治中卑微地蛰伏于血脉深处，今日天神开目怒火终得宣泄，无数的东胡人兴奋地高呼着，嘶吼着，就像当年匈奴人追杀东胡人一般，肆意砍杀着乱哄哄的匈奴人，要让世仇的鲜血染红每一条本属于东胡人的河流，要让敌人的尸体躺满每一寸本属于东胡人的土地。

望着乌桓大军如入无人之境，各部匈奴兵将一触即溃，蒲奴绝望了。此刻哪还有半点大单于的威仪，只想早点逃离这块是非之地。金碧辉煌的单于王帐，此刻仿若黑暗中的烈焰、砂石中的宝珠，吸引着杀红了眼的乌桓兵马恶狠狠地扑来。若是落到他们手中，只怕多是要千刀万剐祭奠东胡先祖了。蒲奴哪敢停留片刻，喊了亲近大臣，引了嫡系部众，狼狈地向北方大漠深处逃去。

10

匈奴帝国的裂变

身在洛阳的刘秀对匈奴的变故尚不得知，正为国内一些事忙碌不已。

自去年辽东一战，祭彤打出了大汉的威风，鲜卑自不必说，对祭彤闻风丧胆不敢复窥关内。乌桓在上谷没占到什么便宜，也是远遁而去。而相邻的满离、高句骊这些部族，就更不敢挑战大汉威仪，一时北边一片安宁气息。就在此时，远在西域的车（jū）师、鄯善等西域十六国入洛阳遣子入侍朝见汉帝，欲效仿孝武皇帝时旧事，甘为大汉属国，并请朝廷委派都护进驻西域，以示对大汉忠心。

自王莽当政，贬斥外族惹得天怒人怨，原西域都护相继被杀，三十六国皆背弃汉人，转而依附于匈奴，与汉人绝交已有数十年。如今再次通使，对朝廷来说，自然是一件喜事。外藩内附不但是对大汉朝廷的恭顺，更是宣告于世人，强盛的大汉终于回来了。刘秀虽然心中欢喜，却对西域诸国所求之事有些迟疑不决。西域远离中原，情势错综复杂，当年孝武皇帝时的三十六国，早已相互分裂侵夺，变作五十五国，有些国家日渐强盛，有些则已然灰飞烟灭。

其实，数年之前，西域莎车国主便已遣使朝见光武，请置西域都护。这莎车国刘秀早有耳闻。西域诸国叛汉而去时，唯独莎车国庇护汉人官署家眷，依旧以汉朝属国自居，更是以举国之力抗拒匈奴。新朝覆灭群雄割据时，莎车国主康王数次与窦融通书，求问中原局势，愿汉人早日平息动荡，复与西域相通。终在刘秀平定中原后，莎车国遣使入汉。然而刘秀正忙于调兵遣将平定益州史歆及交阯征氏叛乱，尚无力染指西域，又不甘西域诸国久为匈奴爪牙，遂封莎车王为西域都护，监管西域诸国。当时的莎车国主已不是康王，而是其弟弟贤王。贤王倒也有些尊汉之心，却更多的是对西域诸国的野心，有了大汉官职，对西域诸国多有侵占。就连大宛、龟（qiū）兹（cí）、疏勒、于阗（tián）这些大国都渐渐被贤王兼并。

如今车师、鄯善诸国来朝，一方面是对匈奴横征暴敛敢怒不敢言，一方面也是戒惧莎车贤王日益强盛，唯恐遭其吞并，故而欲臣服大汉以求庇护。

虽然大汉国运蒸蒸日上，可刘秀心知肚明，中原经历了数十年动荡，此时还远没有恢复孝武皇帝时的国力。若准了西域诸国所请，一旦匈奴侵夺西域，车师诸王必然求大汉出兵庇护。此刻刘秀尚不知匈奴内乱之事，自然不会为了外藩属国而徒费大汉国力。尤其有了莎车国贤王受封之后疯狂吞并数国的前车之鉴，刘秀也不愿轻易再设西域都护，免得搅进西域五十多国错综复杂的关系当中，若处置不当，反倒引得诸国不豫，闹得里外不是人了。遂对车师诸国使团款待一番，多以金宝财货赏赐，质子也未留于洛阳，皆送还西域。

西域诸国使团万分失落地离开大汉后，南方突然发生地震，尤以南阳最为严重。刘秀传诏天下，免去南阳全境一年赋税，凡死于地震中者，每人赐钱三千置办棺材，吏人死于天灾而家中羸弱不能找寻其尸骨者，由郡府出资雇人搜寻亡者好生安葬。又使谒者细查历年案卷，评理诉冤，凡地震前犯死罪系于囚中者，皆减死罪一等，其余囚徒皆去刑具赐以衣被。就在朝廷忙于地震救灾之事时，渔阳忽有八百里加急快书送于京师，那匈奴右薁鞬日逐王比遣使渔阳，欲求汉帝和亲。

比数十年为祸大汉边境，去年不但侵入天水、右扶风，更煽动青山胡、乌桓、鲜卑先后作乱，究竟是如何转了性，欲与大汉和亲？比野心勃勃，若是没有什么事，怎肯轻易向大汉低头？刘秀满腹狐疑，遣中郎将李茂往渔阳一行，借商谈之机，一探匈奴和亲缘由。

却说比争夺大单于之位不成，暗中放纵乌桓精兵侵入匈奴王廷，杀得新单于蒲奴大败而逃，北徙数千里，一时漠南地空。比被匈奴王廷压抑数十年，总算出了口恶气。本该乘机侵占王廷领地，扩充实力，然而旱蝗大灾闹得赤地千里，即便抢占土地也没有半分收益。何况这天灾渐渐向南侵袭，比终于也没有逃脱旱蝗瘟疫侵害，损失不在少数。

如今大单于仓皇出逃，比实力又远不如全盛之时，乌桓已然不受比管束，反倒是和鲜卑一起，对比磨刀霍霍，只是慑于比余威而不敢轻举妄动罢了。一旦得知比部也和匈奴王廷一般衰落，又怎会轻易放弃眼前这块肥肉？听闻西域诸国往中原朝拜，无论结果如何，只怕都不会再像过去那般俯首听命。挛鞮比东西两线腹背受敌，想想蒲奴的败逃，挛鞮比颇有些唇亡齿寒的悲凉。若说挛鞮比勉强还能震慑住乌桓、鲜卑与西域诸国，最让他寝食难安的是，匈奴与大汉积怨已深。早些年挛鞮比先后扶植彭宠、卢芳对抗中原，近来又数次侵扰大汉，更是窝藏那降汉复叛的卢芳避难于塞外，一旦大汉得知匈奴内乱之事出兵北伐，挛鞮比三面受敌，亡国不远矣。为求避祸，挛鞮比只能放下昔日的尊严，欲以和亲为由，缓和与大汉的关系。

刘秀得知真相，自然喜出望外。且不说挛鞮比国势衰败乞求和亲，单说匈奴王廷惨败出逃便足以让刘秀欢欣雀跃了。高祖爷一统中华建立大汉，冒顿单于亦横扫草原统一匈奴，长久以来便是大汉北方强敌。今日忽然败落，压在大汉头顶的乌云立时烟消云散，至少十数年间匈奴再难为祸北境。这对于经历了数十年战乱、急需休养的大汉真是个天大的好消息。对匈奴究竟是战是和便成了眼下一个亟待解决的问题。此事刚在朝会传开，立刻引得朝野一场争论。

以臧宫、马武为首的臣子强烈主战。愿各请突骑五千，趁着匈奴疲敝，一举歼灭其众。臧宫本就是刘秀心腹爱将，平定原武叛乱后，愈发得刘秀宠幸，掌管京师防务。马武本为绿林旧将，却因战功卓著对刘秀忠心不二而深得刘秀赏识。虽然为人粗疏，数次在刘秀大宴群臣时阔达敢言，也未被刘秀责怪，便是触犯法纪免去军职，也没有受到刘秀过多深责，更是转封大国留奉朝请，足见刘秀对其看重。臧宫与马武皆是军中举足轻重的人物，他二人请战，自然引得不少将军校尉附议。需知天下已定，国内已很少再有用兵之事，唯有讨伐外族开疆拓土，方有武将成就功名的机会。卫青、霍去病不都是讨伐匈奴而得流传百载？匈奴衰败，正是痛打落水狗的绝佳时机，天赐军功如何不取？在一片请战声中，便是不少文臣都受影响，谏言朝廷早日北伐。

主和却是以耿国与王霸为主。耿国乃是开国功将耿弇三弟，虽然早在建武四年便伴驾左右，常从征伐却无一战之功，反倒是先后任顿丘、阳翟、上蔡县令，政绩斐然而受刘秀青睐，又将本该由其承继的隃麋侯爵位让于幼弟耿霸而被朝野敬佩。耿国官拜五官中郎将，虽有军职却无军功，在军旅中不免有些言轻，又有主和之言，在崇尚勇武的将校来看，耿国多少有些怯战之嫌，只是敬于其父兄威望，不敢明言罢了。可王霸却是刘秀亲信大将，若论战功，丝毫不逊于臧宫、马武。更何况王霸屯兵于上谷，与匈奴对峙已有十余年，熟知边事，在是战是和的问题上更有发言权。虽说王霸与匈奴交战许久，却一心主和，当真出人意料。其实早在数年前，王霸便已知挛鞮比与匈奴生隙之事，故而数谏刘秀与匈奴和亲，从而分化匈奴解决边患。如今挛鞮比主动请和，王霸自然乐见其成。

这般一来，主战主和之言倒是旗鼓相当。在这样的争论声中，刘秀一时也拿不定主意。在刘秀看来，虽然开疆拓土对于君王来说固然诱人，可深入大漠北伐匈奴，沿途人烟稀少，所需钱粮补给多是要靠朝廷的，这样庞大的开支对于刚刚稳固的中原还是有些吃力。孝武皇帝大破匈奴，逼得单于几乎没有立足之地，虽然大长汉人志气，打出了大汉的威势，可国家积攒了数十年的积蓄损耗巨大，国力严重退缩。而如今匈奴虽然转弱，却仍不能小觑。尤其马援出塞讨伐乌桓无功而返，给了刘秀太多警示。游牧民族居无定所，避而不战就已让汉军出师无功，若再寻机偷袭，汉军不但占不到什么便宜，更有败亡之危。

朝廷正为此事议定不下，忽有荆州军报，南郡潳山蛮夷渠帅雷迁起兵反叛，已有万余之众，寇掠百姓攻杀城池，郡府告急。南郡蛮人本属巴郡，昔日秦惠王兼并巴蜀，以其中巴氏为军长，妻以秦女，受封秦爵，战时随军征伐，休时归乡养家，年交赋税二千余钱，每隔三年多交义赋一千八百钱。光武中兴，依旧以秦制予以管束。相较而言，南郡蛮人赋税并不繁重，忽然反叛，有些出乎意料。

刘秀细想一番，前些时日南阳地震，南郡紧邻其地，只怕多少有些波及。刘秀对南阳多加抚恤，免了全境一年赋税，南郡却无多少赈济，对蛮人自然薄待了些。只怕那雷迁多是因此煽动族人叛乱了。刘秀正为匈奴之事左右为难，南郡蛮人反叛让刘秀十分不快。

益州叛乱已过去数年，成都史歆、益州夷人、越嶲任贵的叛乱影响已经散去，益州也稳固如初。刘秀随即传旨蜀郡，命武威将军刘尚交割地方军政，领兵一万，自巴郡沿江东下，讨伐南郡叛乱。

雷迁不过无名之辈，了无长远之志，不过煽动蛮人掠夺财货图一时之快罢了，怎知朝廷大军不过月余便已开赴南郡，早已惊得手足无措，有心退归山林领兵抗拒，却已被顺江而下的汉军截断去路，叛兵了无战心，纷纷乞降，看似声势浩大的叛乱转瞬平息。朝廷本对南郡蛮人甚是优厚，却仍叛乱，刘秀恼怒之中将反叛蛮人七千余口徙往江夏，免得再生事端。

刘秀正欲再言匈奴和亲之事，谁知数月之中，大司徒蔡茂、大司空杜林、强弩大将军琅琊太守陈俊先后薨逝。蔡茂、杜林高居三公，主持国政，对国家而言自然功不可没，而陈俊更是开国功将，追随刘秀南征北战，尤其在东征张步时功勋卓著，牧守琅琊十数年，保青州太平无事，如今薨逝于洛阳，也是让刘秀感慨不已。皆赐棺椁，厚赠财帛，征杜林之子为郎官，使陈俊之子继承爵禄。

三名有功之臣先后薨逝，辞去大将军之位留奉朝请的鬲侯朱佑近来也是沉疴难起，只怕不久于人世了。朱佑对朝廷的功绩自不必多说，与刘秀的关系更非一般人可比拟。朱佑与刘秀自幼相熟，还沾些远亲，早年助刘縯起兵征战南阳，后追随刘秀纵横天下忠心不二。天下一统后，朱佑与耿弇一起辞去军职上交兵权，研习儒术讲学于太学，更是不惧碰触他人利益，引经据典主张削去刘氏宗亲王爵，降为侯爵，并谏言去三公“大”名，改称司徒、司空、太尉，以此为刘秀收拢王权。朱佑所做之事无不是为朝廷所想，如今大限将至，刘秀数往探视好不伤感。如此一来，只得暂将匈奴和亲之事后延。

不觉中，匈奴之事耽搁了近一年时光，刘秀倒也没有置此事全然不顾。既然乌桓偷袭单于王廷，已与匈奴交恶，倒不如为己所用。无论与䪥鞬比是和是战，且遣使者先往乌桓一行，以东胡灭国之仇游说乌桓部族，又重金赏赐各部大人，引诱乌桓继续侵扰匈奴。至少也要加深乌桓与匈奴之间隔阂，免得匈奴为求自保，委曲求全而与乌桓言和。游说乌桓之事倒还顺利，虽然渔阳赤山乌桓歆志贲对大汉的招拢之意不置可否，然而辽西乌桓郝旦还是兴然应允。毕竟郝旦领地与匈奴相近，长久以来受匈奴盘剥尤为严重，故而与匈奴关系最为恶劣，本就有心置匈奴于死地，今又得汉帝财帛赏赐，自然求之不得，遂联结其亲近各部继续找匈奴麻烦。

刘秀本以为有乌桓在一旁侵扰蚕食，匈奴之事暂可放下，䪥鞬比求亲也能从长计议，却忽有紧急军情自并州西河传来。䪥鞬比统领八部匈奴，合步骑老弱近十万众忽然南下，不日将入并州。闻听此讯，刘秀心中一惊。䪥鞬比这阵势，只怕是尽起部众，这般声势浩大究竟意欲何为？往年匈奴侵扰，最多也不过万余骑兵，仗着马快来去自如，掳掠一番便迅速退去。此番不但有步卒随军，更是裹挟老弱而来，只怕不会像往常那般轻易退去了。究竟是因为和亲之事久久不得朝廷允诺而生恨意？又或是得知大汉暗中扶植乌桓与匈奴为敌？还是匈奴灾情又甚，挛鞮比不得不南下避祸？就在刘秀万分狐疑之中，正准备调兵遣将防备敌袭时，西河又有奏疏送到，言挛鞮比非但未提和亲之事，反倒求告朝廷，甘为大汉属国，更是遣亲信郭衡献上匈奴地图，以示归汉诚意。

相较于和亲而言，挛鞮比此番愈发卑躬屈膝，让刘秀当真有些意外。待使人问过郭衡，这才得知，就在朝廷为和亲之事商讨不决的这一年当中，挛鞮比终是与匈奴王廷彻底决裂了。

虽然挛鞮比向汉帝乞求和亲乃是隐秘行事，可时间拖了这么久，终是被那奉单于之命监视挛鞮比的两骨都侯察觉。大单于蒲奴被乌桓袭破损伤不在少数，北逃千里后，收拢各部人马休养一年，实力稍稍恢复。而北方各部受乌桓奇袭后也不敢再各怀私心。蒲奴因祸得福，总算真正掌控了匈奴王廷大权。遂借五月龙祭之日，传告各部，命遣使者往王廷陪祭。挛鞮比久久不得大汉回书，也不敢和匈奴王廷撕破脸皮，遂使两骨都侯拜见单于。如此一来，挛鞮比暗通大汉之事终是没能遮掩下去。两骨都侯力劝蒲奴，言挛鞮比素来欲为不善，对王廷多有怨言，今日背弃匈奴暗投大汉，若不诛杀，必然祸乱匈奴。

蒲奴早已对挛鞮比恨得咬牙切齿。乌桓叛乱与挛鞮比本就脱不开干系，如今更想把整个匈奴出卖给大汉，蒲奴如何忍得下去？遂命两骨都侯仍回挛鞮比部，不露声色充为内应，王廷遣万余精骑南下，里外夹击一举击破挛鞮比。

蒲奴自觉谋划得万无一失，却是小瞧了挛鞮比。挛鞮比与匈奴王廷生隙已非一日两日，至今安然无恙，除了兵精粮足实力雄厚外，与挛鞮比的精明小心也脱不开关系。蒲奴与挛鞮比这个老狐狸一比，立时落在下风。虽然挛鞮比放两骨都侯朝拜大单于，却并未放松警惕，随两骨都侯一并遣亲信北上，密会留守王廷的弟弟渐将王，蒲奴所谋早已被探听得一清二楚。

待蒲奴大军千里奔袭侵入挛鞮比领地时，所面对的不是毫无防备的部众，而是挛鞮比近五万严阵以待的大军，两骨都侯又不见踪迹，蒲奴大军如何再敢轻举妄动，还未与挛鞮比交手便匆匆折返而还。

虽然挛鞮比吓退了单于大军，可也深知，经此事后，再也不可能容于匈奴王廷。这般一来，挛鞮比真是四面楚歌危在旦夕。尤其那本属挛鞮比管束的乌桓，自击溃王廷后，气焰日渐嚣张，时不时便来找挛鞮比的麻烦。挛鞮比眼见危机四伏，只得领了所属南方八部匈奴部众匆匆南迁，臣服于大汉以求自保。若汉帝容得下自己便好，如若不能，便和大汉拼个鱼死网破罢了。

得知挛鞮比南下意在降汉而非侵扰，刘秀心中稍安。看来欲速则不达自有其道理。若是在去年便允诺和亲之事，挛鞮比暂无大汉威胁得以喘息，腾出手来对付乌桓和匈奴单于，难保不会翻过身来，又如何肯向大汉服软称臣？

匈奴与大汉恩怨纠葛百十年，需要与挛鞮比细细商讨的事宜繁多。虽然在前汉宣帝年间，呼韩邪单于因匈奴内乱、五单于并立，依附大汉甘为臣子，对今日之事有不少借鉴之处。可此一时彼一时。当年呼韩邪单于降汉乃是兵败来投，而挛鞮比虽然势弱却还没有到难以自保的地步。若真接纳挛鞮比内附，必然是要划拨领地安置其众的，十数万匈奴族人如何管束也是个头疼的事，还是筹划万无一失再接纳挛鞮比为妙。只是挛鞮比临近西河，也不能熟视无睹，免得挛鞮比久不得诏铤而走险。刘秀一面遣使者往挛鞮比营中安抚诸部匈奴，一面传书于乌桓，暂缓对挛鞮比部众侵袭。

就在朝廷为匈奴之事议得热火朝天的时候，荆州再次传来警讯，经南郡蛮人雷迁叛乱后，武陵蛮人再次反叛。刘秀对此并不在意，雷迁叛乱声势浩大而草草收场，这武陵蛮人又如何翻上天去？朝廷对荆州各部蛮人还是十分优厚的，武陵蛮每年赋税仅布一匹而已，这般轻赋却仍不服统御，着实有些不知足了。遂遣武威将军刘尚，并领南郡、长沙、武陵万余兵马南下讨伐武陵叛乱。

可让刘秀没有想到的是，武陵叛乱远比南郡叛乱要艰险万分。

11

后院起火

刘尚接皇帝旨意，集结各郡兵马，乘船沿沅水南下。武陵紧邻南郡，相距不过数日行程，不觉便已至武谿。

刘尚乃是南阳宗室，当年刘縯起兵于南阳，刘氏宗亲便是刘縯柱天都部核心力量，刘赐、刘祉、刘嘉、刘终皆是征战南阳功臣。只是随着刘縯屈死于绿林之手，宗室虽然得更始皇帝封王封爵显赫一时，却也再少有过问兵事。刘赐名为丞相，实则权柄早已被绿林和更始皇帝心腹架空，更是外放南阳，仅凭早已被绿林瓜分的所剩无几的柱天都部抵御赤眉西侵，终是落个败逃淯阳。刘嘉倒是与更始皇帝亲近，故而稍有任重，封王汉中掌控兵马，虽然以寥寥数万之众大败赤眉绿林十几万联军于谷口，打出了南阳宗室的威风，可更始朝廷覆灭，刘嘉如无根之水全无倚仗，终是失了汉中根基。

自更始皇帝命丧于赤眉之手，光武皇帝荣登九五之尊，南阳宗室遂投于洛阳。按理说疏不间亲，南阳宗室与光武皇帝同出一脉，理应在朝政军旅中多多分担。可宗室虽然不失显贵，却并无多少权柄。

刘尚也细细想过，一者皇帝宅心仁厚，知战场厮杀多年，宗室子弟死伤不计其数，天下渐稳，也不用亲戚们再上战场，故而赐封爵禄安享富贵便好；二者时光荏苒，光武皇帝起兵河北时，周围早已聚集了无数文臣武将，无论是朝堂还是军旅，多已有了文能提笔安天下、武能上马定乾坤的能人，也没剩下多少军政要职封拜宗室；三者或也是因刘縯之事，皇帝多少与宗室有了些生疏，自然也就不会对宗室委以重任了。如此一来，南阳刘氏要么隐于朝中要么外放封地，再无一展才华的机遇。也就唯独刘隆，早年与光武皇帝有旧，又追随左右南征北战，终是凭着军功居于三公之首，倒是让南阳宗室引以为傲。只是刘隆虽出生于南阳宗室，可自幼居于长安，与南阳乡党还是有些隔阂。

可叹南阳宗室首起兵事讨伐王莽，最终却在军中没有多少立足之地，着实令人嗟叹不已。

好在除了大司马刘隆，南阳宗室中尚有刘尚在军旅任职。刘尚这些年来，也确实稍有建树。先是随大军西征天水、南伐汉中，后又两度攻破成都。只是军中名将云集，在征讨陇蜀中，吴汉、冯异、来歙、祭遵、盖延、耿弇、岑彭、臧宫、马武，哪一个不是成名已久？刘尚一个后起之秀，在这些名将光环照耀下自然显得暗淡不已。从军十数年，至今仍是个武威将军而无升迁，封爵更是遥遥无期，刘尚心中多少也有些失落。就连天水降将马援如今都已高官厚禄，怎能不让刘尚眼红？

好在刘尚年岁还不算大，老一辈宿将多已去世，除了镇守边关的王霸、马成，所剩无几的功臣多已安享富贵不问军政。即便刘隆居于大司马之位后，也脱去了征袍，不再亲领兵马征战沙场，刘尚总算熬到了独领大军一展抱负的机遇。先是平定益州夷人叛乱，后又诛灭越嶲任贵谋反，转又讨伐南郡蛮人暴动。几场仗下来，刘尚无有不克，为稳固大汉江山立下汗马功劳。尤其在越嶲叛乱中，早早发觉任贵不轨之心，不仅先发制人击溃任贵，更是将叛乱影响降到最低，使得越嶲局势迅速稳固，颇得朝野赞赏。

一时之间，刘尚在军中威信渐长，也颇有些统率三军的气度了。想想壮志得酬光宗耀祖，刘尚便觉兴奋起来。只要再平定武陵叛乱，天子也该当看清自己的价值，封侯拜相也不再是遥不可及的事了。

刘尚将行军之事交由副将管制，自顾自地想着那点心思。非是刘尚疏于军务，而是这一路行来，几乎没有遇到什么像样的抵抗。汉军乘船顺水而行，岂是武陵蛮子那些竹排小舟所能阻拦？远一些的被箭射死，近一些的直接用船撞翻，吓得叛兵再也不敢螳臂当车，只能躲在岸上远远射箭以期阻挡汉军一时。然而汉军战船行于大江中央，蛮人那些弓弩打打猎还行，要想迎着江风射中百步外的汉船真是痴人说梦。看着那些全无劲道的箭枝落在江水之中，汉军将士都懒得回击，只有被蛮人扰得烦了，这才一通齐射，惊得蛮人遁入山林。如此一来，除了偶有蛮人暗自窥探之外，便再无多少兵马敢来阻挠。

刘尚依斥候所探，一路直奔叛兵集结所在，欲以全军之力，一举击溃叛军主力。在刘尚看来，武陵与南郡相邻，此番蛮人叛乱只怕多少是受南郡雷迁影响，不过借着地震后的动乱，趁火打劫罢了。蛮人素无长远之计，待大军一到，必然如鸟兽散，雷迁便是前车之鉴，看似气势汹汹，实则不堪一击，想必剿灭武陵叛乱也不会难到哪里去。

刘尚正这样想着，前方战船突然停了下来，船队只得依次下锚以待军令。刘尚正要使快船上前探问，便见已有斥候登上帅船报奏："叛兵贼帅相单程，数次袭扰不得，已收拢兵马退往山寨巢穴。前方河道有一支流，唯有溯江而上，方可行至敌营。"

刘尚也未多想，既然已知敌军所在，那便转道而上便是。只不过溯江逆行自然比不得顺流便利，只能抽调士卒轮流上岸拉纤。可随着船队越走越深，蛮人似乎也已知汉军动向，袭扰愈来愈频繁起来。虽说都被汉军轻松击退，可将士们一边要顾及战船，一边要谨防敌袭，渐渐有些吃力起来。刘尚心中隐隐有些不安，可叛兵越是袭扰，越觉得这是相单程听闻汉军杀来而惶恐惊惧，不过垂死挣扎罢了。行军走到最后，江水愈来愈湍急，而两岸皆是悬崖峭壁，拉纤已无路可寻，船队再也无法继续前行了。

无奈之中，刘尚只得弃船登岸，留下千余兵士在江边驻下营盘守护战船，自领大军寻觅蛮兵踪迹深入山林之中。谁曾想登岸前远远便能瞧见叛军聚集的山头，可步入丛林之中，路径错综复杂，汉军在崎岖山路之中绕来绕去走了数日，这才迤逦来到敌营山下。

便见数座山峰耸立，夹着当中一条小路，弯弯绕绕隐没在山林之中。山上皆有蛮兵驻守，对汉军动向一览无余，高筑营垒虎视眈眈，只要汉军胆敢上前一步，便有无数礌石滚木倾泻下来。

瞧着蛮兵阵势，刘尚不由打了个冷战。相单程早早占据绝险之地以逸待劳，莫非自己中了诱兵之计？荒蛮夷人能有这等算计？刘尚心中犹疑，有心下令前军试探一番，可蛮兵气势已成，强令进军不过徒送性命罢了，只得伐木筑营，先稳住阵脚而后徐徐图之。

刘尚哪里能知道，这相单程可远非雷迁之辈能比拟。荆州虽多有蛮族，却并非同宗同祖，南郡蛮人出自巴郡，最有势力者共有五姓，分别为巴氏、樊氏、瞫（shěn）氏、相氏、郑氏，雷迁不在五姓之内，在南郡蛮族之中不过末流，虽然邀得万余叛兵，不过乌合之众。可武陵蛮人却是大有来头的。

相传远在中原上古帝喾（kù）高辛氏时，中原屡遭犬戎祸乱，汉人久征不克，帝喾乃访募天下寻求能人异士，誓言得犬戎大将头颅者，赐黄金千镒，封邑万户，并以帝女相嫁，然则无一人能遂帝喾之愿。宫中有一猛犬，毛色五彩，名为槃瓠（hù），颇通人性，甚得帝喾喜爱。槃瓠知无人能杀犬戎大将，遂离宫而去，旬日间口衔敌将头颅献于阙下。帝喾得见大喜，却又犯了难。槃瓠乃是猛犬，既不好封爵赐金，又难妻以帝女，如何犒赏实在难以定夺。而帝女得知此事，言天子不可失信于天下，遂甘愿屈身嫁于槃瓠。槃瓠遂背负帝女走入南山之中。十数年之后，帝喾思念爱女遣人寻访，便见槃瓠已死，帝女生得六子六女，而子女相互夫妻，亦有子嗣，皆以树皮茅草编织衣服，言语殊离不同于汉人，喜好居于山川而不乐于平地之间。帝喾遂以武陵山川封赐槃瓠后人，也算兑现了昔日誓言。

武陵蛮人先祖乃是帝女与猛犬所生未免有些荒诞不经，可有功于帝喾确也是有据可查，虽然秦皇一统天下后，武陵收入版图，可蛮人以武陵主人自居，依旧不服汉人管束。武陵蛮渠帅称为精夫，而相单程正是魁首，在武陵各部蛮人之中可谓一呼百应，其声势远非南郡雷迁可以比肩。听闻汉军剿灭南郡蛮人，相单程本就对汉人不满，自然要借机生事。

相单程虽然从各族之中抽得万余精锐，可也知汉军骁勇，更何况汉军刚刚平定南郡必然士气高涨，也不敢直面汉军刀锋。遂在大山深处险峻所在筑好营盘，又沿途袭扰汉军引诱刘尚弃船登岸深入险地。汉军远来不熟路径，粮草必然难以接济，待汉军一乱，大败汉人轻而易举。

刘尚此刻却并不知相单程的心思，只是凭着多年来的沙场经验，嗅出蛮兵之中透出的阵阵杀意。知敌营难破，也不强行攻营，立好营垒，有意诱蛮兵来袭，以此消耗蛮兵实力，为攻破敌营多些成算。然而大军在山前守了十数日，并不见半个蛮人袭扰，刘尚有些耐不住性子，多遣斥候四处查访，找寻上山路径，却苦无所得。万余兵马每日消耗甚多，随军粮草早已消耗殆尽，而船队补给以小车辗转运来可谓杯水车薪，远远不足以支应大军所需。刘尚虽然心有不甘，可也不敢置大军安危不顾，只得愤愤撤军，欲先退出山外守住要道，且先挡住蛮兵，不使其侵入城池为祸郡县便好。待奏请朝廷增派兵马，开通路径，再去剿灭相单程不迟。

就在汉军退兵之际，忽有蛮兵衔尾追来，刘尚心中大喜。一直苦无破敌之策，此刻蛮兵弃险要之地，真是自来送死，遂临时起意，伏兵于路，欲杀蛮兵一个措手不及。汉军憋足了劲儿，搭弓引箭、刀剑出鞘，只等蛮兵入瓮。

就在蛮兵即将陷入死地时，刘尚忽闻身后传来一阵哨响。将士们全神贯注留意前方蛮兵，被这哨声一惊回头望去，便见两侧山崖上不知何时现出数千蛮兵，已然攀岩而下，杀至身前，而前方蛮兵兴高采烈，也已冲入汉军阵中。

汉军本就在撤军途中仓促布阵，忽受两面夹击，一时方寸大乱，纵然刘尚以一己之力领兵抗拒，也难遏制全军溃败。莫看蛮人甲胄简陋不堪，可久与汉人相处，其刀枪并不逊于汉人，又仗着居于山林身强力壮，浑然不惧汉兵抵抗，转瞬之间便已将汉军阵势扯得稀碎，肆意收割着汉兵性命。

刘尚久战沙场，自然有武将的气度，领着百十亲兵死死挡住蛮兵冲杀，欲阻住蛮兵一时，好为大军突围赢得些许时间。就在此时，蛮兵之中冲出一将，身着百鞣犀皮甲，手持雪花镔铁刀，恶狠狠直扑刘尚而来。一瞅那装束，在衣装杂乱的蛮兵之中如鹤立鸡群一般，不是精夫相单程还能是何人？

刘尚武艺并不稀松，征战十余年，也少遇敌手，又岂会惧一蛮王？挺起长槊便上前迎战。而相单程也无愧其祖上勇武之名，一柄大刀少说也有五六十斤，再加上一身蛮力，当头劈来足有两百余斤力道。刘尚硬接两刀，虎口震得生疼，长槊都险些失落，不由心惊这蛮王的彪悍，不敢托大再去强争势头，小心避开一刀猛过一刀的攻势，瞅准空当取其软肋，倒也逼得相单程收刀回救，一时你来我往僵持不下。

两将斗得正急，可汉兵却在夹击之中彻底崩溃。刘尚所统兵马，虽有不少征战益州的旧部，可更多的是南郡、武陵、长沙守军。荆州兵勇则勇矣，然而自建武十一年，岑彭于荆门大破蜀兵之后，已有十数年没了战事。大多士卒几乎没有真正上过战场，仅是在南郡剿灭雷迁叛乱时真刀真枪打了几仗，轻松得胜之后皆是信心满满，自以为天下无敌。此刻面对凶神恶煞的蛮兵，哪里还顾得上什么军令，一心只想往外逃去。眼见汉兵如待宰羔羊一般，蛮兵还有何客气，左劈右砍杀得血肉横飞，你争我抢掠夺甲胄兵器。蛮兵久居山林，攀山爬树，多有力大无穷之人，不少汉兵被抓个正着，在蛮兵抢夺之中竟被生生扯开，撒得心肝肚肠淌了一地，惊得汉兵愈发没命逃去。

刘尚与相单程斗得不可开交，本就处于下风哪敢分心旁骛，待回过神来，身边还剩几个士卒？越来越多的蛮兵杀尽身边汉卒，围上前来，瞧热闹一般看着两人厮斗，若不是忌惮刘尚乃是相单程的猎物，只怕早已上来几刀将刘尚剁翻了。刘尚自知再无活路，只能拼尽全力猛攻相单程，若能与其同归于尽，也算不负七尺男儿之身。可双目余光所过，皆是嘲弄而又怨毒的目光，看得刘尚寒毛直竖，长槊越舞越乱，终是眼前寒光一闪，只觉脖颈如布帛般撕裂，一丝冷风窜进咽喉，滚烫的鲜血随之喷出，怀着壮志未酬的不甘，倒在武陵青山绿水的萧瑟冷风之中。

武陵战败军报传入洛阳，朝廷还在为匈奴去留议论纷纷。

挛鞮比遣使入西河，献匈奴地图以求内附大汉后，虽然仍未得汉帝招纳，可已有汉使入营安抚，遂不再继续向南进发，驻军于五原，以待大汉天子诏命。八部匈奴倒也安分守己，可汉帝迟迟不肯下诏，各部酋首也是惴惴不安。而挛鞮比一直对大单于之位耿耿于怀，遂在八部匈奴推举之下，意欲自立为大单于，并以其祖呼韩邪单于为号。既满足心中私欲，又借此抬高身价，以期在依附大汉时多一些筹码。然而挛鞮比虽然深有此意，可不敢擅作主张，毕竟此刻留驻于五原，汉帝是战是和依旧没个准信。若是因此事给挛鞮比扣个大不敬的帽子，让求和之事化为泡影，可就让挛鞮比再无容身之处了。人在屋檐下不得不低头，只能将八部匈奴共议自立单于之事写成奏疏报于汉帝，一者以示与匈奴王廷彻底决裂之心，二者求汉帝允诺以示对大汉的尊崇。

此事传入洛阳，使得对匈奴的议论再次热闹起来。朝中本就请战之声高过议和，多是回绝匈奴之言。如今挛鞮比又欲自立为大单于，更是让拒绝之言高涨起来。非我族类其心必异，挛鞮比自立单于，显然野心勃勃。如今是虎落平阳，一旦羽翼丰满，未必不会再次决裂。与其到头来猝不及防，倒不如回绝其言，集结兵马守护边关防备匈奴入侵。朝廷都不必派兵出塞，北有匈奴王廷，东有乌桓鲜卑，西有西域车师诸国，挛鞮比败亡不过时间问题。

然而五官中郎将耿国依旧是力主议和，独言于朝中："臣以为当如孝宣皇帝旧事，扶植挛鞮比为大汉藩蔽，令其东扞乌桓鲜卑，北拒匈奴王廷，震慑四夷，护全边郡，使塞下无晏开之警，万世有安宁之策。"

虽说耿国对收纳匈奴之言已经说了无数遍，可刘秀此时听来深以为然。武陵战败，刘尚殉国，万余士卒全军覆没，相单程叛兵侵入武陵腹心，直逼治所临沅。刘尚战死沙场固然让刘秀伤心，南阳宗室仅存的战将就此陨落，可更让刘秀忧心的还是叛兵之势。

原以为能轻松化解的暴乱，竟然演变成这般局势。武陵虽在荆州西南，可一旦叛兵占据临沅，不但南郡危在旦夕，就连南阳都将岌岌可危。若是让这群叛乱蛮兵肆意妄为，只怕刚刚稳固的天下又将陷入战乱之中，还当尽快集结兵马平定叛乱为妙。可相单程兵马之盛着实大出刘秀意料。万余大军全军覆没，这在刘秀起兵以来还是从未有过之事。各郡驻军绝非相单程敌手，有心抽调边军入武陵平叛，可匈奴之事一日不解决，一日便不能调兵南下。故而刘秀此刻已经倾向于耿国之策。

更何况若是听从公卿之言，不允匈奴臣服，且不说挛鞮比军民十万众聚集于五原，一旦与之决裂，挛鞮比多是要拼个鱼死网破的，边关也将立陷于战火之中。即便守军足以抵御挛鞮比南侵，大汉坐视挛鞮比被四方仇敌围攻，落个国破家亡尸骨无存，那挛鞮比领地便成了无主之物，偌大的北方自然被瓜分干净，无论是蒲奴单于重夺旧地，还是乌桓、鲜卑占了便宜，都将是大汉新的强敌。由此来看，如耿国之言，留下挛鞮比来制衡几方势力还是利大于弊的。

再者，莫看挛鞮比势力大不如当年，可好歹还有四五万可战之兵，收服挛鞮比后，无论将来如何，至少短时间内挛鞮比不敢轻易开罪大汉、倒是可以借挛鞮比兵马守护边疆，从而抽调边军南下平叛。权衡再三，收留挛鞮比实乃两全其美之事。刘秀遂准耿国之言，传旨于挛鞮比，允其部众归顺大汉，仍居于五原塞。只是对挛鞮比自立单于之请故作不见，既未允诺也未回绝。

匈奴之事且先搁置一边，调兵平叛还是当务之急。虽说刘秀已经允诺挛鞮比称臣，可也要防备于万一。边郡最前沿的守军绝不可轻易撤去，王霸驻守渔阳、祭肜驻守辽东自然不能调动。马成驻守中山，相对而言已是第二梯队。更何况马成也是开国大将，当年以数万步卒硬是困死淮南伪帝李宪，后又征战陇右、北御匈奴，也是独当一面，调马成南下平叛倒也是上上之选。

刘秀随即传旨马成，以谒者李嵩为副，领本部万余兵马南下，即日开赴武陵平叛。

12

廉颇老矣　尚能饭否

马成屯兵中山已有了些年头，本以为国家一统之后，防备北患便是首要军务，想来自己年老力衰之前怕是要一直驻守中山了。谁知苍天开眼，匈奴这个心腹大患居然急剧衰败，以至于到了要恳请大汉庇护的地步。马成作为边关守将，虽然在䡑鞮比集结边境时要格外警惕，可从朝廷遣使入匈奴大营来看，和谈还是大有可能的。果不其然，未过许久，朝廷终于下了诏书，接受䡑鞮比投诚，马成总算放下心来。

眼瞅着北方再无战事，马成也为自己的将来做起了打算。戎马一生，马成已有些厌倦了军旅生涯。听闻当年一同效力疆场的旧将多已辞了军职，虽然邓禹、贾复尚参议朝政，而耿弇却是以好畤侯安享富贵。想一想耿弇离职后无牵无挂游山玩水，马成便无比羡慕。更何况马成久随天子，自然清楚皇帝心思，驻守边关时责任重大不得抽身，如今既然没了匈奴隐患，辞去军职也是君臣相安的不二法则。故而朝廷受降匈奴的旨意刚刚到了䡑鞮比大营，马成便写好辞呈，上缴扬武将军印绶。

对此，皇帝倒也欣然应允，只是让马成有点意外的是，皇帝既未招自己回京述职，也未使自己归封地安养，却是转拜为中山太守，仍领屯兵如故。武将转任封疆大吏倒也是个继续效力朝廷的途径，可马成已辞军职，却仍统兵马，这让马成上呈将军印绶成了可有可无之事。马成暗自嘀咕，莫不是自己猜错了圣意，皇帝并无削减功将军权的打算？还是说因为自己久驻中山，颇有人望，皇帝有意让自己在这里留上一段时间稳固局势？毕竟匈奴初降，也确实需要一段时间进行融合。就在这样的揣测中，马成还未在太守府衙坐上多久，便有谒者李嵩传来旨意，朝廷命马成统领中山驻军迅速南下，往武陵平叛。

马成这才品过味道来，皇帝未收回军权，意在平叛之事。既然朝廷有旨，马成也不敢耽搁，即刻将郡中事务交代了从事、功曹，随即调拨兵马迅速开拔。

当马成大军跋涉近月时光到达武陵时，叛乱之势已然失控。精夫相单程竟已攻破治所临沅，蛮兵席卷武陵全境。本还在观望中的各地蛮人，或主动投奔或被迫胁从，皆在相单程麾下效力，就连不少汉人为求自保，都被裹挟其中，已有两万余众，声势远胜击溃刘尚兵马之时。各县告急文书如雪片一般投往平叛军中，使得马成疲于应付。马成整日领兵四处救急，虽然击退不少散兵游勇，可武陵各县竟无一城安宁。马成气恼不已，欲舍各县直取临沅，击溃叛军主力。谁知还未开拔，便探得相单程先发制人，已集结兵马气势汹汹杀来。

叛兵如狼似虎，着实让马成大吃一惊。刘尚并非庸才，都已葬身相单程刀下。眼下叛兵士气正盛，兵马又远超汉军，全力来袭还真不敢小觑。马成不敢直面其锋，遂引军退往临乡，壁垒自守，且先一观叛兵之势再作定夺。

待相单程大军一到，马成纵然见过大风大浪，还是被叛军声势激了身冷汗。莫看蛮人各部五花八门，可无不散发着一股蛮荒狂野气息，士卒黑黑瘦瘦看似不堪一击，实则精勇彪悍透出阵阵杀气。自全歼刘尚兵马劫掠各县之后，叛兵缴获大量兵械甲胄武装各部，使得本就勇猛的蛮兵如虎添翼。

马成不由庆幸没有贸然出击，否则以眼前叛兵之势，只怕万余边军还真不见得有必胜把握。马成没有太多时间侥幸，临乡算不得大城，不过是马成为避叛兵锋芒而做的权宜之计。城墙矮小防备稀松，与马成在中山所修建的烽燧壁垒一比，简直就是堆烂石头。以这样残破的城池抵御声势浩大的叛兵，压力必然全都聚集在万余士卒身上。

虽然马成部曲皆是防备匈奴的边军，可中山毕竟没有直接与匈奴接壤，还有代郡、渔阳一线挡在最前面，其战力自然远不及长期与匈奴厮杀的士卒。更何况马成兵力不足，能勉强挡得住叛兵攻势已着实不易，想要用这些兵马反攻相单程平息叛乱，只怕力所不能及。马成不敢托大，一面仔细筹划防务，一面八百里加急报于朝廷，求派增兵往武陵平叛。

看着马成的求救军报，刘秀愁眉不展。本以为马成久驻边塞，由其领军南下，叛乱必然迅速平息。可谁知相单程一蛮荒鄙人，竟然能有这样的本事。不但阵斩沙场宿将刘尚，更逼得开国大将马成仅能据城坚守。刘秀不敢再轻视相单程了。所谓一鼓作气再而衰三而竭，朝廷已经两番派兵往武陵平叛，至今仍不见破敌，若继续增兵后还是不能剿灭乱党，不但朝廷颜面荡然无存，乱党气焰愈发嚣张，更是对汉军士气的空前打击。最让刘秀心中不安的还有一事。

自遣使入匈奴大营传旨准降后，挛鞮比也很是识趣，驻扎五原再无南下动静，大汉与匈奴数十年厮杀暂时得以停歇。不但汉人欢心不已，挛鞮比更是长舒了口气。挛鞮比没有了大汉的威胁，放下心来专意于北方。听闻挛鞮比明知朝廷并无旨意立其为大单于，仍在八部匈奴的扶持下，筹划自立单于之事，并有意在册立之后，整顿兵马北击蒲奴单于，扫灭北方各部一统旧地。且不说挛鞮比野心能否得逞，刘秀都不得不做长远打算。匈奴王廷势弱已是事实，四分五裂之中若真被挛鞮比乘势崛起，则大汉北方必然不得安宁。在这种情况下，武陵叛乱久久不能平定，一旦被挛鞮比得知，待其声势恢复之后，难保不会心生叛意。虽说相单程所占不过偏僻一郡之地，远不足以动摇大汉根基，可千里之堤溃于蚁穴，若与挛鞮比相互勾结，必是朝廷心腹大患。故而平定武陵刻不容缓，可究竟如何增兵还当用心谋划。

其实，就在马成求救军报送入朝廷后，杨虚侯马武早已数次请战。马武本是草莽出身，勇武善战显名于军中，这些年来早已憋得够呛，故而在匈怒战和之议中始终与臧宫力请出征，却终是没能如愿以偿。武陵战火不熄，马武自然心痒难耐。可刘秀看来，马武勇则勇矣，却从未统率三军独当一面，况且又久离军旅，使其南征还是有失妥当。邓禹辞去军职入朝参政，当年西征关中，独战绿林赤眉，功绩虽大可败军之罪也不在小，以邓禹领军绝非上上之选。贾复固然勇胜马武，可如今弃武从文，敦行儒学打理政务，若复拜贾复领军平叛，似乎也是有失妥当。耿弇请辞大将军后，置身权力之外，若没有必要，刘秀也不想破坏这种默契。臧宫倒是不错的人选，可身负京师防卫重任，没到万不得已，又岂能轻动？而边塞已经调走了马成，为了提防挛鞮比，王霸更不可能领军南下。刘隆身居大司马，领军平叛倒是其分内之事，可刘秀清楚刘隆的本事，虽称得上能征善战，可若说是独领大军还是差那么点火候，之所以让刘隆居于三公之首，在于刘隆乃是刘秀至信，故而以军权相托罢了。除此之外，朝廷可用之将真是寥寥无几。只是想到刘隆，刘秀不由想起另外一人来。

刘隆南征交阯之时，乃是以马援为帅。若没有马援总揽全局，仅以刘隆之力，只怕交阯叛乱不会那么容易平息。马援之能足以胜任武陵平叛主帅，况且当初南征交阯，山水险恶远胜武陵，那样艰险条件下，马援依旧大胜而还，武陵叛乱应该也不在话下。只是马援前两年出塞北击乌桓，非但未能建功，反倒引来匈奴乌桓联军南侵渔阳，虽然马援最终保大军不失，又助王霸守护边境，倒也是功过相抵。可自从马援回到京师后，似乎也对那次出征心怀愧疚，整日深居简出。正这样想着，有小黄门呈上奏疏，刘秀展开一瞧，不由一乐，正是马援请战之书。

刘秀甚是满意，有心召见马援商讨策略，拜将出征，可掐指一算，刘秀又放心不下了。征战交阯已过数年，如今马援已是六十二岁高龄了。烈士暮年，能否经得住鞍马劳顿还真不好说。毕竟对武陵的叛乱刘秀已不敢轻视，绝不容有丝毫疏忽。听闻马援自远征交阯后，便染瘴疫落下病根儿，虽说经这些年悉心调养已无大碍，可事无绝对，万一马援有个三长两短，国家折损一员战将固然可惜，置数万大军于绝地，使三次平叛功亏一篑实乃国家不幸。更何况武陵叛乱在一定程度上也影响着对匈奴的长治久安，一旦平叛事败，只怕影响远不止武陵一郡之地了。

刘秀攥着马援请战奏疏，沉吟不决，可心中又久久不能属意于别将，终是唤道："出宫！移驾新息侯府。"

马援自远征交阯还朝后，封爵新息侯，位次九卿，深得刘秀宠幸，在朝中风生水起，自然门庭若市，拜访求谒之人不计其数。然而出塞征讨乌桓无功而返后，马援深居简出不见外客，刘秀又忙于匈奴议和之事，对马援恩宠稍稍冷落。世间本就多是势利之人，眼见马援没了往日声势，自然闻风而去。刘秀许久没有来马援府邸，便见门前冷冷清清好不凄凉。虽说小黄门早已提前传旨，马援令家奴清扫街道大开府门以迎圣驾，可朱红的大门纵有夏日骄阳映衬，也丝毫看不出昔日的荣光。刘秀不觉有些愧疚，虽然马援出征乌桓不利，却并无大错。也怪自己疏忽，冷落了贤臣。

正这样想着，御辇停于府前。刘秀走下车马，就见马援已领四子跪阶相迎，齐呼万岁。

刘秀一瞧，马援左手乃是其长子马廖，前两年马援荣光无限时被刘秀征辟为郎。右手却不是次子马防，而是一六七岁的孩童。刘秀细细一想，听闻人言，马援出征交阯前得一幼子，长得甚是灵秀，深得马援宠爱。待稍长成，更是聪慧过人，小小年纪便已知书达理，与宾客公侯谈经论道应对自如，马援甚奇之，以为必是将相之才，故而以客卿唤之，足见对其寄望。如今天子临门，马援依旧带在身边面圣，倒也引得刘秀好奇。扶起马援，逗了逗那孩童，问道：“客卿可知汝名乃是何意？”

马客卿倒也不惧，有模有样深深一拜，答道：“客卿乃春秋官名，源自于秦。秦设客卿之官，以待自诸侯来者，其位为卿而以客礼待之也。昔卫鞅、张仪、蔡泽、李斯，都曾官拜客卿。秦之所以崛起于边鄙，虎视群雄逐灭六国，以其海纳百川得天下俊才以自强也。”

刘秀倒也一惊，马客卿能知自己姓名来由不足为奇，毕竟马援既为其取这名字，自然会告知其中渊源，可一六岁孩童能对秦之强盛有其见解，可就非同一般了。不由对着马援笑道：“文渊真是好福气，能有这样孩儿，他日必是国家栋梁。”

马援受宠若惊，赶忙陪笑道：“陛下谬赞了。”说着，便要迎着圣驾往正堂走去。

刘秀此来乃是考量马援能否担当平叛主帅，见马援健朗如初，并无老态，心中稍安，有心再试一试，又不好明言，遂说道：“朕许久未来文渊府上，想去园中走走。”

马援自然明白皇帝意在何处。马援得封新息侯，府邸自有规制，只是马援素来谦逊严谨，皇帝又崇尚简约，故而府中并不奢华。园子也没有什么别致的景观，反倒是久居军营养成习惯，把偌大个庭院摆得像个操练校场一般。这两日马援刚刚呈上请战奏疏，皇帝没有即刻召见，反倒亲来府中，自然意在平叛之事。却不直言军情，而要在园中游玩。皇帝此前也来过马府，自然知道庭院摆设，说是游玩，不过要借机试试马援，显然是对马援年老有所顾虑罢了。

马援可一点都不服老，常年征战沙场，早已习惯了刀光剑影，前番北伐乌桓无功，虽然亡失战马千余匹并未被皇帝怪罪，可马援征战这些年，还真未吃过这样的亏，正欲趁着还有气力，往武陵走上一遭，为国效力之际也可挽回声誉，免得征战一生最后落个败军之名。既然皇帝亲临府上，自然也是有意让自己领军，只不过还未下定决心罢了，那便显出些本事，扫去皇帝顾虑。

遂说道："陛下既有此心，臣自当遵从。"

一行众人穿过几处回廊，便已来到校场。刘秀放眼一瞧，心中甚喜。校场虽说不小，却并不杂乱。刀枪弓矢各在其位，随手一摸全无旧尘，草人木靶齐排并立，新旧箭痕历历在目，远处马厩战马嘶鸣，近前沙土蹄印犹在。一观此景，刘秀已然知晓，莫看马援已过耳顺之年，却对弓马操练并无懈怠，正这样想着，就听马援奏请道："微臣府苑简陋，让陛下见笑了。此处也无甚助兴，不若让微臣操练一番，且博陛下一乐。"

刘秀本就是为此而来，马援自请，当然求之不得。既得圣命，马援披挂铠甲翻身上马。三五十斤甲胄压身，对个年轻力壮的小伙子或许没有多大负担，可六十余岁老翁能披甲上马而身形不动，就足使人为之一叹了。马援年轻时也是面似凝脂仪表堂堂，随着年岁渐长，脸上留下不少印记，可几道皱纹浅浅抹过额头，非但没有苍老的气息，反倒显出岁月沉积的稳重，几缕花白的胡须傲然于兜鍪之间，流露器宇轩昂的自信，配上一身锃亮的甲胄，好一员英姿飒爽的沙场老将。

刘秀眼前一亮，就听马援一声："微臣献丑！"说罢双腿一夹，战马迈开步子便向校场跑去。马援本就极善相马，坐骑又岂是俗物？还未迈出数步，便已风驰电掣般飞驰起来。校场上虽无劲敌，可马援仿若置身战场一般，时而侧转避开"箭影"，时而俯身躲过"刀光"，虚提长槊横扫千军，假作弯弓直取敌酋，更是双手丢开缰绳据鞍顾眄（miǎn），频频挥手致意，真真看得刘秀眼花缭乱，内心深处更是钦羡不已。

刘秀年已五十有二，虽然起身于疆场，纵横天下多年，昔日也曾以勇武之名传于天下。自登基以来，御驾亲征倒也不在少数，然而骑乘战马临阵厮杀是再无可能的事。尤其近几年来，大汉除了些许叛乱和边塞蛮族隐患之外再无多少战事，刘秀就连乘车督战的必要都没有了。随着渐渐远离沙场，生活变得越来越安逸，刘秀时也回忆起金戈铁马的岁月。看着马援年过六旬而勇武不减当年，刘秀便不由得想想自己，也不知十年之后，自己还有没有马援这份精气？

眼见马援身手敏锐，刘秀哪还有半点顾虑，若非皇帝的身份，怕是还要喝上一声彩的。陪侍的马客卿却没有那么多的心思，虽然站在皇帝一旁，可看到父亲英姿飒爽，自然无比自豪，一时欢呼雀跃起来。虽说在天子面前未免有些失了礼数，可孩子对父亲发自肺腑的敬仰之情，哪会让刘秀不豫，反倒听得刘秀格外开怀。

马援绕场数匝，皇帝欣喜之情瞧在眼里，心知火候已成，也便扯住缰绳翻身下马，昂首信步来到御前，虽有甲胄在身，依旧跪倒叩拜："微臣技拙，让陛下见笑了。"

刘秀很是满意，连连赞叹道："矍（jué）铄（shuò）哉，马文渊是也！"也不再为南下平叛主将之事而烦恼，当即拿定了主意，挑明道："朕已知爱卿请战之事，武陵蛮人反叛，祸国殃民，爱卿虽已年长，还当为国走上一遭！"

马援忙拜谢道："马革裹尸乃是微臣夙愿，此番纵然粉身碎骨，也当为国尽忠！"

马援表明心态，刘秀心中却咯噔一下。嗯了一声就不再多言，沉默中离了马府回到宫中。虽说马援话语乃是为国为家，却透出丝丝悲凉决绝气息。还未出征便言生死，恐非吉兆。可刘秀已经开了口，此刻也不好收回成命。左思右想还是放心不下，坐立不安中仔细斟酌一番，依旧以马援为南征主帅，另选杨虚侯马武、耿弇二弟耿舒及刘匡、孙永，并拜中郎将，随马援一同南征。而所选军马也不可草率，边防大军自然不可轻动，州郡常备兵马又难以胜任，遂于天下州郡募集勇猛之士，无论现役军差还是卸甲士卒，亦是江湖侠客，皆聘于军中听用，又收大狱弛刑之徒，合四万余众，一并交由马援统率。料想有马武之勇猛，耿舒之稳重，刘匡、孙永气力正盛，再有军士之精悍，就算马援稍有差池，也不至于平叛大事再次落空吧。

13

将帅失和

自皇帝来过马府之后，马援心知南征主帅非自己莫属，故而早早收拾好了行装。待圣旨一到，连夜奔赴军中校验虎符，召集将校军佐，点齐刚刚集结的充军刑徒，尽速向南开拔。一路汇集各郡募集的士卒，待到南郡，朝廷征发的四万大军已到了八成。马援等不得大军集齐，稍稍休整一番，便亲领大军南入武陵，只留了马武守护中军，继续收拢各郡派遣的将士随后跟进。

马援大军兵至临乡，虽说将士们短短一月之中疾行了千里，多少有些疲乏，可眼前一幕立刻激得将士们热血沸腾起来。

先前马成领军南入武陵，因叛兵之盛而未敢轻进，权宜中收拢兵马退守临乡。而相单程仗着人多势众，集结大军反攻马成，欲全歼汉军于一役。然而马成好歹也是开国名将，绝非泛泛之辈。

当年马成统率兵马讨伐伪帝李宪，恰逢庞萌叛乱闹得徐州战事几乎功亏一篑，朝廷不得从马成部中抽调大批精兵前往徐州平叛，马成以所剩不多的步卒，硬是将李宪围困于舒城近两年，终是平定了江淮诸郡。马成兵马不及李宪半数，却以守代攻，困死一方枭雄，所凭的便是一分坚韧不拔之心。相较之下，相单程虽然声势浩大，却不过是偏居一隅的蛮王，纵然有些计谋，可打起仗来多是靠得一身蛮力，指挥兵马也多是一股脑地横冲直撞。面对这样一群敌人强攻，刚交手时自然压力不小，可一旦挡住最为凶猛的第一波攻势，战事僵持不下后，相单程便后继乏力了。

此种局面就仿若拔河一般，双方角力虽说与气力大小密不可分，但也绝非必然，更需要众志成城的齐心协力，以及咬紧牙关坚持到底的毅力。任凭对手如何气势滔天，我自岿然不动。马成是不缺这种毅力的，而相单程恰恰少了这份恒心。

相单程自歼灭刘尚万余大军后，势力急剧膨胀，当年那些瞧不起山中部族的汉人，如今被相单程杀得抱头鼠窜，诺大的武陵都已落入手中，这在武陵蛮人记忆中还是从未有过之事。然而越是打了胜仗，相单程越不知道明天究竟该走向何处。毕竟当初起兵乃是出于对汉人的不满，想要狠狠教训一番这些不知天高地厚的外人。如今打了几个月的仗，早已超出了相单程的期望。不但把那些汉人掳入寨中充当奴役，想打就打想杀就杀，更是占据了汉人城池宅院，安享汉人醇酒美食。可受用了许久过后，相单程就有些不知所措了。想回到山中祖居之处，却舍不得眼前奢华富足，想杀出武陵，却又不知去往何处。武陵之外，便是荆州，可出了荆州又是哪里？久居于深山的相单程，只知如今汉人又换了天子，却并不知天下事。想那天子也就是汉人的精夫吧，远在千里之外，又与我武陵何干？在这种不知所从的迷惘中，相单程索性不再去多想，安享富贵便好。听闻马成大军来了武陵，相单程正闲得发慌，集结全军速往临乡，定要让这些汉人有来无回。眼见临乡如此残破，而汉军只知坚守，全无出战的迹象，相单程愈发骄横，催令兵马上前日夜抢攻。

可让相单程出乎意料的是，看似脆弱无比的城墙竟是那么坚不可摧。在气势正盛的武陵兵将面前，汉军毫不退却，生生用血肉之躯挡住了强悍无比的攻势。相单程哪里知道，马成兵马虽然不过是边军屯兵，可好歹也和匈奴对峙多年，远胜于刘尚从荆州各郡抽调的驻军。虽说相单程士卒居于山中，身强力壮，可与征战不休的匈奴相比还是稍逊一筹。毕竟匈奴人闲时游牧战时为兵，一年到头总要出征几遭，这种密集的征伐使得各部匈奴融为一体，共聚于匈奴王廷单于麾下。而武陵蛮族虽同出于一脉，却散漫了许多，莫说团结一心同进同退，各山各寨相互之间的争斗有时都胜过与汉人厮杀。此番相单程之所以能号令各部共击汉人，一者乃是相单程的精夫身份，其部族最为雄壮；二者相单程全歼刘尚大军，这才引得各部投于军中效力。故而无论从统兵调度还是冲锋陷阵，相单程松散的各部联军都远逊于匈奴大军。

马成兵将与匈奴对阵得久了，面对着武陵兵气势汹汹的冲杀，也不至于手忙脚乱。即便被攻破几处缺口，也能在更多武陵兵乱哄哄地涌过来之前，抢先击退强敌重新堵住缺口。双方将士的鲜血一遍遍浇灌着临乡残缺的城墙，浸透到石墙间隙的每一寸夯土之中，非但没有把那摇摇欲坠的城防泡得稀烂，反倒浸染得愈发坚固起来。

武陵兵本不过仗着一时之勇罢了，虽然杀伤不少汉兵，却难击溃汉军意志，而己方伤亡却在不断加剧，眼见久久不能冲破防线，军心开始懈怠，攻势变得不紧不慢起来。武陵兵仿若凶猛的虎豹一般，在面对协作有序的狼群时，也全然没有胜算。相单程眼见难破临乡，一时没了什么主意，只得围困马成一阵，欲待汉军粮尽。可相单程却没等到临乡城破之日，却是等来了马援近四万救援大军。

武陵兵哪曾想到汉人竟这么快又有兵马来到武陵。需知自刘尚全军覆没后，足足过了七个多月才有马成万余兵马南下。如今武陵兵刚刚围攻马成不足一月，就有更多汉军奔行而来，这让武陵兵一下子慌了手脚。四万大军齐聚面前，稍稍有点眼力，便知汉人援军定比前两拨汉军加起来还要多上不少，即便不算死守临乡的马成兵马，已经是武陵兵两倍之多。在虎视眈眈的汉军注视之下，哪还提得起迎战的勇气，还未待相单程号令，便已有人开始逃奔起来。

马援大军日夜兼程千里而来，眼前所见皆是一副惊恐羔羊的模样，一时气势大振。虽说军中以弛刑囚徒为主力，匆匆召集而来操练远远不足，可这些囚徒多是犯下重罪，皆是心狠手辣的角色，得朝廷减刑而充军平叛。若建功绩，不但能重获自由更可得丰厚赏赐，故而人人有奋进之心。更何况叛军乱哄哄一片，简直就是放在那里的功劳只等人取，这还有何客气？

随着战鼓响起，汉军以摧枯拉朽之势冲入叛兵当中，顷刻间已将叛兵冲击得七零八落。马援领军走在最前，见叛兵溃不成军，全然不用顾忌遭其反噬。本就是冲锋陷阵惯了的大将，此刻也不顾主帅的身份，亲领兵马杀入阵中，欲一鼓作气，彻底击溃叛军，为平定武陵打开局面。一员须发花白的老将，骑乘一匹雪白龙驹，如入无人之境一般，领着贴身亲卫，直杀得叛兵不敢贴近身前。而耿舒自幼居于边关，受父亲耿况和兄长耿弇言传身教，亦是身经百战，见马援年老依旧冲锋陷阵，又岂能居后？早已甩开臂膀挥舞长槊杀入战场。

有这两员骁将带头冲杀，汉军气势愈发高涨，叛军更是难以抵挡。相单程心怀畏惧之中，仗着一身勇力，呼喝本部精勇上前阻敌，至少也要遏制住汉军追杀的势头，护全大军逃出命去，只要保住兵马元气不伤，自有东山再起的时机。莫看武陵兵早已乱得如同热锅上的蚂蚁，可相单程威望放在那里，还是纠集起千余壮士，逆势而上直冲汉军。

相单程本就勇悍，连杀十数汉兵未减分毫锐气，追随而来的士卒能在此刻不去逃命，自然也是有些本事。有这千数人马迎战，倒也真是阻住了汉兵一时。相单程难逢敌手，杀得兴起，瞧着汉军中两员大将，见耿舒壮而马援老，便有心杀那老将扰乱汉军军心。若放在平日，相单程自恃勇武，自然不懈与一老叟争斗长短坏了名声，可此时情势危急，哪还管得了许多，挥舞着大刀轮翻一片汉卒，便向马援贴了过去。

马援来回冲杀了几个回合，还没遇到什么像样的对手，遂将出征乌桓不利的闷气撒在面前叛军身上，正觉自己勇力不减当年，浑身有使不完的劲道，便见敌军中一员战将向自己靠了过来，虽没什么旗帜可以辨别，但一瞧那装束便知绝非寻常士卒，也便挺起长槊迎上前去。

当真好一番争斗，只听得兵刃相击铿锵作响，刀光槊影你来我往。相单程心中一阵惊异，这老汉倒还真有些手段，一时竟不能制胜，心中不由焦躁起来。毕竟局势对武陵兵万分不利，拖得越久越是要吃亏的。一时发起狠来，攻得越发急促。马援却渐渐有些吃不消了，毕竟岁月不饶人，纵然当年如何勇猛，如今都已年过六旬，精力远不如年盛之时，在相单程猛攻之下渐渐难以招架起来，只是鼓足一股劲道勉强抵挡而已。

耿舒远远瞧得真切，见马援落在下风，搭弓引箭便要射那蛮王。耿氏以骑射著称，耿舒自不在话下，只是唯恐伤了主帅，不敢托大，遂向后偏上半分。那相单程瞧出马援力怯，心中得意起来，且取他性命，乱了汉军阵势，再退兵不迟。斗得正急，忽闻一声箭响，只觉浑身毛发都惊得奓了起来，下意识回拨一刀，便听得“当啷”一声，一支羽箭被刀背一弹，震得长刀嗡嗡作响，羽箭力道不减分毫，将相单程身侧亲兵射个通透跌落马去。

相单程浑身冷汗淋漓，戒惧那将弓箭了得，此刻哪还敢再与马援纠缠，胡乱劈上几刀，只砍得马援长槊火星四溅。马援还当相单程是要鱼死网破，只顾护住要害，却不妨那相单程忽而一转逃奔去了。有心纵马追上，可经一番死战，早已累得气喘吁吁，只觉一口真气提不上来，反倒有股腥甜涌上喉头，用尽气力向下一压，刺激得浑身不由一颤，长槊都险些失落了去。

再去看那相单程，早已逃得远了，哪还追得及？马援愤愤地骂了一声，这才在亲兵护卫下缓缓退了回来。好在战场早已是一边倒的局势，刘匡、孙永两员小将也已领着后部人马杀入战场。武陵兵本就不敌汉军，精夫相单程又已败走，余众惊恐万分四散逃去。汉军追杀半日，天色渐渐黑了下去，耿舒众将还欲一鼓作气连夜追击，马援顾忌汉军初来乍到，唯恐遭了叛军算计，遂即鸣金收兵。

汉军旗开得胜，直杀得叛军丢盔弃甲一泻千里，斩首两千余级，马援却未觉得开心。经相单程一番阻挠，叛军虽然散入林中而去，可主力尚在，武陵地势本就复杂，山林茂密水流湍急，若假以时日，被相单程重新纠集兵马，只怕战事还有波折。定是要以快制胜，借着首胜的余威，将叛军一网打尽永绝后患。更何况马援此刻颇有点力不从心，与相单程交锋后休整了一日，一口真气还是提不上来，马援深为不安。若身体当真吃不消了，自己信誓旦旦向天子请战，却置大军于危地，岂非朝廷罪人？

斥候已有归报，相单程败退之后，并未逃归临沅，而是领着残部将临沅所获金银细软粮草兵甲席卷一空，径直逃向旧日山寨，自然是想凭借山寨险要拖垮汉军，以期汉军粮草耗尽自行退兵。刘尚便是吃了这样的大亏，落个兵败身亡，马援可不愿步了后尘。

经斥候探访，前有两条道路可通叛军所在，一者乃是充县大路，足可供大军行进，只是虽然平坦却无水路，离叛军大寨也远了些，更有数千残兵聚拢于充县，欲以此城阻拦汉军。一者乃是壶头小道，山高水险，行军必然艰难，只是离叛军大寨倒是近了不少。马援自知时间紧迫，趁着精气尚足，早早结束战事才好。虽说充县叛军不足为虑，可走充道太耗时日，不若铤而走险直穿壶头道，抢在叛军之前，阻其退路，断了相单程据险坚守的打算。再者说，充县方向路途遥远又无河道，粮草补给必然不易，相单程弃临沅不要而退守山寨，其营垒必然险要，若是被相单程抢先退守山寨，如其所愿变成两军对峙的局面，只怕就不是马援想快就能快的。旷日持久，粮草便成了成败关键，走壶头道，正好可借水路运送补给，与敌对峙也多了些成算。

权衡再三，马援终是决定兵进壶头道。可将令方出，中郎将耿舒便来劝阻，言壶头道虽近，太过险阻，虽有舟船可用，然而汉军四万之众远超舟船负荷，又需运送粮草，势必有大批汉军需走陆路。汉军远来不熟路径，且不论叛军伏击与否，单是道路难行便已让人望而止步。更何况武陵水道复杂，河流湍急，一旦舟船难以逆流而上，再被叛军阻断道路，大军势必陷入进退两难境地。

对于耿舒之言，马援倒不可轻视。耿舒身经百战谋略出众，这般顾虑自有其道理，而马援在选定道路时也有过这方面的考虑。只是马援自与相单程一番厮杀后，隐隐觉得身体似乎不大利索，这是万万不可告于他人的。时间对马援来说更为重要，为此即便是冒些险也是有必要的。否则一旦马援病倒，军中又少良医，病情不能遏制，三军士气必然懈怠。何况壶头道虽险，马援还是有后招的。此番大军征讨，皇帝甚是在意，粮草补给充沛有余，即便如耿舒所言，舟船受阻而前有叛军阻塞道路，也大可谨守水路，护住粮道与叛军周旋。四万大军可不是小数，相单程所派兵马若少了，绝难阻挡汉军，反倒可以引叛军离开巢穴而在壶头与汉军交锋。道路艰险不仅让汉军头疼，也足以让相单程难心，汉军有充裕的补给，可相单程不过所掠一郡物资，又能支应叛军多久？消耗下去，对叛军反而更为不利，待其钱粮散尽，即便占据险关也必败无疑。故而马援依旧主张走壶头道，不用耿舒之言。

耿舒见马援不用己言，很是不快。倒不是恼怒马援以主帅身份压住自己，而是凭着多年来的经验和直觉，深感马援此行过于冒失。可身为军人自当遵从将令，虽存异议，也未抗命，当着马援的面，将自己见解奏于朝廷。而马援亦作奏疏，一并送于洛阳，请圣上裁决。只是军情不容延误，马援虽与耿舒双双上奏军报，却也不等天子诏书，传令全军尽速向壶头道开拔。

且先不说朝廷对马援、耿舒相争之事作何定论，统领后部的马武听闻前军传来马援捷报，先是愤愤不平一番，冷冷哼了一声："本将还道马援有多大本事，也不过如此。若是本将领军，岂会让那相单程逃出命去！"

马武赋闲在家已有近十年。当年屯兵下曲阳时，马武怒杀出言不逊的军吏，而被皇帝罢去军职遣归封国。马武出身于绿林，草莽气息颇重，因勇猛而得宠于光武皇帝，自然有些骄纵气息。若放在以往，怒杀一个军吏这等小事，皇帝又怎会过问，此次却害得马武丢了军职，当真吓了马武一跳。马武虽说粗鄙，却也不是没有脑子，在乘车离开下曲阳的途中，反复揣摩着皇帝心思，这才渐渐回过味来。

战乱之中乃是用人之时，马武勇冠三军，是皇帝杀敌利刃，自然不会为了一些琐事而轻易撤换，可如今天下渐渐稳固，皇帝又以柔术治理国家，对于军队自然要严加管束，可马武还如前些年一般目无法纪，皇帝又岂会继续容忍下去？再者，开国功将多已卸了军职，以此猜度，皇帝有意无意也在削减功将军权。随着边防线渐渐向北推移，守备下曲阳已经变得无足轻重，马武再也没有原来那般重要。所谓飞鸟尽良弓藏，狡兔死走狗烹，回想当年被逼反了的庞萌、苏茂，再想想绿林与皇帝的情仇，马武便有些胆战心惊。可马武自负无愧于皇帝，也坚信那慈眉善目的皇帝不至于容不下自己。只是马武恃宠而骄惯了，这些年颇有些目中无人，在朝野军中可没有什么好人缘，如今丢了军职，想必落井下石之人可不在少数。一旦去了封国，远离朝堂，只怕连怎么死的都不知道。想了这些，马武哪敢就国，也顾不得脸面，如当年自缚前往射犬降于皇帝一般，绑了自己连夜直奔洛阳向皇帝请罪。好在皇帝念在旧情，斥责了一番也便从了马武之请，留于京师伴驾。

这十年来，马武常伴在皇帝近前，虽然一直没有什么实权，可恩宠不减，皇帝但凡得了远方珍玩贡品，必要一一赏遍功臣，马武也从没有落空过，而皇帝大宴群臣时，也少不得马武席位，故而马武在洛阳的日子过得还是有滋有味的。唯一美中不足的就是马武再也没能涉足军旅之中，这让打打杀杀惯了的人可真有些耐不住寂寞。故而匈奴遣使议和时，马武力主武力讨伐，以期再得皇帝征命。谁知皇帝终是准了匈奴归附奏请，断了马武出征的念头。失落之中却又得皇帝旨意，征马武为中郎将领军南征武陵，一下子让马武兴奋不已，急急忙忙拜谢圣旨，领了兵符便往军中。原本以为，就凭万夫不当之勇，虽然当不上大军主帅，可这先锋官必是囊中之物，谁曾想马援那个老匹夫竟连这个机会都没有留给马武。

马武因有皇帝恩宠，说起话来毫无顾忌，对其他将军本就放不在眼里，故而刚到军中，仗着是开国功将，与那马援稍有些争执，非但没能抢到先锋，反倒被马援以主帅身份压制，责令统领后军，真真气煞人也！再一想如今朝中掌权之人多是关陇士人，反倒是开国功将隐退家中。马援不过凉州降将，自交阯一役陡然而起，风头早已盖过了马武，愈发让马武心中酸溜溜的。若是没有怒杀军吏之事而被罢了军职，岂会让那马援骑在头上？此刻听闻马援打了胜仗，马武非但不喜，反倒愈发嫉妒起来。马武本就对马援气不打一处来，听闻马援和耿舒为如何进军争执起来，幸灾乐祸中站在耿舒一边。唯恐天下不乱，亦作奏疏上奏于朝廷，直言马援秉权不用良言，狠狠奏上马援一本。

三封奏疏先后送往洛阳，为南征武陵平白添上一抹阴云。

14

临阵换将

收到武陵传来的几封军报，刘秀深感不安。

临乡一战，马援千里奔袭，大获全胜，功劳自然不小。可相单程落荒而逃，叛军主力也突围而去，使得武陵战事尚无定论。在这种情况下，主帅与副将产生分歧，使得汉军隐隐有了不稳之状。虽然远在千里之外，可刘秀依然能感觉到南征大军中的人心浮动。

难道如此选将终是有些不妥？且不说马援年岁已高，将帅因为出身不同，本就不可避免出现一些分歧。耿舒出自幽州，马武起于绿林，而马援生于关中、成名于陇右，这种地域差异产生的派系，刘秀心知肚明。以往征伐之中，刘秀总是尽可能地平衡这种局面，使得每次出征多能相安无事。即便如此，也出现过贾复、寇恂相争，苏茂、庞萌反叛，马武、王霸生怨以及吴汉、岑彭争执之事。虽说大多终是平息下来，可苏茂、庞萌的反叛还是影响深远。

天下稳固后，刘秀把政权多是交给名士贤吏，而在削减功臣军权时，也有意无意地把军权交给自己更为放心的河南一系，如刘隆、王霸、祭肜皆由此出。其他派系虽依旧有人掌兵，可开国功臣却多已淡出军界，所留不过是功臣族中后起之秀，军中威望远不如从前。经过十数年悄无声息地削权，刘秀几乎都要忘记了这种地域派系，可此刻见到武陵军报，刘秀不得不再次警醒起来。

前线军情紧急，刘秀也不好深究几人相争是否与派系有关，还当早早作出决定。虽说马援、耿舒各抒己见，可马援曾出征交趾，远赴雨林深山，披荆斩棘大破叛军，这一点是久居于边塞的耿舒所不能相比的。刘秀此刻还是更信任老成稳重的马援多一些。遂传旨意，令大军从马援将令，走壶头道追击叛军。然而诏书一来一回十数日，赋闲在家不问军政的耿弇忽然入朝奏请，使得刘秀不得不重新审视武陵战事了。

且说马援不顾耿舒劝阻，执意领军走壶头道后，未行数日，水流果然如耿舒所患那般，变得异常湍急，舟船再难溯江而上。水师只得弃船登岸，与偏师一起沿着狭长的山路行进。可还未待开拔，便有斥候归报，叛军已经抢先占据山崖登高死守，有万余之众，而敌酋相单程亦在军中。

马援心中咯噔一声。虽然马援早已做好了长久对峙的最坏打算，可事态当真变成这番模样时，马援还是失落无比。叛军凭险而守，绝不是靠人命往里填就能冲破的，奇袭贼穴变得再无可能。马援速破敌军的设想也成了镜花水月，这让马援越来越力不从心的身体如何等得下去？一丝不安隐隐浮上心头。马援轻叹一声，纵然满心不甘，还是断了强攻壶头道的念头，传令全军依山傍水扎下营寨，且先耗一耗气势正盛的蛮兵锐气。毕竟汉军有舟船运粮之便，而蛮兵驻扎于山头，补给远难于汉军，待其懈怠之后，或有破敌之机吧。

只是马援此举让军中的不满情绪再次高涨。马武冷言冷语且先不提，耿舒愈发愤愤不已，当初马援若听得良言，兵进充县，又怎会让大军陷于这进退两难的境地？如今遭遇强敌，即便强攻无望，那便该别图良谋，分兵转走充县，也多一分胜算。可马援却扎下营垒，显然暂无用兵的打算，如此贻误战机，着实恼人。耿舒去与马援争辩，却久久被推脱不见。强闯大帐，非但没能说动马援，反倒被斥责一番。若非耿氏在军中颇有威望，马援也不敢过于开罪，只怕要以军法弹压耿舒了。

耿舒气不过，有心再次上疏于朝堂，怎奈皇帝对马援很是青睐，上次与马援双双奏请，皇帝就是对马援言听计从，此番自己若再次上疏只怕也多半不会采用。遂作家书寄于兄长，言道："兄长如晤，弟作书于兄，非为别事，实乃伏波将军刚愎自用不纳良言。弟唯恐平叛大事毁于一旦，故而烦请兄长代为转奏。先前弟上疏于朝廷，言当走充道，虽然粮运艰难，然道路顺畅军马便于交锋，将士有临乡一战，士气正盛，奋勇向前皆欲建功立业。如今马援不纳弟言，壶头终是被敌阻断，急破叛军已然无望，上自将校下至小卒，皆为到手功勋失之交臂而痛惜不已。临乡一战，若能连夜追击，早已殄灭叛军，可伏波将军瞻前顾后收兵回营，如今初遇贼兵遮道，旋即立起大营不思进兵。伏波将军每到一处便止步不前，只顾眼前蝇头小利，与那西域商贾何异？武陵气候闷热潮湿，易生瘴疫，方才三月天气，已让人汗流浃背。军中已偶有疫病显现，若再耗下去，愈发酷热难耐，待疫病大肆流行起来，只怕大军溃败不远矣。”

当年耿弇讨伐张步平定青州齐地，被皇帝赞为韩信。可韩信最终得了个什么结果，耿弇心知肚明。故而待陇右稍平后，耿弇便辞去了大将军之职。虽然耿弇功成身退后有奉朝请的荣耀，可为求避嫌，也很少去宫中朝拜。尤其自父亲耿况病逝后，耿弇更是深居简出，唯有皇帝召见问策时方有谏言。收到弟弟耿舒书信，耿弇不敢大意。

虽然对武陵用兵之事耿弇有所耳闻。先前马援与耿舒一同奏请于朝廷，耿弇觉得马援乃是沙场老将，自有其道理，故而也没有因私情站在耿舒这边。谁知耿舒书中所言武陵之事竟已到了这步田地，若再不管不顾，只怕马援一旦挫败，自家兄弟立时陷在险地，即便大难不死也难逃败军之罪。更何况武陵叛乱已有刘尚、马成两番失利，马援如若再败，这场乱子只怕就没那么好收场了。于公于私，耿弇都再难置身事外，一大早便换了朝服，入宫请见皇帝。

听闻耿弇请见，刘秀也有些意外，旋即一想武陵战事，便不奇怪了。对于此战，刘秀也颇有些忐忑。当日仔细斟酌才定下马援南征，虽说旗开得胜让刘秀安心不少，可随之显现的将帅不和，着实让刘秀万分不安。为求大军稳固，刘秀不断压制着以耿舒、马武为首的不满言论，全力支持马援军策。然而自临乡一战过后已近月余，武陵再无战报传来，这让刘秀如坐针毡。在这种局势下，耿弇入宫，自然也是为此事而来了。

刘秀还未张口，就听耿弇秉奏耿舒家书所言之事，震惊之中不由恼怒起来。武陵战事久拖不决，若真如耿舒所言，士气低迷、人心浮动，这在两军对峙之中是极为不利的。再者军中疫情初现，一旦扩散开来，只怕大军不战自溃了。而马援竟把疫情如此重大隐患遮掩下来，仍然固执己见一心要与叛军胶着于壶口，且不论马援策略正确与否，这种隐匿军情目无君上的行为，就足以召廷尉锁拿马援下狱问罪了。刘秀心中将马援骂了个狗血淋头，龙颜大怒之中，即刻召见大司马刘隆以下中郎将以上诸将官入宫军议。

众将得闻武陵军情，皆是惊得不轻。马援素来稳重老到，为何会在武陵犯下这等差错？莫非真是壮士老矣不复当年？眼见皇帝气成这样，众将又怎敢去为马援开脱？而马援素得皇帝恩宠，虽说此刻皇帝迁怒于他，可众将也不敢直言马援的不是，免得和马家结下仇怨。耿弇虽然带来武陵军情，却从不对军政指手画脚，故而也是闭口不言。一时军议显得颇为尴尬，只听刘秀一人在殿中怒骂不已。

直到刘秀骂声稍歇，这才有宗均小心翼翼上前奏请："末将斗胆奏请陛下，武陵战事刻不容缓，还当速速遣使南下督战。"

宗均乃是南阳人士，与那前尚书宗广沾些亲缘。宗广当年追随刘秀平叛河北时留守信都，又西入关中只身平定冯愔叛乱，本就是南阳人士，故而颇受刘秀信赖。爱屋及乌，刘秀对这宗均也多有提携，只是没有什么战功，不过在军中任个闲职。虽说人微言轻，然而此时诸将无语，倒是宗均说了句还算中肯之语，刘秀正有意采纳其言，就听虎贲中郎将梁松上前奏请："末将以为此举多是徒劳无功。"

刘秀愣了一下，问道："爱卿此言何意？"

梁松不紧不慢说道："伏波将军显功于军旅之中，又得陛下恩宠于朝堂。此番领兵平叛，手握重权，中郎将耿舒力阻都不能改其心意。所谓将在外君命有所不受，若其一意孤行，又岂是陛下一道督战旨意所能左右？武陵局势危若累卵，若伏波将军抗旨不遵，祸不旋踵矣。此刻唯有另择良将代其领军，方能解此危局。末将不才，愿请旨往武陵一行，为陛下分忧征讨叛蛮。"

梁松此言一出，刘隆吓了一跳，忙上前劝道："临阵换将乃是兵家大忌，还请陛下慎重。"刘隆与马援同征交阯，也算有些袍泽之情，虽说不见得替马援出头，可梁松之言的确有些草率了。

刘秀打了一辈子仗，自然知道刘隆所言不假，可马援隐瞒军情不报确有恃功傲君的意思。往重里说，拥兵自重都不为过。这足以让刘秀忌惮了。而武陵军情紧急，还哪容刘秀再作他想？梁松虽然年轻，却是刘秀女婿，虽说没有真刀真枪上过战场，可其父亲梁统却是凉州沙场一路走来，梁松耳濡目染也颇有些军略。这些年刘秀多加考究，对其本事还是有些了解的，否则也不会拜其为虎贲中郎将。此时刘隆诸将皆无请战之声，倒是梁松站了出来，刘秀不用梁松还用何人？更何况梁松取代马援领军，也不见得非要倚仗梁松统兵打仗，不过是以其帝婿的身份管束众将，免得军中日渐生出骄纵之心罢了。只要梁松用好耿舒、马武，即便如刘隆所言临阵换将，也没有什么可顾虑的。再者说，老一辈将帅渐渐退出军旅，可天下要想稳固，还是少不得能征惯战的大将的。故而刘秀多有提拔军中的后起之秀，祭肜不就在辽东一战成名吗？

既然梁松请战，倒也该给他个机会，也算是为大汉培养些栋梁之材了。

刘秀也便不再多话，遂以宗均为谒者，代天子往武陵督战，又命梁松一同南下，若马援再无斩获，便夺其兵权代其统军平叛。

刘隆心中一颤，皇帝用一个从未领过兵的黄毛小子替换久征沙场的老将，栽培梁松之意不言而喻。刘隆常年不在京师，直到行大司马事后，才定居于洛阳。这五年来，刘隆可听到不少梁松的传闻。这小子仗着其父梁统声誉，又借着窦融为首的凉州士人声势，广结朋党、嚣张跋扈。自成了皇帝女婿后，愈发不知收敛。与窦融之子窦穆、侄儿窦固交通往来，俨然一副皇亲国戚目空一切的架势。只是倒未做过什么出格之事，洛阳官宦士人也便睁只眼闭只眼不去招惹。唯独前两年因杜季良牵扯而被皇帝斥责，梁松这才稍稍收敛。这样一个贵公子，有没有才能尚未显现，纨绔子弟的名声倒是担得起。皇帝让这样一个人去武陵平叛，当真合适吗？

梁松心里早已乐开了花："老匹夫，这次可算是栽在我手里了。当初杜季良一事也便罢了，毕竟不是你恶人告状。我敬你是长辈，好言好语入府探望，却被你羞辱一番，也忒不把我放在眼里了。君子报仇十年不晚，你不是自以为才高八斗清誉远播吗？我便让你声名狼藉悔不该当初！也正好拿你杀鸡儆猴，有你这样一个元老重臣垫脚，我看今后还有谁敢于我不敬！"

15
出师未捷身先死

梁松与宗均奉旨南下，一路马不停蹄昼夜奔波。宗均只当军情紧急不敢耽搁，哪里知道梁松此番乃是挟私仇而来，自然要早早赶到武陵，好拿马援开刀。待两人赶到壶口大营，只见营盘依江而建，紧扼要道，箭塔高耸，门楼紧闭，然而偌大一个军营却无多少兵勇，零零散散偶有人巡视。

宗均一阵迷茫，马援素善治军，为何营中这般懒散？莫非正如耿舒所言，士气懈怠至此？却听梁松怒道："马伏波刚愎自用，兵马困顿，若非陛下当机立断，遣我等南下，大军危矣！我等还当速速进营，奉旨取而代之！"

宗均一阵默然，依皇帝旨意，乃是督战在先，若马援迟迟不决，方夺其兵。梁松一来便嚷着削去马援兵权，未免急躁了些。

正想着，便见梁松亲兵已经叩开营门。却不见马援出门迎候，只有马武领着数名将校赶到军前。马武心中不服马援，对凉州出身之人也颇有成见。尤其梁松无咫尺之功便得拜虎贲中郎将，心中更是看不起他。然而梁松毕竟是皇帝使者，马武也不好轻慢，压着心中的不平，坐在马上拜了一拜："不知皇帝使者来此，多有怠慢，万望见谅。"

梁松见马武看似恭敬，言语中却满是不屑，也懒得和这个粗人计较，只是问道："既知皇帝使者到此，伏波将军为何避而不见？"

梁松只当是已经有风言风语传到马援耳朵里，故而避开不见，以期拖上一阵，趁着兵权被夺之前结束壶口战事。若真是那样，梁松岂不是白跑一遭？梁松还在为究竟是何人走漏了风声而揣测不已。就听马武说道："马援并不在营中，故而未能迎候。"

梁松心中咯噔一下，莫非马援真如自己猜度那般，故意躲开了？忙追问道："马伏波现在何处？"

马武冷哼一声，手中马鞭遥指一侧岩壁："就在山壁中穿岸为室屯驻。"

梁松听闻马援只是分营屯驻，总算舒了口气。想想也是，自己马不停蹄奔来，就算有马援心腹之人自京师传来消息，也不见得能快过自己。梁松手握马缰虚身而立，顺着马武所指望去，果见山水相接的山石之间隐隐约约有不少石室藏匿。遂说道："烦请马将军引路，我等有要事急需面见伏波将军。"

马武满肚子不乐意，推辞道："本将奉命屯驻大营，片刻不得抽身，且由我军前小校代为引路。本将军务繁忙，就不多陪了，还望见谅。"说罢也不待梁松答话，留下个小校，自己拱拱手便往回走。边走还边嘀咕："马援自己在山边驻扎，偷得清闲躲开这热死人的鬼天气，却留老子在这边苦守大营。为朝廷出生入死多少回，此番却受这等鸟气，什么东西！"

梁松着急去见马援，忍着对马武的怨气，随那小校往山边走去。眼瞅着越来越近，忽听得远处山头传来鼓噪之声。杀声随之响起，回荡于山谷之中，此起彼伏连绵不绝，惊得林中飞鸟成群结队盘旋于空中久久不敢落下。梁松虽然未曾在战场厮杀过，可早些年随其父亲驻守武威边塞，也算见过不少世面。忽闻杀声倒也处乱不惊，抽剑在手止住随行兵马，警惕地盯着周遭山林，谨防叛兵偷袭。

然而过了许久，只听得声响，却不见半个叛兵。狐疑之中，梁松领了兵马朝那声响之处摸去。正觉离那声响越来越近，忽听得密林之中传来一声呵斥："何处人马速速止步，否则弓箭伺候！"

梁松惊得一声冷汗，就听密林之中传来阵阵弓弦之声，显然伏兵不在少数。循声望去，便见林中闪出一员小校，一瞧那装束，乃是汉军服饰，这才松了口气，正要答话，便听马武军校已经上前喊道："此乃虎贲中郎将兵马，奉旨来寻伏波将军。"

那员小校狐疑中挥了挥手，林中弓弦之声立时散去，独身一人上前拜道："末将奉命在此防备叛兵，冲撞了将军，还请见谅。末将这便引路，带将军去寻主帅。"

梁松心中疑惑，边走边问那小校："本将听闻杀声不断，为何不见敌袭？"

那小校恭恭敬敬答道："自叛兵抢占壶头要道后，伏波将军眼见急难破敌，遂分兵于大营两山之中，屯粮于中军，只留一营兵马守备，意欲诱敌袭营，也好趁机围歼。怎奈叛兵死活不肯出战，只是每日轮番鼓噪，我等又不敢懈怠，只能加强警备，以防叛兵钻了空子。”

梁松这才明白为何大营之中只有马武。马援此举一是避开暑气，免得瘴疫肆虐，二者设好陷阱以待叛兵自来送死。怎奈麻秆打狼两头怕，叛兵不敢下山，汉军也不敢强攻。相单程不上钩，却累得将士们日夜防备，反倒失了锐气。梁松心中连连冷笑，马援自视甚高，如今却拿相单程这等小人物毫无办法，回想昔日马援趾高气扬的模样，着实让人鄙夷。随口又问那小校：“中郎将耿舒可在伏波将军营中？”

“耿将军屯驻于对面山下，并不在此处。”

梁松心中一乐，看来耿舒也不服马援调遣，不但传书其兄耿弇奏于天子，此刻更不愿意与马援同驻一营，再一想先前遇到马武时所见所闻，足见马武对马援成见也不可谓不深，军中不过刘匡、孙永那些小辈对马援俯首帖耳，看来此番要取代马援统兵也非难事。

正想着，小校止住步说道：“将军稍歇，伏波将军就在前面，末将这便去报奏。”

梁松向前望去，就见岩穴突石前站着数人，为首一人似是马援，可瞧着身型却又不大像。待小校近前报奏，那人微微一颤，回转过身，领着众人迎了过来。待到近前，俯身一拜：“末将马援拜见上使。”

梁松不由一愣。眼前之人的确就是马援。只是数月未见，马援一副病恹恹的模样，脸上瘦得都脱了相，挺拔的身姿竟有些佝偻。这与梁松印象中的马援变化也忒大了一些，难怪刚才第一眼没有认出来。

马援容貌俊伟，虽是六十多岁的人了，非但没有因为年老而显得庸鄙，反倒在举手投足间散发一股特殊的气度，然而此刻竟成这般模样，梁松心中一阵幸灾乐祸。

想你马援自负其才，却被小小的相单程折磨到这步田地。你往日目中无人的劲头哪里去了？心中这样想，嘴上却殷勤地说道：“小侄奉旨来此，哪敢受世伯参拜。数月不见，未能聆听世伯教诲，小侄可思念得紧呢。不曾想世伯竟为国辛劳这般憔悴，小侄真真敬佩无比。世伯还当保重身体，才能继续为国尽忠呢！”

谁知马援瞧了一眼梁松，却说道：“为国尽忠乃是本分，只是军营之中以公为先，哪来什么世伯贤侄？虎贲中郎将既为皇帝使臣，还当谨言才是。”

梁松热脸贴了个冷屁股，内心火冒三丈，却又不好发作，心中怒骂了一句：“老东西，给脸不要，真是又臭又硬。”转过脸冷冷对宗均说道：“既然伏波将军都说了公事为先，就请宗将军宣读旨意吧。”

宗均见马援满面倦容心有不忍，可身负其职也不敢疏忽，捧出圣旨于众人前宣读道：“武陵叛乱，纠葛两载，郡县纷扰，百姓涂炭，将士血战，退敌临乡，此伏波之功也。然受阻于壶口，不思进兵，容敌喘息，懈怠战机，此伏波之罪也。今以虎贲中郎将代朕过营，以为监军，责令伏波将军尽速破敌，不得迟延。”

马援以下众将皆是一脸愁容，谢过圣旨，就听梁松冷冷说道：“本将既然身负重责，便当恪尽职守。伏波将军畏敌不前，任由叛兵叫战而不迎击，纵容叛兵嚣张跋扈至此，不仅士气一落千丈，更是有伤国体。本应严惩不贷，且念你也是劳苦功高，不予深究，即刻交出兵权，回帐自省。今日起便由本将代为监军。”

梁松此言一出，众将吓了一跳。圣旨乃是让梁松以监军身份督战，可他一来便要夺去马援兵权，实在出乎众将意料。

战事变成今日这种僵局，固然少不得马援过失，却也未必皆是其责。战场风云变幻，顺境之中所向披靡算不得什么本事，在逆境之中依旧能有应对之策才显手段。其实就算当日依了中郎将耿舒之策，未必能比今日局面更好。

耿舒所倚仗者乃是幽州突骑行军迅猛，虽说充县道路远比壶头道顺畅，确也适合骑兵行军，可幽州突骑有限，耿舒要想出其不意奇袭叛军，势必脱离大军先行，这一点却是万分不利的。毕竟武陵地势复杂，孤军深入太过凶险，当日武威将军刘尚便是因此兵败身亡。耿舒若不能凭借战马精良追杀到叛军，被相单程残部退入巢穴，则以幽州突骑对凭险而守的叛军也是束手无策，只能坐等大军集结才能围困叛军。这般一来，局势又与壶头道有何区别？

相较之下，再看今日僵局。虽说马援至今也未能破敌，然而数月对峙之中，众将也渐渐瞧出些端倪。相单程紧扼要道凭险而守，戒惧汉军之势不敢轻易出战，虽然汉军士气在这样的对峙中日渐懈怠，可正如马援所料，局势对叛军更不好过。莫看叛军每日不时鼓噪喧哗，以此骚扰汉军，奢望汉军不战而退。可从叛兵越来越低迷的挑衅尖叫和日渐短促的鼓声中，便足见叛兵离强弩之末不远矣。

只是马援殚精竭虑，不敢一丝懈怠，但凡叛兵鼓噪，定要亲来观瞧，在这样的操劳之中，不慎染上军中渐渐生出的疫病。说来也怪，武陵闷湿的天气中，不少士卒感染疫病丢了性命，可这疫病并非不治之症。军中有不少人当年随马援南征交阯，与那时的九死一生相比，眼前的疫病简直就是小打小闹罢了。可出乎所有人意料的是，马援连交阯的疫病都挺过来了，却未能顶住武陵疫病的侵袭。短短月余之中，马援病得都有些脱了相。在这种情况下，梁松以马援平叛不力削去兵权，实在有些不近人情了。

刘匡、孙永忙上前求情道："上差明鉴，伏波将军虽未破敌，然叛军困顿已久，破败不远矣，还望上差宽限些时日，我等必能击溃叛军，擒杀相单程，以献朝廷。"二人心想梁松其父与马援有旧，念在这点情谊上，梁松或能缓颜一二，也好让马援戴罪立功，谁知却是触了梁松霉头。

梁松冷冷一笑："我等乃是奉旨行事，岂敢疏忽？尔等于壶头驻扎许久，每日耗费钱粮岂是小数？天子仁爱，宽厚治国，不忍多取百姓一毫，怎能由得尔等在此徒耗钱粮而无尺功？如此畏战不前虚耗国力，本该一并治罪，且念在用人之际权且容尔等戴罪立功，再敢阻挠朝廷旨意，必要严惩不贷。还不予本将退下！"

两人哪知梁松与马援有隙，非但没能为马援开脱，反倒把自己也牵扯进来，犹豫中也不知该不该再劝上一劝，就听得马援在旁叹息一声："罢！罢！罢！虎贲中郎将乃为国事而来，两位将军不可阻挠，还请速速起身。"

刘匡、孙永见马援这样一说，站起身来低声劝道："将军，敌军军情你也看在眼里，虽说不能引出相单程，可听那动静，只要再坚持个把月，叛军必败无疑。若将军此时罢了兵权，且不说苦守这些时日付诸东流，将军这平叛不力的罪名可就坐实了。于公于私，将军都当深思啊！"

马援摆摆手，苦笑道："二位将军不可胡言。"马援何尝不懂两人的道理，只是情势如此，又岂是马援所能左右？其实马援心中早已猜到了今日的结局。皇帝对武陵战事异常关注，自己对峙许久仍不能破敌，又和耿舒、马武闹得不大痛快，这样下去皇帝如何不急？换将已是迟早的事。本以为皇帝或许能使大司马刘隆接替自己，至少也该让臧宫领兵平叛，那样自己也多少能放心一些，谁知皇帝却派来梁松这个从未领过兵的将军，这多少让马援有些意外。

细细一想，也便明了，虽说自己尚未破敌，可皇帝极善用兵，对自己的意图岂能瞧不出来？叛军困顿已久，眼见破敌在即，让梁松来接替自己，不过是让梁松替自己摘取最后的胜利果实罢了。皇帝有心栽培女婿，自己若是还赖着兵权不放，岂不是不识时务？更何况马援此刻已是病入膏肓了，这样虚弱的身体，想要熬到破敌之日，只怕已然无望。马援常言将军自当马革裹尸，本想以最后一场胜利为戎马一生画上一个完美的句号，谁知却是这样一个结局，未免有些遗憾。可想想经自己布局，让相单程深陷牢笼之中，最终难逃一死，还是欣慰不少。遂对梁松说道："本将平叛不力，自当领罪。只是为平叛着想，还请虎贲中郎将坚守大营，广布疑兵，切不可轻易强攻贼兵。短则月余，长则一季，叛军必败。望虎贲中郎将切记！"

梁松不以为然，冷眼瞧着马援敷衍道："本将不才，倒也不用老将军指手画脚。且请交付虎符之后回帐歇息，以待朝廷裁决。"

梁松如此冷漠，让马援不由得一颤。回想当初与梁松结下仇怨，虽说多是阴差阳错而绝非马援有意为之，可与马援耿直的性子也脱不开干系。祸从口出，终是有了今日的低人一头。马援从怀中掏出尚带余温的虎符，与梁松虎符应验一番。有心再叮咛几句，只怕多半不会为梁松所听，叹了一声，转过身去，独自回了自己岩室。刚刚放下帘幕，身子晃了三晃，轰然倒在榻上。

待马援悠悠转醒，已不知过去多少时日，浑身上下都像散了架一般生不出一丝气力。先前为军务操劳，强撑着一口气不曾松懈，待兵权罢去的刹那，马援再也撑不下去，唯等疫病收割最后的性命。

恍惚之中似有人探上前来，在刺眼的光晕中晃得马援一阵恶心。马援只当是医官探视，不由一阵厌烦。病入膏肓，就算扁鹊再生也是回天乏术，又何苦在自己弥留之际扰乱自己清净呢？如今兵权已经交割，平叛再与自己无关，无论输赢，自己也将把性命留在壶头，权当自己不服老而强请将令出征无功的赔罪了，也算无愧于朝廷，无愧于病死的将士，无愧于戎马一生。就让自己安安静静地独赴幽冥，莫再折腾个不休了。马援嘟嘟囔囔一声，怎知那人影非但没有离去，反倒贴得更近，一个不住地喊着："父亲！父亲！"另一个连呼："叔父！叔父！"

马援一个激灵，是何人呼唤父亲、叔父？强撑一口气定睛观瞧，却是次子马防与侄儿马严陪侍在侧。心中一时安稳不少，看来就算自己命丧武陵，也有子侄护送灵柩落叶归根了。身后之事再无牵挂，却对眼前战局再次操心起来，随口问道：“壶头……如何？”

马防愤愤说道：“梁松那等纨绔子弟能有什么谋略，不过纸上谈兵而已。如今替代父亲掌了兵权，初一交锋便一败涂地，真正丢尽梁统老儿的脸面。”

马援心中一惊，莫非汉军已败？梁松再不济也不会这般无用吧？心急之中便要问个前因后果，却被一口气堵在胸前，抖抖索索半天说不出一句话来。

马严在旁瞧得真切，见马援面色忽变，赶忙宽慰道：“叔父切莫着急。战事并未生变，汉军安然无事，相单程依旧困顿。只不过梁松初掌兵权，自是要杀敌立威的，遂强令刘匡、孙永领兵突袭敌营。可相单程把那壶头大营修得险固异常，便是叔父都束手无策，又岂是梁松临时起意便能袭破的？好在刘匡、孙永对那壶头大营知之甚深，虽然惨败而还，倒也避开致命所在，将士伤亡并不惨重。”

马援憋在胸口的气这才顺了出来，叹道：“梁松……不听……不听我言，方有此……败。”沉吟许久，吩咐道：“笔墨。我当上疏……上疏天子。”

马严闻听此言，欲言又止，面露难色。马防却再忍不下去，悲愤说道：“父亲，我马家自身难保，就莫再操心这等闲事了。”

马援满腹狐疑，就听马防怒骂道：“那梁松卑鄙小人，不过与父亲有些鸡毛蒜皮的小事便挟私愤。此番请旨南下监军，本就是专为父亲而来。母兄万分牵挂，唯恐父亲在此受罪，故而让孩儿与堂兄来此照料。临行之际，幸得堂兄友人暗中相告。那梁松小人，不但要夺父亲兵权，更是要让父亲身败名裂。梁松离京前，便暗中勾结那些对父亲心存恨意之人，有些是被父亲直言冲撞，有些纯粹是对父亲深得圣眷而眼红罢了。此番有梁松出头，这些小人狼狈为奸，网罗罪名加害父亲。”

马援心中悲凉，只觉一丝凉气从腹腔直冲胸口，一时被病痛折磨的身体反倒轻松不少，话语也顺畅起来，摇了摇头说道：“为父秉公守法，也不会有什么把柄落在那些小人手中。”

马防可不如马援这般自信，痛苦地说道：“欲加之罪何患无辞？父亲可记得当年征讨征侧叛乱时从交阯带回的薏米？”

马援万分迷惑，这交阯薏米可祛体内湿气以避疫瘴，果实又生得硕大，当年在交阯时，幸有薏米调理，疫病才未恶化，故而凯旋之日，马援带回些籽实，欲引种于北方。虽然也能抽穗结果，只是水土不服，薏米再也没有交阯时那般硕大了。马援爱其祛湿功效，此番征讨武陵都随军带着不少，常食薏米以避疫病，然而功效似乎远没有交阯时有用，以至于今日恶病缠身。马援甚是不解，这薏米又何干王法？

就听马防接着说道：“那些个小人信誓旦旦，说父亲瞒天过海，车中所装绝非薏米，乃是在交阯盘剥而来的明珠犀角。还言正是父亲贪赃枉法，私吞征氏财货，才逼得交阯叛军久剿不绝。更有些恶毒之人，言父亲在交阯平定叛乱后，仍屯兵近一年之久，说好听点是为了交阯长治久安，穿渠灌溉、开垦荒田，以便百姓耕作，实则是借故搜刮民财中饱私囊。而父亲曾在交阯浇铸铜柱以做大汉极南边界，上刻‘铜柱折，交阯灭’。也不知那些小人从何得知，说父亲撤军之后，越人每从铜柱旁经过，便以石投掷铜柱，如今那铜柱已被石块掩埋成一座小丘，以此足见越人对父亲之恨意。还有些人添油加醋，言父亲今日久征武陵阻于壶头，乃是想故技重施，拖延时日无非想继续在武陵搜刮民财罢了。”

马援气得牙根痒痒，平定交阯叛乱乃是马援征战一生的顶峰，却被这些小人用作攻讦自己的口实，实在是无耻至极。有心上疏争辩一番，可如今平叛无功，已失皇帝眷顾，再去辩解，只怕多是越描越黑，苦笑一声，叹道：“天子英明神武，又岂会轻信这些谗言？”

马严在旁观瞧，见马援此时虽然气愤，可精神似乎好了不少，不像前面那般随时都要咽气的模样，这才小心说道：“叔父不可大意。皇帝固然圣明，怎奈弹劾之人并非全是小人。”

马援满是狐疑，便听马严接着说道：“梁松竟然说动於陵侯侯昱一并上疏弹劾叔父。那侯昱倒也没有太过诽谤，只是说叔父自交阯运回的薏米确有裹挟财货的嫌疑，还当彻查此事方能下定结论。还有，就在这两日，小侄听闻中郎将马武不知为何也上疏于朝廷，言叔父私吞明珠犀角确有其事，更是说此番征讨武陵，在叔父帐中亲眼见到藏有许多明珠，皆是当日从交阯所得。说叔父不思早日平定叛乱，还有心思把玩珠宝，真是愧对朝廷。”

马援眼神一下子黯淡不少，马武不服自己管束，故而冷落在一边，对自己心存恨意而攻讦倒也想得通。何况梁松就在壶头大营，瞧出马武对自己的不满，刻意拉拢过去一同弹劾自己也在情理之中。可那侯昱乃是前大司徒侯霸之子，得其父亲家风所传，明察守正、素有名望，颇得皇帝信赖。这样一个人弹劾自己，只怕此事便是有假，皇帝都要先信上三分了。梁松究竟使了什么手段，竟让侯昱都参与其中？

马援还在揣摩此中缘由，便听马严犹豫再三说道：“其实，除了薏米之事，小侄还听到些风言风语。叔父可还记得三年前堂姐夫王磐之事？”

马援怎会忘记。王磐乃是马援兄长女婿，更是那篡汉自立的王莽族侄。皇帝扫平天下复立大汉，为保太平，并未将王莽亲族斩尽杀绝。王磐家资殷实，为人爱士好施，有名于江淮之间。对此，马援深感不安。需知王氏乃是废帝亲族，虽然当今天子并未追究，可又怎会不暗加防备？当年刘縯不也是以刘氏宗亲之身而结交天下豪杰，显名于南阳，终是揭竿而起反抗王莽。当今天子随刘縯起兵，怎会不知废姓之人声名显赫的威胁？

王磐非但不知收敛，见洛阳日渐稳固后，迁往京师定居，或是为求个一官半职，游走于外戚显贵之间，与当时的卫尉阴兴、大司空朱浮、齐王刘章、司隶校尉苏邺等人交往甚密。马援深知王磐这般下去必是自取其祸，故而虽与王磐有些远亲，却从不与之相厚，更是规劝族中子侄，切莫与之交往过密。

当时马援深得皇帝圣眷，王磐也曾来马府拜见，马援为求避嫌，都未曾与之相见。出于好意，作书信一封，劝王磐早早离开洛阳这是非之地。可王磐对马援之言置若罔闻，还因此对马援颇为不满，自此之后都不再往来。果然未过数载，司隶校尉苏邺贪赃枉法被下狱治死，王磐牵连其中，也客死于洛阳。

马援正疑惑马严何故提起王磐，就听马严说道：“此番弹劾叔父的奏疏之中，有人重提旧事，言叔父对王磐之死颇为介怀，常于人前叹言，王磐若能听得规劝，如何落个死于非命？”

马援大惊失色。若只是薏米之事受污，不过落个身败名裂，可一旦牵扯进王磐之事，这可就变了味道。身为皇帝重臣，却与前朝皇族暗中勾结，说个心怀不轨都是轻的。一旦皇帝认准这样一件事情，就算查明薏米之事乃是子虚乌有，自己都将不再被皇帝信任。可皇帝真会听信这样的谗言吗？

回首当年奉隗嚣之命，往洛阳朝拜皇帝，初次见面，马援便被皇帝推心置腹的气度折服，力劝隗嚣断了公孙述的招揽而归顺于皇帝。怎奈隗嚣首鼠两端，受王元众将蛊惑，再次反叛朝廷。马援因此被皇帝忌惮，征讨陇右也未召见，只是传令马援屯田于上林苑。好在马援献策力争，这才在平定隗嚣叛乱中立下不少功勋。此后驻守陇西平定羌患，攻破皖城剿灭巫妖之乱，南征交阯擒杀征氏姐妹，军功日益显著，圣眷愈发恩厚。直到北伐乌桓无功而还才让马援威望大不如从前，故而主动请缨征讨武陵，期望以最后一战挽回为将者的荣耀。怎奈天不遂人愿，不但破敌无望，更是身染重病。

回想与皇帝交往半生，虽然颇受器重，可在马援看来，只怕皇帝从来都没有真正把自己看作心腹之人。当年是因为身为隗嚣亲近重臣，又与公孙述有旧，皇帝一边用着自己一边又防备着自己，如今再与王氏纠缠不清，怎会不被皇帝见疑？就听子侄所言，只怕不但自己难逃一死，马家都要就此衰落了。

哀叹数声："罢！罢！罢！毁誉自有后人评说，我又何苦难以自拔。防儿啊，为父已失皇帝信任，便以一死明志。你兄长为人厚道本分与人无争，我并不担忧，只是你和老三光儿性子刚烈，为父去后，再难护全，还当收敛收敛才是。严儿你兄弟俩喜好侠客，虽然快意恩仇，可叔父还是要劝你一劝。秦汉以来，朝廷虽未明令禁止，可对侠客还是有所防范，毕竟声名太旺却不受朝廷约束之人历来便是皇家所忌惮，还是莫要锋芒毕露的好。你早年也专心典籍，能通《左氏春秋》，不若研习经典为国效力才是正途。其实，我最担心的还是客卿。客卿年幼，你兄弟几个还当好生照料，他日必成大器。"

一听马援已然在交代身后之事，马防、马严心中一阵悸动，仔细观瞧马援面色，倒也还算红润，这才稍稍放下心来。可再一想马援念念不忘的小客卿，两人旋又惆怅起来。小客卿乃是马援老来得子，又生性聪慧，深得马援喜爱，然而此刻只怕也是命悬一线了。

两人前往武陵探视马援前，小客卿似乎从家人的只言片语中揣摩出马援正陷于危难之中，心系父亲安危着急忙慌跌了一跤，当夜高烧不退满嘴都是听不懂的胡言乱语，直到两人离开洛阳，小客卿都还没有转醒。如今已过去半月有余，只怕小客卿也是凶多吉少了。本来该当将此事告于马援，可眼瞅着马援没多少时日了，又何必在最后之际让他痛彻心扉呢？

马援吩咐了半天，却久久不见两人回话，还当二人是为自己身体担忧，转头去瞧，见马防欲言又止的模样，问道："防儿有何事要说？"

马防正想着客卿之事，忽被马援一问，不由脱口而出："客卿……客卿……"

马严怕马防说漏了嘴，忙打岔道："哎呀！叔父莫要胡思乱想，还是好生休养，待身体康健后，我等便陪叔父回京。那些个宵小之徒污蔑叔父，咱大不了辞官不做，回乡安享晚年，小客卿的冠礼可还需叔父主持呢。"

马援虽已病重，可头脑尚还清楚。客卿绝对出了事，才让马防这般为难，马严东拉西扯就显得欲盖弥彰。马援挣扎着侧起身来，直勾勾地瞪着马防，喝问道："说！客卿到底如何？"

马防被盯得冷汗都冒了出来，结结巴巴圆着谎："那个……那个……孩儿离开洛阳时，客卿嚷嚷着也要来看父亲，可……可母亲担心路途遥远，便把客卿强拉回去了。"

马援如何会信？依旧盯着马防，恶狠狠喝道："说！"

马援素来持家甚严，马防被父亲逼到这份上，扑通一声跪倒在地，哭诉道："客卿思念父亲，染病在家，境况怕是不好。父亲！父亲！孩儿知道客卿是您心头肉，便让客卿随您一并去吧，也算是客卿为您尽孝了！"

马援颓然倒在榻上，双目忽而闪耀着晶光，两行浊泪顺着消瘦的脸颊流淌而下。马严还想宽慰几句，却又不知该说什么。见马援默默哭了一阵闭上眼帘，还当马援困倦，便想为他盖好被褥。这时，马援突然连咳数声，一口鲜血喷涌而出，溅得马严满身都是血迹。再看马援，就见双目瞪得通圆，却再也没有一丝生气了。

一代名将马援终是在无尽的悲愤和伤感中孤寂陨落。武陵的天空，雨泻如注。

16

沉冤难雪

马援病逝于武陵的消息传入洛阳，刘秀尚在愤怒之中。

虽说马援并非刘秀心腹之臣，可随着天下稳固，隗嚣、公孙述在世间的影响早已湮没于尘埃之中，渐渐对马援也亲近起来，故而才在平定交阯叛乱后，厚封马援，待其恩宠有加。武陵战事不顺，刘秀遣梁松南下监军，可也并未深责马援，毕竟相单程声势浩大，刘尚战死、马成困守，唯独马援旗开得胜，使叛军气势一蹶不振。原以为马援不仅是能征善战的骁将，又是洞若观火的智士，谨言慎行、品性纯良，真乃国家栋梁。可谁知朝臣忽然弹劾马援贪赃枉法私吞财货，一下子让马援在刘秀心中的形象大打折扣。

刘秀起于寒微，深知世间疾苦，对鱼肉百姓的赃官深恶痛绝，况且马援似乎还与王磐那等上蹿下跳的王莽亲族扯上关系，终是让刘秀忍无可忍。

随着马援病逝，朝中那些对马援心存不满之人总算放下心来。不少人原本还在观望中，猜度马援深得圣眷，未必会被皇帝惩治。若早早弹劾马援，一旦事败必被马援嫉恨，故而静观其变。如今马援故去，那些人有恃无恐、落井下石。梁松如今风生水起，弹劾马援既能报了私仇，又能讨好梁松，何乐而不为？一时弹劾马援的奏疏简直快要把省中淹没了。刘秀本就对马援失望无比，又见马援这般不得人心，终是下了圣旨。罢去马援伏波将军之职，削去新息侯封爵，收回所赐印绶。马援长子马廖一并罢官，着令廷尉查封马府，严查马援贪赃枉法之事。

待马严、马防二人千里护送马援灵柩回到洛阳时，马府已然乱了套。两人眼见马府被朝廷查封，四处打听一番，这才找到马廖另租的一处小院。刚进院子，便见偏房门前挂着白绫，孤零零停着一具小棺，却是马客卿终是不治身亡。而马廖、马光满面愁容，正在商议着什么。见到马援灵柩，兄弟几人不由一阵痛哭。且将马援灵柩好生停放在堂屋正中，又搬来客卿小棺陪在一侧，也不敢大张旗鼓重摆灵堂，免得惹来仇家寻衅滋事。转又引着马严回入内院拜见老夫人和母亲，便见内院更是乱成一片。

家中仆役逃得七七八八，从马府搬出来的衣被家什乱七八糟堆在回廊。虽然家中刻意隐瞒，可马援老母还是得知马援身故之事，悲戚之中整日以泪洗面。大闺女虽未及笄，可年纪稍长，懂些事理，小心陪侍在身侧，唯恐老夫人有个三长两短。而马援夫人蔺氏不但没了夫君，幼子客卿又匆匆夭折，神情恍惚已然疯了，一阵哭一阵笑。二闺女不过六七岁年纪，忽遭家中变故，目光之中满是惊恐，躲在蔺氏身后不敢见人。三闺女还不到五岁，反倒显出这个年纪少有的镇定，拿把梳子为母亲梳着发髻。可还没梳好，蔺氏一阵折腾便又乱成一团，只能蘸着水重新梳了起来。

马严眼见家中也没能做主之人，叹了一声。叔父受污病故，若冤屈不得昭雪，只怕马家便要就此败落了。长兄马廖为人忠厚，没什么大主意。马防虽已成人，却有些骄纵。马光倒还算周密，只是少了几分沉稳。马严有心去请几位叔伯拿个主意，却又转瞬罢了这个念头。几位叔伯早年皆是王莽朝廷两千石的地方大员，待汉朝复兴后多已断了仕途，更因王磐之事而多少有些牵连。莫说此时帮不上什么忙，就是想帮，一旦涉足此事，只怕反倒会弄巧成拙。思来想去，还是先让叔父入土为安，免得那些小人紧盯着马家，鸡蛋里头挑骨头，再给叔父安插什么罪名。

兄弟几人商议一番，若护着马援灵柩归往扶风祖坟安葬，只怕太过惹眼，遂在城西买了块荒地。也不敢添置半块砖瓦垒起坟茔，更没有墓志石碑彰显功绩，仅仅掘开六尺黄土，权作马援长眠之所。短短三日之后，草草收拾些果蔬贡品，套上两辆破旧牛车，拉着马援、马客卿棺椁，一前一后出了城门，小心合葬于一处。

眼见马援为国征战操劳一生，最后竟然落个身败名裂，便是入土为安都要偷偷摸摸，兄弟几人抱头痛哭。

伤心欲绝之际，马防暴跳起来："此事决不能就此罢休！父亲死得冤，生为人子不能为父报此血仇，有何面目苟活人世之间！"

马严问道："江平可有谋划能为叔父昭雪？"

"哼！"马防满眼都是仇恨地说道，"皇帝对父亲这般绝情，我马家又在朝中失势，过去与父亲亲密无比的宾客故友，此时有哪一人敢出头说句公道话？想要为父伸冤堪比登天。我等无依无靠，只怕绝难重振家门。即便如此，我也必不能让那些奸贼逍遥快活。我这便回往武陵，手刃那梁松狗贼，就是赔上性命，也算对得起父亲在天之灵了。还有那耿舒，若非他屡次与父亲为难，上疏皇帝，朝廷又怎会让梁松监军？始作俑者尤为可恨！马武也别想好过，这个土匪头子无情无义，栽赃陷害父亲，必要用他狗头祭奠父亲在天之灵！”

听马防将仇家骂了个遍，马廖吓了一跳，好在荒郊野外没有外人偷听，这才稍稍宽心，连连喝止：“二弟怎敢行此下策！快快断了这个念头。那三人都是朝廷大员，此刻正在武陵平叛，且不说二弟行刺能否得手，就算侥幸如愿，主将暴亡，岂不是帮了叛军一个大忙？父亲一生都愿为国征战沙场，临了都是逝于前线，若得知二弟为报私仇而害国家大事，岂能如意？”

马严也说：“江平莫干傻事，梁松武技如何虽不得知，可身为主帅，身边必是护卫众多，岂会让江平得手？而那耿舒、马武打了一辈子仗，素来以勇著称，江平虽有些武艺，也绝难是此二人敌手。江平想要去武陵行刺，只怕是白白送了性命。”

马防怒道：“那我就此刻潜往侯府，宰了侯昱那个腐儒。这种面慈心恶的小人最是可恶，平日里看似一脸正气，实则包藏祸心阴险毒辣。今日杀得一人算一人，不能让父亲就这样去了。”

马严连连劝阻：“江平再莫提行刺之事，侯昱不过被梁松利用罢了，又是个手无缚鸡之力的文人，杀此一人，非但不能为叔父平反，更是丢了我马家的威名！叔父南征北战赢得一世英名，岂能堕在你我手中？男儿沙场建功方显本领，行荆轲之事不过匹夫之勇罢了。”

马防恼怒道：“那以威卿之见，该当如何复仇？”

马严叹道：“叔父含冤亡故，只有诉于天子，为叔父平反，使其冤屈得以昭雪，方算报了大仇。更何况君子报仇十年不晚，就算梁松贼子苟活一时，只要我马府重振声威，还愁他日不能取其性命？”

马防一时无语，马廖为难道：“如今马府落难，我等无官无职，自身安危尚难保全，如何告得御状？”

马严踌躇再三，说道：“如今窦氏在朝中正盛，老窦融虽然罢了三公之位，仍拜为将作大匠，掌管皇家宗庙、园林修整诸事，足见天子对其眷顾。

早些年，老窦融与叔父定下亲事，把大丫头许给了窦家，不过年纪尚小还未过门罢了。若能和老窦融说上话，把这门亲事早早做成，想我马家或有转机吧。”

马廖叹了一声：“只怕此路绝难行通。窦融虽被皇帝信任，却谨慎得很。在洛阳这些年，官越做越大，胆子却越来越小。父亲在世时，窦融还数次提起这门亲事，可待朝中刚有弹劾父亲奏疏，窦融便早早躲了开去，对这门亲事唯恐避之不及，又怎会在我马家落难之时搭上一把手？”

马防愤愤说道：“别忘了还有窦融那老匹夫的侄儿窦固，本就和梁松一个鼻孔出气，仗着帝婿身份嚣张跋扈，也因此与父亲有隙，只怕父亲之死都与他脱不开干系。见我马家衰败，高兴还来不及。想他窦家相助，只怕是与虎谋皮。”

窦家这条路也行不通，马严也是束手无策。兄弟几人商量来商量去也没个结果。正愁苦之中，见远远来了一辆驴车，待到马援坟前不远处，从官道转了下来，沿着小路缓缓行来。车上独坐一老翁，随着颠簸的驴车一摇三晃，不多时已到近前。

马严早早瞧了出来。此人乃是马援同乡朱勃，字叔阳，曾是伯父马况在王莽朝廷为官时的属官。其人年少便有才名，十二年纪便通《诗经》《尚书》，只是仕途并不顺畅。大汉复兴后，朱勃虽被朝廷征辟，可辗转二十余年，也不过升迁到云阳县令。如今已是六十岁光景，只怕此生也再难有所作为了。叔父拜将封侯风光无限时，虽说朱勃不过一个小小县令，却对他礼敬有加，也不知今日朱勃来此，究竟意欲何为。

兄弟几人见来了外人，不敢继续商议，小心陪侍一旁。如今马家虎落平阳，是谁也不敢得罪的。就见朱勃下了驴车，提着一个食盒走到坟前，端出几碟粗疏小菜，满盛一碗浊酒，缓缓倾洒于黄土之中，深深朝着坟茔一拜，久久凝视不语。

兄弟几人不由一阵伤感，马援灵柩回到洛阳。虽然马家不敢大操大办，可京师多已知道马援之事，无论亲友故人，竟无一人前来吊唁。朱勃坟前祭奠，让兄弟几人心中很是感激，忙向朱勃还礼。马廖向前拜道：“家父亡故，世伯能来拜别，我等感激不尽。”

朱勃见马廖言语虽然恭敬，却也显出一丝戒备，叹了一声：“马将军不以朱某卑微而厚交，若在此时都不敢来拜上一拜，未免太过薄情了。只可惜马将军一世英名，竟毁于小人之口，真真可叹。”

马严众人心中愈发警惕起来。当年马援厚待之人多矣，然而世态炎凉，未有一人为马援喊冤。这朱勃一个小小县令竟敢为马援鸣不平，就不怕开罪了梁松吗？还是说朱勃此来居心叵测，这般说辞是来试探？要是被他抓住什么把柄，马家立陷灭顶之灾了。马严忙故作惶恐道：“世伯可不敢信口开河。叔父触犯国法获罪于天，万万怨不得旁人。”

朱勃一愣，还当兄弟几人真被吓破了胆，满是悲愤地骂道：“马将军秉性公正，素来见不得品行不端之人。可叹其子侄竟都是些怯懦庸鄙之辈！唉！也不知我今日上疏朝廷值也不值！罢了！马将军含恨而终，总得有人为他喊一声冤。成与不成，也算我二人相交一场，不负马将军厚待一番的情谊了。”说罢提了食盒，甩袖便往驴车走去。

马防一听朱勃小觑自己，有心发作，却被马严拉住。而众人听到朱勃竟为马援投书省中，皆是一震。马廖上前拜道：“世伯高义，请受小侄一拜。只是世伯这般所为，必然开罪权贵，小侄内心万分不安，还请世伯小心提防。”

朱勃以为马廖兄弟全无为父平冤的心思，满是鄙夷，不想继续留于此处，摆摆手，扶着车辕背身一跳，扯过缰绳调转车头，边走边说：“尔等莫要担心我一老汉。朱某投书之时，已一并请辞县令之职。如今已是白身，自回家乡耕读。梁松虽贵，倒也不至于拿着金饭碗和我这破瓦罐来碰。尔等不可一味怯懦避让，莫让马将军一世英名毁在尔等手上。”说罢，皮鞭一抽，驴车摇摇晃晃远远离去。

马廖众人目送朱勃渐渐消逝在官道尽头，一时默默无语。本以为早已看透了人情冷暖，谁知朱勃的出现让众人为之振奋起来。谁说世间全是薄情寡义之徒？朱勃虽然卑微，却因马援点点恩遇而涌泉相报。本就仕途坎坷，好不容易熬了个县令，却为了仗义执言便轻易舍去。莫看他说得轻松，可若梁松真的睚眦必报，都不必亲自动手，支应朱勃家乡县令一声，就算取不得朱勃性命，也必让其困苦不堪。兄弟众人心中感激无比，想想这朝野之中，难不成就再没有一个如朱勃一般的真君子？

马严直了直身子：“朱老伯一外人都敢为了叔父舍上身家，我等既为马家之人，又岂能顾惜性命？虽说眼下唯独朱老伯一人挺身而出，可只要我等有心，必能找到愿为叔父翻案之人。”

兄弟众人信心满满，拜别马援坟茔，转回洛阳城中而去。

刘秀疲乏地倚在榻上，望着案上数封奏疏发呆，心中早已是五味杂陈了。与先前铺天盖地弹劾马援的奏疏相反，此时皆是为马援喊冤叫屈的言语。虽说与弹劾奏章相比，数量少了许多。且上疏之人除了马援子侄外，不过是些几百石的小官。然而言辞恳切、合乎情理，让刘秀不得不重新审视马援贪赃一案来。

奏疏最为严谨周密的乃是辞官归乡的云阳县令朱勃所作，言：“臣闻圣王德政，不忘人臣之功。故高祖爷赦免蒯通之罪，又以王侯之礼厚葬田横，大臣咸服高祖之德而不患得患失。大将在外，谗言在内，小过必究，大功不计，此为国家万分谨慎之事。遥想当年，章邯惧赵高谗言而归降项羽，燕将攻破聊城因惧小人而不敢归国。岂是他们心甘如此？不过谗言中伤而已。窃见已故伏波将军新息侯马援，出于西州，倾慕陛下圣义，间关险阻，万死不辞，驰深渊、入虎口，往来游说诸侯，岂知能得日后封侯之赏？建武八年，陛下亲征隗嚣，叛兵据关锁道，众军难进，马援献破敌之策，平安定、袭略阳，终入天水。及吴汉众将败退于陇下，陇右道路顷刻断绝，豪强率城投敌，羌戎大杀官吏，马援依旧为国坚守，宁死不降叛军。待隗嚣败亡，马援镇慰陇西，抚平地方，纵然战火摧残、陇西饥困，依旧兵动有功，师进辄克。冒死突进，诛锄先零叛羌。又出征交阯，多有疫瘴，马援与妻儿老小生离死别，全无悔吝之心，遂斩灭征侧，收复一州之地。近来受命南讨，破敌于临乡，大军已有功业，然马援壮志未竟而死。虽将士多有疫病亡故，然马援岂有独生？臣虽非将军，然也略知军事，夫战者，或以久峙而建功，或以速进而致败，深入未必为功，不进未必为错。岂有甘愿久屯于绝地而不愿生归之人？臣窃念马援效力于朝廷二十二年，今日却落个名灭爵绝、封土不传。仅因数人诬告谗言，葬不得归墓，家不得保全，仇人争相诋毁，亲眷恐惧战栗。死者不能自陈冤屈，生者无人为其诉讼，臣窃伤之。夫明君重于用赏，轻于用刑。高祖爷拨付陈平黄金四万斤用于离间楚军，一丝一毫不问如何用度，岂有疑其私吞之意？望陛下留意臣之所言，勿使功臣含恨九泉之下。臣闻《春秋》之义，功业罪过可以相抵，马援乃是死于王事之人，纵然当真有罪，还请陛下念其功绩，两相抵过，莫再过于追责，以成海内之愿。”

朱勃所言多举马援之功，引经据典谏言皇帝切勿猜忌功将，旁引佐证直指马援贪污于情于理不合，必是受人诬告。又有谒者杜愔所奏，言马援出征之日对其相告，自称身受国恩，怎奈年老已至时日必难长久，常恐不能死于国事，今日奉命出征得偿所愿，只是忧心权贵子弟或在朝廷之中身居要职，或随军出征伴在自己身边，相处难以融洽实难调和。从杜愔证言，马援虽未指名道姓，却也能猜度出来，必是马援自知与朝中权贵子弟结有仇怨，唯恐遭人暗害。然而即便如此，马援依旧不顾种种隐患为国出征，着实让刘秀心中一痛。

此时刘秀已经从最初得知马援贪贿的愤怒中冷静下来。细细一想，虽说朱勃、杜愔所奏其实并无实证，更多是为马援鸣不平。可弹劾马援的奏疏亦是没有证据，毕竟查封马府之后并没有搜出所谓的明珠犀角，这就使得弹劾马援之言越来越像朱勃、杜愔所言乃是诬告了。最让刘秀在意的是，有马援军中司马吕种证词，言当年王磐交往洛阳外戚权贵时，马援非但未与王磐有丝毫牵扯，而且对王磐之举甚是介怀，甚至和王磐都未见过一面。所谓传书王家，不过是劝其早早离开京师回乡安养罢了，并无一丝交相往来之意。这就使得刘秀对马援的恼怒彻底没了根源。如此一来，马援一案就真成了冤案。

刘秀年近六旬，除了战场上尔虞我诈，回首一生，堪称光明磊落。当年李轶暗中通书，预谋背弃更始朝廷转降刘秀，却因害死刘秀兄长刘縯而被嫉恨，故而刘秀将李轶往来书函泄露出去，借刀杀人取了李轶性命，这也是刘秀一生中唯一的阴狠处事。即便这样，还是冯异替刘秀背上奸诈之名，未让刘秀声名受污。谁知年老之际，却出了马援这样一件事。若马援真是蒙冤而死，刘秀难辞其咎。一世英名毁于一旦，说不定还落上个昏庸无道逼杀贤臣的恶名。这让注重声名的刘秀深感畏惧和失落。故而第一次看到朱勃奏疏时，刘秀更愿意相信这是马援党羽为其翻案。然而越来越多的奏疏摆到刘秀面前，刘秀不得不承认，自己终究是犯下了无法弥补的过错。

就在刘秀为此事身心俱疲的时候，有小黄门入奏："罪臣马援妻儿子侄于宫门外请见。"

刘秀心中又是一紧。这已是这个月来马家第六次请见了。最初，刘秀是愤怒于马援之罪而不愿召见其子侄。待后来刘秀心知马援乃是被诬告，更是羞于相见。拖了这么久，本以为他们会知难而退不再纠缠，自己别寻他法慢慢补偿便是了。可谁知这马援的子侄们铁了心要见自己一面，这让刘秀在愧疚中不由生出一种被人要挟的不满。躲是躲不过去了，再让马家人这样折腾下去，自己脸面还往哪里放？

叹了一声，说道：“传马援妻儿子侄。”

刘秀心中正盘算着究竟如何说辞，便听一阵呜咽之声。马家人草索缚颈长绳束手连成一串，哭哭啼啼挪上殿来，还未到近前便已跪倒一片，哀哭之声一时响于殿堂之上。刘秀本就为马援之事烦闷不已，听得愈发躁乱，有心喝止，可本就理亏，再一瞧马夫人神情恍惚蓬头垢面，马家兄弟堂堂男儿哭得肝肠寸断，心肠立时软了下去，心平气和问道：“卿等数次请见，朕忙于国事未能相招。今日稍有闲暇，卿等若有紧要之事且便说来，莫要哀哭。”

皇帝开了口，众人稍稍静了下来，马廖跪步向前拜道：“罪臣马廖拜见陛下。臣蒙陛下恩泽，征为郎官，虽未显功名于社稷，却也自问无愧于朝廷，不知罪臣究竟犯下何等罪过，连累家人受此无妄之灾。家父卒于军中，更是受罪臣牵连罢官免爵，至今不得归乡安葬。若真是罪臣有负于朝廷，便请陛下治臣一人之罪，莫要牵连父母弟妹。罪臣万死亦谢陛下隆恩。”

刘秀一愣，马廖所言似乎尚不知自己家中究竟因何而被问罪。殊不知此乃马严、马廖众人细细商议故作不知。一者马援本就无罪，众人怎能主动招认污了马援清白？二者朝廷传旨罢去马援军职收回封地爵禄，却并未明言马援所犯何罪，若众人开口便为马援喊冤，岂不是让皇帝猜忌马家私交内廷，甚至在皇帝身边留有眼线？那样非但不能为马援平反，反倒要让皇帝愈发震怒了。三者马援所背负罪名，虽是遭人诬陷，可传旨治罪的却是皇帝，众人总不能直言皇帝有失吧？四者马家揣着明白装糊涂，也给皇帝一个台阶下，好给马援平反留个回旋的余地。思来想去，由马廖开口认罪，也好打消皇帝猜忌。

刘秀心中有愧却不愿承认，心想安抚马家一阵，糊里糊涂了结此事，说道：“卿本无罪，奈何马援贪赃枉法故被罢官免爵，国法无情，卿等受马援牵连乃至如此。且归家闭门自省以待朝廷恩赦，亦有被朝廷重新征辟之日。”

皇帝似乎已不再迁怒马家，更有意启用马家兄弟为官，然而这并非马家所要的结局。虽然入朝为官使得马家有了翻身的机会，可马援不得平反，马家永远都要低人一头了。

马廖故作惶恐连连叩首：“罪臣实不知家父何来贪赃枉法之事。家父一心报国，素来对钱财不甚看重，当年困顿之时，都能以所牧羊群尽赠予亲友，何况如今蒙陛下恩眷，自有爵禄富贵安养，何苦铤而走险谋取不义之财？既是有人弹劾诉讼，罪臣万死也要与之对簿于廷尉府衙，好还家父一个清白。”

马援当年为躲王莽朝廷乱政，避祸于凉州牧羊，短短数年，聚得牛羊千头、粮谷数万斛，却不独享而尽分予亲友，此事刘秀是知道的。这般一想，愈发相信马援确实被冤枉了。可刘秀打心底里不想承认此事，面对马廖的追问，只能搪塞道：“此事为虎贲中郎将梁松所告，梁松自称亲眼所见马援贪贿之事，更有马武、侯昱众臣证词，故而依法惩治马援。”

马防一听梁松之名，面有怒色便欲上前争辩，马严悄悄拉住，上前拜道：“草民恳请陛下以梁松奏疏示于我等。”

刘秀并不认得马严，只当是马家远亲，心怪他多事，问道：“你是何人？”

“草民乃是马文渊之侄马严，自幼丧父，养于叔父家中，情同父子。恳请陛下念在草民对叔父这点孝心，以梁松奏疏示于我等。”

刘秀心中一动，自己亦是幼年丧父，被叔父刘良收养，想到此处，不由对这马严多少有了些亲近之意，遂使小黄门调取梁松奏疏传于马严。

马严展开观瞧，细读数遍，连连质疑道：“陛下，梁松言称亲眼在马府所见交阯运来珍宝。可据草民所知，梁松因些琐事与叔父生隙。自我马家居于洛阳以来，那梁松仅仅来过马府一次。偏偏这一次就撞见我马家不法之事，未免太过巧合了些。况且若叔父真敢贪赃枉法，自是要避开外人耳目，又岂会为梁松所见？”

马廖亦上前拜道：“微臣依稀记得梁松入府之事。那日微臣确实迎来交阯车马，恰巧遇到梁松拜见家父，还在车前与微臣攀谈了几句，然而车上所载乃是家父自交阯带回的薏米，绝非什么明珠犀角。梁松就在近前，车上究竟有何物一目了然，怎能信口开河诬陷好人？臣请传来梁松当面对质！”

刘秀此时早已明白马援是被梁松诬告了，心中不由暗骂梁松。也不知梁松究竟和马援有多大仇怨，连累自己声名受损。面上不动声色，说道：“梁松尚在武陵平叛，只怕一时半刻还不能回师洛阳。既然马援一案疑点尚多，且先搁置。朕念马援昔日之功，特准卿等护送灵柩归乡厚葬，容朕查实之后再作他议。先前所赐马援宅邸解除封禁，卿等可归旧宅安居以待征召。”

刘秀也知这般处置有失公允，毕竟没有给马家一个交代。可若再和马家纠缠下去，只怕真下不了台了。说罢，也不顾马家人苦苦哀求，搪塞一声，狼狈不已转回内廷。

马廖、马严众人眼见皇帝离了殿堂，只留下几个小黄门不住劝解，心知再哭下去也是无用。既然皇帝开口允诺安葬，或也有为马援平反之心，若还不知进退执意纠缠，只怕惹恼了皇帝，终是不能让马援沉冤得雪了。只得扶了马夫人，一步三回头地出宫去了。

17

北蛮称臣

刘秀勉强安抚了马援家眷，避得一时清静。而武陵叛乱终于得以平息，梁松班师还朝了。

梁松接替马援兵权数月之中，面对叛军酋首相单程紧守关隘，也是束手无策。索性置之不理，把所有脏水都泼到马援身上，又四处网罗罪名构陷马援以报私仇。虽然得偿所愿扳倒了马援，可朝中眼线传来密报。马家告了御状，皇帝似有为马援平反之意，这让梁松无比恐惧。一旦皇帝得知真相，究竟会如何处置这个乘龙快婿，梁松心中实在没有底。就在这样的节骨眼上，相单程居然遣使归降，梁松如何不喜出望外?

虽说长久的对峙，汉军过得很是艰辛，然而叛军更是难以为继。梁松继马援之后又封锁了数月，叛军粮草枯竭饥困交加，再也坚持不下去了。若是一哄而散，势必难逃汉军追杀，相单程只得硬着头皮遣使去往汉营乞降。梁松遂命谒者宗均过营受降，遣散叛兵归于故乡，重选地方官吏监控，又将相单程草草安置于临沅软禁起来，以便胁迫各部蛮族罢兵休战。待诸事稍稍平稳，梁松一面上疏朝廷，添油加醋表奏武陵平叛之功，一面匆匆收拢兵马班师回朝复命。

武陵叛乱是天下太平后，继蜀郡史歆、交阯征侧、巫妖作乱后最大的一次叛乱，无论规模还是影响都远远超过朝廷预计。梁松身为平叛主帅，剿灭作乱的叛军，恢复武陵秩序，确保荆州稳固，一时风光无限。然而知晓武陵战事内幕之人都心知肚明，此战绝非梁松之功，实乃马援谋划所得，梁松不过是担个主帅的名号捡了个大便宜罢了。

梁松厚颜无耻地将马援之功据为己有，颇让人有些不齿。然而梁家本就深得圣眷，梁松又是皇帝长婿，此刻身负平叛之功，又有几人敢在这个时候出来横加指责？多是睁只眼闭只眼明哲保身。刘秀虽然已知马援一案乃是梁松诬告，可一者本就不想因为马援错案污了自己声名；二者随着刘秀年事渐高，自然要扶持些最为可靠的亲近之人托以后事，免得太子刘庄即位之后管束不住功臣旧将；三者梁松凭借武陵平叛赢得军功，虽然有些不地道，却为刘秀赢回些脸面，也让梁松在功臣旧将势力遍布的军中多少有了立足之地。故而梁松回朝之后，刘秀虽然没有厚加封赏，却也装着糊涂没有丝毫惩治。

梁松本是惴惴不安地回到京师，甚至都做好了罢官的最坏打算。谁知皇帝并未怪罪，这让梁松一下子放下心来。随着声威渐涨，朝野之中再也没有人敢对梁松有丝毫不敬，梁家的势力愈发壮大了。

然而有人欢喜有人忧。梁松是马援冤案的始作俑者没有倒台，马武在此案中只为一时嫉恨而推波助澜，却受尽了指责。马武本是一名勇将，虽也有些小算盘，却远没有梁松那等人的头脑。原本只想借此案抹黑马援，省得凉州出身的将帅与自己争功。谁知皇帝竟会这般震怒，以至于马援险些家破人亡，实在让马武始料未及。面对朝野的冷言冷语指桑骂槐，纵是马武粗鄙惯了，脸上也实在挂不住。只得上呈印绶，辞去了中郎将军职，躲个清闲。而於陵候侯昱更是因此事把故去的老司徒侯霸一生声誉丢了个干净，羞愧万分中闭门谢客。

除此之外，奉命平叛的中山太守马成，虽然孤军独守临乡，未让相单程席卷武陵全境。可面对气势汹汹的叛军，却没有太大功绩。马成本就有辞官休养的打算，驻守中山时已经辞去了扬武将军军职。此次回京后，索性把太守之职一并辞去，留于京师安享富贵去了。

这般一来，武陵平叛落定尘埃。马廖、马严兄弟几人都已护送马援灵柩归往故乡安葬，马援冤案一下子成了笔糊涂账，再也无人提起了。

就在马援一事稍稍平息后，刘秀还没有从愧疚和庆幸的复杂心情中回过神来，忽有五原传来紧急军报。那臣服大汉的匈奴右薁鞬日逐王挛鞮比自立为大单于了。刘秀心中咯噔一下。

先前挛鞮比为求自保穷困来投，一心盘算想当大单于，也曾上表大汉以求封赐。可刘秀为防挛鞮比就此坐大，只是接受其投诚，并命其族人居于五原，对挛鞮比所求封赐全无允诺。如今挛鞮比休养年余，竟然自立为大单于，难不成想再次与大汉为敌？刘秀还没决定如何应对，又有三封军报自五原、辽东和辽西传来，却是虚惊一场。挛鞮比自立大单于不假，却不是找大汉的麻烦，而是彻底与匈奴王廷决裂了。

挛鞮比称臣于大汉后，暂时没了汉军威胁，东面鲜卑、乌桓听闻此事，一时也不敢再来滋扰。挛鞮比没了生死之忧，总算稍稍得以喘息。而挛鞮比部众本就受北方疫病稍轻，经由汉人医师诊治，再无疫病肆虐。回想争权夺利一生，最后不但亡失故土，还落个寄人篱下，心中满是不甘和愤恨。就在这样的情形下，大汉调兵南下平叛的消息终于传入匈奴营中。

得知武陵叛乱的实情，挛鞮比多少猜得汉帝接受自己投诚的无奈。原本以为匈奴穷途末路，却发现大汉朝内部也并非稳若磐石，内心狂喜之中野心再次膨胀起来。先前奏请汉帝封赐单于之位，却全无音信。此刻怀着对大单于的无比渴望，挛鞮比终是在八部匈奴一致拥护下，公然自称大单于，号为呼韩邪。然而挛鞮比也有自知之明，僭位之举不过是趁着大汉暂时无力北征罢了。部族经历一场疫病，又受匈奴王廷、乌桓、鲜卑三面倾轧，虽然皆被击退，可挛鞮比部族也是元气大伤。莫看大汉抽调了几部边郡兵马南下平叛，然而留守驻军足以防备匈奴。若在此时与大汉为敌，且不说能不能敌得过汉军，单是乌桓、鲜卑得知挛鞮比与大汉决裂后，便决不会放过任何一次侵夺匈奴的机会。既然侵扰大汉没有成算，倒不如把目光投向北方。收复旧地，恢复昔日声势。而恰在此时，挛鞮比留在匈奴王廷的眼线传来消息。

匈奴王廷在极度衰弱中被乌桓、鲜卑偷袭，北逃千里。经一年多养息，蒲奴单于也有心一雪前耻。不顾各部的兵马疲敝，强起大军南下，已遣左伊育訾（zī）部向东南推进。乌桓、鲜卑先前占了匈奴大便宜，此刻摸不准匈奴实情，一时稍稍退去。蒲奴对挛鞮比恨之入骨，若非挛鞮比放纵乌桓，匈奴王廷怎会狼狈不堪地丢失大片领地？蒲奴一边遣弟弟左贤王统领万余精兵南下，查探挛鞮比虚实，一边亲自统领薁鞬骨都侯、右骨都侯诸部兵马部众近十万，再次回到王廷领地。

得闻此讯，挛鞮比怒不可遏。虽说与蒲奴同根同祖，可在争夺单于之位中，已经势同水火。蒲奴兵马步步紧逼，挛鞮比岂会坐视不管？更何况挛鞮比已自立为单于，必然要将蒲奴斩草除根，才能确保自己单于之位无人撼动。于内于外，挛鞮比都急需一场胜仗来彰显自己的威势。

挛鞮比分兵一万于弟弟挛鞮莫为先锋，自统大军于后压阵，趁着冬春交接之际，尽起兵马北上迎战。

虽说北匈奴左贤王所率兵马乃是匈奴王廷精兵强将，可蒲奴单于在内外纷争中损失不小，此番南征兵马多从各部抽调而来。本就号令不一，再经长途跋涉，早已人困马乏。本以为挛鞮比归顺汉人后，受汉人挟制，见王廷这么大的阵势，必然不敢轻举妄动。谁曾想挛鞮比没有丝毫迟疑，未等北匈奴大军站稳脚跟，便已遣挛鞮莫杀奔而来。

北匈奴仓皇迎战，可人困马乏中哪里是精气神足的挛鞮莫兵马敌手？那左贤王倒也有些血性，深知此战只可胜不可败。遂亲率本部兵马绕到侧翼，欲趁着挛鞮莫只顾追杀北军，一举偷袭，冲散其阵势，也好南北夹击杀败敌军。

只是左贤王却是找错了对手。挛鞮莫同为匈奴人，对匈奴的战法如何不去防备？左贤王刚刚冲入疾行的军阵之中，自以为得手，正杀得不亦乐乎，谁知转瞬之间便有无数兵马围杀过来，寡不敌众死伤惨重。北军眼看左贤王中伏，惶恐之中竟无人来救，为求自保，玩儿命向北逃窜。左贤王兵败被俘，其部尽皆归降。

旗开得胜后，南匈奴大军未有丝毫停留。依旧以挛鞮莫为先锋，大军迅速北上，一路追杀败兵，直奔蒲奴单于王廷所在。蒲奴单于惊惧万分，手忙脚乱召集各部兵马御敌。然而各部众本就对此番南下心存顾忌，眼见左贤王大败，皆是吓破肝胆。瞧着狼狈不堪逃回的“精锐之师”，哪里还有人听从单于号令，各自统领本部族人便要脚底抹油向北逃窜。在这样的混乱中，挛鞮莫大军已然杀奔而来。北匈奴号称十万之众，然而多是家眷、老弱、奴役，面对杀气腾腾的南匈奴将士，如何抵挡得住？蒲奴单于在为数不多的兵马护卫之下仓皇北逃。

挛鞮莫接连追杀数日，只可惜兵马有限，而蒲奴单于早已不见了踪迹。继续北上也没有多大斩获，随即一路收拢兵马徐徐退回，与挛鞮比会合。稍稍清点战果，先后俘获北军部众万余人，掠得马匹七千余匹，牛羊万头。挛鞮比眼见弟弟打了大胜仗，欢喜之中依照匈奴惯例，以战功册封挛鞮莫为南匈奴左贤王，备为储君。正欲增兵北上，便有北匈奴薁鞬骨都侯与右骨都侯统领部众三万余人来降。

挛鞮比还没有从实力大增的惊喜中回过神来，便从薁鞬骨都侯与右骨都侯那里听得消息。就在挛鞮莫大败蒲奴单于的同时，鲜卑亦从东面出击，一举攻破左伊育訾部众。蒲奴没了东方屏障，又惧于挛鞮比追兵，只得彻底放弃原有土地和草场，退往大漠以北躲避，原匈奴王廷领土再次被鲜卑和乌桓瓜分殆尽。薁鞬骨都侯与右骨都侯部众眼见蒲奴崛起无望，又不愿去鲜卑、乌桓那里找寻生路，索性统领部众南下，投于挛鞮比帐中。

挛鞮比恨得咬牙切齿，自己与蒲奴打得热火朝天，却被鲜卑和乌桓这两个昔日的属国占了大便宜。怒不可遏中，便欲调转兵锋去教训教训鲜卑和乌桓。挛鞮比还未开拔，却有消息自五原传来，大汉已经剿灭武陵叛乱，平叛兵马已退还驻地。

挛鞮比心情一时跌落谷底。先前听闻武陵叛乱声势浩大，汉帝先后三次征讨都陷入胶着之中。原以为再耗个一年半载都有可能，正好让自己重夺旧地壮大实力。谁知才过数月，武陵便已平息战火，使得挛鞮比立刻陷入无比尴尬的境地。虽说大胜蒲奴，斩获不少，也多少夺回一些土地。然而乌桓、鲜卑在旁虎视眈眈，大汉又转过身来重新看向北方。

挛鞮比越想越怕，膨胀的野心荡然无存，重振声威简直就是个笑话，眼下能屈身自保才是紧迫之事。好在大胜一场为挛鞮比赢得些谈判的筹码。这才小心写了国书，称蒲奴单于率众南侵，自己身为大汉属国，为保疆土不失，起兵御敌，幸不辱国威，击退敌军。又一想自己未经汉帝封赐便自立为呼韩邪单于，愈发深感不安。可木已成舟，要让挛鞮比去掉单于称号也万分不舍。遂退而求其次，改称醢（hǎi）落尸逐鞮单于，请求汉帝封赐。对于汉帝究竟会如何应对自立之事，挛鞮比心中没有底。小心从蒲奴单于那里缴获的金珠珍宝中挑选数车献于汉帝，又遣子随同使臣一起去往洛阳入侍以显忠诚。若汉帝非要追究下去，大不了拼个鱼死网破也便是了。

其实，挛鞮比有一事尚不知晓。此番南北匈奴大战一场，鲜卑几乎在同时突袭了北匈奴左伊育訾部，时机把握得这般及时，绝非简单的巧合，其中乃是辽东太守祭彤运作而来。

自鲜卑大都护偏何南侵辽东被祭彤击败之后，早已不敢踏入汉境一步。何况鲜卑万余精锐骑兵南下，被祭彤数千新兵打得溃不成军，损失了数千匹战马。而祭彤有了大批战马武装军队，实力愈发壮大。这般情形下，鲜卑自然更不敢轻易招惹辽东了。只是祭彤虽然一战打出了威势，却也没有主动出击的实力。辽东边境漫长，不但北方有鲜卑需要防备，而且东方还有满离、高句骊诸部异族心怀叵测。祭彤不过数千兵马，想要一举击溃鲜卑绝无可能。

祭彤绝非莽撞匹夫，自有谋略藏于胸中。北方边境之所以数十年来不得安稳，最大的威胁来自于匈奴、乌桓、鲜卑三族相互勾结寇掠大汉。虽说这三族间恩怨不小，可乌桓、鲜卑既慑于匈奴之威不敢抗拒，又能在南侵中获利，故而虽有国仇家恨，乌桓、鲜卑还是甘为匈奴趋驰。然而以利相交者利尽而散，如今局势已然不同。匈奴势弱已是无法挽回之事，乌桓紧邻匈奴，最早嗅出风向，一举袭破匈奴王廷，而鲜卑紧随其后也占了不少便宜。北方最为强盛的三部外族已经交恶。在此种情形下，祭彤绝不会轻易放过这千载难逢的良机。不如火上再浇把油，引诱鲜卑猛攻匈奴。一者匈奴王廷近日南下声势浩大，似有死灰复燃的迹象，借鲜卑之力狠狠回击一番，彻底打掉匈奴东山再起的可能；二者鲜卑虽然也与匈奴打了几仗，却没有和乌桓一般与匈奴结下死仇，匈奴存亡之际，说不定会再次拉拢鲜卑充作羽翼。这种情形下，引诱鲜卑猛击匈奴，彻底断掉鲜卑依靠匈奴的后路。

鲜卑贪财好利，数十年来入侵辽东、辽西掳掠财货。只是祭彤上任后，鲜卑便没了往日的逍遥，只能在满离、高句骊这些外族打些秋风。祭彤遂遣使往鲜卑大都护偏何营中，送去金银财帛贿赂偏何。

对于祭彤的厚意，当真出乎偏何意料。满离、高句骊之属，虽然不是鲜卑对手，却没有多少油水可刮。而匈奴卷土重来，对鲜卑隐隐构成威胁。正愁该当何去何从，就有祭彤送来整车财帛，偏何如何不喜？再问汉使，总算摸清祭彤所想。汉人军功以斩获敌军首级论功行赏，若偏何想在祭彤那里再得财帛，便送去匈奴首级作为信物。

偏何左右一算计。跟着匈奴已是死路一条，倒不如换个主子依附到汉人羽翼下。毕竟与匈奴相比，汉人对北方的草场似乎没有多大兴趣，只要鲜卑不去找汉人麻烦，汉人也不会来和自己为难。

偏何拿定了主意，短短几日便集结了数千兵马，恶狠狠地向北攻去。莫看左伊育訾部有数万部众，然而可战之兵不过数千。自开战之始，便全然是一边倒的局势。鲜卑人肆意杀戮着疏于防备的敌兵，妇孺老弱亦是难逃一死，反正割下来的首级又无印记，充作敌兵头颅又有何人能辨？四处奔跑躲藏的匈奴人，此刻在鲜卑兵士眼中就和那无人看管的牛羊一般，都是能换富贵的财帛，除非将囊中箭矢射个干净，挥舞战刀的臂膀累到不能举起，谁都不愿停下杀戮的游戏。

待左伊育訾部逃得不见踪影，鲜卑人兴高采烈地收拢战利品，牛羊马匹自然留于自己，两千余颗匈奴人的首级，装满十数辆大车，一路淌着浑浊的血水，缓缓送往辽东郡府，换取祭肜允诺的财货。

看着从五原和辽东传来的军报，又观Q鞬比言辞恭敬的国书，刘秀很是满意。虽说Q鞬比自立之事让刘秀心中有些不快，可这外藩属臣倒也还算尽责，为自身存亡利益，猛烈回击匈奴王廷的复起之势，对大汉来说自是利大于弊的。而祭肜借刀杀人，不费大汉一兵一卒，收买鲜卑以为己用，不但一举捣毁匈奴王廷东方屏障，逼得蒲奴单于再次逃亡，更让鲜卑、匈奴两族结下死仇，再也没有重新结盟的可能，实乃一举三得。这两件事就足以让刘秀对北方的局势放心不少了，而辽西传来的消息更是让刘秀喜出望外。

辽西乌桓大人郝旦亲领乌桓各部酋首、渠帅八十一人，往洛阳而来诣阙朝贡，欲仿效Q鞬比一般，臣服大汉甘当属国。为向汉帝示好，郝旦此番前来仅有百十兵马护卫，押送着数十辆大车，装满虎豹貂皮诸多贡品。连带献于朝廷的奴婢，也不过九百余人，足见乌桓向大汉称臣的诚意。

其实郝旦向大汉称臣也多是有些无奈。自偷袭匈奴王廷后，乌桓一报当年灭国之仇，却也彻底得罪了匈奴。此次蒲奴单于大举南下，心中最为怨恨的既不是Q鞬比，也不是偏何，而是乌桓诸部。要知道瘦死的骆驼比马大。乌桓虽然在偷袭匈奴王廷中获利最大，却也还没有直面匈奴的实力，一瞧蒲奴单于排兵部署，郝旦愈发乱了方寸。匈奴东方有左伊育訾部，南方有左贤王部，而主力却集中在乌桓方向，郝旦不得已只能放弃大片草场退避三舍。虽说蒲奴单于兵败退回大漠深处，乌桓的累卵之势转瞬间消失无踪，郝旦随即统领各部再次抢回大片草场。然而待战事结束后，郝旦环顾四周，忽然惊恐地发现，此时的局势似乎更加危险了。

乌桓西面有往日的顶头上司Q鞬比部，东面有虎视眈眈的偏何部，北方更有恨得咬牙切齿的蒲奴单于部，南方亦有兵强马壮的汉人大军。身处强敌合围之中，这让乌桓怎敢安睡如初？虽然郝旦不懂汉人水满则溢月盈则亏的道理，可对局势还是看得清楚的。此时的乌桓陡然而起，势力几乎达到了顶点，如同一头臃肿的肥羊，壮则壮矣，却失去了以往的敏锐，只等被宰杀而已。Q鞬比已是大汉名义上的属臣，偏何更与祭肜走得亲密，两部若有大汉默许，想要吞并乌桓简直就是轻而易举。

郝旦越想越怕，与其坐等受死，莫不如臣服于大汉。瞧那挛鞮比，向汉帝称臣后，不但收复了旧地，而且权柄没有丝毫削弱，更是自立单于声势愈盛。有了这个先例，郝旦再无顾虑，召集各部稍加商议便定下了此事。

乌桓称臣，使得大汉北方边境愈发稳固，除了渔阳赤山歆志贲部不愿归顺，乌桓几乎举族皆降。对于刘秀而言，意义非同一般。只要掌控了乌桓，隔开匈奴与鲜卑，就不怕北方三族再次结盟，只能甘为属国为大汉所用，真正成为北方边境抵御外敌的屏障。

刘秀对乌桓使团很是上心，传旨大排筵席好生款待，赏赐珍宝络绎不绝。郝旦众人疑虑尽消，不少渠帅感叹于中原繁华，不愿再回北方蛮荒之地，甘愿留于京师护卫天子。刘秀倒也不薄待乌桓，此番朝拜的乌桓酋首渠帅八十一人皆封侯王君长，乌桓所占匈奴土地皆以大汉天子名义封赐，愿留京师者赏赐宅院，愿回北方者于塞内安置土地，各自部众亦可得郡府衣食补给，仍归其管制。其实对刘秀而言，所耗费的不过是一些粮食财货而已，花销远比历年来防备外患小上许多，却赢得乌桓各部的感恩和忠心，而所封土地本就被乌桓占领，如今名正言顺划归于郝旦众人，他们即便不为大汉，也要为了自身利益抵御外敌。

司徒掾班彪又上奏疏，言乌桓外夷天性轻黠，久为贼寇扰乱中华，若朝廷太过放纵不加管束，久而久之必然再次侵掠汉人，如将此重任交由郡守掾吏，绝难管束住这些弓马刀箭中过活的蛮人。不如仿效孝武皇帝旧事，复置乌桓校尉军职，以兵马约束乌桓，方有益于聚集外族，扫除国家边患。

这班彪乃是扶风安陵人士，原是陇右隗嚣官属，在隗嚣反叛大汉后弃官而去转投于西凉窦融，并一同内迁居于洛阳，征为司徒掾属。班彪才思敏捷深通史籍。孝武皇帝时，有司马迁著史记传世，而后史书便已中断，自天下太平后，不少好事之人搜集时事撰写史册，然而多是粗鄙庸俗，不足以传续于后世。班彪广采前史遗事，并收今朝见闻，欲作《汉书》以续国史。已初成数篇呈于朝廷，刘秀读过甚是喜爱，故而对班彪很是看重。班彪谏言设立乌桓校尉，既然孝武皇帝时依此法能保大汉稳固，今日自然也可一试。刘秀遂准班彪所奏，设立乌桓校尉，开府于上谷城，统兵马数千，凡乌桓往来之事，皆由乌桓校尉操办。

郝旦众人对此非但不恼，反而甚是迎合。汉帝派兵管束，虽有监视之意，可乌桓此时最担心的乃是匈奴和鲜卑的侵扰，有乌桓校尉兵马站在身后，若两部敢打乌桓的主意，便等同与大汉为敌，这就让乌桓一下子安稳了不少。有了大汉撑腰，乌桓没了后顾之忧，心甘情愿做了大汉属国，既是北方侦候，又是大汉边军，反倒是大汉再也没有必要日夜警备了。

18

册封单于

塞北的正月，冻得正紧。这种天气，躲在暖暖的帐房中，温上一壶烈酒，烤上一只羊羔，是何等惬意。然而蛮鞮比立马于旷野，在狂风吹拂的枯草起伏中巍然不动。身后整齐罗列着南方八部匈奴诸王、骨都侯及数万勇士。战败被俘的北匈奴左贤王和投诚的薁鞬骨都侯、右骨都侯及其兵马亦在其中。这么大的阵仗，却没有多少人说话，都伸长脖子仔细瞧着南方，唯有旌旗在北风中猎猎作响。

许久，天地间出现一支队伍，人数倒也不多，寥寥百人，多是汉人官兵。随着这只队伍的出现，匈奴部众一阵骚动。除了兵马留于原地，在蛮鞮比带头下，各部首领缓缓迎上前去。

虽说短短数百米的路程，可蛮鞮比仿若走了一辈子一般。那南方来者乃是汉帝麾下匈奴中郎将段郴及副校尉王郁兵马，此番乃是奉汉帝旨意出使匈奴。蛮鞮比听闻汉使不日将至，因自立之事而心虚得紧，忙召集匈奴权贵一同迎候。只是不知汉帝此番遣使究竟是凶是吉。明知汉人不过来了百十人马，蛮鞮比依旧集结了举国兵力严阵以待。既想向汉使示威免得被汉帝小瞧了自己，又担心这般举措是否会让汉帝猜忌引来兵祸。

左右矛盾中，蛮鞮比总算迎到汉使面前。就听段郴手捧圣旨，望着蛮鞮比说道：“天子圣旨在此，单于当跪拜受诏。”

听罢此言，蛮鞮比心中先是一喜，转又变得无比哀痛起来。段郴乃是汉帝使臣，他的言语足以代表汉帝心意。既然段郴称呼蛮鞮比为单于，那么汉帝对自立之事应当算是默认了。这对蛮鞮比来说，自然是值得庆贺的。只是心中的担忧消散后，取而代之的却更多是失落与不甘。

蛮鞮比素来自视甚高，常自比为呼韩邪单于，甚至冒顿单于都可堪一比。

数年前挛鞮比领兵南侵，一路杀入上党，侵入天水，虽说洗劫一场后仓促回撤，却把匈奴的活动范围一下子拓展到了孝武皇帝掌权之前的地域，也把挛鞮比的声威推到了顶点。对于挛鞮比来说，一生追逐可不仅仅是越来越广的土地和用之不尽的财宝，即便是大单于之位，也不过是挛鞮比野心中的一个小目标罢了。这从挛鞮比扶持彭宠反叛，册立卢芳称帝，与大汉相持近三十年，就足以看出挛鞮比野心着实不小。即便不能一统匈奴、大汉，也至少要把匈奴疆域推延到黄河一线，成为匈奴有史以来功绩最高的单于。

然而事与愿违。虽说挛鞮比统领南方八部匈奴，管束乌桓、鲜卑两部外族，实力几乎能占整个匈奴的四成，却一直受匈奴王廷掣肘和打压，更被监视了数年光景，使得挛鞮比不能放开手脚与大汉一决高下。即便是大单于之位，也成了挛鞮比可望不可即的奢望。现如今，挛鞮比虽然如愿以偿，成了名正言顺的匈奴单于，却与心中所愿相差太远了。非但没能把匈奴推向顶点，更是要屈居于大汉之下仰人鼻息。这让挛鞮比如何不哀？如何不痛？

段郴喊话已经过了很久，那译者以为挛鞮比未听清楚，已连着翻译数次。可挛鞮比偏偏就那样愣愣地望着草原和天际相连的远方出神。匈奴贵族和汉使队伍渐渐按捺不住，发出一阵阵骚动。挛鞮莫瞧着哥哥不知究竟在想什么，只怕再耽搁下去就要出事，小心上前推了一推。就听挛鞮比长叹一声，翻身下马，行到段郴前面，跪倒一拜，操着半生不熟的汉话，高呼一声："臣醢落尸逐鞮单于挛鞮比叩拜大汉天子陛下。"

纵然心中有再多的不乐意，挛鞮比也无可奈何。自旱蝗瘟疫从匈奴暴起之后，莫说挛鞮比，便是整个匈奴都再也没有与大汉角逐天下的资本了。能保全匈奴不灭以待天时，就成了挛鞮比唯一能做的事，那可怜的尊严留着又有何用？

段郴对挛鞮比的失礼故作不见，展开圣旨郎朗宣读道："外寇蒲奴，不识天命，举兵南侵，扰我邦土，倒行逆施，天怒人怨，兵败北逃，贻笑大方。外臣挛鞮比，忠君体国，朕心甚慰，遥想呼韩邪单于得大汉册封复国旧事，依汝所奏，册封汝为醢落尸逐鞮单于，钦赐玺绶，续匈奴宗庙，御八部族众。念汝有功于社稷，特于云中划拨领地，着令王廷东迁，永为大汉邦国。"

圣旨念罢，再被译者传颂一遍，匈奴人群中立刻引来一阵悉悉索索的议论之声。有欢喜的，也有担忧的。云中郡位于河套，相较于五原来说，自然是水草肥美之处，素来便是匈奴垂涎所在。若在过去，匈奴自是欢天喜地的。然而如今匈奴分裂为南北两个王廷，实力难与昔日相提并论。分封于最为优等的草场，虽然有利于南匈奴休养生息，却也会立刻引来敌人的嫉恨。毕竟云中紧邻乌桓领地，更在大汉军队虎视之下。一旦迁往云中，不但彻底断开了和北匈奴的联系，更是处于汉人和乌桓的双重监视之下，稍有风吹草动，立刻便会招来猛烈打击，这让匈奴人如何不担心？

挛鞮比倒还想得明白。北匈奴尚在，南匈奴也还没到亡国地步，从汉帝默许自立之事，便能看出大汉还多有倚仗挛鞮比的地方，至少也不会在这个时候对南匈奴开刀。只是对各部传来的疑惑声，挛鞮比也不能熟视无睹，遂使译者告于段郴："单于新立，深感皇恩，然族中诸王，皆是匈奴肱股，万望大汉莫要屈折。"

段郴却笑道："单于过虑了。天子有言，匈奴虽为大汉邦国，然族中事务皆与先前无二，单于自行斟酌封赐便是。依本将所知，自单于之下，贵者有左贤王、左谷蠡王、右贤王、右谷蠡王，谓之四角；次者左日逐王、右日逐王、左温禺鞮王、右温禺鞮王、左渐将王、右渐将王，谓之六角；而后有外姓贵人为左右骨都侯、左右尸逐骨都侯、日逐、且渠、当户诸官号，我大汉自不会干预其中，仍依匈奴旧制逐级册封便是。"

听闻段郴这般允诺，匈奴人群中这才稍稍安稳。虽然依照当年呼韩邪单于之事，大汉理应不会干涉匈奴内政，但此时亲口听到汉使允诺，这才将心中悬着的一块石头搁了下去。

在挛鞮比引领之下，匈奴诸王、骨都侯散去各自兵马，簇拥着汉使回到王廷所在，好酒好肉仔细款待。请命时日，筹划东迁之事。只是这次东迁似乎并没有那么顺利。

虽然挛鞮比麾下兵马不过数万，然而各部部众不在少数，聚居之处又分散草场四地，想要举族迁移可不是一朝一夕的事。挛鞮比本部先行前往云中复命，各部迤逦随行，十数万南匈奴部众沿着长城东迁，不知不觉中已经入夏。

南匈奴王廷已立，而汉帝对匈奴愈发厚待，不但送回挛鞮比遣去洛阳为质的质子，以示对匈奴的信任，更诏赐冠带服饰、安车羽盖、华藻驾驷、宝剑弓箭，黑节三、驸马二，黄金、锦绣、缯布万匹、絮万斤，乐器鼓车、棨戟甲兵、饮食什器，又转运河东米粮两万五千斛、牛羊三万六千头，作为南匈奴迁徙赡养部众所需。挛鞮比见汉帝如此厚待，心中稍安，也不再他想，整日与弟弟挛鞮莫收拢各部东迁部族，重新划拨领地，倒也忙得不亦乐乎。云中草场富庶，也不必担忧厚此薄彼，各部王侯统领族众自回封地休养，然而挛鞮比左等右等，久久不见五部骨都侯部众。

依匈奴官阶封拜惯例，骨都侯乃是诸王之下最显贵者，多是由匈奴中呼衍氏、须卜氏、丘林氏、兰氏四部最强势的外姓担当。挛鞮比自立单于后，除了封拜自己兄弟血亲为诸王外，自然也要封拜四姓之人为骨都侯，好助自己统御诸部。而骨都侯人选必然多是挛鞮比亲近之人，否则挛鞮比如何放心将数万族众托付于心怀不轨之徒？然而其余诸部都已迁到了云中，仍不见那五部人马，挛鞮比终是等不下去了。除了那三万族众是股不小势力之外，挛鞮比最不放心的还有一事。被挛鞮莫俘获的北匈奴薁鞬左贤王就由不见踪影的其中一部人马管束。

那薁鞬左贤王乃是蒲奴单于亲弟，北匈奴王储。被俘后，按理说挛鞮比不该心慈手软？之所以留他性命，更将俘获的数千部众仍交其统领。究其原因，在于北匈奴先后有数万族众归降，若轻易处决薁鞬左贤王，难免人心动荡。挛鞮比尚需借薁鞬左贤王控制住归降族众的人心。更何况挛鞮比留下薁鞬左贤王，一旦与大汉闹翻了，挛鞮比至少也能用薁鞬左贤王缓和与蒲奴单于的关系。此时薁鞬左贤王与五部骨都侯一并失踪，若是这些人暗中勾结一处，统领部众叛逃而去，可就大大不妙了。挛鞮比越想越急，遂使挛鞮莫集结数千精骑一路探寻，定要找到各部踪迹。直到月余之后，挛鞮莫苦着脸回到云中，所带回的消息当真让挛鞮比恼怒无比。

原来，自挛鞮比跪拜汉使那日起，祸事便已悄然萌发了。挛鞮比本人性情高傲，那些追随他鞍前马后的亲信部众自然也随了他的脾气。见到挛鞮比竟对汉使低三下四，五部骨都侯愤愤不已。匈奴单于乃是天之骄子，挛鞮比却把祖宗脸面丢个干净，这样的匹夫如何做得单于？众人又听汉帝传旨各部东迁云中，不安之中愈发不愿继续追随挛鞮比了。而那薁鞬左贤王虽然被好吃好喝伺候着，却对挛鞮比的小算盘心知肚明。挛鞮比东去，若不得汉帝信任，南匈奴必然危在旦夕，覆巢之下焉有完卵，自己岂能逃脱？若得到汉帝信任，自己依旧没有好果子吃。挛鞮比一旦站稳了脚跟，就算不亲自动手，把自己献俘于汉帝，亦是九死一生。此去左右是死，倒不如寻机逃命。在这样的密谋之中，薁鞬左贤王发觉五部骨都侯对挛鞮比的不满，自然喜上眉梢暗中拉拢，说动各部随自己一并北上，投奔匈奴真正的大单于蒲奴。各部一拍即合，趁着东迁时的混乱，故意迟延时日。待各部离得远了，当即转道北上去了。

然而各部人马离北匈奴王廷越来越近，心中越来越不安稳。毕竟挛鞮比有叛逆自立之举，五部骨都侯多是挛鞮比亲信，若被蒲奴单于迁怒，只怕死无葬身之地。无论薁鞬左贤王如何说辞，众人越走越慢，终是为一时头脑发热而叛逃之举后悔起来。有心绑了薁鞬左贤王回去向挛鞮比谢罪，又担心不被挛鞮比饶恕。吵吵嚷嚷十数日，索性两不相投，共立薁鞬左贤王为单于，痴心妄想再打出一片天地来。然而各部人马满打满算不过三万之众，北有蒲奴，南有挛鞮比，东有乌桓、鲜卑，在这样的夹缝中又能有多远的前景？

短短月余之中，各部越闹越凶，有时是为了争夺本就不多的草场，有时是为了抢掠彼此的牛羊。薁鞬左贤王在各部中本就实力最弱，谁都开罪不起，谁都管束不住。这种争斗终是一发不可收拾，十数日间竟接连数战，相互吞并的混战之中，五部骨都侯先后战死，三万多部众死伤大半，余众或被骨都侯子侄、部将分割干净，或四散逃去，薁鞬左贤王做了短短月余单于，已是名存实亡，悲愤之中自杀谢罪。

挛鞮莫一路追寻，所见到的就是这副烂摊子，好好的三万部众竟然在一场闹剧中消散殆尽，所余部众星星点点分散数百里的大漠中，听闻挛鞮莫追来，心惊胆战中四处遁逃。倒也有三千多部众有心投奔挛鞮莫，却被他人出卖于蒲奴单于，尽遭北匈奴俘获。挛鞮莫不过数千兵马，无奈之中只得回往云中复命。

19

功垂两汉

挛鞮比本在与北匈奴大战中，先后俘获受降四万余众，实力猛增，然而一场措不及防的叛逃，使得南匈奴一下子又损失了三万族人，挛鞮比几乎一夜间回到了起点。如今已经迁到云中，到了大汉眼皮底下，再也没有了与汉军对抗的本钱。挛鞮比心灰意冷之中，只得借向汉帝谢恩之际，再遣一子往洛阳伴驾为质。时近五月，恰逢匈奴每年的三龙祠大典，依匈奴习俗，当祭祀祖宗天神。挛鞮比为讨好大汉，一并祭祀汉朝历代帝王。更小心请了匈奴中郎将段郴观礼，以示对汉帝的忠心。

对于南匈奴东迁中发生的这场动乱，刘秀自然喜上眉梢。挛鞮比虽已称臣，又遣子入侍，却是时运不济所致，从段郴所奏册封单于时挛鞮比久久不肯跪拜，便可知挛鞮比心中的不情愿。刘秀一方面想借挛鞮比抵御北匈奴侵扰，一方面也不希望挛鞮比部众太过膨胀，免得尾大不掉再次成为心腹之患。这次匈奴内乱既削弱了挛鞮比部众，又没让南匈奴伤筋动骨，恰到好处地解决了刘秀的烦恼。而刘秀为了掌控住南匈奴的势力，先前下旨挛鞮比东迁至云中郡，有了这次内乱之事，刘秀再次传旨挛鞮比，将南匈奴王廷继续南迁至西河郡。表面看来，是为了保护初建的南匈奴王廷免受北匈奴侵扰，实则是为了把挛鞮比牢牢掌控在手心。

莫看西河与云中近在咫尺，却有天壤之别，西河虽处塞外，却在黄河以南。南匈奴今非昔比，远不是汉军敌手，刘秀全然不惧挛鞮比作乱。反倒是将匈奴王廷设置在西河后，挛鞮比就是想要脱离大汉管制，首先要做的事便是强渡黄河北去，这就给大汉充足的时间调集兵马阻截。更何况刘秀又把长城以北漫长的防线交给挛鞮比承担，使得挛鞮比为了南匈奴自身安危也好，为了护卫大汉也罢，都需把南匈奴各部分封于黄河以北，这就使得挛鞮比与南匈奴各部众难以迅速集结于一处。除此之外，刘秀命中郎将段郴、副校尉王郁于西河设立属国都尉府，从事、掾吏配备齐全，全权负责匈奴事务，又命段郴遣属官以出使匈奴为由，长期留驻于王廷，领死士弛刑之徒五十余人，装备精良居于单于大帐一侧，对王廷一举一动了然于胸。夏秋之际，乃是匈奴放马牧羊时节，此时匈奴忙于生计也无甚关注，入冬之后，往往是匈奴出兵时节，此时便由段郴亲领西河精骑两千、刑徒五百，赴匈奴王廷合营屯驻，直到入夏方才撤还。一者防备北匈奴领兵南侵，二者亦防挛鞮比心生叛意。如此一来便彻底消除了南匈奴叛离大汉的可能。

挛鞮比得汉帝旨意，即便是有心抗拒也是无可奈何，身处云中郡后，便早已不是挛鞮比能做得了主了。只得奉诏南迁西河郡，并使韩氏骨都侯屯兵北地郡，右贤王屯兵朔方郡，当于骨都侯屯兵五原郡，呼衍骨都侯屯兵云中郡，郎氏骨都侯屯兵定襄郡，左南将军屯兵雁门郡，栗籍骨都侯屯兵代郡。对挛鞮比的识时务，刘秀很是满意，借着匈奴使臣元正之日入朝拜贺之际，赐挛鞮比彩缯千匹、锦四端、金十斤，御食肉酱及橙、橘、龙眼、荔枝水果不计，另赐挛鞮比母亲及阏氏（yān zhī）、诸子、左右贤王、左右谷蠡王、骨都侯有功善者，缯彩合一万四千匹，并将此次封赏列为朝廷每年元正祭祀常例，也算安抚挛鞮比及南匈奴诸部之心。

虽然南匈奴各部族分散于八郡之后，每部人口不过两三万之众，想要以一部之力抵御北匈奴侵袭显然是痴人说梦，却足以成为大汉与北匈奴的缓冲。至少也能及早发现北匈奴的踪迹，为朝廷留有足够时间征集兵马防备外敌。如此一来，朝廷也便没有必要留大军屯驻边境耗费无数钱粮了。除了凉州依旧屯驻大军防备羌胡和北匈奴外，裁撤大批兵马解甲归田，仅留少部屯兵亦军亦农，沿边修葺烽火警备外患。而遭外族侵扰流亡他乡的百姓，得知家乡日渐安稳，在朝廷钱粮资助下，慢慢回迁故土。大汉边疆慢慢人丁兴旺起来，再也没有了往昔千里焦土人烟断绝的凄凉。大汉对北方的掌控自孝武皇帝以后，再次牢固起来。

大汉固然愈发强盛，可对于蒲奴单于来说，却是惶恐到了极点。在蒲奴看来，挛鞮比无耻贼子，自立单于分裂匈奴，背弃祖宗归降汉帝。若是引汉军北上复仇，又有乌桓、鲜卑狼狈为奸，只怕北匈奴王廷灭国不远矣。为避免这样的祸事成真，蒲奴只得学挛鞮比一般，谋求与大汉的和解。蒲奴虽然不愿丢弃匈奴的荣耀向汉帝称臣，至少也要与大汉和亲，使得汉帝对南北匈奴之争置身事外。为此，蒲奴遣使往武威一行，欲借武威太守之口向汉帝表述和亲之意。

蒲奴的示好让刘秀有些意外。如今孪鞮比已经称臣，若再有蒲奴与大汉休战言和，则南北匈奴都将不再与大汉为敌。不但使得朝廷再无外族侵扰之苦，更借匈奴举族降服之事把刘秀声望推到顶点，便是秦皇汉武也不过如此吧。就在刘秀尚未决断之际，太子刘庄却谏言刘秀，决不可允诺蒲奴和亲之意。

非是刘庄对孪鞮比有多么信任，在刘庄看来，蒲奴惧于大汉征伐，由此俯首帖耳欲与大汉言和。若朝廷接受蒲奴投诚，一旦孪鞮比得知此事，想必多会生出二心，而蒲奴见孪鞮比再次与大汉为敌，只怕也多半不会与大汉休战了。

太子能有这般见识，刘秀很是欣喜，虽然心中还是有些可惜，终是从了刘庄之言，传旨武威太守，莫使北匈奴使臣入境。

蒲奴眼见汉帝对自己的示好全无回应，为求恢复实力自保，遂向西用兵。匈奴转弱后，西域诸国趁机脱离了匈奴掌控，相互吞并谋求独大。数年之中，车师、鄯善诸国脱颖而出，而本就以一己之力独抗匈奴数十年之久的莎车国也愈发强盛。只是西域诸国国力与匈奴相比，依旧不在一个层面。蒲奴对于东方乌桓、鲜卑及南匈奴部众无力征讨，可要对付西域诸国还是绰绰有余。未过多久，车师、鄯善、莎车先后被蒲奴吞并，其余诸国惶恐之中纷纷向匈奴递上降书。

北匈奴稍稍恢复元气，可与昔日相比还是不可同日而语。缓和与大汉的关系，依旧是蒲奴不得不选择的必由之路。为此，蒲奴再次遣使拜谒武威太守，欲往洛阳朝阙面圣乞求和亲。为显诚意，蒲奴所遣使者乃是左骨都侯、右谷蠡王，不但精心挑选贡马、裘皮作为礼物，更将多年来掳掠汉民百姓归还大汉。蒲奴甚至承诺，若汉帝允诺和亲之事，便亲率西域诸国国主一同前往洛阳拜谢。

面对蒲奴再次求和，刘秀也不好像上次那般断然回绝。数年前，西域诸国背着匈奴暗中遣使洛阳，欲臣服于大汉，并请朝廷委派都护入驻西域。就当时时局而言，匈奴强盛，刘秀还不想因西域之事激化大汉与匈奴的矛盾。故而对西域诸国厚赐一番，婉言谢绝其归附之请。如今北匈奴重新掌控了西域诸国，使刘秀不禁有些后悔。若早早委派都护前往西域，也不会让北匈奴轻易对大汉西北构成威胁。蒲奴所言欲率西域诸国国主亲往洛阳拜谢，说好听点是向刘秀表述善意，可若大汉对此毫无应对，也可理解为蒲奴欲统联军入侵大汉。此言不失为一种示威，若对蒲奴再次乞求和亲不管不顾，惹恼了蒲奴拼个鱼死网破，对大汉也是不小的祸患。刘秀遂将此事下诏于三府商议，仔细斟酌该当如何答复。

司徒掾班彪奏请："匈奴大国，素多诈变。如太子所言，北匈奴见南单于臣服，惧我大汉共谋其国，故而数次乞求和亲。遣王侯重臣为使，多献贡马裘皮，又言西域诸国，不过是向我大汉显示其富强而已。据臣所知，北匈奴衰落，其所献愈厚，足见其愈虚，遣使愈频繁，其惧怕愈深。然而南单于虽已归附，数次击退北匈奴兵马，所获不在少数，却于我大汉并无多少收益，此般情形，不宜回绝北匈奴。可颇加赏赐，略与其所献之物等值，既显我大汉礼义之邦，又安抚其心，却不遣使者，不留质子，以免南单于狐疑。想当年匈奴内乱，呼韩邪单于及其兄长郅支单于相互仇视，共臣服于孝宣皇帝，皆得大汉庇护。郅支单于背弃皇恩，呼韩邪单于忠孝弥著，待大汉平灭郅支，呼韩邪保全匈奴传承国祚。不若以此旧事相告，让那北单于也仔细思量思量。"

班彪还草拟国书呈于刘秀，除了明告呼韩邪旧事，还言道："南单于率众南归，以呼韩邪嫡长自居，该当立为单于，却遭北单于夺其大位。数次向我大汉请兵，欲尽灭北廷，策略纷纭、谋划翔实。然朕念不可独听南单于一家之言，而北单于遣使朝贡数请和亲，故而未允诺南单于请战之言，以成北单于忠孝之义。我大汉秉承威信，统率万国，服顺者厚赏，悖逆者诛伐。今单于欲休战和亲，朕知诚意，西域诸国附属匈奴，又与附属大汉有何不同？何苦亲率西域诸国远赴洛阳？单于连年兵乱，国内虚耗，朕知匈奴困顿，不必破费贡献良马裘皮。今赐单于羊万头、杂缯五百匹，弓鞬一副、箭四支。另赐使者左骨都侯、右谷蠡王杂缯四百匹，斩马剑各一柄。"

听过班彪所奏，再观其所拟国书，刘秀渐渐回过味来。蒲奴看似在求和之中向大汉示威，实则外强中干虚张声势罢了。而班彪国书，先诈称挛鞮比请兵欲谋北伐，恐吓蒲奴一番。再言天子不允，而让蒲奴亲善天子却怨恨挛鞮比。又说西域诸国今日被迫降于蒲奴，明日便可降于大汉，蒲奴不必以西域之事胁迫。最后一语道破北匈奴困顿的实情，以数倍财货厚赐蒲奴，既是对蒲奴的安抚，又使其明白大汉的富足强盛。最为精彩的便是所赐弓鞬一副、箭四支。弓鞬乃是盛装弓弩皮囊，意在告诫蒲奴老老实实把弯弓收于弓鞬之中，莫对大汉打什么主意，而那四支羽箭，不过意指北匈奴及西域最为强盛的车师、鄯善、莎车等四国罢了，若当真胆敢联兵侵犯大汉，必将受我大汉强势反击。国书软硬兼施，既对蒲奴所求和亲之事不作应答，又让其对大汉又亲又怕。实乃良策也，刘秀遂悉纳从之。

当大汉国书传入北匈奴后，蒲奴心中惶恐不安，哪里还敢去向汉帝卖弄权势？只能小心翼翼守护着最后的疆土，细细经营着西域领地。蒲奴心知肚明，强盛无比的匈奴帝国再无往日的荣耀了。

就在刘秀安抚罢蒲奴之后，鲜卑大人于仇贲、满头统率本部族众诣阙朝贺，向汉帝称臣。虽说自鲜卑大都护偏何得祭肜财帛大破北匈奴左伊育訾部后，又数次袭扰北匈奴，不再算是大汉的敌人。可毕竟是为利所驱，替大汉充当刀盾罢了。随着北匈奴一溃千里，乌桓归顺大汉，挛鞮比俯首称臣，鲜卑各部也渐渐动了投效汉帝的心思。毕竟匈奴已经日薄西山，正是鲜卑崛起的绝佳时机。若想在北方错综复杂的局面中赢得一席之地，少不得大汉的认可和支持。莫看鲜卑近年来侵吞不少匈奴土地、人口和牛羊，然而越是壮大，各部大人心里越是没有底。乌桓倒是聪明伶俐，早早拜服于汉帝，成了大汉属臣，汉帝依旧留给了足够的自主之权。各部的升迁任免、土地分割仍由乌桓自决，虽然受乌桓校尉节制，不可能再像以往那般自由自在，却得了大汉这个靠山。有乌桓做了榜样，鲜卑各部在于仇贲、满头带领下，遣出使者往洛阳朝拜汉帝，纳土称臣。刘秀遂封于仇贲为王、满头为侯，鲜卑诸部一并交由乌桓校尉监护。如此厚封树为榜样，鲜卑各部酋首一时争相投效。鲜卑臣服之后，大汉除了有南匈奴驻守北方沿边八郡护卫边疆外，上谷、渔阳有乌桓部族，辽东、辽西有鲜卑兵马，大汉北疆连成一片，空前稳固起来。

刘秀封赏罢鲜卑各部，回到南宫前殿书房，随着年岁渐老，刘秀似乎觉得浑身上下都有使不完的劲儿。虽说设宴款待于仇贲诸人，刘秀多饮了几杯，此刻却是浑无一丝倦意。坐于榻前随手批复几封奏疏，看看有无紧要国事。随手抽来一封，却是高密侯邓禹与虎贲中郎将梁松联名奏疏。

刘秀笑着摇了摇头。想也不用想，必然又是奏请封禅泰山之事。如此盛典刘秀自然心有所动，毕竟对于一个帝王来说，表述功绩上达天地鬼神，是对一生功绩的肯定和无尚的荣耀，可刘秀先后几次驳回。只是觉得天下虽然一统，战火却久久未熄，身为天下之主追寻虚名似乎不是那么妥帖。打开手札一瞥，果然如此，看也没有细看，仍随手放在一边，心中却是久久没有静下心来。抬头一瞧，案侧几步之外悬着一幅军图，已经显得甚是陈旧，有些地方墨迹都已有些淡薄。却是刘秀当年河北起兵讨伐王朗叛乱时于广阿城缴获的那幅旧图。这些年来一直没有舍得丢弃，即便荣登大宝入主洛阳之后仍旧挂在书房。

刘秀出神地望了半天。当年在广阿城头看着这幅军图，想想征战沙场数年，方才夺得尺寸之地，天下郡国如此之多，不知何年何月才能一统天下。心灰意懒之中不觉叹了一声，却被身边邓禹听到。邓禹遂为刘秀鼓劲道：“方今天下大乱，人思明君，犹如赤子仰慕慈母也。古今兴盛君王，在于德行薄厚，不以国土大小品论。”昨日之言仿若就在耳前，只是军图前的人已是垂垂暮年。而刘秀拥有的也不再是河北数座孤城，而是稳如磐石的大汉江山。细细瞧着绵长的边境线，如今海内太平，边疆无事，战火已经平息，再想想自己激荡的一生，应该也担得上圣主明君四个字吧。

刘秀伸手将邓禹奏疏再次拿到手中，反反复复看了几遍，心中不由对那封禅大典向往起来。

20

叛羌：东汉西北的祸根

汉明帝刘庄烦闷地轻拍着手中军报，偌大的殿堂竟是那样空旷。

在高密侯邓禹和虎贲中郎将梁松反复奏请之下，先帝终是同意了封禅泰山之事。当时身为太子的刘庄自然有幸一同陪祭，回想那盛大的封禅大典，刘庄至今还觉心潮澎湃。然而大典过后，先帝似乎把这份荣耀当作一种激励，愈发兢兢业业勤勉于政务，整日批阅奏疏处理朝政，有时遇到急事，甚至通宵达旦与公卿商讨个没完。刘庄看在眼里，疼在心中，数次劝谏先帝修身养性保重身体，先帝却总是一笑而过。毕竟六十来岁的人了，这般操劳下去，身体哪能扛得住？封禅过后仅仅过了一年，先帝便以六十二岁之龄驾崩了。身为太子的刘庄顺其自然继承皇位，母后阴丽华也成了太后。然而这位不到而立之年的少壮皇帝，从登基那日起，便没有一日轻松。

先是一手操办先帝大葬，前前后后忙碌了大半年。大汉以孝治理天下，身为天子，自然要把先帝风光大葬，方才显出孝道。更何况先帝中兴大汉，功高五帝，刘庄对先帝的崇敬乃是发自于内心的，这就让刘庄更想把先帝的葬礼办得辉煌无比。可先帝偏偏留下遗诏，言自己无益于百姓，身后之事皆如孝文皇帝旧制，务求简约。为了不添百姓负担，甚至不准州郡刺史离开治所赴京吊唁。这就让刘庄万分为难了。若依从先帝遗诏，刘庄身为人子不能尽孝，这让天下如何看待新皇帝？可若不从先帝遗诏，也是落个不听父命的坏名声。左右为难之中，刘庄只能选个折中的法子。虽然遵从遗诏使州郡百官不得入京，送葬队伍显得略发单薄了些，却把陵园修得宏伟许多。先帝在世时，便已命将作大匠窦融亲自监造陵寝。为省人力，没有如历代皇帝一般开山为陵，而是修在邙山黄河之间。这样一来，倒好让刘庄调拨民夫扩建园陵，不但把陵寝修得愈发宏伟，神道、阙门、碑廊、大殿也都建得分外考究，简约之中尽显帝王之尊，总算让刘庄把先帝的葬礼办得额外隆重，为这位新皇帝赢得不少声望。

待静下心来，回望朝政之事，刘庄又是一阵头疼。先帝治下，天下稳固，外族臣服，百姓安居，国力日盛。交到刘庄手里的是一个蒸蒸日上的强盛大汉，刘庄信誓旦旦便要大展一番拳脚。可先帝偏偏留了遗诏，以虎贲中郎将梁松辅政，这让刘庄分外不自在。

梁松乃是舞阴长公主驸马，刘庄的亲姐夫。此人博通经书，明习史实，又曾在平定武陵蛮人叛乱中立有战功。有这样一个能文能武的姐夫辅佐，按理说是刘庄之幸，可刘庄偏偏对这样一个安排很是难受。梁松虽然有些才名，却仗着是先帝爱婿的身份飞扬跋扈。朝野戒惧其声势不敢轻易招惹，背地里却是骂声不绝。莫看武陵平叛为梁松赢得战功，却也正是因此让梁松臭名昭著。武陵主帅本是伏波将军马援，身为监军的梁松因私仇刻意构陷，马援含恨病逝于军中。梁松得以窃据帅位，独揽平叛大功，马家却险些因此事家破人亡。那马廖、马严兄弟四处奔走，拼上举家性命告御状于殿堂，这才让马家逃过一劫。然而出乎刘庄所想，先帝明知马援冤屈，也赦免了马援子侄，却并没有为马援翻案，也没有严惩梁松。更因梁松博览儒家经典，在封禅大典中命其筹划礼仪，办得甚合先帝心意，一时宠幸无比，以至于竟能让先帝留下遗诏以梁松辅政。

刘庄早已成年，又非不懂事的孩童，纵然治国还要多加历练，也不至于需要辅政大臣。何况梁松声名狼藉，刘庄就算想要重用贤才，轮也不会轮到梁松头上。再说梁松其人骄纵无比，若真用其辅政，只怕掌控朝政后未必不会成为权臣。还有最重要的一点，先帝虽然没有为马援平反，却不知是有意还是无意，在马严的再三奏请之下，以马援小女入选太子宫。刘庄登基后，封为马贵人。莫看马贵人年纪尚小，却真真是个知书达理之人，又继承其父马援容貌，生得甚是秀美。自入宫后秉承孝道，对阴太后分外孝顺，整日忙里忙外伺候太后饮食起居。阴太后本因先帝驾崩而郁郁寡欢，好在马贵人细心陪伴，心情才渐渐缓和过来。太后也怜惜马贵人年幼丧父，对她疼爱有加。刘庄爱屋及乌，自然对马贵人宠幸无比。梁松既然是马家死仇，刘庄又怎么会对这个亲姐夫有丝毫好感呢？

只是遗诏在前，刘庄也不好刚刚登基就拿掉梁松，却也不好任由梁松把持朝政。遂拜自己亲弟弟东平王刘苍为骠骑将军，位在三公之上，以此分割梁松军权。又拜舅舅阴识为执金吾、阴就为少府，以此分割梁松朝权。除此之外，刘庄还封太尉赵熹为节乡侯。赵熹早年也算是开国功臣，只不过曾为更始皇帝重臣，故而一直不过位居郡县之职，数年前才被先帝拜为太尉，因赵熹与邓禹奏请先帝封禅泰山，故而颇被先帝爱重。

刘庄之所以对赵熹分外青睐，可不仅仅是赵熹身居三公之首。刘庄刚刚当上太子时，朝中尚无典制，东海王刘强虽是废太子之身，却并没有失去先帝关爱，一直居于京师，所用仪仗仍与太子无异，无论坐于殿堂还是出入宫室，也与刘庄同列。这般形式，明眼人一瞧便知于礼不合，却知此乃皇家之事，也不敢提醒先帝。刘庄虽是太子，出入很是尴尬。赵熹仗义执言，在大殿朝议时，当众从御阶扶下刘强及其他诸王，以明刘庄太子尊位。先帝这才反应过来。未过几年，除了年幼皇子，刘强诸王先后遣归封地而不再居于京师。有这样的旧事，刘庄自然要厚封赵熹以谢当年之情，更要借此抬高赵熹身份，压制梁松的气势。

待先帝大葬之后转过年头，刘庄改元永平，大汉重换新貌。遗诏的影响渐渐淡去，刘庄不再任由梁松辅政。转拜梁松为太仆，去其虎贲中郎将之职。太仆掌管皇家车马，虽荣列九卿高官，乃是皇帝近臣，却没有太大实权。而开国功臣宿将在先帝安排下，多是封拜爵禄安享富贵，并无官职。唯有邓禹一直参议朝政，又在前两年复任司徒，总揽朝权。邓禹早年追随先帝，为国举荐贤才，时至今日，虽说开国功将多已薨逝，可邓禹在朝中人脉依旧鼎盛，这无形中对刘庄影响不小。如今刘庄已经掌权，自然也要弱化这些功臣宿将的权势，把大权尽皆掌握在自己手中，遂转拜邓禹为太傅，收回朝权，明升暗降。

经半年多人事变迁，刘庄才算真正掌控住了朝局，成了大汉主宰。然而所处理的第一件紧急要务便已万分棘手了。陇西羌人叛乱愈演愈烈，烧当、守塞、牢姐诸羌连战连胜，汉兵死伤惨重，各郡县难以平叛，凉州局势隐隐有不稳之状。

其实，早在前年先帝封禅泰山后，便有武都参狼羌人反叛，杀掠官吏百姓，郡守迎战不胜。陇西太守刘盱（xū）领兵五千南下武都，一战克定叛军，斩首俘虏两千余人，余众皆降。只是随着参狼羌的败落，陇西烧当羌却趁势崛起。其首领名唤滇吾，在羌人诸部中素以谋略出众而被诸羌敬畏。参狼羌叛乱，多有滇吾从中出谋划策，才能数败官兵。待参狼羌败落后，滇吾兼并诸部羌人，与其弟滇岸集结步骑精锐五千余众，趁着刘盱南入武都平叛之机寇掠陇西、大肆抢掠。刘盱忙引兵回救，却于枹罕、允街先后遭滇吾伏击，死者五百余众，却连滇吾的影子都未见到。尚在观望中的守塞诸羌，眼见滇吾连战连胜所获财帛牛羊无数，终是心痒难耐，一并起兵造反攻杀汉人。

正值先帝驾崩明帝登基，刘庄本以为羌人不过是些乌合之众，为争财利闹腾一时罢了。朝中又忙得抽不开身，故而只遣谒者张鸿往陇右督战，赦陇西刑徒数千充入军中，命张鸿统领诸郡郡兵围攻叛军，再从天水征调兵马三千增援陇西。又听闻烧何羌中有一老妇，名唤比铜钳，年已百岁，在滇吾之前便是诸羌智者，甚受羌人尊崇。恰逢烧何羌遭庐水胡击破，其众只得南下依附于郡县。刘庄传旨陇右，厚待比铜钳，多赐财帛医药，期望借比铜钳声望招拢叛乱羌人。然而结果大出刘庄意料。张鸿统领诸郡联兵与滇吾战于允吾、唐谷，惨败于羌人之手，张鸿及陇西长史田飒战死，汉军败散一空。赶来驰援的天水兵马亦被牢姐羌击溃于白石，死者千余人。而那老妇比铜钳也没有起到应有的作用，所招拢来的羌人，多有犯法者，被县衙收押下狱，诛杀六七百人，惊得叛乱羌人更不敢来归顺。

烧当羌闹得陇右乱成一片。虽说各部叛兵只是贪图财利毫无远见，可陇右乃是凉州腹心北通河西，而河西张掖、武威诸郡更是大汉制衡北匈奴及西域诸国前沿。虽说先帝在时，南匈奴、乌桓、鲜卑先后臣服于大汉，而北匈奴惶恐之中一直也未敢南下侵扰，可过了这些年，北匈奴实力渐渐有所恢复，又统御西域诸国。陇右若是继续乱下去，一旦让金城郡落入叛军之手，那么大汉可就与河西诸郡隔断开来，难保北匈奴不会趁火打劫。刘庄不由得对烧当羌叛乱重视起来，那滇吾又是个善兵之人，还当选良将重兵征讨，方能解决心腹大患。

然而遍观朝中元老大将，硕果仅存的邓禹、耿弇、刘隆、臧宫，在改元永平后不久，便先后薨逝，追随先帝而去。王霸卸任上谷太守后，一身旧病已经卧榻许久。久驻边疆素有战功的辽东太守祭肜，近来因渔阳赤山乌桓歆志贲部众再起叛乱，数次侵扰上谷，正筹划以金帛贿赂鲜卑大都护偏何引兵征讨，只怕要调他去陇西也是吃力。左挑右选，唯有杨虚侯马武还算健朗。

莫看马武征讨武陵叛乱还京后辞官归家，却是弓马不曾离手，骁勇一如往昔。虽说当年马援一案，其中也有马武奏疏构陷，然而马武毕竟丢了官职，也算受了惩戒。更何况陇右羌患正急，朝中无大将可用，刘庄也只有启用马武平叛了。

随着老将渐渐衰落，刘庄也有意栽培新人，免得功勋老将故去之后朝廷后继无人。窦融侄儿窦固、窦林，还有耿弇几个子侄都还算精干，受其父辈影响熟知兵事，只是从未上过战场罢了。耿家几个小子还太年轻，暂且不予考虑，这窦固却很对刘庄口味。窦固也是先帝女婿，早些年性情骄纵张扬，与梁松走得很近，曾遭人弹劾，与梁松一并受先帝训斥。与梁松截然相反的是，窦固遭受斥责后一改往日骄横的脾气，归家安心读书，研习兵法，与梁松几乎断了往来。

刘庄用人之际，自然对窦固格外看重。遂拜马武捕虏将军为帅，以窦固为监军，另调中郎将王丰、右辅都尉陈䜣为副将，统领乌桓、黎阳营、三辅新军、凉州诸郡驻军、赦罪刑徒合四万众，浩浩荡荡征讨陇右叛军。

窦固忽然接到诏书，当真喜出望外。父亲窦友早年助叔父窦融为朝廷征讨凉州也算立下不少功劳，可与叔父和梁统相比还是相差甚远。自举家迁入京师后，虽说父亲也很得先帝任重，拜为城门校尉掌管京师防务，却在窦固招为驸马后不久染病亡故。好在叔父窦融深得圣眷，窦固虽然没了父亲庇护，却没有失去皇帝的关爱。仗着窦氏满门荣耀，窦固颇有些目空一切的傲气，又与同是帝婿的梁松臭味相投交往密切，结交英豪士人，声势很是高涨。也得罪不少权贵，好在有叔父窦融庇护，一直也算春风得意。直到马援一封家书，惹来弹劾奏疏，窦固狠狠被先帝斥责一番，才猛然惊醒过来。随着父辈渐渐老去，自己终究要失去多年来的庇护。若仅仅凭借父辈所得宠幸，必然难以长久，唯有靠真才实学，才能将这份荣耀延续下去。更何况随着叔父窦融所得宠幸日盛，窦氏一门日渐壮大，先帝似乎也有所忌讳，否则怎会在父亲亡故后迟迟不让窦固承继显亲侯爵禄？有了这样的认识，窦固不再整日游手好闲，而是闭门研习兵法，以期他日得建功勋。虽说先帝对窦固的转变很是满意，总算在封禅泰山那年让窦固承继了爵位，只是一直没有机缘为国出征。今日明帝登基，启用窦固征伐，正是为国开疆拓土得建功勋的良机，窦固如何不喜？早早收拾好行装，交接了印信，便随捕虏将军马武一同出征。

真正到了战场之后，窦固深埋于骨血之中的勇武气息立时沸腾起来。窦氏久驻凉州，数十年间与羌胡、匈奴征战不休。虽说窦固住在张掖时尚年幼，没有随父亲东征西讨，可耳濡目染，让窦固对战场厮杀并不陌生。汉军刚到陇西，叛军虽然声势浩大，却不过两万人马，听闻朝廷遣大军征讨，吓得收拢人马穿过金城便向西逃去。窦固紧随马武一路追击，终于在浩亹（wěi）揪住叛军尾巴。

眼见叛军押运着四处劫掠所得财货牛羊，吵吵嚷嚷拥挤在狭长的山崖险道上，马武乐得一阵高呼，一马当先早已杀奔叛军之中。窦固不甘落后，统领大军紧随其后。喊杀之声震耳欲聋，伴着大通河的咆哮响彻山谷。叛兵忽遭袭击，慌乱之中全无抵抗之力，哪里还顾得了押运的财货？争相逃命中，不少人被挤落山崖跌入大通河中，在浑浊的河水冲击之下转眼没了踪迹。汉军虽然势头正盛，然而山道狭窄，大军如何展得开阵势？前面的人杀得都快脱力，后面的却挤不上来干着急。纵然马武杀得兴起，也被沿途的车马牛羊还有遍地尸首阻住了道路。待叛兵逃得远了，汉军已然追不上去，索性一边清理道路，一边点验尸首。莫看大胜一场，却有不少叛兵被河水卷走，最后仅斩得六百余首级。

窦固初战沙场，便有所斩获，不由兴高采烈。上前向马武道贺，却听马武说道："奔袭数日才得这点彩头，当真恼人。我大军数万之众，奉命平定叛军，若不能彻底剿灭滇吾贼子，哪有脸面回朝面圣。还当尽速追击，免得被叛兵逃散出去。"

窦固倒是不以为意，羌人与汉人分分合合百十年，从来没有真正相安无事过。就算今日能擒杀滇吾，剿灭叛军，陇右也不可能真的太平无事。羌胡数十部众，没了烧当羌，自然还有其他部众乘势崛起。远的不说，数年前参狼羌叛乱，才被剿灭没过半年，便有滇吾作乱。就是眼前汉军之中，也有不少羌胡兵马效力，今日随汉军征讨叛逆，指不定什么时候也会反叛朝廷。凉州地处边陲，除了少有的郡县还算富庶外，其他地方多是贫瘠荒凉，故而有"金张掖、银武威，金银不换是天水"之说。尤其金城四通八达，乃是凉州核心所在。这些郡县灌溉便利、沃野千里、紧扼要道，历来便是兵家必争之地。汉人强盛，早早占据了这些富庶之地，而羌人多是散布贫弱之处。耕地产出有限，畜牧草场不足，饥困之中眼瞅着汉人富足，只能伺机劫掠以求活命。这种长久以来积压的宿怨，绝不会因为平定一场叛乱就能彻底解决。所以，剿灭烧当羌当真没有实际意义，只要打得滇吾心惊胆战，再也不敢觊觎汉人城池，便已达到了目的。窦固心中虽然这般想，但将令还是要遵从的，调拨兵将抓紧清理道路。待汉军连夜穿过浩亹，已是第二日了。

马武好不容易等大军来到宽敞的地界，命窦固诸将领步卒跟进，自己早已急不可待地统领骑兵率先追了出去。窦固奉命领兵，好在叛兵一路奔逃，沿途散落不少包裹，倒也不难追踪。待天色将暗之际，道路转入一处山谷，谷口一块残碑，书作“洛都”。才走进数十丈，便见分作两处岔路，远远向里瞧去，灰蒙蒙中，道路繁杂沟壑纵深，也不知绵延多少里路。

窦固心中一虚，如此险要所在还是小心为妙，有心退出山谷休整一夜，待天亮后遣斥候查探一番才好进兵。可马武骑兵奔行一日，若步卒久久不能跟上前去，唯恐马武有失，只得下令分兵两路小心追击。

才行数里，便听前方传来阵阵喊杀声响，窦固暗道不妙，还当陷入羌人埋伏，细细一听，却是两军厮杀之声，必是马武已和羌人动了手。窦固唯恐马武兵少难敌，忙催动兵马摸了上去。接连转过数处山口，方才寻到两军交锋所在。就见狭窄的山谷中横七竖八栽倒不少战马和骑士的尸首，多是汉兵衣甲，少有羌人裘衣，几乎干涸的血迹显然已经死去许久，两侧山梁上吵吵嚷嚷站满了羌人，搭弓引箭死死盯着远处的山口，那山口堆满了羌人尸首，隐隐有杀声从那山口后面传来。过了一阵，杀声渐近，一群羌人乱哄哄从那山口跑了出来，你争我抢转入旁边谷口。一队汉骑气势汹汹追了出来，为首一人正是马武。只是刚一露头，便被山梁上的羌人一通乱射，不少还未逃出来的羌人连同冲到最前面的汉兵一并射死在谷口。马武怒骂了一句，缓缓退了回去。

窦固心中稍安，显然是马武在山谷中伏，退无可退之中索性冲杀过去，躲在山口死角之处避开了羌人箭袭。此处山谷沟壑纵横，羌人又绕不过去，只能派兵下来，只是没了地利之后显然不是汉骑敌手，尽皆死在谷口。

趁着羌人全都注意马武，窦固传令弓弩手朝着叛兵便是一通齐射，怎奈山梁险峻，羽箭失了不少力道，虽然猝不及防中，也有不少羌人中箭栽落下来，在滚滚黄土尘埃中摔作肉泥，却一下子惊醒了羌人向这边望来。见汉军大队人马赶来驰援马武，羌人慌慌张张便是一阵乱射。汉兵窝在谷底一下子吃了大亏，不少人立时被射成刺猬。窦固忙引兵马就地藏在山石之后，一面齐射还击，一面呼喊马武。

马武听到对面声响，见窦固已经赶来，正与羌人对阵，催着兵马便想循着刚才羌人逃散的路径追杀出去，怎奈刚一冒头，羌人便又向这边乱射，气得马武只得再次后退。眼见两军僵持不下，天色又越来越暗，局势对汉兵越来越不利。马武、窦固都思量着该如何布防抵御叛兵夜袭，便见山梁上空现出一片火光，一阵杀声猛然从羌人身后传出，立刻搅得山上羌人一阵混乱。

马武心中一喜，试探着向外冲出一阵，见羌人全然顾及不到山下，呼喝一声便引汉骑冲了出去。窦固见马武得了手，分兵两部，一队死死盯着山梁防备羌人，自己亲领一队循着马武去处冲了过去。

待两部兵马寻路杀上山梁，却见羌人早已在夜色之中逃散出去。冲天火光尚在，有千余乡勇模样的汉兵正围剿着未能逃走的叛兵。

马武、窦固都是一愣，这些汉兵究竟从何而来？待上前去，就见兵勇中迎上一汉官模样的中年人，走到两人面前，深深拜道："卑职临羌县令傅育，只因羌人作乱，百姓涂炭，卑职为保城池稳固，征募乡勇自卫，探得叛兵大队人马于洛都谷出没，引兵来此一探究竟。见将军为敌所困，故而点着了山间荒草，不自量力击敌腹背，所幸叛兵本就慌乱，被卑职一惊乱了阵脚，又见将军追杀上来，只能逃命而去。"

马武哈哈一乐："你这县官倒是有些胆气，本将奉旨平叛，正是用人之时，傅县令既是本地父母官，必是熟知路径，且先随军听用，助本将剿灭乱党。"

傅育也不推辞，欣然受命。天色已经黑透，马武刚刚遭了算计，也就不再追击。全军集结于一处，休整一夜。待到天明，稍稍收拢昨日战死将士，初一清点，竟折了千余人马，而羌人尸首却是寥寥无几。马武气得暴跳如雷，如此悬殊的阵亡对比，在马武一生中还是绝无仅有的，就算当年追随先帝剿灭尤来时，马武部众几乎全军覆没，可斩杀的尤来兵马也是不相上下的。今日汉兵数倍于叛羌，乘胜追击却吃了大亏，马武的脾气如何肯依。留了将佐领兵掩埋战死士卒，唤了傅育引路，大军尽速追杀上去。

眼见就要出了金城郡地界，再往西走便是茫茫塞外，依旧没有看到羌人踪迹。窦固有些着急，上前劝道："叛羌只怕多已逃出大汉疆域。再往西行，人迹罕至，滇吾既然已经遁逃，此番平定凉州叛乱也算有了结果，莫不如且先回军，分兵驻防便是了。”

马武如何肯依，浩亹与洛都谷两次交锋，与叛军各有胜负，勉强算是打个平手。马武难得当了数万大军统帅，为国征讨建功立业，若不能全胜，岂不堕了一世英名？更何况滇吾虽逃，其兵马实力未损，待汉军还师，必然再来侵扰。反反复复当真恼人，如不斩草除根，终是后患无穷。只是领军出塞，马武心中多少有些犹疑，窦固所言自有其道理，大军出境征讨，粮草补给一旦断绝，兵马败落必在顷刻。马武犹豫中一瞧傅育，见他欲言又止，便问道：“傅县令有何话要说？”

傅育身为金城边僻县令，对羌人叛乱自然感受最深，一旦汉军离去，羌人报复在所难免。在傅育心中，自然是彻底剿灭滇吾最为稳妥。只是人微言轻，也不敢力主征讨，此时听马武问询，为保边郡安稳，只得壮着胆子说道：“羌人作乱后为避王师征讨，多是逃亡塞外以避一时，待风头稍过，必然再度为祸。以卑职所知，羌人出塞后多是屯聚于东邯、西邯，此处既能躲开汉军追讨，又可在风平浪静过后尽快回到凉州，乃是叛羌出塞的首选之地。”说到这里，傅育不再多言，去与不去交由马武决断。

一听叛兵踪迹有了着落，马武心中一喜，东邯、西邯离边界并不算远，若真如傅育所言，叛军聚集于此处，汉军出塞倒也没有什么后顾之忧。马武遂以傅育引路，仍亲领骑兵先行探路，窦固大军随后跟进。

此刻的滇吾正舒服地坐在西邯的帐房里，享用着外焦里嫩的羊羔肉，听着各部羌人使者的颂扬。此番起兵，打得汉人疲于奔命，而滇吾毫发无损，却获财帛牛羊无数，引得各部羌人既是眼红又是敬畏，纷纷向滇吾道贺，不少人一并起兵，想跟着滇吾沾些光。汉帝遣数万大军声势浩大又能怎样？不照样中伏受阻死伤无数？烧当羌全身而退避往塞外。依照往昔，临羌、破羌两城已是汉人势力的最外沿，汉兵多半是不会越过此线再向西行的。为防万一，滇吾没有就近住到东邯，领军又多走了半日，直到西邯才安顿下来。

正盘算着过上十天半月，遣人回往临羌，探探汉人动向。若汉军已经撤还，便赶在秋收前回到陇右。那时汉人忙着收割田地，疏于防备，正好再干上一票，也算补上些浩亹丢失牛羊财货的亏空。忽听帐外传来一阵嘈杂声响，便见弟弟滇岸慌慌张张跑了进来：“大哥，汉兵杀来了！”

滇吾吓了一跳，忙冲出帐外一瞧，便见汉人精骑已经越过西邯残破的城防冲杀进来。羌人正忙着安置劫掠的财货，都以为汉兵不可能追到此处，忽然见到汉兵杀来，立时慌了手脚。汉兵不过数千骑兵，硬是在万余羌人之中如入无人之境。一员老将威风凛凛，左冲右撞连斩十数人，竟未有一丝阻碍，一柄镔铁长刀早已染透了鲜血，却在那老将手中，丝毫没有迟缓，肆意收割着羌人性命。先前洛都谷设伏之时，滇吾便见过那汉将，正是汉军主帅马武。而另有一将，领着一队人马刁钻地堵住羌人逃避的路径，逼得羌人不得不再次退回到汉军骑兵刀锋之下，勉强抵挡一阵尽皆被砍死于马蹄之下。滇吾催着弟弟滇岸速速集结骑兵，妄图将汉军赶出城去，可城中早已乱成一片，哪里还能收拢住兵马？再看帐中其他羌种使者，早已跑去找寻各自部众争相逃去，搅得城中愈发混乱。更往远处瞧去，便见天地交接之处一片烟尘，大队汉兵步卒正向这边杀来。西邯不过是座残破的土堡，遮风避雨屯驻一时倒还算可以，想要借此抵御敌袭简直是自不量力。若城墙坚厚，汉军骑兵怎会轻而易举杀进城来？此刻别说滇吾无法集结兵马围杀眼前汉军骑兵，就算真能拼个你死我活围歼马武，待汉军步卒赶到，滇吾也是绝难挡住最后一击。

滇吾不由后悔万分。起兵之初连战连胜，扫荡陇右难逢敌手，一时骄纵无比，就连汉帝遣来大军都未曾放在眼里。浩亹一战不过吃了点小亏，自作聪明在洛都谷设下伏兵，虽说杀伤汉兵不小，却是捅了马蜂窝。还以为汉军主帅马武不过一垂暮老叟，便是年轻时如何勇猛，此刻也已失了锐气，惨遭伏击之后绝不敢继续追杀。更何况自己已经退到塞外，何曾有过汉将离开过临羌、破羌边界？哪曾料到马武竟和自己一般吃不了半点亏，如同那受伤的黑熊一般，不把敌人撕个粉碎决不罢休。早知如此，就该一直向西避开汉军锋芒，千不该万不该刚到西邯便停下脚步，终是让马武把尖刀插到了心窝里。

滇吾如何悔恨都已无济于事，也等不得滇岸回来，自己领了亲卫部众舍了大军速速向西逃命而去。滇吾一逃，西邯城局势愈发难以控制，其他各部早已逃之夭夭，滇岸好不容易寻来千余人马，却不见兄长，只得一并逃去。剩下烧当羌部众独挡汉军，眼尖的瞧见滇吾兄弟没了踪迹，随手抄些财货便去逃命，迟钝些的皆被赶来的汉军步卒围困于城中。马武杀得兴起，将洛都谷受伏的怒火尽皆撒在了城中兵将身上。直杀得天色暗淡，战马都脱了力，马武这才止住杀伐。经此一战，斩羌兵首级四千六百级，生擒士卒一千六百人，虏获烧当羌部众七千余口。虽说走脱了叛乱元凶滇吾、滇岸，然而其兵马部众亡失过半，此后只怕想要为祸凉州都已有心无力了。

马武不负众望，刘庄自然很是满意。待马武班师还朝，增其食邑七百户。而窦固、窦林此番出征有功，刘庄也未薄待，拜窦固为中郎将，统领羽林卫，掌管禁宫兵马。拜窦林为护羌校尉，屯驻于金城，约束各部羌人。那临羌县令傅育也算个人才，遂升迁为武威太守，助窦林一并防备外族。为防滇吾与其部众再次勾结，刘庄又命马武所俘烧当羌族人七千余口尽皆迁往三辅安置。

陇右总算安稳下来，而渔阳赤山乌桓叛乱也在祭肜谋划之下，借鲜卑大都护偏何之手彻底平灭，贼首歆志贲被偏何亲手斩杀献于朝廷。乌桓各部本就早已归顺大汉，唯独这歆志贲拒不归降，如今被鲜卑人下了黑手，乌桓各部酋长虽然对偏何很是不满，却对大汉更加敬畏了。至此，刘庄登基后的两场叛乱得以平定。刘庄也借这两场大胜声势大涨，皇位愈发稳固起来。

21

巩固皇权

永平五年，汉明帝刘庄在位已有六载。自马武平定凉州烧当羌叛乱、祭彤剿灭渔阳赤山乌桓后，大汉已有五年没有战火侵扰，国泰民安、天下太平。刘庄有先帝打好的基础，广施仁政、励精图治，中原气象焕然一新，渐渐也有了大汉昔日的繁荣昌盛。刘庄追思高祖开国不易，感念先帝丰功伟绩，数往高庙祭祀，以大汉今日强盛告慰祖宗英魂。又念功臣宿将助先帝中兴大汉，今却皆已薨逝，敬畏之中不由一番感伤。两年前便已征召名师，陆续描绘建武二十八将图谱列于南宫云台阁，既是对先贤功绩褒奖颂扬，亦是对后人建功立业鼓舞激励。

二十八将图谱绘成之日，刘庄稍得闲暇，招来骠骑将军刘苍，一同往云台瞻仰。两人虽是兄弟，却属君臣，此刻没有外臣在场，刘庄倒很是随意，可刘苍却显得有些拘谨。两人一前一后细细端详着列于墙上的图谱，品味着诸将戎马一生的音容笑貌，仿若又回到了那热血的年代。刘苍比刘庄晚生了几年，对这图谱中有不少人只闻其名不见其人。好在画师技艺超然，对二十八将的容貌多有考究，所画图谱倒也真有九分神似，又有明帝刘庄在前讲述，让刘苍仿若看到了真人一般。

见墙上依次排开，各书官爵。首位便是太傅高密侯邓禹，其后分别为大司马广平侯吴汉、左将军胶东侯贾复、建威大将军好畤（chóu）侯耿弇、执金吾雍奴侯寇恂、征南大将军舞阳侯岑彭、征西大将军阳夏侯冯异、建义大将军鬲侯朱佑、征虏将军颍阳侯祭遵、骠骑大将军栎阳侯景丹、虎牙大将军安平侯盖延、卫尉安成侯铫（yáo）期、东郡太守东光侯耿纯、城门校尉郎陵侯臧宫、捕虏将军杨虚侯马武、骠骑将军慎侯刘隆、中山太守全椒侯马成、河南尹阜成侯王梁、琅琊太守祝阿侯陈俊、骠骑大将军参蘧（qú）侯杜茂、积弩将军昆阳侯傅俊、左曹合肥侯坚镡、上谷太守淮陵侯王霸、信都太守阿陵侯任光、豫章太守中水侯李忠、右将军槐里侯万脩（xiū）、太常灵寿侯邳彤、骁骑将军昌成侯刘植。

刘庄走到铫期画像前停住脚步，笑着对刘苍说道："这老卫尉铫期当年可是吓了你一跳呢。"

刘苍一愣，望着那画中之人，容貌伟岸、不怒自威，除了额头上那唬人的箭创，却与儿时印象中的铫期相去甚远。在刘苍的记忆中，铫期虽说身量颇高，却显不出如何威武，浑身上下无不透出一股苍老悲凉气息。而一双朦胧的双眼显出的不是骁勇战将的傲人光彩，反倒是无比的自怨自艾。那时刘苍尚年幼，偶然一次在宫中瞧见先帝召见铫期，见他一抬头，所见首当其冲便是额上箭创，再往下瞧，又是一双心如死灰的眼睛，立时吓得刘苍一声尖叫。此刻听闻刘庄提起，不由一笑："听闻老卫尉当年也是骁勇无比，谁曾想却是那样一副没落的模样。"

刘庄说道："先帝于河北讨伐王朗时，南栾一战情势险恶。铫期额头中箭命在旦夕，竟能忍常人所不能忍，逆杀敌将，领军冲阵，终是挡住了敌军攻势，等来大司马吴汉、骠骑大将军景丹幽州突骑，这才围歼兒（ní）宏大军。这箭创便是铫期勇猛无畏的印证。只是年老之时英勇不在，奉命出使陇右，竟被隗嚣部将扮作匪盗劫去圣旨，若非以死相抗而隗嚣部将也心存戒惧，只怕铫期的节仗都要被一并抢去了。经此一事，铫期惭愧无比，昔年勇冠三军的将军竟然栽在几个小贼手中，这才让铫期悲伤不已，失落之中也就颓废成了那番模样。"

刘苍细细品着皇帝言语，就听刘庄又说道："虽说铫期年老时远无昔日英姿，却在壮年博得英名，依旧称得上英雄。男儿志在四方，建功立业当在今下。若不能在年轻气盛之时驰骋疆场留名青史，待到年老岂非负了这有用之身？近来北匈奴又不消停，好在被南单于遣兵击退。以朕看来，我大汉与北匈奴迟早会有一战。北匈奴一日不灭，我大汉就没有一日可以高枕无忧。吾弟数次请辞骠骑将军之职，难道就不想替朕领军征讨匈奴吗？"

刘苍心中一紧，这才明白皇帝今日为何独领自己上云台瞻仰功将图谱。非是刘苍贪生怕死不敢出征，而是皇帝越是对刘苍委以重任，刘苍越是心中惶恐难以自安。刘苍本无功于朝廷，竟被皇帝直接封拜为骠骑将军，家中两子又先后封为县侯。每逢皇帝外巡，皆留刘苍护卫京师陪伴太后。如此恩宠，刘苍唯有兢兢业业方才对得起皇帝厚意。只是历朝历代，哪曾有过亲王掌控兵马大权为国出征的？想想刘赐、刘祉、刘嘉那些叔辈们，早年也都驰骋疆场威名远扬，待先帝登基之后，不都先后退出军旅？若刘苍遵从皇帝意愿为国出征，创下不世之功，本就是亲王之身，官职又在三公之上，封无可封之下，让皇帝如何对待自己？为了避免他日骨肉猜忌甚至相残，刘苍也只有尽快辞去官职，归往封地，这才是一个王爷该做的事情。

刘苍忙跪拜道："陛下恩遇，臣弟无以为报，本也该当为国效力，怎奈膀大腰圆却是武艺稀松得紧，又不通兵法，实非将才。虽说为国为家，就算当个小兵征讨外敌也是臣弟本分，怎奈太后怜惜，臣弟也怕有个差池惹她老人家伤心，还望陛下体谅臣弟这点孝心。"

刘苍把太后都搬了出来，刘庄也实在不好说些什么了。既然刘苍心意已决，那就再莫要强求，遂叹了一声说道："既然你已下定了决心，那便随你吧。"想了一想，又说道："这几年，你助朕打理朝政，重修礼乐，又议定冠冕车服制度，使得朝廷上下尊礼，也甚是辛劳，朕便划拨东郡之寿张、须昌，山阳之南平阳、湖陵、焒（lǘ）城五县增入你东平国封地，也算朕一点心意了。"

刘苍赶忙推辞，却被刘庄止住。见皇帝惆怅，只得有话没话地开解："陛下也莫要烦恼，国家自有良才。那窦固随军征讨陇右颇有战功，耿家几个小子也都成年，就是国舅马防不也颇有武艺吗？只需多加历练，必能独当一面，陛下又何愁无将可用？先帝有二十八将中兴大汉，又有哪一人生来便是将军？"

刘庄一想，倒也确如刘苍所言，心中稍宽，就听刘苍又说："说到国舅马防，臣弟倒有些不解，伏波将军马援自投效先帝以来，西征隗嚣、平定羌患、讨伐巫众、南定交阯。而当年引荐马援的表叔来歙，奇袭略阳、直捣黄龙、攻克冀城、荡灭隗氏，虽说来歙南伐汉中遇刺身亡，而马援在武陵一战未能全功，可臣弟便观二十八将，料想以马援、来歙之功，足以荣列其中。不知皇兄何故未将此二人画入云台呢？"

刘庄不由一笑。登基之后，刘庄迟迟没有册立皇后，非是刘庄没有人选，而是所中意的马贵人与辅政大臣梁松乃是世仇，刘庄刚刚登基，也不想因为册立皇后而与梁松生隙。直到梁松被转为太仆之后，非但没有丝毫收敛，反倒愈发嚣张跋扈，数次私书传于郡县，借着朝廷名义尽干些损公利己之事。被举发免官之后，不仅不知悔改，反而悬书于宫门诽谤皇帝，终是被刘庄削去爵位，下狱治死。其弟梁竦、梁恭一并罢黜，迁往九真，也算是为马家报了血海深仇。没了梁松阻碍，刘庄倒也好册立马贵人，怎奈马贵人迟迟没有子嗣，难保不会有人非议。这时阴太后出来说了句公道话，言马贵人德冠后宫，皇后非其莫属。有了阴太后撑腰，还有何人再敢阻碍？刘庄遂即册封马贵人为皇后，又以其陪嫁的表亲贾氏之子刘炟（dá）过继过来立为太子，并拜其兄长马廖为羽林左监、虎贲中郎將。只是当年四处奔波为马援喊冤平反的马严、马敦二人，在册立马皇后之后，远徙北地谢绝宾客，对朝廷征召也未应从，让刘庄好生遗憾。

听刘苍此时询问为何不画马援、来歙画像，刘庄答道："如今皇后已立，马家成了皇亲贵戚，若将马援画于云台，岂非有徇私之嫌？而来歙表叔亦为皇亲，自然也就不好同列于云台了。"顿了一顿，刘庄又说："其实朕还有意再添四人列入云台，只是尚未完工罢了。"

刘苍奇道："是哪四位先贤有此荣耀？"

"横野大将军王常，出于绿林，忠义无双，早年追随齐武王刘缜平定南阳，后助先帝以成大业，既有昆阳守城抗拒王莽雄师之功，又有奇袭安定讨伐陇兵之勇，先帝在时，常闻其言，若非王常与刘赐暗中庇护，只怕早些年也难在更始朝廷立足。大司空固始侯李通，助我刘氏首起义兵讨伐昏君，家破人亡蹈死不顾，数出奇谋重兴大汉，虽委身于更始，却对先帝忠贞无渝，更在先帝最为窘迫时，代先帝照顾齐王遗孤，不惧更始猜忌，迎娶小姑伯姬为妻，这等忠义有几人能有？大司空安丰侯窦融，守护河西一方百姓，得闻先帝扫平中原，任凭隗嚣在凉州只手遮天，也即刻献土归汉，助朝廷平定陇右。后去官入朝，得拜司空，主持朝政十数年，兢兢业业才有我朝兴隆盛世。太傅宣德侯卓茂，当世通儒。举善而教，德行遍于天下。若无卓茂之功，天下士人何以越险阻、舍性命，千里投效洛阳而使朝廷人才济济？虽说卓老太傅并无战功于朝廷，可天下要长治久安，终究不能一味只凭武力，故而将其画像一并列于云台，以激励天下士子为国效力。"

听闻皇帝有意增添王常、李通、窦融、卓茂四人画像悬于云台阁，刘苍有些意外。其他三人倒还好说，只是窦融是不是不大合适？毕竟云台所列人物皆已故世，窦融却还活得好好的，而窦家这两年已然没有过去那般得宠了。

当年马武、窦固平定陇右滇吾叛乱之后，皇帝拜窦融之侄窦林为护羌校尉，管束诸部羌族。初时倒也颇有成效，在羌人中颇有声誉。滇吾之弟滇岸在塞外流亡许久无所依傍，又失去滇吾的踪迹，为求自保，只得领了残兵归往陇右降于窦林。羌人与汉人言语多有差异，通传的小吏或是听误了，又或许只是想向窦林邀功，报称烧当羌大豪滇吾来降。窦林大喜，若真是滇吾来降，则烧当羌叛乱就此终得平息，也未详查便报于朝廷。皇帝为保凉州安宁，并不想严惩叛乱元凶，反正烧当羌元气大伤，其族人多已迁往三辅安置，任凭滇吾有多大能耐也闹腾不起来，还不如厚待滇吾以收诸羌人心。遂封滇岸为归义侯，拜为大都尉。本来皆大欢喜一件事，谁知转过年头，滇吾听闻滇岸归降得以厚赏亦来归降。窦林傻了眼，这才知道先前所降之人乃是滇吾之弟滇岸。事关重大不敢隐瞒不报，只能硬着头皮玩了个小心眼儿，假称先前归降乃是烧当羌大豪滇吾，今又有烧当羌第一豪滇吾来降。皇帝如何不起疑心，一羌之中何来两个滇吾？遂遣谒者查问，窦林明知有误仍不悔改，狡辩称羌语中滇岸便是滇吾。可纸里如何包得住火？待谒者查实之后，皇帝念窦林有些微功，又是窦融亲故，遂免去其官职。谁知又有凉州刺史弹劾窦林在陇右贪赃枉法收受贿赂，终是惹恼了皇帝，将窦林下狱治死。

经窦林一事，皇帝对窦融也渐渐失去了忍耐。窦融作为两朝元老，深得两帝信任，朝中要职来回当了个遍，主掌朝政十余年，也算颇有功绩。然而随着窦融年老，渐渐没了往日的谨慎低调，对其子侄儿孙也疏于教导，以至于其族中多有后辈借着窦融声名狂傲放纵，求田问舍，多行不法之事。窦氏一族在洛阳的官邸宅院相望于京邑，奴婢以千数，便是皇亲贵戚、开国功将都无一人能与其比肩。尤其窦融长子窦穆，交通权贵、干涉朝政、扰乱郡县，与那梁松简直就是如出一辙。皇帝顾及窦融颜面，只要没有过分之事也便睁只眼闭只眼了，谁知终是有了窦林一事。这窦林尚算窦家年少才俊，竟也做出此等有伤国体的荒唐事，更有贪赃铁证，谁知窦家那些不成器的子侄还干过些什么不为人知的肮脏事？若再对窦融不加惩治，难保窦家他日不会做出什么滔天祸事来。

皇帝遂数次下诏于窦融，告诫前汉外戚窦婴之事。那窦婴为保住景帝一脉皇位，死谏景帝不可传大位于梁孝王，保全国体不失。又有平定七国之乱大功，显赫十数年。待孝武皇帝登基后，窦婴日益恃功骄纵，与功臣田蚡（fén）争权夺势闹得不可开交，终是落个斩首于街市的下场。

皇帝以此旧事告诫窦融，无非提醒窦融洁身自好，管束住家中子侄。谁知窦融惶恐不已，上呈卫尉印绶告病辞官，至今尚在家中安养。皇帝先前所言不画马援、来歙画像于云台，是因两人乃是皇亲，这窦融亦与皇家有亲，况且晚年声名有损，挂于云台似乎有些不妥。刘苍有心提醒皇帝，可自己已经请辞官职欲往封地，若因此得罪了窦家，树一强敌，难保不会惹祸上身。正犹豫要不要向皇帝谏言，忽有黄门侍郎拜见，言有要事报奏，呈上一封书函。

皇帝展开一瞧，才读数句，竟气得浑身颤抖，连连怒骂："枉费朕还有意描绘窦融画像于云台，谁知竟纵容他那好儿子干出此等胆大包天之事来。"

刘苍很是纳闷，皇帝刚才还在夸赞窦融，怎么突然骂了起来？小心拜请接过那书函一瞧，亦是怒从心起。却是六安侯刘盱前妻所上检举书函，弹劾窦穆矫称阴太后懿旨，命刘盱休掉正妻迎娶窦穆之女。刘盱怯于窦穆威势只得从命。其前妻归家之后，族中多方打探，方知乃是窦穆自作主张，这才冒死上书检举。

那窦穆因其父窦融封地安丰在六安国境内，眼见窦融罢官在家，唯恐迟早要去往封地，趁着此时尚在朝中得势，欲把六安国权贵都拉拢到自己身边，也好去往封地后依旧能要风得风要雨得雨，这才有了诓骗刘盱休妻之事。刘庄当真怒不可遏了。窦穆本就是先帝驸马，其子窦勋亦是东海恭王刘强驸马，虽说刘强是废太子之身，又已薨逝，可其封国在诸王之上，又深得刘庄敬爱，窦穆父子身份由此已经显赫无比，至今仍贪得无厌，还在盘算着如何去六安只手遮天，当真把皇帝当成摆设了吗？对待六安侯都敢如此放肆，若真去了六安国，还不把那里的郡县搅个天翻地覆？而最让刘庄气愤的是，窦穆竟敢假借着太后的名义做此为人不齿之事，让太后颜面何存？

刘庄气得暴跳如雷，连连喊道："拟旨！拟旨！即日罢去窦穆城门校尉之职，窦氏族中为官者尽皆罢免，限定十日，举族迁回原籍，敢滞留京师者尽皆下狱。"

黄门侍郎见皇帝震怒，慌慌张张拟好圣旨，正要交由皇帝观瞧，刘苍却上前劝道："窦穆行此滔天大罪咎由自取，陛下罢官流放已是宽容。只是窦融年事已高，只怕受不得这奔波之苦。而殃及窦氏全族是否有些牵连太广？

毕竟窦家还是有些贤能之人的，像那窦固不就在陇右多有战功吗？”

得刘苍一劝，刘庄稍稍冷静一些，只是窦氏骄纵由来已久，今日窦穆又犯下此等大罪，若不严惩如何打压朝中权贵族众的骄纵气焰？遂淡淡说道：“窦固亦不免罪，若不敲打敲打，难免不会因为陇右一点功绩就翘起尾巴来。倒是窦融，便独留他在京中安养吧，也免得被人说我皇家薄情寡义。”

眼见皇帝已经拿定了主意，刘苍也便不再多言，毕竟自己已拿定主意要辞官而去了，好不容易说服了皇帝，若再多说下去，只怕自己就难以脱身了。皇帝此刻也没了心情继续在云台阁待下去，刘苍顺势辞行出宫而去。

几日过后，刘苍拜别阴太后，举家迁往东平国封地。就在刘苍风风光光向东进发的同时，另一支队伍西出洛阳向关中右扶风行去。虽说车马浩浩荡荡不见首尾，然而队伍之中满是阴郁悲戚之声，正是遭皇帝贬斥遣归故土的窦氏一族。

想窦氏在洛阳得势之时何等荣耀，一公、两侯、三驸马、四重臣，数百石的官员更是数以百计，势力几乎遍布朝廷所有府衙，十数年间堪称洛阳第一大族。一朝落魄竟然跌落谷底，连个郎官都没剩下尽遭罢黜。如今举族西迁，往日那些争相攀附的权贵连个人影都瞧不到，送行之人更是半个都没有，真真世态炎凉。好在皇帝倒还手下留情，并未抄没家产，窦氏富贵不减分毫，一路还不至于忍饥挨饿，大多人仍有车马可坐，不见得能有多少辛苦，然而举族罢官，今后仕途一片灰暗，愁云依旧凝聚不散。

窦固骑着马走在队伍当中，心里当真别有一番滋味。对于窦氏今日失势，窦固其实早有预见。梁松权倾朝野最终却落个罢官赐死，其兄弟亦受牵连迁往边郡，足以看出当今天子对待恃功傲主视国法于无物之人的强硬手段。窦穆不引以为戒反而变本加厉，当真是触到了天子逆鳞。只是让窦固有些憋屈的是，自己早在十数年前便已断了和梁松的往来，即便是对窦穆这个族兄也是敬而远之，又在平定陇右叛乱中博下一份功名，原指望能凭借真才实学逃过一劫，谁知还是受窦穆牵连一并罢黜，心中的失落和不甘可想而知。

正低头想着心事，却见一个三四岁的孩童骑在一仆役肩上，咋咋呼呼穿行于人群之中，一路催促挤得沿途仆役匆匆避让。经过窦固身边，见窦固坐骑高大健硕，乐得一阵叫嚷，也未打个招呼，伸手便来揪住鞍辔想要跳上马来。那扛着孩童的仆役认得窦固，如何敢得罪？连哄带骗扯着孩童向后避让，可那孩子却硬抓着不放，连连喊着要骑大马，扯得马鞍一阵晃动。幸好窦固坐骑乃是百里挑一的战马，虽被那孩子一阵骚扰也未乱动，否则惊跳起来怕是要伤人了。

窦固平日里很少走动，对族中孩童并不熟悉。见那孩子衣着华贵，想来应是族中后辈。念他年幼，虽然心中不豫，却忍着没有发作，只是叫他快快松手，提防马匹受惊伤了他。可那孩子见窦固没有斥责，愈发没了分寸，伸手便要来揪马鬃，着实吓了窦固一跳，赶忙伸手抓住。正在这时，听得身后一声呵斥："宪儿不得无礼，那是你族爷爷，还不丢开手去，再敢放肆，小心爹爹揍你。"

那孩子听身后有人叫他，回头一瞧，这才松了手，却也没有丝毫害怕，做了个鬼脸，拍着那仆役继续向前跑去。

窦固一瞧，却是窦穆长子、沘阳公主驸马窦勋。就见窦勋策马上前，躬身一拜："小侄代犬子向叔叔赔罪了。犬子顽劣，让叔叔见笑。"窦固点点头，也未多话，看着窦勋着急忙慌又追了上去。依稀听得窦勋连连斥责，那孩子却满是不在乎，一路嚷嚷个不停。

窦固一阵叹息。少年不知愁滋味，族中出了这样大的变故，在这孩子眼中只怕还当是在春游一般。听那孩子是窦穆孙儿，一想窦穆平日里张狂的模样，便深觉这孩子如此顽劣的根源了。

正埋头想着心事，见眼前迎来一人，窦固抬头一瞧，却是窦穆抱着那孩子共乘一马走了回来，冲着窦固呵呵一乐："我这孙儿太过顽皮，冲撞了贤弟，还请贤弟莫要见怪。"

窦固陪笑道："大哥这般说才是见外。宪儿也是我的孙辈，又怎会怪他？这么小就敢骑马，我看他日必能成个将军。"嘴上这样说着，心里却觉奇怪。自己这些年来刻意疏远窦穆，兄弟之间感情淡了许多，远不如童年时在张掖嬉笑打闹那般亲近。京师之中偶尔相见也不过客套一番。今日流亡途中，专程为了窦宪这孩子一番嬉闹而来致歉，还真有些意外。

就听窦穆叹了一声："都怪愚兄一时大意，想那刘盱已是我女婿，六安国也算铁板一块了，便未再留意，竟着了那妇人的道儿。若早早发觉，岂能容那妇人弹劾书函送于阙下？唉！却是连累了我窦氏全族一并遭殃，就是贤弟也要替愚兄过失受罪，真是让愚兄心中难安。"

窦固一阵伤感，本来就对贬官流放失落无比，此刻听窦穆这样一说，愈发惆怅起来。虽说此事因窦穆而起，可在这危亡之时，却生不出对窦穆的恨意来，反而多出一些同病相怜了，遂叹了一声安慰道："自家兄弟何必如此，兄长莫要自责。想我窦氏从前汉景帝时便荣耀至今，料也不会就此一蹶不振吧。"窦固此话既是安慰窦穆，其实更多也是在安慰自己，然而前景堪忧，只怕多是一句空话了。

窦穆却听得甚是受用，说道："嗯，愚兄也是这般想的。毕竟家父还在京师，足见天子还是顾念我窦氏功勋的。有他老人家居于洛阳，我等必然有翻身之日。不瞒贤弟，离京之时，愚兄也多方打点探询。虽说我窦氏罢官离京难以更改，却听闻北匈奴似乎不大老实，天子对此很是不安。只要战火再起，天子必然急需良将统兵。遍观朝野，如今能带兵打仗的确实不多了。贤弟有平定陇右之功，天子又怎会舍而不用？想来贤弟再次为国出征还是成算很大的，到那时贤弟还要多多帮衬帮衬愚兄才是。"

窦固听到窦穆之言心中一惊，仔细思量思量，自己倒也真有可能再次统兵。这才明白窦穆为何专程来找自己，却是为今后铺路了。虽说举族危亡之中，兄弟们抱成一团共患难也是人之常情，可经窦穆这样一说，窦固心中还是有些不自在，只是敷衍了一句。

窦穆却未在意，在那里嘀咕着："哼！待我窦氏重振雄威，那妇人全族都别想好过！还有那些势利小人，看我窦氏失势就翻脸无情，别以为此事就能算了！"

小窦宪原本在窦穆怀中自顾自地玩闹，一会儿抱着马脖，一会儿伸长小手去揪马耳，听窦穆骂骂咧咧几句，有模有样学着说道："哼！把那些坏人全都杀了！看他们还敢惹我爷爷！"

窦穆听罢哈哈大笑："还是宪儿最好，知道疼惜爷爷。"

窦固在旁却是一阵悸动，这孩子小小年纪说话便这样蛮横，只怕长大了真不是省油的灯啊。这时就见窦穆止住了笑声望着远处，长叹一声："唉！函谷关到了！回家了！"

窦固望着那略显陈旧的雄伟关防，心中却是一酸。自己生于张掖，长于洛阳，故乡虽在关中，可家却在远方。穿过此关向西，仿若与洛阳的联系也在刹那间割裂开来。而窦穆虽然幼年时在长安待过些时日，却显然没有多少感情，此刻也满是悲哀，全无一丝喜悦。

兄弟两人正驻足不前沉闷不语，却听身后远远传来一阵呼喊：“几位驸马爷且等一等，有圣旨到！”窦穆、窦固、窦勋忙回身望去，就见几骑宫廷服色模样的人正快马扬鞭赶来。

窦穆几人先是一阵惊喜，莫不是真如窦穆所言，窦融在京师说动皇帝收回成命？却又现出不少惧色，谁知是不是皇帝觉得对窦穆惩处过轻？毕竟梁松罢官之后可是丢了性命的，而窦穆所做之事比梁松可要恶劣得多了，难保那圣旨不是催命的符文。

待那几骑奔到面前，气喘吁吁说道：“几位驸马爷，不必去右扶风了，速速调转车队回洛阳去吧。”

窦穆小心拜道：“不知陛下召唤我等回京是何要事？”

就听为首一人说道：“驸马爷，安丰侯薨了，陛下传召窦氏回京料理丧事。”

窦穆身形分明一颤，接着哭号起来。周围的窦家子侄围拢过来，听闻噩耗，哭号之声此起彼伏。窦固暗叫不好。虽说窦氏不必迁往右扶风得以重回洛阳，却是以叔父窦融的薨逝换来的。

窦家的顶梁柱终是这般坍塌了。

22 新的征伐开始了

窦固急匆匆地向皇宫赶去，心中忐忑不安。罢官在家已有近十年，皇帝刚刚东巡归来，忽而召见自己，不知究竟是福是祸。

当年窦穆矫旨嫁女一案累及窦氏举族罢官后，因窦融薨逝被皇帝网开一面，不必迁回原籍。虽说皇帝对窦融倒也敬重，对待窦融身后之事也格外仔细，不仅所赐甚厚，又亲选谥号定为戴侯，更传旨意，描绘窦融图画列于云台，也算对窦融一生功绩的肯定，然而窦氏并未因此重新得势。按理说窦融薨逝，窦穆是要承继爵位的，可皇帝却迟迟没有下诏，窦家遭牵连罢官之人也无一人复官，甚至因窦穆行为不检，还遣谒者一人监护其家。窦穆初时倒也老实本分了一段时间，可骄纵了十数年的性情岂是说改就能改得过来？才过数年，窦穆眼见继承爵禄遥遥无期，数出怨言毁谤天子，终是被皇帝遣归原籍。除了长子窦勋经沘阳公主求情留于京师外，窦穆举家离开洛阳，连窦融遗孀都未能赦免。

落到这步田地，窦穆如何甘心？归乡之后四处奔波求情。除了让长子窦勋在京师多加留意，自己也在右扶风上下打点，指望花些钱财买通地方官吏，能替自己美言些许，让皇帝觉得自己已经痛改前非，或能回心转意降下天恩承继爵禄。然而让窦穆悔恨至极的是，四处行贿非但没能得偿所愿，反倒被一小吏举报，与其子窦宣一起锒铛入狱。皇帝也终是失去了对窦穆的容忍，传旨赐死，而窦勋亦牵连其中，在洛阳下狱治死。仅有窦穆少子窦嘉逃脱一劫保全了性命。自此，窦穆一脉彻底败落，右扶风留下窦嘉一人照顾全家老小，洛阳也就剩沘阳公主拉扯着窦宪姐弟几人。想窦穆在洛阳飞扬跋扈十数载，如今落个这般下场，窦固唏嘘不已。唯一能让窦固庆幸的是，皇帝仅仅针对窦穆一家并未牵连到窦氏全族。窦固虽然一直不得复官，可好歹依旧住于洛阳家中，又早早承袭了爵位，总胜于窦穆许多了。

然而只是富贵平安让窦固如何能够满足。窦固有统兵之才，当年窦穆在时，言皇帝迟早要用到自己，窦固对此也深信不疑。这些年来，虽说国家大体稳固，然而内忧外患也着实不少。

永平七年，阴太后无疾而终，与先帝合葬于原陵，使得这段令人钦羡的婚姻画上了完美句号。值此国丧之中，北单于再次遣使入京乞求和亲。这些年来，北匈奴渐渐恢复不少实力，虽说南匈奴依旧能够击退北匈奴侵扰，可已没有当年那般容易。皇帝一直就对北匈奴头疼不已，斟酌许久，终是许诺了北单于所请。于永平八年，国丧刚过，遣越骑司马郑众出使北匈奴。本来皆大欢喜一件事，然而此番出使远不是那般简单。

北单于仗着这些年声势稍涨，听闻汉帝允诺和亲，一时心高气傲，命郑众行大礼跪拜。郑众身为汉使，岂能堕了大汉威势，自然誓死不从。遂被北匈奴部众断去水火围困数日，欲以此逼迫郑众。谁知郑众拔刀自刎以表忠义，北单于着实吓了一跳。不过想小小满足一下虚荣心，怎敢当真害了汉使而与大汉交恶？忙止住郑众，亦遣使节随郑众回洛阳复命。

虽说朝廷小心隐瞒了与北匈奴通使之事，可还是不经意传到了南匈奴，立刻引发了一场动乱。

此时的南单于早已不是挛鞮比，辗转传承六代，落在挛鞮比次子挛鞮长头上，称胡邪尸逐侯鞮单于。对挛鞮长来说，自然不愿大汉与北匈奴言和。毕竟北单于乃是匈奴正统，皇帝若是一心借重北单于，难保不会舍弃南匈奴。虽说挛鞮长倒也没敢多说什么，可其部下须卜骨都侯对此愤愤不平，密遣使者北上，欲叛南匈奴回归北廷，并请北单于派兵南下接应。此事被郑众察觉，忙报于朝廷。

先帝在时，大司农耿国曾献策朝廷，不可将漫长的北方防线完全交由南匈奴之手。两部匈奴虽为仇雠，毕竟同宗同祖。虽说南单于归降大汉，也当谨防两部匈奴再次暗中勾结与汉为敌。先帝却觉得有匈奴中郎将兵马监控南单于足矣，为罢兵息战，就未从耿国所谏。郑众所报之事，若直接质问南单于，命其擒拿须卜骨都侯，只怕会让南匈奴诸部愈发不安，莫不如再次设置度辽将军一职，屯兵于五原县，既能与南匈奴并力抵御北匈奴，又可防备南匈奴部众叛逃北上。

皇帝深以为许，便欲封拜度辽将军。窦固听闻此事，原以为自己有平定陇右之功，对度辽将军志在必得，然而窦固左等右等也没有朝廷旨意征召。未过多久，皇帝以中郎将吴棠行度辽将军事，另拜来苗为副校尉、阎章为左校尉、张国为右校尉，统领黎阳、虎牙两营将士两千余众屯兵于五原郡曼柏城，又遣骑都尉秦彭将兵千余增兵西河郡美稷城，与匈奴中郎将一并约束南匈奴。皇帝所封拜的将军校尉多是这些年来新近提拔之人，虽然久在军旅之中凭着多年来累积的军功升迁，却并无一成名之人，以吴棠诸将防备匈奴只怕有些冒失了。然而出乎窦固意料的是，北单于依须卜骨都侯约定时日，遣蛮骑两千南入朔方郡接应，打探到汉军早已有所准备之后，知事已败露便匆匆退去，吴棠诸将不战而胜。

窦固心中不免酸溜溜的。黎阳、虎牙两营乃先帝一统天下后裁撤兵马时所建，以幽州、冀州、并州兵马精锐者收录其中。兵马数目并不固定，少时步骑千人，多时数千不等。莫看兵马不多，却是朝廷常备军力，乃是国家最为勇猛的部队。北单于本以为出其不意，谁知忽遇汉军精兵，自然仓皇撤退。在窦固看来，但凡稍有些本事的人都能凭借两营兵马吓退匈奴，吴棠不过白白捡了个战功罢了。

虽说朝廷抢在南匈奴叛乱之前做好准备，避免了一场动乱。然而经此一事后，北匈奴与大汉和亲之事就此作罢，侵扰愈发频繁起来。初时依旧只针对南匈奴部众，到后来便把屠刀一并伸向汉人。最为猖狂一次，竟然渡过黄河奇袭西河郡，焚烧城邑，杀掠甚众。匈奴素以骑兵往来侵袭，得手之后迅速北去决不拖延，吴棠、秦彭诸将不过中下之才，兵马有限，疲于奔命，四处防堵收效甚微。

皇帝有心再次遣使往北匈奴言和。郑众前番出使匈奴归来后转拜为越骑司马，自然是最佳人选。然而郑众对皇帝所想并不认同。言先前北单于求和亲，不过想借此事离间南匈奴部众，进一步坚定西域诸国附属北匈奴之心罢了，从郑众被北单于围困便知北匈奴并无尊汉之意，更有勾结南匈奴部众叛乱之举，足见北单于险恶用心。若再遣使节，正中北单于下怀，让南单于也愈发惶恐。需知南单于久居汉地，对大汉边郡地理、屯兵警备早已熟悉。万一在恐惧之中背弃朝廷而去，转瞬间便是朝廷边害，其危险远甚于北匈奴。而乌桓亦是大汉属臣，北匈奴与其更有不共戴天之仇，若乌桓再因朝廷与北匈奴通使而暗生离心，大汉北疆将更加危险。

对郑众的反驳，皇帝很是不满，只当郑众是害怕此行险恶，故而如此说辞，一怒之下罢免郑众官职。未过多久，有边境捕获北匈奴部众，方知郑众所言不假，皇帝羞愧之中复征郑众为军司马。既然与北匈奴和谈已无可能，皇帝只得下诏于三公，招募郡国死囚，减罪一等，赐弓弩衣甲，徙送于度辽将军营中，屯于朔方、五原边郡，以增边郡兵力抵御北匈奴。虽说前前后后增派兵马不少，可边患依旧难以消减，不少戍边刑徒死于匈奴之手，惊得郡国刑徒宁可戴罪狱中，也不敢往边郡驻防减罪。皇帝遂免戍边死者妻眷男丁一人终身赋税，无男丁者赐钱六万，这才得以继续征募刑徒戍卫边疆。

依窦固之见，一味的防御终究不是办法，以大军征讨北匈奴，击溃其兵马才能一劳永逸。可皇帝似乎并无这般打算，倒是抽调了数十万徭役，遣将作谒者王吴整修汴渠河堤。汴渠自前汉平帝时便已年久失修，多有崩坏之处，先帝曾有意修整，却因兵革不休、百姓疲敝而未大兴徭役。时至今日，汴渠东侵愈甚，水淹土地越来越多，百姓多有怨言。恰有乐浪郡举荐王景善于治水，皇帝遂征王景辅助王吴修整汴渠，自荥阳东至千乘海口千余里，每十里立一水门，令更相回注，无复溃漏之患。这么大的工程，纵然王景简省役费，花费犹以百亿计。渠成之日，皇帝亲临河堤巡视，水患退却后池沼复为良田，皆赐予贫人耕种，不得使豪门世族抢占。

且不说修缮汴渠耗费民力甚巨，工期绵长绝非一日可成，想要出兵征讨匈奴自然力不从心，更何况这些年先后有三王谋反作乱，虽然没有生出大的动荡，却也搅得朝廷没有一日安宁。这三王又是皇帝兄弟，遣归封国后，非但没有思报国恩，反倒生出事端，着实让皇帝无暇旁顾。

先是有皇帝胞弟广陵王刘荆，封地原本在山阳国。本就嫉恨皇帝重用兄长刘苍，却把自己遣去封国。又逢西羌颠吾叛乱，刘荆自认为皇帝刚刚登基，天下已然难以稳固，如此失德何以君临天下？自诩天命在己，遂拉拢星谶术士预谋叛乱。谁知颠吾看似声势浩大，却短短年余便已覆灭，刘荆阴谋随之败露。皇帝仁慈，念在刘荆乃是亲弟，谋乱尚未举事，也未严加惩戒，仅仅将其徙封广陵了事。谁知刘荆不仅不知收敛，反而愈发张狂，又四处招拢相士，言自己与先帝容貌最为相像，先帝三十多岁得了天下，自己亦年过三十，若能举兵，必可夺得天下。其实刘荆志大才疏，朝廷法度，藩王虽享封国采邑，富则富矣，却无半分权柄，又无一兵一卒可用，家中纵有仆役千余又能成就多大事业？不过是仗着皇帝迁就而有恃无恐罢了，发发牢骚动动嘴皮还行，真想起事哪有什么韬略？不过是找些巫者行些巫蛊祝诅之事罢了，旋即便被相者告发。刘荆已被贬斥过一次，见阴谋再次败露，唯恐皇帝难以轻饶，还未待洛阳使者到来，便仓皇自裁了。

未过几年，又有楚王刘英作乱。刘英本为庶出，生母为许美人，乃是阴太后和废后郭圣通之外，唯一诞下皇子的嫔妃。平心而论，先帝独爱阴太后一人，为笼络冀州世族人心，又或是心存愧疚，故而对郭圣通也多有宠幸。先帝的心思都放在阴太后和郭圣通二人身上，所生十一个皇子，阴太后与郭圣通各有其五，倒也算不偏不倚。唯独许美人，并不得宠却偶然得子。所谓子凭母贵，许美人不得先帝宠爱，刘英自然也不被皇帝看重。虽然为了公允，先帝分封诸皇子时，也没有落下刘英，可其封国却是诸皇子中最为贫小的。

刘英自知卑微，也便不去与其他皇子争宠。虽有王爵在身，却好游侠，整日结交些侠士仗剑游历天下，倒也自得其乐。当今天子刚刚代东海王刘强为太子后，虽然有先帝和太后为后盾，又有诸多朝臣鼎力支持，可毕竟是以幼代长，心中多不自安。废太子刘强和他那几个亲弟弟，无论真心实意，至少面上还算恭敬，然而不经意中，多少还是会流露些许疏离之意。这种变化让皇帝还是有些不大适应。刘英却在此时归附，对皇帝万分敬爱，使得皇帝总算能感受到除去亲弟弟以外的兄弟情谊，故而对刘英也很是亲热。待皇帝登基后，不但大大增加了刘英封地，甚至将刘英表兄都封了侯爵，足见皇帝对刘英的宠幸。

刘英初到封国时，倒也安分守己，一改年轻时四处游侠的品性，变得稳重起来，转而信奉黄老之术修身养性。待西方有沙门佛陀教义传入中土后，刘英亦是虔诚供奉。其实道教也罢，佛门也好，都是导人向善，刘英既然信教，自然性情谦恭。皇帝曾经传召天下，命罪者刑徒捐献财帛以赎罪孽。刘英本无罪过，却捐帛三十匹，言身沐皇恩托于藩国，却无尺功于社稷，乃是大大的罪过，故而捐帛以赎己罪。三十匹锦帛对于一个王爷来说算不得什么，却从此事看出刘英的谦卑与自省。皇帝对此很是敬重，自然不会将锦帛收归国库，又传召于刘英，好言抚慰褒扬其美德。

若无意外，楚王刘英或许能成为一代贤王，成就与皇帝相亲相爱的一段佳话。然而世事往往出人意料。忽有一男子燕广，自称乃是刘英门下客，状告刘英私结渔阳王平、颜忠等人，密作图谶，预谋作乱。王平乃是开国功将王梁之孙，皇帝如何会信，遂遣谒者往楚国查验。竟然果如燕广所报，不但王梁之子王禹牵连其中，就连王常之子王广、盖延之孙盖侧、耿纯之子耿阜、马武之子马伯济、刘植之孙刘述也有关联。这么多开国功将后人与刘英暗中勾结，皇帝大惊失色。遂传旨严查，这才得知，刘英不但宣扬谶言造势，更聚集奸猾之徒以为羽翼，甚至私设官职，遍封王公将军，拉拢世族人心，举事只在旦夕之间。刘英的叛乱当真是有些出人意料，按理说刘英得享富贵，皆是皇帝所赐，若是说这些年来刘英对皇帝不过是虚情假意，皇帝无论如何也是不信的。更何况刘英在诸皇子中地位最是卑微，纵然皇帝有心扶持，也难改变其庶出的身份，就算起事又能有多少成算？不少人猜度，刘英敢冒天下之大不韪意欲作乱，只怕多是与其沉迷入宗教之中，被身边那些个阿谀奉承之徒哄骗至此罢了。皇帝念在昔日与刘英亲近，不忍诛杀，只是罢去王爵，迁往丹阳泾县，还留封邑五百户保全富贵。其母许太妃也未贬黜，依旧保全楚太妃玺绶，居于楚王宫如故。而王常、盖延、耿纯、马武、王梁、刘植征战一生，辛辛苦苦为后人挣下的爵禄封地也就此罢除。

谁知这刘英本逃过一死，或是觉得自己惹下滔天大祸竟被免罪，着实无颜面对天子，到了丹阳之后便羞愤自杀。对于刘英的死，皇帝感伤不已，赐列侯印绶，以诸侯之礼葬于泾水。又怒于小人从旁煽风点火，终是害了刘英性命，皇帝岂可轻饶？遂封那检举刘英的燕广为折奸侯，命其查办楚王谋反一案，一时楚狱大兴接连数年。那燕广也是个狠角色，得了封赏有恃无恐。初时不过将楚王身边那些神棍锁拿下狱，最多也就是楚王官署小吏一并治罪。谁知到后来，燕广严刑拷打，多有相互构陷之事，甚至不少京师外戚、州郡豪杰都牵连其中。司徒虞延本来早已得燕广举报，却觉得刘英断无谋反可能也就不去理会，事发之后只能自杀谢罪。数年中，连坐治死及贬斥迁徙于楚王一案之人竟以千数，闹得朝野人心惶惶。虽然大家都觉得此案牵连过甚，可皇帝因为刘英的背叛正在气头上，谁也不敢在此时去触皇帝霉头。有侍御史寒朗深觉此案断不可再这般牵扯下去，遂请旨查办此案一年有余，待仔细审讯狱中之人，多有错愕不能与案卷对应者。寒朗冒死上奏，言楚狱多有冤屈，皇帝盛怒之中险些要将寒朗一并下狱，幸有马皇后好生规劝，皇帝这才恻然感悟结束此案，不少降罪之人也得宽宥归乡。

大家好不容易松了口气，却又有淮阳王刘延勾结司徒邢穆与驸马都尉韩光谋反生乱。刘延乃是废后郭圣通第四子，性情骄纵跋扈，皇帝看在东海王刘强面上也就不去计较。谁知此子竟然愈发张狂，竟然行此悖乱之事。皇帝言刘延罪过轻于楚王，故不再严惩，仅是将刘延削减封地贬为阜陵王。司徒邢穆与驸马都尉韩光皆下狱治死，连坐诛死者也不在少数。

数年之间，先后发生三王叛乱，皇帝虽然忧心北匈奴，却也没有出征北伐的谋划。前些时日，皇帝又出洛阳东巡，一路召见各地藩王。虽然也无要事，不过拉拉家常亲近亲近，又好生安抚楚王刘英老母妻儿。窦固不由心想，皇帝虽然对其兄弟们宽厚，却也再怕生出三王之事，故而特意东巡吧。只是皇帝忙着安抚诸王，窦固赋闲在家却已有十年了。皇帝在去年总算让窦穆遗子窦嘉承继了安丰侯爵位，也算让叔父窦融后继有人，却依旧没有让窦氏子弟复官之意。随着年华渐逝，窦固都不禁有些心灰意冷了。谁知皇帝刚刚东巡归来，便召自己入宫，不知究竟是何用意。

一路急匆匆奔入殿中，便见皇帝正握着一封奏疏想着什么，窦固忙上前参拜。皇帝也未多言，只是将那奏疏递于窦固。窦固心中慌乱，仔细思量这些年来自己安分守己，还不至于有人和自己过不去上疏弹劾吧？待接过奏疏，细细一瞧，窦固心中不由一喜。却是耿弇侄儿耿秉所上奏疏，请旨北伐匈奴。皇帝既然将耿秉讨伐匈奴方略交由自己观看，只怕多是有意出兵，特意征询自己。若无意外，此番总算也有机会再次从军了。窦固压制住心中喜悦，仔细读着耿秉奏疏。

便见奏疏写道："臣谒者仆射耿秉再拜天子。匈奴贼虏狼子野心，自永平五年至今，数度南侵。边城焚毁，百姓涂炭，实乃国家之大不幸。以战去战，盛王之道，匈奴不平，大汉难安。然匈奴左衽蛮荒之徒，逐水草而游走四方，故难得其所在而制之。昔日孝武皇帝出兵北击，收河西四郡及居延、朔方，匈奴失其肥饶畜兵之地，亦使羌胡分离，独剩西域三十六国为其附庸，故匈奴疲惫内乱，呼韩邪单于归顺大汉。今我朝有南单于，形势与之相似。而北匈奴虽得西域，然西域诸国并非甘心附命。故而北匈奴虽然数次侵扰边界，却有后顾之忧不敢全力南下。若听之任之，待西域诸国久久不得大汉庇护，只能听命于匈奴之时，恐北境再无宁日。以愚臣计，唯有先破西域，去匈奴羽翼，则北单于不足为惧矣！臣身沐皇恩，常思报国，故而再请天子，愿领精兵扫荡西域。万望天子应允。”

窦固读罢耿秉奏疏，心中不由赞叹。好一句“以战去战，盛王之道”，耿秉一语中的，直指匈奴软肋，与自己这些年来所想倒有几分相似。就听皇帝问道：“匈奴为祸，朕深感不安。有心讨伐，怎奈塞外偏远，实不利出兵。更何况粮草资费所需尤为盛也。虽经先帝苦心经营，大汉复归一统，百姓休养生息数十年，国家稍有积蓄，然与北伐所需相比，只怕仍有不足。幸而汴水已通，国家又有百万良田可得赋税，足以支应北伐所需。耿秉虽然年轻，可这几年数上奏疏，请兵北击匈奴，此番所奏，谋划倒也颇有成算。朕念爱卿与窦司空早年居于河西，明习边事，又曾领兵往凉州平定烧当叛羌，故而特意召见爱卿，以爱卿之见，耿秉所谋是否可行？”

窦固本就有心出征匈奴建功立业，耿秉所奏又切合要害，再观皇帝面色也很是满意，自然鼎力支持，拜道：“以愚臣计，耿仆射所谋大有可为。臣得国家爵禄，亦当为国分忧，特此请命北伐，纵是当个小兵都是为国效力了。”

皇帝却笑了笑：“不急不急。”转又对小黄门说道：“通传他们进来吧。”

窦固一愣，皇帝今日还召见了何人？愣神之际，便见数人走上殿来。为首一人，赫然便是前两年回京述职转任为太仆的前辽东太守祭肜，而后便有虎贲中郎将马廖、谒者仆射耿秉、好畤侯耿忠、下博侯刘张。窦固心中不由一凉。自己还未从军时，祭肜就已经打得鲜卑满地找牙了。当年烧当羌叛乱，若非渔阳赤山乌桓作乱，只怕多是祭肜往陇右平叛，哪还有自己什么事？今日皇帝召见，有祭肜在此，只怕自己想要领兵出征已然没有指望了。再看其他人。马廖身为国舅，这几年官运亨通地位显赫，其弟马防、马光皆拜为黄门侍郎，马家声势复振。不过马廖处事低调素不与人相争，今日在此只怕多是参议军策而无出征的可能。耿家兄弟可就不好说了。其父辈耿弇、耿舒相继辞世后，按理说耿家应该不再有往日荣光，可皇帝偏偏把女儿隆虑公主嫁于耿舒之子耿袭，使得耿家依旧是当朝不可忽视的权贵。耿秉首献出征之策，北伐匈奴自然少他不得，耿忠乃是耿弇长子，承继其父衣钵，又有骑都尉军职，想让皇帝不用他都难。而下博侯刘张也不可轻视，他乃是光武皇帝长兄刘縯孙辈，算起来还是当今天子侄儿。当年光武皇帝逐鹿天下，少不得刘縯打出的名望，何况光武皇帝兄弟二人感情深厚，故而待刘縯后人分外优厚。这种感情也潜移默化转移到当今天子身上。若刘张想要领军出征，只怕皇帝也断无拒绝的道理。左右一比，看来自己领兵出征多是一厢情愿了。有这么多人在此，难怪自己请命出征，皇帝笑而不答呢。

就听皇帝又问耿秉："爱卿奏疏朕已读过，不知可有详细谋划？"

耿秉拜道："据臣所知，北单于为统御西域诸国，亦为防备诸国与我大汉相通，使呼衍王领兵万余屯驻于天山。当出兵酒泉塞，一击破天山，击溃匈奴在西域驻军，折其左角，二击破伊吾、车师两国，立威于西域断匈奴右臂，再遣使者四处游说，必可使西域诸国弃匈奴而侍大汉也。待西域降服，匈奴不足为虑。"

耿秉谋划如此详细，立刻引得殿上诸臣一阵喝彩，便是窦固都觉得耿秉真乃奇才。皇帝愈发喜悦，终是下定决心北伐匈奴，遂说道："既如此，便拜耿卿为驸马都尉，以骑都尉秦彭为副，且先屯兵于武威，收武威、陇西、天水及羌胡兵马，待朝廷旨意出塞征讨。"

窦固一听皇帝果然用了耿秉，一时泄了气，却听皇帝又说："并拜显亲侯窦固为奉车都尉，以骑都尉耿忠为副，屯兵于酒泉，收酒泉、敦煌、张掖甲士及卢水羌胡兵马，亦待朝廷旨意。另以骑都尉刘张屯兵于凉州，以作耿秉、窦固两位爱卿后援。"

窦固满心狂喜，贬斥在家十余年，今日再次启用，一身才学终有了用武之地。正与耿秉、耿忠、刘张上前拜谢，就听久久没有说话的祭肜奏请："依老臣之见，西域乃是北单于最后倚仗，若再赔个干净，永无复起之势。一旦我大汉兵出天山，北单于必然大军驰援。莫不如遣数路大军于东方一并征讨。一者混淆北匈奴试听，二者逼迫北匈奴不敢集结大兵回防西域。"

祭肜一席话，立刻让众人眼前一亮。姜还是老的辣。若仅仅出兵酒泉塞，纵然集结大军，也只会把匈奴精兵招引过来，使得切断西域的谋划就算得以实现，势必打场恶战，还不知要有多大伤亡。祭肜此计，使得真正的战场压力骤减。皇帝问道："不知太仆如何谋划？"

祭肜言道："既是出塞讨伐匈奴，当以骑兵为主。步卒行走迟缓，不但与匈奴骑兵交手没有多少胜算，反而徒费粮草而已。老臣与度辽将军吴棠，领河东、北地、西河羌胡及南单于兵马一万一千骑出高阙塞，兵进涿邪山。骑都尉来苗、护乌桓校尉文穆，领太原、雁门、代郡、上谷、渔阳、右北平、定襄及乌桓、鲜卑兵马一万一千骑出平城塞，兵进匈奴河。而河西兵马也不可合军出击，一路领兵一万两千骑由酒泉塞进兵直捣天山，另一路领兵一万骑出居延塞，兵发三木楼山。”

皇帝大喜：“好！好！好！就依太仆之言。便以窦固走酒泉塞，以耿秉走居延塞。另传旨于度辽将军营，使吴棠、来苗分兵而进。约定于来年开春二月，四路大军一并出击，必要让北匈奴首尾难顾，在西域撕开一条口子来。”

窦固闻言自然欣喜不已，此番出击，真正的目标乃是天山，其他三路大军所去之处虽然也有匈奴兵马驻防，却更多是疑兵的作用，看来定是自己要夺得头魁了。耿秉心中一肚子不乐意，从皇帝开口让窦固屯兵酒泉而让自己屯兵武威，便可知皇帝意在重用窦固作为前驱。明明是自己最早献策，怎么到头来，反倒是让窦固捡了便宜？虽说四路兵马都是骑兵，可窦固所选乃是甲士，皆为朝廷常备军马，战力远在其他各部之上。耿秉细细一想，也便明白了。毕竟窦固有平定陇右之功，而自己还从未上过战场，相较之下，皇帝自然是要把重头戏交到窦固手中。罢了，全当此番历练一场，自己年纪尚轻，匈奴也不会经此一战就彻底瓦解，还怕今后没有仗可打吗？随即便与众将一并辞谢皇帝，交接虎符印信出宫而去。

23

天山：大汉铁骑的见证

北匈奴呼衍王驻守天山已有数年。作为西域中心，北单于对天山分外在意。自从驻兵于此开始，便如生了根一般再无调动，将西域诸国交由呼衍王统御。虽说匈奴趁着西域诸国混战之际把手伸了进来，一举降服各国，然而西域并未就此安稳。不少国主明面上归顺匈奴，可背地里多有不合作之举。而不少国家之间本就有世仇，相互攻杀兼并也没有因为匈奴入主西域而停歇。车师国仗着国力强盛，每当呼衍王大军来时则俯首帖耳，待匈奴兵马退去便又另一副嘴脸。而于阗攻破莎车、龟兹兼并疏勒，虽然两国也都老老实实迎去呼衍王使者监护其国，可要用到匈奴时毕恭毕敬，不用时便又冷落一旁，呼衍王的使者在他们手中反倒成了压制敌国的招牌。

虽说西域诸国两面三刀，可呼衍王也不好杀鸡儆猴。一者呼衍王不想因为一些小事恶化与西域诸国的主仆关系，只要各国按时缴粮纳饷承送马匹牛羊，不要做得太过出格，也就不去计较。二者大汉才是压在北匈奴头上的阴云，一个如此强盛的邻居正在崛起，又有乌桓、鲜卑和南匈奴那些叛贼充为爪牙，实在让北匈奴坐立不安。天山事关西域安危，呼衍王自然也不愿浪费兵力过度干涉诸国。自从驻防天山以来，呼衍王就没有一刻放松过，斥候耳目没日没夜游荡于大汉边境，紧紧盯着河西方向。

去年入冬后，大批汉兵从四面八方向酒泉集结，如此大阵仗，只怕多是要对西域有所图谋。呼衍王忙使人报于王廷，虽说天山有万余兵马，可若能得单于增兵自然最好，若无可能，也当提高警惕。然而，从王廷传回的消息让呼衍王愈发不安。居延、高阙、平城，亦有汉军集结，紧张的局势丝毫不逊于天山。天山虽然关乎西域得失，可其他三路却直接对王廷构成威胁。此种情形，北单于抽调兵马防护还来不及，哪还有余兵驰援天山？

呼衍王只能凭借着手中兵马小心守备。然而转过年来，其他几路汉军都已有了动静，正迅速向北、向西推进，唯独酒泉方向波澜不惊。难不成汉军意在直取王廷而非西域？酒泉驻军不过是防备西域兵马侵扰？就在疑惑当中，又过十数日，当边境斥候惊慌失措奔回天山报信的同时，已然能看到远方汉军战马扬起的征尘。

呼衍王大吃一惊，汉军何故来得如此迅猛？仓皇之中集结兵马便要迎敌。天山虽有城池，可匈奴所倚仗者乃是马匹，而不是那扎在地上搬不走移不动的土石疙瘩垒成的城墙，故而呼衍王将王帐立于天山山麓占住地势。眼前一览无余，但有汉兵来此，便可借着地势，催动骑兵一举冲破汉军阵势。虽说这般布置，使得防备敌袭差了些，却适合迅速集结骑兵冲杀敌阵。待汉军稍稍近了，呼衍王这才看得清楚。便见汉军清一色的骑兵，难怪能紧随斥候出现在天山。虽说过去汉军也偶有出塞，可中原毕竟战马稀缺，多是以步卒为主，故而天山大营足以应对汉军远袭。谁知十数年过去，匈奴虽然渐渐恢复元气，可大汉实力更是突飞猛进。呼衍王心惊汉军骑兵如此之盛的同时，心中倒也没有犯怵。毕竟天山驻军亦是骑兵，又抢先占得地利，只要趁着汉军立足未稳攻其不备，汉军虽盛也不过是跋涉千里赶来送死而已。随即将令一出，匈奴骑兵呼啸着便向汉军冲杀过去。

离汉军越来越近了，胯下战马已经跑出了气势，可汉军还没有来得及催动战马前行。这般情形之下，优势已然偏向匈奴。可让呼衍王疑惑的是，汉军竟全然没有惧意。就在进入一箭之地，忽见汉军阵势稍变，前排骑兵向两侧一绕，中间现出一队甲士重骑。呼衍王心中一慌。孝武皇帝时，汉军便有重装骑兵出征，打得匈奴苦不堪言。虽说这种兵马攻防兼备，却也失去了灵活机动，匈奴惹他不起总躲得过，若出其不意也有反败为胜的先例。只是眼前突然出现重装骑兵，呼衍王猝不及防，想要止住兵马迂回过去，可骑兵已经全速出击哪里还来得及？硬着头皮借着风势射出一阵箭雨，可对重装骑兵着实没有造成多大伤亡。随着一通战鼓响起，汉军重骑直直迎着匈奴骑兵冲了过来。虽然速度上差了不少，可在重甲护持之下，冲击之势着实不敢小瞧。

外围匈奴骑兵最早瞧出不妥，避开汉军重骑便欲抄汉军后路，然而汉军侧翼早有轻骑绕了过来，切断匈奴兵马去路。匈奴骑兵还来不及射出第二波箭雨，便已和汉军轻骑短兵相接。匈奴中军不住去射汉骑，意欲稍稍阻住其势，却多是徒劳无功。汉军不紧不慢拉满弓弦，反倒射得匈奴骑兵不少伤亡。待两部兵马撞在一处，匈奴骑兵愈发落在下风。攻，不敌汉军长槊；守，又无坚甲可依。原本匈奴骑兵最为有利的灵活机动，硬是在汉军轻重两部骑兵包抄下难有作为。

呼衍王越打越是心慌。再一瞧身后，这边忙着与汉军交锋，身后大营不知何时窜过去一队汉骑，在没有营栏护持的大营之中来去自如。呼衍王设下以攻为主的营盘，料以匈奴骑兵冲击的强大攻势，汉军绝无可能分兵袭营？谁想到汉军骑兵把匈奴大军牵制于战场上分身乏术，此刻留守于营中的老弱步卒如何是汉骑敌手？便见营中四处烟火弥漫，只怕过不了多久便要付之一炬了。

呼衍王大惊失色，时间僵持得越久，对匈奴越是不利。忙呼喝兵马，连大营都顾不得回救，便想向北逃去。然而一员汉将，年岁看起来倒也不大，面对全力突围的匈奴大军全无惧意，连发数矢射杀匈奴骑士，挥舞长槊领着汉骑便阻上前来。呼衍王哪敢纠缠，催兵上前拦住那员汉将，自己统领大军猛烈冲击汉军侧翼薄弱之处。

匈奴骑兵素来彪悍，今日在汉军倾轧下吃了大亏。若是迟延下来不能冲杀出去，必然有死无生。在求生欲望驱动下，匈奴骑士铆足了劲儿猛攻一处。汉军也瞧出呼衍王意图，越来越多的骑士向这边涌来，补上越来越薄弱的防线。一时之间，弯刀与长槊疯狂交织在一起，如蝗的箭矢穿梭于拼斗的士卒缝隙之间。醉心于砍杀的将士，冷不防被箭穿透，不甘地摔落在血染的新草上，将开春时刚刚萌发的嫩芽再次碾回焦躁的泥土之中，鲜血浸染的翠绿与天山千年寒雪的苍白相互辉映。

两军皆是使出了全力，匈奴士卒的顽强与汉军将士的无畏旗鼓相当。然而汉军毕竟远来，匈奴却是以逸待劳。随着时间推移，匈奴士卒固然不好受，可汉军重骑已然没了初时的锐气。连人带甲两百余斤重量压在战马身上，厮杀这么久已经乏力。只能勉强支撑，慢慢退出主战场，以弓箭远远协助轻骑兵杀敌。没了汉军重骑在心理和战术上的双重压制，匈奴骑兵压力骤减。汉军仅凭剩余的轻骑兵阻拦在马背上长大的匈奴骑士，终究是勉强了一些。纵然耿忠统领兵马四处围堵，依旧难以遏止越来越多的缺口被撕开。匈奴骑士如同洪水一般，将那些裂隙冲击得越来越大，汉军将士以血肉铸就的堤坝终于坍塌了。

匈奴大军眼见杀出一条血路，疯狂向这边冲击，本已退出战场的重骑，眼见势头不妙，振作精神重新围拢过来。可匈奴大军已经突出重围，瞧见汉军重骑再次进入战场，反倒催动他们跑得愈发快了。

窦固眼瞅着走脱了匈奴大军，纵然百般不甘心，却也不敢贸然追击。重骑兵已经超出负荷，想要追上呼衍王绝无可能。若仅以轻骑追杀，匈奴主力尚在，一旦反噬过来，倒要置汉军于危地了，还是见好就收才是。遂驳回耿忠领军追讨的请命，令全军扎营休整，安葬战死将士，收拢匈奴阵亡士卒首级，共斩杀敌兵千余人，也算小有收获，一一记录战功。望着呼衍王远去后渐渐消散的烟尘，窦固也不能全然不顾，见那先前袭扰匈奴大营的假司马已经回还，召到身边交代几句，便见那假司马独领百十骑士，向匈奴所去方向追去。

呼衍王一路领着败兵奔往蒲类海。天山一战，输得分外恼人。汉军骑兵之盛已非往昔可比，还当速速报于单于，请兵再战。西域也不可就此放手，蒲类海乃是伊吾国领地，此时的呼衍王不敢再于野地立营。汉军追兵随时可至，还当抢先进入伊吾卢城，凭坚城与汉军周旋。只要伊吾卢城不失，待单于援军来此，便有反败为胜的机会。更何况西域诸国也不可能因为天山一战就立刻倒向大汉。只要自己还在西域，诸国至少也会观望一时。汉军远涉千里补给不易，没有诸国供奉，粮草消耗便难接应。待汉军退去，自己便可借伊吾卢城迅速南下，再次掌控西域。

呼衍王所想虽好，此时却有一肚子邪火没地方去撒。汉军主力尚未见到踪迹，却有一队人马远远尾随在身后。区区百十人，呼衍王也未在意，遣兵前去截杀，便见那些汉人四散而去。待匈奴骑士回来，复又聚集一处。入夜之后，那些人时而袭扰放火，闹得呼衍王大军整夜不得安闲，待天亮时，往往便有些落单士卒丧命于汉兵之手皆被斩去首级。数日之间，这样莫名其妙死于汉兵之手的勇士竟已有百十人。好不容易有一整夜没有敌袭，匈奴大军养足精神尽速奔至伊吾卢城，却发现就在昨夜，城池已经落在那群神出鬼没的汉军之手，先前阵亡的匈奴勇士首级挂满了城头。

便见为首一员小将，带着挑衅的意味笑着说道：“城下那位大王，小将乃奉车都尉窦固军前假司马班超，幸得大王周全，将这伊吾卢城拱手让于小将。特此代我家将军谢过大王盛情了。西域诸国已在大王手中吃尽了苦头，自此之后便由我大汉安抚诸国庇护一方百姓，就不劳大王在此废寝忘食了。也请大王转告那北单于，安心在大漠啃沙子去，别老惦记着我泱泱中华。”

班超字仲升，乃前司徒掾班彪次子。班彪熟知经史，对匈奴、乌桓旧事尤为了解。先帝在时，每议北疆策略，多有班彪谏言被先帝采用。如今班彪已经作古，其长子班固承继父业，于家中闭门修书续写国史。说起班固所著，还有段曲折。有班家仇人诬告班固篡改国史，被皇帝下狱拷问，其弟班超唯恐兄长不能自明，遂持书告于阙下。当今圣上读过之后，甚是惊奇，遂征班固为郎，专意编录国史，自高祖皇帝至王莽被诛二百三十年合为《汉书》，而先帝世祖本纪，亦有班固功劳。窦固听闻班超之名，出征西域时便征辟为假司马。今日班超抢占伊吾卢城得建功勋，也算告慰其父班彪在天之灵了。

呼衍王听罢班超之言，气得暴跳如雷。自己近万人马居然被这百十汉兵耍得团团转，连伊吾卢城都被其抢去，这如何肯依？见班超人少，催动大军便要抢城，定要将这不知死活的小子碎尸万段方解心头之愤。然而伊吾卢城因其坚固而被呼衍王看重，此刻强攻势必万分艰难，更何况匈奴骑兵更适合野战，在缺少攻城器械的情形下，想要冲破那牢固的城门谈何容易？而城中虽然只有班超百十汉兵，可伊吾国全无防备之中被班超轻松占据，瞧瞧呼衍王气得要吃人的模样，一旦被匈奴杀进城来，哪里能有好果子吃？听闻汉军大胜之后主力不日将至，也只能壮着胆子助班超一并守城。

呼衍王连攻半日，虽说守兵人少，没有对匈奴士卒造成多大伤亡，可呼衍王也难杀进城去。两军这般对峙不下，汉军主力终于追了上来。耿忠远远瞧着匈奴大军滞留伊吾卢城进退不得，兴高采烈地统领本部兵马便冲杀过来。

呼衍王猛然惊觉，见汉军追兵已至，心知大军新败之后绝非汉军敌手，愤愤地瞪了一眼班超，统率大军不作停留，径直往北撤去。

汉军离得尚远，终究是看着匈奴大军全身而退。窦固倒不以为意。此番出征虽然只是小胜，却将呼衍王大军赶出西域，至少在战略上已经达到目的。匈奴想要把触手再次伸回西域，可就没有先前那般容易了。窦固入城安抚伊吾王一番，宣扬大汉恩威。此番出塞远征，万余将士战马所耗粮草甚巨，窦固也不可能一直滞留于此，遂拜设宜禾都尉，留汉兵千人屯田于伊吾卢城，既防备匈奴卷土重来，又积蓄粮草于此，以供汉军再出西域征战用度。班超此番甚有功劳，窦固很是看重，遂以班超为使，往西域诸国游说国主归顺大汉。

待诸事安定，窦固统领大军，浩浩荡荡回师酒泉，又将捷报尽快传去京师。然而让窦固没有想到的是，此番四路大军出塞，北单于探得汉军骑兵势大，不敢强接汉军兵锋，早早收拢兵马部众避往蛮荒之处。耿秉绝漠六百里至三木楼山，来苗兵发匈奴河水，皆未遇到匈奴一兵一卒抗拒，故而无所斩获退兵而回。最让窦固意外的是，太仆祭肜、度辽将军吴棠，在南匈奴左贤王挛鞮信引路之下奔往涿邪山。那挛鞮信素与祭肜不睦。祭肜重贿鲜卑猛攻北匈奴，虽说挛鞮信对北匈奴也没有什么好感，可祭肜用这种手段逼得北匈奴日渐衰落，挛鞮信打心眼里瞧不起。出高阙塞九百里后见一小山，挛鞮信随手一指，说那便是涿邪山。祭肜遣斥候一探，不见北匈奴一兵一卒，还当此地驻军早已逃去，也未详查便回师高阙。挛鞮信又暗中使人弹劾祭肜，言祭肜惧战不前，大军未至涿邪山便草草退还。皇帝一查，果真如此。汉军军律严苛，祭肜、吴棠坐法下狱当死，念其有功，只是罢官了事，以骑都尉来苗代行度辽将军事。祭肜聪明了一辈子，临了竟被人如此戏弄，又恨出征无功，出狱后数日，悲愤交加竟然呕血而死。朝野对祭肜之死无不嗟叹，就连乌桓、鲜卑都是一片哀号。然而四路大军唯独窦固有功，皇帝自然要加赏赐，遂加位特进以示恩宠，又命驻守河西的耿秉及刘张皆去兵符归于窦固统辖。

24

三十六子闯西域

班超对窦固所得封赏尚不知晓，此时还有更为紧迫之事需他处置。

奉命出使西域后，班超只从本部挑选三十六人同行。即使是作为使团，这点人手也显得单薄了些。更何况呼衍王虽败，可西域诸国心意难测，不少国家与匈奴关系密切，对班超使团未必有多么友善。班超全无惧意，将首站定在鄯善。

鄯善本为楼兰国，与于阗并立乃是西域南道最强两国。既然出使意在收服西域诸国，若只有一些小国降服，又有何意义？何况只要说服大国国主，其余小国自然闻风而降。先帝在时，鄯善曾领西域诸国往洛阳朝拜，请大汉遣都护入西域监护诸国。先帝因匈奴尚强，时机还未成熟，便未应允，以至于鄯善王只得归附于匈奴。鄯善曾有归汉之心，今日出使其国，想必也会容易许多。

班超一行来到鄯善，只因汉军于天山大败呼衍王的消息已经传遍西域，鄯善紧邻酒泉，听闻此讯后早已惶恐不已。若大汉追究鄯善转投于匈奴之事，岂能有好果子吃？得知汉使班超一行来到国都，鄯善王哪敢怠慢，赶忙亲领满朝文武将班超一行恭恭敬敬迎入馆舍。见汉使并未怪罪，鄯善王总算安下心来，好酒好肉款待使团，又忙前忙后陪同众人游览鄯善风光。

班超只觉不虚此行，说降鄯善，给出使西域开了个好头，也便客随主便，听由鄯善王安顿。白天四处游玩，夜来酒宴欢歌，过得倒也舒心，本打算再过两日与鄯善定下盟约，便向西行去往于阗。鄯善王也已应下此事，一切都是顺理成章。谁知转过一日，班超却发现风向似乎变得有些不大对劲。

不但没了酒宴款待，鄯善王也不再亲来。只说这些日陪伴汉使耽搁不少国事，仅仅遣来几个侍臣在旁伺候。鄯善王突然懈怠起来，班超满腹狐疑。

与随行众人商议此事，田虑却言："胡人本就不能长久，今日亲、明日忧，秉性如此，司马不必焦虑，过两天，那鄯善王自会转过性来。"

班超却不这么想，猜度道："想必是有匈奴使者来此。鄯善王素来两不得罪，此刻只怕难以抉择故而这般异常。"转而唤来陪侍胡人，诈言道："本使听闻匈奴使者已来数日，不知现在何处？"

那胡人吓了一跳。其实果如班超所料，匈奴使者正是这两日来了鄯善。虽说呼衍王败于汉军之后退出西域，却也不会彻底放手。遣出数路使者回往诸国，威逼利诱不得与大汉相交，欲以此暂保西域局势不变。鄯善王见匈奴使者来此，心想汉军虽胜，可大军早已退回酒泉，若自己此时归顺了大汉，一旦匈奴卷土重来，自己不就骑虎难下？故而两不相帮，使团都先安置下来，待局势渐渐明朗再说。这陪侍胡人哪知班超不过诈唬一声，还当机密外泄。一瞧汉使众人一改往日慈眉善目的模样，个个瞪大眼睛凶神恶煞一般，唯恐再作隐瞒必难轻饶，只得实情相告："汉使息怒！匈奴使者已来三日，住于三十里外馆舍。"

"来了多少人马？"

"约莫两百人。"

班超不理会那侍胡的哀求，命人绑个结实看押起来，不可走漏了消息。此时三十六人得知此讯，馆舍中一片沉寂。匈奴来势汹汹，鄯善王敌我难辨，众人真是危在旦夕。纵然逃离鄯善奔回酒泉，一旦大军追来，只怕也难逃离虎口。正不知该当如何，就见班超端起案前烈酒满饮一碗，骂道："众兄弟与我俱在绝域，今匈奴使者才来三日，鄯善王便礼敬废绝，若此贼收捕我等送于匈奴，哪还有我等性命？伊吾卢城，呼衍王恨不能生食我等，一旦落入其手，只怕活喂了豺狼都是轻的。众兄弟随我出生入死几遭，还未功成名就，难不成便要一并死于此地？"

众人皆是面有怒色，知班超素来机敏，既然发了话，多半是有了打算，拜道："今在危亡之地，我等死生皆从司马。"

班超喝了声好："不入虎穴，焉得虎子？当今之计，唯有趁着匈奴尚不知事已败露，我等夜闯其营以火攻虏，使其不知我等究竟多少人马，其心必然震怖，可尽灭其众也。待杀尽匈奴使者，鄯善王必然胆破，我等出使鄯善功必成也。先前看那老儿恭恭敬敬，又待我等甚厚，伸手不打笑脸人，也便礼敬于他，谁知却是这般两面三刀。这倒还要谢谢那匈奴使团，若非如此，怎能看清鄯善王嘴脸？若待我等西去于阗后，鄯善王才变卦，那才是真真要了命。”

先前众人引百十人马便敢追着匈奴万余败兵在蒲类海周旋数日，最后还抢得伊吾卢城。此刻面对二百匈奴使团又有何可惧？遂皆拜服甘愿同去。

夜深人静，匈奴使团已经安歇，这几日有鄯善王陪同吃喝玩乐，那使臣多喝了几碗，早早便已睡下。迷迷糊糊听到有人吵嚷，睁眼一瞧，便见外面一片火光，浓烟顺着门窗猛往屋里灌。那使臣慌忙翻起身来冲出屋舍，便见不少人已经醒来，你拥我挤堵在院子里。就听屋后阵阵鼓声敲得惊天动地，四处都有汉人喊杀，惊得众人愈发惶恐。火越来越大，烟越来越浓，众人你争我抢便想往院子外面冲。可院门被死死抵住，狂风吹得火焰直往里蹿。生死置于一线，众人不顾前面的人被火烧得惨叫，死命只往外推，终是用那被火包裹尚在扑腾的躯体撞开大门。还未庆幸，便见迎面一通箭射，又有十数人立时毙命。余众被火烧急了，只想往没火的地方跑，哪管扑面而来的箭射？刚冲到门外，数十汉人立刻围杀上来。匈奴士卒仓促之中多失落兵器，赤手空拳如何是对手？一时间被狠狠阻截于门前。不过半个多时辰，火借风势，整个馆舍已成一片火海，门前拼死一击的杀声与火海中的惨叫声混成一片，待到天色渐渐发亮才彻底断绝，而匈奴使团所居馆舍已是一片残垣断壁了。

班超众人厮杀一夜，斩其使者三十余人，余众百数十人尽皆烧死，未有一人走脱。待到天亮，班超也不回馆舍。使人唤来鄯善王，当着其面将那些烧焦的首级与斩杀的首级摆作一堆，笑对那鄯善王说道：“本使听闻匈奴兵马夜袭鄯善，念这些日来得国王盛情款待，便将这些贼兵袭杀，免得祸害了国王百姓。”

鄯善国王又惊又惧，汉使数十人便敢夜袭匈奴使团，这份胆识如何开罪得起？而匈奴竟然这般不经打，难怪天山败得一塌糊涂，心中不由坚定起向汉之心。更何况匈奴使团尽皆死在鄯善国内，北单于得知，怎会轻易放过鄯善？只怕此刻想要归顺匈奴都已无可能，只得躬身拜服，定下盟约，遣质子往洛阳侍驾。

收降了鄯善，班超写了书函，由鄯善王子代为转交窦固，自己又马不停蹄奔赴于阗。

于阗国主名唤广德，与莎车国相邻。那莎车国原本是西域诸国中最为亲近大汉的强国，其贤王鼎盛时兼并龟兹、于阗、疏勒、大宛诸强国，诛灭各国王室，册立亲近贵族为王，几乎一统西域南道，拥兵十数万，抗拒匈奴十数年。莎车贤王数遣使者往中原朝拜光武皇帝，在窦融撮合之下，得拜为西域都护。大权在握后，莎车贤王日益骄纵，过河拆桥，指使鄯善王断绝敦煌道路，阻挠大汉西行，欲在西域南道称王称霸。鄯善王既不敢得罪莎车贤王，又不敢得罪大汉，遂联络尚未被莎车吞并的车师诸国暗中往洛阳朝拜光武皇帝，欲遣质子为质，求大汉为诸国作主。却被光武皇帝婉拒，只得转投于匈奴。有了匈奴制衡，莎车国渐渐衰落，于阗国贵族怒于莎车贤王对于阗暴虐，遂共杀其留守于阗大将，拥立大人休莫霸为于阗王。休莫霸倒也有些手段，一举击溃进犯于阗的莎车大军，斩杀万余众，反攻莎车国都，谁知身中流矢，命丧于莎车。广德乃是休莫霸侄儿，在旧臣辅佐下承继王位，又得匈奴相助，统领诸国联兵三万余众继续猛攻莎车，终是攻破莎车斩杀贤王。匈奴唯恐广德成另一个贤王，遂纠集诸国兵马数万转攻于阗。广德自知难敌，遂降于匈奴，遣太子为质，又请匈奴使者居于都城监护其国。虽然广德沦落为匈奴附庸，却也借匈奴威势雄据西域南道，使得周遭小国皆以其为首。

广德虽然国力强盛，又有匈奴撑腰，可如今西域局势大变，广德心中多少也有些犹疑，只是有匈奴使者监护，也不敢与汉使走得太近，对班超一行礼意甚疏。广德又素来信奉巫术，心中不决遂向巫师问卜。那巫师一心偏着匈奴，诈言神仙不准于阗降汉，需用汉使所乘騧（guā）马祭祀，方能平息神仙怒火。广德听闻神仙震怒，惶恐不已，忙遣侍从去寻班超要马。

班超本就对广德的慢待很是不满，见那侍从狐假虎威索要马匹，心中愈发恼火，面上却恭恭敬敬问道：“不知这位大人要这劣马有何用处？”

那侍从见班超低三下四，愈发有恃无恐：“王上喜欢，你敢多问什么？快快予我牵来，耽误了我差事，要你好看！”

班超故作迟疑说道：“騧马黄毛黑嘴难看得紧，昨日又崴了马蹄，能不能医好都难说，若是王上喜欢，小臣以好马献上便是了。”

那侍从一听急了，巫师明言要此马祭祀，谁知却是一匹瘸马，办不好差事岂不是要被王上怪罪？心中一急，嘴上骂道：“这可该当如何是好。你这人也是，怎连匹马都看不好，拿瘸马祭祀岂不是亵渎神灵！”

班超一听此言，猜个大概，忙赔罪道："确是小臣疏忽了。不过小臣这里倒还有一匹黄马，只是嘴上多是些黑斑，不知合不合王上心意？"

侍从一听也有些犯嘀咕："这黑斑和黑嘴还是有些不同。我家王上倒还好说，就是不知巫师大人满不满意。"

班超立时明白过来，遂假意劝道："哎呀，原来是巫师大人索要，那可不敢随便充数了。不如请巫师大人亲来查看，若是中意牵去便是，也省得你我在此犯难。"

侍从一听喜道："这还行。我这便去请他老人家来此。"

巫师听罢侍从之言，心中一急。索要䯄马祭祀不过是个借口，欲以此羞辱汉使，逼得大汉与于阗反目。谁知这汉使全不在意朝夕相处的战马，竟然允诺随意挑选，这可该当如何是好？莫不如去他馆舍，借挑马之名好生侮辱一顿，让他断了说服广德的念头。遂与那侍从一并去见班超。

才一进院子，那侍从便连声嚷嚷："汉使呢！汉使呢！我家大人来了，还不速来拜见！"

便见班超走了出来，随口问道："这便是巫师大人了？"

那巫师一声"正是"刚刚说罢，还未来及多说一句，便见班超大笑一声，拔刀在手劈翻在地，斩下首级丢给目瞪口呆的侍从，说道："带回去送于你家王上，就说汉使远来未带什么礼物，权以此做个信物，待得他日必以重宝相谢。"

看着巫师首级，广德立时慌乱起来。原以为有匈奴庇护，于阗又远离中土，大汉也未必敢对于阗如何，故而更愿意维持现状，不愿与汉人通使。可这汉使胆大妄为，全然不惧自己报复，竟在都城中斩杀巫师，不由信了汉使在鄯善攻杀匈奴使团的传言。由其行径来看，只怕大汉对西域志在必得。若自己还天真地以为汉军未必会深入西域，依旧靠在匈奴身上，只怕汉军就要拿自己开刀来警示诸国了。想当年孝武皇帝时，大宛（yuān）国主自以为天高皇帝远，全不把汉帝放在眼里，攻杀汉使劫掠财宝，引来大汉兵马落个国破身亡。大宛远在于阗千里之外尚不能避祸，于阗又该如何抵御大汉怒火？匈奴如今自顾不暇，于阗又何苦为其殉葬？广德遂使人攻杀匈奴监国使者，献首级于班超，赌咒发誓甘愿归服大汉。

班超也不为难，好生安抚，以鄯善王所赠财宝重赐于广德及其群臣。汉使在于阗的形象也由杀戮凶残变得友善起来。

班超以三十六人接连说降鄯善、于阗两国，使得西域南道诸国从观望渐渐向大汉靠拢，不少临近国家随同于阗一并遣送子侄往洛阳朝拜入质。窦固得讯后大喜，将班超在西域功绩表奏于朝廷。皇帝也很是欣赏，升班超为军司马，又对其余三十五人多加赏赐，命其继续出使诸国。另拜陈睦为都护，领兵两千往西域监护诸国。

窦固近来谋划二度征伐西域，正是用人之际，班超智勇双全，故而有意调班超回军听用，再遣他人出使诸国。皇帝却以班超功绩显著，又已在西域声名渐开，便未应允窦固之请。窦固看重班超之才，有意增派兵马于班超助其一臂之力，却被班超婉拒。言再向西去，远离大汉，本所三十六人足矣。若遇心存敌意之国，人多未必能逼其归附，反倒束手束脚成了拖累。

窦固也便作罢，专心谋划起用兵之事来。

25

战功归于谁家

车师位于西域北道，夹在大汉与匈奴之间。早在前汉时，孝武皇帝与匈奴争夺西域，车师便成为主战场之一。在匈奴与大汉的争夺之中，车师分裂为前部、后部两国，各自册立国主。经百十年演变，车师两部分分合合。时至今日，虽然依旧各自为政，其国主却是父子二人，后王名为安得，前王正是安得之子。前部有户一千五，人口万余，精兵两千，后部有户四千，人口一万五千余，精兵三千。王廷相距五百余里，又与周边卑陆、车且弥、蒲类、移支合称车师六国，乃是西域北道最具实力国家。

先帝在时，车师前王曾与鄯善王一起，遣使往洛阳朝拜，甘愿遣子为质归附大汉。被先帝婉拒后，遂与鄯善转投于匈奴。西域诸国中，车师与匈奴国土最近，被匈奴统治十数年之久，想出使说服安得脱离匈奴，只怕是异想天开。故而班超出使诸国也是由南道入手，车师终究还是要以武力征讨的。窦固筹划近一年，报请朝廷，从屯驻凉州的耿秉、刘张两部以及自己原属兵马挑选整合，得精骑一万四千骑，转道于敦煌，由玉门关出塞西行。

然而刚刚出塞，耿秉便已和窦固争执起来。窦固无奈，只得先立营休整，传来副将耿忠商议，便听耿秉已追了进来。

耿秉随手一拜，问道："末将所言，奉车都尉可已想好？"

窦固面色不大好看，敷衍道："耿将军所谋太过凶险，还当从长计议。"

耿秉不依不饶，上前争辩道："后王乃车师根本，我等只需袭破其国，切断车师与匈奴关联，前王不战自降。远袭贵在神速，奉车都尉迟疑不决，岂不是贻误军机？"

窦固忍着心中不满。虽然自己杀败呼衍王后深得皇帝看重，可耿家在朝野军中颇有声望，实不好开罪。更何况自己能在西域建功，多少也沾些耿秉的光。若非耿秉所谏西域策略，只怕自己此时还在家闲置，如何能统领大军驰骋沙场？自己副将耿忠又是耿秉本家兄弟，就算看在耿忠面上也不好与耿秉发火。遂耐着性子说道："耿将军计谋虽奇，可那后王王廷太过遥远，一旦远袭不成，再被前王断了道路，大军补给中绝，岂非陷入绝地？还是先取前部最为稳妥。"

耿秉一听窦固依旧不允，心中不忿。先前谏言朝廷出兵西域，被窦固捡了个大便宜得建首功，耿秉反倒成了陪衬，被收去兵符归于窦固统辖。不与窦固计较也便罢了，此番若还中规中矩随着窦固稳扎稳打，如何显出耿秉手段？就算打下车师，又于耿秉有何功劳可言？故而出此奇谋欲建头功，却被窦固驳回，耿秉岂会甘愿？遂反驳道："若依将军谋划，以大军围攻前王，那后王闻讯岂不遣兵来救？我等耗时耗力，打下前部，败兵退往后部，我等又要苦攻多少时日？这般墨守成规，岂是名将所为？更何况匈奴在旁虎视眈眈，若不出奇兵取胜，待匈奴援军来此，我等腹背受敌，还如何攻占车师？若是将军怕死，末将请命，只领本部轻骑先行！"说罢，也不等窦固应允，转身拂袖而去。

耿忠夹在中间甚是难受，一边是大军主帅，一边是自家兄弟，实在不知该当劝谁。这时，就听军士进来报奏："驸马都尉耿秉统领本部轻骑，一路向西去了。"

窦固大惊。耿秉竟然未得将令私自出兵，当真胆大妄为。若他孤军深入不得自己策应，岂不危殆？忙传大军拔营起行，追着耿秉向后部奔去。

车师前王听闻汉军并未杀来，反而径直奔往后部，吓了一跳。汉军声势浩大，前王早已在后王兵马驰援下于国都布好防线。可汉军全然不顾，使得前王防线成了摆设。而后部已遣兵来此，兵马必然不足，疏于防范之下一旦被汉军乘虚攻破都城，前部又岂能保全？慌慌张张引了举国兵马，连同城中收编的壮丁凑得五千余人，抄着近路赶去阻击汉军。

然而汉军本就人多势众，又因去年大胜匈奴士气正盛。虽说车师兵马也算骁勇，可这点人马如何敌得过大汉雄师？本指望汉军远来不熟道路，欲借地利沿途袭扰，拖延时日，至少也能为后部整顿军队布置防线留足时间。谁曾想以仁义之师自居的汉军，竟然仿效西域诸国相互兼并的伎俩，纵兵大肆抄掠。沿途牛羊洗劫一空，百姓但有反抗皆被屠戮。西域各国本就人丁稀少，能有两三万之众便堪称大国，故而消耗敌国最有效最直接的办法便是夺其牛羊屠其子民。此法使得不少西域强国就此沦落。汉军远来，竟也以此法打击车师，前王又惊又怒，哪里还能冷静下来？恼羞成怒中集结兵马，便想围歼一队正在劫掠的汉军。

谁曾想汉军斥候遍布四处，前王踪迹已然败露，就当前王兵马正围攻那队汉军时，窦固援兵已经赶来。看着气势汹汹的汉军骑兵，前王哪敢硬拼，领了兵马便想逃入戈壁深处避开汉军锋芒。然而前王部众也就两千多兵马堪称精锐，遭遇敌袭尚听从将令向一处集结突围。其余民夫壮丁一见汉军阵势，再看着满地死伤的百姓，早已吓得惊慌失措，哪里还有人听从将令？自顾自地落荒而逃，反倒把不少精兵冲击得七零八落。而被围困的汉军见到援兵，气势复振，本就因遭遇敌袭吃了大亏，恼怒之中又岂会轻易放过车师兵马，自是要以牙还牙讨还回来，搅得车师兵马愈发混乱不堪。前王眼见汉军援兵越来越近，只得舍了其余部众不要，玩儿命似的逃了开去。所剩兵马民夫在汉军轻骑追杀之下死伤大半，直到逃得远了，才被汉军放过。

虽然前王主力好歹还算逃回国都，可五千余众出城，回来还不足一半，本想阻击汉军，反被狠狠咬了一口，怎敢再自找没趣，惊恐中日夜守城，唯恐汉军得胜之后去而复返攻陷国都。

当后王安得听闻汉军入境的消息时，耿秉大军日夜奔袭，离国都已经不足六十里地了，又得知前王阻截不成反被击败，汉军一路抄掠，十数万牛羊归入汉军，死于汉军刀下军民已超三千余众，再这般下去，只怕车师当真要灭国了。匈奴又迟迟没有兵马救援，安得惶恐中，只得在数百骑士护卫之下于路迎候耿秉大军，并先遣使者早早拜见耿秉。

窦固得到安得降服的消息后，大喜之中心里多少有些酸溜溜的。耿秉计谋出奇制胜，迫降车师后王，得建此大功，首功必属耿秉无疑。自己一路杀奔过来背负骂名，耿秉未有一战却夺首功，窦固自然有些不平。当大军来到后部扎下营盘后，窦固便遣司马苏安往耿秉军中探问后王归降之事。

苏安心中却别有主意。窦固的脸色被苏安瞧在眼里，分明心中不悦，只是没有说出来罢了。作为窦固司马，自然希望以全功归于窦固。如此一来，苏安自然也能跟着沾光。何况为窦固促成此事，又岂会被薄待？安得向谁归降便成了首决要素。这苏安出了窦固大营，没有去寻耿秉，快马加鞭径直奔去私见安得，言道："大汉主帅乃奉车都尉窦固，车师王不降主帅，却降偏将，似乎不大合乎礼数。更何况窦固乃天子亲姐夫，爵为显亲侯，显贵无比，若车师王降于主帅，得其庇护，方能保车师安然无虞。"

安得本就在汉军兵临城下惶恐归降，哪里知道汉人中这些门门道道，经苏安一番连哄带骗，还当自己有违汉家礼法，如何敢不答应。也不再等候耿秉大军，转身回往国都，欲在明日亲领满朝文武往窦固大营献上降书。

当耿秉在使者引领下来到安得约定之地，却左右不见安得一行，四处探问方知苏安竟然先见了安得。耿秉细细一想，便知苏安打得什么主意，只当是窦固授意如此。耿秉立时暴跳如雷。前番被窦固抢了自己功劳，好歹窦固也是凭着本事真刀真枪杀出来的。如今又来与自己争功，未免太过恬不知耻了。若一再忍让岂非让他小瞧了耿家儿郎手段？随即披挂上马，统领大军转道奔入窦固营中。

那苏安正向窦固表功。窦固虽然对此觉得不大地道，却也乐见其成，并未怪苏安多事。就在此时，听得帐前一阵喧闹，耿秉一把推翻帐前护卫，冲进帐中。

耿秉身形魁梧，腰带八围，壮得如同小牛一般，怒瞪双目，盯着窦固，仿若野兽盯着猎物。那苏安吓一哆嗦躲到一边。窦固也是一惊，不由把手伸向案边佩剑，明知耿秉此来所为何事，还是问道："驸马都尉来本帅这里有何要事？"

耿秉虽然正在气头上，却也不是莽撞匹夫。这一路跑来，已经冷静不少。前番耿秉未得将令私自出征，据其所闻，窦固并未将此事报于朝廷，反而及时领兵跟进策应耿秉。若非窦固一路抄袭击退前王，只怕后王也未必轻易归降，至少也免不得耿秉一场血战，故而这功劳也多少有窦固一份。更何况窦固乃是主帅，若耿秉一怒之下出手伤了窦固，与谋反何异？就算忍着不动手，一旦为此事吵得撕破了脸面，惹得窦固连同前番私自出兵之事一并报奏上去，只怕未争到功劳，反倒要惹来一身麻烦了。听窦固发问，耿秉强压心中怒火，躬身一拜："车师后王安得遣使乞降，却失信不至，末将请命攻破其城，枭首以儆效尤！"

窦固大惊，若耿秉真杀了安得，车师岂不大乱？忙劝道："耿将军且止，后王或有别事耽搁，切莫一时冲动坏了大事。"

耿秉一肚子火发不到窦固身上，自是要找安得晦气的。若非安得听信苏安之言，又怎会惹出这些事端？对窦固的劝阻，耿秉置之不理，争辩道："受降如同迎敌，岂能有一刻耽搁？若那后王心生悔意，欲作困兽之斗，方是坏了大事。"

窦固不由心生一丝凉意。苏安多此一举，使后王回于国都，窦固本以为汉军大兵压境，后王绝不敢生出二心，可万一真如耿秉所言，安得回城之后不再归降，岂不生出事端？后王一日不降，车师便尚有变数。如今大军夹在前王、后王之间，虽然不见得敢与汉军正面交锋，可一旦据城坚守以待匈奴，就真如出征前自己所担忧的那般了。一时真不知该如何劝阻耿秉。

耿秉见窦固沉默不语，转身出帐，领了大军疾奔车师国都。

安得倒没有像窦固、耿秉所顾忌那般三心二意，正张罗着明日归降之事，听闻耿秉大军杀奔而来，惶恐之中哪还敢再想苏安之言，慌慌张张奔出城外，王冠权杖跌落路边都来不及捡起。见到耿秉立马于前，连哭带拜跪到跟前，抱着耿秉马腿便不撒手，一个劲儿只是哭诉。

耿秉见后王这般模样，心中怒火消了一大半，更何况安得已经出城归降，就不再刁难于他，使人押着后王送回窦固营中，也算给足了窦固面子。

未过两日，前王听闻后王已降，自知无力抗拒汉军，只得一并纳土称臣，车师就此平定。

战报传回朝廷，皇帝听闻窦固、耿秉之事，心中不大高兴。按理说攻占车师，实乃两人大功一件，可两人争执使得车师归降多生事端。而窦固一路纵兵劫掠，虽然所获颇丰，亦是对攻占车师有利，可皇帝性情受先帝影响，对杀掠平民之举很是反感，故而对窦固、耿秉之功不再封赏。只是拜军司马耿恭为戊己校尉，领精骑五百屯驻车师后部金蒲城，拜谒者关宠亦为戊己校尉，领精骑五百屯驻车师前部柳中城，以此监护车师。窦固大军就此回师敦煌。

耿恭字伯宗，乃是耿弇四弟耿广之子。只因耿广英年早逝，既无爵禄传于耿恭，也无荫庇拜其官职，故而耿恭在耿家是最为落魄的一脉。好在受几位叔伯接济，耿恭过得也算衣食无忧，族中延请名师传业于后辈，也没有少了他。耿恭年少而孤，打小便是倔强坚韧的性子，倒也没有负了耿家儿孙的英名，胸怀韬略有将帅之才。只是堂兄耿忠、耿秉都已得拜高官，耿恭依旧是个白身，直到朝廷出兵西域征讨匈奴，骑都尉刘张或是听闻耿恭之名，亦是借此向耿家示好，征辟耿恭为其军司马，终于让耿恭有了建功立业的机会。

虽说在天山和车师两次西征中，窦固、耿忠、耿秉出尽了风头，就连班超一个小小的假司马都声名鹊起，可耿恭因属刘张部曲，多是在后队压阵，迟迟没有显山露水的机会。直到车师归降，汉军回师敦煌，朝廷自然需要驻守边疆之人。而这等苦差事多是无人应承的。毕竟远离中原孤军在外，从敦煌一来一回至少也得个把月行程，周遭不是虎视眈眈的匈奴，便是心怀叵测的西域诸国，尤其车师后部更是远在千里之外，区区数百兵马驻守金蒲城，大汉对车师主权控制的象征意义远大于实际意义。耿恭得了这个差事却不以为意，中原早已国泰民安，男儿想要扬名立万唯有在边疆方有机会，越是在战线最前沿，越是形势恶劣，方显手段。天下太平固然是百姓之福，却是为将者的悲哀。那前汉大将李广，空有一身本领，怎奈生不逢时。虽然抵御匈奴小有功绩，却也没有为国出征的机缘，好不容易熬到孝武皇帝大举征伐匈奴，已是垂暮老人，非但没能大破匈奴赢得不世之功，反而迷失于征途羞愤自杀，终是没能成为卫青、霍去病那样的绝世名将。耿恭决然是不想做李广的，功名只向马上取，怎能枯老空余恨？既然父亲没能为自己铺就一条成功之路，那便由自己赢得一世英名。

奉命驻守金蒲城后，耿恭并没有故步自封。西域情势复杂，各方势力纵横交错，想要在此站稳脚跟，可不能只将目光放在一城一池上。耿恭一面在城外屯田自足，一面还要小心安抚车师后王安得。虽说耿恭官拜戊己校尉，代表大汉掌管车师后部军政要务，然而想要真正全面控制车师显然是痴人说梦。毕竟安得还是车师国主，耿恭既需要借助安得统御车师，又要防备安得生出异心。安得惧于汉军之威迫降大汉，难保他不会被匈奴施压再次反水。

让耿恭意外的是，安得王妃居然是汉人后裔。据闻安得在汉军兵临城下时，没有向匈奴求救而是主动归降，虽说是无奈之举，却也多有王妃从中规劝。耿恭大喜若望，遂备了厚礼送入王宫，以期得到王妃支持。那王妃久居西域，从未去过中原，然而父辈的耳濡目染使她骨子里依旧以汉人自居，对大汉的强盛繁荣更是无比向往。故而对大汉郡将的示好很是欢心，更是投桃报李，劝说安得以钱粮资助，使得耿恭兵马全无补给之忧。

另一方面，乌孙国也是耿恭结交的首选。乌孙国原本游牧于敦煌祁连山间，习俗与匈奴相近，早年在大月氏侵夺下几乎灭国。后辗转迁徙于车师西北，在冒顿单于支持下日渐强盛。其首领称为大昆弥，多与匈奴亲近。汉宣帝时，乌孙与匈奴反目，曾与大汉联手，前后夹击大破匈奴，因而与汉帝联姻结好。如今耿恭驻守车师，自然要拉拢乌孙共同抵御匈奴，至少也不能让乌孙与匈奴结盟，成为车师西北的隐患。耿恭遂遣使于乌孙，宣扬大汉威德，厚赐金银财帛。乌孙也没有让耿恭失望。大昆弥得知汉朝重新强盛，势力再次染指西域，自然不会与大汉为敌，遣使呈献名马，并送质子入洛阳伴驾。

随着乌孙的臣服，西域北方一线渐渐连成一片，匈奴与南方诸国的联系立时被切断，再有班超出使各国，大汉掌控整个西域只是时间问题。然而就在西域局势渐渐向着大汉有利的方向缓缓前进的时候，这种表面的平和在一瞬间瓦解崩溃了。

26

传奇：数百对两万的胜利

耿恭在金蒲城渐渐站稳了脚跟，然而刚刚觉得车师尽在掌控中时，忽然接到安得求救书信。

北单于听闻车师降于大汉，恼羞成怒遣兵南侵，不日将抵后部王廷。耿恭初闻此讯并未过于忧虑。西域对于匈奴的重要性不言而喻，北单于若是听由汉军在此不断壮大而不管不顾才是奇怪。依耿恭所想，车师仅有金蒲和柳中两城千余汉骑驻扎，匈奴即便有意南征，料也不会兴师动众，顶多也就万余兵马。以车师王廷城坚池深，又有三千余兵马守备，足以坚守数月，待朝廷大军驰援，匈奴兵马不过是待宰羔羊而已。唯一需要担心的，怕是安得见匈奴兵马强盛，惶恐中不战而降。故而耿恭一面将车师军情火速报于敦煌，一面遣司马领骑兵三百驰援安得。虽说这点人马面对大举入侵的匈奴显得单薄了些，却对稳定车师王廷人心举足轻重，更重要的目的还在于监视安得，促其坚守城池不可早早献城归降匈奴。

然而结果远超耿恭所料。北单于原本见大汉四路兵马征讨，惶恐之中全线收缩以避汉军锋芒，谁知汉军避实就虚直取天山。待北单于回过神来，西域诸国几乎已经断了音讯。北单于如何肯善罢甘休。失去对西域的统辖，不仅断了大批的粮草牛羊供给，而且失去了优良种马的来源。大宛、乌孙都以盛产宝马闻名，匈奴若想从疲敝中恢复往日的强盛，没有源源不绝的战马支撑，决然不是大汉对手。若西域诸国舍弃匈奴转投大汉，对匈奴的打击实在太过深远。南征西域诸国势在必行。虽说车师后部兵马连同汉朝驻军不过数千之众，可敦煌却有大汉万余骑兵。北单于绝不敢掉以轻心，为确保一战克定车师，顺势威慑诸国，此番南征必是要以重兵征讨的。呼延王成事不足败事有余，遂以左鹿蠡（lí）王为帅，统兵两万骑南入车师，必要赶在大汉掌控西域前将汉军扫地出门。

奉耿躬军令驰援安得的数百汉骑，还未赶到车师后部王廷，便与急速南下的匈奴大军不期而遇。汉军突骑殊死奋战，却是寡不敌众，尽皆战死于荒漠之中。安得眼见汉军援兵首级陈列于城外，惧怕匈奴报复不敢轻易归降，指望着汉人援军能尽早赶来，故而举全国之力拼死守城。终究难是杀气腾腾的匈奴大军敌手，短短数日便被匈奴攻破城池，安得亦丧命于左鹿蠡王之手，首级传示于西域诸国，敢与大汉相交者皆如此般处置。

耿恭刚刚得到王妃冒死送来的密函，得知王廷陷落的消息时，已然能够瞧见左鹿蠡王骑兵扬起的烟尘了。小小的金蒲城在一眼望不到边际的匈奴大军面前显得是那样不堪一击。然而重兵陈列于眼前，纵是耿恭想要退兵也是绝无可能。对敌情判断失误生出的悔恨，混合着对三百战死勇士的愧疚，夹杂着心中一跳一跳的恐惧，终是紧密地缠绕在一起沉淀下去，转而被耿氏一门传承三代的荣耀取代。深埋于骨髓之中的血性在遮天蔽日而来的杀气中毫无避让，热血沸腾的耿恭一跃立于垛口之上，满满拉开父辈流传下来的硬弓。在弓弦嗡嗡的颤动之中，一支不屈的羽箭顺风而行飞向左鹿蠡王大纛所在。

天空不知何时卷来黑漆漆的乌云，方才还是一片艳阳，此刻仅能在云层的空隙间透出一丝丝刺目的余光，大地一时竟如黄昏般阴沉起来。便见那支羽箭如一道黑影，一击射落左鹿蠡王贴身的护卫，接连绊翻数十正在奔行的匈奴骑士，惊得左鹿蠡王猛然拉住战马，警惕地望向远方的城墙，引得急行中的匈奴大军一时停滞下来。需知此刻远在金蒲城一箭之外，纵是匈奴最为出众的勇士能射到城边，也早已失了劲道，怎能伤人分毫？那小小的金蒲城中究竟是何人物，竟然能有这般神技射落匈奴骑士？若非稍有偏差，只怕此刻倒在烟尘之中的便是左鹿蠡王本尊了。

左鹿蠡王心有余悸，身边侍卫早已围拢过来仔细护卫，狐疑之中忽听那中箭的侍卫闷哼一声，引得众人瞧去，便见那侍卫痛苦地扶着战马抖抖索索站起身来，随手将那并未射穿轻甲的羽箭拔了出来丢在一边。左鹿蠡王宽心下来，那守城汉将不过借着风势而超出射程罢了，却也没剩多少劲道，仅仅能伤人而已，当真是虚惊一场。攻破车师国都后，左鹿蠡王早已知道金蒲城的实力，数百汉兵纵有一善射之人如何挡得住匈奴大军？正要催促兵马继续冲杀，赶在天气变得更糟前抢下金蒲城，便听那受伤的侍卫一声尖锐的哀号响彻军中。待众人再去观瞧，便见那侍卫轻甲箭创缝隙处，流出的没有多少殷红的鲜血，而是伴着剧烈的泡沫，翻滚出无尽的脓水。那侍卫痛苦地想要剥掉铠甲，却是越急越解不开绑缚的皮索，想要用手去堵那创口，谁知那脓水顺着手臂淌满了半边身躯。那侍卫伸手拔出弯刀，发狠地插进箭创之处，想要连皮带肉将那创伤割去，可除了割下几块发黑的腐肉，依旧没能止住脓水流出，终是在钻心的痛苦中绝望地用力一插，彻底瘫倒在地上。

周遭匈奴骑士惊得不知何去何从，便见又有数箭飞入阵中，数名骑士再次中箭。虽说此刻匈奴骑士已经停下冲锋的势头，使得那羽箭愈发没了劲道，中箭的骑士不过是稍稍擦伤而已，可就是那小小的皮外伤，竟如催命的印记，不一会儿便有沸腾般的脓水流淌出来。眼疾手快的抄起弯刀割去尚未扩散开的创面，惊恐地看着那掉落地上的血肉渐渐化作一摊黑乎乎的脓水，好歹保全性命。稍稍迟疑的便如那最早中箭的侍卫一般，在痛苦的翻滚中断了气息。

匈奴骑士大骇，忽听金蒲城头传来汉兵震彻天地的声响："大汉箭神在此，中创者必有邪异！"数声喊过，本已乌云密布的天空愈发昏暗，第一声春雷炸裂在天地之间，明晃晃的闪电闪耀在乌泱泱的匈奴大军头顶。诡异的天气，邪门的箭袭，使得信奉鬼神的匈奴骑士早已惶恐不已。

左鹿蠡王倒还算冷静，虽说对中箭者的凄惨也很惊惧，可仔细思量，多是箭头有毒罢了。可老天偏偏在此刻一声赛过一声地打着雷鸣，使得匈奴勇士对那城中的言语深信不疑。此时战意早已消散，雨点又飘飘洒洒落了下来，想要攻城已然没了成算，索性后撤十里，且先扎好营盘。反正那城中不过数百汉兵，便让那奸猾的汉将多活几日吧。

眼见匈奴大军如潮水一般退去，耿恭长舒了一口气。祖父耿况尊崇老子，喜于黄老之术，耿恭自幼跟在耿况身边，虽说对炼丹什么的没有多大兴趣，却在丹石之间学得配毒之法。耿恭箭术精湛，可那匈奴大军尚远，想要以箭伤人也非易事，若配上见血封喉的毒药，便是一点点皮外伤便能夺人性命。耿恭远本也就想以此法震慑匈奴气势，激发寥寥数百守城将士士气罢了。谁知在电闪雷鸣之中，竟吓得匈奴大军止步不前，随机应变吆喝将士高呼箭神之语，居然收得奇效吓退了左鹿蠡王大军。只是匈奴大军不过暂退而已，金蒲城危如累卵的境地没有丝毫改变，车师后王安得兵精粮足尚且没能守上几日，待匈奴兵马缓过劲儿来，金蒲城这点人马只怕三日便是极限了。进退不得，左右是死，倒是逼得耿恭想出一死中求活之法。

天色渐渐暗了下去，漫天的乌云使得黑夜来得比以往早了许多。电闪雷鸣非但没有丝毫减退，反而像是愈发烦躁，照得漆黑的大地一阵一阵发白，天空仿若被闪电撕裂了一个大洞般将暴雨倾泻而下。更糟糕的是天边竟然起了龙挂，狂暴的飓风一浪猛过一浪地席卷整片草场，仿若要将天地万物吞噬干净。匈奴大军刚刚从金蒲城退了回来，正手忙脚乱地搭着帐篷，可暴躁的天气仿佛成心过不去，狂风暴雨刮得人哪里能稳稳扎好营盘？眼见风越刮越猛，雨越下越大，各部将帅早已避进最先搭好的王帐。没了头头脑脑管束，士卒们谁还乐意在外面浇着冷雨？草草围好马匹，连鞍具都来不及撤去，你拥我挤躲进为数不多的营房。身份卑微的奴兵无处躲藏，七手八脚扯起帐幕顶在头上，乱哄哄收拢些枯草，想要点上堆篝火去去寒气，可雨水浸透的茅草除了腾起浓浓黑烟哪里能点得着？虽说呛得人泪流满面，可那少许的温暖却也引得奴兵挤了过来。

当耿恭倾尽所有兵马，出现在匈奴大营前时，所见到的便是这般混乱的局面。风声雨声夹杂着匈奴士卒嗡嗡的咒骂，却没有明岗暗哨一句阻拦呵斥。恶劣的风雨使得匈奴将士只顾躲避，哪里能想到城中那点汉人竟会胆大包天出城袭营。即便耿恭兵马已经近在咫尺被人瞧见，迷迷蒙蒙看不真切，也只当是掉队的匈奴士卒归营罢了。任谁也只想着占好自己的避雨之处，免得被后来的人马抢去。身处敌军大营之外，耿恭没有丝毫紧张，反倒无比兴奋起来，高呼一声："大汉十万铁骑，扫灭匈奴只在今日！杀！杀！杀！"

袭营汉骑吓了一跳，数百人马冒雨来此，未被匈奴斥候察觉，正好暗下黑手偷袭敌众，无论是斩杀落单士卒，还是毒杀马匹牛羊，都将大大削弱匈奴，最不济也能大杀敌军军心。谁曾想还未动手，戊己校尉居然高声呼喊，岂不是暴露了己方所在？还未回过神来，便见戊己校尉已经催动战马冒雨冲锋，连射数箭向匈奴大营冲了进去。主将都已出击，汉军将士如何敢落后？只能硬着头皮一并冲杀过去，既然已经泄露踪迹，索性一起高呼，大不了拼个你死我活也算壮烈。

数百人马在两万匈奴兵马的大营之中简直就是沧海一粟。然而匈奴大军气势汹汹远道而来，原本并未将小小金蒲城放在眼里，却为汉将毒箭所慑仓皇退兵，本就士气懈怠人人惊惧，真当汉兵有天神庇佑，又在狂风暴雨之中忽遭敌袭，一时乱了方寸。最早与汉兵接触的匈奴士卒，才被射死数人便已大乱。想想惨死于金蒲城外的骑士模样，此刻连提刀迎击的勇气都没有，唯恐厄运落在自己身上，惊慌失措翻身上马便向后逃。沿途躲在帐篷中的士卒，忽闻外面传来喊杀之声，隐约听到汉兵大军来此，挑开帘布向外探望，除了漫天的大雨便是四处逃窜的骑士，还未见到汉兵踪迹，已然慌作一团，没头没脑跟着一并逃命。你争我抢中将那本就不够牢固的帐篷冲翻在地，经雨水烂泥搅和，绊得不少战马连翻带滚，摔得骑士浑身上下都是泥浆，叫骂和吵闹声混成一片，使得本就乱糟糟的大营愈发混乱。匈奴两万精骑大营硬是被耿恭数百汉兵搅得再无抗拒之力，稍有落后的士卒皆被射杀斩落，惊得其余人马逃得愈发仓促。沿途枉死于友军马蹄下的士卒反倒比死于汉军之手的还要多上许多。左鹿蠡王与各部将帅正挤在王帐中，待察觉营中动乱之时，早已回天乏术。先前便已得知大汉骑兵驻扎于敦煌，此刻真当援兵已至，哪里还敢滞留此地？各领部众慌慌张张向北方退去。

耿恭统领数百汉兵，整整追杀匈奴两万大军一夜，眼见天色渐渐转亮，雨势慢慢散去，也不敢继续逞能追杀下去，免得被左鹿蠡王瞧出端倪反杀过来。数百壮士虽然在雨中厮杀一夜，却无一丝倦怠，在耿恭统领之下，兴高采烈退回城去。

金蒲城一战，耿恭以数百汉兵竟然生生逼退左鹿蠡王两万大军，得此奇胜，将士们都是兴奋无比。人言匈奴人人善战，却也如此不堪一击。就在城中一片欢腾之中，耿恭却不敢有一丝骄纵。此战赢得太过侥幸，若非有暴雨相助，仅凭那些毒箭，如何退得了匈奴大军？左鹿蠡王多是以为汉军大兵已至，故而草草收兵。一旦得知实情，又岂会善罢甘休？求救军报连同捷报早已传往洛阳，估算时日，待朝廷传令于敦煌，使窦固大军驰援，只怕也要月余光景。如今没了车师后王相助，金蒲城已是孤城一座，粮草倒还宽裕，只是水源却多要靠车师王廷补给的，像这场击退匈奴大军的暴雨对金蒲城来说简直就是百年一遇，待积水退去水源断绝，在无边无际的大漠之中才是最要命的事。耿恭不得不再想他法，以解此时危局。

西域除去车师前后两部戊已校尉兵马驻扎，尚有西域都护陈睦两千余兵马守备于于阗、疏勒两国之间，而班超及其三十六壮士正出使于疏勒。既然敦煌援军远水解不了近渴，倒不如且与陈睦、班超联兵自保，以待窦固大军驰援。然而派往疏勒寻求援兵的信使带回了让耿恭实不愿相信的消息。

班超说服鄯善、于阗两国臣服朝廷之后，继续向西出使于疏勒。疏勒国局势却远比鄯善、于阗复杂许多。这疏勒与龟兹、焉耆（qí）、姑墨诸国相邻，原本都是西域南北两道交会之处数一数二的强国，拥兵少则万余，多则三万余众，远比雄踞西域北道的车师国要强盛不少。只是当年莎车贤王独霸西域南道时，这些国家都和于阗一般乃是莎车属国。随着莎车的衰败，龟兹国人共杀莎车贤王所立龟兹王，归附于匈奴。北单于遂册立亲近匈奴的龟兹贵人身毒为王，故而龟兹乃是西域诸国中匈奴的铁杆亲信。有匈奴撑腰，龟兹俨然这片土地上最强盛骄横的国家。疏勒国本就与龟兹有世仇，对那甘做匈奴爪牙的身毒全然不放在眼里，终是招来灭顶之灾，被身毒攻破国都斩杀其王，身毒遂册立左侯兜题为疏勒王，统御疏勒部众。周遭国家震惊无比，大如焉耆、姑墨，小如尉头、康居、拘弥诸国皆以龟兹马首是瞻。

班超来到疏勒，得知来龙去脉。兜题既然是龟兹所立，自然也是亲近于匈奴，又岂会听班超所劝？只怕终是要用武力方能服众。而疏勒与于阗不同的是，于阗王广德好歹是于阗国人所立，得其贵族百姓拥护，可那兜题却是一外人。疏勒原本也是与龟兹并立的强国，又岂会心甘情愿受兜题统御？若能以出使为名，一举擒住兜题，顺势歼灭其亲信党羽，必得疏勒本国族人拥戴。只是此计实在过于凶险，非武艺出众胆略过人不能胜任。班超属吏田虑请命独往兜题所驻盘橐（tuó）城。

兜题听闻汉使竟然只有一人，遂召集疏勒百官入殿，欲在众人面前羞辱汉使一番，以此立威于疏勒。却在毫无防备中被田虑挟制于庭上。疏勒贵族见兜题居然这般不堪，又有汉使撑腰，哪里还愿继续受龟兹摆布，随即一拥而上，将兜题党羽锁拿干净。班超顺势进入盘橐城，与疏勒贵族共立故王兄子为国主，是为忠王。虽说班超以雷霆之势使疏勒臣服大汉，却也深知龟兹在此地的势力，此刻实不好与龟兹彻底撕破脸皮，遂劝过忠王，未将兜题斩首示众，反而送其归国。龟兹王身毒虽然嫉恨班超将疏勒割裂出去，可匈奴退出西域，使得身毒也不敢开罪班超，一时倒也相安无事。

然而这种短暂的和平随着左鹿蠡王大举南下转瞬打破。听闻车师后部已被匈奴收复，身毒喜出望外，为向匈奴表功，忙指使焉耆王偷袭西域都护府。陈睦猝不及防，城破身亡，其部两千余众尽皆战死。随着西域都护府的陷落，龟兹王再也无从顾忌，纠集焉耆、姑墨起兵数万共攻疏勒。而臣服大汉的于阗、鄯善两国，听闻匈奴威势正盛，西域都护陈睦已死，龟兹诸国群攻疏勒，唯恐成了匈奴下一个目标，此刻哪敢驰援班超，骑墙观望以待局势明朗。班超立时陷入绝境，好在疏勒忠王也知存亡之秋，遂以举国兵力抗拒。班超领疏勒都尉黎弇统精兵万余守盘橐城，忠王亦领精兵万余守疏勒城，两城互为首尾，与龟兹联军僵持不下。

听闻疏勒困局，耿恭万分无奈，原指望能得陈睦、班超相助抗拒匈奴，谁知陈睦战死，班超仅能自保，哪还有余兵驰援金蒲城？若继续坚守车师后部，就算匈奴大军不来围城，耿恭部众也要饥渴逃散了。权衡左右，莫不如就近退往疏勒城，好歹与班超、忠王联兵守备，倒还有一线生机。待朝廷援军赶来，也好反击匈奴与诸国联军。

就当耿恭退守疏勒城后不久，左鹿蠡王沿途收拢兵马，又探知汉人大军并未来到西域，不过是耿恭故弄玄虚罢了。气得左鹿蠡王咬牙切齿，必要将耿恭粉身碎骨方解心头之恨。遂统领匈奴、车师后部联军再度南下，又分兵一万东征车师前部，围剿驻守柳中城的戊己校尉关宠，切断敦煌汉军通往西域的道路。

当左鹿蠡王大军来到金蒲城，却发现耿恭早已人去城空。左鹿蠡王如何肯依，得知耿恭退往疏勒，旋即领兵追去。正好将那耿恭与班超一并剿杀，除去心腹之患，才能威慑诸国重新收复西域。

万余匈奴大军气势汹汹。疏勒城本就有龟兹诸国攻城，此刻再得匈奴增兵，想那疏勒城必是手到擒来，可左鹿蠡王又打错了主意。耿恭以数百人马就敢独闯左鹿蠡王大营，此时进了疏勒城，有疏勒忠王相助，得疏勒精兵数千，莫看依旧处于困顿之中，可胆气不减分毫反而愈盛。更让左鹿蠡王想不到的是，攻破车师后，将安得王妃据为己有。谁知王妃向汉之心不减，早早将匈奴大军南下军情传报于疏勒，更暗中资助粮草于耿恭。匈奴大军还未到疏勒，行踪早已败露。耿恭亲领数千精兵沿途伏击，如神兵天降般突然出现在匈奴大军面前。匈奴士卒心中还残留着金蒲城外惨败的阴影，忽遭敌袭立时陷入混乱之中，还未抵挡一阵便丢下数百尸首，仓皇后撤以避耿恭锐气。待左鹿蠡王站稳脚跟，怒气冲冲开赴疏勒城外时，耿恭早已退回城中坚守不出。

经此一战，虽说斩获不大，却力挫匈奴士气。城中守军见耿恭如此英勇，皆是信心满满。莫看城外敌军越来越多，却没有一丝惧意。如此情形下，匈奴与龟兹诸国连攻月余不得破城。损兵折将无数后，左鹿蠡王也不好继续强攻城池折损人马，转而想别的办法。对于西域诸国来说，水源乃是立国之本。但凡强国，皆是占据水源充足之地，方能兴盛。然而西域素来干旱少雨，大江大河往往越流越少，多以地下河水方能供养一国军民，不少国家因水强大却也因地下河水改道干涸而衰败。疏勒城依涧水而立，因水源充沛足以用度，故而城中并无水井，在龟兹引路下，左鹿蠡王遣兵拥绝涧水，断了城中水源。

时已入夏，正是西域一年当中最为干旱燥热的时节。没有粮食，人好歹还能坚持十数日，然而一旦断了水，只怕数日都坚持不下去。城中存水不过数日便会枯竭，想想没有水喝后，用不了多久便会干渴而死，变作枯木一般的干尸，城中军民便不寒而栗。耿恭眼见守军军心躁动不安，心中抑郁不已。金蒲城无水源补给是耿恭退守疏勒的关键，然而退入疏勒城后，远没有了金蒲城朝不保夕的危机，一时也未在意城中水源之事，以至于形成今日危局。此刻想要出城偷袭断水敌兵，也绝非良策。左鹿蠡王既然行此毒计，水源岂能不派重兵守护？即便耿恭一击得手疏通水路，城外敌军兵盛，耿恭绝不可能长久屯驻于水边，左鹿蠡王随时可以再次断去水源。此时唯有趁着城中尚有存水活命，抓紧时日挖井取水方是长远之计。只是耿恭万分失望，疏勒城外有那样充裕的涧水，地下竟干燥得如此彻底。耗费了大量人力在城中连掘数井，最深的足有十五丈之多，几乎都已探到漫无止境的卵石上面，却连一抔湿土都找寻不到。城中存水已然断绝，将士渴乏至极，只能榨取马粪汁水救急。然而战马也无水可饮，便是那马粪也慢慢变得干燥起来，使得将士们这应急的法子也渐渐没了用处。城外敌军都已不屑于攻城，只等守兵干渴而死便能畅通无阻进到城中。

耿恭念自己碌碌无为三十余载，好不容易有机会驰骋边疆沙场，稍稍得建微功，便转瞬困死于疏勒城中，而大汉再次入主西域，难不成短短年余便要前功尽弃？不由仰天长叹："莫不成天不予我，终是负了一身才学！"心中却又实在不甘心，对那枯井深深一拜，诚心祷告："昔闻骠骑将军霍去病西征匈奴，断水坚守于金城，挥鞭击山竟得五眼甘泉；贰师将军李广利远征大宛回师敦煌，干渴困顿中拔刀刺山，竟得飞泉涌出。我大汉得天地庇护，征讨匈奴必有神助，今汉德威远，岂能穷哉？若天神感念我大汉儿郎一片忠君爱国之心，便再现神迹，救我等于危亡之中！”

疏勒城早已在干渴之中成了一片死寂，耿恭沙哑低沉的声音在这静寂当中竟是那样嘹亮。迷离中的将士抱着最后一丝奢望，眼巴巴瞅着那眼枯井，城中静得连敌军战马低鸣都听得真切。然而眼睛都快瞪出血来，也未见枯井有何感应。将士们失望中哀哀哭号，干渴之中哪里还有一滴眼泪。就在成片的绝望声中，忽有一丝碎裂之声从井底传出，耿恭奋力向井底望去，便见乱石之中现出一道裂痕，一汪被泥土搅浑的泉水正源源不断涌入井中。耿恭抱头痛哭跪倒在地，连连拜谢神祇庇护。守军将士见井中真有泉水浮现，死而复生的喜悦伴着发自内心的震惊连连高呼万岁。

有了这眼井水活命，疏勒城竟奇迹般地再次有了生机。将士们兴高采烈地盛满了水泼出城外，肆意嘲弄着敌军奸计的破灭。左鹿蠡王哪里能想到耿恭竟能在干燥的疏勒城中挖出水来，惊惧之中全然没了破城的信心。却又不甘就这般轻易放过耿恭，只能领军继续围困，疏勒城再次陷入僵局之中。

这种对峙让耿恭信心满满。从匈奴大军初次南侵车师至今已过数月，想必朝廷早已得知军情，说不定窦固大军此时正风尘仆仆向疏勒赶来。只要自己能继续将匈奴联军拖延在城外，待窦固大军来此，匈奴联军破败近在眼前。只是耿恭虽受神祇眷顾得泉水救命，却终是等不来大汉援军了。

只因孝明皇帝刘庄竟在这对决匈奴的紧要关头，壮志未酬，带着无尽的遗憾以四十八岁之龄英年崩逝。此刻的朝廷早已忙成了一锅粥，哪里还有人会去关注千里之外的西域战事？

27

千里奔救

范羌滞留敦煌已经过去很久。作为耿恭军吏，奉命往敦煌报奏匈奴南侵军情，并向奉车都尉窦固求取过冬寒服以供屯驻西域的军士所用。然而大半年时光都已过去，朝廷依旧没有旨意传入敦煌。边关驻军闲庭信步牧马荡羊，全无一丝驰援车师的迹象，而过冬寒衣也没有准备半件交付于范羌。

范羌心急如焚。金蒲城不过数百驻军，虽说耿恭暂且击退了左鹿蠡王大军，可若久久得不到敦煌驰援，如何能守得住危城？范羌数次请命拜见窦固，初时还能见上一面。窦固念范羌乃是屯驻西域防备匈奴的勇士，言语还算客气，否则以范羌低微的军吏身份，哪有数进都尉府的资格？可窦固虽然召见了范羌，却决口不提出兵之事。多是好言安抚，说是只等朝廷旨意便会出塞。可这种等待似乎永远没有底限。再到后来，窦固也失去耐心，对范羌避而不见。

范羌只得转求于耿忠、耿秉。两人毕竟是耿恭堂兄，怎么也不会坐视耿恭困死于千里之外。然而耿忠早已奉诏回京，而耿秉本就在出征西域时与窦固生隙，自然不会去求窦固发兵。为救耿恭，只能上疏朝廷力争，却也依旧没有回音。未过数月，柳中城又有戊己校尉关宠使者奔入敦煌。范羌一问方知，左鹿蠡王已经再次出兵，西域都护陈睦战死，耿恭退守疏勒，与班超联兵抗拒数国大军。匈奴又已分兵入侵车师前部，前王不战而降，与匈奴联兵围攻柳中城。一旦柳中城陷落，车师前部落入匈奴之手，即便朝廷传来旨意，命大军出征西域，道路也已经被匈奴阻断，想要驰援耿恭便是难比登天了。

范羌着急万分再次往都尉府拜见窦固，却言窦固已在半月前奉诏往洛阳朝拜新帝。范羌这才知道，孝明皇帝已经驾崩。太子刘炟承继大位，是为孝章皇帝，尊奉马皇后为皇太后，分封群臣大赦天下。

难怪在敦煌等了大半年都没有旨意，却是朝中变了天地。从都尉府只言片语听来，太子登基似乎还不是那么顺利。原来太子虽为储君，却是先帝第五子，又非皇后亲生，仅仅是其养子。这样的身份，使得朝中不少看不惯马家得势的大臣满心不服。孝明皇帝仓促驾崩，又无明旨传位于太子，这就使得太子能否顺利登基存在不少变数。马家兄弟显然也知道这种隐患，刚刚听闻皇帝驾崩的消息，便连夜闯宫。欲抢先控制皇宫，扶太子早正大位。虎贲军士哪敢放外臣夜入皇宫，死命不从，披甲持戟严防死守。马廖为羽林左监、虎贲中郎将，手中握有兵权，对宫中卫士也能管上三分，可那值夜统领硬是不买马廖面子，任凭马防在宫门外骂得七荤八素，也绝不开启宫门。气得马防几乎要领马廖部众强攻宫门。幸好马廖还识大体，未准马防胡闹。直到天色渐亮，马皇后从光烈阴皇后寝宫更衣别室找到孝明皇帝遗诏，这才堵上心怀叵测之徒的嘴巴，让太子顺利登基，马家兄弟也未闹出祸事来。

范羌对于宫中权力之事无一丝兴趣，此刻唯一关心的是孝章皇帝登基后，能否尽快传旨发兵。既然征召窦固前往洛阳朝见，若窦固能再提起西域战事，想必出兵驰援耿恭也能有不少希望了。随即耐着性子继续等了月余。谁知转过年头已至正月，孝章皇帝都已改元建初，国丧也算操持结束，却迟迟不见窦固回往敦煌。仔细一打听，范羌不由大失所望。原来皇帝此番征召窦固回京，因窦固在西域之功，加拜其为大鸿胪位列九卿，加封窦固之妻涅阳公主为长公主，增邑三千户。窦固倒是愈发荣耀富贵了，可位列九卿后，虽然也还管着四方诸侯及外族邦交礼仪，却已没有了兵权。从皇帝封拜来看，只怕让窦固重新回到敦煌的可能性已经非常渺茫。若窦固不来敦煌，那究竟会有谁来接替窦固统领边关兵将？而出兵西域究竟有没有消息呢？范羌往耿秉那里探寻，这才知道，朝中并非没有出兵之意，只是更多的人对此事持反对态度，这才让朝中为西域之事吵得不可开交，故而迟迟没有旨意传来敦煌。

据耿秉所言，孝章皇帝初即位，年仅十九，是否派兵出征自然要多与朝臣商议。朝中公卿多认为先帝驾崩，大丧之中实不宜擅动干戈。尤其那刚刚官拜司空的蜀郡太守第五伦，更是力阻西征之事。言西域远离中土，本就不该劳民伤财远征外邦，如今陈睦战死，耿恭、班超、关宠寥寥数百兵马，兴师动众只为驰援数百汉兵，所得寸土又难保全，实在是得不偿失。更何况匈奴胡兵数万之众，西征兵马必要以重兵出塞方有成算，如此大的开销远非窦固两次西征所能相提并论。一旦稍有差池败于胡兵之手，非但耿恭数百性命不得救出，反倒要再折损万千将士性命。况且如今已过半年之久，耿恭三人是否活命都不可知，遣大军冒天大风险行未知之事，绝非明智之举。

范羌气得咬牙切齿，连连怒骂："我等将士为国出征不计生死，却有这等贪生怕死之徒躲在庙堂之上冷言冷语，这等祸国殃民之辈就不怕遭天谴吗？"

耿秉却言："那第五伦虽然力阻西征，却也不是什么小人。反倒是不避权贵而享誉朝野，否则天子也不会征辟他为三公。听闻天子刚刚登基，便加拜大国舅马廖为卫尉掌管宫中禁卫，二国舅马防为中郎将、城门校尉，三国舅马光为越骑校尉，这下兄弟三人都掌军权身居要职，天子更有心分封三人爵禄，只是被皇太后和马廖辞让了。饶是如此，马家已是现在洛阳最显赫的门第。那第五伦倒也好胆量，刚刚当上司空，便敢开罪马氏兄弟。言：'皇太后外族太过繁盛，而马氏兄弟权柄过重，实于国家不利。'更弹劾马廖以布三千匹、马防以钱三百万，贿赂三辅官员，识与不识皆赠财帛。又弹劾马光骄奢淫逸，腊月时节短短一月，竟费羊三百头、米四百斛、肉五千斤。自光烈皇后起，外戚阴氏虽受官职，却何曾有过这般威势？京师又何曾有过权重如此的外戚？马氏兄弟算是在我朝开了个先例。第五伦奏请削减马氏权柄，虽然未被天子采用，却也不失为一直臣。其力阻西征之言，倒也是为国家所想而全无私心。"

范羌听罢满心委屈："难不成我为国出征蹈死不顾的勇士，便活该丧命他乡吗？"

耿秉言道："朝中倒也有为西征将士请命之人。司徒鲍昱便奏言：'朝廷使人远赴危难之地，事急而舍弃。对外大涨蛮夷声势气焰，对内则有伤死难臣属之心。若我大汉自此之后永无边患倒也罢了，可匈奴蛮族一统西域之后犯塞为寇，天子还能以谁为将抵御外敌？将士一想西域旧事，还有何人肯心甘情愿为国赴难？更何况耿恭三将不过各存数百士卒，匈奴诸国联军以数万人马围困旬月而不能破城，足见敌军虽众却虚有其表。可令敦煌、酒泉太守各将精骑两千，多张旗帜，倍道兼行。匈奴诸兵疲敝至极，必不敢当。四十余日，足可接应耿恭三部退回关内。'"

范羌喜出望外，忙说道："卑职倒是听说过司徒大人名号。其父乃是当年雄霸并州的更始皇帝大将军鲍永，举一州之地归顺我大汉朝，官至兖州牧。

听闻鲍永曾经路过霸陵，不顾侍从劝阻，哭拜旧主更始皇帝陵寝，真乃重情重义之人。司徒大人得其父家风，自然也体恤我为国出征的将士了。不知皇帝可有意听从司徒奏请？”

耿秉满是无奈：“听闻皇帝依旧没有下定决心，尚无出征的旨意。”

范羌欲哭无泪：“难不成要坐视耿将军为国出征却落个客死他乡？”眼见耿秉不发一声，范羌连连叹息：“罢了，卑职追随耿将军驻守车师，既然朝廷遗弃了耿将军，卑职又岂能背离同生共死的袍泽独活？这便回往疏勒，与耿将军一起赴死，也算对得起耿将军一缕忠魂了。”说罢匆匆一拜，哭号而去。

耿秉心中一揪。耿恭是自家兄弟，身为兄长却不能救其脱难，心中如何好受？范羌不过一小小军吏，倒也生得一副忠肝义胆，反倒是自己身居要职却比他不得。如此义士明知是死，依旧要回疏勒，未免可惜了。有心劝他回来却如何开得了口？眼见范羌就要消失在门口，忽有侍卫一路跑了进来，报道：“将军，有谒者王蒙、皇甫援自京师而来，有朝廷旨意传达。”

范羌恍惚之中听闻此言，抹去泪痕，止住脚步，满是期望地候在一旁。耿秉听闻朝廷使者来此，忙站起身来向外迎去。便见王蒙、皇甫援已经入府，见到耿秉宣读圣旨。却是拜耿秉为征西将军，接替窦固总管凉州边境诸事，领兵进屯酒泉。转命耿秉副将骑都尉秦彭统领张掖、酒泉、敦煌三郡兵马六千骑，出酒泉塞经鄯善国北上驰援车师，迎耿恭、班超、关宠三部人马归国，谒者王蒙、皇甫援随行监军。

耿秉不由一愣，既然朝廷拜自己为将，为何却使他人救援车师？范羌却是欢喜若狂，早早上前请命：“卑职自金蒲城而来，熟知道路，恳请征西将军准允，卑职愿为大军引路。”耿秉心思此刻已不在范羌身上，莫不是窦固回京之后刻意排挤，忌惮自己出征西域再建新功后与其相争不成？随意点了下头准了范羌之请，深深陷入沉思。

十数日之后，六千精骑整装待发，秦彭眉头紧锁统领大军出了酒泉塞。按说秦彭初次独领大军征讨，正是扬名立万之时，可秦彭却如何也高兴不起来。奉朝廷之命驰援车师，可秦彭驻扎敦煌年余，自然知道西域眼下错综复杂的局势。匈奴大军再度南侵，西域诸国一夜之间几乎全都背弃了大汉，数万胡兵围攻疏勒，柳中城也是朝不保夕。自己不过六千人马，如何才能救得耿恭三将脱难？唯一让秦彭稍稍宽心的是，刚刚进了鄯善国界，那鄯善王便早早跑来劳军，更遣骑兵千人以助汉军抵御匈奴。鄯善王表了忠心，好歹让秦彭暂无后顾之忧，这才提起精神日夜奔行一路北上。

秦彭大军来到车师前部，心知柳中城胡兵正盛，以七千兵马奔袭万余匈奴、车师联军，以弱击强，秦彭心中真没有底。可既然已经来到车师，若违背军令不战而退岂能逃过军法惩处？无奈之中不由动起脑筋。敌军尽皆集于柳中城，车师前部王廷交河城必然空虚，不如引军转攻交河。破城之后，敌军必然慌乱，倒能多出不少胜算。

交河城果然如秦彭所料那般守备稀松。车师前王总共也就两千余精兵，降于匈奴后，为了“将功赎罪”，亲领兵马助匈奴围攻柳中城，自然要以精兵强将为先锋，方能平息匈奴对车师前部投靠大汉的怒火。城中只有王太子监国，所剩不过数百兵将。更何况有匈奴、车师大军挡在柳中，车师前王如何能想到汉兵竟会绕了远路从鄯善而来，突然出现在都城？随着秦彭一声令下，七千汉骑几乎没有遇到什么像样的抵抗，如狂风一般径直卷入城中。沿途胡人，无论军民、无论老弱、无论男女，尽皆砍死在地，哭号哀求之声响彻整座城池。待杀戮结束，秦彭掌控城防，车师王太子胆战心惊从宫殿出来跪拜乞降，城中早已成了一片尸山血海。稍稍清点，斩杀军民首级三千八百余级，生俘百姓三千余口，掠得骆驼、马匹、牛羊三万七千头。

从交河逃出的军民来到柳中，匈奴、车师大军方知后庭起火国都陷落，皆是惊恐无比。联军围攻柳中，那关宠也如耿恭一般不好对付，硬是坚守月余而不松懈。匈奴大将知车师前部离汉界不远，而敦煌屯驻大批汉军，为防汉军来袭，早已遣出斥候于敦煌一线查探，谁曾想汉军居然从酒泉出塞绕道鄯善而来，硬是打了个措手不及。眼见自交河败逃出来的军民，匈奴大将一时乱了方寸，虽说手中有万余人马，可久攻柳中不成，交河又已落入汉人之手，若再迟延下去，必然断了退路。哪敢继续去管那柳中城，仓皇领军西撤向车师后部退去。车师前王一时没了主意，惶恐之中统领兵马草草归降。车师前部原本也是西域大国，有人口万余，先前经窦固一路斩杀，后被匈奴往复掳掠，今又遭秦彭屠城，所剩军民还不足五千，就此沦落。

只是对秦彭来说，车师前部的强盛衰败并不重要。原本以为抢占交河之后夺得车师前部国都，匈奴气势衰败，纵然人多势众也绝难是汉军敌手。待自己凭借交河坚城消磨匈奴锐气，杀败匈奴还是多有成算的。然而奇袭交河竟然直接吓退匈奴大军，当真有些出乎意料。待遣军士往柳中城探视关宠，以问匈奴强弱，谁知关宠竟然已在数日前抵御匈奴攻城时，身中流矢以身殉国了，终是没能等来柳中城脱困之日。得知此讯，无论是秦彭，还是王蒙、皇甫援，皆从交河胜利的喜悦之中沉寂下来。大军西征意在解救耿恭、班超、关宠三部，可刚到车师前部，关宠便已战死，这使得继续西进疏勒，驰援耿恭、班超变得希望渺茫起来。更何况柳中城外万余匈奴大军几乎毫无损伤全身而退，只怕此刻消息早已传入疏勒，左鹿蠡王必然有所防备。秦彭不过七千精骑，趁着匈奴不备才会乘虚夺得交河，若强行西进只怕有去无回。

王蒙又非军旅之人，眼见关宠已死，心存畏惧，想想西去有数万敌军严阵以待便不寒而栗，连劝秦彭尽早收兵。言称击破交河、收降车师前部已是大功一件，又斩敌甚众，收获牲畜无数，足以向朝廷表功。更何况大军已至交河，无论是车师前部还是后部，都是车师境域，大军也没有违背军令。还是尽速撤回汉界，以免左鹿蠡王再遣大军往交河杀来。

王蒙之言甚合秦彭之心。本就无心西征，又有王蒙这个朝廷谒者在旁劝阻，秦彭自然乐得收兵。随即传令柳中城残兵随大军东行。

范羌随行军中。以其所想，收复车师前部，大军必然很快奔赴疏勒。一想自己没有辜负耿恭重托，范羌便满心欢愉，恨不能插上翅膀立刻飞到耿恭面前。眼见秦彭刚刚受降车师前王兵马，大军几乎已有万人，此去疏勒又多了不少胜算，而秦彭不顾征战劳苦，次日便已传令全军开拔，当真是心系袍泽有血有性的真将军。然而行了半日，范羌便察觉出不妥来。大军并非西行却向东走，甚至都已路过了柳中城，都没有停下来的意思。

范羌心急如焚，又不知秦彭究竟是什么意思，一路跑到秦彭所在，说道："将军，大军似乎偏离道路了。"

秦彭一脸尴尬，王蒙在旁敷衍道："哪里偏了？此乃军机，岂是你一小小军吏所能知道的？莫要聒噪，速速退去。"

范羌如何肯依，顶撞道："耿将军在疏勒城苦苦期盼大汉援军，早到一日便能少死几个兄弟。卑职虽然不知将军有何良策，可背道而驰越行越远，岂非耽搁了时日？还望将军明示！"

秦彭眼见范羌不肯离去，若再纠缠下去，终是没完没了，也就沉着脸说道："我军人少，匈奴势大，若再西行，恐怕我六千大汉将士便要为国尽忠了。你也应该听说了，戊己校尉关宠战死，只怕耿将军也多蒙难。以耿将军的性情，只怕也不愿看到六千将士为他一人白白丧命吧？"

听到秦彭说出实情，范羌大失所望，好不容易盼来大军西征，谁知秦彭畏敌惧战竟要退兵。一旦秦彭大军回师，耿恭哪里还有希望可言？范羌翻身下马跪在秦彭面前，连连哭求道："耿将军为国出征，远戍边疆，以数百人马击退两万匈奴大军，斩敌千数威震匈奴。如此勇士此刻尚在疏勒为国死战，我等既然奉命驰援，无论耿将军生死与否，至少也当往疏勒一行。依卑职所见，左鹿蠡王既然还没有出现在车师前部，只怕多是被耿将军牵制在疏勒城外。纵有数万敌军，却被耿将军消磨了半年有余，早已人困马乏。秦将军有近万大军，一击必然大败胡兵，如此大功近在眼前，秦将军难道甘愿与其失之交臂？"

秦彭听闻范羌所言，倒有些动心，可王蒙早已心存怯意，哪里愿意西征？连连呵斥道："你这军吏当真信口开河，为救你的主子，真是把谎扯到天上去了，数百兵马如何打得过两万大军？你当秦将军是三岁孩童不成？"

范羌眼见秦彭被王蒙一席话说得变了脸色，不由得血气上涌，抽刀在手横于脖颈，义正词严喝道："耿将军真英雄也，岂容小人猜度？奉车都尉远征车师时，秦将军曾与耿将军一同出征远赴车师后部，虽未同属一军，却也横穿荒漠奔行千里之外。血性男儿岂能负了袍泽之情？若秦将军执意回军，卑职便死于将军面前，就请将军踩过卑职尸身班师凯旋吧！"

见范羌竟然以死相逼，秦彭倒也不敢逼迫过甚。并非秦彭有多敬服范羌之言，而是范羌一席话猛然敲醒秦彭。这范羌虽然是一小小军吏，却数次出入耿秉都尉府，听闻每次都得耿秉召见，交谈甚密，足见耿秉很是看得起范羌。再往深处一想，这范羌乃是耿恭亲信，而耿恭又是耿秉族弟，如今耿秉官拜征西将军，总揽河西边疆军政，乃是秦彭顶头上司。若是草草退还，被耿秉知道自己竟然没有去救他兄弟，只怕还真没有好果子吃。可匈奴大军人多势众，疏勒又在八百里之外，大军西征当真没有多大胜算，左右权衡终是退让一步，说道："你倒是条汉子。耿将军自然还是要救的，可本将军既然身为统帅，也要为我六千壮士性命考虑。这样吧，本将军这便传令全军，以实情告于各部，征募敢于西行的勇士，便交由你统率驰援疏勒，你可敢应下这差使？"

范羌如何不敢？连连叩谢秦彭。未过一个时辰，各部皆得秦彭将令。军中还真有不少血性男儿，明知此去生死未卜，也甘愿随范羌同行。最终凑得两千精骑，快马加鞭往疏勒奔去。

28

西域二十六壮士

耿恭伫立于疏勒城头，如往常一般遥望东方。坚守疏勒城已经半年有余，至今不见朝廷一兵一卒驰援。然而耿恭如同倔强的小孩苦苦守候期盼已久的玩具一般，但凡战事稍歇时，便孤独地守候城头翘首以盼，坚信大汉必不会舍弃疏勒，不会舍弃自己。

自从在城中掘出井水后，守军不再为水源而困扰。匈奴攻势稍缓，总算让守军稍稍喘了口气。然而月余之后，匈奴联军再次猛烈攻城。在惨烈的攻防战中，虽然敌军死伤不小，可守军亦是伤亡惨重。只因井水如同神迹一般出现，无论是汉兵还是疏勒兵，心怀对耿恭的崇拜，都是绝无二心奋力守城。为了激励士气，耿恭永远守在最为艰险的北门城头，用那百步穿杨的神技，射杀着对城防威胁最大的敌兵。耿恭吓退匈奴大军的剧毒早已用尽，匈奴联军士卒眼见传言中的汉家箭神没了威势，纵然箭术高超例无虚发，却也不过是一凡人而已。久久凝聚心头的恐惧消散殆尽，转而被遭受欺骗的屈辱和愤恨取代，对疏勒的攻势愈发猛烈起来。汉军将士自然也守在压力最大的防区，伴在耿恭左右抵御敌兵一次猛过一次的攻势。初时追随耿恭一并退守疏勒的汉军将士尚有数百之众，然而在与匈奴的激烈交锋之中，如今保存性命还能继续坚守城池的，算上耿恭自己也仅仅剩下二十六人而已。

虽然至今还没有一个匈奴联军士卒攀上城头，可耿恭知道，疏勒城已经到了山穷水尽的地步。先前有安得王妃时不时传来机密军情，耿恭总是能抢先一步得知左鹿蠡王兵马部署，故而恰到好处地安排好城防，甚至还能时不时出城袭扰打乱敌军。然而最近已有两个多月没了王妃音讯，只怕王妃暗中支持大汉已经败露。王妃的安危固然让耿恭心痛，可没了王妃的情报后，守城变得越来越艰辛。疏勒城中粮草耗尽，又得不到王妃的补给，将士们早已食不果腹。大到无主的战马，小到老鼠鸟雀，都已成了将士的主餐。然而随着时间这样永无止境地耗下去，无主战马已经难寻，老鼠、鸟雀也已绝迹，饥饿的将士们已经开始剥下尸首身上的皮铠、弃之不用的马鞍熬煮充饥了。随着箭矢越来越少，弓弩也渐渐没了用武之地，便是多余的弓弦都被拆了下来果腹。听闻早些年战乱之中，不少守城战最后都沦落到吃人肉的地步，只怕用不了多久，疏勒城就要开始吃人肉了。

一想到人肉，耿恭腹中便是一阵恶心。疏勒城坚守半年，北单于早已听闻耿恭之名。或许不愿继续在疏勒耗费兵力，又或许也敬重耿恭之才，故而有心招降。那日，匈奴使者在城外高呼："单于指天许诺，若耿恭肯开城归降，当封为白屋王，妻以女儿招为驸马，守城汉兵皆有厚赏。"

耿恭身为汉臣岂会背主降敌？更何况耿氏一门从耿况起，三代儿郎抵御匈奴近六十年，甚至比大汉中兴的时间都要长上许多，对外族的仇恨早已深深渗进骨血之中。单于的高官厚禄不仅不会让耿恭动心，反倒成了一种羞辱。然而一瞧周遭兵士，耿恭心中不由一紧。

汉兵听闻有了生路，虽然不至于满心欢喜，可望向耿恭的目光中总是多了那么一丝活下去的期许。而疏勒兵将一听匈奴招降耿恭，开出的条件如此优厚，一旦耿恭贪图富贵开城归降，疏勒又将何去何从？毕竟单于只是许诺了汉人，却对抗拒匈奴的疏勒兵将不管不顾。匈奴士卒战死于城外的不计其数，迁怒起来，只怕疏勒难逃屠城厄运。疏勒兵将不由害怕起来，对并肩作战的汉兵也充满了敌意。如此情形，无论耿恭是战是降，汉军与疏勒兵将已经离心，想要继续坚守只怕都无法像以往那般亲密无间了。

耿恭察觉北单于的险恶用心，假意请那使者入城面议。那匈奴使者倒也有些胆识，明知城中乃是拼死守城半年有余的汉兵，更有疏勒兵将满心狐疑，浑然不惧孤身入城。然而出乎所有人意料的是，耿恭热情无比地将那使者迎上城楼，当着城内城外无数双眼睛，抽剑在手将那使者斩杀于城头垛口，更唤侍从端来火盆，亲手操刀切割使者精肉，烤个半生半熟，浑不在意地将那尚有血丝的炙肉吃进肚里，热情招呼周遭士卒同享美味。一边大快朵颐，一边冲着城外匈奴大军连连称谢：有劳左鹿蠡王一番热心，送来炙肉犒赏汉军，若是有酒那便再好不过了。守城将士目瞪口呆。平日里亲近如兄弟的将军，此刻竟如恶鬼般啃食人肉，看得不少人吐得一塌糊涂。可经过此事，只怕耿恭想要归降匈奴再也无从提起。汉军将士断了失节献城的念头，疏勒兵将也不再怀疑耿恭与城共存亡的决心。北单于自是勃然大怒对耿恭恨之入骨，增兵添将往疏勒而来，誓要血洗疏勒，将耿恭抽筋扒皮为其使臣报仇。

时至今日，耿恭早已忘了猛嚼人肉究竟是何味道。那匈奴使者的血肉化作耿恭御敌的气力，可他的容貌依旧留在耿恭脑海之中挥之不去，不时在深夜噩梦中一遍遍向耿恭索命。想想那使者的年纪，甚至比耿恭还要年轻不少，面相在匈奴人中也算是比较清秀俊逸的，全无匈奴人莽撞失礼的劲头，倒显出不少汉人的知书达理。既有巧舌如簧的口才，又有独闯龙潭虎穴的勇气，想必在北单于王廷之中也是一号人物，稍加历练前途自然不可限量。却落在耿恭这等浑不讲理之人手中，满腹才学没有用武之地，转眼葬身人腹之中，当真是冤屈死了。然而耿恭只能刻意地不去想那使者的冤屈，一遍遍地告诫自己，各为其主而已，当真怨不得自己心狠手辣。

城外又飘飘洒洒下起了大雪，从数日前便下个没完。白皑皑的大雪早已把城里城外装点一新，战死的尸骨厚厚地埋在雪堆下面，仿若一切都不过是场虚幻的梦魇一般。虽说天气一下子冷了不少，可让耿恭欣慰的是，这样的雪天，逼得敌军也无法攻城。匈奴大军早已退去西面，与龟兹合营驻守，谨防耿恭趁着雪天出城袭营。耿恭一阵苦笑，汉军死伤殆尽，疏勒兵也已战死过半，此等情形下，守城兵力都已捉襟见肘，哪里还有精力冒雪袭营？不过既然敌军暂停攻城，耿恭也乐得清闲。从一大早便坐在冷冷的城头，直到天色渐暗也是直勾勾地望着东方出神，仍然没有回去歇息的打算。

就在这时，随着一阵密集的警讯响起，哨兵连声高呼：“敌军袭城！敌军袭城！”

耿恭一个激灵站了起来。城外积雪已有数尺深，空中鹅毛大雪仍飘个不停，这样的鬼天气还有敌人夜攻城池？耿恭抖了抖坐了一整天冻得有些麻木的双腿，死死盯着西方望去，瞧了许久却未发现有丝毫异动。还以为警讯有误，要唤哨兵询问，便听哨兵继续喊道：“北山！北山！敌军自北山而来！”

耿恭万分疑惑。匈奴大军已去西面立营，如何会在大雪天刻意绕去北山再来袭城？耿恭边这样想边向北山望去。便见风雪之中，果然有一队人马正艰难地向这边缓缓移动。瞧那模样，便知探着厚厚的积雪向这边前行着实不易。只怕待来到城前，早已人困马乏了，还如何有气力攻城？难不成左鹿蠡王的脑子被这风雪冻傻了？转又一想，莫不是北单于再增派兵马来此？耿恭一阵无奈，北单于真是太高估了自己。若没有这场大雪，疏勒城再守十数日便已是极限。此时还添兵助战，足见北单于究竟恨自己到了何等地步。耿恭冷冷一笑，且再杀上几个匈奴人，待城破之日，自己还是早早抹了脖子，免得落入单于之手受尽屈辱吧。也不用耿恭传令，周遭士卒听闻警讯，早已从避雪的窝棚里钻了出来，摇摇晃晃爬上城楼仔细戒备起来。

那队人马来到一箭之外止住脚步，独有一人快马扬鞭向这边冲了过来，然而被积雪阻挠一蹦一蹦的，想快也快不起来，着实看得人好笑。可待听清那人高声呼喊，无论是耿恭，还是每一个守城将士，早已是泪流满面泣不成声。便听那人连连高呼："我乃范羌！大汉援兵来救戊己校尉！"

有了两千汉军精锐汇入城中，疏勒军民一片欢腾，万岁之声响彻夜空。待众人散去，耿恭这才有机会领着军司马石修与范羌独处。刚才人多耳杂，不好商议军情，此刻没了外人，耿恭急不可待地问道："朝廷可有旨意？后续兵马何时到来？是哪位将军统率？"在耿恭看来，想要击溃匈奴联军，以这两千精兵只怕力不从心。回想两次西征，都在万人之数，范羌身后理应还有大队人马。

谁知范羌听闻耿恭之言，面有愧疚跪倒在地："禀告将军，再也没有什么援军了！西征主帅秦彭攻破车师前部，已领大军回师，仅此两千精骑接应将军回国。并命传旨于班超，令其一并撤还。卑职无能，终是没能引来朝廷大军讨伐匈奴。"

听罢范羌之言，耿恭不由一阵眩晕。朝廷竟已放弃西域了？那这几年来西征诸国究竟是为了什么？战死于千里之外的将士又有何意义？想要怒斥范羌一番，可他一小小军吏又能做得了什么主？能有这两千精骑救援疏勒只怕也是费尽心力了。回国的唯一生路摆在面前，可并肩杀敌的疏勒又该怎么办？耿恭叹了一声瘫倒在座上，数百壮士随自己屯驻金蒲城不离不弃，如今仅剩二十五人，他们又何苦再为这毫无意义的坚守赔上性命？有心自己一人独留下来与疏勒共存亡，却又狠不下这心来。数次徘徊于生死线后见到一条回国之路，那杀使者吃人肉的狠劲儿都已烟消云散，此刻的耿恭竟是那样脆弱，不过是一个等待回家等到哭尽了眼泪的孩子罢了。

第二日，天色蒙蒙发亮。在还没有停下来的风雪之中，耿恭遣出信使往盘橐城传告皇帝旨意，使班超走南道退回汉界。耿恭则领着死守疏勒半年有余幸存下来的汉军二十五壮士，在两千汉军精骑的护卫下，悄悄出了北门，沿着北道匆匆离去。除去必要的军需和口粮，耿恭把一切能留下来的武器、弓箭、粮草统统留了下来，既是减轻回程的负重，也权且算是对疏勒的一点心意，更多的还是对自己终是当了逃兵的丝丝抚慰。

虽说风雪遮道，匈奴大军退守大营，可昨夜城中忽有异动，冲天的万岁呼声传入匈奴营中，左鹿蠡王如何不起疑心？虽说大军出行不易，可还是在天亮时遣出斥候一探疏勒动静。就听斥候归报，发现厚厚的积雪上留下长长的足迹出城而去，弯弯曲曲一直延伸到北山深处，城头不见一个汉兵，仅剩满面绝望的疏勒兵将守城。左鹿蠡王满心狐疑，还当又是耿恭诡计，一时也拿不准主意。又一想车师前部陷落汉人之手的军报，莫不是已有汉军来到疏勒接走耿恭？一想到此处，左鹿蠡王哪里还害怕中了耿恭诱兵之计。左鹿蠡王南征西域前后已有一年，至今不能清剿寥寥无几的西域汉兵，单于早已耐不住性子。车师前部又再次失落于汉人，单于愈发恼怒。那耿恭毫无信义斩杀使臣令人发指，单于对他恨之入骨，若知道耿恭竟从左鹿蠡王手中逃出生天，岂能轻饶？左鹿蠡王哪里还顾得了疏勒城，草草将战事交由龟兹王身毒处置，自己亲领匈奴大军追击汉军。虽说汉军早走了数个时辰，可在尺深的雪地行军哪里能快起来？虽说大雪同样对匈奴造成不小的阻碍，可汉军蹒跚前行留下的印记，不但为匈奴追击留下足以找寻的痕迹，更是踩实了积雪，使匈奴行进远比汉军轻松许多，总算在数日之后远远瞧见了尚在艰难行军的汉骑。

左鹿蠡王欢欣鼓舞，一瞧汉军狼狈不堪的模样，显然这样高强度的行军使得汉骑早已人困马乏，听闻匈奴追兵已到，躁动之中只想加快脚步逃命，可有积雪阻路，又如何快得起来？左鹿蠡王催促大军猛追上去，趁着天色尚早，必要赶在入夜以前追到汉军，将那不知死活胆敢挑衅匈奴荣耀的汉人斩尽杀绝。而耿恭自然生擒为妙，也好献于单于，抵消出征不利的罪过。

若是没有积雪，依照匈奴骑兵往常的速度，最多个把时辰就该追上汉军了，可那短短路途硬是耗费了许多时光。待左鹿蠡王追到汉军，天色已然昏暗。汉军明知难逃一死，也便放弃了继续前行，回转身来严阵以待。左鹿蠡王对那不堪一击的军阵全然不放在眼里，一声高呼传令大军冲杀过去。虽说雪地交锋使得骑兵全无排山倒海的气势，可一边是乌泱泱的匈奴大军，一边是少得可怜的汉兵，只消匈奴士卒挥挥弯刀，便能将那惊恐的汉兵斩杀干净。

左鹿蠡王扬扬得意，只等擒获耿恭。忽然从两侧深深的积雪中冒出千余“雪人”，锐利的箭锋直指冲锋途中露出两翼软肋的匈奴骑兵。左鹿蠡王暗叫不好，就见密集的羽箭仿若织出一面巨大的铁质罗网，狠狠罩在猝不及防的匈奴军阵上空。伴随着一阵叫骂声，匈奴两侧骑士早已跌倒一片，仿若堆出一道血肉的围墙，护在暗中偷袭的汉兵前沿，拦住了想要转向冲杀过去的骑士，只能眼睁睁看着汉兵搭弓引箭再次射杀过来，而匈奴骑兵本就没有多么强的势头彻底迟缓下来。列阵在前的汉兵此刻一扫倦容，精神焕发迎面杀来，逼得匈奴骑士一边要小心戒备侧翼箭袭，一边要与正面汉军厮杀，虽说人数远在汉军之上，却已落在下风。

眼见死伤士卒正在加剧，左鹿蠡王纵然万分不甘，可也不想继续纠缠下去。耿恭素来狡诈，自己追敌心切，终是落在耿恭布好的陷阱之中，谁知道耿恭还有没有其他诡计？左鹿蠡王心惊之中哪里再敢想着擒拿耿恭，传令大军匆匆撤还，仓皇退去。

耿恭击退追兵，自知兵马有限，也不继续追杀。收拢人马，不顾渐渐黑下去的天色，借着白雪映射的蒙蒙光辉，再次踏上回国之路。

29

弃子的选择

班超心情沉重地走在回国的路上，不时回头遥望大漠深处，仿若还想再看一眼曾经奋战过的地方，然而阴郁的天空偏偏要和班超作对，把那疏勒国遮蔽得不见分毫，恨得班超不住咒骂这该死的天气。

在接到使者传信后，班超得知朝廷迟迟没有援军的实情，而西域显然已被舍弃。事情到了这般田地，班超自知继续留下去唯死而已，何况朝廷传旨撤军，使得班超当真没有再滞留疏勒的理由。听闻耿恭已在两千精骑护卫下走北道退去，班超并没有怪耿恭不等自己便先撤军。若非耿恭坚守疏勒城，使得盘橐城压力小了许多，只怕班超也难坚守这么长时间。更何况情势危急，多留一日便多一分危险，一旦匈奴再次围城，只怕谁也逃不出去。而耿恭没有分拨给班超一兵一卒尽皆北去，必然吸引匈奴主力一路追踪。班超由南道回国，远离匈奴地界，于阗、鄯善毕竟还没有撕破脸皮，反倒是安全许多。虽说南道风雪要小很多，班超一路也远没有北道那般艰辛，可走得还是缓慢，以至于十余日后还都没有走到于阗国界。

班超当初奉窦固之命出使诸国，立志以三十六人收服西域，成就张骞一般的传奇。虽说出使各国万分凶险，却先后收服鄯善、于阗、疏勒，南道几乎已经握在手中，可壮志未酬便要亲手结束自己的梦想，这对班超来说比剜心还要痛苦。最让班超不安的，还是自己退出西域保全性命，疏勒国却在坚守中，与龟兹结下死仇。自己离去之后，疏勒只怕难逃灭国之祸。想想离开盘橐城的情形，班超心中便是一阵悸动。疏勒都尉黎弇与班超合力守城，在半年的同生共死中，早已结下深厚的袍泽之情。得知班超即将归国，黎弇明白这意味着什么。汉使留在疏勒一日，好歹也代表着大汉对疏勒的宗主国地位。就算今日没有援兵，不代表明日也不会有。就算永远都没有援兵，至少也能给疏勒一个坚持下去的希望。可耿恭已经走了，班超又一走，疏勒再无一个汉官兵将，彻底浇灭了疏勒军民最后希望。黎弇痛哭流涕，自知没有办法留住班超，也不好意思留下班超为疏勒殉葬，就在班超出城之际，立于门前横刀自刎。与其待国破之日遭龟兹凌辱，倒不如来个痛快。

就在黎弇鲜血染红门前白雪的一刹那，班超几乎就要下定决心不回大汉而与疏勒共存亡了。可一瞧追随自己出生入死的三十六壮士，班超终是狠下了心肠离城而去。这三十六人皆是肝胆相照的兄弟，若班超发了话，必会绝无二话留下来。可耿恭离去之后，引走匈奴大军，为班超众人回国制造了唯一的也是最后的机会。三十六人能不计生死一路相随，班超又哪能为了个人破灭的梦想，白白葬送他们性命呢？

眼见即将临近于阗，耿恭暂缓抑郁的心情。此刻已远离疏勒国都数百里，便是龟兹想要追杀也已来不及。暂时脱离虎口，众人松了口气，正打算就近往于阗国都休整一日，补充些口粮才好继续东行，便见前方烟尘弥漫，一队人马迎面而来。众人惊恐之中细细观瞧，却是于阗王广德亲领一队军士接应。

班超不敢大意。

在疏勒国殊死守城半年有余，于阗国名为大汉属国，却坐拥三万余大军对班超没有一兵一卒驰援，坐视班超在疏勒与龟兹、匈奴斗个不可开交。此时领兵迎候难知其心意，还当小心为妙。

便见广德还未来到跟前，远远跳下战马，径直跑到班超面前，一下子跪倒在地，抱住班超马腿便不放手。惊得战马想要后退，却被广德拽得左右摇摆不定。就听广德连连哭诉：“小王依汉使如父母，万望汉使不可弃我等而去！”

班超心中一宽，看来广德并无异心，只是不愿自己离去罢了。转而又为自己舍弃西域归国羞愧起来，只能搪塞道：“天子征召我等归国，必有要事交代，于阗王不必忧虑，大汉必不会舍弃西域不顾。”

谁知广德对班超之语仿若未闻，只是说道：“疏勒兵弱，灭国不远，护不得汉使周全。我于阗国兵精粮足，不惧匈奴、龟兹。汉使大可留于于阗。只要有本王在，那匈奴、龟兹伤不得汉使一根毫毛。汉使且随本王回城，好生洗去一路征尘，本王早已为汉使备好酒筵压惊。”

广德过分的亲热忽然让班超警醒起来。当日班超初来于阗，广德对汉使可是轻蔑得紧，明知巫者偏袒匈奴，依旧向班超索要騧马祭神。直到班超斩杀巫者，警告广德，这才逼得广德杀匈奴使者归顺大汉。此时广德越是亲热，越让班超浑身不自在。想当年，广德叔侄趁着莎车国衰，起兵反抗，终是光复于阗，攻灭莎车，足见广德果敢狠辣的性情。匈奴统御西域时，广德屈于其下甘为附属，却借着匈奴之名在南道乘势壮大。待大汉击退匈奴，广德又弃匈奴转投大汉，这般左右逢源足见广德的奸猾。如今匈奴势力再次席卷西域，以广德的性情，如何会对班超一心一意？又一想秦彭西征车师时，鄯善国曾出兵一千相助，秦彭刚刚收复车师前部，便草草退兵。鄯善国自然知道大汉已对西域失去了控制。于阗紧邻鄯善，只怕广德早已知道此事。既然广德已经知道实情，匈奴势力再次膨胀起来，只怕广德保护班超是假，软禁汉使以观局势是真。若大汉再次派兵则罢了，若久无音信，只怕广德便要以班超的人头献于匈奴，以赎当日斩杀匈奴监国使者的罪过了。

猜得广德那点心思，班超虽然心中愤怒无比，却也无可奈何。若真去了于阗，哪里还由班超做得了主？这于阗万万去不得。可若辞去广德邀请，只怕广德也绝不会放班超东去。归国无望，班超不但没有焦虑起来，反倒有了一丝庆幸。既然广德堵住了回家的路，倒是给了班超抗旨不遵的理由。班超心里也明白，若自己顺利回到大汉，只怕今生今世再也没有机会回到西域了。莫不如返回疏勒，成就自己豪情壮志。即便终是落个战死沙场，也算为自己的志愿努力过，再无遗憾了。

班超遂说道：“既然于阗王这般盛情相待，我班超又岂能辜负西域诸国一片深情？于阗王对我大汉忠义无双，本使在此代大汉天子谢过。这便回往疏勒，必不让匈奴、龟兹得偿所愿。于阗王既然领兵来此，莫不如借兵于我。待本使讨平龟兹，天子必然不会薄待。”

广德心中一惊，无论如何没有想到班超竟敢回去。有心强拉班超回往于阗，可西域局势还未明朗，实在不好过早下手，免得下错了注，引来灭国之祸。可若借兵于班超，等同于宣告西域诸国，于阗将与汉使一同抗拒匈奴，这是广德万万所难决定的。

广德正不知如何回话，班超猛一拽缰绳，扯得战马挣脱广德。广德愣神之际，班超匆匆拱了拱手：“疏勒局势危急，刻不容缓，本使暂且先行，于阗王整备好兵马还当速速赶来才是。”说罢，也不等广德回话，一甩马鞭便往疏勒奔去。其余壮士见班超折返，虽然心中疑惑，却也没有丝毫犹豫，一并向西奔去。留下广德呆呆立在原地不住揣摩，今日之举是否错了？

班超统领三十六壮士，迅速离开于阗折返疏勒，沿途将广德所谋告于众人，以解众人疑惑。田虑众人皆是愤怒无比。困守疏勒时，于阗心存惧意不来救援也便罢了。此刻众人好不容易有机会回到大汉，广德却又心生歹意，想要落井下石。既然东去之路已然阻断，也只能追随班超重新回到疏勒。毕竟那里还有众人一席容身之地。然而待回到疏勒时，局势已然发生翻天覆地的变化。

就当耿恭、班超先后撤还之后，疏勒忠王只能以番辰接替黎弇都尉之职守备盘橐城。疏勒举国上下皆是心如死灰，虽然尚有两万余兵马，却早已在与匈奴、龟兹长达半年的对峙当中疲敝至极。此刻又没有汉使相助，心知已经彻底被西域诸国孤立，顽抗下去唯有灭国而已。忠王乃是汉使所立，虽然被疏勒贵族百姓拥护，可在灭国的威胁之下，以番辰为首的重臣，一面向龟兹暗送秋波，一面不住逼宫催促忠王归降。忠王渐渐难以驾驭百官，只能在惊惧中向龟兹俯首称臣。龟兹王身毒大获全胜，然而此时匈奴已经撤兵，以龟兹诸国之力想要彻底吞并疏勒还真是没有那么大的胃口。又有兜题作为前车之鉴，身毒也不想过分逼迫疏勒贵族，免得疏勒心生悔意断了归降之心，遂没有废黜忠王，依旧以其为疏勒国主。龟兹联军各归其国休养生息，为防疏勒心生异心，身毒又命尉头国主与都尉番辰联兵监护疏勒。

班超行事素来果敢迅猛，见疏勒虽已败降，可局势还没有到不可收拾的地步。当即潜入城中，与忠王密会。忠王见班超回还，立刻有了主心骨，听从班超之言召集群臣上殿。班超出其不意出现在大殿之上，朝臣早已一片沸腾。那些胁迫忠王归降之人惊惧万分，还没来得及逃出殿外，便被守住殿门的田虑众人剁翻在地。其余人等本就对汉使心存敬畏，眼见反叛落个这般下场，哪里还敢抗拒，疏勒转瞬之间再次回到班超掌控之中。只是那劝降忠王的都尉番辰掌控兵权，留于盘橐城，忠王也是无可奈何。

班超一点也不把番辰瞧在眼里，自己守备盘橐城时，对守军了如指掌，番辰刚刚接替都尉之职，想要掌控盘橐城大军，只怕远没有那么容易。只是此时倒不好强攻番辰，免得疏勒将士自相攻杀削弱国力。尉头国主替龟兹监护疏勒，若能一举击破尉头，番辰没了外援自然不战而降。

西域南北两道交会之地强国林立，尉头国在其中算不得什么大国，不过寥寥数千兵马罢了，只因亲近于龟兹而被身毒委以重任。此刻奉命监护疏勒，尉头王早已乐得不着边际。当班超统领疏勒城数千兵马出现在国都外时，尉头王一时蒙在那里久久不能平静。汉使明明已经逃离西域，此刻如何会领大军复仇？可若不是汉使，疏勒王怎敢在身毒刚刚撤军便来寻衅滋事？迷惑之中，尉头王勉强抵挡一日，可疏勒将士本就对屈降龟兹羞愤无比，更为被尉头这等小国压在头上恼怒至极。如今有汉使坐镇军中，士气早已在怒火中膨胀到极点，岂是尉头兵马所能抵挡？在战死六百余将士之后，尉头王终于坚持不下去匆匆归降。

班超一日之间攻灭尉头，番辰这才得知汉使竟然已经回来，听闻朝中劝降之人皆被班超斩杀，恐惧之中有心求救于龟兹，可盘槖城早已欢欣鼓舞等候汉使。恰逢此时，班超遣使入城，非但不再追究番辰劝降之罪，反而依旧以番辰为都尉。番辰这才放下心来，向班超献出城池兵马。

疏勒国迫降于龟兹后十数日，再次安稳下来。

30

平叛：外戚掌权的源头

耿恭望着母亲的坟茔跪地三叩。为母服丧一年，今日特意祭拜，一解心中哀思。

当日耿恭奉朝廷之命，在两千精骑护卫下由疏勒归国。匈奴左鹿蠡王亲领大军一路追杀，虽然被耿恭伏兵击退，可那左鹿蠡王接连吃亏，怎会任由耿恭安然回国？收拢兵马便又追了上来。随着渐渐走向东方，大雪早已停歇。没了积雪阻碍，汉军走得松快不少，可匈奴人多势众，马匹又远比汉兵要多，追击起来愈发迅猛。汉军且战且退，一路与追兵互有胜负。汉军毕竟人少，死伤不小，两千骑兵为救人而来，却平白死了更多的人，耿恭及其幸存的二十五名壮士怎好避身事外？每一次反击，耿恭与其侍从皆是冲在最前面的。一路艰险总算退回敦煌，可随耿恭从疏勒撤回的勇士仅剩下十三人而已。

朝廷倒也没有薄待这硕果仅存的十四人。中郎将郑众上疏为耿恭表功，言耿恭数百之众对阵匈奴数万大军，前后杀虏数千百计，洁身自好拒不降敌，耿恭之节义，古今未有，当蒙显爵。司徒鲍昱亦奏耿恭节过苏武，当厚封拜。刚刚坐稳皇位的孝章皇帝，遂从鲍昱、郑众之言，加拜耿恭为骑都尉，以其司马石修为洛阳市丞，军吏张封为雍营司马，范羌为共丞，其余九人皆补御林卫，也算是对死里逃生的耿恭众人的嘉奖。

经过西域数年的你争我夺，大汉和匈奴似乎很有默契地不再把目光集中在西域。虽然汉军已经撤回国内，可班超以一己之力抢回疏勒，匈奴也兵困马乏无力继续侵入南道，西域竟然就以疏勒为界僵持下来。耿恭回京后不久，从兄耿秉从征西将军转拜为度辽将军，接替来苗屯兵于五原抵御匈奴。北单于亦使皋林温禺犊王统领其部众还居涿邪山，似乎有意收复旧地。南单于联合乌桓集结数千轻骑出塞迎击，斩首数百级，降者四千余众，使得北单于的如意算盘再次落空。

西域的争夺暂且落下帷幕。耿恭从戊己校尉一跃成为两千石的将官，升迁不可谓不快。当初耿恭毫无畏惧为朝廷驻守金蒲城，不就为了这一刻的荣耀吗？然而耿恭却没有功成名就的喜悦。这份殊荣是用数百战死沙场的兄弟性命换来的，虽说一将功成万骨枯，这点牺牲算不得什么。可那数百将士忠贞不渝甘心赴死，直到最后还都坚信耿恭必能领着大伙回到家乡同享富贵，耿恭却是让他们失望了。最让耿恭痛心的是，就在他为朝廷抵御匈奴时，母亲久久盼不回儿子，又听闻朝廷似乎对救援耿恭没有多少赞同之声，哭瞎了双眼溘然而逝，终是没有等到耿恭光宗耀祖的一刻。身为臣子，耿恭绝不敢将心中的悲哀怪罪到朝廷头上。只能守孝一年，聊表愧疚之情。想着自幼与母亲相依为命，待自己得拜高官时，母亲却已撒手人寰，耿恭便痛彻心扉。回国一年多来，耿恭几乎没有怎么上过朝，多是守在母亲坟前尽孝。

就在此时，忽然奔来几骑，一瞧服色便知是宫中之人。耿恭很是意外，待听罢皇帝传召旨意，这才明白过来。陇西、金城羌人再次反叛，五万余叛军横扫陇右，陇西、天水接连告急。皇帝传召耿恭速速进宫商讨平叛策略。

说起陇右羌人反叛，耿恭可是一直在留心的。耿恭回国当年，卑湳羌人杀安夷县令起兵造反，勾结勒姐羌、吾良羌寇掠郡县。羌人杀官造反，起因在于汉人官吏掳掠卑湳羌妇人而为羌人所杀，安夷县令身为一县之长，自然要锁拿犯事羌人归案，终是激发了汉羌长久以来的积怨。好在陇西太守还算有些能耐，统领郡兵迅速出击，趁着叛羌小胜几场骄纵无比，杀敌数百，收降诸羌。皇帝为防羌人再次作乱，拜前任度辽将军吴棠为护羌校尉，监护陇右。羌人叛乱草草覆灭在萌芽之中，然而谁也没想到卑湳羌叛乱仅仅是一个开始罢了，这次叛乱给了心存不轨之人一个绝佳的机会。

当年烧当羌滇吾兄弟反叛，被马武、窦固平定。滇吾兄弟二人统领部众归降大汉，先后封赐爵禄了事。如今兄弟俩早已亡故，滇吾长子东吾承继爵禄，次子迷吾没有富贵荣华，心中愤愤不平。卑湳羌叛乱虽然很快被平定，可羌人与汉人之间的裂痕却越来越深。迷吾瞧出端倪，趁机兴风作浪，煽动羌人不满情绪，终是激发起规模更大的羌人叛乱。金城太守郝崇最早探知迷吾阴谋，匆匆集结两千余郡兵追讨叛逆，却惨败于迷吾之手，两千将士死伤殆尽，仅郝崇一人逃回金城。封养羌酋首布桥见迷吾势大，遂尽其部众响应，引得十余部羌种皆来投奔，就连卢水胡人都为叛羌遥作声势。护羌校尉吴棠难以遏制，被皇帝撤职查办，转拜当年助马武平定滇吾叛乱的武威太守傅育为护羌校尉。可迷吾、布桥所领叛羌已有五万余众，傅育也仅能坚守城池自保罢了。耿恭虽在守孝，见陇右危急遂上疏朝廷，谏言平叛方略。今日皇帝忽然召见，只怕陇右局势已经愈发危急了。

耿恭哪里敢耽搁，匆匆除去孝服，赶去皇宫。待耿恭来到殿上，便见中郎将马防早已伴在皇帝左右，显然已经商议良久。耿恭心中一阵愧疚，为尽小孝而置国家大事于后，当真有失为臣之道，赶忙上前叩拜天子。

就听皇帝说道："耿卿来的正好，朕刚刚已与中郎将商议妥当。迷吾叛乱实乃心腹大患，若再姑息养奸，只怕陇右不复为朝廷掌控。近来班超有奏疏传回，龟兹诸国得知班超收复疏勒，匈奴又已退兵，不敢再来滋扰，一时西域倒也风平浪静。于阗王见班超站稳了脚跟，遣兵相助。班超又先后说服康居、拘弥两国，欲集结四国兵力，讨伐姑墨国，去除龟兹羽翼。若班超真能攻破姑墨，朕也有意准了班超所请，再次增派兵马往疏勒助其平定诸国。然而陇右局势危急，若河西五郡被叛羌割裂开来，我大汉还哪里能管束得了西域？故而朕有意以中郎将为帅，耿卿为副，统领北军五校军及诸郡郡兵三万人马征讨叛乱羌众。不知耿卿以为如何？"

当年耿恭与班超共守疏勒，耿恭弃城东归，班超却中道折返。每听到班超之名，耿恭心中总有些酸溜溜的。只是此刻耿恭没有时间去想班超之事，忙上前拜奏："依末将来看，羌人叛乱事出有因，若一味征剿，只怕使得羌汉仇怨再也无从化解。孝明皇帝在时，以马武、窦固征讨叛羌，招安滇吾兄弟，换得陇右羌人十数年太平，莫不如以恩信招安迷吾、布桥诸羌，也好化解一场兵祸。"

马防却在一旁冷笑一声："耿将军似乎忘了，滇吾归降不假，却是被彻底击溃，穷途末路才能被朝廷招安。今日迷吾声势正盛，岂会被三言两语说得束手就擒？"

耿恭与马防还是初次相见，一瞧马防那盛气凌人的模样，耿恭一时倒也无从反驳。随着新皇登基，马家已经成为京师最为显赫的门第，绝少有人敢与马家为难。从皇帝的言语来看，似乎很是倚重几个娘舅，耿恭也不好与马防起了冲突。正想着如何措辞劝谏皇帝，却听皇帝已经拿定了主意："耿卿所奏虽然在理，可陇右岌岌可危只怕等不得诏安。既如此，便依中郎将所奏，以中郎将行车骑将军，拜骑都尉为长水校尉，择日领军征讨叛羌。”

耿恭不由一愣，皇帝召见自己商议叛羌之事，还未等自己说上几句，便已定下出兵之事，显然已经和马防商议好了平叛要务，而没有多看重自己的意见。之所以找来自己，想必多是马防虽有军职，却从未领军出征，故而以自己为副将助马防一臂之力罢了。耿恭暗叹一声，既然皇帝已经下了旨，那便遵从圣命吧。

就在出宫之际，马防冷冷望着耿恭的背影，骂了一句：“原以为耿恭独守孤城年余，是条血性汉子，有意邀他出征叛羌为国建功，却是这般不识抬举。罢了，没有他耿恭，我照样踏平陇右剿灭叛兵。”

马防统领大军浩浩荡荡来到天水冀县。当年马援在临洮大破先零叛羌，收降部众近万人，名震陇西。如今马援早已亡故，马防却能承继父业统兵平叛，心中当真别有一番滋味。莫看马家在朝中要风得风要雨得雨，可总有些嚼舌根之人，总说马家不过是靠着马太后这棵大树得来荣华富贵。若马防能平定叛乱，自然能让那些小人闭上嘴巴。更何况窦固两次征伐西域，得建功勋，在朝中权势日渐威重，隐隐已经成了马家的对手。一想到窦固，马防便恨得咬牙切齿。当年父亲含冤而死，虽说梁松乃是罪魁祸首，已被孝明皇帝贬黜治死，算是报了血海深仇。可窦家与梁家一个鼻孔出气，窦固更是梁松早年密友。父亲蒙难之际，窦家权势正盛，却丝毫不念与马家许下的婚事，任凭马家遭小人围攻，几乎要落个家破人亡的地步。也是窦家罪该万死，终是被孝明皇帝罢官免爵，窦穆一门几乎皆死于狱中，这其中少不得马防的刻意“关照”。可那窦固不但从大难之中脱身而出，而且隐忍十数年后统兵出征，使得窦家再次高高立于朝堂之上。若对此听之任之，只怕马家终是要被窦家再次压制了。故而陇右叛羌生事，马防早早争下这主帅之位，将窦固排挤出平叛将帅之列。若马家能立下战功，便足以遏制窦固的声势，保全马家的权威不失。可马防精挑细选的副将耿恭，打一开始便不让马防省心，开口便提当年马武、窦固征讨烧当羌的往事，这让马防如何不恼？除了窦固不说，那马武可是诬告马援的首恶。若非马武运气好，在马家得势之前已经病逝，马武之子马伯济又卷入楚王刘英谋反大案而被削去爵禄，只怕马防也绝不会轻易饶过。耿恭说什么不好，偏偏要提马武，马防心中对耿恭那一点点敬意荡然无存。可皇帝已经在马防所请下，指派耿恭为副将，马防也不好再作更改。又不愿耿恭在平叛之中建功，遂调拨耿恭领其本部兵马三千余众屯兵于金城郡枹罕城，名为保护河西通道，实则支开耿恭。只因马防早已探知叛羌主力已经离开金城，南下侵入富庶的陇西、天水。

据斥候所探，叛羌数万大军集结于临洮，布桥统率近三万兵马围攻南部都尉，而迷吾则引余众四处劫掠大发横财。虽然已经得知敌军动向，可马防也非匹夫之勇。孩提时，便常听父兄言及陇西羌乱之事。羌人好战成性，其勇猛丝毫不输于匈奴。父亲平定羌乱，赢得并不轻松，甚至在临洮一战身负重伤。何况临洮道路艰险，车骑方阵难以通行，若使大军延展开来行于险路之中，稍有阻隔便让大军进退不得。一旦此时受袭，只怕没能到得了临洮，便要惨败于叛军之手了。

马防遂命军司马夏骏、马彭各引死士精骑数百，分为前后两军，乘夜穿过狄道，潜入临洮地界。据马防所知，临洮城外十余里有岳麓山，山林茂密地势险要。遂传令夏骏、马彭于山林中分立两座大营，多数旗帜虚张声势，言汉军已至，天明便会进军围剿叛羌。

布桥听闻岳麓山忽有汉兵出没，初时也未在意，只当是汉军斥候罢了，遣去数百兵马将他们赶出山去也便是了。谁知所遣兵马被山中汉兵杀得惨败而还。听闻惶恐至极的败兵一遍遍说着汉军之盛，似乎整座岳麓山都已驻满了汉兵，更言天亮便要大举杀奔临洮，将羌人尽灭于城下。布桥对朝廷遣大军进入凉州之事有所耳闻，可没有傻到要和汉军生死相搏。只想趁着汉军到来之前攻破临洮，大肆掳掠一番，尽快裹挟财货逃出塞外。狄道艰险无比，汉军想要穿过此路，至少也要消磨上一整天工夫，而迷吾兵马横扫临洮，狄道有何风吹草动岂会不被察觉？怎知汉军居然如神兵天降般忽然出现在岳麓山中，当真让布桥措手不及。此刻怕是舍弃临洮退兵都已来不及了，只得匆匆传告于迷吾，集结兵马合兵一处。好歹有五万大军，与汉军拼死一战未必没有胜算。

天色转亮之后，迷吾、布桥紧张地坚守大营，小心防备着岳麓山汉军侵袭。可茂密的山林之中，战鼓之声从天色初亮一直敲到暮色渐沉，依旧没有汉兵杀出。迷吾、布桥皆是一脸迷茫，莫不是败兵所探有误，山中并没有多少汉兵屯驻？

迷吾亲领一半人马来到山下，小心查探一番，果如先前败兵所言，山中随处可见汉军旗帜，烟尘弥漫于丛林之间，高亢的战鼓声便从山林深处一声一声传来。只是山林茂密，对那山中汉军大营瞧不真切。迷吾只得派出数队人马涉险登山一探究竟，怎奈山势险要，所派人马皆被射退回来。山中情形一时也摸不清楚，而天色又渐渐暗了下来，迷吾只得在山外暂且扎营小心防备，欲待天亮后大举杀入山中。

只是迷吾终是没有等到杀入汉营的那一刻。翌日清晨，东方发白。高亢的战鼓声再次响彻岳麓山前，迷吾大军在喧闹声中从睡梦惊醒，警惕地向山中望去，一如昨日般全无汉兵身影。只是随着杀声渐近，羌人大军惊恐地发现，这声响并非自山中而来，却是在身后传出。待转身瞧去，便见漫无边际的汉军在骑兵开路下，从东方杀奔而来，扬起的烟尘遮天蔽日，惊得羌人早已乱了军心。而藏于山林中的汉兵见大军已至，再也不需隐藏。夏骏、马彭统领伏兵尽皆杀出，近千突骑冲入羌人大营之中肆意杀戮。毫无防备的羌人连马鞍都未披整，以匆匆集结的步卒如何挡得住汉骑兵锋？一时被汉军搅得乱作一团，还未坚持个把时辰，便见马防亲领大军已经杀奔面前。虽说迷吾部众与汉军人数不相上下，然而本以为汉军皆在岳麓山中，昨日仔细防备早已泄了士气，今天忽遭突袭，已是人心惶惶。各部羌人又不同心，顷刻间便遭汉军分割围杀。迷吾从汉兵突然出现在身后的那一刻起，便知败局已定，匆匆领了本部人马弃了大军仓皇逃去。诸羌部众见迷吾奔逃，哪里还愿迎击汉军，也各引部众一哄而散。汉军一路追杀，斩首四千余级。待杀至临洮城外，布桥听闻迷吾战败，自知难敌势头正盛的汉军，只得舍了临洮匆匆逃往望曲谷避祸。

马防出奇制胜，一战解除临洮之围，倒也不急于追讨叛羌余众。一者羌人人多势众，汉军此刻不足三万，何况羌人战败之后势必警醒万分，马防强行征讨未必能占到多少便宜。二者马防虽然对耿恭颇有成见，可对其招安之言却很是认同。当年马援官拜陇西太守，恩威并施方得羌人信服，马防又不是莽撞匹夫，怎么会只想着打打杀杀？遂借着马援在陇西的声威，四处安抚羌人部众，使其甘为汉军所用，招诱叛乱羌众。遁逃山林的各部叛羌，听闻汉军主帅乃是当年陇西太守马援之子，短短半年之间，在对马援声誉的信服下，各部羌众尽皆归附。迷吾眼见马防对归降的羌人毫无惩处，也领其部众降于汉军。唯独布桥仗着尚有两万余大军，粮谷牛羊积蓄丰足，又有望曲谷天险可守，对马防招降之意全无应答。

马防正筹划着进军望曲谷，剿灭布桥羌众，忽得陇西长史军报，言耿恭屯守枹罕半年有余，虽然与零散的叛羌数有交锋，却也没有多大斩获。听闻马防平定临洮，收服诸羌，唯独布桥死守望曲谷不出，遂遣其军司马与陇西长史合兵千余南下突袭叛羌，却在和罗谷遭布桥伏击，死者数百人。马防不由冷冷一笑，耿恭在枹罕坐了这么长时间的冷板凳，终于耐不住性子，知道陇西战事临近尾声，想要最后抢些功劳。耿恭此番出击虽然败退，却仅仅是试探而已。还当速速击溃布桥，省得被耿恭抢了这功劳去。

马防遂使军司马夏骏领兵五千走大道奔赴望曲谷，又暗遣军司马马彭领兵五千走闲道冲敌腹心，再令长史李调领兵四千绕道西山，仅留索西方向一条道路供叛羌逃窜。

布桥在望曲谷安安稳稳住了半年，听闻汉军杀来，忙引兵马死守谷口抵御，谁知才与夏骏兵马交上手，又有两面皆遭敌袭，更有一路汉兵在羌人引路下突然出现在望曲谷中心，立刻将山谷中的羌人杀得大乱。布桥闻风丧胆，顾不得回谷收拢财货，急领兵马便往索西逃去。夏骏死追猛打，逼得布桥恼怒无比，集结精骑反杀过去，这才击退夏骏追兵。布桥失了辎重财货好不懊恼，栖身之所又已落入汉军之手，只得领了残兵退往索西暂避一时。谁知布桥刚刚到了索西，还没喘口气，却惊恐地发现，自己已然陷入马防早已布好的口袋之中。苦苦血战一日，布桥突围不成，无奈之中领残部万余人马归降马防。

经此一战，汉军杀敌数千，截获牛羊十余万头，叛羌终是大势已去，陇右渐渐归于平静。马防遂于索西筑城一座，将南部都尉迁于此处屯守，又复设亭候烽燧，以对诸部归降羌人进行管束，免得初降之后人心不稳再起争端。捷报传回京师，皇帝见陇右再无必要留守大军徒费国力，遂遣各部军兵自回驻所，并诏马防回京复命，留耿恭领其部众驻守金城，继续征讨叛羌余孽。

31

两大外戚的妥协

经陇右一战，马防恩威并施，将声势浩大的羌人叛乱迅速平定，以事实宣告朝野，虎父无犬子，马援自有后继之人。更重要的是，经此一战，马防荣立军功，使得马家权势愈发稳固。先前皇帝登基之时，便有意封马家三兄弟爵位。只是朝野总有人指手画脚，兄长马廖又是个厚道本分之人，迫于压力也便辞谢皇帝好意。尤其那司空第五伦，仿若是天生看不惯别人家好，三番五次与马家为难。当日马防请旨西征叛羌，第五伦便想方设法阻拦圣意，如今马防得胜还朝，皇帝再次动了封马家兄弟为侯的念头，倒要看看还有何人敢和马家过不去？

马防面圣后刚刚回到府上，堂兄马严便火急火燎地跑进府中。马严本是马援养子，当年与马防三兄弟为屈死的马援拼死喊冤告上御状，好歹保全马家没有彻底败落。又想方设法送马援小女进了东宫，最终才有马皇后的册立。如果没有马严，就没有马家今日的威势。可马家得势后，马严却和他弟弟回到故乡隐居，居于钜下，多有义行受人赞颂，称为钜下二卿。马防兄弟几人很是感念马严恩情，数次奏请孝明皇帝征辟马严入朝，却被马严婉拒，甚至远迁北地不愿入朝为官。直到当今圣上登基才回到洛阳，可也就是任个闲散郎官，与班固那些人在一起修订史籍。去年马严外放为陈留太守，恰逢马防奉命出征，也未及见上一面。近日马严回京述职，马防这才和马严久别重逢。

马防乐呵呵地说道："我的郡守大人，可是想煞兄弟了！听闻兄长在陈留贤名远播、郡界清净，总算让兄长一展才学呢。今日入府来，莫不是听闻皇帝已正式封我为车骑将军特来恭贺吗？"

马严却是一脸严肃，说道："你倒还有心逗乐。你可知出征这半年多，朝中出了何等大事？"

马防一愣：“整日忙于军务，倒是不曾听说朝中之事。”

马严叹了一声：“皇帝虽然登基，然而后宫诸位空缺。就在你出征后不久，皇帝传旨公卿列侯之家，献女入掖庭备选，已择定数女充入后宫。”

马防笑道：“皇帝既已登基，自然要选些美人的，兄长何必为这点事情着急？难不成兄长也有意送女入宫？兄长大可放心，有我妹子当太后，绝不会让侄女儿落选的。”

马严却打断道：“你倒是听我说完。你可知谁家女子入了宫？”

马防见马严这般在意此事，心中暗觉一阵不妙，就听马严说道：“窦家窦勋之女、梁家梁竦之女皆已选中，听闻都很得皇帝宠幸，皆被册封为贵人。”

马防大惊失色：“怎会这样？窦家、梁家皆是我马家仇敌，怎能让他两家女子入宫？大哥傻了吗？太后怎么也不管不问？”

马严却是叹了一声：“唉！你大哥是什么脾气你不知道？老实本分过了头，哪里懂那么多去？前两年被第五伦参了一本，说他多赠钱财于不相干人等。吓得他不敢再与朝臣深交，退了朝就闭门不出。皇帝选妃这等大事也当作与己无关浑不在意。太后就更别说了，还没有开始选妃，便早有些宫人在太后和皇帝身边嘀嘀咕咕，说的尽是些窦家的好话，简直就把窦家的闺女吹成了天仙，皇帝还没见到面，就已动了心。我猜呀，不是窦固在其中张罗，便是窦融的孙媳妇沘阳公主忙着操持。太后性子温和，又甚是疼爱皇帝，自然不会驳了皇帝心愿。再说你那三弟马光，也不知怎的，和沘阳公主之子窦宪走得很是亲近，简直就是家中常客，整日形影不离。窦宪为了让他姐姐入宫，只怕也多请马光给太后说了好话。而梁贵人虽说是梁松侄女，却自幼被梁松之妻舞阴长公主抚养。能选入宫中，只怕也多是其养母操办了。梁贵人刚刚入选，当年因梁松一案受牵连流放九真的梁竦也已被召还京师。”

马防面如土灰。本以为窦固能得宠幸皆是因为西域战功，只要自己能平定羌患，自然能压过窦固。故而出生入死西征叛羌。谁曾想出征在外，却被窦家借机钻了空子。如果自己留在京师，是无论如何也要闹得窦家之女入不了宫的。窦固在朝中权势日盛，本就已经与马家不相上下，如今又有窦贵人得宠，这对马家来说绝对不是什么好事。梁家就更是马家死敌。马援被梁松污蔑含冤而死，而梁松终被孝明皇帝下狱治死，虽是梁松咎由自取，可孝明皇帝娶了马家之女为皇后，梁松之死马家也是脱不开干系的。当年马家几乎已经败落，只因送女入宫这才有了出头之日，窦、梁两家倒是学得像模像样。虽说皇太后先前也为皇帝结下一门亲事，乃是马防表亲宋氏姐妹二人，颇得宠幸，皆为贵人。可听马严说来，窦氏、梁氏似乎更得皇帝青睐，只怕假以时日，宋贵人失宠，后宫便要落入窦氏、梁氏之手了。窦家倒还好说，也就是权力争斗罢了，还不至于势同水火。梁家只怕已是不死不休了。一旦梁贵人得势，对马家就是覆顶之灾。

对马严来说，原本置身这权力争斗之外，若继续做个隐士，自然安然无虞。当年马皇后初立时，窦勋、梁松相继败落。两家得势时何等荣耀，最终却落得个下狱治死，几乎举族受到牵连。见惯了豪门世族起起落落，马严也便明哲保身远避朝堂之外。可马严身负才学，终是不愿就此隐居世外。见马家兴盛了十余年而无衰败迹象，终是耐不住性子回到朝廷效力。可刚回来没几年，窦家、梁家便有了复起之势。一旦马家出了事，马严岂能独善其身？自然是要想方设法来避免这样的事情发生的。

兄弟二人各怀心事，一时默默无语，就听此时，外面一阵喧闹，便见马光大大咧咧走进府来，远远就在那里吆喝："二哥，小弟我可是来恭贺你封拜车骑将军的，好酒好肉且备足了，今日定要喝个痛快！"一瞧马严正陪在一旁，笑道："威卿也在啊，倒是稀客。我二哥可藏了不少好酒，威卿可要好好尝一尝。"

马防正心中抑郁，马光却来惹事，见他身边还跟了个年轻公子，却并不认得。见有外人在场，马防也不好让他看笑话，压着心中火气，问道："我和威卿正在说皇帝选妃之事，窦贵人和梁贵人你可知道？"

谁知马光一笑："已经不是窦贵人了。小弟刚从太后那里出来，太后很是喜欢窦贵人，说她不但貌美还颇有才学，听闻六岁便能书会写，真是秀外慧中。皇帝既然已经承继大统，也该当册立皇后打理后宫事务。窦贵人才貌双全，必是皇帝的贤内助，故而太后有意推举窦贵人为皇后。依皇帝对窦贵人的宠幸，又有太后支持，只怕册立皇后已是水到渠成的事情，想必过不了十天半月便会有准信了。"

马防、马严皆是一惊，当真是怕什么来什么。虽说不是梁贵人封后，使得马家不至于有生死之忧。可窦固本就是光武爷的女婿，如今窦家再出个皇后，风头已然盖过了马家，只怕用不了多久便会取而代之了。

马光却和没事人一样，笑呵呵地对旁边那年轻人说道：“伯度老弟，这回你可就成皇帝的正牌国舅爷了，飞黄腾达之日，可要记得提携提携为兄啊。”

马防这才知道，陪在马光身边的年轻人竟然是窦贵人弟弟窦宪。看来果如马严所讲，窦宪真与马光走得亲密。马防头脑中忽而一转，若真能和窦宪把关系维持住了，就算窦固掌权，马家也还有转圜余地。看来马光与窦宪结交，明眼上看是窦宪刻意接近马家，以图借马光之手稳固其姐姐尊位，说不定也是马光有意逢迎，也好为马家留条后路。而太后多也是明白这一点，既然窦贵人入宫之事已是定局，又何必横加阻拦而与窦家结仇？倒不如做个顺水人情，推举窦贵人为皇后，总好过让梁贵人占了便宜吧。再一想今日马光引窦宪入府，想必也是有意让马防认识认识窦宪，多多亲近亲近了。马防心中转瞬之间想过许多，既然木已成舟，与窦家维系住关系才是利大于弊的，也便客气地说道：“原来这位便是窦公子了，真是一表人才。皇帝承继大统，国家百废待兴，正是用人之际。以窦公子这般才学，若不为国效力当真可惜了。若窦公子有意，不如来马某将军府上谋个差事，长史也好，从事也罢，历练个两三年，前途不可限量。说不定哪日为国出征，也能做个千古留名的将军。”

谁知窦宪却笑着拜道：“多谢将军栽培。只是家父去得早，母亲与我姐弟几人相依为命，舍不得让我征战沙场。其实依我秉性，也是喜欢军旅的。我家叔爷远征西域驱逐匈奴，我可是羡慕得紧。这几年在他老人家那里研习兵法军阵，若不能在战场上一试身手，岂不可惜？怎奈母命难违，也只得作罢了。”

马防一听窦固传授窦宪兵法，看来那窦固还真是看重窦宪呢。窦宪想要进入军旅，自然也不用自己张罗了。遂又说道：“既如此，窦公子可有意在朝为官？马某在朝中还是有些面子的，保举窦公子做个郎官什么的还是可以的。”窦固在家闲待了近十年，再次启用后也是出征西域驻守敦煌，在朝中的影响远远还没有马家强盛。虽说马防在朝中还不至于一呼百应，可各处衙门多有马家亲故，就连不少刺史、太守、县令这些地方官也多由马家推举。窦宪若想在朝中为官，马防不过是一句话的事。按说窦宪姐姐做了皇后，皇帝也多会给窦宪兄弟一官半职，可要是马防从中为难，只怕窦宪也没那么容易如愿。窦家不声不响地把窦皇后扶上尊位，想必也知马防心中必然不快。

今日窦宪登门拜访，多是为其仕途寻求马防支持了。

果不其然，窦宪满是欢颜，笑道：“那就多谢将军美意了。”

马严冷冷瞧在一旁，从马光、窦宪入府几乎都是未发一言。这些年来究竟是怎么了？刚才马防还在忧心窦家得势，转眼便和窦宪亲密无间。若非马严深知两家纠葛，还真当马防和窦宪是情谊深厚的忘年挚友呢。虽说马严绝非庸人，仔细一想也便明白其中缘由。可马严自视甚高，实不愿就这般与窦家媾和。马严虽是马援侄儿，实则情同父子，当年马援含恨而终，皆是梁家作恶，虽说窦家不见得直接参与其中，可作为梁家死党绝难脱开干系，马严无论如何也不愿与仇家为伍。如今窦家、梁家双双送女入宫，又都得宠幸，一旦两家再次勾结于一处，难保不会对马家落井下石。听着马光一个劲地嚷着要喝酒吃肉，马防已经安排下去，又要拉着马严作陪，马严心中便是一阵恶心。只说还有要事在身，便转身离开了马防府邸。手中紧紧攥着写好的奏章，原本想要和马防商议此事，看来还是作罢。就让你兄弟和窦宪把酒言欢，这等恶人还是让我马严来做吧。

眼见马严离府而去，显然面色不豫。窦宪满是不解，问道：“不知此是何人？”

马防自然知道马严何故离去，满是尴尬，马光在旁说道：“那是我家堂兄马严，字威卿，素来便是这般冷峻模样。如今官拜陈留太守，只怕多是真有要务。伯度不必管他。”

窦宪见马严那般神色，显然是瞧不起自己，心中暗暗记住，转而面色如常，笑道：“原来是那钜下二卿啊，难怪如此。”转又向马防说道：“窦某还未向车骑将军拜贺升迁之喜，真真失礼了。将军大展神威，一扫羌胡，必能名扬天下。”

马防笑了笑：“皆是皇帝威德，马某不过是代朝廷征讨罢了。”

却听窦宪又说道：“其实小弟近来听闻一事，将军说不定还要再去凉州一遭。以将军神威，自然又有用武之地了。”

马防心中万分疑惑。陇右叛羌贼首迷吾、布桥已经平定，虽有些余孽游荡四处，可早已被汉军打得闻风丧胆。更何况没了迷吾、布桥牵头，各部叛羌群龙无首，又有耿恭坐镇金城，足以扫灭各部。自己刚刚班师还朝，又何来再次出征之事？难不成迷吾、布桥降而复反再度生事？可自己才刚刚回到京师，便是陇右当真有事，军报也不会在自己之前送入朝廷，窦宪又何故说出这般言语？

疑惑之中便听窦宪说道："小弟前些日伴在宫中，恰逢将军不日回京。陇右叛羌得以平定，皇帝很是高兴，不由得说起长水校尉耿恭之事。出征之前，长水校尉曾上疏朝廷，谏言平叛方略。说我窦家老太爷当年驻守河西，深得诸胡人心，我叔爷又出征西域功冠三军威震边郡，若能使我叔爷镇抚河西，必能保一方安稳。而伏波将军马援久镇陇右，亦得羌人敬服，若能以车骑将军屯军天水，必能借伏波将军余威，使诸羌安分守己。皇帝还说当日陇右军情危急，只能先顾着平叛。如今羌人归附，长水校尉奏疏便有了用武之地。陇右、河西有马家、窦家守护，不但使得凉州稳如泰山，使朝廷不再担忧羌胡反反复复祸乱地方，又使得通往西域之路畅通无阻。听闻班超已经统领疏勒、于阗、康居、拘弥四国兵马奇袭姑墨，破其国都，斩首七百余级，姑墨国主就此降服，西域也就剩龟兹、焉耆数国尚依附于匈奴。故而皇帝也有意从班超所请，拜平陵人徐干为军司马，领军士弛刑千人往疏勒，助班超讨伐龟兹。"

此刻的马防心中早已把耿恭骂了个狗血淋头。当日廷议，耿恭便说起马武、窦固征讨陇右旧事，马防虽然恼怒耿恭之言，却也懒得计较。可今日听闻耿恭奏疏，马防不由得对耿恭恨得咬牙切齿。虽说耿恭所奏合情合理，可对马防来说，无论成与不成都算不得什么好事。马防出征仅仅半年，仇家便把女儿送入宫中，窦家甚至抢先夺下皇后之位，使得马氏在朝中一家独大的局势彻底打破，逼得马防不得不与窦家合作。如此情形，只怕马防今后都不敢再离开京师一步了，免得再生出什么意外之事来。而耿恭又在奏疏中提及窦融、窦固之功，皇帝本就越来越宠幸窦家，再想起窦家当年丰功伟绩，指不定会如何封赏呢！毕竟窦融画像荣列云台，可马援却因是外戚之故而未有此殊荣。当今皇帝年轻气盛，正是崇尚英雄的年纪，难保不会因此而对窦家愈发亲近起来。耿恭如此多事，马防当真恼怒无比。转又一想当年父亲一案，似乎也与耿家没有脱开关系。若非耿舒连番上疏，指责父亲贻误战机，光武爷又怎会派梁松那个小人去往武陵监军？好你个耿恭，看似一副忠肝义胆，却处处与我马家为难，那就莫怪我马防不念袍泽之情了。

陪在一旁的窦宪心中暗暗一笑。叔爷回到朝中拜为大鸿胪荣列九卿，正是掌控朝权让窦家重振雄风的时刻，怎会愿意在此时离开京师镇守河西？对那耿恭奏疏自然是万分不乐意的。可相对于窦固来说，只怕马防更不愿皇帝准了耿恭所奏。便让马防去对付耿恭好了，窦家且在一旁静观其变就好。转而心中却又一阵澎湃，想当年窦家满门荣耀，爷爷窦穆和父亲窦勋却被孝明皇帝下狱治死。对窦宪来说，无论窦家究竟有没有罪过都不重要，家道中落使得窦宪姐弟尝尽世间冷暖才是刻骨铭心。若非母亲有公主之尊，只怕窦宪姐弟几人早已性命不保了。窦宪不由暗暗发誓，当年那些对不起窦家之人，待我窦宪荣耀之日，必让尔等死无葬身之地！

32

转折点

听闻宫中传来一声又一声的钟鸣，马防心中一沉。若没有大事发生，这个时辰是不会敲响金钟的。而此刻宫中最可能发生的大事只有一件，正是马防最不愿发生的一件。马防刚刚从宫中探望太后出来，正要回往府中，此刻急唤车夫调转车头，马不停蹄奔回皇宫。

近来太后凤体不安，已卧病月余，按说太后也才四十出头，好好调养理应还有转机。方才马防在宫中陪侍时，太后精神还算健朗，然而这才过去不到一个时辰，便有钟鸣响起，只怕多是太后不好了。

马防平定羌乱回京之后，转过年来，皇帝便封马氏三兄弟为列侯。马廖为顺阳侯，马防为颍阳侯，马光为许侯，食邑各六千户。马防因有平叛之功，额外增封一千三百五十户。自孝明皇帝以来，这还是头一次有刘氏外臣得如此厚封。马氏声威一时达到顶峰，马防更是位在九卿之上。一时马防颇有些春风得意、目空一切。

虽说窦贵人果然如马光所言那般被册封为皇后，窦宪如愿出仕为郎官，很快升迁为侍中，兼虎贲中郎将。可马防也没有初时那般小心提防了。就连窦固都被马防压制下去，纵是让窦宪得些便宜又能如何？

只是从兄马严似乎对此事依旧耿耿于怀，对窦氏得宠满是戒心。不惜重翻当年窦氏旧案，独自上疏于皇帝，欲将刚刚声势复起的窦氏连根拔起。言窦勋恃宠失德而受诛，虽然皇帝仁慈宽容，将窦贵人封为国母，然而戴罪之家，其亲眷实不宜居于京师，当如孝明皇帝一般，遣皇后外家子弟归于本郡。为达到目的，马严甚至不惜抹黑窦固。言窦固两番出师西域，名为征讨匈奴降伏诸国，实则劳师远征无寸土之功。观其本末，仅仅置伊吾卢城而已。若非班超之能，只怕西域已复为匈奴所得。窦固却矫称功大，忝居高位，该当一并治罪遣归封国。然而皇帝正对窦皇后宠幸无比，窦宪兄弟又是近臣，马严之言岂能被皇帝采纳？虽然皇帝也给足了马家面子，未对马严丝毫惩治，却也命马严回往陈留，无诏不得还京。

对于马严弹劾窦氏，马防觉得未免小心过了头，可对耿恭的怨恨却有增无减。自从得知耿恭奏请朝廷，欲使窦固、马防屯守河西、陇右后，马防无时无刻不想尽快除去耿恭，免得皇帝最终被耿恭说服。马防遂以督访陇右平叛事宜为由，奏请皇帝以监营谒者李谭往金城监军。

虽说耿恭恪尽职守，自马防回京之后，以三千兵马连番出击溃散的叛羌余孽，斩首千余级，俘获牛羊四万余头，勒姐、烧何等十三羌部数万人归降于耿恭，陇右叛乱彻底平复。可李谭却在马防指使之下，对耿恭军功只字不提，诬告耿恭不忧军事，金城防备懈怠，更屡出怨言，指责朝廷待其不公。如此一来，耿恭非但没有因为平叛而得丝毫封赏，反而落个下狱查办，罢官遣归故乡。耿恭血性男儿，经此一事，心灰意冷中病逝于回家的路上。惜乎耿恭一身是胆，当年数百兵士独拒两万匈奴雄师，孤守疏勒半年有余，方有大汉对西域的再次掌控，却在刚刚显山露水之际，屈死于诬告之中。不知遥想大漠月明，可曾有过不如战死疏勒之心。

对耿恭之死，马防有些意外。虽然心中深恨耿恭，可也只想罢其官职莫再与马氏作对便好。谁曾想耿恭却是这般倔强的性子。马防不得不承认，耿恭是一个合格的将军，却绝不适合留在官场。随着耿恭的病逝，奏请窦固、马防屯驻河西、陇右的奏疏不了了之。马防安心留在京师，过着富贵荣华的日子。京师朝野之中，对马氏的不满似乎一下子全都消失不见，除了司空第五伦偶尔埋怨几句，其余弹劾马氏的奏疏再也不见。

面对这样的局面，皇太后却深为不安。对于分封马防兄弟爵禄一事，皇太后自始至终是不同意的。常言高祖旧制，无军功者，非刘氏不得封侯。前朝不遵此制，王氏五侯俱封，终被王莽贼子篡汉自立，西京就此败落。孝明皇帝在时，不令马氏掌枢机之位，何况马氏远不如阴太后外家之功，怎敢因皇帝敬爱而愧受爵禄？更告诫马防兄弟，观窦氏、梁氏诸多富贵之家，禄位重叠，犹如百年古树，其根必伤，所谓盛极必衰便是道理。虽然最终因马防平定羌乱，皇太后也再没有反驳的理由。可待封爵的圣旨传出之后，皇太后便唤马防兄弟三人进宫，好言相劝，令马防兄弟三人辞去所有官职。马廖性情厚道本分，倒是不以为意，可马防、马光却是万般不舍。

虽说皇太后打理后宫已有二十三年，可直到当今圣上登基，马家才算真正扬眉吐气。今日的富贵来之不易，若要辞官归家必然万分难舍。然而一者兄弟姐妹几人自父亲含冤而死后，相依为命感情深厚，马防、马光不愿因为贪恋权势伤了太后的心。二者太后如此劝说，若马防、马光还是执意不从，与太后生隙，只怕失去皇帝宠幸也是朝夕之间的事情，毕竟皇帝只是太后养子，之所以敬爱马防兄弟，多是孝顺太后之故。三者皇帝已册立了皇太子。虽说窦皇后、梁贵人皆得宠幸，可也当真万幸，还是被宋贵人抢先诞下皇子刘庆，而皇长子刘伉生母卑微，次子刘全又整日一副病恹恹的模样，能不能养大都还难说，故而在马氏鼎力支持下，皇帝最终册立宋贵人之子刘庆为皇太子。如此局面固然对马氏有利，可刘庆毕竟是庶子，皇帝和皇后都年纪轻轻，指不定哪天嫡子诞生，刘庆的太子之位可就危如累卵了。马防、马光也知太子之位并不稳固，此刻的窦家、梁家只怕对马家又嫉又恨得紧呢。莫看眼下朝野对马氏全无一丝反对之声，可越是这样越是危险，还是顺从太后之意，辞去官职暂且避一避风头为妙。

故而马防兄弟三人在得封爵禄后不久，便数次请辞官职，终是被皇帝准允。在马防看来，此举更多算是以退为进的法子。待风头稍稍过去，必然能再得皇帝加官晋爵。谁知兄弟三人辞官还没过去几个月，皇太后便卧病不起了。马防心中慌乱无比，急匆匆赶入宫中，果然如他所担心那般，皇太后已然薨逝了。

皇帝早已跪在皇太后榻前声声哀号。马防失魂落魄地陪跪在后面，就连马廖、马光闻讯赶来也未察觉。太后崩逝固然让马防痛彻心扉，可马防更多还是紧盯着皇帝颤动的背影。论血缘，皇帝虽也与马家沾亲，然而毕竟不是皇太后亲生。随着皇太后驾鹤西去，马防兄弟与皇帝间那若有若无的亲缘关系变得愈发脆弱。皇帝生母贾贵人尚在，若皇帝转而亲近贾家，只怕会越来越疏远马家了。如今马防兄弟皆没了官职，仅以爵禄归家安养，一旦失了皇帝宠幸，只怕再无掌控权势的可能了。

朝中重臣听闻钟鸣，渐渐都向宫中聚来。宫人已经麻利地备好白衣孝服，伺候众人披上。华丽的宫室也已被白绫装点成一片素净。赶来的臣子无论真心也好假意也罢，此刻都是满面戚容，有无眼泪也要干号几声，以示臣子对太后一片孝心。马防四处打望一番，只觉得无处不是偷瞧自己的目光。有幸灾乐祸的，有怒火中烧的，有愤恨无比的，有满是同情的。一张张熟悉的面孔却都已扭曲得认不出来。恍惚之中似乎瞧见窦宪兄弟几人，虽然掩着袖口不住抽泣，马防却分明在那嘴角间瞧见了难以掩饰的笑意。

惴惴不安中，马防万分煎熬地度过了大丧之期。这段时间，简直就是马防有生以来最为低调谨慎的时日。几乎没有一日不守在宫中，伴在皇帝近前。唯恐离开片刻，就会听到对自己不利的消息。皇帝似乎一直沉浸在深深的哀痛之中，并没有表现对马防的疏远。时不时问询着太后的喜好，也好办好太后大葬之事。直到为太后选定谥号明德，与孝明皇帝合葬于显节陵，马防这才小心回到府中。

谁知才过了数日，马防便听皇帝策书加生母贾氏王赤绶，赐安车一驷，黄金千金，钱两千万，杂帛两万匹，宫人二百。马防一下子警觉起来。有心使人入宫探询一番，也好摸摸皇帝的心思。可太后薨逝，在时局尚未明朗之前，哪里会有人冒险为马防去当探子？甚至不少人听闻皇帝厚赐生母，已经忙着往贾府跑进跑出了，且先与贾氏外家搞好关系，只等着贾家得势，也好跟着鸡犬升天。

马防越来越焦躁，想和大哥马廖商量个主意。可马廖那性子当真让马防着急，似乎对谁家得势全不在意，反正已有爵禄安享富贵，也便不愿再去争东争西。而三弟马光骄奢惯了，大丧之中滴酒不沾早已馋得抓耳挠腮，此刻过了丧期，整日里喝酒吃肉好不痛快。马防本就烦闷不已，大哥的儿子马豫又整日里来府中抱怨。说皇太后在时，马家何等荣耀，他爹也不趁着荣宠正盛，为其谋个前程。如今皇帝只想着贾家，只怕他这辈子要熬到何年何月才能得个一官半职。只因马廖兄弟几人当年吃了不少苦头，故而马豫自幼便被他爹娇惯坏了。马防碍着情面，也不好训斥于他。反正也无事可做，便耐着性子听这个侄儿唠叨个没完没了，心情也愈发糟糕了。

然而过了月余，皇帝虽然厚赐生母，却对贾家没有丝毫封拜。马防不由看到一丝希望。果不其然，皇帝感念皇太后慈爱，不愿舅氏隐没，遂传圣旨，拜马防为光禄勋，马光为卫尉。马廖本来也有官职封拜，却被他一概辞谢。遂征其子马豫为步兵校尉，马防之子马钜也征为黄门侍郎。马防、马光双双荣列九卿，再次得势起来。趋炎附势之徒眼见走错了门路，慌慌张张从贾家门前再次往马家蜂拥而来。

窦宪从马府出来，瞧着门前的车水马龙，心中又羡又恨。本以为皇太后薨逝，也该轮到自己显赫了，谁知皇帝依旧以马氏为舅，愈发亲厚。看来想要取而代之还要再耐着性子等些时日了，此刻也便来到马府恭贺。无论心中作何感想，面上总要显露热情和恭敬来。好在拜谒的人实在太多，窦宪也不需待上太久。礼物也送了，恭维的话也说了，便向马防告辞出了府邸。在那争相拜访的人群之中，窦宪看到邓家人都在其中。

虽然邓禹历任两朝荣宠不衰，可待其薨逝后，邓家似乎渐渐没落起来。孝明皇帝将邓禹封国一分为三，授予其长子、次子、三子。虽说邓家的封国削弱不小，却让邓禹三个儿子都有了爵禄在身。还将沁水公主许配于邓禹长子长孙邓乾。然而即便是这样，邓家还是毫无起色。也就邓禹的本家邓彪连番升迁，近来又从大司农直接拜为太尉，荣列三公之首。除此之外，邓禹后人也就第六子邓训、少子邓鸿出仕为官。邓鸿外放郡守，现任张掖太守，眼下来马府拜谒的正是邓禹第六子邓训。

虽说邓训大了窦宪将近二十来岁，可窦宪对他却是有所耳闻。据说邓训年轻时素来不好文学，却常怀大志，故而常被邓禹训斥。骂得多了，邓训依旧是那副不成器的样子，邓禹也便由着他去了。孝明皇帝在位时，邓训十数年任为郎官而无加拜，只是交友广泛，无贵贱门第之分，因而颇有微名。有太医皮巡伴驾郊猎回宫，夜宿于殿门下，寒病突发。恰逢邓训值事，听皮巡之言，需以火盆热背，然而宫门已锁，邓训寻火不得，遂以口中热气为皮巡取暖，又以双手为皮巡搓了一夜后背，这才救得皮巡性命。当今圣上登基后，念孝明皇帝征发徭役疏通汴渠，得良田无数税收猛增，为窦固西征攒下钱粮无数，故而再次征发徭役治理滹沱河、石臼河。只是这次却远没有那么顺利。太原吏民死于此役者不可胜算，治河却是连年不成。皇帝遂拜邓训为谒者监领治河之事。邓训因地制宜，以驴辇代替劳力，省钱亿万计，活役民数千人，这才让皇帝对他高看了一眼。未过多久，上谷太守与乌桓生隙，欲诛杀赤沙乌桓酋首，却被泄露了消息，闹得乌桓怨恨不已，与鲜卑暗中交通，隐隐有叛乱之势。皇帝遂拜邓训为乌桓校尉，领黎阳营兵屯守狐奴。虽说邓训兵马不过寥寥千余，可邓训这些年声名在外，就连乌桓、鲜卑都知邓训治河之事。有邓训管束，乌桓、鲜卑仇怨消解，边境安稳如初。

在窦宪看来，太医之流与巫者一样，皆是下作之人。邓训好歹是朝廷郎官，全然不顾身份当真有失体统。而治理河工，看似有些微功，实则哗众取宠罢了。至于乌桓、鲜卑之事，窦宪更是嗤之以鼻。那些外蛮子若真想反叛只怕早就打杀起来，邓训不过坐享其成而已。故而窦宪对这邓训可是瞧不起得很。又见他出入于马府，愈发鄙夷起来。

窦宪一肚子不乐意，马府前的热闹让他着实烦躁不堪。正要登上马车回府，忽见人群中有一对父子走过。猛然之间，窦宪一阵血气上涌，狠狠瞪着那对父子看个仔细，陈年旧事一幕幕浮现眼前。当年父亲窦勋被孝明皇帝罢官查办，最终死于狱中。害得窦宪虽有公主为母，本该富贵无比，却因父亲之事而整日活在恐惧之中。眼前那人不正是领头查办的谒者韩纡吗？那副嘴脸早已深刻在窦宪心中，岂能轻易忘却？杀父之仇不共戴天，自窦皇后执掌后宫，窦宪日渐得势，便常常思报父仇。然而韩纡不过是个小角色，窦宪四处打听一直不知其所踪。如今仇家近在眼前，窦宪岂会放过？唤了身边侍卫，嘀咕几句。自己转身上车离开马府，却也未走远，只是避入一处僻静所在等候。

待天色渐渐暗了下来，马府不远处传来一阵哭号，窦宪嘴角浮现一丝笑意。未过一会儿，侍卫归来，手中提着一颗血肉模糊的头颅，正是刚才见过的韩纡之子。窦融冷冷瞧了瞧那面露惊恐的年轻面庞，狠狠啐了一口，对那侍卫说道："送于我父坟前。"

那侍卫随即消失在夜色之中。窦宪愤愤骂道："韩纡啊韩纡，当年你害我父，今日我杀你子，也让你尝尝这痛彻心扉的感觉。"

马府方向越来越喧闹，似乎是洛阳令府衙听闻出了命案前来查办。窦宪唤了车夫，回往府邸，心中暗自嘀咕："马防，莫看今日我还要屈居你下，有朝一日，必要高高踩在你马家头上。"

33

恭顺：窦氏夺权的外衣

建初七年，随着马太后薨逝，孝章皇帝刘炟已经亲政。虽说马太后在位时，并未对皇帝有多少干涉。可凡遇大事，刘炟还是要向马太后禀奏一番的。如今马太后辞世，刘炟固然心中哀痛，却也真正开始统御天下。

作为封国藩王，此刻自是要往洛阳朝拜，以表宗室忠心。刘炟接到东平王刘苍及诸王请入洛阳的奏疏，不敢怠慢。毕竟这些藩王多是长辈，尤其东平王刘苍更是孝明皇帝最为亲近的胞弟。而刘炟登基之后，还与刘苍这个皇叔多有书函往来，讨教治国之道，聆听谆谆教诲，当真助益良多。此刻怎好失了礼数？回书准奏诸王朝拜之事。念刘苍年事已高，路途遥远时节尚冷，又使谒者赐刘苍貂裘以避沿途寒露，更早早安排大鸿胪窦固持节出城迎候。侍中窦宪自然陪侍左右。

刘苍车辇行于洛阳街市，看着愈发繁华的国都，当真感慨万千。上一次来到洛阳参拜还是皇兄在位时节，不觉已过去十余年，真真物是人非。好在皇兄才德过人，堪称仁义圣君，把父皇光武大帝传下来的汉家天下打理得井井有条，而当今圣上承其父风，从善如流，真是天下幸事。刘苍心中宽慰，不时与陪坐一旁的窦固聊上几句。

转过街来，刘苍不由一阵迷茫。眼前所见似乎与当年记忆相去甚远。街道比原来宽了不少，可最引人入目的还是路旁一处宅邸。楼阁高起临于街市，亭台重叠错落有序，栈桥如虹相连左右，鸟语花香古木森森，车水马龙出入府门，丝竹钟磬回荡深院，绿瓦红墙奢华气派，连绵不绝难见首尾。

刘苍甚是疑惑，不由问道：“本王久离京师，竟不认得此处，便是祖庙也不过如此吧！可也未曾听过皇帝大兴土木，不知是何所在？”

窦固笑而不答，骑马陪在一旁的窦宪笑了笑说道：“禀奏王爷，这处府苑可不是朝廷所修，乃是皇帝舅氏马家府邸。光禄勋兄弟三人情谊深厚，各自府苑离得又远，索性将整条街都盘下来，将府邸连成一片，这才有了今日光景。晚辈去过府中，当真美不胜收流连忘返，对光禄勋一家兄慈弟悌感情至深，晚辈可是钦佩得紧呢。”

刘苍听罢，心中不由直犯嘀咕，马家这府邸规模似乎过于逾制了。虽说贵为皇帝舅氏，却是这般不知自谨。想当年阴太后在位时，舅氏一门可从未如此张扬过。若京师豪门贵戚争相仿效，对朝廷稳固着实不利。若有机会，还是提点提点皇帝为妙，免得宠幸外家过盛，就此种下祸根。

窦宪在一旁将刘苍的面色瞧在眼里，心中得意无比。马防官拜光禄勋之后，自以为有皇帝恩宠不衰，渐渐有恃无恐起来。当年有皇太后管束，马防多少有些收敛，如今没有谁的话能让他听进耳朵去。本身又是骄横的性情，一时如脱缰的野马再也遏制不住。眼前奢华的府邸不过是九牛一毛罢了。据窦宪所知，马府奴婢仆从足有三千之多，资产巨亿，京师周遭膏腴美田多有马氏产业。而四方游侠士人，听闻马府之名多有投奔，仅马防一人所养食客便有数百之多。权臣势重历来便是皇家大忌，当年祖父窦穆便因此而被孝明皇帝罢黜，窦氏就此衰落，父亲窦勋更是下狱治死。窦宪经历过这些，自然深有体会。眼见马家日益骄纵，早就筹划一举扳倒马家取而代之了。只是有些话让别人说来总是少了那么些分量。东平王刘苍入京拜谒，真是有如神助。依着刘苍对皇室的忠心耿耿，眼见马家这般势大，怎会忍住不说？哪怕只有只言片语传到皇帝耳朵里，窦宪便好大做文章了。只是在那之前，窦宪还有许多事情要做，就先让刘苍在皇帝那边种下一颗忌惮的种子吧。

车马穿过街道，过了许久才将马府留在身后。不多时便能瞧见辉煌的宫门，一队车马早已迎候。旗纛牦节，金瓜斧钺，玉辇庄严，仪仗肃然。刘苍心中一紧，细细一瞧，分明是皇帝亲出宫外迎候。忙从车上下来，一路疾走赶到门前，跪倒便拜：“臣下何德何能，怎劳陛下亲迎？”随行的沛王刘辅、济南王刘康、中山王刘焉、东海王刘政、琅琊王刘宇，也是一路跑来跪倒一片。

皇帝笑呵呵地走下玉辇，伸手扶起刘苍，亦让诸王起身，说道：“朕对诸位皇叔感念至深，实在等不及一时半刻，倒是惊了诸位皇叔，朕着实不安。且先上车，回宫叙谈。”说罢，一手牵着刘苍，一并乘上玉辇。刘苍诚惶诚恐，推辞不得只好从命。

刚刚坐上玉辇，皇帝便热心问道："皇叔一路车马劳顿，风餐露宿，可还舒心？若有不适，且先传来御医，为皇叔调养调养。"

刘苍心中一热，拜谢道："微臣贱躯，倒是让陛下挂心了。微臣虽已五旬，身子倒还健朗，一路上又有陛下所赐珍果美食，非但没有不适，反倒又胖了几斤。"刘苍年轻时就生得膀大腰圆，倒也没有因为年老而消瘦，坐在年轻的皇帝身侧，显得愈发庞大。

皇帝很是欣喜："如此朕便放心了。待宫中叙罢君臣之谊，朕已安排家宴款待诸位皇叔。宅邸也已为诸位皇叔选好，近日便在洛阳好生安住。皇叔的宅院是朕亲选，一应家具器皿还算得体。若皇叔觉得用不惯，朕使人再换便是。"

刘苍忙谢道："陛下隆恩，微臣唯有感恩戴德，怎敢挑剔？更何况陛下所选，自然是好的，微臣又怎会不中意呢。"

皇帝点了点头："如此便好。听闻皇叔喜好黄老之术，朕特使校书郎在内省藏书中仔细查阅，寻出不少秘书孤本、道术奇方，甚至还找到一幅列仙图册，似是先秦所著。留在宫中也是暴殄天物，便赐予皇叔，也算物有所用。"

刘苍感念不已。在宗室之中，刘苍颇有才学武略，故而孝明皇帝登基，拜刘苍为骠骑将军统御军马，征讨匈奴也有意拜刘苍为帅。刘苍身为皇族，自知宗室功高绝非什么好事，故而婉拒先帝。更是几次三番请辞将军之职，归往封国安养。若非如此，只怕两次西征匈奴就没有窦固什么事情了。刘苍才能不得彰显于世，不知这皇族身份究竟是幸还是不幸？虽然刘苍内心深处未必没有后悔过，可好歹至今安享富贵，也便将那点遗憾深埋内心。闲来无事，专注于黄老之术修身养性。一来打发无聊的日子，二来皇兄也好，当今圣上也罢，虽对刘苍亲近有加，可还是找点事情来做，显得安分守己些。毕竟前朝有七王之乱，今朝有楚王三国谋逆，刘苍封国太大，还是低调一些的好。皇帝竟然钦赐图书，难不成在提醒自己安分守己？可一瞧皇帝那真诚热情的面孔，似乎也并无此意。刘苍谢过皇帝厚意，也便安心受领。转又说道："恕微臣斗胆，倒要向陛下禀奏一事。"

皇帝笑道："皇叔但讲无妨。"

随侍于一旁的窦宪赶忙又向前贴近一些。原以为刘苍必然会将马府见闻告于皇帝，谁知叔侄两人登车之后，便一直拉着家常，听得窦宪好不耐烦。

忽听刘苍有事要奏，这才提起精神仔细听着。

“微臣听闻贵有常尊，贱有等威，尊卑列序，上下顺通。陛下至德孝善，慈爱骨肉之亲，本就已对微臣诸王恩宠过甚，今又屈尊亲迎，降礼于下臣。微臣惶恐不已，诚不自安。万望陛下注重圣威，莫使下臣荣宠过甚，上乃国家之幸，下安臣等之心。”

窦宪一听刘苍并未言及马家，不由大失所望，这老爷子当真沉得住气。转又一想，刘苍所言似乎也有所指，意在告诫皇帝莫要过于宠幸下臣。窦宪心中暗暗一笑，好个老爷子，面上在说诸王，实则暗指权臣，话说得真是滴水不漏。

这时有一亲近侍卫贴近窦宪身侧耳语几句，窦宪点了点头。见皇帝叔侄二人还在说个没完，也便不再相陪，慢慢退到车马队列最后。远望着皇帝及刘苍诸王下车登殿，这才转向后宫，便见一个小黄门偷偷迎了上来。窦宪问道：“有何要事急于见我？”

“大人，贵人近日凤体欠安，方才有书信要传出宫去。”

“可知何事？”

“奴才不知，似是送往贵人外家去的，好像要他父亲宋杨寻些什么东西送入宫来。”

“信使是谁？现在何处？”

“贵人宫中内侍总管亲自送去。奴才刚听得消息便赶来告于大人，只怕总管还未出宫。”

窦宪听罢，领了侍卫赶赴宫门。宋贵人因为与皇太后沾亲故得宠幸，更有马氏依靠，其子刘庆才被立为太子，实则远不如窦皇后得宠。如今皇太后薨逝，宋贵人在宫中便没了依靠，眼下换了窦皇后掌控内宫，自然容不下宋贵人。否则待太子即位之后，依旧是和马家沾亲带故，只怕窦家永无出头之日。让窦家心中一直不安的是，虽然皇帝对皇后宠幸无比，怎奈皇后就是迟迟没有孕兆，只得转而求其次，硬是将梁贵人之子刘肇收养于宫中。莫看梁贵人也得皇帝宠幸，可梁家因为梁松死后，仅有其弟梁竦主事，梁竦却是个读书人，哪比得上窦固功勋卓著？至今还是赋闲在家，就连爵位都未承继，依旧是个白身。而其长嫂舞阴公主，虽贵为光武皇帝长女，却远不如皇后生母沘阳公主脑筋活泛。故而无论是后宫还是前朝，梁氏一直都被窦氏压制，只能依附于窦氏。就连皇后要收养刘肇，梁贵人纵有千般不乐意，也只得顺从。有了刘肇在手，皇后早就和母亲沘阳公主暗中商议，无论如何也要除去宋贵人，废黜太子，以刘肇取而代之，方能保全窦氏长盛不衰。对那宋贵人寝宫，自然安插眼线日夜监视，对其外家，也由窦宪兄弟四处查探，寻其得失。一张大网早已张开，只等宋家落入其中。在窦宪看来，除掉宋贵人和太子，对马家打击尤为深远。太子乃是马家支持下册立，虽说皇帝对马家亲近无比，窦家一时还难以与马家抗衡，可太子失位，至少也断去了马家将来的倚仗。再将皇后养子刘肇立为太子，窦家也有了与马家抗衡的资本。

一听宋贵人有书信送回娘家，窦宪自然要查验一番，指不定扳倒太子就在这书信当中了。一路想着心事，急匆匆赶到宫门前，等了一盏茶的工夫，才见宋贵人宫中总管正慢悠悠地乘车过来。

窦宪直直迎了上去，笑嘻嘻地问道："总管大人有何公干啊？"

那宦官一瞧窦宪，哪里敢怠慢。虽说宋贵人乃是太子生母，在宋贵人手底下做事自然高人一等。可宫中何人不知皇帝更加宠幸皇后，谁见了窦家人不小心伺候着？更何况窦宪此人睚眦必报，任谁得罪于他会有好果子吃？听闻去年马府门前一起命案，前谒者韩纡当街遭袭，其子在众目睽睽之下被人斩去首级，此等血案最终却没个结果。其实众人心知肚明，丢失的首级无端出现在窦勋坟前，而韩纡当年查办过窦勋一案，便知此事与窦宪脱不开干系。窦宪为报父仇而杀仇人之子，说好听点是至孝之人血性男儿，不计生死只为亡父瞑目，说难听点是大权在握恃宠而骄，无视国法草菅人命。怎奈窦宪官拜侍中高居朝堂，又是皇帝小舅子荣宠正盛，任谁敢得罪于他？即便司隶校尉亲自查办此案，也只能装个糊涂不了了之。其实窦勋之死在于孝明皇帝对窦氏的失望，韩纡不过奉命办事罢了，并非与窦家为难。窦宪即便要寻仇去找韩纡就好，却杀韩纡之子。心肠着实阴险歹毒，令人不寒而栗。窦宪心狠手辣，这已是宫中心照不宣的事情，也就皇帝尚不得知罢了。这宦官平日何曾见过窦宪对自己这般客气？一想窦宪的为人，不由冷汗淋漓，想来想去从未得罪过他，慌慌张张从车上下来跪倒参拜，讪讪笑道："小奴给侍中大人请安了。方才未曾看到大人在此值守，未及回避，冲撞了大人，万望大人海涵。"

窦宪冷冷笑道："总管又未做什么亏心事，有什么好回避的？这着急忙慌地忙些什么大事？"

听窦宪这样一问，那宦官心中一惊，莫不是自己不经意间真做了什么事惹恼了他？可又一想，自己平日也就欺负欺负底下做事的小黄门，都是些没什么背景的穷苦出身，怎么也不可能触了窦宪晦气，只能小心赔笑道：“小奴不过操持些杂役跑跑腿罢了，哪比得上大人为国事操劳。不过是贵人近来身体欠安，御医调养许久也不见舒缓。听贵人说，尚在闺门时，每有身体不适，便用些土法子调理，便写了封家书，着令小奴去宋家取些药草来。”

窦宪心中早已知道他要去做什么，专程来此只想看看那书信所言何事，遂问道：“不知书信何在？可否让窦某一看？”

那宦官为难道：“不过是贵人一封寻常家书而已，大人要看也无甚打紧。只是万一贵人知道此事，必是要治小奴一个办事不力的罪责了。还请大人怜惜我等这些苦命人，就莫要为难小奴了。”

窦宪侍从早已按耐不住，一把扯起那宦官，伸手便从怀中搜出书信递到窦宪手中。窦宪不顾声声哀求，随手揭开封印，抽出帛书仔细观瞧。看来看去却是大失所望。所言之事除了些宫中琐碎，便说昨夜忽得一梦，说是瞧见一大片菟丝草，醒来时一下子觉得清爽不少，便要其父送些菟丝草试着调养看看。窦宪虽然不懂医药，可菟丝草寻常得很，闷闷不乐中将那帛书揉作一团丢在地上便要转身离去，却听身边侍从悄声说道：“大人，那菟丝草只怕没有那么简单。”

窦宪奇道：“如何不简单？”

“大人生在富贵之家有所不知，菟丝草虽可入药，可在寻常百姓之家还有一用。”

“何用？”

“穷苦人家请不起名医郎中，也无钱去买灵丹妙药，但凡有些大小恶疾，便请来乡间巫师作法去祟。施法时往往需用些药草辟邪，菟丝随处可见，自然常常为巫师所用。”

窦宪一激灵：“你是说菟丝可行巫蛊之事？”

“正是。依小人来看，宋贵人未必不知此事，即便真要用菟丝入药，宫中御医岂能没有储备？宋贵人何必舍近求远要其父亲送入宫来？只怕多是知道菟丝的用处，唯恐被知情之人泄露出去。要知道在宫中私行巫蛊之事可是弥天大罪！”

窦宪连连点头，无论宋贵人知不知道此事都已不再重要，瓜田李下哪里说得清楚？只要坐实了宋贵人欲行巫蛊，扳倒太子易如反掌。转过身来将那帛书捡了起来，面色一变，对那宦官恶狠狠骂道：“好你个阉奴，当真胆大包天，险些被你蒙蔽过去，竟敢行此滔天大罪！”

那宦官本来见到窦宪转身离去，长舒了一口气，正要捡起帛书出宫去，忽见窦宪转又回来，说出这样一番没头没脑的话来，吓了一跳，忙赔罪道：“小奴不知何事开罪了大人，万望大人海涵。”

“你这阉奴也配开罪于本官？你倒真是护着你家主子。本官问你，宋贵人胆大包天欲行巫蛊，求其父亲送菟丝入宫，你可知其阴谋？”

那宦官吓得肝胆俱裂。宦官多是穷苦出身，自然知道菟丝乃是何物，又听窦宪如此说辞，惊得连连叩头：“大人明鉴，小奴怎敢行此歹事。对宋贵人所为着实不知情。”

窦宪连连恐吓：“今有物证在此，你如何抵赖？若不知情，宋贵人岂会将此密信交于你手？”

那宦官哭得眼泪鼻涕一大把：“冤枉啊大人！您也看到了，那书信尚未开封。小奴真真不知贵人所为，若早早知道书信所言何事，小奴打死也不敢去走这一遭！”

“你真不知？”

“着实不知，着实不知！若小奴有此祸心，必不得好死！”

窦宪心中一乐，物证已经有了，这阉奴又已吓得肝胆俱裂，看来人证也有了着落。冷冷笑道：“既然如此，本官便给你个活命的法子。”说罢，便唤侍从扯了那宦官向后宫走去。想必陛下已与诸位藩王叙罢君臣之谊，此刻正在后宫设家宴款待，正好献上一幕好剧，为这家宴添些情趣。

34

坑爹的儿子

马防失落地坐在榻上，这种朝不保夕的感觉也就太后薨逝那些时日有过，只是这一次马家当真在劫难逃了。

就在东平王刘苍与诸位藩王入京朝拜的当口，宫中巫蛊一案事发。宋贵人也不知犯的什么傻，传书其父送菟丝入宫，却被窦宪拿个正着。那传书的宦官一口咬定是被宋贵人胁迫，欲在宫中行厌胜之法。按理说宋贵人有太子依靠，实在没有必要求助鬼神。只是太子之位并不稳固，也是众所周知的事实，故而朝野对巫蛊一事并没有丝毫怀疑。皇帝春秋正盛，无端被枕边人这般算计，自然恼羞成怒。当即下旨将宋贵人打入冷宫，太子刘庆也被赶出东宫暂居承禄观中。

如此情势，傻子也能看出刘庆太子之位岌岌可危。太子一旦废黜，对马家来说决不是什么好事。可皇帝盛怒之中，马防也不敢直言上书免得惹祸上身。只能一面暗遣亲信四处打点，一面筹划着过上一段时间，皇帝对此事淡了便为太子求情。然而数月之中，太子一直居于承禄观不得回往东宫，皇帝也无旨意追究此事，宋贵人打入冷宫后也便没了音讯。

马防原以为皇帝已经淡忘此事，谁知风云忽变，宋贵人竟然招认了罪状。这下人证物证俱全，又有首犯口供画押，巫蛊一事再无转圜余地。皇帝甚至都不愿去见上宋贵人一面，便传旨赐药酒鸩死，罢去其父宋杨官职遣归本郡，废去刘庆太子之位，转而册立皇后养子刘肇为太子。马防小心打探一番，才知自宋贵人进入冷宫的那一刻起，皇帝便命宫人严加查办。而那查案的小黄门乃是窦宪亲信，严刑拷打就没有断过。宋贵人原本金枝玉叶，哪曾受过这份罪，吃痛不住只得招认。

马防悔恨无比，早知如此就该早早插手。然而如今大事已定，宋贵人又是死无对证，任马防有天大的手段也翻不了案。好在刘庆虽然年幼，倒也聪慧过人，对宋贵人之死绝口不提置身事外。皇帝本身又是个仁厚的性情，刘庆虽受牵连罢黜太子之位，却未失皇帝怜惜，转封为清河王。又传旨于皇后，刘庆衣食住行与太子刘肇等同不得偏薄。而小哥俩年纪相仿，自幼一起玩耍，虽然经此大变，却是愈发亲厚，入则共室出则同车。有了皇帝和太子的护持，皇后纵是有心暗害刘庆也没有了机会。

刘庆得以保全值得庆幸，马防再一次麻痹起来。在马防看来，皇帝饶过刘庆，固然是因为父子情深，想必也多少顾及了马家的颜面吧。毕竟刘庆生母与马家沾亲，只要刘庆安然无虞，便说明皇帝还是宠幸马家的。只要这份宠幸尚在，那马家权势就能得以保全。然而马防终究是失算了，巫蛊一案乃是窦家精心策划，但凡挡在窦家揽权之路上的人都将无从幸免，宋家倒台仅仅是一个开始罢了。

刘肇被册封为太子后未过十数日，大鸿胪窦固奏请皇帝，诸位藩王朝拜之后皆已回往封国，唯独东平王刘苍得皇帝爱重，留于京师数月之久。虽是皇帝一片孝心，却于礼不合，还当早早遣东平王归国。皇帝纵然万分不舍，还是准了窦固所请，特封刘苍五女皆为县公主，赐刘苍珍宝车马乘舆服饰，赠钱布亿万计。就在刘苍离开京师之后，忽有诏书传入梁家，斥责梁竦枉为皇亲，竟敢心生歹念欲谋作乱，即刻收捕下狱，一时闹得满城风雨。要知道太子刘肇生母乃是梁贵人，纵然梁竦急于扶持刘肇登基，也不好在刘肇刚刚册立为太子便着急下手吧？然而无论外面有多少猜测，梁竦却是澄清不了了，严刑拷打中死于大狱。三子梁棠、梁雍、梁翟皆罢官职，举家远迁于交州九真郡。梁贵人在恐惧忧虑中病故于宫中，其养母舞阴公主亦遭连坐，连同其子梁扈一并远迁新城。整个梁家唯独梁竦长女梁嫕（yì）早早嫁于南阳范调为妻这才幸免于难。朝野之中不少官宦世族多受牵连，邓禹之子邓训因与梁扈多有书信往来，也被罢去乌桓校尉之职，惊得其他朝臣纷纷与梁家划清界限。

短短数月之中，前后两任太子生母连带娘家皆遭大难，马防如何不起疑心？使人好生查探这才得知缘由。刘肇册立为太子后，梁家虽然不敢与窦家明面上一争殊荣，却私下庆贺一番。自以为窦皇后至今无子，刘肇承继大统已经无从更改，只要新皇登基，梁家便有了出头之日。只是梁竦真是个书呆子，窦家能在宋贵人身边安插眼线，又岂会对梁家毫不监视？就在梁竦父子弹冠相庆的时候，早已有人将梁家庆贺之事密告于窦家。虽说刘肇还在襁褓中时便被窦皇后强行抱走，梁贵人慑于窦氏权威不敢与刘肇相认，宫中也没有人胆敢得罪于窦氏将这些闲话告于刘肇，以至于刘肇自始至终都以为自己乃是窦皇后亲生。可随着刘肇越来越大，窦皇后也怕刘肇总有一天得知真相，而梁家人私相庆祝着实惹恼了窦皇后。太子还没有成为皇帝，梁家便已经胆敢这般放肆。一旦刘肇登基，再与梁家相认，哪里还会将窦家放在眼里？窦皇后忙里忙外一场，岂不是给梁家做了嫁衣？与其等那一天到来，倒不如早早下手除去梁家，也好给那些长嘴之人一点警告，免得走漏了消息告于太子，离间了皇后与刘肇的母子之情。随即与其弟弟窦宪四处网罗罪名编造证据。有了宋贵人一案，窦宪当真是轻车熟路，又有窦皇后在皇帝身边猛吹枕头风，梁竦谋逆案很快坐实。

平心而论，马防对梁家的遭遇没有一丝同情。毕竟梁竦的哥哥梁松乃是马家死仇。梁家落个今日的下场，全然是梁松作孽太多老天报应。可马防却没有幸灾乐祸，反倒有些兔死狐悲起来。从窦氏所作所为来看，分明是在为窦氏掌权扫清道路罢了。算来算去，眼下洛阳唯独能与窦家平分秋色的也就只剩马家而已。这些年来，马防沉浸在皇帝宠幸的光环中不可自拔，而窦宪又刻意与马光结好，似乎是在向马家示弱，使得马防渐渐放松对窦家的警惕。窦宪却凭借皇帝对皇后的宠幸，日益占据了皇帝身边的位置。毕竟窦宪与皇帝年纪相差不大，相对于老气横秋的马氏兄弟来说，皇帝自然越来越亲近窦宪。此消彼长，马家在皇帝心中的位置已经渐渐被窦宪取代。

近来，皇帝也不知怎么了，对马家成见越来越深。已数次私下斥责马防，说马家府邸太过逾制，未免有些张狂过甚了。按说马府扩建已有许多年，皇帝早已听闻此事，从未因此而怪罪马防。现在突然拿此事说事，唯一能解释得通的是，皇帝已经开始对马家厌烦了。马防惶恐之中比以往收敛许多，然而这种退却非但没有保住马防，反而使得皇帝想要拿掉马家的传言愈演愈烈。短短数日之间，弹劾马家的奏疏铺天盖地一般堆满了皇帝的几案。除了拿马府逾制弹劾外，有说马家蓄养死士图谋不轨的，有说马防在凉州多牧战马暗屯私兵的，有说马防搜刮羌胡聚敛钱财的，有说马家卖官鬻爵任人唯亲的，有说马家勾结州牧郡守贿赂官吏的。能摆到台面上的罪名足足十数条之多，没有一条不是死罪的。

马防惊惧不已，虽说弹劾奏疏多有些夸大其词，可也没有一条是空穴来风的。这些年来马防所作所为竟然被人偷偷记下，只为今日一举扳倒马家，其心着实可怖。这藏在幕后的黑手下了这样大的功夫，马家已然落在早已设好的罗网之中。投身马家门下食客，平日里跟在马防兄弟身后要风得风要雨得雨，此时嗅出危险的气息，有点脸面的好歹找些婚丧嫁娶的理由当面辞行，没羞没臊的裹了马家所赠的金银珠玉悄然遁去。而那些得马防兄弟举荐得拜高官的朝臣，瞧出马家失势的苗头，更是像躲着瘟神一般刻意避开马家。马防羽翼渐失，自知没了皇帝的庇护之后，马家决然没有逃过此劫的可能。只得故技重施以退为进，主动辞去光禄勋之职，远离朝廷这块是非之地。又劝弟弟马光一并辞去卫尉官职，躲开那些要命的奏疏，且等风声过后再作打算。

辞呈很快便得皇帝恩准，兄弟俩整日闭门不出在家安养，朝中对马家的弹劾一时倒也安静不少。大鸿胪窦固很快接替马防兄弟官职，先被拜为光禄勋，转又迁为卫尉，把马防兄弟的官职当了个遍。马防不由暗暗痛骂，好个窦固，面上道貌岸然，却在背地里拆马家的台。看似窦宪忙里忙外，只怕多有窦固从中谋划。只是马防恨归恨，却也无可奈何，此刻是马家最为脆弱的时候，万万不能去找窦家一争长短，只得窝在家中独生闷气。让马防着实没有想到的是，就在这样危难的情势下，竟然是自家人亲手掘出一个大坑，一把把马家推了下去。

马廖长子马豫，在其父荫庇下官拜步兵校尉，正逢马氏荣宠正盛，故而骄奢不谨。虽不比马防、马光威震京师，也是嚣张跋扈惯了。马廖本就管束不住，就更不愿马豫升官加爵免得招惹更多人，故而马豫接连数年一直不得升迁。如今马家恩宠渐衰，马豫却像个没事人一般丝毫没有警醒。也没有像马防、马光那般急流勇退明哲保身，而是紧紧抓着步兵校尉官职不放。若只是不舍得官位倒也罢了，毕竟步兵校尉也就是个不大不小的军职，在重臣林立的京师并不惹人注意。可坏也就坏在这官位不大不小上。马豫本事不大，志气倒是不小，眼见年纪相仿的窦宪同为皇亲国戚，短短数年便已升迁侍中，执掌朝廷机要，眼红之余愤愤不平。整日在家中吵吵嚷嚷，埋怨马廖胆小怕事，上不能光宗耀祖，下不能荫庇子孙。马廖素来管不住这个被娇惯坏了的儿子，整日被抱怨并不好受，却也只能装作不见。马豫没有撒气的地方，想去找马防、马光说道说道。可两个叔叔心情本就抑郁，早就受够了马豫那些唠叨，多是避而不见。

马豫恼火之中，自作聪明，想着皇帝一直难以忘怀马太后的养育之恩，遂作奏疏投于阙下，把平日里那些没头没脑的唠叨全都写在上面。时而说着马太后对皇帝的恩情，时而说着皇帝本为庶子却能承继皇位，时而又说马太后崩逝皇帝便苛待舅氏。马豫原指望能凭着一纸奏疏，唤起皇帝对马太后的感念，重新厚待马氏，自己也能加官晋爵。可马豫却是想错了。

马家对皇帝有恩不假，可任谁也不愿别人把往日的恩情整天挂在嘴边。何况马豫诉说的对象乃是当今皇帝。纵然马太后对皇帝有恩，马家对皇帝有恩，可皇帝这些年来着实对马家不薄，怎么也算报答过马家恩情。若非马家越来越没有分寸，皇帝也愿意让马家就这样一直富贵下去。可马豫这般不知好歹，唠唠叨叨，把皇帝说成一个薄情寡义之徒，当真惹得皇帝怒火中烧。

窦宪对马豫的奏疏却是如获至宝。马家留在京师一日，窦宪都是如坐针毡。先前煽动起满朝对马家的敌对，原以为马家再无立足之地。谁知马防倒是聪明，主动辞去官职。而皇帝心慈手软，也未过深追究。窦宪只能暂且放过马防兄弟，免得引来皇帝的反感，适得其反。可马豫一纸奏疏惹恼皇帝，终于给了窦宪铲除马家的机会。趁着皇帝怒火正盛，窦宪指使亲信再次弹劾马家目无君上怨诽朝廷，若不严惩如何树立朝廷威仪。朝堂之上，充斥着对马家的责骂，似乎马家的存在简直就是对皇帝权威的蔑视。那些尖酸刻薄的腐儒，对马家昔日之功只字不提，翻来覆去就说马家骄奢淫逸浊乱圣化，似乎马家的所作所为把孔圣人都要气得再死一回了。

马防焦虑之中已经数日没能睡个好觉了。对这个无端生事的侄子真是又气又恨。和三弟马光商议许久，也没个头绪。从兄马严已从陈留太守卸任，如今征为将作大匠，在朝中好歹还有一席之地，然而窦宪在朝中执掌机要，马严也难打探到什么确切的消息。两人有心花钱四处打点，指望能息事宁人，至少也让弹劾朝臣中唯利是图之人闭上嘴巴。可眼下弹劾奏疏满天飞，一旦被好事之人抓住把柄，只怕倒要给马防多加上一条贿赂言官的罪名了。何况慌乱之中做得越多错的越多，与其授人以柄倒不如静待最后的结果。皇帝至今没有明确表态该当如何处置马家，心中对舅舅一门还是有感情的，若能熬过这段时日，皇帝只怕多会回护，将此事不了了之。

马防整日闷在家中谢绝访客，如今耳目尽失，唯有等待而已。如此庞大的马府宅院，竟然是那样安静，静得身处内宅的马防便是大门前的风吹草动都听得真真切切，静得马防历经沙场生死都未感到这般恐惧。早知今日，当初何必花那工夫扩建府邸，招惹来这么多是是非非。奢华的院落此刻仿若一间偌大的监牢，将马防困在其中难以挣脱出去。马防好想有人能叩响朱漆的大门，打破这令人焦虑的安静。无论送来的消息究竟是好是坏，至少能让马防不再胡思乱想。却又怕大门响起的时候，便是马家败亡的时刻，甘愿那大门就这般一直沉寂下去。往日车水马龙的马府现今门可罗雀，偶尔响起敲门声，也就是同样坐立难安的马光来找马防探寻消息，再就是惹下滔天大祸的马豫入府请罪。即便这样，每次都惊得马防一身冷汗。

再到后来，马光、马豫也再没有来过。安静似乎成了马防能感受到的唯一东西。时间也在安静中停滞下来，掺杂在一起，凝结成一碗窒息的毒药，憋得马防喘不过气来。再熬一熬吧，再熬上些时日，皇帝也该淡忘此事了。就在这样的奢望中，一阵尖锐的敲门声传入马防耳中。马防慌乱地站起身来，望眼欲穿，死死盯着门廊，仿若等了足足有一年多时间后，便见仆从引着几个宫人大步走了进来。看着为首一人托在掌上的圣旨，马防便觉浑身力道都已散得干干净净。往日华丽的锦缎上所书旨意，除了升官加爵便是赏赐财宝田地，今日只怕绝没有什么好事。

马防无力地跪倒在地，便听宫人尖利的嗓音念道："顺阳侯马廖，禄厚德薄，不能教勒子孙，目无君父，口出逆言；颍阳侯马防，恃宠而骄，跋扈京师，天怒人怨，有负圣恩；许侯马光，骄奢淫逸，弥乱圣化，着实令朕寒心。皆罢奉朝请，责令阖家遣归封国，无诏不得还京。自将作大匠马严以下，凡马氏在朝为官，皆罢官职。念及舅氏一门俱就封国，四时陵庙无助祭之人，朕甚伤感，故网开一面，令许侯马光一门独留京师闭门思过。有司勿复奏请，以慰朕甥舅之情。"

马防心中稍稍一宽，遣归封国已经是很好的结局了，至少富贵无忧，皇帝多少还是留了情面。让马防有些意外的是，自己和长兄皆被逐出京师，三弟马光却能留下来，这究竟是何道理？虽说马光办事相对谨慎周密一些，可要知道，从兄马严从来没有什么坏名声都免不了罢官。弹劾奏疏上亦有马光罪责，何故偏偏能躲过此难？转又一想，马光素来与窦宪交好，能不受牵连只怕多是托了窦宪人情。可马家能有今天的结局，固然是马防兄弟自己没能洁身自好，却也与窦宪脱不开干系。马光与虎谋皮，虽然在京师留了下来，只怕是福是祸还难定论。要知道从兄马严当年弹劾窦氏，今日罢官明面上看是受了马家牵连，实则是窦宪公报私仇罢了。窦宪与马光结好，不过是利益使然。如今马家失势，将来又会如何对待马光呢？

马防小心送那传旨宫人出了府门，叹了一声。自家尚且顾全不及，哪还想得了那么多去，且走一步算一步吧。皇帝已经下旨限期离开洛阳，有空去想那些无法预见的事情平添烦恼，倒不如收拾行装，让自己忙碌起来，也省得离京时手忙脚乱。

35

得意忘形难长久

随着马家的倒台，窦家在京师的威势再也无人能够撼动。对于马家的离去，窦宪欣喜之余也不敢掉以轻心。以窦宪的性情，自然是要斩草除根方为妥当。如宋贵人、梁贵人娘家一般，让马家罢官丢爵流放边郡，永远没有翻身的机会，这样对窦家才最安全。如今马防兄弟虽然遣离京师，却保爵禄在身，封国皆为大国，尤其马防封地颍阳离京师可是近得了得。当年马援蒙诬身死，马家几乎到了垂死的边缘，即便那样都能翻身，足见马家的坚韧。如今圣上虽然赶走了马家，却也未忘记甥舅之情，否则怎会留下马光继续住在洛阳？虽说窦宪和马光有些交情，马光也为逃避大祸求过窦宪。可窦宪岂会为了那点交情而给马家一个翻身的机会？面上应承了马光所请，实则要把马光一并赶出京师。谁知即便是这样，终究没有改变皇帝的心意，仍是坚持把马光留了下来。窦宪一边对马家保留着足够的戒心，一边又不好急于落井下石，一时窦家和马家倒也相安无事。

未过多久，有喜讯自五原传来。北匈奴三木楼訾部大人稽留斯率其部众三万八千人、马两万匹、牛羊十余万头南下归降。稽留斯投奔大汉，固然与北匈奴日渐衰败有关，却也与耿秉驻守五原脱不开关系。耿秉官拜度辽将军以来，视事七年，与南北匈奴多有交往，恩威并施，使得南北匈奴对其甚是敬重。稽留斯归顺大汉，也多是受耿秉所影响。不战而屈人之兵，耿秉倒还真有些能耐。

前段时日，皇帝已征耿秉还朝拜为执金吾，领禁军宿卫，转以张掖太守邓鸿接替耿秉为度辽将军驻守五原。虽说耿秉亦入九卿之列，又得皇帝日益亲重，耿家也出过一个驸马，耿秉也算皇帝近臣，可窦宪对耿氏却没有像对马氏那般防备。一者耿氏自耿况、耿弇以来，虽然身居大功，却素来低调不在朝中争权夺势；二者耿秉出征西域，虽然和窦固因为车师一役闹得不大痛快，却也没有到翻脸的地步；三者窦氏与耿氏颇有渊源，当年耿弇、窦友在征讨隗嚣时共战于安定，还是有些袍泽之情；四者耿家与梁家不同，虽说梁家与窦家也算世交，最终却反目成仇，关键在于太子刘肇乃是梁贵人所生，梁家对窦家权势的影响实在太大，才会被窦宪先下手为强早早除去。相较之下，耿氏对窦宪却没有多大的威胁，故而窦宪并不将耿家列入防备的名单之中。更何况耿秉胞弟耿夔（kuí）近来与窦宪走得很是亲近。耿夔年纪尚轻，倒生得一身气力，又习得家传武艺，很是对窦宪脾气，眼下还是白身并无官职，刻意接近窦宪只怕也多是耿秉授意，既是结好窦氏，也是为耿夔出仕多铺一条道路。窦宪也需借助耿氏进一步稳固权势，故而两家一时来往倒是紧密。

且先不说窦宪与耿氏结好，皇帝因为三木楼訾部的归降很是高兴。开疆拓土、外藩臣服，彰显着帝王的功绩，对任何一个帝王来说都有着无比的吸引力。何况当今圣上未过而立之年，正是热血沸腾的年纪，自幼听着光武皇帝和孝明皇帝的丰功伟绩长大，也想着能有一番文治武功，故而对耿秉愈发亲近，并征耿秉三子为郎官，足见对耿秉的厚爱。对驻守西域的班超也予厚赏，拜为将兵长史，另拜徐干为军司马，全权处置西域军政，又以假司马和恭领兵八百增援疏勒，还准了班超所请，不远千里送去大批锦帛，供班超结交拉拢西域诸国所用。

皇帝高兴，窦宪身为近臣也跟着沾光，如今没了马氏分宠，皇帝对窦宪愈发看重。加拜窦宪以侍中兼任虎贲中郎将，集文武于一身，既能掌控朝政机要，又能涉足军旅，真可谓无人能及。自光武皇帝中兴大汉以来，外戚世族从阴氏、郭氏直到马氏，都从未有过此等权势，一时窦宪权倾朝野，真可谓一人之下万人之上。虽然司空第五伦总是那样不让人省心，上疏朝廷，言窦宪身为外戚掌控重权，结交之人皆是骄纵无志之徒，朝廷刚刚罢黜贵戚马氏，却又以贵戚窦氏代替，犹如以烈酒来醒宿醉，实于国家长远不利。为防窦氏他日骄纵过甚，步了马氏后尘，坏了君臣之义，当令窦宪闭门自守，方能保全窦宪福禄不失，君臣交欢永无嫌隙。然而皇帝正在兴头上，对窦宪亲近无比，又怎会去听第五伦那老头子的唠叨？

这种放眼天下全无敌手的感觉，让窦宪颇有些忘乎所以。这些年来钩心斗角，不就为了此刻大权在握的胜利吗？窦宪张狂的性子再也无从压制。随着政敌的消失，窦宪早已将当年祖父窦穆家道中落的教训忘得干干净净，纵是有刚刚倒台的马家前车之鉴，也没能让窦宪清醒一些。窦宪广结宾客充为耳目，求田问舍累积家财，京师上自王侯公主，下到世族权贵，无人胆敢招惹。只是窦宪有恃无恐，却是做了一件千不该万不该的事情。

窦宪瞧上京畿一块田园，千亩土地灌溉便利，年产几乎是周遭土地的两倍有余，窦宪看得心热，自然想买来充作家产。使仆役去寻主家询价，却回话是祖产不愿出卖。以窦宪如今在朝廷的地位，哪有想买却买不到的田？恼怒之中都不愿多出钱财，仅以购买旱地的低价强买田产。那主家执拗不过，只得遣来管事家老拜见窦宪当面调和，欲劝窦宪莫要为难。窦宪一问方知，那田园乃是沁水公主封地。窦宪听罢却不以为意，沁水公主虽是皇亲，驸马不过是邓禹长子长孙邓乾。邓家如今在朝中远不如当年得势，故而窦宪全然不将沁水公主放在眼里。依旧以低价强买田产，恰好借此事来警示洛阳世族，窦家权势滔天，便是皇亲也忤逆不得，识相的便莫要招惹。

窦宪自作聪明，却是作茧自缚。沁水公主夫家无权无势不假，可窦宪却忘了，沁水公主乃是孝明皇帝之女，当今圣上亲姐姐。虽说沁水公主性情懦弱，不敢与窦宪争执，只能忍气吞声卖了田产，却自有不平之人对窦宪不法之举义愤填膺。

洛阳令周纡清正廉明，最是厌恶权贵世族不法之事。先前在地方为官时，便奋力打压当地豪强，被称为一等一的酷吏。洛阳令虽是天下第一县令，却也是最难当的县令。京师之中权贵云集，洛阳令不过是个不入流的小官。可周纡刚一上任便放出话去，京师豪强纵是富贵如马氏、窦氏，只要胆敢触犯王法，一样严惩不贷。先前窦宪弟弟窦笃出宫夜归，路遇周纡属吏，言窦笃宵禁夜行触犯王法，要拿窦笃问罪。惹恼窦笃告于司隶校尉府，反倒将周纡锁于诏狱。好在周纡声名在外，窦氏也不敢真把他如何，未过数日便草草丢出诏狱外面。

周纡执法不成，受此大辱，却丝毫没有退缩。听闻窦宪强买田产，遂借皇帝郊游之际，故意引圣驾来此。皇帝瞧着长势喜人的庄稼很是开怀，思来想去觉得此地甚是眼熟，唤来窦宪一问，此地乃是何家所有。

窦宪哪敢如实相告，只能刻意隐瞒。可皇帝心中虽不确定，却也依稀记得似乎是姐姐祖产。窦宪前言不搭后语半天说不清楚，皇帝愈发怀疑。传来宗正及大司农查问。宗正掌录宗室名籍，大司农掌管钱谷田产，自然晓得其中纠葛，眼见皇帝面有怒色，哪敢为窦宪开脱，只能将窦宪强买公主田产之事禀奏。

孝章皇帝之所以厚待窦宪，一者窦宪是皇后弟弟，二者窦宪平日与皇帝感情深厚，三者窦宪侍奉皇帝恭恭敬敬办事得力。谁曾想背地里却做些见不得人的勾当。一种被最信任的人背叛的感觉并不好受，更何况窦宪所欺凌的乃是皇帝亲姐姐。虽说沁水公主与皇帝并不是同一生母，感情也并不深厚，可窦宪竟敢动起皇家主意，真是胆大包天。皇帝盛怒之中，连连训斥：“窦宪啊窦宪，你可真对得起朕！今日所作所为，与赵高指鹿为马何异？想先帝在时，多设官吏纠察不法贵戚，便是强盛如窦穆、梁松都落个丢官弃爵下狱查办，京师豪强莫敢触犯王法。今日连朕的姐姐尚且被你侵夺，百姓小民还不知被你如何压榨？只怕你这些见不得人的勾当都算到朕的头上去了！朕还有何脸面治理天下？朕思来想去，待你可真是不薄，不但让你官运亨通，更是为你那触犯国法的父亲窦勋正名，追谥为安成思侯，抹去你罪人之后的名声，你就是这般来报答朕的？告诉你，你窦宪的荣华富贵都是朕给的！朕能给你，也能收回来。国家弃你，便如弃一腐鼠般易如反掌！”

窦宪惶恐之中连连叩首乞罪，当着皇帝面归还公主田产，依旧难解皇帝心头之恨，丢下窦宪不管，便自回宫中而去。

此事不胫而走，对窦宪不满之人纷纷弹劾，奏请朝廷严惩窦氏。窦宪恐惧之中求救于姐姐，窦皇后自然不会对窦宪不管不顾。若是弟弟倒了霉，当姐姐的又能好到哪里去？整日对着皇帝哭诉乞求，甚至毁去皇后礼服，请废皇后之位，以换皇帝对窦宪的宽宥。

皇帝虽然恼怒窦宪所作所为，却对窦皇后疼爱有加。眼见爱妻这般苦求，也只得作罢不予深究。只是对窦宪不满之意全无消解，心中也多了不少戒备，遂罢去其虎贲中郎将军职，仅保留侍中官职参政朝中，又更换窦宪属官，免得他一人独掌机要权柄过重。窦宪在马家阴影中忍了多年，好不容易赶走马家，大权在握，却在短短年余之间便失去了皇帝宠幸，权力顷刻间丧个干净。窦宪这才对平日里亲密无比有说有笑的姐夫充满了畏惧，只能夹紧尾巴低调做人，仔细办好每一件差事，小心伺候着皇帝，以博皇帝再次宠幸。然而历经沁水公主田产一事，孝章皇帝再也没有拿正眼瞧过窦宪。

不觉中，数年过去，窦宪不温不火地在朝廷磨着时间。好在皇帝虽然再次准许马光奉朝请参与朝政，却也并无实职封拜，对马廖、马防也无召见之意，使得窦宪倒也不必担忧马家再次得势。只是窦宪防来防去，却未曾想到，自己辛辛苦苦扳倒马家，终是让别人掌了朝权。汝南士人袁安，在光武皇帝时不过区区县令而已，孝明皇帝在时，因楚王刘英谋逆一案，拜袁安为楚郡太守理顺冤狱，办事得力而得孝明皇帝赏识。先征为河南尹再迁太仆，只是虽然在朝中渐渐崭露头角，却也在马家和窦家压制下难有作为。就在窦宪失势这短短数年时间里，皇帝似乎有意无意地不再重用皇亲国戚，而是把朝权渐渐交由外臣打理。袁安便在此时得皇帝任重，接替第五伦官拜司空，未过多久又拜为司徒掌控朝政。一时之间，三公九卿满朝文武多与袁安交厚，其中尤以开国功将任光之子任隗最为密切。孝明皇帝在时，任隗因收养孤寡多有善举而被征辟入朝为官，仕途倒也平顺，历任羽林左监、虎贲中郎将、长水校尉，只不过马家和窦家相继掌权，任隗虽有高官厚禄，却无多少实权可言。直到窦宪惹恼皇帝失势，任隗接任窦固光禄勋之职列入九卿。待袁安官拜司徒，任隗顺势接任司空高居三公之位。除此之外，太尉也由光武皇帝时大司空宋弘侄儿宋由接任。虽说窦固还是卫尉，可袁安众人走得很是紧密，窦固也渐渐被架空，窦家再无当年一人之下万人之上的权势。

窦家日渐被皇帝疏远，窦宪警醒万分。想尝试着像窦固一般，谋取军功以打破当下的困境，然而数年之中国泰民安，全无用武之地。三木楼訾部归顺大汉后，时不时便有北匈奴部众南下降于大汉。北匈奴愈发衰败，北单于困顿之中，遣使入中原，乞求合市以换取粮谷布帛诸多生活所需。皇帝宅心仁厚，也未拒绝，毕竟合市让大汉和匈奴各取所需，何乐而不为？北单于遂遣大且渠伊莫訾王驱牛马万余头来大汉边境交市。谁知南单于听闻之后，擅自出战，遣轻骑出上郡，将北匈奴商队掳掠殆尽。北单于恼怒之中，欲遣兵大举南下复仇。窦宪欣喜之中便想请战，谁知北匈奴还没集结起兵马，便被南单于主动出击，袭破涿邪山。皇帝不愿背负背信弃义之名，在司徒袁安力争之下，命度辽将军购得北匈奴所丢牲畜还于北单于，对南匈奴也未怪罪，仍旧以其斩杀北匈奴首级论功行赏。皇帝不但落个仁义之名，又激励南单于再次遣兵北上，斩杀北匈奴千余人。自此，每年降于大汉的北匈奴部众都有数千之多。转过年来，鲜卑乘虚袭破北匈奴王廷，斩杀北单于，北匈奴大乱。

屈兰、储卑等五十八部二十万人，领精兵八千骑向大汉称臣。如此一来，北匈奴彻底败落，窦宪请战也再没了机会。

不觉中已至章和二年，孝章皇帝在位已是第十四个年头。这一年过得似乎并不平顺，只因凉州又不太平。自马防平定陇右烧当羌叛乱之后，酋首迷吾率众归降。然而随着汉军渐渐撤离陇右，耿恭又被马防诬告罢官病逝，迷吾安分守己了十余年后，实力渐渐恢复，遂降而复叛。陇西太守张纡倒也想了不少办法，多少牵制了羌人叛乱，却终难平息战火。护羌校尉傅育当年助马武、窦固平定羌人叛乱，今日再次奉命征讨叛逆。原以为必能剿灭迷吾，然而从天水、金城、陇西、张掖、酒泉五郡抽调的两万多兵马，协调不一各自为政，傅育非但没能得胜，反而孤军深入，陷入重围。汉军死伤千余，傅育杀敌十数战死沙场。迷吾大胜之后，陇右震动，各部羌人再次聚拢迷吾麾下。朝廷以陇西太守张纡暂代护羌校尉，领军万人屯兵临羌城。张纡趁着迷吾骄纵之中袭破敌众，又借着这些年来在羌人中的声望，说动迷吾众人再次归降。谁知张纡对迷吾的反复无常早已厌倦，名为招安叛羌，实则暗藏伏兵，毒杀迷吾及诸部叛羌酋首，为傅育复仇。张纡此举无疑捅了马蜂窝。汉官失信于羌人，激得各部羌人对大汉充满了敌视。迷吾之子迷唐煽动各部羌人，相互结为姻亲，抵押质子，兴兵四万余众，誓与大汉不死不休。陇右战火四起，再无宁日。

窦宪眼见有仗可打，乐得不着边际。想要请命出征抢得战功，却终是放弃了这个打算。非是窦宪贪生怕死，而是朝中忽有转机出现。窦宪大权在握唾手可得，哪里还顾得上讨伐叛羌？

孝章皇帝刘炟执掌天下十四年，竟然以三十三岁之龄英年早逝，丢下大汉朝驾崩了。

36

乐极生悲陷囹圄

袁安、任隗共乘一车，焦急万分赶赴皇宫。

皇帝春秋正盛，先前又毫无征兆，突然驾崩着实让人措手不及，只怕朝廷要有一番大动静了。皇太子刘肇年仅十岁，若无意外，承继帝业是水到渠成的事情。只是孝章皇帝去得突然，只怕多半没有遗诏选定顾命大臣。而太子年幼，窦皇后晋位太后自然是要临朝听政的。想想太子亲政至少也要等个十年光景，这就意味着窦太后要掌权十年，窦家还指不定要强盛到什么地步去呢。

在袁安、任隗看来，外戚掌权对国家而言绝对不是什么好事。前朝历经吕后秉政之事，后又有王莽篡汉自立。外戚权重则皇权衰败，权力垄断则只顾家族兴盛，这对国家长治久安绝对是百害而无一利。更何况袁安、任隗掌控朝廷大权还没多久，自然也不想这么快就把手中的权力交出去。

袁安、任隗一路商讨着各种可能。虽说窦宪这些年来没了皇帝宠幸，早已没有当年威势。可毕竟担任侍中要职，掌管朝廷机要。何况窦皇后执掌后宫，自然最早知道皇帝驾崩之事。只怕窦宪此刻早已在袁安、任隗之前得到消息，抢先进入皇宫掌控大局。就算两人赶到宫中，大事早已落定尘埃。可即便如此，两人也不得不尽快入宫，看看窦家姐弟究竟做了什么样的手脚，是否还有转圜余地。

待两人来到宫中，果然见灵堂早已摆好，窦宪正忙里忙外张罗着皇帝大丧之事。面上全无一丝哀容，反倒不经意间流露欣喜之情。远远瞧见袁安、任隗，也只是顾及颜面拱了拱手，引着二人跪拜天子遗体哭噎一场，便自顾自地忙去了。袁安、任隗全无机会和窦宪说上什么话，待朝臣渐渐来齐，窦宪这才上前宣读先帝遗诏。皇太子刘肇承继帝位，是为孝和皇帝，尊皇后为皇太后，临朝听政。另拜窦笃为虎贲中郎将，窦景、窦瓌为中常侍。

袁安、任隗相对苦笑。先帝去得匆忙，这遗诏恐怕多是出自窦宪之手。有些意外的是，窦宪依旧任侍中一职，并没有如袁安、任隗所想那般借机独揽大权。而窦宪几个弟弟虽然皆有升迁，可所拜官职也没有太过显赫。看来窦宪倒也有自知之明，莫看窦家历经三朝久有威势，可窦宪年纪尚轻远远难以服众，而其叔爷窦固近来身染重疾，已有许久没能露面，只怕也难总揽朝权，故而窦宪与其强行夺权引得朝野嫉恨反对，倒不如退而求其次，只是抢先掌控皇宫亲要之职，待朝廷稳固之后再作打算。

袁安、任隗稍稍安心，看来还有些时间应付窦家。只要处置妥当，至少也能避免窦氏一家独大，让国家权柄不会垄断于外戚之手。两人暂且放下心中顾虑，专意孝章皇帝大丧来。毕竟君臣一场，孝章皇帝仓促离世，两人心中还是伤感不已。

待到安葬孝章皇帝于敬陵后，袁安、任隗一把老骨头早已累得够呛。两人迷迷糊糊出了皇宫，相互辞别各自回府。袁安还没来得及梳洗一番，便听得宫中眼线传来消息，年幼的孝和皇帝承继大位后，已经颁布第一道旨意。言窦宪德才兼备忠孝尤笃，亲受遗诏辅政天子，却固执谦让不肯受命。念前太尉邓彪元功之族，海内归仁，故拜邓彪为太傅，赐爵关内侯，录尚书事，百官总以为听。长乐少府桓郁，累世帝师，德行敦厚，拜为帝师讲经于皇宫，以教天子帝王之道。

袁安愣在原地。邓彪乃是邓禹族人，孝章皇帝时曾官居太尉。论起声望，只怕满朝文武还真没有谁能比得上他，即便袁安、任隗也要小上一辈。然而邓彪在位时，虽以清廉著称为人敬重，却少有作为。说好听点是生得一副好脾气，说难听点就是一个和事佬。窦宪如此重用邓彪，将朝权尽付于他，只怕未必是敬重元老重臣。而是因为邓彪那软沓沓的脾气，绝难驳回窦宪心意，故而借邓彪名望来掌控朝廷罢了。

袁安猜得窦宪心意，有心即刻招揽群臣入宫反驳，却难有什么借口。毕竟邓彪并无过失，况且邓彪声望放在那里，在讲门第出身、论资排辈的士大夫中，袁安还没有资格去指责邓彪。若强阻邓彪官运，在别人看来，不过是袁安为一己私利而不愿放权罢了，哪里会明白袁安一番苦心？此时真入宫去，只怕除了得罪邓家、得罪天下士大夫外当真毫无用处。而桓郁固然才学过人，的确适合作为帝师传授学业，然而性情恭和平顺，稍有争端多是明哲保身。平日里又和窦家走得很近，窦宪此刻使桓郁教授皇帝，除了潜移默化影响年岁尚小的皇帝外，只怕也多有监视之意。如此一来，朝内朝外皆被窦宪掌控。莫看他仍不过是个侍中，却已然大权独揽说一不二了。

袁安叹息一声，真真大意了。窦宪摆出一副谦恭的模样，却不声不响把袁安、任隗排除在朝廷权力核心之外。其心机着实可怖。然而大事已定，此刻纵是去找任隗商议也是于事无补，身心疲惫之中问那报信之人："不知朝廷对陇右羌人叛乱可有安排？"陇右叛乱已经愈演愈烈，护羌校尉张纡已然难以控制局势，朝廷当前紧要之事还是速速平定陇右。先前便听闻窦宪有意请旨出征，若此时窦宪离京，战事拖延上数月，说不定还有机会改变朝局。

"太傅邓彪已领不少朝臣，共同保举邓训为护羌校尉，不日便将领军平叛。"

邓训？袁安有些失望。并不是不放心邓训，而是窦宪并没有请命出征。显然已经考虑到新帝刚刚即位而窦家初掌大权，还有太多的变数。窦宪为防京师有变，刻意不去争那平叛之功。邓训先前因为和马家、梁家走得太近，而被窦家借机罢去官职赋闲在家，今日却得邓彪保举领军出征，只怕也是窦宪投桃报李。既然要借邓彪的声望，好歹也要给邓家一些甜头，这才不计前嫌启用邓训。好你个窦宪，还真是让人不敢小瞧呢！

正这样想着，便听那传讯之人说道："还有一事。邓彪奏请朝廷，言御史中丞周纡酷吏出身，矫枉过正，伤人性命无数，实在不宜任职京师为人诟病，当即刻罢免官职归家自省。"

袁安不由叹了一声。周纡遵从韩非法家之术，素来刚正不阿奉法不避权贵。当年窦宪因侵夺沁水公主园田而被皇帝斥责疏远，其弟窦笃又因宵禁夜行遇周纡盘查，故而周纡与窦家结仇，此事朝野皆知。窦宪刚刚得势，便借邓彪之口除去周纡，其心当真歹毒。一者遍告朝廷内外，邓彪乃是为窦宪所用；二者警示群臣，莫要招惹窦家；三者假公济私，以报当年仇怨。袁安一想窦宪所为，不由暗骂。窦宪啊窦宪，人言你睚眦必报，看来果真如此。若朝廷真落在你手中，还不知要被闹腾到什么地步。有我袁安在朝一日，决然不会让你称心如意。

袁安没有等太长时间。

并非刻意去找窦宪的疏漏，而是窦宪那飞扬跋扈的性子，给了袁安这个机会，一个足以将窦宪置于死地的机会。

七月，孝章皇帝驾崩仅仅过去五个月。南匈奴单于入京师朝拜刚刚登基的孝和皇帝。此刻的南单于名唤屯屠何，也是刚刚承继其兄长之位。此番入京，一者拜见天子，二者求大汉册封，三者另有所图。入夏以来，北匈奴又逢饥乱，使得本就已经衰败不堪的北匈奴愈发困顿。屯屠何初继单于之位，血气正盛。想着匈奴分裂数十年，欲一举吞并北廷，以成匈奴千古之名。故而上疏朝廷，言："北虏连年纷争，宜出兵讨伐，覆灭北廷，并为一国，令大汉永无北患。臣生于汉地，开口仰食，年年赏赐，惭无报效国家之机，愿起南部举国精兵，分道而出，屠灭北廷。然臣势单力薄兵马稀少，不足以防患内外，愿朝廷遣执金吾耿秉、度辽将军邓鸿及西河、云中、五原、朔方、上郡兵马并力北伐。"

虽说大汉数次征讨北匈奴，北单于又在去年被鲜卑袭破丢了性命，其残部归拢一处另立单于，可北匈奴仿若百足之虫死而不僵，至今尚能苟延残喘。而远征千里之外，绝非易事。窦太后拿不准主意，既然耿秉久在边郡约束南北匈奴，自然熟知边事，遂将南单于奏疏示于耿秉。耿秉武将出身，若有机会彻底剿灭北廷，自然是乐见其成。毕竟从高祖爷起，大汉便与匈奴这个强邻争斗不休，虽然互有胜负，却始终未能彻底消除北患。即便孝武皇帝时数次北伐，吞并匈奴无数领地，卫青、霍去病、李广利，留下多少传奇姓名，都没能将匈奴灭国。如今有南匈奴举国之力相助，北匈奴奄奄一息，千载难逢的机遇摆在面前，耿秉自然是力主北伐的。

然而朝中却多有反对之声。不少人以为，北匈奴轻贱礼仪，强者为雄，弱者屈从。汉兴以来，朝廷数次征伐，虽有所斩获，可与朝廷损耗相比，实在是增不补害。故而光武皇帝恩准南匈奴降服，永为大汉藩臣。鲜卑、乌桓亦归顺天朝，自此夷虏相攻，无损汉兵威势，中国坐享大功，边民得以养息。如今大汉兴盛，又何苦大起干戈，远征不毛之地？还有不少人说得更是露骨，言大汉数次远征，虽然胜多败少，却无尺土之功，纵然有南匈奴、鲜卑、乌桓及西域诸国臣服，国家却并无多少税赋所得，远征匈奴实在弊大于利。而南单于请命朝廷出兵也是包藏祸心。与北匈奴征杀数十年，年年都有北匈奴部众南下归降，多是并入南单于麾下。如今南单于少说也能拿得出五万精兵，若以举国之力北伐，凑出十万人马都非难事，足以覆灭北匈奴那点残部。之所以还要奏请朝廷出兵，不过是怕与北匈奴交战中损耗兵马，而被周遭强邻乘虚侵夺罢了。毕竟鲜卑和乌桓对南单于来说，始终是不小的威胁。退一步讲，即便南单于真是忠心耿耿欲为大汉铲除宿敌，可鲜卑却是为利所驱数侵北匈奴。一旦南匈奴北上，少了其部众遏制鲜卑，鲜卑外失掳掠之愿，内无朝廷功劳赏赐，豺狼贪婪，必为边患，是为灭北匈奴一国而另树一强敌。何况陇右羌人迷唐叛乱声势正盛，朝廷内乱尚未平息，便急于出兵北伐匈奴，也是有心无力。

朝廷中一时为是否出征难有定论，只得放缓此事，且先定下屯屠何封号，是为休兰尸逐侯鞮单于，安抚住他留于洛阳等候消息。袁安自始至终对此事不置可否，唯一关心的是窦宪是否会请旨出征。谁知窦宪却对征讨北匈奴全无兴趣，一心放在巩固权力上。

近来有齐国王子都乡侯刘畅、利侯刘刚兄弟来到洛阳，代其父吊唁国丧。刘畅好友邓叠官拜步兵校尉，因邓叠之母与太后很是亲近，刘畅遂请邓叠打通关系，数次面见太后。作为藩王王子，刻意亲近太后无非想求个一官半职。然而刘畅本人长得风流倜傥一表人才，太后见过刘畅之后很是喜欢，数次召入宫中叙话。

这让窦宪一下子紧张无比。窦太后青春正盛刚过三十，年纪轻轻守了寡，看到俊秀男子自然亲近。若往最坏里看，太后把持不住犯下弥天大错，一旦为外臣所知，闹将起来，窦家刚刚握在手中的大权可就难以保全了。即便窦太后仅仅拿刘畅当个情感的寄托而无逾越之举，以太后对刘畅的喜欢，只怕多会封官加爵，这无异于要和窦宪分权。这让权力欲望极度高涨的窦宪如何接受？姐弟之情一旦被男女之情取代，只怕还不只是分权那么简单，窦宪千辛万苦抢来的大权被刘畅夺去都未必不会发生。

窦宪一时恼怒无比，刘畅一个小小藩王王子，何德何能来与自己一较高下？血气上涌之中哪还能冷静下来，冲动如洪水猛兽一般将理智吞噬干净。既然刘畅胆敢挑衅窦宪权威，那便下个狠手。让那些胆敢兴风作浪的人瞧瞧，这洛阳城乃是窦宪说了算的。

窦宪暗中遣出刺客，自刘畅出宫后便一路尾随至其休沐宅邸，趁着四下无人，一举刺杀于卧房之中，又将凶器悄然藏入刘畅兄弟刘刚卧榻下面。

待第二日天亮，刘家仆人发现刘畅惨死，忙报于朝廷。窦宪想都未想，避开司隶校尉与洛阳令衙门，使亲信侍御史及青州刺史抢先赶赴命案现场。一面草草收葬刘畅，一面借捕拿凶手为名将刘府翻了个底朝天。自然找出凶器所在。遂将目瞪口呆的刘刚收捕下狱，严刑拷打，欲逼其认罪尽快了结此案。

只是窦宪没有想到的是，袁安身为朝中重臣已有数年，朝野之中多有其门生故吏，又因为窦氏大权独揽，三公成了摆设，太尉宋由自然心中不服，亦与袁安走到一起。三公悄然之中结起同盟，窦宪自以为此事办得毫无破绽，却哪里逃得过袁安、任隗、宋由三家眼线盯梢？行刺之举早已被人瞧在眼里。

就在刘刚入狱的当天，便有尚书韩稜在袁安指使下，上奏于太后，言："贼在京师，舍近问远，恐为奸臣所笑。"

太后正为刘畅横死而心中感伤，听闻此言，不明所以，还以为韩稜故弄玄虚辱及朝廷，不由震怒无比严加斥责。谁知韩稜固执己见全无一丝惧意。太后心有所疑，而太尉属官何敞有贼曹之职，亦奏请朝廷，言："刘畅乃皇室宗亲，忠孝使然来吊国丧，遭此大难实乃朝廷之耻。案发于京师，侍御史、青州刺史皆无查案之权，何敞甘冒此大险，请命深查此案，三公府邸各遣主事协办，以示公允。"太后本就因韩稜所奏对刘畅之死生疑，遂准何敞所奏，将此案转交何敞查办。

窦宪所作所为早早便被袁安众人摸得一清二楚，何敞办案几乎不费吹灰之力，真相随之浮出水面。太后看着何敞所奏案卷，立时愤怒无比。想想窦宪所作所为，显然是察觉了太后对刘畅那点小心思，自然羞愤无比。再想想窦宪算计别人也便罢了，竟为争权算计到了自己头上，也太过目中无人了。窦宪能有今天权势，皆是靠太后所赐，虽说太后与娘家荣辱与共。可窦宪此举显然是想连自己都要牢牢握在手心之中，这让太后如何忍得下去？

太后一道懿旨传出宫外，立捕窦宪囚于内宫。窦宪大权在握不到半年，锒铛入狱，命在旦夕。

37

恩信：平叛的另类武器

邓训望着校场上渐渐集结齐整的兵马，有汉人、羌人、胡人。服饰各异迥然不同，兵器甲胄更是五花八门。虽然不过四千人马，又因旗帜纷杂而显得有些杂乱，却皆是骑兵精勇强盛。

三通战鼓响罢，邓训登台点兵，厉声疾呼："迷唐叛贼，恶贯满盈，掳掠陇右，天怒人怨。汉人落其手，性命终难保，羌胡忤其意，灭族在顷刻。今奉天子诏命，征讨丧心恶徒，救百姓于水火，还陇右之太平。邓某不才，愿与诸君同生共死，誓将迷唐逐出边塞。使恶贼不敢掳掠牛羊谷粮，不敢焚毁桑梓家园，不敢欺凌我辈父老，不敢强夺哀哭妻儿。成败与否，只在今日！"

阵阵军号响彻天地，四千壮士奔赴沙场。邓训提鞭上马，心中久久难以平静。

当日得拜护羌校尉西入陇右任职，然而孝章皇帝驾崩，窦宪忙于夺权，又有多少人真正在乎远在边陲的陇右安危？朝廷使邓训往陇右一行，不过是想暂时控制住陇右局势不要继续恶化，并不指望邓训能迅速平定叛乱。故而除了封拜官职，全无一兵一卒派遣。虽说邓训对窦宪未必有什么好感，可对邓训而言，能像父亲邓禹那般成就一番伟业才算得偿所愿。当初逢迎马防也好，接近梁竦也好，都是争取建功立业的途径。如今借着邓彪的光，往凉州任职，虽是窦宪所准，可既然有机会为国效力，又何必在意是谁所使呢？要知道，当初窦固先有平定羌患之功，才有机会两次西征匈奴，最终让衰落的窦家有了今日之势，而马防也是凭着讨伐羌患，赢得孝章皇帝信任，方能荣宠兴盛二十余载。若邓训能在万分不利的情况下平定迷唐叛乱，想必今后也能跻身朝堂前列吧。这些年来，邓训四处奔波，先是治理河道，后是监护乌桓动乱，虽然小有功绩，却难显声名于世。又因亲近马氏、梁氏而被窦宪免官。不知不觉年岁已然不小，若父亲在天之灵，能看到最不被他看好的儿子闯出一番名堂光宗耀祖，想必也会含笑九泉了。

然而邓训刚刚来到陇右时，局势远比想象中更要严重。前任护羌校尉张纡为了报傅育之仇，诱降迷吾及诸部叛羌酋首，允诺高官厚禄金银无数，却无分毫兑现。反而下毒鸩杀于酒宴当中，斩杀亲随家眷八百余人，以迷吾及五部酋首头颅祭奠傅育。傅育久镇边疆护民一方，得百姓垂爱，却因平叛入伏战死，张纡此举虽然情有可原，却是太过激进惹下大祸。若将叛羌首脑一网打尽便能一劳永逸，这些年来朝廷又何苦在陇右往复平叛数回？羌人本性好战，无论诏安休战，还是兵戈相见，只要赢得堂堂正正，羌人自然归附。少则数年，多则十数年太平无事。可张纡做法在羌人眼中却是下作伎俩，彻底惹恼了羌人。在迷吾之子迷唐奔走下，各部空前聚拢一处，誓为迷吾众人复仇。待邓训来到陇右时，张纡所部万余人马四处平叛疲于奔命，非但没有多少战果，反而在神出鬼没的羌人手中死伤无数。叛军之势不增反减，竟已有四万之众。而张纡交接到邓训手中的兵马不过数千残兵而已。

邓训的到来让迷唐稍稍退避一时。毕竟朝廷改派大官来到陇右，迷唐不知深浅也不敢贸然进兵。何况羌人兵马虽盛，却仍有不少胡人囤聚于各处。虽说羌胡皆是外族，然而并非同根同源。平日混杂相居，却也纷争不断，分分合合没有常性。有时候会与羌人一并反叛，有时候也会受朝廷诏安随军剿杀羌人。迷唐正与汉人征杀不休，可不想让胡人乘机钻了空子。何况胡人勇猛善战丝毫不逊羌人，尤其最为临近的小月氏胡更是首屈一指，有部众万余精骑三千，皆健硕精勇。往年羌人与小月氏没少交锋，却往往被小月氏以少胜多。如今迷唐坐拥大军，自然想将小月氏纳入麾下。既消除隐患，又能壮大实力，故而先置邓训不顾，亲领万余骑兵奇袭小月氏。

小月氏胡本置身事外，并不想牵扯进汉羌纷争，然而羌人大军近在眼前，小月氏也不敢掉以轻心，集结兵马防备羌人。怎奈迷唐并未傻傻地冲击小月氏骑兵主力，而是以疑兵引走小月氏兵马，自己则直捣小月氏囤地。万余骑兵顷刻间便将留守胡兵杀得大败，抢掠牛羊财宝，抓捕胡人妻儿充为人质，欲以此逼迫胡兵归顺效力。怎奈小月氏胡自有骨气，被迷唐偷袭之后，匆匆引兵来救。只是胡骑虽然精猛，可迷唐也皆为骑兵，又仗着人多势众，小月
了大亏，只能护着妻儿老小且战且退。

待大败而来的小月氏胡出现在邓训城外时，守军皆是紧张不已。有的人见胡人兵败，想要趁火打劫剿灭胡兵夺其马匹，有的人却说迷唐近在咫尺，坚守城池便好，就让羌胡自相攻伐，汉人渔翁得利。邓训望着破败在即的胡人，却对这些话不敢苟同，“张纡失信，众羌叛乱。凉州百姓，命悬丝发。原诸胡受人欺压久不得志，皆是汉官恩信不厚也。今小月氏危亡在即，我等以德怀之，必能为我所用。”遂命打开城门，悉收纳胡人部众入城。

迷唐本以为汉人素来轻慢外族，尤其有张纡失信，汉官必不敢收留胡人，又有心兼并胡兵为己所用，故而并未下死手，只是一路尾随远远驱赶，小月氏被逼到绝路，穷困至极自然归降。谁知邓训竟然出乎意料地施以援手，待迷唐发觉胡人已经进了城，疯狂追来时，哪还有半个胡人留在城外？满眼望去，皆是蓄势待发坚守不出的汉兵，迷唐又无攻城器械，只能愤愤退还再作打算。

小月氏胡本以为死在顷刻，忽得邓训所救，感激涕零，跪谢救命之恩：“汉家常待我等为草芥，今邓使君待我等以恩信，开门纳我等妻儿，真乃再生父母也！自此之后，唯听使君所命。”

邓训也未太过贪心尽收小月氏兵马，毕竟胡人妻儿老小还需有人护卫，仅从其部众中广选勇猛壮士数百人充为义从。小月氏愈发敬服，邓训之名一时之间传遍陇右，湟中各部胡人听闻邓训恩信，又惧迷唐叛兵，纷纷投奔而来。

邓训或悉心教谕广布德行，或赏赐财货收买人心。听闻羌胡民俗以病死为耻，但凡染病困顿，往往自杀了事。邓训听闻有困病者，遣去郎中仔细调治，多有得以活命之人，对邓训自然更加敬重。到后来，不少羌人听闻邓训之名，都来归顺，就连迷唐叔父号吾都统领其部众八百户，舍弃叛军归降汉人。

短短数月时间，邓训总算控制住了陇右局势，叛军虽然依旧势大，可好歹汉人城池已经没有了累卵之危。邓训遂从各部羌胡之中挑选人马，合汉兵之众得四千精锐，探知迷唐屯兵于写谷，筹划月余出击叛兵。其时邓训此刻若要广募兵勇，得万余人马也非难事，可邓训却不想孤注一掷将成败押在这一仗上。一者叛羌虽然人多势众，各部人马并未集于一处，迷唐本部也就万余骑兵，且数月未有一战，自然松懈下来。二者邓训父亲当年可是以两万人马就敢西入关中，独自面对赤眉绿林几十万大军的，邓训自然知道兵贵精而不贵多，何况奇袭贵在神不知鬼不觉，人马太多反而容易泄露踪迹。三者邓训处事务求稳妥，毕竟叛军势力不小，若倾城而出，难保其余羌部不会趁火打劫，还是留足守城人马方无后顾之忧。

迷唐退守写谷后，听闻邓训并未从凉州以外调兵平叛，不由后悔不迭。早知邓训兵微将寡，就该早早抢攻城池。怎会容邓训喘息之机，收拢不少人马站稳脚跟？正盘算着集结大军，趁着邓训羽翼未丰，一举攻破城池。全然没有料到邓训胆敢出城偷袭。羌兵措手不及被动迎战，小月氏胡兵早对叛羌恨得咬牙切齿，有他们作为先锋，顷刻便把羌兵杀得只有招架之力。后部人马紧随其后，啾啾马鸣之声、铿锵刀剑之声响彻写谷。羌兵越战越慌，汉胡越战越勇，迷唐眼见招架不住，只得一路逃往大榆，占据险要负隅顽抗。

邓训初战告捷，知迷唐得地利之便，强攻只怕伤亡不小。清点战场，斩首六百余级，得马牛羊万余头。见好就收不去与迷唐死磕，徐徐退回城中。

迷唐吃了大亏，怎会甘心？待邓训退兵之后，当即传令各部速速集结，违令者严惩不贷。只是迷唐的亲叔叔都已投靠了邓训，使得各部叛羌对继续追随迷唐心生疑虑，多有不遵将令退还逃散部众。饶是如此，迷唐依旧归拢了两万余大军，怒气冲冲卷土重来，欲一举攻破城池，擒杀邓训一雪前耻。

滚滚黄河横于当中，叛羌在北，邓训在南。只因羌人肆虐已久，渡船早已被迷唐抢夺一空集于北岸，只等寻机渡河便要杀奔过来。望着对面气势汹汹的迷唐大军，邓训也是一筹莫展。渡船皆在迷唐手中，此战先机已被迷唐掌控。虽然渡河交锋艰险异常，可迷唐有船可用，兵马又盛，邓训若是死守城池，容迷唐渡过河来，久困之中必难是叛军敌手。唯有在河边严防死守，瞅准叛军渡河之时，击其半渡，倒有不少胜算。然而迷唐也不是傻子，强渡黄河势必伤亡惨重，故而厉兵秣马只等汉军懈怠。邓训万分无奈，只要迷唐一日不渡黄河，汉兵便要警醒万分一日，时间拖得越久，越对汉军不利。

这日，邓训沿河巡察，见岸边有一老叟背着架木筏远远走过。干瘦的身躯在那庞大木筏下显得分外单薄，邓训暗暗生奇。若是平静湖水或是温顺小河，以木筏代船倒也能渡过去，黄河之水湍急异常，想以木筏载人真是笑话。那老者背着一个木筏究竟有何用处？而那木筏甚是庞大，少说也有千百斤重，这样一个老者竟有如此神力，当真令人咋舌，遂使亲兵唤来一问。

待到近前，却发现那木筏仅由小孩胳膊粗细的树干捆绑出一个支架，一面绑缚着十数个鼓鼓囊囊的皮革，用手一戳，软软乎乎空无一物，似乎是将……合紧密再充气其中。故而这古怪筏子看似庞大，实则倒也不重，难怪这老者竟然能背负行走。邓训奇道：“这筏子如此单薄，能渡黄河？”

那老者何曾见过大官，早早跪在前面，听邓训问话，唯唯诺诺答道：“自然能渡。小人在上游种瓜，每逢瓜熟，便装满筏子顺流而下，去往集上贩卖。回来时逆流难行，只能背负身上走回去。庄稼汉身子粗壮，一路走一路歇，个把天也就到家了。”

邓训愈发惊奇，伸手扶起老者，问道：“这小小筏子，能载多少货物？”

那老者见邓训慈善，也便不怯，笑道：“少说也能装上四五百斤瓜果。若是筏子再大些，装个千八百斤都非难事。只是那样大的筏子，老汉我一人回家可就背不动了。”

邓训喜道：“这筏子制作是否繁杂？底下这皮囊若是漏了气，可真要葬身河水了。”

老者又笑了：“大人说笑了。自老汉还是孩童起，我爹便用羊皮筏子载货了。寻常百姓人家，哪有闲钱去买好木材做船？凉州遍地牛羊，羊皮可要便宜多了。把整张羊皮剥下，不可有一处破损，密密缝好之后用少许精油、盐粒充入其中，待把羊皮吹鼓了扎好口子，晾上三两日便能下河。寻常人家多是用这土法子过河，虽也有不少人遇上暗流翻了筏子丢了性命的，却也少有听闻筏子漏气的。只要好生保护，这筏子用个十几年都不成问题。”

邓训大喜：“既如此，长者可否随本官回城，教我这做筏的法子，本官自有重谢。”

老者面有难色，可一听有赏，立刻笑得满脸皱纹：“大人差遣便是，小人自当奉命。”

十数日后，邓训秘造大筏数百条，广募勇士六千人，由长史任尚领兵，密潜到上游平缓之处渡河，自己则引兵列阵隔河叫骂。

迷唐听闻邓训再次叫战，立马河边，笑呵呵地领着兵勇回骂。汉兵骂得越是不堪，越显得邓训急不可待想要一战。邓训越急，迷唐越是高兴，任你骂到天上去，迷唐也绝不会在此刻渡河。倒是回骂一阵，占些口舌之快，搅得邓训越不安稳越好。

正在这时，身后忽然传来喊杀之声，初时还被两岸的叫骂声掩盖听不真切，可随着后部人马越来越混乱，迷唐这才发觉不妥，待回身望去，便见远处营垒早已乱成一片，成群的汉军肆意焚烧着羌人大营，斩杀落单士卒，而羌人骑兵为自己的营垒所阻，难对汉兵步卒结阵冲杀。迷唐惶恐无比，之所以敢在河边长久对峙，在于军中粮草牛羊丰足，一旦被汉军毁去，只怕还没有与邓训交锋，大军就要逃散一空了。正集结人马想要回去救援，便听对岸汉军阵阵鼓响，百十条筏子载着千余汉兵渡河而来。

迷唐慌慌张张收拢人马严阵以待，谁知汉兵也未径直划来对岸，而是顺着河流且渡且向下游漂去，一面挡着羌人箭袭，一面抽空射箭还击，待迷唐反应过来，便见汉军已在下游远处登岸，集结战阵便要向上冲杀过来。

虽然迷唐兵马有近半数是骑兵，对阵汉人步卒绝不会落在下风，可大营已失，又不知究竟来了多少汉兵，先前惨败于邓训奇袭之下，羌人早已士气涣散。相较之下，汉军士卒这些日来过得可是分外惬意。邓训奇袭写谷时，便获牛马羊万余，又新近买来数千只羊制作木筏，待羊皮剥去后，羊肉便给将士们加了菜。汉胡将士吃得腰圆肚肥、精力旺盛，杀过河来便要抢夺战功。面对早已没有章法的羌人骑兵，全无一丝惧意，杀声震天，只待围剿叛军。

迷唐想要纠集兵马冲杀叛军，却又谈何容易，只能且战且退向西逃窜。其余各部本就号令不一，此刻群龙无首愈发难敌汉军。逃生无望后多有乞降之人，余众逃散一空。经此一战，汉军斩首一千八百余级，俘虏二千余人，获马牛羊三万余头。战乱过后，迷唐远徙千里，各部附属羌众纷纷送来质子归降，陇右叛乱得以平息。

邓训总算不负父亲名号，得建功勋，一面犒赏遣散各部兵马，仅留弛刑两千余人，修缮城池屯田警备，一面将捷报送往洛阳。

38

北伐：死中求活的权宜之计

窦宪惶恐不安地待在后宫。虽然太后因刘畅之死迁怒于他，命虎贲侍卫将窦宪拘捕于宫中，可毕竟是亲姐弟，暂时未对窦宪严加惩治。数日之后，更是从监牢中放出窦宪。只是既未让窦宪回家，也未见上一面，而是暂居于别室软禁起来。

窦宪久久难以见到外人一面，宫里宫外究竟如何全然不知，更对太后究竟会如何处置自己心中没底。父亲早丧之后，姐弟几人在母亲照料下相依为命，窦宪自幼便被姐姐疼爱有加，何曾见过她这般愤怒？窦宪不由后悔万分。想想姐姐多年的相亲相爱，即便她丧夫之后对那刘畅真动了心思，身为弟弟不但不体谅她的孤寂，反而为了权力刺杀刘畅。自拘禁于宫中后，窦宪在惊惧中冷静下来，这才觉得待姐姐太过凉薄了。别说姐姐与那刘畅止乎于礼尚无瓜葛，即便真有些什么，也该是自己这个弟弟护全于她的。再想想这些年来的起起落落，因为姐姐入选宫中封为皇后，窦宪深得孝章皇帝宠幸，可心中对权力的狂热，使得窦宪并不满足于皇帝近臣这个角色，而是期盼成为当年太爷爷窦融那般大权在握，一人之下万人之上的重臣。好不容易隐忍多年，赶走了宋家、梁家，扳倒了如日中天的马家，就因为得意忘形强买了皇帝姐姐几顷良田而遭冷落。幸好苍天有眼，孝章皇帝英年早逝，年幼的孝和皇帝登基，窦宪小心翼翼削弱袁安、任隗、宋由那些士族权力，把邓彪挡在前面做自己的提线木偶，窦宪身为外戚总算有了扬眉吐气的时候。却又因为刘畅一个外人而让自己姐弟离心身陷绝境。窦宪丝毫没有反省自己冲动跋扈的性子，反而连连叹息，难不成自己时运便这么不济，总是到了站在最高处的瞬间便要跌落下去吗？

窦宪正这般想着，忽听门外一阵问询，紧张之中忙站起身来向外望去。

还未走到门前，便听宫门吱呀一开，一个穿着武官服饰的年轻人走了进来。窦宪细细一瞧，认出是那与刘畅交往甚密的步兵校尉邓叠。

窦宪只觉浑身上下仿若置身冰窖一般冻了个透心凉。邓叠是刘畅至交，皆因邓叠穿针引线，太后才会与刘畅相见。刘畅死于自己之手，邓叠竟能大摇大摆来见自己，只怕多是奉了太后旨意来取自己性命了。窦宪连话都说不清楚，抖抖索索喊道：“你你你……来此作甚？我是太后亲弟弟，我要见太后！”

邓叠却是嘿嘿一笑：“只怕太后此刻还真不想见侍中大人！”

窦宪惊惧万分：“不会的！不会的！你给我出去！出去！一定是你假传旨意，太后舍不得我！你快给我出去！来人！来人！快把这人轰出去！”

邓叠若有玩味地看着窦宪，看得窦宪阵阵发毛。就听邓叠扑哧一笑：“我的侍中大人，你连我来此究竟要做什么都不想问问，就要轰我出去，可莫要后悔啊！”

“不！不！你还能做什么？我不要知道！你是假传旨意谋害于我，快予我出去！”

却听邓叠叹了一声：“罢了，不吓唬你了。侍中大人，你可知眼下究竟身处何种境地？”

窦宪听邓叠久久未把自己如何，渐渐从惶恐中冷静下来，又见他既未带白绫毒酒，也未佩带刀兵，莫不是自己猜错了？一听邓叠这般相问，倒是没有什么恶意，不由生出一线希望，忙问道：“是何地步？”

“侍中大人勇气可嘉，竟敢刺杀皇亲，当真令下官汗颜。不知大人动手之前，可知道刘畅究竟是何身世？”

窦宪一脸懵懂：“刘畅乃是齐王之子宗室出身罢了，又非齐王世子，不过区区一个乡侯，这种皇亲多了去了。外人看来显贵无比，在我看来不过鼠辈罢了。”

邓叠摇了摇头：“侍中大人连刘畅背景都未摸清楚，便敢动手，真是出人意料。我大汉中兴乃是光武皇帝圣德开国，而光武爷兄长刘縯首倡义兵打下南阳基业，只因功高盖主而被伪朝更始皇帝猜忌下旨赐死。光武爷能打下今日江山，哪里少得了刘縯闯出的声名？何况光武爷本就与刘縯兄弟情深，登帝后追封刘縯为王。”

“刘缜之事我自然知晓，可这与刘畅有何瓜葛？”

“侍中大人可知刘缜封号？”

窦宪这时隐隐察觉不妥，惶恐中不敢相问，就听邓叠一字一句说道：“刘缜早死，被光武爷追封为齐武王，由刘缜长子刘章承继王位，而刘畅正是刘章的亲孙儿！”

窦宪仿若五雷轰顶一般惊在原地。窦宪久在京师，忙着争权夺利，对洛阳权贵自然耳熟能详，对虽然富贵却无实权的藩王，也就孝章皇帝最为敬重的东平王刘苍值得窦宪小心应付，对其他人并不在意。动手之前也未详查，竟是惹下这等大祸。刘缜对皇室宗亲来说意味着什么不言而喻，窦宪竟然胆大包天对其后辈下手，只怕天下的刘家人都恨不得要手刃窦宪了。

看着呆若木鸡的窦宪，邓叠接着说道：“如今侍中大人所犯一事已是铁案。且不说各路宗室藩王、列侯欲置侍中大人于死地，便是朝中三公九卿都容不下侍中大人。倒是也有些人敢为侍中大人说上两句，却转眼便被袁安众人斥责下去。朝里朝外连番上疏，言国法难容，请旨赐死侍中大人，以平天下悠悠之口。”

窦宪转又紧张起来，盯着邓叠小心问道：“邓将军莫不是来送窦某上路的？”

邓叠嘿嘿一笑：“侍中大人抬举下官了。下官虽蒙祖上荫德，官拜步兵校尉，却不过是个文弱书生，手无缚鸡之力，安敢杀人？此番前来，不过是救侍中大人脱难而已！”

窦宪迟疑地望着邓叠。自己与他非亲非故，又一手筹划刺杀邓叠至交刘畅，邓叠不来落进下石已算难能可贵，又岂会好心来救自己？再想想邓叠出身，小小的步兵校尉不过是个下层军官，自然难入窦宪法眼，故而还真不知道邓叠究竟是什么背景。听邓叠说是得祖上荫庇出仕，可想来想去也不知是邓晨一脉还是邓禹族人。若是邓禹族人倒也好说，毕竟自己厚封邓彪，多少有些情谊。可若是邓晨后人，自己又没有什么关联，邓叠何苦来蹚这趟浑水？莫不是特意来瞧自己不堪模样，挖苦取笑以解其仇怨？可看邓叠那认真的模样，却又不像在说笑。窦宪自知难逃一死，邓叠仿佛就是那救命的稻草，定要牢牢抓在手里。遂假模假样谢道：“若步兵校尉真能救我脱难，日后必当重谢，荣华富贵，自当与步兵校尉同享。”

邓叠抿嘴一笑："如此，下官便先行谢过了。"转又问道："侍中大人可知太后何故顶住朝野群臣奏疏，至今没有旨意严惩大人？"

窦宪心想，自是姐弟情深罢了，可又一想太后的震怒，却又不太肯定，只能恭恭敬敬问道："还请步兵校尉赐教！"

"太后虽然恼怒大人所作所为，可毕竟与大人血脉相连。朝野之中请杀之声越多，越让太后觉得不可盲从。一旦在袁安之辈强逼之下杀了大人，不但让太后低了袁安一等，更是自断臂膀，只能受制于袁安。这恐怕是太后万万不想要的结果。还有一事，需要大人知道。就在大人拘禁这些时日，卫尉大人久病缠身，已经薨逝了。"

窦宪心中一阵怅然，叔爷窦固竟然就这么安安静静地去了，失落之中一丝哀痛转上心头。当年窦家败落，若非叔爷两番西征匈奴出生入死，窦家只怕难有重振雄风的机会，姐姐也没有入选后宫的资格，就更没有自己的仕途前程。无论如何窦宪心中还是感念窦固恩情的，然而窦固离世之时，自己竟不能守在身边尽孝，窦宪不由一阵自责。

邓叠见窦宪久久不发一言，劝道："生死有命，大人节哀。只是大人还要多谢卫尉走得恰到好处。正因没了卫尉，太后愈发离不开大人。卫尉在世一日，多少还能节制袁安众人一二，可没了卫尉，太后所能倚仗的只有大人。故而太后纵然再恨大人刺杀刘畅之举，也绝不会轻易处治大人。否则太后便是把自己的荣辱性命交到外人手中了。"

听了邓叠之言，窦宪心中宽慰不少，忙问道："既然太后不会杀我，又何故至今软禁于此？"

邓叠笑了笑："大人闯下弥天大祸，纵然太后有心放纵，可朝野群臣岂会罢休？"

窦宪默默不语，既然邓叠说是来救自己，想必已有打算。放下心中的骄纵和尊严，一揖到底："窦宪性命便在大人之手，还望大人救我！"

邓叠似乎很是受用，说道："侍中大人言重了。下官既然来此，自是为救大人而来。如今大人身陷绝境，下官不才，倒有一法或能救大人脱难，说不定日后飞黄腾达也在此一举了。"

窦宪疑惑道："大人请讲。"

邓叠笑道："侍中大人功将世家，祖上功名皆是马上来取，便是刚刚薨逝的卫尉大人不也是凭借两番征讨匈奴而官拜九卿吗？下官听闻大人久存出征之心，只是时机未到罢了。南单于请命北伐，欲一举荡灭北匈奴，朝廷至今尚未定论，也就执金吾耿秉一直想要谋成此事。若大人不怜惜自家性命，请命从军北伐以赎罪孽，想必太后也乐得促成此事，自然也就有借口堵住那些想要侍中大人性命的嘴巴了。”

窦宪咦了一声。先前南单于请命北伐，虽然朝内文臣武将议了许久，弃战之声远远盖过耿秉请战意愿，关键在于窦宪尚未拿准主意是否应该北伐，故而暂且压下此事。虽说荡灭匈奴之功对窦宪同样充满了诱惑，可初掌大权之后，窦宪可不敢轻易离开洛阳，免得被袁安众人趁机架空。窦宪没有打过仗，可也知道战争绝非儿戏，能否成功暂且不提，一旦旷日持久，洛阳又多是袁安那些看不惯外戚的重臣掌管，窦宪几个弟弟又难堪大任，难保袁安不会在背后下黑手。再往更坏打算，若是出征无功甚至兵败逃归，更会让窦宪永无立足之地。即便大获全胜，袁安众人本就在朝中势力不小，趁着窦宪出征在外，大肆安插亲信抢夺权柄，就算窦宪在战场上胜了，却也在朝堂输个一败涂地。毕竟当年马防出征陇右，窦宪没少在朝廷下功夫，总算把姐姐送入皇宫封为皇后，才有了窦家的崛起和马家的衰落。前车之鉴不可不防，窦宪自然是不敢轻易准允北伐的。可如今局势已变，窦宪性命堪忧，邓叠所谏倒也真能救命。有邓彪在前朝为窦家说话，太后在后宫首肯，想要促成北伐自然不难，可袁安众人依旧是窦宪一块心病。若是窦宪出征匈奴，虽说最终保全性命，可待还朝之后已经变了天地，这对窦宪来说与死何异？

邓叠见窦宪迟疑不决，自然猜得其心意，遂说道：“侍中大人是否担忧朝中不稳？若大人信得过下官，下官愿为大人分忧。”

窦宪仔细看着邓叠，仿若想将他看透一般。自己杀其挚友，邓叠却来献策救护自己，非是邓叠有多么坦荡，不过是想攀上窦家的大腿来谋取自己高官厚禄罢了。想必邓叠与刘畅亲近，恐怕也未必是真情实意，不过是攀附皇亲国戚而已。这等小人自然受袁安那种以君子自居之人所蔑视。如今刘畅已死，邓叠想要升官发财唯有依靠窦氏。虽说是小人之举，倒也是个聪明人。有他替自己留在京师监控袁安，再有太傅邓彪总揽朝政，几个弟弟掌控戍卫，袁安那些人也难翻了天。

窦宪想通之后，不由释然：“大人救我性命，又献此建功立业良策，窦某自然信得过大人。只要此事可成，大人前程皆由窦某安排，若违此言，天诛地灭！”

邓叠大喜，忙拜谢道：“既如此，下官便先谢过侍中大人抬爱了。大人放心，且再耐心几日，下官这便去张罗此事，太后必能应允。”

看着邓叠欣喜的模样，窦宪猛然惊觉。一个小小的邓叠，纵然其母与太后亲近，又岂能说动太后心意？邓叠大摇大摆来见自己，竟然没人挡得住他，只怕多是太后所遣而已。这戴罪立功出征匈奴，想必也是太后的主意吧，只是恼怒自己杀了刘畅，一时不肯相见罢了。如此刻意疏远自己，也好让自己把心思好好放在出征匈奴上。只要此战得胜，虽然叔爷窦固薨逝，可窦宪凭着军功足以压制袁安那群老东西。刚才恐惧之中没能瞧出来，这时自知性命得以保全，才察觉其中缘由。邓叠不过做了个传话信使，便得自己高官厚禄的允诺，还真是不可小觑。也罢，自己也正需要邓叠这等精明的小人，就且让他来做自己的眼线，为统御朝堂扫清道路吧。

窦宪望着邓叠离去的背影，连连冷笑，转过身来斜倚在榻上，心中琢磨起出征之事来。满朝文武皆以为我窦宪不过是个纨绔子弟，除了骄纵跋扈外一无是处，便让尔等瞧一瞧，孝武皇帝没做成的事，光武皇帝没做成的事，大将军卫青、霍去病没做成的事，吴汉、冯异、王霸这些云台将没做成的事，便由我窦宪来了结吧。

39

刻石记功燕然山

孝和皇帝永元元年，因刺杀都乡侯刘畅而被禁锢后宫的窦宪，请命戴罪立功北伐匈奴。邓彪、耿秉皆言陇右羌乱已平，出征匈奴利在千秋，一时朝中多有附议北伐奏疏。

袁安、任隗如何肯依。且不说两人本就不大同意北伐，何况窦宪请命出征，分明是借此逃避国法惩处，自然执意阻挠北伐之策。遂与太尉宋由一起，领九卿联名上书，言匈奴不犯边塞，大汉无故劳师远征，损费国库而募虚功于千里之外，绝非社稷之计。

奏疏连上，太后看都不看先后驳回。太尉宋由嗅出危机，朝里朝外都是太后最终定夺，显然太后已经决意北伐，再强行阻挠下去，哪有自己好果子吃？原以为太后因刘畅之事对窦宪恼怒无比，借机除去窦宪大有可为，故而和袁安、任隗一起弹劾窦宪，谁知转眼之间太后不再记恨此事。既然窦宪活命已成事实，又何苦去与太后作对？宋由摇摆之中不再与袁安、任隗一起阻挠北伐之事。三公之首都已默认北伐匈奴可成，朝中阻挡北伐的言论渐渐沉静下来，北伐匈奴也便就此定下。

太后遂以皇帝名义赦免窦宪之罪，拜为车骑将军，赐金印紫绶，总揽北伐匈奴之事，官属设置与司空相同，所需将佐、兵马皆由窦宪调度。复拜执金吾耿秉为征西将军，作为窦宪副将一并出征。

圣旨一出，朝野哗然。窦宪戴罪之身，即便真要出征匈奴，能免死随军已是开恩。竟然能做三军统帅，岂非滑天下之大稽？犯下弥天大罪，非但未予丝毫惩处，反而升官加爵，真是莫大的讽刺。何况窦宪还未立下尺寸之功，便已拿来和司空相提并论，也就意味着此刻的窦宪已是三公之下九卿之上了，这让朝野如何信服？袁安、任隗再次上疏，争执于朝堂，力阻出征之事。尚书令韩棱、骑都尉朱晖、尚书仆射郅寿、议郎乐恢及侍御史鲁恭、何敞接连上疏。有的说孝章皇帝方才驾崩，大丧之际出兵不宜；有的说国费虚耗，粮草筹集不足；还有人说天子当爱民如子，不该轻易用兵而让百姓妻离子散。尤其郅寿说得最是露骨，言窦宪骄纵跋扈，与那废汉自立的前朝外戚王莽无异，若准其出征，必置大汉于危难。

然而不管反对之声如何喧闹，太后都是一概不听。纵然韩棱、朱晖、郅寿都算是几朝元老，打理朝政从无疏漏，也难说动太后改变心意。毕竟连袁安、任隗如何争执都于事无补，何况韩棱这些人呢？

窦宪领军出征已经无从更改，遂征辟属官筹划出兵之事。出征之前，先以皇帝之名，拜弟弟窦笃为卫尉，窦景为奉车都尉，掌管宫禁虎贲卫士和皇帝贴身近卫，时刻把皇帝掌控在窦氏手中，又以步兵校尉邓叠接替自己出任侍中，代窦宪掌握朝中机要监控百官，拜邓叠弟弟邓磊为步兵校尉，接管邓叠兵权免得落入他人之手。再拜亲信王调、李阜为河南尹、洛阳令，把京师牢牢握在手中。这样一来，既有太后坐镇后宫，太傅邓彪统御百官，再有这些人出任要职，必能严防死守，避免窦宪领兵出征后，袁安之辈在朝中兴风作浪。

除此之外，窦宪又以皇帝之名，为弟弟窦笃、窦景大兴土木修整宅邸，引得朝中舆论多是弹劾窦笃、窦景奢靡放纵。有太后、邓彪总揽朝政，弹劾再多，窦笃、窦景也会安然无事，反倒经此一闹，对窦宪出征之事平淡下来。而窦宪对那些阻挠出征之人也不手软。虽说此刻拿袁安、任隗没什么办法，对那些小鱼小虾就要杀一儆百了。遂网罗罪名，弹劾尚书仆射郅寿假公济私强买公田，下狱治罪当处极刑。虽然何敞死命相救，总算让郅寿得以免死，却也落个流放合浦的结局。郅寿刚刚出行，便自杀于官舍之中。一时议论纷纷，说郅寿不过是个读书人，好不容易活下命来，决然没有自杀的道理，只怕多是窦宪做的手脚，逼其自杀以换其妻儿老小性命。然而说得虽多，却没有什么真凭实据。郅寿父亲郅恽乃是光武皇帝时废太子刘强帝师，本身又颇有才学，故而声名不小。如此人物都难逃窦宪毒手，京师内外除了袁安、任隗，再也无人胆敢阻挠出征之事。

稳住京师之后，窦宪征辟耿秉之弟耿夔，族弟耿谭为军司马。两人年纪轻轻倒也有些勇力，可窦宪征辟二人，也多是拉拢耿秉之意。又征郎官班固为中护军，参议军政。班固乃是远征西域的班超兄长，为大汉续写国史而得孝明、孝章皇帝器重，窦宪征辟班固，虽是重其才智，也是有意借班固之名自抬身价。官属齐备之后，窦宪发北军五校、黎阳、雍营、缘边十二郡骑兵八千，左谷蠡王师子胡骑万余出朔方郡鸡鹿塞；南单于屯屠何，领胡骑万余出兵满夷谷；度辽将军邓鸿领度辽营及缘边羌胡兵马，与南匈奴左贤王安国，合胡骑万余出兵阳塞。三路大军约定合兵涿邪山，浩浩荡荡北伐匈奴。

窦宪意气奋发，分遣司马耿夔、耿谭，统领匈奴精骑万余充为先锋，分兵两路左右前行，自己则与副将耿秉统领中军压阵，三部人马仿若张开臂膀的猎鹰，杀气腾腾向涿邪山前行。

窦宪还真没有看走眼。耿夔虽是初次出征，却也当真有些本事，弓马娴熟勇武善战自不用说，还学得其兄长耿秉行军布阵之法。耿秉久与匈奴打交道，摸出一套自己的用兵之道。骑兵贵在迅猛，而一望无际的草原给骑兵冲杀提供了广阔的战场。中原的营垒虽然利于防守，却对自家骑兵造成不少阻碍，故而行军布阵简易于事，休止不结营垒，以免浪费军力和时间，广布斥候于大军十数里外，每夜变更行军号令，但凡有风吹草动敌军偷袭，早早便已传信于主将。未待敌军杀来，骑兵军阵转瞬即成。这种行军布阵之法不但操作简便攻守兼备，而且最大限度发挥了骑兵的冲击力。身为主将又素来身先士卒披甲在前，凡有赏赐皆与将士同享，故而将士皆乐与主将同生共死。

耿夔以耿秉之法领军，一路疾行。还远远未到涿邪山，忽有斥候归报。稽落山下发现大批匈奴人马，营帐一望无际，遮蔽了整片山麓。山外数里草场多被牛羊啃食干净，随处可见成群的牛羊马匹在外围牧场游荡。

耿夔大喜。北匈奴早已不复当年之势，故而北伐并不怕敌军人多势众，只是担忧找寻不到北匈奴部众主力。如今还未到涿邪山，便已寻到其部众囤聚所在，听斥候所报，如此大的族群只怕多是哪部名王部众，真乃天助我也。且先攻破此处，必能狠狠打击北匈奴势力。机不可失，耿夔一面遣人速报于窦宪，一面传令全军，五千汉胡骑兵快马加鞭直奔稽落山杀去。沿途果然遇见不少牧民正在放羊，一概不理直奔敌军大营方向。耿夔兵马以匈奴胡骑为主，服饰旗帜与北匈奴并无多少差异，若不细看还真瞧不出区别。骑兵如一阵风般跑过，牧民见五千兵马如此明目张胆奔过，还当是自家骑兵，匆匆避开后也便不再理会。

耿夔一路畅通无阻，不多时便已瞧见远处连绵不绝的营帐。显然营中这才发觉异样，匆匆忙忙集结兵马。可乱糟糟的大营中人声鼎沸，耿夔几乎都要看清对面惊愕的眼神，这才见到数千敌兵慌慌张张迎上前来。

耿夔离得越来越近，隐隐觉得有些不大对劲。敌营规模似乎有些太大了。虽说耿夔初次领军与匈奴交锋，可眼前难以计数的营帐，只怕囤聚此处的远远不止数万匈奴部众。即便在南匈奴中，五万以上的部众都是很大的族群，在实力大损的北匈奴中，只怕也就身为储君的左贤王能有这么大的势力了吧。眼见松散的敌军骑兵已经贴了上来，耿夔不再多想，无论此处究竟是谁的部众都已不再重要，纵是龙潭虎穴，既然已经探到了底，那也要撸下几片龙鳞，剥下一张虎皮才好。

一阵弓弩对射过后，弯刀与长槊交击的声响回荡稽落山下。耿夔一马当先，接连刺翻十数骑士，这时速度才稍稍延缓下来。一杆马槊舞得虎虎生风，仿若割麦子一般扫翻围杀过来的敌兵。汉军骑士紧随其上，如一股钢铁洪流狠狠冲击在本就松散的敌军军阵。重伤的惨叫伴着战马的嘶鸣响彻天地，与远处低头静静吃草的牛羊成了鲜明对比。北匈奴这些年来战马日渐缺少，又与大汉在西域争斗数年，更被南匈奴、乌桓、鲜卑不断侵扰，兵器甲胄更是无从补充。无论是战马还是兵器都远远不如耿夔将士精良，才一交手便已落在下风。

耿夔杀得畅快，就见远处大营又慢慢聚拢一队兵马，此刻有第一队骑兵挡在前面，这队人马显然已没有刚才那么慌乱，士卒披挂齐整，紧凑地列好军阵，似乎察觉汉军不过寥寥数千之多，也不愿浪费本就不多的羽箭，欲以人多取胜。随着一声令下，大军分作两列奔袭汉军侧翼。耿夔倒也不惧，早就从兄长那里熟知匈奴厮杀的伎俩，故而左谷蠡王早已分派兵马护住侧翼，仗着兵甲犀利将匈奴兵马挡在外面。虽然北匈奴这时已在人数上占据上风，却也仅仅能和汉军打个平手，战场上一时僵持不下。

耿夔一边厮杀，一边冷静扫视着战场，便见大营中又有人马聚集，只是这次已经少有骑兵，多以步卒为主。马背上的匈奴人竟然沦落到步战，在耿夔看来多少有些古怪，可那成群敌军手中握着的弯弓却是杀人利器。好在汉军与北匈奴已经厮杀成一团，对面营中兵马也是心存顾忌不敢放箭，只是远远遥作声援仔细提防。即便如此，耿夔心中也是暗暗惊异。眼前能看到的只怕已有近两万士卒，思来想去，北匈奴左贤王也不见得能有这么多兵马。难不成此处并非左贤王一部？若真如此，还真有些不妙。又一想大汉援军近在咫尺，倒也不惧敌军人多。随即指挥兵马渐渐成防御阵势，只要把敌军拖在此处，待援军赶来，围歼敌军易如反掌。

时间慢慢过去，天色慢慢黯淡下来。耿夔兵马毕竟只有五千之众，纵然精勇善战，此刻也已死伤不小，就连耿夔都已身被数创。虽然战死的北匈奴将士远在汉军之上，可围歼汉军在即，使得敌军越来越兴奋。耿夔几乎都有些绝望了，难不成初次领军便要战死沙场吗？回去报信的斥候难道没有遇到窦宪中军？正这样胡思乱想着，忽听北方传来一片喧闹。便见一队兵马如离弦的箭矢一般径直插入北匈奴大营之中，肆意焚烧营帐砍杀北匈奴部众。只因有耿夔兵马吸引敌军注意，那队军马竟然没有遇到丝毫抵抗。就见沉沉暮色之中，北匈奴大营已有成片的烟火照亮了天际。

北匈奴部众吓了一跳，严阵以待的弓弩手匆匆向那边救援而去。乱哄哄的敌营之中，也不管是劣马、跛马，还是待产的母马、拉车的老马，就连骡子都匆匆集结一处，勉强凑出数千骑兵，亦向那边奔援过去。耿夔喜出望外，早已精疲力竭的汉军亦是重振精神。死死拖住眼前的骑兵，逼得敌军不敢向北分兵。就在敌营已经乱成一片之际，便听身后又远远响起冲杀之声。耿夔回头望去，窦宪、耿秉中军总算赶来。八千精气正盛的大汉雄骑，早已急不可待。北匈奴已经被耿夔、耿谭冲击得全没了阵势，窦宪都不必停下来整备军阵，便以冲锋疾行的队列，向着稽落山下杀了过来。

敌军大营已经乱了方寸，哭喊之声不绝于耳，虽然有不少人明知不敌，依旧抽出弯刀徒步冲杀过来，可更多的人却已舍弃大营向着相反的方向跑去。初时还有人顾着牛羊往外赶，可乱哄哄的羊群在夜色中本就瞧不清东西，在皮鞭催赶下跑得漫山遍野都是，只得保全性命要紧，舍弃牛羊仓皇奔逃。汉军不顾越来越黑的天色，就着营中火光，肆意收割着北匈奴部众性命，不管是战士也好，还是牧民百姓，但凡逃奔不及，都被砍杀于刀下。一夜过后，稽落山下已是血流成河尸横遍野。

窦宪遣人四处找寻王帐，看看究竟是北匈奴哪部人马驻扎山下。又绑来俘虏酋首，仔细盘问，这才得知，此处竟是北单于王廷所在。原来北单于听闻汉军再次与南匈奴合兵北伐，惶恐之中自知难敌，只得逃离涿邪山，一路征集各部部众向西遁逃，却被耿夔先锋撞了个正着。窦宪大喜，一面遣使传书于南单于、邓鸿两部，速速向西靠拢，一面不顾昨夜厮杀辛劳，催促大军继续向西追杀。沿途多有惨败的北匈奴部众仓皇归降，连追三天三夜之后，兵至私渠比鞮海，汉军人困马乏再也跑不动了。窦宪这才停住大军，清点战果。经此一战，斩北匈奴名王以下一万三千级，获马牛羊骆驼百余万头，受降温犊须、日逐王、温吾、夫渠王等八十一部二十余万部众。

自大汉与匈奴交锋近三百年来，何曾有过如此辉煌战果？窦宪与耿秉相视而笑。虽然北单于得以逃脱性命，然而北伐大功成矣！望着不远处耸立的燕然山，两人统领各部将佐徐徐登上。看着一眼望不到边际的归降部众和牛羊，两人兴致使然，遥想霍去病封狼居胥的豪情，遂使中护军班固铭文刻石记述功绩：

惟永元元年秋七月，有汉元舅曰车骑将军窦宪，寅亮圣明，辅佐天子。乃与执金吾耿秉，述职巡御，理兵于朔方。鹰扬之校，螭虎之士，领南单于、东乌桓、西戎氐羌骁骑三万。下鸡鹿，绝大漠，斩温禺王以衅鼓，杀尸逐王以染锷。萧条万里，野无遗寇。考传验图，穷览山川。蹑冒顿之部落，焚老上之龙庭。上光祖宗之玄灵，下以安固后嗣，恢拓境宇，振大汉之天威。兹所谓一劳而永逸，暂费而永宁者也。乃封山刊石，昭铭上德。

待石刻竣工，窦宪、耿秉也便决意回师。稽落山一战，几乎将北单于王廷连根拔起，此后再也成不了气候。而窦宪所领兵马不到四万，看押二十余万北匈奴降部，虽说其中多有老弱妇孺，可压力还是不轻。为防发生意外，还当以大军押送各部降众南下稳妥一些。尤其南匈奴虽是大汉臣属，可这些年来实力渐渐膨胀，多有北匈奴部众并入其国，早已不是第一任南单于时八部族众那点人马了。如今有二十万北匈奴降部南下，也要防南单于心生贪念吞并其众，使得南匈奴实力暴涨，成为大汉不小的隐患。以窦宪所想，虽说北伐大军以南匈奴兵马为主，划拨些降部给南单于尝点甜头也是理所应当。可其余部众还是莫要并入南匈奴为妙，由匈奴中郎将和度辽将军领兵监护最为妥帖。为了达成这一目的，窦宪自然应当亲自押送降部南下，才能拦着南单于不敢动什么歪心思。除了这样的考虑，窦宪也不敢离开洛阳太久，毕竟袁安那些重臣对窦氏虎视眈眈。如今窦宪得建大功，不但能堵住那些想要置窦宪于死地之人的嘴巴，也能凭借此功将袁安那些人稳稳压制下去。窦宪北伐最大的目的已经达成，也就不再贪功去追逃脱的北单于，遂使军司马吴汜、梁讽领骑兵两千，奉金银财帛找寻不见踪迹的北单于。若能招降自然最好，若是执意不从，以两千精骑追杀闻风丧胆的北匈奴残部已是绰绰有余。

随着一声令下，汉军押解北匈奴降部，浩浩荡荡向大汉走去。只是窦宪一走，原北匈奴领地彻底沦为无主之地，闻风而来的鲜卑大喜若望，领兵占据其地。茫茫大漠草原所余北匈奴部众尚有十余万众，既没来得及追随北单于西逃，也没借机南下归降大汉，遂皆以鲜卑自称，归顺于鲜卑。鲜卑从一个原本凶猛善战却地少人稀的小国空前膨胀起来，成为一个足以和南匈奴并称的北方异族大国。

40 匈奴帝国的末路

窦宪大破北匈奴班师回朝的消息传回洛阳，一时举国欢腾。匈奴与大汉争战不休近三百年，终被大汉彻底击败，这让每一个汉人骄傲无比。无论朝野世族百姓，多有颂扬窦宪功绩的声音。

袁安、任隗却是心如死灰。窦宪本就是外戚重臣，出征前便已职在三公之下，如今又有此不世之功，袁安、任隗再也无力阻挡窦宪的威势。

对于窦宪的成功，太后自然是最高兴的。弟弟一战成名光宗耀祖，窦氏在朝廷中的权势更加稳固。还没等窦宪回到洛阳，便早早遣人往五原郡迎候，拜窦宪为大将军，封武阳侯，食邑两万户。如此大的封地，自光武皇帝中兴大汉以来，除了皇室宗亲还是头一遭。只是窦宪经历两次大起大落，更险些丢了性命，性情有所收敛，也有了些清醒的认识。大败匈奴固然功劳不小，可两万户封邑实在太过显赫，为了封住外人嫉恨之口，也广传自己贤名，窦宪硬是压制住心中的贪念，上疏请辞爵禄。只是大将军掌控实权，窦宪自然不会辞谢，还是稳稳领受了。

依旧制，大将军位在三公之下，属太尉官署，窦宪原本官拜车骑将军，论地位已与司空相同，此刻自然不会满足于三公之下，遂暗示留于洛阳的弟弟窦笃和亲信邓叠，借邓彪之口上奏朝廷，升窦宪大将军官职位在太傅之下三公之上，使得窦宪权势愈发膨胀。

就在窦宪暂留五原，分割北匈奴降部的时候，奉命出使北单于的梁讽已经完成使命，说降早已心惊胆战的北单于甘心归附，领其部众随梁讽回到私渠比鞮海。得知窦宪已领军回往大汉，北单于不敢径直南下，遂遣其弟右温禺鞮王随梁讽奉供入侍，以探大汉心意。

如今北匈奴名存实亡，若非北单于这个名号还值些钱，窦宪都不愿花心思浪费在北方。一个小小的右温禺鞮王如何放在窦宪眼里，都懒得带去洛阳朝拜天子，便自作主张遣回私渠比鞮海，催促北单于尽快南下。只是北单于所献传国古鼎倒是难得，能容五斗，上有铭文“仲山甫鼎，其万年子子孙孙永保用”，窦宪遂将此宝献于天子，既向天下彰显窦宪对朝廷的忠义，又再一次炫耀了窦宪锄灭匈奴之功。

待窦宪回到京师时，洛阳一切安稳如故。从窦宪出征到班师回朝前后不过三个多月时间，虽然袁安、任隗自窦宪离开京师的那一日起，便想方设法预谋削弱窦氏在朝中的影响，提拔故旧亲信分割朝权。升侍御史何敞为尚书，侍郎乐恢为尚书仆射，而乐恢所荐任城郭均、成阳高凤皆得征辟为官。袁安甚至表奏许侯马光为太仆，其子马康为侍中，欲拉拢马家平衡窦氏。

好在袁安死党骑都尉朱晖病故，使得袁安少了一大助力。而马光父子虽然入朝为官，可马家倒台后早已没了当年威势，对窦氏又能有什么威胁？何况当年马廖、马防皆被贬斥离京，独有马光留于京师。在马光看来，还以为是因他和窦宪亲近才未被赶出洛阳，故而对窦宪并无恨意，又怎会与袁安合谋对付窦氏？

窦笃、邓叠一干人等又整日小心提防，袁安和任隗接连十次上疏，抱怨窦宪远征在外虚耗国费，当速速召回，皆被邓彪驳回。

邓叠又请窦宪弟弟窦寰结好乐恢，欲分化袁安羽翼，许诺封拜乐恢为骑都尉，从一个尚书副职提拔为两千石的武官，把乐恢调离朝堂。反正又不可能真给他军权，不过以高官厚禄养起来罢了。窦寰好读经书，修身自谨，在窦氏兄弟中算是个异类，却被乐恢断然拒绝，上疏弹劾窦氏收买朝堂中枢官员。虽然查无实证不了了之，可也让邓叠有些灰头土脸。好在窦宪很快就大破北匈奴于稽落山，让所有对窦氏心存敌意之人安静下来，总算让洛阳再无异动。

听罢窦笃、邓叠众人将这些时日来洛阳的变故一一禀奏，窦宪不以为然。袁安若是不趁着自己离京时上蹿下跳那才是怪事。不过总算没有闹出什么大动静，对窦家也没有丝毫影响，窦宪还算是满意。只是对那乐恢、何敞，就不能再任由他们替袁安办事了。

窦宪出征时毕竟有罪在身，仅仅暗中除去了最活跃的郅寿。如今官拜大将军，想要除掉乐恢、何敞还是轻而易举。找寻由头罢去乐恢官职遣归乡里，再暗中指使郡守胁迫乐恢饮药自尽。对付何敞倒有些大费周章，毕竟何敞乃是查办窦宪刺杀刘畅的主官，若做得太露骨，对眼下“颇有贤名”的窦宪还是影响不好。故而表奏何敞为济南王太傅，名义上提拔何敞，为窦宪赢来个以德报怨的好名声，实则将何敞赶出京师，省得他留在洛阳为袁安出谋划策。

待处理了这些死对头，窦宪又表奏朝廷，遍封此番北伐功臣。副将耿秉自然排在窦宪之下，封为美阳侯食邑三千户，官拜光禄勋，位列九卿第二，与弟弟卫尉窦笃一起掌管内宫兵权，将袁安势力彻底扫出内宫。又拜度辽将军邓鸿为大鸿胪，跻身九卿之列，转以定襄太守皇甫棱为度辽将军接管兵权。其实此番北伐，邓鸿虽然有功，却也远不至于能与耿秉相提并论，窦宪不过以此向朝中替窦家说话的太傅邓彪示好罢了。拜军司马耿夔为骑都尉，一跃成为中层将官；拜耿谭为中郎将，领兵监护南匈奴；拜中护军班固为中郎将；随军出征的十二郡将士，无论官职大小，凡有家人在朝为官两千石以上者，皆征为太子舍人。虽是个虚职，却有两百石的俸禄。除此之外，又请旨大开府库犒赏三军。一时出征将士皆有升迁赏赐，对窦宪不由感恩戴德，而不少两千石高官子弟得了窦宪好处，自然也对窦氏亲近不少。待封赏罢北伐功臣，太后对自家兄弟自然也有好处。再次下诏，封窦宪为冠军侯，食邑两万户，窦笃为郾侯，窦景为汝阳侯，窦瓌为夏阳侯，食邑各六千户。窦宪有大将军之位，富贵自然无忧，依旧辞谢爵位不受。

这时，北单于因先前所遣右温禺鞮王供奉入侍被窦宪遣回，惶恐之中再次遣车谐储王入朝请见，愿请朝廷派遣使臣监护北匈奴。窦宪心有愠色，这北单于也太托大，至今还看不明白局势。北匈奴覆灭无从避免，此刻还不速速亲往洛阳归降，只是遣来储君入侍又有何用？遂遣中郎将班固与军司马梁讽一起迎候车谐储王，明告北单于速速南下。

与此同时，南单于亡北匈奴之心不死。听闻北单于已两度遣使与朝廷接洽，心中担忧大汉最终会接纳北匈奴。若真如此，对南单于来说绝对算不得什么好事。故而再次上疏朝廷，请命二次北伐，彻底剿灭北匈奴。窦宪倒也有心借南匈奴之手逼迫北单于一次，故而准许南单于请战之意。遂命中郎将耿谭领兵监护，与南匈奴左谷蠡王师子合兵八千骑杀出鸡鹿塞。大军分为两部，留辎重于涿邪山，左部北过西海至河云北，右部绕道天山南渡甘微河。八千精骑轻装简行日夜兼程，夜围北单于于私渠比鞮海。

北匈奴本以为与大汉稍稍缓和，一心乞求归附，哪知会受南单于奇袭，一时方寸大乱。仅有精兵千余拼死抵抗，哪里能是南匈奴兵马对手。北单于甚至亲自操刀上阵激励士气，却被一箭射落，在护卫拼死救护下爬上战马，仅得数十骑士护卫向西奔逃，就连单于玉玺都来不及带走。

经此奇袭，俘获北单于阏氏及子女五人，斩首八千余级，俘虏三千余人，使得本已奄奄一息的北匈奴再受致命一击。战报送达洛阳，窦宪既为北单于不亲来洛阳臣服以至遭此重创而幸灾乐祸，也为耿谭所奏南匈奴之事而生出戒心。耿谭奉旨监护南匈奴，对其人口兵甲暗中盘算一番，果然如窦宪所想那般。这些年来，南匈奴接连收服北匈奴族众，已有户三万四千，人口二十三万七千，精骑五万余众。依旧制，匈奴中郎将设从事二人作为副职，如今南匈奴部众昌盛，两名从事已难监护匈奴诸部，故而耿谭奏疏请增从事至十二人，以强化对南匈奴的监护。窦宪自然准允，如此不但可以防备南单于生出异心，也让窦宪手中多出十名手握兵权的亲信武官。

对于逃得性命的北单于，窦宪也没有不管不顾，遣出斥候向西追寻踪迹，防备北匈奴死灰复燃。就在这时，驻守西域的班超传来军报。

自班超平稳掌控疏勒之后，龟兹王贼心不死，暗中遣人游说疏勒忠王。忠王原本乃是班超所立，因此亲近大汉。可班超在疏勒越来越得人心，忠王名为一国之主，可风头已然被班超取代。故而忠王心生嫉恨，舍弃与龟兹国旧仇，联合康居国起兵反叛，欲将班超赶出西域。然而班超在疏勒已有十数年，当初若非班超之力，只怕疏勒早已被龟兹灭国，故而忠王虽是王室，反叛并没有多少人响应。忠王眼见破败在即，便欲诈降班超以作龟兹内应，却被班超早早识破杀头了事，并再次扶植亲汉的疏勒宗室为王。

虽然疏勒内乱再一次平息，可班超知道龟兹王必然不会善罢甘休。故而征集于阗、疏勒诸国合兵两万五千众出击龟兹的附庸莎车国。既除去龟兹羽翼，又诱使龟兹王出兵救援。龟兹王果然中计，召集温宿、姑墨、尉头数国合兵五万来救莎车。班超故作不敌，欲散兵出逃，诓骗龟兹联军堵截汉军退兵之路，实则引精锐夜袭莎车大营，斩首五千余级，截获牛马粮草无数。莎车兵败而降，龟兹联军虽然人多势众，却失了莎车为内应，只得匆匆退兵。而远在千里之外的月氏国原本置身事外，听闻大汉渐渐掌控西域，有意与大汉和亲，然而所遣使者傲慢无礼被班超稽留，月氏王深感受辱，遂集结七万大军向疏勒进发。龟兹王闻言大喜，与月氏通使，愿供给粮草补充月氏军需。班超坚壁清野死守不战，月氏虽然兵马强盛，却远袭千里粮草难以接续，数次强攻城池皆是无果而终。七万大军全凭龟兹供养，班超遂遣兵截断粮道，月氏大军立陷绝境，只得向班超求和退兵。

班超久在西域，渐渐已经降伏诸国，可龟兹国至今不肯归附，一心向着匈奴。北单于一路西逃，若避往龟兹，终究是后患无穷。而探寻北单于踪迹的斥候也已送回消息。北单于西逃之后，收拢残部避于金微山，又遣兵南下侵入伊吾卢，截断大汉通往西域之路。车师国虽然尚未背弃大汉，却已和北匈奴有所关联。窦宪遂请旨领军屯驻凉州，欲一举歼灭蠢蠢欲动的北匈奴。

因窦宪早已将袁安羽翼除个干净，故而也不怕洛阳有失。此番西征，窦宪征侍中邓叠为征西将军作为副将，转以弟弟窦笃、窦景并领侍中掌控机要。骑都尉耿夔在稽落山一战成名，窦宪遂以耿夔为大将军左校尉随军出征。对于班超，窦宪也没有薄待，毕竟班超乃是叔爷窦固旧部，在西域以三十六人为大汉打出一片疆土，遂拜班超为西域都护，使班超成为大汉在西域名正言顺的掌控者。

待窦宪大军来到凉州，遣耿夔击溃北匈奴在伊吾卢那点可怜的守军。得知北单于在其弟左鹿蠡王于除鞬相助之下，收拢十数部匈奴族众，渐渐有了数万之众，便欲亲领大军征讨金微山。先前平定羌人叛乱的护羌校尉邓训在凉州屯驻数年，窦宪有意征调邓训随军听用。一者弥补当年因梁氏罢免邓训官职的裂隙；二者邓训在陇右平叛倒也有些能耐，自然要收为己用；三者窦宪也想树立求贤若渴的贤名。为了让邓训听命，窦宪且先征辟邓训长子邓骘（zhì）为大将军府属官，以向邓训示好。只是让窦宪没有想到的是，邓训竟然没有给这个面子。推辞说陇右军政繁杂脱身不得，仅以长史任尚领兵数百相助，当真搅坏了窦宪大好的心情。愤愤之中也便不再亲往金微山，转而命耿夔、任尚领精骑八百出居延塞北伐。

匈奴接连惨败之后，国事危殆，虽说尚有数万部众，可其中能战之兵寥寥无几，仅凭伊吾卢一战，便能窥悉北匈奴虚实。莫看窦宪只给了耿夔八百精骑，对付北匈奴足矣。而耿夔也没有让窦宪失望，八百骑兵在耿夔统领之下，直奔金微山。

北单于惨败之后连阏氏都丢了，为了拉拢部众，再次娶部族名王之女为阏氏，以期借助联姻收拢人心。莫看北匈奴已经日薄西山，可单于大婚也不能草率，赏赐部族大摆筵席还是要的。就在北匈奴沉浸在单于大婚的虚假繁荣中，耿夔一举杀入王廷。八百精骑在惊恐的匈奴部众中如入无人之境，肆意斩杀着只顾逃命的匈奴人。那刚刚成婚的阏氏死于乱军之中，北单于仅在数骑护卫下再次西逃。耿夔一路追杀逃散敌兵，出塞五千余里，自大汉出师以来还是头一遭。直到匈奴部众都已躲得不见踪影，耿夔这才兴致勃勃回军。此战斩获北匈奴名王以下首级五千余级，尽获北匈奴王室珍宝财帛，北单于自此再无踪迹。

41

宦官：皇帝的利刃

年轻的孝和皇帝刘肇紧张地坐在殿上，十四岁的面庞显得稚气未脱，对未知的惶恐和孤注一掷的勇气纠缠在一起，紧紧凝聚在眉梢。今日之事已是不死不休，一旦功成必能重振皇威，一旦事败不但皇位不保，甚至性命都将堪忧。

自大将军窦宪二次北伐，一举攻灭北单于王廷后，威望已达顶点。自光武皇帝中兴大汉以来，还从未有过任何一人能和窦宪相提并论。朝中文臣武将，名义上以太傅邓彪为首，实则以窦宪为尊。虽说因皇帝年幼由太后摄政，可太后本来就是窦宪亲姐姐，自然也偏向于窦家，故而大汉天下倒是窦宪做了主。只要窦宪开了口，封侯也好、拜官也罢，都是水到渠成的事情。耿夔因北伐之功封为粟邑侯，邓叠封为穰侯，皆是窦宪操办。刘肇往往到了最后宣诏之时方才知悉。

刘肇原本对光禄勋耿秉还算亲近。莫看耿秉是窦宪心腹，可对刘肇素来恭敬，故而也得刘肇赏识。可耿秉仅仅担任光禄勋一年时间，便重病薨逝，使得刘肇再也没有可以倚仗之人。司徒袁安、司空任隗固然反对窦宪秉权，可两人早已在与窦氏对抗中被架空权柄。纵然前后阻挠四十多个窦宪党羽的任命，依旧难以阻挡窦宪在京师和地方的势力膨胀。如今军权皆在窦宪手中，原本是三军统帅的太尉宋由反倒屈居大将军之下，俨然窦宪附庸，却又不被窦宪信任，位置很是尴尬。九卿之中窦笃任卫尉，窦景为执金吾，窦瓌代耿秉为光禄勋，邓鸿为大鸿胪。九卿重臣中，窦氏兄弟、亲信党羽独占了四席，太仆马光早就因为马家的倒台而在朝中没有说话的位置，又因为和窦宪不清不楚的关系使得众人也把马光归为窦宪一党，其他九卿也都是以窦宪马首是瞻。而尚书令和几个尚书虽然还是袁安的人，可机要多被侍中掌控，除了和袁安一样嚷嚷几句，对朝政走向几乎没有什么影响。除此之外，窦宪又征其叔父窦霸为城门校尉，窦褒为将作大匠，窦嘉为少府，女婿郭举为射声校尉，亲家郭璜为长乐少府，邓叠之弟邓磊为步兵校尉，刺史、太守、县令多出自窦氏指派。如今窦宪武有耿夔、任尚为爪牙，文有邓叠、郭璜为心腹，又有班固、傅毅大儒典籍文章歌功颂德，亲信党羽遍布朝野，窦宪权倾天下已是无从更改的事实。

刘肇初时对窦宪的大权独揽并没有过于反感。在刘肇看来，自己年岁尚小，窦宪是亲舅舅，由其代自己号令天下也无不可。从窦宪攻灭匈奴来看，舅舅管束天下还是颇有功绩的。待刘肇成年，舅舅自会把一个国泰民安强盛无比的大汉交到自己手中。然而随着年岁渐渐长大，刘肇渐渐不太确定自己还能否顺利收回皇权。窦宪自北伐匈奴至今短短四年，便已把朝廷掌控于手心之中，等刘肇加冠还有六年，谁知会发生什么可怕的事情？窦宪在刘肇心中的形象也渐渐发生了变化，从一代贤臣霍光渐渐变作篡汉自立的王莽模样。

为了试探窦宪心意，刘肇硬是顶着太后的不满，在十三岁的年纪行元服之礼抢先加冠，暗示窦宪自己已经心智成熟可以担负大任。可窦宪以军务繁忙屯驻凉州，都没有回来拜贺一番，就更别提还政于刘肇了。更让刘肇恐惧不安的是，耿夔攻灭北匈奴王廷后，刘肇曾往长安一行，并诏窦宪迎候车驾。窦宪倒也没有拒绝。谁知满朝文武竟然奏请朝廷，言窦宪锄灭匈奴功垂千古，尚书以下当跪拜迎候伏称万岁。虽然司徒袁安、尚书韩凌严词申斥，言绝无向臣子称呼万岁之制，总算让这荒唐之举没了后文。可刘肇依旧寝食难安。若这是窦宪指使朝臣所为，便见窦宪已有不臣之心，若是朝臣为巴结窦宪自作主张，便见这些久食汉禄的大汉臣子心思已经不在天子身上了。

转过年来，太后为刘肇说成一门亲事，乃是光烈阴皇后兄长阴识的曾孙女，入选宫中封为贵人。在刘肇看来，阴氏虽然声名不小，可自阴识开始便低调内敛素来不争权势，故而此时的阴家在朝中并没有什么势力可言，太后为刘肇选了阴贵人，只怕多半也是看中阴家不与人争，对窦家权势没有什么威胁吧。说到亲事，刘肇倒有意选邓训之女。虽说太傅邓彪是窦宪的提线木偶，可邓训似乎对窦宪并不屈从。听说窦宪屯兵凉州时征邓训参议军事，都被邓训婉言回绝，足见邓训绝非窦宪一党。邓训亦有征讨陇右羌乱之功，若能拉拢到自己身边，至少也能制衡窦宪一二。谁知诏书还未发出，邓训竟然病逝于护羌校尉军营当中。邓训子女皆守孝在家，自然也就不能入选内廷了，刘肇也只得作罢。

婚姻之事刘肇做不了主，心情本就有些抑郁不快。近来又听到些风言风语，让刘肇真的方寸大乱了。自己竟然不是窦太后亲生，而是梁贵人之子！更可怕的是，梁贵人乃是被窦太后亲自下命毒杀于冷宫之中，梁家一门罢官丢爵流放于交州！这些事，刘肇是万万不敢去向太后求证的。可从兄长刘庆的身世来看，刘肇对这传言真是不得不信。刘庆本是太子，却突然被废黜为清河王，生母宋贵人也自裁于宫中。刘肇懵懵懂懂中不明白刘庆究竟因何而废，一直以为是太后为了自己的前程，而把太子之位抢了过来，故而对太后心存感激。可猛然发觉养育了自己十四年的母后竟然不是亲娘，这种感激荡然无存，转而被无比的恐惧取代。太后能废了刘庆杀了宋贵人，自然也能为抢走自己杀了梁贵人。难怪太后素来对自己不冷不热，难怪太后很不喜欢自己与兄长刘庆亲近，难怪太后一心只向着舅舅而对自己的诉求无一恩准。此刻终于有了答案！自己不过是太后的养子！不过是窦家养来争夺权势的工具！自己每长大一岁，便对窦家威胁增加一分，只怕自己是熬不到长大成人向窦宪索回皇权了！

刘肇偷偷向朝夕相处的刘庆求证此事。毕竟刘庆年长自己几岁，当年的事也比自己记得清晰。可刘庆支支吾吾不敢作答，使得刘肇愈发怀疑。虽说刘肇对这些流言始终无法考证，可窦宪权势滔天却是事实。年初，窦宪还朝时上疏朝廷。金微山战后，北单于遁逃无踪，其弟左鹿蠡王于除鞬收拢八部匈奴二万余人，自称单于，南下蒲类海，遣使归降于大汉。窦宪奏请仿效南单于旧事，封于除鞬为北单于。而班超击退月氏国大军后，龟兹诸国听闻北匈奴已灭，纷纷降于班超，窦宪遂奏请朝廷，依班超所奏，西域都护府由疏勒国迁往龟兹，并废其旧王，拜亲近大汉的龟兹王室白霸为国主。

西域之事倒也无不可，毕竟班超所奏自有其道理。可窦宪欲立北单于之事，虽然太尉宋由老老实实附议，却遭到司徒袁安、司空任隗力阻。言光武皇帝册封南单于为汉藩蔽，四十余年来守护国门并无懈怠，而今再立北单于，南匈奴必然不安。何况依旧例，供给南单于每年耗费一亿九十余万钱，供给鲜卑每年二亿七千万钱，供给西域每年七千四百八十万钱。今北匈奴远在千里之外，虽然人口远不及南匈奴，可所需供给必然远在南匈奴之上，纯属空尽天下之财而防御无用之地。故而册封北单于之事百害而无一利。

然而窦宪拿定了主意，岂是袁安、任隗所能阻挡？窦宪当庭斥责袁安毫无远见，甚至拿光武皇帝诛杀韩歆旧事威胁袁安，气得老司徒回家后不久便郁郁而终。册封之事便这般定了下来。窦宪在洛阳也未待上几日，便匆匆回往凉州操办此事。

据刘肇事后所闻，窦宪在入洛阳请旨册封北单于之前，便早已在凉州定下此事，并以左校尉耿夔为中郎将与于除鞬商讨册封诸事，定由任尚持节往伊吾屯驻监护北匈奴。就连册封的玺绶、车马都已在准备之中。窦宪入洛阳奏请，不过是走走形式罢了。窦宪对袁安的威胁更是对刘肇的挑衅。刘肇脑海中不时回想两人争得面红耳赤的场面，一旦自己忤逆窦宪之意，是不是也就这样不明不白地气死了？

刘肇当真不能再这般沉寂下去了。可窦宪势力是那般庞大，岂是刘肇所能撼动？放眼望去，刘肇身边连个能信任的人都没有，思来想去，也只有兄长刘庆能说个知心话。何况刘庆生母死于窦氏之手，若自己有意除去窦氏，刘庆自然会鼎力相助。刘肇暗示刘庆，欲得《外戚传》研读前朝旧事。《外戚传》所记述之事，多有外戚权臣不法受诛，尤以王莽篡汉自立最终惨死于长安收尾。刘庆猜得皇帝心思，纵然有心为皇帝锄奸，可窦宪权倾朝野耳目遍于宫廷内外，刘庆又是个闲散王爷，哪有什么权力能与窦宪抗衡？既然不能正面与窦宪为敌，只能借助阴谋诡计取胜了。宦官这群人立刻进入皇帝眼中，成为能够倚重的一股力量。

宦官起源于周朝，汉兴之后，依秦制设中常侍。虽也有士人担任此职，却多以宦官作为内廷官吏。因为身体的残缺，宦官素来低人一等，不被朝廷内外敬重，却因整日陪伴皇帝左右故而与皇帝亲近。虽说宦官没有什么权力，却因为是皇帝近臣，故而宫里宫外传达旨意多由宦官担负，这便给了刘肇足以置窦宪于死地的机会。中常侍郑众，在孝章皇帝还是太子时便供职于太子府，算是刘肇家的老臣了，素来对皇室忠心耿耿，足以让刘肇信任，故而使刘庆与郑众商酌锄奸之事。

窦宪虽然权倾朝野，却常领军屯驻凉州，京师事务往往由其兄弟党羽处置，想要铲除窦氏，决不能打草惊蛇。毕竟窦宪掌控兵权，一旦京师有变，难保窦宪不会以清君侧为名领军还朝。唯有窦宪回到洛阳，有把握将窦氏一网打尽，刘肇才敢放手一搏。刘肇只能一面让刘庆、郑众仔细筹划，一面耐着性子等下去。每天早晚向太后请安，每天听窦宪所选帝师桓郁讲经讼诗，每天在窦宪奏疏上盖上印玺，一切都显得那般平静。终有一日窦宪上疏，北单于归附大汉诸事已经议定，凉州再无兵患，不日班师还朝。

刘肇欣喜无比，然而郑众悄悄传来消息，窦宪班师还朝确属无疑。只是回京之后第一件事并非述职，而是鸠杀刘肇另立皇帝。窦宪女婿郭举、其父郭璜、步兵校尉邓磊便是内应。只等窦宪入宫，便要行事。刘肇左思右想也不明白，虽然自己谋划铲除窦宪，可面上对窦宪毕恭毕敬，窦宪何故要谋害自己？若非对窦宪有所防备，只怕自己到死都要莫名其妙了。听郑众所探，或是自己无意得知身世，已经传入窦宪耳中。若真如此，窦宪又岂会容自己活到接管朝权那一日？唯有让自己死得无声无息，另立一个听话的小皇帝，才有利于窦宪永保权势。

刘肇心如死灰，如今已经没有回头路了，唯有抢先下手方有一线希望。刘庆、郑众已经定下策略，窦宪还朝之日，以大鸿胪邓鸿持节郊迎于洛阳城外，奉皇帝旨意，赏赐将士军吏。待迎窦宪入城，刘肇移驾北宫，由执金吾窦景及郭举、邓磊五校尉拥护，往北宫朝见天子。这些安排皆合礼法，又全是窦宪亲党，必然不会为窦宪所疑。待支开窦景、郭举、邓磊诸人，由郑众传旨于执金吾及五校尉兵马，屯卫南、北宫，封锁大小城门，任何人等不得进出宫门，违令立斩不赦。再由刘庆统领宫中亲信卫士，立即出宫拘捕窦笃、窦褱、邓叠、郭璜，扫除窦宪党羽。郑众则回宫收捕窦宪、窦景、郭举、邓磊。

生死对决的这日已经到来，小黄门早已报奏窦宪入宫。郑众、刘庆也已分头行事。刘肇焦虑万分地等在北宫大殿，也不知究竟等了多久，却迟迟没有丝毫消息传回。等到后来，刘肇只觉得头脑之中一片空白。腰间的佩剑已经开锋，十四岁的孩子想要对阵征战沙场的将军显然是痴人说梦，不知事败之后自己究竟有没有横刀自刎的勇气。若自己便这样血溅北宫，窦宪又当如何瞒住天下悠悠之口收葬横死的天子？选入宫中还未满一年的阴贵人又会落个怎样的下场？窦宪是会逼她自尽还是殉葬于坟冢？阴家人会为此而与窦宪反目成仇，替阴贵人、替自己讨回公道吗？一幅幅血染的画面在刘肇空白的脑海中反复播放。待到后来，刘肇都不记得自己在想些什么。甚至看见郑众领着一群卫士，将骂骂咧咧的窦宪诸人绑在殿前，刘肇许久都没有反应过来。

“我是大将军，是我平定匈奴，是我守卫边关，你这阉奴安敢绑我！”

“刘肇！念你年岁尚轻被人蛊惑，舅舅不与你一般见识，快快予我松绑！”

“刘肇！若没有我窦家，哪有你的皇位？天子岂能恩将仇报？”

“我是为了大汉天下！我是为了黎民百姓！”

窦宪歇斯底里的喊叫，在刘肇听来，全都成了支离破碎的语句。刘肇便这样呆呆地坐在殿上，任凭窦宪疯狂地嚎叫，直到刘庆将窦景一干人等绑于殿上，目瞪口呆的窦宪总算闭上了嘴巴。刘肇这才猛然惊醒过来。事成矣！事成矣！

刘肇狂喜之中，冲着郑众点了点头。便见郑众抽出一卷圣旨，朗声念道：“大将军窦宪，元舅之重，天子肱股，不思报效国恩，预谋犯上作乱。念太后母子情深，甥舅渭阳之谊，特赦死罪。即日罢去大将军之职，收回大将军印绶，更封冠军侯。窦氏一门皆罢官职，限令时日遣归封国，无爵位者罢归乡土。凡窦氏举荐为官者，皆罢官职遣归本郡，无诏不得还京。邓叠、邓磊、郭璜、郭举，奸邪险恶，枉为人臣，挑拨离间，怂恿作乱，始作俑者，绝难姑息，即日收捕下狱，枭首示众，宗族流放合浦永不录用。”

月余之后，窦宪兄弟四人在兵马监护下，分道扬镳各归封国。只是除了窦瓌真正到了长沙，窦宪、窦笃、窦景各得毒酒一杯了却余生。京师朝堂内外官场一场震荡在所难免。太傅邓彪凭白做了窦宪数年傀儡，羞愧之中告老辞官。太尉宋由身为三公不能阻遏奸党，罢免官职下狱赐死。耿秉虽然早死，仍归为窦宪一党除其封国。耿夔则丢官弃爵遣归乡里。班固受窦宪牵连免官归家，被仇家借故下狱诛杀。马光因与窦宪亲近，被窦宪家奴诬告，与长子马康一并免官自杀。当年罢官遣归封国的马防、马廖，亦受马光牵连，各自削减封土食邑，转封于江南偏僻之地。唯有邓家因邓彪的请辞，未予深究，邓鸿转拜车骑将军。而邓训本就不是窦宪一党，又病逝于护羌校尉军营，故而其子邓骘兄弟五人皆不受牵连。远在蒲类海的北单于于除鞬久久不得朝廷旨意入洛阳朝拜汉帝，听闻窦宪竟然受诛，惶恐之中率众叛归北方，遭任尚领军追杀横死于蒲类海，其众逃散一空。任尚凭借此功，免受窦氏牵连，仅降为戊己校尉了事。

与窦宪有所瓜葛的人命运各不相同，平叛功臣却是各有封赏。司徒袁安、司空任隗素来反对窦氏专权，虽然没有直接参与平叛之事，可这些年来一心阻遏窦宪做大，故而深得刘肇敬服。怎奈袁安在年初气死于家中，而窦宪兄弟倒台后不久，任隗又病逝于洛阳。刘肇遂征任隗之子任屯为步兵校尉，增封西阳侯，并征袁安之子袁赏为郎官。尚书仆射乐恢遭窦宪陷害致死，征其一子为郎中。清河王刘庆赏府邸一座，赐奴婢三百，舆马、钱帛、珍宝无数。郑众得拜大长秋，总管后宫诸事，后因功封为鄛乡侯，食邑一千五百户。

随着外戚窦宪的倒台，东汉宦官作为一个特殊的权力阶层，开始登上舞台。

42

无功受禄

“恭喜大人！贺喜大人！皇上龙体康愈，已决意废黜阴皇后。贵人荣宠正盛，不日便要册封皇后总理后宫了！”邓骘听着宫人赵玉一个劲儿地恭维，仿若身在云里雾里一般。

自孝和皇帝刘肇铲除窦氏后，因先父邓训素来不与窦氏交通，故而邓骘虽曾被窦宪辟入大将军府为属官，却也没受到什么牵连。皇帝原本就有意选邓骘妹妹邓绥入宫，待三年丧期已过，再次传召。妹妹生得秀美，深得皇帝宠幸，刚入宫不久，便封为贵人。邓骘兄弟五人皆征为郎官。

然而后宫从窦太后开始，便与朝堂一般，明争暗斗没有罢休。阴贵人早早入选宫中，最早得幸于皇帝，故而妹妹入宫前夕，阴贵人便被册封为皇后。窦氏忤逆作乱，窦太后虽然未被废黜，可还政于天子后，不再执掌后宫诸事，阴皇后顺势接管后宫大权。过了两年，窦太后薨逝，梁家随即上疏朝廷，为当年梁贵人翻案。皇帝身世大白于天下，追封生母梁贵人为恭怀皇太后，改葬于西陵，又召回当年流放于交阯的几个舅舅梁棠、梁雍、梁翟回京，皆封为列侯，位特进。高祖旧制，刘氏无功者不得封侯，梁家算是开了个先例。听闻梁棠兄弟回京时路经长沙，幸免于难的窦瓌终是没能逃脱性命，被梁棠兄弟强逼自杀，窦宪兄弟算是死绝了。只是梁家身为外戚却没什么权柄，也就欺负欺负失势的窦瓌，在京师并没有什么威势可言。窦太后又已薨逝，后宫便以阴皇后独大。据邓骘所闻，阴皇后远没有其祖上光烈阴皇后的娴淑良德，反而有恃无恐妒忌成性，又是个骄纵跋扈的性子，便是其父阴纲也难劝她一二。随着阴皇后册立，阴家多得封赏，其父得封吴房侯，位特进，几个兄弟皆征为黄门侍郎。

对于这样一个后宫之主，邓骘是心存担忧的。妹妹本就是个谦让恭顺的性子，遇上这样一个皇后，只怕在宫中要多受欺负了。好在阴皇后外祖母是邓氏族人，而邓骘兄妹的母亲又是阴皇后的堂姑姑，有这样一层表亲关系，妹妹刚入宫时，还算过得顺心。然而阴皇后相貌倒也俊丽，怎奈身材矮小，远不如妹妹亭亭玉立。皇帝渐渐对阴皇后疏远起来，转对妹妹宠爱日盛。如此一来，阴皇后哪还会记得与邓家那点血缘关系，发自内心地嫉恨起妹妹。只是因皇帝爱护，阴皇后也不敢对妹妹有什么过分之举。面对阴皇后的疏远，妹妹总是想方设法修复这种裂痕。但凡宴会，诸位贵人、婕妤总是争奇斗艳以博皇帝青睐，妹妹却穿得素净简约，不与人相争。若不小心与皇后撞了衣衫服色，总是悄悄避开匆匆更换。若与皇后一同面圣，妹妹坐不敢正身，行则佝偻谦卑，如妾室一般侍奉皇后。皇帝每有所问，皇后不答，妹妹绝不敢搭话。然而皇帝宠爱集于妹妹一身，纵然妹妹谦顺避让，与皇后间的裂隙还是越来越深了。

对于妹妹在宫中的际遇，邓骘也是毫无办法。邓家这些年来本就不得权势，同宗的邓彪虽然曾经官居太傅，却不过是窦宪的傀儡而已。窦氏倒台，邓彪早早辞官归家不久病逝。父亲邓顺虽有平定羌患之功，怎奈天不假年，病逝于陇右。唯有叔父邓鸿官拜车骑将军，还算显赫。却在去年征讨南匈奴叛乱中，触犯军法下狱治死。

自窦宪锄灭北匈奴后不久，南单于病逝，左谷蠡王师子继承单于大位。师子曾随窦宪北伐匈奴立有大功，对北匈奴来说自然视若仇雠。北匈奴覆灭之后，不少部众并入南匈奴，多有不服师子的名王贵族。遂暗中勾联，共拥前单于之子薁鞬日逐王逢侯为单于，领十五部二十余万人反叛，一路杀掠吏民，焚烧城池，欲引部众北逃塞外。邓鸿临危受命，领军四万追讨叛军，遂与南单于合兵，追击逢侯于大城塞，斩首四千余级。中郎将任尚亦领鲜卑、乌桓兵马进逼逢侯叛军，前后斩首一万七千余级。只是阻截不及，逢侯统领余部终是逃出塞外。邓鸿虽有近五万多兵马在手，然而仓促集结领军平叛，粮草补给远不能供养大军出塞追杀叛军。只得分兵留守五原，自回朝廷复命。匈奴发生如此大规模的反叛，邓鸿虽然小有斩获，却不能及时阻止叛军出逃，功不抵过，遂被下狱治死。

邓鸿一死，使得本就无权无势的邓家在朝中愈发没有什么地位可言。邓骘不过是个小小的闲散郎官，纵然有心帮衬妹妹，却也没有什么办法可想。

近来天子抱病休养，久经太医诊治仍不见好转。听妹妹所讲，天子重病卧床，连起身都已困难，只怕多是不太好了。天子见妹妹整日在床前伺候很是辛劳，要妹妹传自己兄弟入宫陪侍。可妹妹本就不容于皇后，眼见天子命在旦夕，若知道邓家人在这样敏感的时候进宫，只怕多是要生疑怪罪的，故而婉言回绝了皇帝的好意。

可世上没有不透风的墙，皇帝几句贴心话还是传到皇后耳朵里。皇后本就对妹妹满心怨愤，得知此事之后勃然大怒，自以为皇帝不久于人世，便能顺势晋升太后临朝摄政，密言其兄弟："太后临朝，邓氏满门不留一人。"

妹妹性子柔善，待宫中奴婢寺人颇为亲厚，故而也得这些苦命人的敬爱，这赵玉便是其中一人。得知皇后之言，赵玉匆匆密告于妹妹小心提防。可妹妹自知难以撼动皇后，而皇帝眼瞅着便要一命呜呼，心想唯有一死或能让皇后放过娘家人。有心饮药为皇帝殉死，以解宗族之祸，好在赵玉死命相劝，诈言皇帝已经病愈，这才让妹妹舍弃死志。老天有眼，皇帝大难不死龙体康愈，妹妹躲过一劫，邓家也逃过灭族之祸。

想想当年窦太后是如何对付宋家和梁家的，邓骘便不寒而栗。邓家虽然暂且逃过大难，可依阴太后对邓家的怨恨，只怕终有一日邓家还是免不了一场厄运。邓骘整日谨言慎行，若无差事，便闭门谢客，绝不多去皇宫一次。也不与皇亲国戚有丝毫交往，唯恐有什么把柄落到阴皇后手中。就在这样惴惴不安中，赵玉忽然过府拜访，没头没脑一番恭维，还说皇帝已经决意废黜阴皇后，转封妹妹为皇后，真真出乎邓骘意料。

见邓骘一脸迷茫，赵玉笑呵呵地说道："我说国舅爷，小人可没那天大的胆子传这闲话。你猜皇帝这次大病究竟因何而来？"

邓骘摇了摇头，就见赵玉贴上前来小心说道："乃是宫中有人行巫蛊之事诅咒天子！那些个太医光是开些汤汤药药，哪能祛秽除邪？天子自然久久难愈。只有翻出那脏东西，挖了天子病根，自然痊愈。"

邓骘哪里敢信："大人可不敢妄言，宫中严禁巫蛊，一旦发现是要灭族的。"

赵玉却笑了笑："这如何有假？皇后之所以被废，便是在她宫中翻出来的脏东西。中常侍张慎亲自审讯，已经查实。天子差点为此丢了性命，如何会放过皇后？如今已然幽闭于冷宫，只等一纸诏书罢了。皇后两个外家叔叔，还有弟弟阴辅都牵连其中，已被大杖击毙于诏狱。国丈阴纲也被赐了毒酒自尽于府中。国舅爷整日避在家里躲清闲，自然不知道外面这些风风雨雨。”

邓骘听得冷汗淋漓。

对于巫蛊之术，邓骘可真不大相信，若这些邪术真那么好使，当年光武爷还打个什么仗？找来些巫师神棍，将那些伪帝王侯通通咒死不就行了？当今皇帝春秋正盛，偶染恶疾得以痊愈，又关巫蛊什么事？阴皇后出自名门，怎么也不会傻到行巫蛊之事来暗害皇帝吧？

一个古怪的念头蹿上邓骘脑海。皇帝刚刚病愈，便在皇后宫中发现巫蛊之物，此事这般凑巧，难不成是妹妹因皇后威逼，行此凶险之事嫁祸于皇后？邓骘不由打了一个冷战。

不会的！妹妹温婉贤淑绝不会这么胆大包天！

绝不会！

再一瞅赵玉笑呵呵的嘴脸，邓骘不由怀疑起来。赵玉诓骗妹妹莫要寻死，他说皇帝会痊愈，皇帝就果真痊愈了，赵玉还有这未卜先知的本事？再一想审讯此案的乃是中常侍张慎。又是一个宦官！难道说是后宫宦官因阴皇后过于跋扈，心生恨意要将其铲除，扶持相对柔顺的妹妹执掌后宫？

邓骘小心问道：“阴皇后真敢行此歹毒勾当？”

赵玉依旧一副笑脸：“大人管那么多作甚？如今皇后倒台，阴贵人不日便将封后，大人加官晋爵指日可待，到时莫要忘了奴才一片忠心才是。”

邓骘心中不知究竟是该高兴还是该惶恐。本以为邓家危如累卵，谁知峰回路转竟然绝地重生。想想自光武皇帝开国以来，马家、窦家、梁家、宋家这些外戚世族竟然无一例外落个家破人亡的结局，本也就阴家好歹保全宗族，如今也未能幸免于难。妹妹得以封后，对邓家究竟是幸还是不幸？回想先父邓训病危之时，不住告诫邓骘兄弟，当深以窦氏一门为戒，不可擅弄权柄。那时窦宪正是要风得风要雨得雨的时候，先父却能预知窦氏的衰败。邓骘在叹服先父远见的同时，对邓家今后的出路不由担忧起来。

瞧着眼前毕恭毕敬的赵玉，邓骘小心翼翼送出府去，心中却是充满了戒备。无论阴皇后究竟有没有行巫蛊之事，这些宦官绝难脱清干系。他们今日能害了阴家，明天就会对付邓家，还是莫要轻信为妙。

未过十数日，果如赵玉所言，皇帝传旨废黜阴后，赐死于桐宫，阴氏一族流放交州日南。即日册封邓绥为皇后主理后宫，加拜邓骘为虎贲中郎将，兄弟邓京、邓悝、邓弘、邓阊皆拜黄门侍郎，追谥邓骘父亲邓训为平寿敬侯。邓骘虽然陡然而起，却不敢丝毫张狂，反倒比以往更加谨慎，但凡皇帝所有封赏，都被邓骘婉言谢绝。

邓骘对唾手可得的权力敬而远之，然而这种局面并未持续多长时间。孝和皇帝刘肇再次身染重病，这一次没有出现奇迹，刘肇以二十七岁之龄驾崩于章德前殿。后宫立刻陷入混乱之中。大长秋郑众当年助刘肇铲除窦宪，故而在后宫颇有权势。然而皇帝突然驾崩，郑众也难作主，遂请命于邓皇后。

刘肇年纪轻轻便舍下大好江山，虽然早早便已成婚，可子嗣却显单薄。长子刘胜先天不足生有痼疾，整日病恹恹的，故而刘肇一直没有立为储君的意思。邓皇后忧虑继嗣不广，数选才人献于刘肇。虽然也有过几个皇子，却都早早夭折。邓皇后遂将幼子刘隆养于民间，期望能保全这个孩子。待刘肇驾崩时，这个孩子也才刚过百天而已。无论如何，刘隆好歹也是刘肇骨血，邓皇后遂在郑众相助下，于当夜将刘隆接回宫中承继帝位。邓皇后晋升太后临朝摄政，封先帝长子刘胜为平原王。然而刘隆养于民间之事鲜有人知，朝野中自然有不少闲言碎语。在这些人眼中，刘胜虽有痼疾，却是先帝长子，更有资格承继皇位，邓太后拥立一个来路不明的婴儿为帝，抢夺大权之意不言而喻。

邓太后为防京师动荡，加拜太尉张禹为太傅，司徒徐防为太尉，两人皆参录尚书事，接连数月坐镇宫中谨防生乱。张禹祖上乃是光武皇帝远亲，徐防却非世族功将后人。孝和皇帝刘肇掌权后，为防再有窦宪一般的权臣出现，故而多辟用一些没什么太深背景的士人主持朝政。此二人倒也有些才干，对朝廷忠贞不渝，邓太后故而加以重用稳固朝堂。对于自家兄弟也分外倚重，拜邓骘车骑将军，仪同三司与三公同列，邓悝接替邓骘为虎贲中郎将，邓弘、邓阊皆拜侍中掌管机要，唯有邓京早逝未予封拜。就在刘肇大葬之后，邓太后遣刘庆诸王各归封国不得留于京师。只是一个百天的婴儿承继帝位，邓太后也是放心不下，刘庆之子刘祜（hù）年已十三，生得聪慧伶俐，被太后留于洛阳以防万一。

幸而太后有此准备，刘隆承继皇位仅仅八个月后便如先帝的其他子嗣一般早早夭折，大汉再次陷入国无君王的地步。虽说刘胜更有资格继承皇位，可对太后而言，先帝驾崩之日便未拥立刘胜，必为其嫉恨，今日不得已使刘胜承继皇位，只怕对太后不利。故而太后秘不发丧，招邓骘入宫商定传国大计，邓骘终是没有躲过与权力的交集。为保大汉江山平稳传承，邓骘于夜持节入清河王府，迎刘祜入宫承继国祚，是为孝安皇帝。

太后此举终是让朝中不满情绪达到了顶点。在不少朝臣看来，平原王刘胜本就更有资格承继皇位，硬是被邓太后用一个婴儿取而代之。如今年幼的少主驾崩，怎么也该由刘胜来做一国之君，却再次被邓太后否决。故而朝中多有臣子欲谋拥立刘胜为帝，废黜太后，诛杀邓骘兄弟及中常侍郑众一干宦官。好在太后早有防备，将那些乱党一网打尽，朝廷再次平稳过渡。大赦天下，遍封功臣，加拜邓悝为城门校尉，邓弘接替虎贲中郎将。又封邓骘为上蔡侯，食邑一万三千户，邓悝叶侯、邓弘西平侯、邓阊华侯，食邑各一万户。

封邓氏兄弟为侯自然是邓太后的主意。当初那个温婉贤淑的邓贵人，如今已是摄政太后，随着地位的变化，心中所想自然也会有所转变。

邓家自祖上邓禹之后便慢慢没了权势，传至邓骘兄弟时，大汉先后历经梁氏、马氏、窦氏掌权，故而邓家在朝中早已没有当年的威势。然而国家大权终是落在邓太后手中，天下藩王、满朝文武、世族贵戚无不死死盯着邓家。一旦管束不住，再出现叛乱之事，谁知这大汉朝会不会变了天呢？想要保大汉国祚稳固，也保住太后权势，能依靠和信赖的也就自己娘家人了。而要借助邓骘兄弟制衡朝堂，唯有授以高官、封以厚禄，方能在这强权林立的朝内朝外站稳脚跟。这也是先后几家外戚刚刚得势时都需大肆封赏亲族以抬高身价的道理。

无论邓家想不想做权臣，都是骑虎难下。可邓骘兄弟想想历来外戚封侯者有几人真能传国于后人？哪敢学那刚刚败落的阴氏，无功而受大封？故而连上五六道奏疏辞谢圣恩，言只愿殚尽竭虑一心报国，上全天恩，下完性命。邓太后坚持不过，只得不再提封侯之事。

转过年来，倒也有了邓骘建功立业的机会。西域都护班超戍守西域三十余年，以三十六人为使，终是为朝廷收服诸国。怎奈垂垂暮年思乡心切。孝和皇帝在位时，准班超所请，召回洛阳拜为射声校尉。仅仅月余后，班超病逝于京师。随着班超离开西域，朝廷转拜戊己校尉任尚继任西域都护。可数年过去，诸国渐渐离心，甚至集结兵马共攻任尚于疏勒。邓太后临朝，命西域副校尉梁慬征凉州诸郡骑士五千余骑驰援任尚。

当年在陇右叛乱生事的迷唐被邓训击散后，经这些年来反复追讨，其众日渐枯竭，乱羌渐平。原以为没有羌人作乱，征兵应是很简单的事情。然而正是因为这场征兵，不少羌人也在受征序列，本就被汉官欺凌苦于徭役，一想要远离故土远戍千里之外，沿途多有逃散。郡县官府沿途缉拿堵截，非但没能追回逃兵，反而激得各部羌人再次叛乱。勒姐、当煎、先零、烧当、钟羌诸种皆反朝廷，截断陇道大肆抄掠。虽说羌人经这些年来反复追剿，早已没有兵器甲胄武装部曲，多是竹木代替矛戈，案板木牌充作坚盾，怎奈人多势众，官府难以遏制。

眼见凉州就要失去控制。邓骘官拜车骑将军，乃是太尉之下最高军职，遇此大乱岂能躲避？邓太后也有意让邓骘得建军功稳固权势。故而以邓骘为帅，统左右羽林、北军五营及三河、三辅、汝南、南阳、颍川、太原、上党郡兵合五万众，集结于天水，讨伐叛军。恰逢西域诸国见汉军驰援疏勒，叛乱随即平复，遂征任尚为征西校尉回师凉州，助邓骘平叛，以梁慬统兵留守西域。

然而这场声势浩大的平叛却以失败告终。

邓骘虽为名将之后，却对军旅知之甚少。纵有父亲邓训在陇右的声名，也未让邓骘轻松得胜。五万大军看似强盛无比，却调度不一。邓骘早早来到天水时，最远的兵马尚在千里之外。叛羌探得汉军兵少，遂集结数千兵马伏击于冀城以西。诱邓骘出城追击，却陷重围之中，死伤千余方才杀出重围退回冀城。初战不利，邓骘死守不出，待到来年大军集结完备，邓骘遂以征西校尉任尚、从事中郎司马钧领数万大军与叛羌战于平襄。虽说两军人马旗鼓相当，可装备精良的汉军硬是在充满仇恨的羌人怒火中连战连败，战死八千余人。诸部羌首眼见战无不胜的汉军竟然如此不堪一击，一时气焰愈发嚣张。先零羌最为强盛，其酋首滇零自称天子，召集武都、参狼、上郡、西河诸郡羌部一并杀官造反。

叛羌声势愈发膨胀，甚至东侵三辅兵犯魏、赵，南入益州攻破汉中。邓骘立刻陷入重围之中。遍地叛羌，诸郡粮草难以送入天水，自关中运粮又路途遥远。眼见补给断绝，邓骘只能羞愧万分中退出凉州，以任尚领军留守金城。大汉自中兴以来，首次出兵无果兵败退还。虽说凉州诸郡城池大多还在官府掌控之中，可朝廷已经失去对凉州的实际控制。西域亦与大汉阻断道路，朝廷只得征还西域都护府将士归国。自孝明皇帝刘庄以来，窦固、耿恭、班超数十年经营收服的西域诸国再次脱离大汉疆土。

然而让人没有想到的是，邓骘出征凉州兵败而还，使得凉州、西域就此沦陷，非但没有受到丝毫惩处，反而加拜为大将军。就连任尚也跟着沾光被封为乐亭侯，食邑三百户。朝廷甚至还以大鸿胪远远迎候邓骘于河南，中常侍以御酒劳军于洛阳城郊，藩王列侯拜迎于道，将邓骘风风光光接回洛阳。大会群臣，厚赐宝马财帛，仿若邓骘此番乃是得胜还朝一般光彩荣耀。

43

最惧权势的权臣

大将军邓骘西征叛羌无功而返，大汉西陲立时陷入空前混乱。虽然从西域撤回的梁慬兵马屯驻金城与任尚合军讨伐叛羌，初时倒也连胜数战，收降万余叛羌，可这点战果对于席卷凉州全境的羌人叛乱来说，当真算不得什么。

在这样的困境中，老天爷偏偏又来刁难。旱涝天灾接连数年不得停歇，国家府库日渐枯竭。别说战乱不休的凉州饿殍遍野，就是泱泱中原都多有饥困的流民出现，便连京师洛阳天子脚下，都出现易子相食的惨剧。三公无奈之中甚至奏请朝廷，吏民捐献财帛粮谷可封关内侯，便是虎贲士、羽林郎、五官、大夫、官府属吏、缇骑、营士皆可用此法换得。只是此举无异于饮鸩止渴，用钱买来官爵，自然要从别处克扣回来。官逼民反，不少郡县匪盗山贼日益猖獗。

屋漏偏逢连天雨。大汉内乱不止，本为大汉藩属的南匈奴、乌桓、鲜卑这些外族再次兴风作浪起来。大汉数十年间将边关防御交由归附的外族负担，如今弊端终于暴露。虽说大汉罢兵休战安享太平，可一旦外族露出尖牙利齿，久不识战的边疆郡县立刻成了这些外族眼中的羔羊。五原、代郡、上谷多有城池焚毁，郡守县令战死沙场。

大汉社稷危在旦夕，邓骘虽在战场失利，可面对这样的生死存亡，反而显露出治理乱世的手段。接连征辟天下贤士何熙、祋讽、羊浸、李合、陶敦等人列于朝廷，辟杨震、朱宠、陈禅为幕府官署，崇尚节俭，废除徭役，整饬吏治，严惩贪腐，招安匪盗，剿除乱兵。又将上林苑、广成苑等皇家林苑可开垦土地赐予贫民耕作，使得中原稍稍稳固。又解除当年对马氏、窦氏禁锢，凡受牵连罢免官爵之人，适才录用。废黜在家的耿夔出任长水校尉，迁辽东太守。西域副校尉梁慬原为窦宪司马，此刻也被重用官拜度辽将军。再使何熙行车骑将军，集结边郡兵马两万余人抵御外族叛乱。在耿夔、梁慬、何熙征讨之下，总算将南匈奴叛军击退，南单于试探数次再无斩获，只得罢兵言和归降朝廷，北境战火稍熄。

虽然邓骘力挽狂澜，使得大汉天下转危为安，可凉州羌患却是愈演愈烈。梁慬奉命征讨匈奴后，仅剩任尚驻守金城。汉军时胜时败，使得凉州羌乱愈发难以遏制。朝中对凉州局势心灰意冷，甚至有不少人谏言朝廷，将凉州边郡官府百姓撤回关中，舍弃凉州土地，死守陇道，使叛羌不得东侵关中便好。邓骘出征陇右声名扫地，本就对凉州不存幻想，而讨伐凉州羌患使得军费暴增，这对天灾连年府库枯竭的朝廷来说负担已经太过沉重。好不容易稳固中原，若继续在凉州投入大量的财力，难保不会再次激起中原民变。何况南匈奴虽然暂且降服，可鲜卑却乘势愈发强盛。当年南匈奴叛乱，逢侯领二十余万部众逃出塞外，除了南单于接连追讨回部分人马外，其余部众多被鲜卑吞并。鲜卑本就重利忘义，若再次生乱，必是朝廷大患。故而北方蛮族远比凉州叛羌威胁要大许多，还需从凉州调回人马防备北境。因此，邓骘对此谏言倒深以为可，征召任尚舍弃金城退守长安，拜耿恭之子耿溥（pǔ）为虎牙都尉，另设扶风都尉，一并领兵协防关中。将陇西、安定、北地、上郡四处官署百姓迁回关中。为了逼迫百姓东迁，甚至不惜催兵焚毁民房，捣毁田地。这般一来，不少汉人都生叛意，与羌人勾结，一并反叛朝廷。

对于邓骘之举，引得朝中多有反对之声。太尉属官虞诩厉声反对，言绝不可舍弃凉州。一者光武皇帝开拓疆土，征讨凉州数年方收归大汉，今为小费而舍弃疆土有负列祖列宗；二者舍弃凉州，三辅即成边塞，王者兴盛之地岂能久居于外？三者人言“关西出将，关东出相”，凉州兵士百姓雄壮，此乃叛羌不敢轻易东进缘由，一旦舍弃凉州郡县，百姓为大汉所弃，转降于叛羌，纵然朝廷大军严防关中，也难挡叛军东进。邓骘虽然恼怒虞诩之言，可不得不承认，虞诩确有道理。在朝中一片奏请声中，邓骘只得从虞诩所奏，征辟凉州豪杰为掾属，拜牧守郡县子弟为郎，激励留守百姓继续抗争羌人侵扰。

凉州局势便这样僵持下来。邓骘本就无意于权力，又对西征陇右战败羞愧无比，早就有心辞官归家明哲保身，怎奈天下大乱故而勉力为之。如今大汉总算从危如累卵的局势中缓和下来，而邓骘母亲新野君薨逝，邓骘遂借机再次向太后请辞大将军之职。太后苦劝无果只得应允。

邓骘离开朝廷后，大长秋郑众恰又亡故。邓太后所能倚仗的人越来越少。为了保住邓氏权势，邓太后对开国以来云台二十八将封国中断的后人再次封以爵禄，以此拉拢人心。冯异重孙冯晨为平乡侯，盖延曾孙盖恢为芦亭侯，臧宫重孙臧由为郎陵侯，李忠之孙李纯为琴亭侯，万脩曾孙万丰为曲平亭侯，邳彤之孙邳音为平亭侯，朱祐重孙朱冲为鬲侯，景丹之孙景遽为监亭侯，杜茂之孙杜奉为安乐亭侯，傅俊之孙傅铁为高置亭侯，马武之孙马震为濮亭侯，窦融重孙窦万全为安丰侯，马廖之孙马度为颍阳侯，马光之子马郎为合乡侯。经过此举，朝野之中对邓太后颇有赞誉之声。而凉州叛羌之首滇零又已病死，邓太后先后征辟忤逆过邓骘的虞诩、班超之子班雄、族弟邓遵，领军出击叛羌，使得凉州叛乱稍稍平息。

此刻的孝安皇帝刘祜已经二十二岁，早已过了加冠之年，邓太后却以国家尚不太平，迟迟没有还政于天子。仅仅为刘祜定下一门亲事，算是对刘祜成年的认可。侍中阎畅在权贵云集的京师本来是排不上名号的，虽然早在孝明皇帝刘庄时，阎家便有女儿入宫为贵人，却也没有让阎家的地位有多大变化。这样一个寂寂无名的家族，只因有女嫁为邓弘之妻，而被邓太后瞧中。遂选阎畅之女入宫，未过两年便封了皇后。阎畅陡然之间成了国丈，一时荣耀无比。其实明眼人一瞧，便知邓太后之所以选阎家之女为皇后，不过是阎家没有什么背景可言，绝难与邓家争权罢了。为了拉拢住阎家，邓太后拜阎畅为长水校尉，封北宜春侯，食邑五千户，欲以此为邓家永保权势铺好道路。

然而这不过是邓太后一厢情愿罢了。阎皇后固然没有太深的背景，却是个对权力同样着迷的女人，更是一个面似柔美实则颇有心机的女人。就在邓太后沉浸在天下复又太平，邓家权势牢不可破的幻想中时，一股足以置邓家于死地的势力悄无声息成长起来。

孝安皇帝刘祜虽然宠幸阎皇后，却与一宫女李氏生下皇子刘保。妒火汹汹的阎皇后如何肯依？瞒着邓太后和刘祜，毒杀李氏，免得李氏母凭子贵与自己分宠。此事虽然隐秘，却逃不过后宫宦官的耳目。自大长秋郑众去逝之后，后宫宦官渐渐转衰。只因邓骘对宦官心存戒备，故而宦官久久难以得志。小黄门江京、李闰、樊丰、刘安、陈达一干人等，不得邓太后重用，整日围在孝安皇帝刘祜乳母王圣身边。阎皇后毒杀李氏自然被这些人得知。眼见邓太后那里没有什么富贵，江京这些宦官便渐渐向阎皇后靠拢过来。若能帮助阎皇后掌控后宫，何愁没有荣华富贵？虽说邓太后把持前朝后宫大权，纵是阎皇后都要低眉顺眼，江京等人地位卑微，也难挑战邓家的势力。然而有一人，足以给邓家造成致命一击。

邓太后越是得势，越让皇帝乳母王圣担忧。在王圣看来，皇帝早已成年，无论如何也到了亲政的年纪，可邓太后硬是把持朝政不放，使得王圣全没有机会沾沾皇帝的光，也好富贵富贵。最让王圣内心不安的是，当年邓太后看中刘祜扶其登基，虽是因为刘祜年纪尚小便于掌控，更重要的是刘祜聪慧伶俐，很得太后喜爱。这些年过去，刘祜虽然稳稳坐在龙椅上面，可身为天子却无丝毫权力，整日无所事事，只能沉迷于玩乐之中。若邓太后眼见刘祜年龄越来越大，也越来越不好管束，以刘祜无帝王才德而废黜刘祜另立新帝，也不是不可能的事情。故而王圣对邓太后一家又怕又恨，无时无刻不想除掉邓家。虽说王圣和江京这些宦官一样都是些下等人，可刘祜登基之后，其父亲清河王刘庆、嫡母耿姬、生母左姬都已先后去世，若说刘祜在这世上还有什么亲人的话，也就嫡母的兄长耿宝和乳母王圣二人而已。所谓生恩不如养恩大，相对于耿宝这个没有血缘关系的舅舅来说，刘祜自然更与王圣亲近，故而王圣的话足以左右皇帝的心思。

江京、李闰这些人，整日聚拢在王圣身边，说来说去，无非煽动王圣劝皇帝除去邓氏罢了。可王圣固然有那心思，却没有那胆量。皇帝毫无权力，纵然听信自己的话，也绝难扳倒邓氏。若事情败露，就算邓太后暂且放过刘祜，也绝不会放过王圣的。故而王圣只有等待，等待出手的时机。

永宁二年二月，邓太后在位二十年，把持朝政十六载，享尽世间荣华富贵，历经大汉起起落落，终于与世长辞，年四十一岁，谥号和熹皇后。孝安皇帝刘祜做了十几年的儿皇帝，正式临朝亲政。就在安葬和熹皇后当月，刘祜追尊生父清河王刘庆为孝德皇帝，生母左姬为孝德皇后，嫡母耿姬为甘陵大贵人。母舅耿宝乃是牟平侯耿舒之孙，真正的名门之后。上谷耿氏自耿弇、耿舒起，便已名满天下，而耿秉、耿恭、耿夔一代更是征讨匈奴屡立战功，皇帝亲政自然要提拔亲近之人稳固朝堂。耿宝既有显赫的声名，又有母舅这层关系，即刻被皇帝征为羽林左骑，未过多久便直接升为大鸿胪荣列九卿。阎皇后一族也得重用。虽然国丈阎畅已经去世，可其几个儿子阎显、阎耀、阎晏皆征为卿校，典束禁兵。

随着皇帝开始重用其他世族，邓家却早已没有邓骘在朝时那般的威势。自邓骘辞去大将军归家闲居之后，邓悝、邓弘、邓阊几个弟弟先后病逝，虽然几个子侄都得以封侯富贵无虞，却再无当年邓骘兄弟并列朝堂掌控大权的局面。邓骘之子邓凤本来官拜侍中，尚能掌控朝廷机要，然而驻守长安抵御叛羌的中郎将任尚，为讨好邓骘，私自送给邓凤宝马一匹。邓骘自掌权之日起，便深以窦氏旧事为戒，故而管束子孙严守法度。得知邓凤之事，主动举发朝廷，不但辞去邓凤官职，还将其施以髡刑谢罪天下。邓骘固然得了一个好名声，可如此以来，邓骘在朝廷几乎已经没有了任何实权可言。只有从弟邓豹任河南尹，邓遵任度辽将军，邓畅任将作大匠，虽然还算有些小权，可在重臣林立的洛阳也算不得什么。

这样一个相对温和的外戚世家，对任何人都显得没有什么威胁。刘祜亲政之后，为显示不忘邓氏之恩，封邓骘为上蔡侯，位特进。虽然依旧没有授予邓骘什么实权，可对王圣一干人等来说，却是如临大敌一般。邓氏一族在朝廷荣耀了近二十年，皇帝至今还念着邓家的好，一旦再使邓骘掌权，那么王圣也好，江京一干宦官也罢，富贵荣华的美梦转眼便要破灭。为防这样的事情发生，唯有趁着邓家还未得势，早早除去隐患才能高枕无忧。李闰遂挑唆王圣，诬告当年邓骘本有意册立平原王为帝，怎奈朝野多有反对之声，这才不得已扶持刘祜登基。

刘祜闻听此言，不由勃然大怒。本以为邓骘有拥立大功，谁知却是心存二志，如此贼子何恩于自己？趁着皇帝盛怒，阎皇后又在一旁推波助澜。往昔邓太后的慈爱，此刻全都消失不见，所留下的唯有邓氏把持朝政而不尊皇权。刘祜传旨削减邓骘封地转为罗侯，罢免已故的邓悝、邓弘、邓阊其后人爵位，邓豹、邓遵、邓畅亦受牵连罢官赐死。邓氏丢官弃爵皆遣归故乡，江京诸宦官斩草除根，逼迫邓骘父子及邓悝、邓阊之子相继自杀。唯有邓弘娶阎氏为妻，其子邓广德才幸免于难。

大司农朱宠深痛邓骘无罪受过，拼死为邓骘请命，却遭罢官遣归乡里。邓骘一辈子小心谨慎，虽贵为外戚大权在握，却因深戒窦氏之过而明哲保身，没有牢牢抓紧唾手可得的朝廷大权，终是死于一群小人手中，当真可叹。

随着邓氏的倒台，阎皇后正式掌控后宫，遂拜其长兄阎显为执金吾，封长社侯，食邑一万三千五百户。虽然自孝和皇帝阴皇后起，便有外戚无功封侯的旧事，可阎显封邑之大，连有功于社稷的窦宪、邓骘都要汗颜。阎皇后对江京一干宦官自然也没有薄待，遂以江京为大长秋，李闰、樊丰为中常侍，刘安为黄门令，陈达为钩盾令。王圣也被封为野王君，仗着是皇帝乳母，一时在后宫横行无忌，除了阎皇后，俨然已经无人胆敢管制。

阎皇后权势日盛，甚至把手伸向了太子刘保。皇帝仅此一子，却非阎皇后所生，而刘保生母李氏都是阎皇后毒杀。为防他日刘保登基为母报仇，阎皇后指使江京一干人等，网罗罪名陷害太子。幸有太尉杨震、太仆来历力保太子，又怒斥江京、李闰、樊丰一干宦官及乳母王圣在京师飞扬跋扈的诸多罪责，使得江京众人一时也不敢过于放肆。杨震本是邓骘举荐，这些年来治理天下颇有功绩，而来历乃是开国功将来歙重孙，本就声名显赫又是皇亲国戚，纵是阎皇后对二人也没了办法。

大鸿胪耿宝却帮了阎皇后这个大忙。耿宝虽为耿舒之孙，却远没有耿氏的骨气。为了自身富贵，不惜屈身侍奉阎氏，为扳倒太子可是费尽了心思。耿宝本就因求官于杨震不得而心生嫉恨，遂勾结侍中周广、谢恽，以邓氏党羽的罪名陷害杨震，被皇帝罢去太尉官职。杨震愤恨宦官奸佞弄权，心灰意冷中饮鸩自杀。杨震一死，来历亦被罢去官职。阎皇后如愿以偿，废太子刘保为济阴王。对耿宝的识趣，阎皇后很是满意，遂劝皇帝拜耿宝为大将军，并以阎显接替大鸿胪。

就在阎皇后越来越得势的时候，孝安皇帝刘祜却是走向了生命的尽头，仅仅亲政五年后，刘祜驾崩于南巡宛城的路上，年三十二岁。遗诏以大将军耿宝为太尉，大鸿胪阎显为车骑将军。

刘祜仅有刘保一子，却被阎皇后废去太子之位，自然不会让刘保继承帝位。遂寻刘氏宗亲，迎孝章皇帝重孙北乡侯刘懿为帝，尊阎皇后为太后。阎太后刚刚掌权，所做的第一件事便是除去昔日的党羽耿宝。

随着耿宝官拜大将军后，渐渐也有了自己的势力，侍中周广、虎贲中郎将谢恽自然是其死党，如今又奉遗诏官拜太尉，便连中常侍樊丰、野王君王圣也开始偏向于耿宝。阎太后自然心生忌惮。为防耿宝争权，遂抢先下手，以结党作乱为名将耿宝一干人等尽皆罢官赐死。又拜阎景为卫尉，阎耀为城门校尉，阎晏为执金吾，欲仿效邓太后一般，将年少的皇帝掌控在手中，借此独掌天下大权。怎奈刘懿却没有这个福分，刚刚登基不到七个月便驾崩了。

年仅十一岁的废太子刘保当真坐不住了。原本有机会成为天下之主，却被阎氏抢去自己本该有的皇位。如今阎氏所立北乡侯刘懿驾崩，依照阎太后的脾气，只怕这皇位依旧轮不到自己头上。甚至为了除去隐患，将自己置于死地都有可能。愤愤之情被亲近的中黄门孙程瞧在眼里，遂联结太子亲党宦官十九人，趁着阎太后还未拥立新天子之际，刺杀江京、刘安、陈达于省中，胁迫中常侍李闰迎奉刘保承继皇位，是为孝顺皇帝。诏令满朝文武入宫贺拜，孙程引兵守备宫门。朝臣不知宫中之事，皆奉召入宫。

阎显得知宫中变故，忙与弟弟阎景统领亲信兵马驰奔宫中，传告兵马："得刘保者封万户侯，得孙程者封五千户侯"。欲趁着刘保皇位尚未坐稳，早早抢回大位。只是阎显一门无功于朝廷，却得以身居高位，又有陷害邓骘、杨震的恶名，满朝文武除了些阿谀奉承之徒，又怎会有人依从？得知故太子刘保即位，皆是欢天喜地。尚书令刘光领头拜见新帝，召公卿百官引虎贲、羽林守备宫门。尚书郭镇亲自平叛，击杀阎景，收捕阎显兄弟，叛乱仅仅一夜便得以平息。

刘保传旨赐死阎显兄弟，阎太后迁往离宫独居。封孙程等十九名宦官为侯，尤以孙程食邑竟有万户之多。另拜孙程为骑都尉，加拜奉车都尉。自大汉中兴以来，宦官首次担任要职掌控兵权。来历因保护刘保太子之位，拜为卫尉以谢救护之情。朱宠因替邓骘平反而颇受朝野敬重，被刘保拜为太尉，参录尚书事，代天子管控大汉天下。虞诩颇有才略，被邓太后派往三辅抵御羌患，如今凉州稍安，也被刘保征还京师拜为司隶校尉，持节察举百官，掌管洛阳内外治安司法。

44

弑君：皇权的彻底沦丧

刘保承继皇帝大位后，天下为之一振。自窦太后临朝以来，先后有窦氏、邓氏、阎氏几家外戚轮流掌权。大汉天子几乎都是年幼继位，以至于天下大权久久把持在外戚手中，三公九卿满朝文武几乎成了摆设。虽偶有正直朝臣如袁安、任隗一般，不屑攀附权贵，为皇权稳固、天下社稷而振臂高呼，却也难以撼动外戚大权。如今皇帝除去阎氏，扫清外戚势力，虽然仅仅十一岁，可没有了外戚掣肘，再有贤臣辅政，必能重振朝纲。

让所有人意外的是，皇帝刚刚登基时倒也选用朱宠、来历、虞诩这些声名远播的社稷之臣。只是皇帝毕竟年幼，很快便被些阿谀奉承之徒钻了空子，其中尤以宦官最为皇帝所信任。皇帝尚为太子时，被阎皇后嫉恨，整日过得战战兢兢，也就身边的小黄门还算亲近。待登基后，不少当年东宫宦官都得以攀龙附凤平步青云。曹腾、程璜、陈秉、孟生、张防皆拜中常侍。那曹腾倒也算勤恳，除了伺候皇帝，也没有什么坏心思。可程璜、陈秉、孟生、张防自飞黄腾达后，仗着有皇帝作主，整日卖弄权势、收受贿赂，托请朝臣为其亲族张罗官职。李闰原本是阎氏走狗，只不过被孙程威逼方才拥立刘保称帝，如今反倒因为册立之功而未被惩处，愈发飞扬跋扈，弄得洛阳朝野乌烟瘴气。

司隶校尉虞诩看不下去，冒死弹劾张防一干宦官。被张防反咬一口，言虞诩多行冤狱，所拘案犯多是无辜，官吏百姓皆惧虞诩乱权。皇帝听信张防之言，将虞诩下狱查办。奉车都尉孙程忍无可忍，联合当初拥立皇帝的十九侯为虞诩喊冤，这才保虞诩无事。又在孙程举荐之下，虞诩官拜尚书仆射，张防也被流放边关了事。本来算是激浊扬清的大好时机，然而孙程等十九侯为虞诩出头，自然遭权宦嫉恨，事后被人污蔑结党营私，皆被皇帝罢免官职遣归封国。孙程虽为宦官，颇有气节，朝中自然有人为孙程诸人叫屈，却难让皇帝回心转意。孙程愤懑难耐，封还印绶隐居山林。

就当宦官在后宫越来越得势的时候，刘保渐渐长大。十四岁时也该到了谈婚论嫁的时候，虽也有几户人家女子被刘保看重封为贵人，却迟迟难以抉择立谁为后。想想这些年来皇后外戚把持朝政，刘保便有些不寒而栗。可天下之主岂能没有皇后？迟疑之中甚至欲以签筹求问神明。尚书仆射胡广深以为不可。皇后兹事体大，岂能儿戏？遍寻天下名士，言梁商乃孝和皇帝刘肇舅氏，谦逊守礼办事得体，颇有贤名。其女梁氏温婉聪慧，足以母仪天下。

刘保想想梁商为人，品性倒也真如胡广所言，遂册封梁贵人为皇后，拜梁商为执金吾，未过多久又拜为大将军，其子梁冀封为襄邑侯。虽说梁商成为国丈倒也没有多少反对之声，可皇帝册封梁冀为侯却颇受人非议。尚书令左雄重申高皇帝无功者不侯的旧约，又以江京、王圣乱政归咎于无功封爵。梁商遂代其子辞去爵位，免去一场争执。

梁商主政这些年景，虽然鲜卑、南匈奴、羌人时降时叛，可总体来说还算安稳。拜耿夔任辽东太守，数次击退鲜卑侵扰。以耿恭之孙耿晔为度辽将军，击退乌桓和南匈奴叛乱。以班超之子班勇为西域长史，领军出玉门关平定车师，西域各国再次归顺大汉。在国内，梁商又先后征辟李固、周举、巨览、陈龟为属官，多有真才实学，使得京师秩序井然，朝野多称梁商为朝廷良辅。

梁商深知皇帝亲近宦官，曹腾、曹节等人把持后宫，一时绝难撼动。秉持中庸之道，为防宦官干涉前朝，也不好把关系搞得太僵。遂使儿子梁冀、梁不疑结交宦官。虽然曹腾倒也愿意与梁商友善，可其他宦官却嫉恨梁商得宠。中常侍张逵勾结尚书令，诬告梁商与曹腾谋反作乱，矫诏将梁商、曹腾下狱，幸而皇帝刘保早早发觉，救出二人，梁商、曹腾才得以幸免于难。如此一来，使得前朝大臣与后宫宦官之间的矛盾越来越深。好在经过此事，曹腾越发向着梁家，使得梁商的权势更加稳固。怎奈梁商虽有其才，天不假年，执政仅仅五年便匆匆薨逝。皇帝感念梁商对社稷之功，谥为忠侯，赏赐无数，亲临吊唁，转以梁商之子梁冀为大将军。然而这一次，皇帝却是看走了眼。

梁冀其人非但没有梁商的才德，反而骄侈放纵，生得一副鸢肩豺目的凶相。整日除了斗鸡走狗嗜酒豪赌，便是排除异己残杀旧仇。这样一个人，和国家栋梁这几个字沾不上一点边，祸国殃民倒是无出其右。刘保在位时，梁冀好歹有所收敛。可说来也怪，自孝明皇帝刘庄之后，大汉天子多是英年早逝。刘保也未逃过这个怪圈，仅仅三十岁便又驾崩。太子刘炳以两岁之龄继承皇位，梁太后临朝。以梁商旧属大司农李固为太尉，与梁冀一并参录尚书事。

刘炳仅仅在位一年便又驾崩，梁太后听从李固之谏，命李固与梁冀遍寻宗室，使曹腾等人迎清河王刘蒜、勃海王子刘缵（zuǎn）诸皇室子孙入京，以查优劣册立新帝。李固以为当择年长有德宗室为帝，故而属意于刘蒜。梁冀如何肯听，强立年仅八岁的刘缵为帝，是为孝质皇帝。梁冀为了独掌大权，怂恿小人诬告李固，欲将李固排挤出洛阳。好在梁太后自有用人之明，驳斥诬告的奏疏，依旧以李固与梁冀一并执掌朝政。

梁冀未能如愿赶走李固，心中本就不悦，年幼的刘缵也未如梁冀所想那般听话。还未到京师，刘缵便听说过梁冀骄横恶名。刚刚登基受群臣朝拜，便当面斥责梁冀是跋扈将军，把梁冀骂得体无完肤。群臣久受梁冀压制，见天子虽然年幼，却对梁冀全无惧色，虽然不敢当面奚落梁冀，可私下里无不感叹天子聪慧。然而刘缵的这种聪慧，在强权面前显得是那么可笑。刘缵远来洛阳，无亲无故，全无一丝根基，自以为登基为帝便能号令天下，实则太过幼稚。刘缵的斥责使得梁冀万分羞怒，原以为扶持一个孩童为帝便于掌控，谁知却是这样一个刺头。况且刘缵与李固亲近无比，愈发让梁冀寝食难安，终是让梁冀作出天人共怒之举。

梁冀潜入宫中，下毒于汤饼进献天子。刘缵还当自己一番斥责使得梁冀甘愿拜服，扬扬得意取了汤饼便吃。未过一刻工夫，便觉腹痛难耐，待李固闻讯赶来时，皇帝已经奄奄一息。未待说上几句话，便已一命呜呼。

李固悲痛欲绝，欲招御医查明究竟。然而梁冀身为外戚，在宫中与曹腾、曹节这些宦官走得亲近，御医如何敢说出实情？李固查验无果，虽然心中生疑，却也对梁冀无可奈何。刘缵驾崩无可挽回，也只得另立新帝稳固汉家天下。然而三年之中，便有三位天子驾崩，实乃祸乱源头。李固此番雷厉风行，未待梁冀敲定天子人选，早早与司徒胡广、司空赵戒议定，由三公、列侯、二千石官员共议册立大事。胡广和赵戒都是没什么大主意的人，不过和李固一样，都是得梁商赏识而连番升迁位列三公。李固和梁冀都是辅臣，既然有此提议，自然得胡广、赵戒赞同。何况册立之功非同小可，胡广、赵戒有了这样的机会，也愿意借此博取不世大功。

三公联名上疏，立刻得到满朝文武响应，那些梁冀党羽见李固众人气势正盛，哪敢替梁冀言语？要么寂寂无语，要么随大流一并附议。梁冀纵然权倾天下，可眼见群臣激愤，又因鸩杀天子而心中惶恐，只得应允李固众人所请。

如此一来却急坏了后宫宦官。清河王刘蒜尚在洛阳，前番便得群臣赞同，只是被梁冀强行册立了刘缵，这才作罢。眼下刘缵驾崩，由群臣共议新君，刘蒜自然成算最大。宦官可是万万不愿意见到刘蒜称帝的。曹腾当初亲自把刘蒜迎入洛阳，这个早已成年的刘氏宗亲，对宦官没有一丝好感，甚至觉得大汉朝这些年来日益混乱衰弱，皆是宦官把持后宫所致。若是刘蒜登基，哪里还有曹腾这些宦官立足之地？

曹腾出身寒微，祖上据传乃是前朝宰相曹参，可到曹腾这一辈早已败落。自中常侍郑众扶助孝和皇帝刘肇铲除窦氏后，宦官渐渐在后宫得势。曹氏一族心存幻想，遂于族中选出少年送入后宫，欲以此求个飞黄腾达的机会。年幼的曹腾在后宫无依无靠，整日受人欺凌苦苦挣扎。幸而入侍东宫，伺候贵为太子却受阎氏嫉恨的刘保。待刘保最终承继帝位，曹腾总算得以平步青云官拜中常侍。其后，曹腾曾随刘保出巡，得以回过故乡一次。然而早已物是人非。父亲饿死在先前一场大旱中，所剩几亩薄田皆被同族兄弟抢占干净，分毫没有留给曹腾，俨然早已忘记这个为曹氏一族阉割入宫的孩子。曹腾满怀憧憬衣锦还乡，却遭这样一番冷遇，悲愤之中遂收养同乡夏侯一族孩童为子，改换姓名叫曹嵩。如今曹腾历经人间冷暖后有家有小，就算不为自己富贵着想，也不愿养子曹嵩有个三长两短。眼下听闻太后准允李固众人共商册立之事，曹腾哪里还坐得稳？遣人稍加查探，便知李固果然欲立刘蒜为帝，不但胡广、赵戒皆已认可，自大鸿胪杜乔以下尽皆附议。

曹腾不顾宵禁，连夜赶到梁冀府中，刚刚见到梁冀的面，便扑通一声跪倒地上："大将军，祸事不远矣！"曹腾当年与梁商颇有往来，又与梁商一起吃过牢饭，关系非同一般。如今身家性命危在旦夕，唯有梁冀方有办法扭转局面。

梁冀本就心烦不已，一听曹腾这般说辞，心中愈发恼火。只是曹腾乃先父旧交，又在后宫得势，也不好斥责，连忙扶起："中常侍折杀梁某了，究竟何事这般着急？"

曹腾几乎是带着哭腔说道："大将军可知，太尉已经与诸位大人议定，欲立清河王为帝？明日便将联名奏疏，只等太后诏书了！"

梁冀如何不知？只是三公共议新帝，乃是太后同意，梁冀也认可的，此时纵是梁冀也插不上嘴。明知册立刘蒜不利于自己，也是无从反驳。梁冀心中不时后悔鸩杀刘缵太过冒失，可也难以挽回。此刻听曹腾说起，只是摇摇头叹息一声。就听曹腾喋喋不休地说道："大将军累世有椒房之亲，秉摄朝政，宾客满堂。非是小人危言耸听，就算大人清正威严，可府中宾客只怕多有过差。清河王素来严明，若真得以承继天命，只怕将军受祸不远矣！"

梁冀听得不厌其烦。曹腾说的话已经算是留足了面子。这些年来，梁冀不法之事哪里少了？死于梁冀之手的士人都不在少数，就更别说手下那些仗势欺人的骄横门客了。而先前梁冀便已阻挠刘蒜登基，如今刘蒜在李固众人拥护之下得以执掌天下。新仇旧恨加在一起，哪里会有梁冀好日子过？明知曹腾所言在理，梁冀也只能叹道："大事已定，如之奈何？"

曹腾却说道："小人倒有一法，可保大将军安然无虞。"

梁冀冷冷瞧了曹腾一眼，一个宦官能有什么主意？也就随口问了一句："中常侍有话但请明言！"

对梁冀的冷落，曹腾全不在意："今有蠡吾侯刘志受太后征召住于洛阳，不日便将迎娶太后之妹。虽然刘志远没有刘蒜一脉显赫，却也是孝章皇帝曾孙。若得大将军首肯，足以胜过那刘蒜。蠡吾侯既娶梁家女子，又岂会为难大将军？"

梁冀猛然转醒，曹腾所言倒也在理。说道："只是三公既已议定，只怕未必乐意让刘志登基。"

"我的大将军！李固那些个人，不总是说要册立年长宗室吗？刘志虽然没有刘蒜年岁大，可好歹也已十五岁。这些年来，多是少年天子，十五岁也不算小了！虽说三公已经议定，却还未陈奏于太后，只要太后尚未决断，便有转圜余地。莫看三公属意于刘蒜，然而除了李固敢当面忤逆大将军，那胡广、赵戒什么时候不是墙头草？小人在朝中好歹也有些薄面，只要大将军愿册立刘志，自然会有人附议。胡广、赵戒是聪明人，必然不会跟着李固死撑到底。册立刘志未必没有胜算！何况大将军生死荣辱尽系于此，何不放手一搏？"

听得曹腾这般一说，梁冀不由连连点头，连夜入宫面见太后，禀陈此事。太后虽然对梁冀骄横跋扈并不满意，可刘蒜登基的确对梁家不利。一旦梁氏倒台，太后岂能保全？也只得同意梁冀所奏。就在李固众人自以为大局已定，只等天亮后奏请太后，却不知一夜之中，局势已然向着相反的方向转变过去。

翌日朝会，梁冀未等李固开口，便抢先奏请议立蠡吾侯刘志为帝。梁冀、曹腾亲党昨夜都已得悉议立刘志之事，自然纷纷赞同。李固如何肯依，义正词严反驳梁冀所奏，奏请册立刘蒜。言刘蒜贵为亲王，血脉远比刘志亲近，岂有舍近求远的道理？然而自梁冀开口的那一刻起，风向早已转变。梁冀本就生得一副凶相，多少年来把持朝政骄横跋扈目中无人，本就没什么人胆敢当面顶撞梁冀，此刻见梁冀发了狠劲儿目露凶光，多半是低下头去。胡广、赵戒也果然如曹腾预料，虽然没有明言册立刘志，却一会儿劝着梁冀，一会儿劝着李固，嘴里说来说去都是以和为贵。待到最后，竟然只剩李固和杜乔坚持本意，却已是没有什么附议之声了。

梁冀扬扬得意，虽然因为李固和杜乔的坚持，暂时没有定下承继大事，可李固已然势单力薄。待朝会散去，梁冀再入后宫，劝说太后罢免李固太尉之职。太后之所以提拔李固，与梁冀一并执掌朝政，一者李固乃是先父旧属颇有安邦治国之才；二者梁冀太过跋扈也被太后戒惧。故而梁冀早先欲除去李固时，太后选择保全李固，欲以其制衡梁冀。怎奈李固此刻所奏已经与梁家的生死相悖，太后又如何会继续袒护李固？只能将李固罢官了事。转以司徒胡广继任太尉，司空赵戒继任司徒，与梁冀一并参录尚书事执掌朝政。又征拜前司徒袁安之孙袁汤为司空，算是为罢黜李固之后，给朝廷装点门楣。

随着李固的罢黜，杜乔一人如何抵得过梁冀势力？册立刘志之事再无异声。遂由梁冀持节，以王青盖车迎刘志入南宫，即日承继皇帝位，是为孝桓皇帝。梁冀成了最大的赢家，增大将军府，官署倍于三公，增其封邑竟达三万户。又封弟弟梁不疑为颍阳侯，梁蒙为西平侯；其子梁胤为襄邑侯，封邑各万户。胡广封为安乐乡侯，袁汤封为安国亭侯。曹腾官拜大长秋，位特进，封费亭侯。曹节官拜中常侍，奉车都尉。太后虽然依旧临朝，可为制衡梁冀，拜杜乔为光禄勋，以代替李固。

梁冀为人凶恶成性，既已拥立刘志登基，顺势扳倒了李固，自然要斩草除根？未过半年，有清河国官署，欲私立刘蒜为帝，早早被梁冀查办，遂诬告李固与刘蒜谋逆，下狱致死。杜乔救护不及，被梁冀一并污蔑，亦罢免官职，被害于狱中。李固、杜乔忠良臣子，死后不得安葬，暴尸于城北。

梁冀权倾朝野，天下为之侧目。

45

外戚权势的顶峰

孝桓皇帝刘志登基，虽然大将军梁冀好歹给了刘志一些颜面，准许追尊刘志父亲为孝崇皇帝，母亲为孝崇博园贵人，又将刘志弟弟晋封为平原王，可刘志的婚事也没有一刻耽搁。待安葬了孝质皇帝，国丧刚过，便即刻为刘志迎娶梁氏，册封为皇后。太后与皇后竟然是亲姐妹，说来真是天下奇谈。可刘志却丝毫没有觉得有趣。

后宫本就被太后和宦官把持，皇后的到来，没有给刘志一个贤内助，反而多了一个骄奢淫逸跋扈放纵的女人。虽说才过几年，梁太后崩逝，刘志也已成年。太后遗旨，还政于天子。然而朝堂内外多是梁冀党羽，刘志如何敢去和梁冀收回辅政大权？这些年来，三公多由胡广、赵戒、袁汤来回替换，说来说去都是唯梁冀马首是瞻。要么便由梁冀亲自指派，却都无实权，仅仅成了梁冀陪衬。而刘志登基以来，旱蝗地震天灾就没有断过。最严重的时候，竟有三十二郡国同时遭灾。百姓饥穷多有食人惨剧，刘志都不记得已有多少乱民自称天子谋反作乱。虽说多已被州郡剿灭，可大汉的太平盛世已然成了明日黄花。刘志虽是天下之主，此刻连自己都做不了主，哪里还有心思去管民间疾苦？

梁冀作为辅政大臣，心思也未用在治理天下，而是绞尽脑汁巩固权势，穷凶极恶贪图富贵。但凡有人弹劾状告梁冀，无论出身背景，一概被梁冀想方设法罢去官职，或以刺客屠戮宗族，或以王法流放千里。荆州刺史吴树严词拒绝梁冀请托非法之事，被梁冀设宴药酒鸩杀。辽东太守侯猛，只因得官之后未去梁冀府上拜谒，便被梁冀假托他事腰斩于市。死于其手的名儒士子更是百十数人。对待天下富者，梁冀巧设名目收取重税，网罗罪名闭狱拷掠，勒索钱财赎买性命。有扶风富绅孙奋素来吝啬，梁冀张口便要五千万，却仅得三千万，暴怒之中将孙奋拷死狱中，吞并孙奋家财一亿七千余万。又大起府邸，对街为宅，雕梁画栋，仿若仙境，收买奴婢，掳掠贫民，充为仆役者数千人。广开园囿，采土筑山，珍禽异兽奔行其间。多拓林苑，形同王家，西至弘农，东至荥阳，南界鲁阳，北达黄河，竟有千里之地。又起兔苑于河南城西，征郡县士卒囚徒徭役，修缮楼观，数年乃成。曾有外人不知此地乃是梁冀林苑，误杀一兔，被梁冀诛杀十余人。便是梁冀二弟梁不疑宾客往林苑射猎，都被梁冀收捕斩杀三十余人。可叹天下纷乱，百姓饥苦，梁冀身为辅政大臣，不思治国，只顾自己安乐，圈占天下最为富庶肥沃土地，哪里还管百姓死活？

这样一个人，却是个听老婆话的好丈夫。梁冀之妻名唤孙寿，得梁冀之力，封为襄城君，岁入五千万钱，便是皇帝长公主也未有如此厚封。这孙寿生得一副妖媚面目，哄得梁冀俯首帖耳。梁商在世时，曾献美人送于孝顺皇帝，梁冀私自截留，与其私生一子，待孙寿听闻，闹得不可开交，吓得梁冀把那私生子藏于壁中不敢被孙寿瞧见。梁冀惧妻可见一斑。而梁冀又多听信孙寿之言，不但整日防范朝臣，更是万分警惕自己的亲弟弟。梁不疑好读经书，喜结名士，被孙寿一说，便是招揽党羽图谋对付梁冀。梁冀遂请旨皇帝，将梁不疑转任虚职。梁不疑羞愤之中，与弟弟梁蒙辞官归家闭门谢客。梁冀不依不饶，使人暗中监视，但凡有官宦士人出入，皆记录在案，寻些由头罢官流放。孙寿一边诋毁梁冀弟弟，一边又把自己亲族荐于梁冀，拜为侍中、卿大夫、校尉、郡守之人多达十数人，皆是无才无德贪婪凶淫之徒，赴任之后搜刮钱财无恶不作，搅得本就日渐纷乱的天下愈发不得安生。

梁冀恶贯满盈，几乎已是天下皆知的事情。刘志身在深宫，也听闻一二。怎奈梁冀手握重权，党羽遍布朝野内外，就连后宫都有不少宦官是其耳目。大长秋曹腾虽然有册立大功，对刘志也算有恩，而且侍奉皇帝从无过失，深得皇帝偏爱。又先后举荐不少人才，如虞放、边韶、延固、张温、张奂、堂谿典，都是些栋梁之材。尤其那张奂，乃是凉州汉阳太守张惇之子，遇南匈奴与羌人勾结叛乱，七千多骑兵入侵安定，张奂仅领两百部众切断匈奴与羌人联结，迅速平定叛乱，真是浑身是胆。随着耿夔和耿晔叔侄去世，鲜卑、匈奴、乌桓、羌人数次叛乱，皆是靠张奂及同为凉州出身的皇甫规、段颎（jiǒng）保边疆平安，被世人合称凉州三明。曹腾能举荐如此贤才为国效力，虽为宦官，却也对国家有功。怎奈曹腾与梁家走得太近，刘志也不敢过于亲近。何况还有梁皇后管着后宫，刘志稍有异动，便要被梁冀察觉了。

说起这梁皇后，刘志便气不打一处来。自太后薨逝之后，梁皇后愈发有恃无恐，但凡宫中有人怀上龙种，不管贵人还是宫女，都未足月便会莫名其妙地堕了孩子，有时甚至连大人都不得保全。刘志虽然并无十足把握，却也知晓一二，竟都是被梁皇后下毒暗害。幸好苍天有眼，梁皇后恶事做绝终遭天谴，郁郁寡欢中也辞世而去，刘志内心之中早已乐开了花。梁皇后一死，使得梁冀在后宫的势力大大削减。在刘志心中，早已有了新皇后的人选。贵人梁猛，虽是梁冀养女，可刘志早已偷偷查过底细。梁猛原名邓猛，乃是和熹邓皇后族中之女，其父早丧，其母带着邓猛改嫁于梁冀妻舅梁纪。梁冀见邓猛生得貌美，收为养女改为梁姓，献入宫中为贵人，深得刘志喜爱。若册封梁猛为皇后，自然不会被梁冀反对，而梁猛又非梁冀亲生，使得刘志便能结好于邓家，作为抗衡梁冀的助力。

梁冀听闻皇帝有意册封梁猛为皇后，自然喜出望外。只是梁猛乃是邓家之女，邓骘虽然倒台，可邓家在朝野颇有人缘。梁冀自然不愿邓家借此和皇帝再次攀上亲戚。遂遣门客刺杀梁猛姐夫邴尊，断了邓家与梁猛的关系。又为防梁猛生母得皇帝厚封，再遣门客潜往梁纪府上行刺。然而这次发生了意外。

梁纪府邸与中常侍袁赦相邻，刺客走错庭院，误打误撞进了袁府。被袁赦发觉，还当梁冀遣人来杀自己，忙召集门客将刺客围杀收捕。待查明真相，袁赦惊慌无比。不知不觉竟陷入梁冀争权之中。如今杀了梁冀门客，又坏了梁冀好事，岂会被梁冀轻饶？恐惧之中，袁赦只得将此事报知于孝桓皇帝刘志。

得知梁冀此等行径，刘志震怒无比。本就对梁冀心存不满久矣，此时竟然把心思动到了爱妃家人身上。只怕再这般忍让下去，屠刀迟早架到自己脖子上。毕竟梁冀已经鸩杀过一个皇帝，刘志早已成年，对梁冀足以构成威胁，难保梁冀不会再下毒手。与其坐等受死，不如先发制人。袁赦举奏梁冀，倒是给刘志提了个醒，宦官并非铁板一块皆是梁冀死党。有心拉拢宦官，商议铲除梁冀大计，可宫中多有耳目，刘志也不敢轻信别人。只能在如厕时，小心对着平日伺候自己的小黄门唐衡问道："朕左右与外舍不相容者都有何人？"

那唐衡不过是个小黄门，在宦官之中也是地位低下，眼见那些与梁冀亲近的大宦官个个耀武扬威，心中早已妒忌无比。听皇帝这样一问，早就猜得皇帝心思。若能除去梁冀和那些大宦官，自有唐衡出头之日。而唐衡久在宫中，整日和宦官打交道，自然知道错综复杂的人脉关系。遂报道："中常侍单超、小黄门左悺曾拜访梁不疑，礼敬稍简，被梁不疑怨恨，栽赃陷害，将单超、左悺兄弟拘押大狱，直到单超、左悺登门谢罪，方才释放两人兄弟。而中常侍徐璜、具瑗平日多受梁冀党羽欺凌，故而对梁氏跋扈放纵心怀不满，只是不敢明言而已。"

刘志大喜，遂先召见单超、左悺二人，直言道："大将军兄弟把持朝政，胁迫内外，公卿以下皆听其号令。今欲诛国贼，二位意下如何？"

单超拜道："国贼恶贯满盈，臣欲诛之久矣。然臣等无权无势，积弱低劣，未知陛下有何谋划以除奸贼？"

刘志其实也没有明确的谋划，遂说道："大将军兄弟祸国殃民，恨其入骨者车载斗量，怎奈朕深居宫中，不便找寻大将军仇家。愿卿等仔细审验，寻求前朝后宫同欲铲除奸贼之人相助。"

单超一想，也便明了："下臣懂了。只是图之不难，唯恐陛下复又狐疑。"

刘志愤然道："奸贼胁国，当伏其罪，有何疑哉？"拽过单超左臂，狠狠咬上一口，将其鲜血吞咽肚中："谨以此歃血为盟，不除国贼，誓不罢休！"

单超三人心中凛然，歃血为盟鬼神共鉴，再有何疑？各自领命而去。铲除梁氏的同盟便在后宫一间小小茅厕之中结成。

梁冀近日来总有些心神不宁，自上次遣门客刺杀梁猛母亲未果之后，总觉得朝里朝外散发一股怪异的气息。虽说梁冀在洛阳只手遮天，可还是有些以名士自居的臣子并不把梁冀放在眼里。然而近段时日来，那些人要么对梁冀变得恭敬起来，要么愈发不知好歹顶撞梁冀。而不少重臣的符印节仗陆陆续续被收回省中，其中有梁冀党羽亲信，也有不服梁家的朝臣。梁冀好生疑惑，遣人细细查问一番，却是尚书令尹勋所为。只说是梁皇后崩逝，国丧未毕，京师鱼龙混杂。持符节臣子各行其是，使得京师治安有些不稳。为防意外，故将先前所授符节收回，待国丧之后，再视功绩赐授。梁冀觉得也算有些道理，更何况这些年来持节之人确实不少，借此机会削弱梁家政敌也是好事一件，便未再过问。谁知到了后来，除了梁冀符节，梁氏族人符节被收了个干净。梁冀心中不免慌乱起来。节仗有如天子亲临，有代天子行生杀大权，尚书令不声不响把节仗收回，使得梁家权势顿减。虽然梁冀尚有节仗保全，可仅此一根，也难面面俱到。一旦有事发生，必然顾此失彼。如今梁皇后薨逝，使得梁冀在后宫的势力大损，远没有当初那么消息灵通。梁冀使人数次找寻曹腾一探究竟，可曹腾对此也无确切消息，到后来连曹腾也避而不见。梁冀惶恐之中，使中黄门张恽仔细查探，终是发觉中常侍单超近来活动很是诡秘。

梁冀震怒无比。若按梁冀的性子，直接领人冲进后宫，将单超锁拿下狱严刑拷打，必能得知阴谋。可梁冀此时在后宫仅仅剩下张恽一个眼线，平日那些毕恭毕敬的大宦官仿若都消失了一般没了音讯。梁冀与眼瞎耳聋无异，也不敢轻举妄动，免得打草惊蛇。故而命张恽宿于省中，整日不离皇帝左右，以防单超生事。待查明原委，再将这些跳梁小丑一网打尽。

可梁冀终是没有那样的机会了，当司隶校尉张彪与中常侍具瑗统领虎贲、羽林、都侯剑戟士乘夜将大将军府围个水泄不通时，梁冀终于明白，单超这些时间在前朝后宫到底在忙些什么事情了。就在火光通明之中，光禄勋袁盱持节入府宣读圣旨，收回梁冀大将军印绶符节，徙封为景都乡侯。梁冀颓然倒地。此时就算梁冀想要凭借着府中门客仆役数千人负隅顽抗，可面对外面杀气腾腾的千余精兵，必是螳臂当车，就算能使人突出重围招拢亲信党羽，可没有兵符节仗，只怕也难调动一兵一卒驰援。

大限已到，梁冀后悔不迭。当初梁太后崩逝之时，若梁冀能急流勇退，未必不能保全富贵。毕竟梁冀虽然鸩杀了孝质皇帝，却对当今圣上有恩。身居册立大功，想必圣上也不会置梁冀于死地。可贪心不足，梁冀终是没有松开那令人痴迷的权势，以至有了今日大祸。梁冀自知难逃一死，也不愿俯首就擒，洛阳大狱中已有太多人被梁冀指使惨死于大刑之下，冤魂萦绕只怕都在等着向梁冀索命。与其受辱于大狱之中，还不如来个痛快。梁冀遂与其妻孙寿，双双自尽于府中。可叹梁商也算贤臣，辅助孝顺皇帝数年，使得日渐衰败的大汉天下稍稍有了起色，也算挽回了祖上梁松祸乱京师的恶名，却终是被梁冀一人毁个干净。

梁冀一死，梁氏一党倒台。单超众人各自领旨，即刻收押梁冀之子河南尹梁胤、其叔父屯骑校尉梁让、卫尉梁淑、越骑校尉梁忠、长水校尉梁戟。其余梁氏、孙氏宗亲，无论长幼皆下诏狱，稍稍审查尽斩首弃市。梁不疑、梁蒙在梁冀倒台之前便已病逝，好歹保全颜面。太尉胡广连坐免官，司徒韩缜、司空孙郎下狱，其他连坐公卿、列校、刺史、两千石大员死者数十人，故吏宾客罢官者三百余人。朝廷为之一空，三公九卿中枢府台掌实权者，仅尚书令尹勋、光禄勋袁盱、廷尉邯郸义三人未牵涉其中。就连镇守凉州的张奂因是梁冀将军府出身，虽然有才，却掌兵权，也不被刘志信任，罢去官职。皇甫规因得罪梁冀而罢官，遂以皇甫规接替张奂抵御羌人。

除贼功臣自然少不得封赏。单超、徐璜、具瑗、左悺、唐衡五人为刘志联络平叛朝臣，自然位居首功。单超封新丰侯，食邑二万户，徐璜武原侯、具瑗东武阳侯，食邑一万五千户，赐钱各一千五百万。左悺、唐衡升拜为中常侍，亦封为县侯，食邑一万三千户，赐钱各一千三百万。五人同日受封，世称“五侯”。中常侍侯览在梁冀倒台后忙里忙外收捕宫中党羽，也因功封为高乡侯。又封小黄门刘普、赵忠、张让、王甫等亲近宦官八人为乡侯。曹腾、曹节虽然在铲除梁冀之时没有出力，可两人对刘志有迎立之功，在铲除梁冀时明哲保身未牵连其中，保全富贵无虞。相对于宦官的厚赏，尚书令尹勋以下数十人各有封赐，却远没有宦官丰厚。

梁冀一死，皇帝收没梁冀财货，合三十余亿，充入皇帝府库，用以减免天下租赋一半。散梁冀苑囿，划拨穷困百姓播种。官府市集鼎沸数日，方才平静，士人百姓无不欢天喜地。刘志重拾皇权，改贵人梁猛为邓猛，册封为皇后。封皇后侄儿邓康为沘阳侯，邓统为昆阳侯，族兄邓会为安阳侯，拜虎贲中郎将。以大司农黄琼为太尉，光禄大夫祝恬为司徒，大鸿胪盛允为司空，主持国政。倒不是这三人有多大经天纬地之才，不过因三人并非梁冀党羽，又稍有些名望，这才得以位列三公罢了。

如今没了梁冀权臣鱼肉天下，本也该到了清平世道。然而令天下人没有想到的是，随着梁冀的倒台，前朝臣子几乎都被牵连其中，皇帝一时无人可用，多是借重于平叛有功的宦官。自孝和皇帝刘肇借中常侍郑众之手除去窦宪势力后，宦官本就已开始在后宫掌权。如今得刘志赏识，愈发权势滔天。不但掌控后宫大权，更是将势力逐渐延伸到前朝。单超早早病逝，其余四侯虽有平叛之功，却没有一个心正之人。自此宦官纵横京师多起豪宅，骄奢淫逸无法无天，兄弟姻亲多为州牧郡守，统御百姓与匪盗无异。五侯宗族肆虐天下，民不堪命。天下传语：“左回天，具独坐，徐卧虎，唐两堕。”

大汉天下没有因为梁冀的倒台稍稍得以喘息，反而进入了一个愈发混乱的时代。

46

党锢：士人的灾难

窦武乐呵呵地把太尉陈蕃属吏一直送到大门外，这才转回内院，直唤管家："快去叫妙儿出来，不日她就要入宫侍奉皇帝了！"

孝桓皇帝刘志清除梁冀势力之后，册封邓猛为皇后。邓皇后虽然是邓禹后人，却自幼被收养于梁冀府中，全然没有一丝邓家的温文尔雅，倒是像极了梁冀的飞扬跋扈。未封皇后前，邓猛倒也乖巧，又生得美貌，故而深得皇帝喜爱。哪知刚刚册封皇后，立刻本性暴露，整天争风吃醋，闹得后宫不得安宁。刘志好不容易摆脱梁冀的束缚，总算有了皇帝的尊严，广征美貌女子充入后宫，使得宫女竟达五六千人，驱役仆从更是数倍于此。眼前美女比比皆是，自然对邓皇后稍稍冷落了些，转而偏爱于郭贵人。邓皇后不依不饶，没事便与郭贵人斗嘴个没完，有时闹得凶了，甚至在皇帝面前都不知收敛。旷日持久，皇帝终于失去耐心，下诏废去邓皇后之位，幽闭于冷宫之中，未过月余便忧愤而死。邓氏一族跟着倒霉，刚刚有了些权势，立刻被皇帝舍弃，尽皆罢官流放。不少人往日贪赃枉法罪行一一浮出水面，皆下狱治死。

邓皇后废黜，皇帝自然需要重新册封皇后。按理说邓皇后一死，便该郭贵人上位。谁知皇帝却又宠幸起一个小小的采女田圣来，甚至欲将田圣册封为皇后。田圣出身卑微如何母仪天下？一时闹得朝野一片哗然。

身为开国功将窦融的玄孙，窦武虽然没有亲身经历过窦家的起起落落，可对祖上窦穆、窦宪的大权在握和身死族灭了然于胸。受窦宪牵连，窦武迟迟不能出仕。故而研习经史教授子弟，素来不参与时事，名显于关西。远离朝堂的窦武，本与孝桓皇帝究竟册封哪家女子为皇后并无一点关系，谁知忽然得太尉陈蕃一力推举，征窦武之女窦妙入宫为贵人。陈蕃私下密告于窦武，欲引公卿百官力推窦妙为皇后。这天大的喜事突然砸在头上，窦武如何不喜？

心中对这素昧平生的太尉不由感激起来。

陈蕃乃是当年以一己之力抗拒梁冀的太尉李固属官，性情方峻严毅，不结交宾客，士人百姓皆敬其品性。梁冀戕害李固，独掌天下大权时，陈蕃不过是个乐安太守。梁冀遣吏传书于陈蕃，以不法之事请托，陈蕃却将那无礼的小吏下狱笞杀，被梁冀迁怒贬为修武县令。直到孝桓皇帝铲除梁冀势力，启用受梁冀排挤的士人，陈蕃这才征入京师，官拜尚书令执掌朝廷中枢。怎奈性情耿直，对越来越放肆的宦官多有弹劾而遭宦官仇视，又对孝桓皇帝的荒淫多有劝谏，惹得皇帝不快。未过多久，便将陈蕃转拜为太中大夫这等闲职，图个耳根清净。随着邓氏倒台，皇帝一时无人可用。就连没什么功绩只会和稀泥的胡广都重新拜为司徒。陈蕃素有名望，皇帝便拜其为太尉。只是未给实权，不过是以陈蕃装点越来越荒淫的朝廷门面罢了。谁知陈蕃刚刚当上太尉，又不消停，力阻皇帝册封田圣为皇后，推举出身名门的窦武之女入主后宫。

窦武既无祖上爵禄承继，又无一官半职，这些年来研读经史清心寡欲，可身为窦融后人的荣耀，使窦武也不甘就这样碌碌无为一生。如今得陈蕃举荐，有机会为朝廷效力，自然欢欣雀跃，忙唤家仆打点行装，领了女儿窦妙赶赴洛阳。

然而刚刚来到京师，窦武就察觉出一些异样来。虽然果如陈蕃许诺那样，孝桓皇帝总算罢了以田圣为后的念头，最终册封刚刚入宫的窦妙为皇后。可让窦武没有想到的是，孝桓皇帝仅仅拜窦武为郎中这个不入流的小官，过了一阵才转拜为城门校尉，有了点实权。又封为槐里侯，食邑五千户。可与这些年来外戚世族的封赏一比，实在是寒酸得可怜。

再稍稍探问下京师究竟是谁主政，竟得知乃是宦官秉权，纵是陈蕃也不过是个摆设罢了。窦武虽然远居关西，对宦官这些年来的所作所为也深有体会。

自孝桓皇帝借宦官之手锄灭梁冀之后，除了徐璜、具瑗“四侯”权势延伸于朝堂内外，侯览、曹节这些大宦官更是愈发放纵，又有苏康、管霸、张让、王甫、赵忠一干后起的小宦官渐得皇帝宠幸，其他叫不上名号的宦官更是车载斗量。这些人没有一个像当年的郑众、孙程这些大宦官风清气正、心系天下，而是广布党羽、卖官鬻爵、收受贿赂、贪赃枉法。自大长秋曹腾亡故之后，后宫宦官的骄奢糜烂气息愈演愈烈。无论京师内外还是地方官吏，眼见宦官得势，不少刁钻小人争相巴结逢迎，借宦官这条路得以封官之人不在少数。只是这些人在宦官身上花了大钱，掌控权柄后，又怎会把心思放在治国安民身上，哪一个不是想方设法搜刮民脂民膏？

官逼民反，天下动荡。藏匿于山林的匪盗山贼公行于世，草头天子更是层出不穷。外族边患本就没有一刻停歇，眼见大汉天下一片混乱，闹得愈发声势浩大。张奂受梁冀牵连罢了官，鲜卑、匈奴、乌桓有恃无恐，或五六千骑、或三四千骑，寇掠缘边九郡，杀掠百姓。仅以皇甫规、段颎二人抵御铺天盖地的蛮族侵袭，虽然偶有小胜，却也难面面俱到。蛮人最为嚣张一次，竟在羌人配合下，入侵到上郡、安定。自光武皇帝中兴大汉以来，何曾有过外族侵扰大汉如此放肆之事？

窦武所居关西，紧邻安定、上郡。看着耀武扬威的蛮族骑士公行于大汉疆土，四处抢掠百姓。身为功将后人的窦武如何不义愤填膺？虽然在皇甫规举荐下，皇帝总算再次拜张奂为护匈奴中郎将，这才渐渐把外族嚣张气焰压制下去，近二十万口归降大汉。可宦官鱼肉天下依旧难以遏制。不少名儒士子耻于与宦官同朝为官，隐退山林，而更多的人不惧强权，以绵薄之力拼死对抗宦官的滔天权势。

东海相黄浮辖下，有中常侍徐璜侄儿徐宣为下邳县令，看中汝南太守李暠（hào）之女。求之不得，遂领衙役硬是将李暠之女掳回家中。凌辱一番后，缚于树上戏射杀之，埋于荒寺之中。徐宣不过一个小小县令，仗着其叔父是皇帝宠幸的大宦官，居然连堂堂太守千金小姐都被她玩弄致死。盛怒之中，黄浮将徐宣锁拿下狱斩首弃市。虽在徐璜诬蔑下，黄浮被皇帝罢官流放充为军吏，也无一丝悔意。

山阳太守翟超，眼见中常侍侯览横征暴敛，其母居于故乡，欺压良善聚敛钱财，遂将侯览家财抄没充公，亦被侯览告于皇帝，与黄浮一并流放边疆。

最闻名于世的乃是司隶校尉李膺（yīng）。李膺原本是胡广属吏，却不同于胡广的中庸无为，反而疾恶如仇。历任边郡刺史、太守，抵御鲜卑、匈奴、乌桓颇有功绩。因得罪宦官而被罢官归乡，传道授业教授千人，一时名传于当世，便是窦武也远不能相提并论。在胡广一力举荐之下，李膺再次官拜河南尹。河内郡有一善于卜算之人名唤张成，或许当真有些本事，却未用在正途，反而谄媚大宦官苏康、管霸。从宦官不经意言语中得知皇帝不日即将大赦天下，张成遂遣儿子光天化日斩杀仇家于街市。李膺锁拿首犯即将问斩，却遇大赦。看着扬扬得意的张成，李膺以张成犯法在前大赦在后，不入大赦之列为由，强行将张成父子斩首弃市。李膺由此得罪苏康、管霸。本来也当罢官问罪，却有胡广撑腰，又有陈蕃保举，非但没有受到惩处，反而加拜为司隶校尉。李膺得脱大难，没有一丝退让，执法愈发威严。小黄门张让乃是皇帝最为宠幸的小宦官，其弟野王县令张朔残忍无道，戏杀孕妇，被人告于司隶校尉府。张朔听闻李膺之名，惧罪藏匿于张让休沐宅邸密室之中。李膺查明其踪迹后，哪管张让是何许人也，领着兵丁径直冲入张府，砸破密室收押张朔，查实案情。都不上报朝廷，直接杀头了事。张让哭诉于皇帝，将李膺绑缚庭上，却被李膺三言两语说得皇帝无言以对，只得将李膺放出宫去。自此之后，后宫宦官听闻李膺之名，皆是胆战心惊，轮到休沐之日，能不出宫便不出去，免得被李膺撞见稀里糊涂丢了性命。

对这些不惧宦官权势、奋起反抗的士人，窦武耳熟能详。在京师待了一段时间后，窦武渐渐发现，这些人总是或多或少能联系到太尉陈蕃身上。细细一想，陈蕃保护这些对抗宦官的士人，显然是痛恨宦官把持朝政，欲除之而后快。窦武也久存铲除奸宦之志，如今征辟入朝为国效力，愿与陈蕃同道。可窦武隐隐察觉到，陈蕃举荐女儿为皇后，动机只怕也没有那么单纯。皇帝之所以想册封出身低微的田圣为皇后，只因这些年来以世族贵戚女子执掌后宫，使得世族贵戚权势愈发膨胀，先后有窦宪、邓骘、阎显、梁冀一干手握重权的外戚，主弱臣强的局面反复出现。孝桓皇帝本人也是被梁冀扶上皇位，故而不愿再以背景深厚的世族女子为皇后。对陈蕃而言，外戚把持朝政固然对国家不利，然而宦官掌权鱼肉天下，更是朝廷大患。若是让出身低微的田圣为后，无依无靠之下，只会被那些操控后宫的宦官利用，而朝廷便永远没有激浊扬清的一天。故而出身名门却又没什么势力的窦武才会被陈蕃举荐。既能在宦官把持的后宫嵌入士人的一个钉子，又不会害怕窦武得势权倾天下。

窦武察觉出陈蕃的意图，心中多少有些恼火。被人当作棋子利用并不好受。可陈蕃毕竟是为了天下着想，窦武也愿以国家大义为先，与陈蕃合谋锄奸。

待窦武表明心愿，陈蕃大喜。窦武官拜城门校尉后，陈蕃也暗中观察许久。虽说窦武出自于窦氏，却全无当年窦穆、窦宪跋扈的影子，反而清身疾恶，不收贿赂。如此风骨倒也难得，很对陈蕃脾气。两人一拍即合，结为同盟，欲合天下士子之力，为国铲除阉宦贼子。

然而还未待陈蕃、窦武起事，有一桩惊天大案被宦官捏造出来，竟将士人团结在一起的力量击个粉碎。

山阳太守翟超因得罪中常侍侯览而被罢官流放后，其属官东部督邮张俭愤愤不平。遂将侯家夺人宅院三百八十一所、田一百一十八顷、大起僭越豪宅十六院诸多罪名一一查录在册，上奏于朝廷弹劾侯览。却被执掌机要的侯览暗中扣下奏章。张俭眼见此举扳不倒侯家，自知已与侯览结仇，索性豁出性命与侯家斗个鱼死网破。此时的侯览母亲恶贯满盈，终是在乡邻的唾骂声中咽了气。侯览为了厚葬母亲大修陵墓，破人宅院、发掘坟墓，双阙祭庙，高于百尺。张俭盛怒之中，捣毁侯览母亲坟冢，将难以计数的陪葬金银尽皆抄没府库，又将侯览母亲交通宾客干扰郡国不法之事再次上奏于天子。

张俭不畏强权着实令人敬佩，然而这次弹劾和上次一样，依旧不可能扳倒侯览，反倒被侯览恨得不能生食其肉。就在侯览还没有对张俭痛下杀手的时候，有一个小人却跳了出来。此人名唤朱并，乃是张俭同乡。因与张俭有仇，得知张俭得罪了大宦官侯览，遂上书诽谤，言张俭与同郡二十四人互起名号，称为“八俊”“八顾”“八及”，共为部党，图危社稷。

侯览得此诬告文书，如获至宝。正愁士人与宦官为难，朱并就给了侯览一个扫除政敌的法宝。张俭虽与侯览结下死仇，此刻在侯览眼中已是个小角色。太尉陈蕃年事已高，朝中臣子多属意于司隶校尉李膺接任太尉，甚至皇帝都有了这样的心思。李膺本就是宦官心腹大患，若真位列三公，只怕对宦官愈发不利。侯览便欲借这纸诬告文书大造声势，不但要把李膺势力彻底除灭，还要把全天下对宦官不满的士人尽皆网罗其中，一并扫出朝堂。

自宦官执掌权势后，士族名儒渐渐难以掌控国家机要。许多士子不能为国效力，时常聚集一处针砭时弊。其中不少名士颇有识人眼光，得他们认可的士子皆是些才德一流之人。而这些士人也相互标榜名号引为知己，最为出众的便是闻名天下的“八俊”“八顾”“八及”“八厨”。“八俊”意为人之英杰，以李膺为首；“八顾”意为能以德行引人向善，以铲除梁冀的功臣尹勋为首；“八及”意为能导人追慕祖宗修身自省，以张俭为首；“八厨”意为能以财救人，以度尚为首。身为“八及”之首的张俭，把这种士子风气带到山阳，与同乡亦品评出“八俊”“八顾”“八及”。侯览原本对士人中这种附庸风雅的风气稍有耳闻却不详知，只是觉得这些个书生腐儒自抬身价罢了。此刻被朱并这样一告，立刻成了勾结党羽图谋不轨。何况京师、地方皆有这样的“八俊”“八顾”“八及”，足以说明李膺这些人已经成了气候，乃是国家心腹大患。

待侯览将此事报奏于天子，立刻引得孝桓皇帝刘志万分警醒。整日居于深宫玩乐，哪曾想到这些平日以名士自居的臣子竟敢私结党羽，刘志如何敢掉以轻心？再加上曹节、王甫、张让一干宦官在旁煽风点火，这桩通天大案就此定性。刘志传旨即刻将李膺一干要犯缉拿归案，就连有铲除梁冀大功的尚书令尹勋也未放过，尽皆交付三公庭审。

得知皇帝竟然在宦官诬告下，平白无故织就出牵扯如此广泛的弥天大案，一心想要铲除宦官的陈蕃如何肯依？力劝皇帝，言宦官所告之人皆是海内名士、忧国忠公之臣，岂能以不实之罪而莫名下狱？甚至不惜惹恼皇帝而拒不承接此案。

盛怒中的刘志哪里还有理智？索性绕开国法，将李膺、尹勋一干人等囚禁于黄门北寺狱交由宦官查办。那些平日被李膺吓坏了的宦官，总算扬眉吐气，严刑拷打肆意折辱，却丝毫不能折断李膺的脊梁。李膺非但没有招认罪状，也没有牵扯出一个士人，反而一口咬定不少大宦官亲属乃是自己同党。侯览、曹节不能如愿扳倒士人，反而惹来一身晦气，而太尉陈蕃、国丈窦武、宗室刘淑又连番上疏，斥责宦官公报私仇大兴冤狱，请旨皇帝释放李膺众人。皇帝一时疲于应付，侯览、曹节又因李膺死咬其亲属而不敢继续查办此案，只得不了了之，释放李膺、尹勋众人。只是皆罢免官职遣归故乡，姓名记录于宫廷，无赦不得入朝为官，其兄弟、亲朋、弟子亦在禁锢之列。太尉陈蕃苦争无果，也被皇帝罢黜太尉之职。这便是第一次党锢之祸。

虽然窦武、陈蕃、刘淑一番辛劳，为自己挣来个“三君”的名号，可辛辛苦苦联合起来对抗宦官的同盟彻底瓦解。窦武眼见铲除宦官无望，心灰意冷中便欲辞去官爵，上呈城门校尉、槐里侯印绶，却被皇帝不允。日益冷清的朝廷无事可做，窦武整日闷在家里，不与外人往来。

数月过后，忽有一夜，大宦官曹节叩响了窦府大门。

“恭喜大人！贺喜大人！太后临朝，请大人速往宫中商议大事。”

窦武一阵发蒙：“太后？梁太后崩逝多年，宫中何来太后？”

曹节讪讪笑道："瞧奴才这脑子。都忘了先告诉大人了。孝桓皇帝刚刚驾崩了。"说到这里，曹节似乎也觉得面带笑容很是不妥，假惺惺抹了几滴眼泪，稍带哭腔说道："孝桓皇帝素来仁厚，怎奈天不假年，这才三十六岁，就晏驾归天。可叹如此明君，竟未留下一子。奴才们不敢擅作主张，依照礼法，已尊奉窦皇后为皇太后，临朝辅政。太后已传懿旨，令奴才迎大人速速入宫，商定传国大事。"

孝桓皇帝驾崩了？窦武简直不敢相信。可一瞧曹节那讪笑的模样，若非皇帝驾崩，他又何必来讨好自己？虽说孝桓皇帝一生先后册封三任皇后，又广纳女子充入后宫，可先有梁皇后鸩杀怀孕宫人，后有邓皇后争风吃醋，皇帝竟未留下一个子嗣。盯着皇位的人只怕不在少数。一旦有好事之徒借机生事，天下必然大乱。窦武此刻哪敢多想，匆匆披上朝服，随着曹节赶入宫中。

可待到了后宫，窦武越往里走，越觉得心慌。曹节所引路径既非去往皇帝寝宫，也非皇后宫室，而是越走越偏远。窦武心中直犯嘀咕。莫不是曹节对自己动了杀机，诱骗自己入宫，欲行刺杀之事？转又一想，觉得也无可能。陈蕃罢官后，窦武闭门不出并未招惹宦官。城门校尉虽然有些兵权，然而窦武一己之力也绝难对宦官构成威胁。曹节亲自出马来杀自己未免太小题大做了。

耐着性子一直往里走，总算来到一处院落。瞧那规制，应是贵人居所。就见院中灯火通明，众人拥护下，堂前站着一人。华贵的凤袍衬托出婀娜玲珑的身段，窦武一瞧便知正是爱女窦妙。心中稍安之后却又一紧，便见院子当中横七竖八堆满一地尸首。皆是妙龄女子，多半未穿正装，显然死得很是突然，故而也瞧不出品阶。有的死于白绫满面通红，有的显然中毒一脸铁青，有的死于兵刃血染衣衫。窦妙就这样站在一堆横死之人当前，面沉似水，让窦武不寒而栗。

匆匆向太后行了大礼，还未开口，就听太后平静地说道："父亲大人，可知这些都是何人？"

窦武虽为国丈，可后宫有宦官把持，窦武很少有机会来到后宫，故而并不认得后宫嫔妃。太后显然没有打算听窦武回话，只是自言自语道："这些都是先帝宠幸的贵人。"轻轻抬起一只脚，踢了踢最近的那具尸首，满脸都是乌青血迹，显然临死之前还遭暴打一顿。"这便是先帝最宠爱的田圣。父亲看她有女儿貌美吗？”

窦武这才知道，眼前横死之人皆是孝桓皇帝的宠幸嫔妃，而动手杀她们的正是自己心中洁白如雪的女儿窦妙。窦武心中一阵悸动，眼前这个视死人如无物的女人当真是自己爱女吗？窦武颤着声音说道：“先帝驾崩，往日恩怨情仇也该抛却一边。太后地位尊贵，何苦与这些苦命人为难？”

“呵呵！苦命人？父亲大人真是慈善呢！可知女儿这些年来在宫中过得是何等日子？当初父亲告知女儿，将嫁于当今天子，女儿可真是高兴得紧。谁家女子不愿成为大汉天子的女人？可谁知大婚之日，女儿才知皇帝竟然大了自己快要二十岁，只怕女儿叫他一声叔父都行了。女儿素来以为父亲不喜权势，却为了荣华富贵把女儿卖给了皇家！你可真是我的好父亲！”

看着太后愤愤的模样，窦武欲言又止，就听太后顿了半晌又说道：“若是能与先帝举案齐眉，女儿倒也认了。可先帝除了大婚之夜与女儿同宿后，便整日流连于田圣这几个贱人身边，哪曾正眼瞧过女儿？先帝究竟为何这般对待女儿？女儿当真是这大汉朝的皇后吗？”

窦武心中一阵苦楚。其实窦武心里也明白，女儿之所以能选为皇后，皆是陈蕃力争得来。目的在于限制后宫宦官权势，这本就与皇帝心意相背。女儿又如何会得皇帝宠爱？窦武原想以女儿的才貌，或能让皇帝回心转意，却终是痴心妄想了。明知这样的结局，自己依旧把心地纯善的爱女推进火坑中，被她这般一说，窦武羞愧万分几乎无地自容。就听女儿喃喃了几句：“父亲啊，女儿多想和你回到家乡去。你教书，我研墨，可好？”

未等窦武回话，太后痴痴笑了几声，正色说道：“罢了！如今先帝驾崩，没有子嗣继承国祚，窦大人想与谁商议就与谁商议，想要谁继位就让谁继位，想要什么官职就要什么官职，本宫妇道人家没什么主意，窦大人做主便是。忙碌了半宿，本宫倦了，这就回宫歇息去了。先帝大葬之事和选定储君之事便托付给窦大人了。”说罢，也不再理会窦武，宫人护卫下，自回寝宫而去。

窦武对身边连连道贺的曹节仿若未闻一般，望着那熟悉的背影渐行渐远，庄严肃穆俨然临朝太后，而不再是乖巧的妙儿。回想方才太后最后言语间的疏远，窦武不由一阵疑惑，自己奉诏入京究竟值不值得？

47

惨败：外戚的反击

孝桓皇帝驾崩的消息传告朝野，天下士族百姓为之一叹。孝桓皇帝十五岁登基，在大将军梁冀独掌大权下隐忍十四年之久，一鸣惊人铲除梁冀势力而被天下传颂。本能重振朝纲梳理天下，成为一代明君，却因宠幸宦官以至于奸佞当道。真正掌控天下的八年多时间里，使得大汉天下愈发衰败，民不聊生、边患不断。这样一个是非功过集于一身的皇帝驾崩，留给人们太多的遗憾。就在朝野猜测将由何人承继帝位之时，国丈窦武已经和宗室商定好继承大汉国祚之人。

解渎亭侯刘宏，年仅十二，乃是孝章皇帝刘炟玄孙。因洛阳宗室中刘淑、刘儵（shū）皆与窦武亲近，故而在册立大事上，窦武多听二人举荐。二人又都是河间人士，自然愿意河间宗室承继皇位。遂拜请太后，使光禄大夫刘儵持节，将左右羽林往河间国奉迎刘宏。太后虽然对窦武所请并未反对，却使中常侍曹节一并遣往河间奉迎新帝。此去河间乃是天大的美差，曹节一个宦官何德何能有此殊荣？可窦武也不好去与太后争辩，由着曹节乐颠颠地跟着刘儵一同把刘宏接入洛阳。即日共扶刘宏登基，是为孝灵皇帝。

窦武册立有功，拜为大将军，增封闻喜侯，其子窦机拜为侍中，封渭阳侯，侄儿窦绍拜为步兵校尉，封鄠侯，窦靖拜为侍中，监羽林左骑，封西乡侯。虽然窦武权势大涨，居于高位，可宦官党羽把持前朝后宫紧要官职，使得窦武一时也难与之匹敌。有心多征亲族出仕制衡阉宦，可窦家历经窦穆、窦宪两次变故，如今人丁单薄，能指望上的也就子侄三人而已，其他人或无才无德或品行不端，若征入朝来，只怕帮不上忙反而要坏窦武大事。

窦武久存铲除宦官之志，心知宦官势力庞大，自己孤掌难鸣，遂拜请太后，再次征辟废黜在家的前太尉陈蕃为太傅，又以司徒胡广与窦武、陈蕃一并录尚书事，执掌国家大权。胡广素来中庸，谁也不得罪，可好歹资历深远。窦武让胡广陪在身边，免得自己大权在握太过惹眼。

这些年来权臣更迭、宦官秉权，皇帝新立后，谁也猜不到明日究竟是谁做主。各部尚书唯恐押错了宝坏了前程，自孝桓皇帝驾崩之日起，皆称病在家不理朝政。窦武初掌大权，又没有多少威望，也拿这些人没有办法。好在有陈蕃帮衬，各部尚书这才陆续还朝，使国家中枢运转起来。窦武遂请封陈蕃为高阳乡侯。世道艰难国家困顿，只给了陈蕃区区三百户的封邑，却是对陈蕃功绩的褒奖。陈蕃却坚辞不受，一心只愿和窦武整饬朝纲铲除奸宦。

孝桓皇帝在位时，听信中常侍侯览诬告，大兴党锢，将李膺一干与宦官为敌的贤臣罢黜在家。窦武、陈蕃主持朝政，第一件事便是赦免党锢之臣。再次征辟尹勋为尚书令，李膺为长乐少府，杜密为太仆，凡所禁锢士人多得以重新入朝为官。窦武又奏请太后传召天下，命郡国举荐有德之士各一人，接连征辟陈寔等名士为属官，于是天下英才，莫不引颈企踵，愿为窦武效力。

短短数月，窦武、陈蕃总算控制住了局势。又与李膺众人商议，皆以为侯览、曹节、王甫、张让、赵忠一干宦官，自先帝时便操弄国权、浊乱海内，天下大乱归咎于此。当趁着皇帝尚幼，太后辅政，早早诛杀曹节一干奸宦，以清君侧。时有日食异相，陈蕃遂请窦武借此事归咎于宦官秉权，呈请太后诛杀宦官。

然而出乎窦武、陈蕃意料的是，太后竟然坚决反对此事。言大汉开国以来，唯有罪之人当诛，岂有因天相而杀人的道理？窦武万分失望，素来对自己言听计从的女儿究竟为何袒护奸人？待仔细盘查一番，这才发觉，就在自己与陈蕃众人商讨除奸大计之时，曹节一干宦官也没有一刻停闲。从窦武启用陈蕃，解除党锢那一刻起，宦官们就已猜到窦武必与他们为难。奈何窦武已经颇有实力，宦官虽然把持后宫，可前朝多已被士人占据，曹节众人为求活命，一个劲儿地往太后身边侍奉。而孝灵皇帝年纪尚幼，虽然其母董氏乃是藩妃不便入京，却有其乳母赵氏来到洛阳。窦太后年纪轻轻守了寡，皇帝又不是自己亲儿子，整日也没个说话之人。有了赵氏和曹节一干宦官小心陪侍，总算让太后日子过得欢心不少。对窦太后而言，天下大事交给父亲在外朝决断便好，后宫宦官乃是亲近之人，即便有些过失也不能废黜，太后可不愿身处尊位却过得冷清孤苦。故而别的事都好说，可父亲想要诛杀曹节众宦官，却是万万不可。

窦武不由对曹节恨得咬牙切齿。此等小人还真会逢迎，竟能讨得太后欢心，以至于父女之情都被太后放在一边。可开弓没有回头箭，从奏请太后诛杀宦官起，便已和曹节众人结下死仇。宦官不除，窦武、陈蕃随时有性命之忧。故而满朝文武反复上疏，太后到最后终是绷不下去，只将管霸、苏康那些疏远的宦官杀头了事，算是给了窦武一个交代。

侍中刘瑜素善占星，近来又见天宫异常，太白犯房左骖，上将星入太微，所占之言乃是宫门当闭，将相不利，奸人在主旁。窦武、陈蕃听闻刘瑜之言，一想与宦官的紧张关系，再也不敢耽搁下去。既然太后受宦官蒙蔽，不知这些伪善面孔下的滔天罪行，那便拿出实证以塞太后之口。窦武先后拜朱寓为司隶校尉，刘佑为河南尹，虞祁为洛阳令，将洛阳司法尽皆掌控手中，又举荐亲信小黄门山冰代替黄门令魏彪。窦武这些人事调动，一时迷惑住曹节众人。在曹节看来，只当是窦武又在抢夺权势罢了。即便提拔山冰，也不过想在后宫安插眼线而已。只是皇帝尚幼，最后下旨的唯有太后而已。只要曹节众人能与太后维持住关系，就不怕窦武对宦官不利。哪知窦武明面上不过是做了些人事升迁，却是让山冰有足够的资格接近太后，借山冰之口弹劾曹节、王甫亲信党羽长乐尚书郑飒。郑飒身为宦官却能官拜尚书，皆是曹节、王甫之力，然而太后并不知道郑飒与曹节众人的关系。对于一个算不上有多亲近的宦官，太后自然不会为了他而与父亲闹僵关系。窦武得旨之后，即刻将郑飒锁拿送往北寺狱中，切断与外界一切往来，交由山冰、尹勋严加审查。郑飒陷入孤绝之中，万分惊恐唯有供出曹节、王甫滔天恶行。

拿了郑飒口供，曹节、王甫再难逃出生天。窦武众人详思许久，拟好弹劾奏章，交由侍中刘瑜且先入宫内奏。窦武回府养精蓄锐，只等天明入宫便要与朝臣一并举奏太后。如今人证物证俱全，太后纵是想要偏袒曹节、王甫也再无理由。只是在这短短几个时辰里面，终是发生了天翻地覆的转变。

刘瑜虽然可以夜半入宫，可太后早已安歇，只能留在外宫等候。只是让众人没有想到的是，在侍中机枢掌管文书的小吏竟是长乐尚书府的眼线。郑飒被下狱查办时，长乐尚书府早已混乱一片。长官郑飒与宦官勾结犯下不少重罪，其府中官署又有几个干净？听闻刘瑜从北寺狱带来奏疏一封，长乐五官史朱瑀（yǔ）使那眼线趁着刘瑜打盹的工夫，冒死盗出奏疏一瞧，不由勃然大怒。窦武借郑飒之口诛杀曹节一干宦官也便罢了，竟然要将长乐尚书府一干牵涉其中的官吏尽皆罢免查办。朱瑀眼见大祸临头，一面使人密报于曹节，一面速速招来长乐尚书府官署，得十七人，歃血共盟，立誓诛杀窦武。

曹节得朱瑀密报大惊失色。孝桓皇帝驾崩时，曹节与诸宦官一并拥护太后晋位，原想对窦家有功，窦武总该不会再与宦官为敌。谁知窦武竟是个死脑筋，非要和陈蕃老儿一条路走到黑。郑飒被下狱的时候，曹节已经和王甫慌了手脚，正谋划如何救出郑飒，谁知窦武竟然这么快就得了口供要置曹节、王甫于死地。曹节惶恐之中只能铤而走险，左右难逃一死，倒不如拼死一搏。遂冲入内宫，报奏于皇帝，诈言大臣作乱欲害皇帝，请赐节仗出宫平叛。

刘宏年仅十二，哪里晓得其中厉害。只听宫外乱糟糟一片，早已吓得六神无主，只得听从曹节所请。曹节得了皇帝节仗，使人封闭宫门，又让皇帝乳母赵氏伴在帝侧，切不可使外人与皇帝接触。又招中枢官署，以死相逼伪造诏书，拜王甫为黄门令，持节往北寺狱收押尹勋、山冰。

尹勋、山冰万分疑惑。皇帝年幼，如何会出诏书？又不见太后懿旨，仅凭王甫红口白牙，如何肯束手就擒？正要呼唤侍卫拒不奉诏，却被王甫抢先下手，将二人双双斩杀于大狱之中。抢出郑飒一并退回宫中，使得窦武再无人证。曹节、王甫抢占先机，愈发有恃无恐。吃人豺狼终是露出爪牙，共劫太后，抢夺玺书，传旨于禁军，言窦武、陈蕃谋逆，着令王甫领虎贲、羽林、厩驺（zōu）、都侯、剑戟士千人出宫平叛。

窦武回到府中后，虽然连日谋划疲乏不堪，可眼见天亮便能扳倒曹节、王甫，兴奋之中辗转难眠。忽听府外人声鼎沸，火光冲天。猛然惊觉，便听管家慌慌张张跑来禀奏，言尚书郑飒持节入府，命窦武束手就擒入宫受审。

窦武听闻郑飒竟然逃出北寺狱，便知事已败露。匆匆披挂上马，趁着王甫兵马尚未来得及合围府邸，打开侧门，在侍卫门客护卫之下，杀出一条血路，径直奔往城外步兵营。急命侄儿窦绍集结北军五校兵马数千，言宦官谋反，着令大将军统领兵马回宫救驾，擒曹节、王甫者当封列侯。

就当兵马稍稍汇集，正要杀回洛阳城中，便见王甫已经统领禁军追杀而来，窦武叔侄仓促应战。大汉中兴以来，洛阳城外久无战事已有百余年。震天的喊杀声再次响彻巍峨的城墙外，却是大汉将士在宦官的诓骗下自相残杀。虽然窦武兵马远多于王甫，可士兵刚刚收拢，忽闻宦官谋逆，一时还未反应过来，只是尊奉将令勉强阻敌，仅与禁军杀个平手。

王甫眼见久久难以得手，遂命将士高呼："窦武反叛，汝等皆是大汉将士，当护驾平叛，何故追随叛逆之辈？先降者有赏，抗拒者与谋逆同罪，诛灭九族！"

北军将士一面迎敌，一面听到禁军所言，不由乱了阵脚。远远瞧着王甫左手持节，右手高举圣旨，可大将军窦武却是空手而来。将士们不明所以跟着窦武回城平叛，此刻却被王甫归为叛党，灭族大罪何人不惧？而窦绍官拜步兵校尉不过短短数月，在军中尚无威信。将士们又一想窦武祖上窦宪便有谋逆之举，愈发对窦武所言怀疑起来。不少人疑惑之中渐渐归降于王甫，局势对窦武叔侄越来越不利。

然而令人称奇的是，随着北军营叛逃士卒越来越多，剩下的却多是窦武叔侄亲信之人，莫看人数渐渐不占上风，可深知宦官谋逆是真，一旦窦武兵败，凡所牵连其中之人岂有生路？故而拼尽全力冲杀敌阵，反倒逼得王甫兵马节节败退。

随着时间慢慢推移，窦武越来越安稳。王甫所倚仗者不过禁军而已，此刻乃是受宦官蒙蔽而与窦武为敌。陈蕃、李膺诸人尚在城中，一旦联络朝臣抢进宫中，自会真相大白于天下，曹节、王甫谋逆再也无从隐瞒。待到那时，王甫兵马自会倒戈。此刻只需稳扎稳打，将王甫牵制于此不得离开，便是成功关键所在。

夜漏已尽，东方发白，就当窦武自以为稳操胜券之时，忽听北方传来阵阵马蹄声响。窦武循声望去，便见千余骑兵杀气腾腾直奔窦武军阵而来。为首一杆将旗，上书"护匈奴中郎将张"。窦武暗骂一声："张奂奸贼，竟然甘为宦官走狗！"

来者正是"凉州三明"之一，久屯凉州抵御外族的功将张奂。就在去年，先零羌人再次反叛，声势浩大席卷凉州东侵关中。张奂征辟凉州豪强董卓、尹端为军司马，一战击溃叛羌，斩首万余级，把羌人气焰再次打压下去。故而得朝廷诏书振旅还师接受封赏。可刚刚来到洛阳，张奂便得宫中诏书，言大将军窦武谋逆作乱，领兵抗拒王师，着令张奂不必入城，即刻领兵平叛。初听此事，张奂也不大相信。毕竟窦武这些年来颇有些声名，如何会行此大逆不道之事？可张奂久镇边疆，哪里懂得朝堂上的尔虞我诈，眼见诏书印信齐全，张奂纵有疑惑也当奉诏，匆匆领兵来战窦武。

北军营不过是中原士卒，远离战火疏于训练，哪里比得上凉州兵马整日刀口舔血？何况张奂兵马乃是骑兵，顷刻之间便将北军军阵撕个粉碎。

窦武愤愤之中自知难是张奂敌手，统领精锐死命冲往王甫所在，欲一举擒杀贼首勘定大局。可凉州兵马仿若快刀切入豆腐般，几乎没有什么阻力，转眼已经挡在窦武前面。窦武恨得咬牙切齿，怒骂一声：“张奂贼子，助纣为虐，我大汉天下便要败在尔等手中！”说罢，手提三尺长剑便直奔张奂而来。

窦武不过一文儒，虽然祖上原是战将，可到窦武时早已荒废了武技，还未与张奂交上一合，便被一枪扫落马下。张奂听闻窦武所言，心中也甚疑惑，既已将窦武打落，便欲生擒回城，以待皇帝旨意。

窦武摔得满面鲜血，混着泥土显得分外狼狈。既已事败，何苦落到宦官手中受辱，指着张奂一通乱骂，仰天长叹一声：“苍天无眼！任凭奸宦横行！我等忠良报国无门，唯有一死以谢天下！”说罢向前一扑，直直插在张奂长枪之下。窦绍远远望着叔父死于张奂枪下，哀号一声横刀自刎。

就在窦武叔侄战死于洛阳城外时，太傅陈蕃听闻宫中事变，忙引官署诸生八十余人，持兵引剑杀入宫中，振臂高呼：“大将军忠以卫国，宦官谋逆，何言窦氏不道？”欲救出太后、幼主，拨乱反正。陈蕃声名显赫，宫中侍卫多闻其名，又听陈蕃呼喝宦官造反，一时少有人上前阻拦。眼见陈蕃将要冲入后宫之中，王甫剿灭窦武兵马，杀奔回来。随手将窦武叔侄头颅丢于马下，催兵上前，将陈蕃官署尽皆格杀于宫禁之中。独生擒陈蕃投于黄门北寺狱中。只因陈蕃久欲扫清后宫，故而憎恨陈蕃的宦官不在少数。可怜陈蕃七十高龄，被一群奸宦活活殴死于狱中。

待得天色大亮，窦武、陈蕃皆死于宦官之手的消息已经传遍朝野内外。曹节、王甫大肆收捕窦武、陈蕃宗族、宾客、姻亲，不经审讯尽皆诛杀，洛阳城中人心惶惶。窦武满门皆死，仅有一年仅二岁的孙儿窦辅在窦氏亲友冒死护卫之下逃亡荆州避祸。李膺见事已败露，不肯在乡人护从下逃出洛阳，自系于诏狱求得一死。宗室刘淑、刘儵及太仆杜密、侍中刘瑜亦被归为窦武党羽，皆下狱赐死。宦官再次掀起党锢大案，不但窦武、陈蕃、李膺、尹勋一干涉案之人兄弟、亲朋、子弟列入禁锢之列，更传召天下，命各郡检举党人，罪重者下狱，轻者禁锢，受牵连屈死、流放、废禁之人足有六七百之众。

张奂原本也对宦官无道而满心怨愤，今日却受宦官蒙蔽，平白被人利用一回陷害忠良。曹节知恩图报，先拜张奂为少府，转又升为大司农，封为列侯。张奂深以为耻，尽辞官爵，对宦官所赐无一受领。张奂本就曾得罪于曹节爪牙王寓，遂被王寓谗言陷害，将张奂一并列入党锢之列，遣归乡野永不录用。士人受到空前打击，宦官在朝野权势愈发滔天。

48

权势滔天的宦官

年仅十二岁的孝灵皇帝刘宏，仅仅登基半年，就在宦官曹节、王甫蒙蔽下，将外戚窦武势力扫除干净，又把太傅陈蕃以下朝里朝外的忠良子弟清洗一番。名义上仍然尊奉窦太后为母，实则已经将其迁往云台独居。刘宏小小年纪成为天下之主，怎奈有曹节、王甫奸人伴君左右，使得天下大权实际已落入宦官之手。曹节、王甫为哄小皇帝高兴，觍着脸奏请册封刘宏生母董氏为孝仁皇后，接到洛阳母子团聚。刘宏自然对曹节、王甫愈发感激，若非窦太后尚在，刘宏甚至有意晋封董氏为太后。

曹节、王甫自然懂得皇帝心思，想方设法要为皇帝表忠心。待过数年，窦武一案风声稍过，曹节、王甫指使爪牙鸩杀窦太后于云台。昔日保护曹节、王甫免遭杀身之祸的旧主，终是没能逃过宦官毒手。便是身死之后也未得以安息，尸身被曹节、王甫命人以车载入城南市舍中搁置数日之久。若非太尉李咸、廷尉陈球怒而相争，只怕窦太后与先帝合葬于皇陵都不可能。

待窦太后崩逝，曹节、王甫遂奏请皇帝晋封董氏为太后，皇帝喜出望外自然应允。刘宏母子皆得曹节、王甫大恩，愈发重用，一时曹节、王甫权势日重。而当年压在两人头上的徐璜、具瑗“四侯”先后去世，一手策划了党锢大案的侯览亦被曹节、王甫排挤在一旁，又使人弹劾其罪，赐死于大狱之中。曹节、王甫再也无人可以撼动。

只是两人虽然权势滔天，也自知没有理政之才只能借助他人。这些年倒也有不少官吏、士人甘心投效于宦官门下以求飞黄腾达。曹腾死后，其养子曹嵩这些年逢迎曹节、王甫，接连升迁拜为大鸿胪位列九卿。硕果仅存的“凉州三明”段颎先后百八十战，斩首羌人三万八千六百余级，俘获牛马羊四十余万头，而战死将士仅四百余人，遂以军功征入朝中，官拜河南尹。虽然段颎在凉州平叛时，多有斩杀羌人老弱无辜首级充作军功，可段颎最终能平定羌患，也算有功于社稷。然而段颎其人全没有一丝皇甫规和张奂的气节，为求富贵亦拜在王甫门下。窦太后刚刚薨逝时，有怒不敢言之士于夜刻字于朱雀门，言："天下大乱，曹节、王甫幽杀太后，公卿皆尸禄，无有忠言者。"此字究竟何人所书已难知晓，可曹节、王甫却借此大兴牢狱，以段颎为司隶校尉，名为追捕乱党，实则排除异己，将太学生千余人系于诏狱。

虽说曹节、王甫党羽遍于朝野，只是除了曹嵩、段颎少数一些有用之人，其他党羽多是谄媚小人绝难堪当大任。曹节、王甫固然要用这些人充为爪牙掌控朝野，却也不能全凭这些人治理天下。否则国家大乱，曹节、王甫又能有什么好处？

历经窦武、陈蕃事后，曹节、王甫也是心有余悸，既不敢重用士人又不得不用士人。遂加拜司徒胡广为太傅，录尚书事执掌朝政。这样一个素不与人相争又颇有些威望的老臣统御百官，方能让曹节、王甫稍稍安心。只是胡广毕竟年事已高，未过多久便薨逝于任上。胡广一生遍历太傅、太尉、司徒、司空三十余年，先后侍奉六帝，虽然征辟不少贤才为国效力，如陈蕃、李膺、蔡邕皆是胡广故吏，然而胡广游走于外戚、权臣、宦官之间，素来谁也不得罪，身故之后被人戏称为"万事不理问伯始，天下中庸有胡公"。当真成了胡广一生可悲可叹的真实写照。

胡广一死，曹节、王甫又陷入了无人可用的尴尬境地。何况名门望族多少代积累下来的声望，使得这些家族虽有起伏却也能长盛不衰，亲朋故友、门生子弟遍于天下。曹节、王甫纵然大权在握，也不敢过于开罪这些人家。免得群起而攻之，便是曹节、王甫也难招架。只能委任一些相对温和的士人位列公台，其中不乏一些名满天下之士。如李咸、陈球、袁隗、杨赐、陈耽、袁逢、袁滂、乔玄先后列于三公，却多不予实权，只是予以高官厚禄养于朝廷，看似荣耀无比，实则仅仅是曹节、王甫的门面。尤其袁隗、袁逢兄弟俩乃是当年抗拒外戚窦宪的司徒袁安孙儿，只因中常侍袁赦乃是两人同宗，故而使二人先后位列三公，以作为宦官外援。

曹节、王甫恶贯满盈，纵然大权在握，有志之士又岂肯听之任之？杨赐乃是前太尉杨震孙儿，阎氏得势时，杨震就因抵触宦官而遭罢黜赐死，杨赐自然不会充当宦官党羽。陈球乃是杨赐父亲故吏，洁身自好颇有德行，自然也不会与宦官同流合污。袁隗、袁逢兄弟，虽然得宦官之力晋位三公，却也不甘充当爪牙辱没祖宗。而这乔玄，年轻时不过是个小小的睢阳功曹，时逢梁冀擅权，奸佞横行，梁冀爪牙羊昌任睢阳国相，在豫州无法无天。乔玄虽然职位卑微，硬是考证羊昌之罪奏于刺史，全然不理梁冀赦免文书，将羊昌下狱查办送往洛阳伏法，由此闻名于天下。其后乔玄转任边郡太守加拜度辽将军，抵御鲜卑、乌桓侵袭，辗转数年征入朝中。这样的血性男儿又岂会受奸宦摆布？虽然这些人无一例外都没有什么实权，不能和曹节、王甫正面抗衡，然而这些年来接连征辟不少士子入朝为官，渐渐进入朝廷权力中枢，使得士人自党锢之后渐渐恢复元气，在朝廷重新有了制衡宦官的实力。

随着孝灵皇帝刘宏日渐成人，也到了纳后的年纪。朝中士人自然不会放过这个削弱宦官的机会，共荐孝章皇帝宋贵人曾孙女为皇后，并征其父宋酆为执金吾。对刘宏来说，册封宋皇后不过是尽一个皇帝的义务而已，省得那些朝臣总是唠叨个没完。刘宏原本只是藩王子嗣，本就没有什么名师悉心教导，被窦武册立为皇帝后不久，便在曹节、王甫阴谋下，失了辅政大臣，愈发没有人能管束。整日伴在身边的皆是曹节这等刁钻奸猾之徒，纵是董太后入宫，也没有劝导儿子向善，反而一心求财，唆使刘宏卖官聚敛财货以供母子挥霍。在这样的环境中，刘宏如何能成为一个有道明君？随着年纪越长越大，刘宏也渐渐有了自己的主意，却丝毫没有放在治国安邦上面，而是想方设法满足私欲。曹节、王甫虽然仍得皇帝亲近，可皇帝也绝不会再像孩童时那样对宦官言听计从。宦官也好朝臣也罢，都是刘宏制衡双方的工具。宦官这些年来权势过盛，任谁高出一头，刘宏也不会安心，故而对士人渐渐崛起，刘宏也是睁只眼闭只眼，且让尔等闹得不亦乐乎，刘宏只顾自己玩得开心。

刘宏这种放任的态度，使得宦官与朝臣之间的斗争再一次激烈起来。孝桓皇帝弟弟渤海王刘悝，因罪而遭削减封地。见宦官权盛，遂拜请于王甫，答应赠钱五千万，以求恢复封地。孝桓皇帝驾崩时曾有遗诏，为刘悝复国，王甫不过给了刘悝一个顺水人情便能得五千万贿金。待刘悝重新回到渤海国后，听闻恢复封国乃是驾崩的兄长遗愿，并非王甫之功，又仗着与中常侍郑飒相熟，遂赖下王甫的贿金。

王甫被刘悝算计，哪里会咽下这口气？虽然当年铲除窦武时，与郑飒也算同生共死一场，可在金钱面前哪还有什么昔日之情？遂暗中搜罗刘悝与郑飒往来书函，添油加醋伪造信件，交由爪牙段颎上疏弹劾，诬告郑飒谋逆，欲迎刘悝入京为帝。刘宏惊恐之中收押郑飒丢进北寺狱，又命冀州刺史锁拿刘悝。冀州刺史本就是王甫的人，遂坐实此案，逼迫刘悝自尽。其王妃宋氏以下姬妾十一人，子女七十人，艺妓二十四人皆死狱中。渤海王官署自太傅、国相以下皆伏诛。郑飒亦死于洛阳大狱，渤海国就此废除。

王甫凭空捏造一桩谋反大案，反而得以邀功封为列侯。虽然王甫与郑飒都不是什么好东西，狗咬狗令人称快，可王甫把毒手下到宗室身上，还是令天下士人愤恨不已。然而刘悝之死仅仅是一个开始罢了。刘悝王妃宋氏乃宋皇后姑姑。王甫害了刘悝满门，心中也难自安，唯恐皇后寻机报复，遂构陷宋皇后行巫蛊之事。宋皇后本就不得刘宏宠幸，在宫中又没有什么依靠，亦被刘宏废去后位，打入冷宫赐死，宋皇后父兄亦遭牵连尽皆诛杀。

宋皇后含冤而死，刘宏本来并不在意。然而接连数日梦见宋皇后哭诉于床前，刘宏惊恐之中细细一想，也便明白是受了王甫利用。其后又经一事，终是让刘宏对王甫动了杀机。

随着北匈奴灭国，大汉也日渐衰落。而南匈奴、乌桓叛乱，鲜卑日渐强盛，渐渐已取代匈奴成为边疆最为强势的外患。乌桓校尉夏育为求军功，请旨朝廷发兵出塞北攻鲜卑。而护羌校尉田晏因罪罢官，也想戴罪立功，遂贿赂王甫，求拜将出征。王甫得了好处奏请皇帝，准允夏育所请，并拜田晏为破鲜卑中郎将，征讨鲜卑平定边患。

以蔡邕为首的朝臣皆以为不可轻易北伐。倒不是与王甫为难，而是为国家着想。蔡邕连番苦谏，言："出征异族当先知成败，当年光武皇帝神武盖世，良将如云、财富充实，尚且前后历经数十年方才平灭边患。现今大汉连年遭灾，人财并乏，国力衰竭，绝没有远征的实力。相较之下，鲜卑强盛，称兵十万，连年掳掠，财货精铁充裕，铠甲兵刃精良，远比当年匈奴还要精猛。段颎也称得上良将，习兵善战，尚且在凉州十年，方才平灭羌患，今夏育、田晏谋略远逊段颎，如何保证远征必胜？"

然而刘宏年轻气盛，哪里听得进逆耳忠言，执意以夏育、田晏、臧旻为将，统精骑三万，分兵三路，出击鲜卑。却果如蔡邕所谏那般尽皆败北，三万将士死伤殆尽，辎重粮草亡失一空，夏育三将仅领数十骑逃回大汉。

夏育三将成事不足败事有余，被刘宏下狱查办，可北伐却是王甫一力促成。此时的刘宏早已不是当初那个倚仗宦官保护的孩童，见王甫先有谋害宋皇后之举，后有撺掇北伐之害，却皆是让刘宏背了恶名。刘宏面上羞于启齿，可心中绝不会就此放过王甫。听闻尚书令阳球刚正不阿，素来怨愤宦官当道，甚至明言于左右，若能得拜司隶校尉，必当仿效李膺严惩宦官罪责。刘宏遂传旨意，拜阳球为司隶校尉。

王甫祸国殃民天理难容，阳球刚刚赴任，立刻暗中搜寻王甫罪证。王甫之罪罄竹难书，阳球几乎不必废多大功夫便能搜罗不少罪证。王甫犯下大错惹恼皇帝尚不自知，依旧横行无忌，指使门吏私吞官府财物七千余万，仅这一条便足以定下死罪。阳球面上不动声色，待王甫休沐之日居于宫外府邸，以升迁司隶校尉拜谢王甫提拔之恩为名，进入王甫内院。趁着王甫不备，一举将其缉拿下狱。党羽段颎先前重贿王甫得以官拜太尉，却因日食自劾归家休养，一并被阳球缉拿归案。而王甫养子永乐少府王萌、沛相王吉及中常侍袁赦一干党羽尽皆下狱。

阳球亲审此案。证据确凿，都懒得多说废话，将王甫、王萌一通毒打，仗毙于堂上。段颎羞于受辱，求毒酒自尽。而王吉官拜沛相，虽然晓达政务能断查疑狱，却是个不折不扣的酷吏。主管沛国数年，死于严刑酷法之人足有万余之众。今日天道轮回，亦被阳球活活打死于大牢之中。待杀了王甫及其党羽，阳球还不罢休，将王甫尸首于夏城门前施以磔（zhé）刑大卸八块，尽收王甫财产充入府库，妻儿老小皆发配边疆。

刘宏借阳球之手除掉王甫，惊得曹节再也不敢出宫休沐，宦官势力一下子被打压下去。阳球行事果决，一举铲除王甫，立时名满天下。其属吏连连劝谏，言铲除王甫影响太大，洛阳有袁隗那些名臣主事，如今王甫倒台，袁隗自然知道后面该如何处置。阳球在京师又没什么靠山，还是低调一阵免得惹祸上身。阳球倒也不傻，知道自己不过是皇帝借来压制宦官的工具，可如今形势大好，还当趁热打铁，一并铲除曹节方能除去朝廷大害。可刘宏仅想敲打宦官一番，并没有彻底除掉宦官的意思，王甫已死，刘宏目的已经达到，故而对阳球奏请罢黜曹节之言一概不允。

曹节瞧出风向已变，遂诬告于皇帝。言阳球本就是酷吏出身，凭借点滴微功而被皇帝征用，却不知感恩天子，妄自尊大，横行司隶，毒虐良善。刘宏遂转拜阳球为卫尉，明面上是提拔阳球为九卿之职，实则是把阳球调离司法。

阳球明白皇帝想要饶过曹节一马，怀着最后一点奢望面圣苦求，请旨再任司隶校尉一月，必令豺狼鸱枭各服其罪。刘宏自然坚决不允，连番斥责，终是让阳球往卫尉府赴任。转而又拜曹节为尚书令，使得宦官直接掌管大汉中枢命脉，以此稍稍扶持惨遭打击的宦官势力。

刚刚因为王甫伏法而欢欣鼓舞的士族立刻再次被压制下去。陈球已从太尉卸职，转任永乐少府，眼见曹节放纵为害，遂联络司徒刘郃，欲共保举阳球再次出任司隶校尉，一举铲除曹节。刘郃乃是当年与窦武一同谋划铲除宦官的宗室刘倏之弟，对宦官自然恨之入骨。遂联络阳球共同谋划，又举荐憎恨宦官的尚书刘纳为步兵校尉掌束兵马，欲里应外合除灭宦官。

然而谋事不密，陈球小妾乃是程璜之女。陈球万万没有想到，此人竟是曹节安插在身边的密探。待曹节得知陈球所谋，乐得找不到北，即刻秉奏于皇帝，言刘郃、陈球、阳球、刘纳交通往来私结党羽欲谋作乱。

刘宏勃然大怒。在他看来，阳球不过是个工具。如今已经达到了打压宦官的目的，使得宦官与士族不相上下，皇权得以巩固。可这些人却没有自知之明，意图联合起来逼迫自己，这与当年窦武、陈蕃、李膺结为一党有何不同？随即下诏，将四人皆下诏狱治死。

49

粉墨登场

陈球四人的死，使得朝中士人一蹶不振。散朝之后，朝臣私下往来渐少，免得被曹节抓住把柄从中作梗。同样从太尉卸任的乔玄听闻陈球之死，嗟叹不已。乔玄与陈球关系并不融洽，甚至还有不少分歧，可出于公心，两人并未把这种私怨延伸到公务上，甚至陈球能位列三公，还是当年乔玄所举荐。如今陈球为国家而死，乔玄自然感念不已。

陈球一案，司徒刘郃亦罢官治死，皇帝遂征拜相对温和的袁隗出任司徒。袁家从其祖上袁安起，四世三公名满天下，袁隗再次位列公台，满朝文武多来拜贺。

乔玄自罢免太尉之后，转拜太中大夫闲职，只因看不惯宦官的骄横跋扈，遂闭门不出。在家研习祖上传下来的《礼记章句》四十九篇。莫看乔玄平日有些不修边幅，乔家还曾是经学世家，不少学子拜于乔玄门下。学那些繁文缛节倒是其次，多是借乔家声名自抬身价罢了。乔玄却乐此不疲。既然朝政荒废奸宦当道，与其在那里发发牢骚，还不如教书育人，眼不见心不烦。如今陈球死于国事，乔玄惆怅之中，也便来到袁隗府中。借着拜贺之名和同朝为臣的老哥们聚上一聚。

乔玄能来，袁隗也很是意外。忙和哥哥袁逢一起把乔玄亲迎入内堂，外面的群臣就由几个子侄招呼。待三人主宾落座，袁隗叹息道：“公祖，令郎之事令人惋惜。然而国事艰难，公祖还是莫再大隐于朝。袁某才德浅薄，却被天子委以重任。袁某实在心力交瘁，公祖还是出山帮帮兄弟吧。”

乔玄子嗣单薄，原本只有一子唤作乔羽。谁知六十多岁竟得一幼子，故而深得乔玄疼爱。就在阳球刚刚得拜司隶校尉时，乔玄幼子玩于府前，被一群匪盗劫持登楼，向乔玄勒索钱财。阳球闻讯赶来，唯恐伤了乔玄儿子，也不敢强攻，只能将匪盗栖身之所团团围住。乔玄自知阳球刚刚执掌司法，绝不可示弱于人，故而坚决不予匪盗财货，以免开张奸路，遂使阳球强攻楼台。匪盗突围无望尽皆自裁，乔玄幼子亦未脱难，年仅十岁便惨死于匪盗之手。

此刻听闻袁隗言及此事，乔玄心中不由一颤。爱子夭折固然让乔玄痛彻心扉，然而乔玄早已对朝廷心灰意冷，这才是乔玄不肯上朝的原因。遂谢道："唉！乔某垂暮老叟，哪有什么本事？袁公有自家兄弟帮衬，天子又已成人，听闻明晓事理，喜好文章，有袁公辅佐必能重振朝纲。"

陪坐一旁的袁逢却是一叹："公祖可莫玩笑。咱这天子虽已成年，却和明晓事理四字沾不上半点关系。公祖久居府中，对朝里朝外的事可能不大明了。眼前没有外人，我便说上几句僭越的话。虽然真如公祖所言，天子确也喜好文学，还自书《皇羲篇》五十章。袁某也曾看过，写得倒也精彩。只是天子喜读文章，却不能好好学学书中治世为人的道理。只因这个爱好，接连征辟善于文赋书画之人，置于鸿都门下，美其名曰'鸿都门学'。看似勤读好学，实则附庸风雅而已。'楚子好细腰，后宫多饿殍。'咱这天子如此推崇文学，引得不少人另辟蹊径以求平步青云。固然也有不少真才实学之人，可更多的是凭借书法、刻石、丹青幸进的阿谀小人。乐松、贾护这些人，公祖听过吧？有哪一个是理政之才？却借此逢迎天子，得以官居要职！不瞒公祖，天子整日沉迷鸿都门下，已有许久没有行郊庙祭祀之礼了。蔡邕看不下去，连番上疏，皇帝这才满心不悦地去了一次郊祭。"

乔玄心中一阵惊异，国家大事在祀与戎，天子竟连祭祀大事都已疏懒，当真令人寒心。可乔玄还是揶揄道："天子能听进蔡邕良言，倒也算知错能改。"

袁隗却是苦笑一声："不过是被蔡邕说烦了，这才勉强去一次罢了。公祖可知宋皇后罢黜之后，皇帝欲以何人为皇后？"

乔玄自然不知，就听袁隗说道："已选中颍川太守何进之妹为皇后，只等诏书而已。"

何进？乔玄闻所未闻："这何进究竟是谁家子弟，竟有如此殊荣？"

袁逢哈哈一乐："公祖不知何进不足为奇。刚刚听说这个名字，我和三弟也是一脸茫然。待后来仔细打听才知曲折。那何家兄妹乃是南阳屠户，仗着手中有点小钱，买了个颍川太守来做。如今宦官得势，天子对我等士人所荐良家女子全然不理，却欲选一个屠户出身的女子母仪天下，当真贻笑大方！”

乔玄大惊失色，忙问道：“这可是曹节的主意？”

袁隗瞧瞧左右，小声说道：“公祖倒是怪错了人。莫看曹节心狠手辣害死陈球四人，可恶贯满盈自有老天收拾。近来已有许久未现身朝堂，听闻身染重病也就只剩一口气了。如今乃是张让、赵忠一干小宦官当道。举荐何进妹妹入宫，便是张让、赵忠一手撮合。”

乔玄喜道：“既然曹节将死，张让、赵忠这些虾兵蟹将能成什么事？待曹节一死，袁公即可振臂一呼，袁家门生故吏遍于朝野，自有有志之士闻风而从。想要治死张让、赵忠之辈轻而易举。”

袁隗却是叹了一声：“公祖想得太容易了。张让、赵忠虽然远不及曹节权势威重，可若说得皇帝宠幸，只怕张让、赵忠比曹节还要亲近。皇帝甚至将中常侍一职增至十二人，与张让、赵忠亲近的那些个小宦官，如今皆拜为中常侍。听闻内宫传言，这些个跳梁小丑还自称‘十常侍’。曹节、王甫压在上面时，张让之辈只能屈居人下，如今王甫已死，曹节病重，张让已被皇帝拜为大长秋，统御后宫了。”

乔玄奇道：“张让、赵忠何德何能，可以得天子宠幸？竟连册立皇后此等大事都听之任之？”

袁逢愤愤不平道：“皆是因为张让、赵忠生财有道了！天下郡国上贡于朝廷，本当收入府库以供国家用度。天子却听张让之辈，巧设名目，称为‘导行费’。凡郡国所献，皆先经过中署，天子拣好的吞入自己私库之中。如今天子私库财货满仓，国家府库却是寒酸可怜。近来天子又想修一处园子，所需费用甚巨。却舍不得从私库掏钱，反倒要三公去想办法。公卿自然不会任由皇帝性子胡来，故而驳回旨意。那张让、赵忠遂怂恿皇帝多遣督邮考核官吏，实则借着这些人的手大收贿赂，无钱贡献之人多遭罢免。空出来的官职岂会闲置？张让、赵忠大肆卖官鬻爵，赚得盆满钵满。天子自然喜欢这些能给他赚钱的‘贤才’。如今九卿都已明码标价，只怕再过些日子，连三公都要有价码了。”

乔玄听得一阵寒心。卖官之事早已有之。几十年来天灾不断，国家穷困之中，也偶有出钱捐卖官爵之事，可也要考验才学方能上任。如今天子把官职当成了生财之道，天下州郡几乎都要换成拿钱买官的人，这大汉天下当真就无可挽回了吗？

就见袁隗也是面有戚容，劝道：“如今连皇后都由宦官说了算，袁某摊上这样一个糜烂的朝廷，又如何打理天下？公祖就莫再推辞了，天下兴亡匹夫有责。高祖爷斩蛇起义，光武爷中兴盛世，我大汉天下传承三百多年，公祖就甘心看我大汉江山亡了国吗？”

乔玄有所动容，正欲答话，忽听得院中一阵吵嚷嬉闹。远远望去，就见几个年轻人正围在一处嬉笑打闹，惹得满院道贺的朝臣士子为之侧目。袁隗正说在伤心处，忽被人打搅也是满肚子不乐意。站起身来喝道：“何人胆敢喧嚣？”

那几个年轻人听到袁隗呼喊，哪敢继续造次？老老实实整理下衣衫走进堂中。

乔玄倒也认得几人。最前面的乃是袁家长子长孙袁绍，生得一表人才。怎奈其父袁成早丧，袁绍年幼便成了孤儿。虽然不过是庶出，却很是被袁隗疼爱，收养于府中。这袁绍倒也颇有些才学，又喜好结交人物。当年梁冀秉权之时，都对年纪轻轻的袁绍赞誉有加。袁绍身侧的却是袁逢之子袁术，虽然出身名门，却生得一副骨瘦嶙峋的模样，这些年倒也有不小的名气。

袁绍见袁隗面有愠色，乔玄又坐在旁边，忙谢罪道：“二位叔父安好，乔公安好。小侄唐突，搅扰了叔父与乔公，着实该死。”

说罢，袁绍深深一拜，举手投足间当真显出风流倜傥的气度。就在袁绍弯腰之际，身后藏着的三人露出面目。乔玄一瞧，不由心中不快。乃是乔玄得意门生王儁、楼圭、许攸。三人陪伴乔玄一同来到袁府拜贺，乔玄入内堂与袁隗兄弟叙话，他三人便候在外面。三人素与袁绍兄弟交好，几个年轻人自然聚在一起。许攸向来没大没小的，只怕吵嚷多是因许攸而起，乔玄正想呵斥几句，就听袁隗骂道：“绍儿，我与乔公正在叙谈，你身为袁家后辈，怎能这般吵吵嚷嚷没有礼数？”

乔玄忙劝道：“袁公莫要责怪世侄，只怕此事多是我那不省心的徒弟所为。这孩子出生寒门没见过什么世面，乔某代其向袁公谢罪。”

袁隗一听是乔玄弟子，哪好迁怒。忙说道：“乔公过谦了，乔公弟子必是知书达礼，定是我这侄儿不懂事。”

两人正客套着，就听袁绍身后还有一人站了出来，躬身拜道：“小子曹操，奉家父之命，过府拜贺袁公再列公台，却因一卷兵书与几位公子说了几句玩笑，搅扰了袁公、乔公，小子罪该万死。”

乔玄看着面生，也不知究竟是谁家公子。就见袁隗面色忽然变得和善起来，虚手一扶：“哎呀，原来是曹世侄，令尊当真有心了，还请世侄代袁某向令尊道谢。听闻世侄不惧权贵，棒杀权宦恶叔，真是绍儿、术儿这些年轻人的楷模。平日还要多多走动才是。世侄既然入府，便当在自己家里一般，千万不要见外。”

乔玄见袁隗如此敬重这个叫作曹操的年轻人，倒也产生了浓厚的兴趣。仔细观瞧一番，便见身材矮小，口鼻方正，相貌平庸，也并没有什么出奇之处。听几人吵嚷皆是因为一卷兵书而起，倒是好奇起来，问道：“曹世侄所言兵书何在，可否让乔某瞧上一瞧？”

曹操还未答话，便见许攸笑呵呵地跑上前来，将一卷书简塞在乔玄手中：“还是小徒手快，他们哪里抢得过我去？”

乔玄狠狠瞪了一眼。果然如自己所料，确实是许攸闹起事来。许攸见乔玄生气，一咂舌，复又跑回袁绍身后。乔玄拿起书简一瞧标注，不过是一卷寻常的《孙子兵法》罢了，并没有什么出奇的地方。正想展开细瞧，就听袁隗有些不甚厌烦，说道：“我与乔公有话要说，绍儿、术儿代我好好款待曹世侄。”

袁隗开了口，几个年轻人也不好留下来碍事。乔玄尚把书简拿在手中，曹操哪好要还？只得和袁绍几人拜了一拜退出堂去。离得远了，又在那里叽叽喳喳起来。

袁逢说道：“三弟也太过小心了，像这等阉宦遗丑赶出府去便好，何必对他客气？”

袁隗却是叹道：“世道艰难，还是小心为妙。”

乔玄见袁隗二人待曹操离去之后变了脸，奇道：“这曹操究竟是何人？”

袁逢啐了一口，骂道：“不过是曹嵩的狗崽子罢了。今日入府，只怕绝没安什么好心，多是替他爹来打探消息监视我等罢了。”

乔玄恍然大悟，曹嵩乃是当年迎立孝桓皇帝的大宦官曹腾养子。自曹腾死后，曹嵩便投于曹节、王甫门下，没有少做恶事，靠逢迎宦官升迁大鸿胪位列九卿。他儿子莫名其妙来到府中道贺，只怕多是如袁逢猜想那般，来监视聚集于一处的文武百官。也难怪袁隗和他说起话来那般客气谨慎了。只是听袁隗说曹操打死了宦官亲戚，倒也奇怪，问道：“袁公说曹操打死了何人？”

袁隗说道：“这曹操年纪轻轻，便被他爹贿赂曹节举为孝廉。他爹原本是想为这曹操谋个洛阳令的。可洛阳令乃是天下第一县令，岂能落在这等小人手中？故而被我等阻挠，最后给了个洛阳北部都尉搪塞过去。天子身边除了张让、赵忠十常侍，最得宠的还有一个叫做蹇硕的小太监，专门统御天子近卫，足见蹇硕的宠幸。蹇硕叔叔仗着有宦官撑腰，持刀兵在宵禁之后夜行于市，撞到曹操手里，被曹操一通乱棍打死。”

乔玄倒有些佩服，在权宦当道士族折服的时候，竟有这样一个出身于宦官之家的子弟与宦官作对，当真是个另类，遂说道：“如此说来，这曹操倒也是个执法明理之人。”

袁逢却是不屑道：“不过是仗着他爹有曹节撑腰罢了。如今曹节病重，后宫渐渐落到张让那些人手里，曹操杀人，想必多是曹节主使，给张让那些人一点颜色瞧瞧罢了。宦官狗咬狗的事情多了去了，曹操未必有乔公说得那么出众。”

袁隗也说：“曹操一个小小北门都尉，杀了皇帝宠幸宦官的亲戚，又岂会毫发无损？被寻了个由头贬出京去，在外做了个顿丘县令，前些日才被他爹打通关节，再次征召回京，做了个闲散议郎。”转又叹了一声：“唉，不说这个了。公祖可知，近来河北巨鹿又盛行起一个叫作‘太平道’的巫教。为首一人唤作张角，仗着懂些微末医蛊，治好不少人性命，引得不少州郡百姓争相投奔。”

乔玄不以为意：“百姓困苦，无钱治病，自然病急乱投医，这也没什么好奇的。”

袁隗却说：“可据我所知，那张角弟子行于四方，如今已有徒众数十万，整天嚷嚷着什么‘苍天已死，黄天当立，岁在甲子，天下大吉’。如此妖言惑众，只怕绝不是什么好事。新上任的太尉杨赐，也觉张角乃是大患。奏请天子早早派人遣散流民，免得张角包藏祸心为非作歹。可天子却是置之不理。”

袁逢插话道：“我说三弟，张角纵然声势再大，顶多也就是痴心妄想谋算天下罢了。这些年来什么赤帝、黑帝、太初皇帝、太上皇帝一干草头天子还少了？有哪一个不是被朝廷几千兵马便速速剿灭了？与其操心那些流民草寇，还不如想想如何对付张让、赵忠。”

乔玄也觉得这张角声势未免太大了些，只怕远没有袁逢说得那么简单。三人一阵沉默。乔玄觉得大汉危殆之中，终是做不到明哲保身，遂应下袁隗所请，愿上朝助袁隗主政。

这时宴席已经摆好，袁隗招呼乔玄入席。又请来崔烈、蔡邕这些名士陪酒。怎奈乔玄满腹心事，应酬一会儿便与众人辞别。袁隗挽留不住，与众人一并把乔玄送出府外。

乔玄也未唤来许攸几个弟子，让他们代自己继续留在袁府，免得失了礼数。唤来仆人，上了车马。摇了摇头，发现手中依旧拿着那卷《孙子兵法》。闲来无事随手展开观瞧，却发现每篇竹简空闲之处，密密麻麻标注不少文字。乔玄细细一瞧，却发现是有人在书册上批注不少言语。乔玄久镇边郡，自然熟悉军务，见那书册上的批注虽然显得有些稚嫩，却也句句切中要害，不少品评竟连乔玄也觉得耳目一新。难怪一卷司空见惯的《孙子兵法》惹得许攸几个年轻人为之争抢，却是出在这些批注上面。也不知究竟是哪位将军做了这些点评。遂唤住车马转回袁府，又不好再入府叨扰，便远远停在沿街转角，瞧着袁府大门。

未过一阵，便见有一年轻人独自走了出来，正是书简主人。乔玄忙使仆役上前，将曹操请了过来。

曹操满脸疑惑，待见到乔公等在那里，大惊失色，忙一拜到底：“晚辈何德何能，敢劳乔公在此久候？”

便是乔玄自己也不知道究竟是怎么了，会专程等候一个为人诟病的宦官子弟。或是惊叹于曹操书简的精绝，或是感念曹操诛杀权宦恶戚与自己当年铲除梁冀党羽的经历有些相似，又怎么说得清？随口说道：“刚才走得匆忙，竟将世侄这册书简带了出来。乔某随手翻了翻，觉得很是惊奇，想必是世侄所爱。故而等世侄出来，也好物归原主。”

曹操恭恭敬敬地将那书简接了过来，谢道：“晚辈今日将书带来，原本想让本初几人参详参详，谁曾想却被他们夺去。若非乔公，只怕晚辈要等上些时日才能取回此书了。”

乔玄这才知道，几个年轻人究竟因何事而喧闹。书上标注如此精妙，袁绍那几个孩子都是识货之人，自然爱不释手。遂问道："不知此书标注究竟是哪位将军所写？"

曹操面带羞赧："不敢欺瞒乔公，书上那些标注乃是晚辈信手所涂，让乔公见笑了。"话虽说得谦虚，可自得之情还是不经意间显露眉宇之间。

乔玄满是惊异，虽然曹嵩的兄弟中倒也有几人借着宦官的光，得以拜为校尉掌控兵马，却没有一人真正打过仗。这曹操究竟师从何人，竟对军旅如此精通？问道："世侄可曾向哪位将军讨教过军务？"

曹操显得有些失落："晚辈虽有意从军为国效力，怎奈家父却是坚决不允。朝中有些真本事的将军都嫌弃我家出身，故而不愿深交。虽说前太尉段颎倒也与家父有些交情，却闹翻了情面，所以学不到什么。早些年，晚辈整日斗鸡走狗玩得不亦乐乎，只是世道日艰，晚辈也知乱世之中还当有一技傍身，否则眼下虽有家父庇护，可待家父老去之后，晚辈难道还要和家父一般向宦官摇尾乞怜博取功名吗？说来也是可悲，晚辈出仕为官，竟是靠得宦官之力，故而满朝文武虽然面上待我敬重，实则背后多是瞧我不起，这些晚辈心知肚明。不瞒乔公，袁府今日高朋满座，晚辈觍着脸来凑个热闹。虽是家父所遣特为袁公道贺，却也是想借机多多结识些当世英才。怎奈出身于宦官之家，无论见到谁，都是虚情假意罢了。也就袁本初寥寥几人早早相熟，愿真心与我为友。故而带来此书，与他几人讨教一番，也算取长补短。可本初忙着替袁公招呼宾客，晚辈站在一旁惹得人人厌恶。还是早些回家，免得让别人说我曹操没有眼力见儿！"说到这里，曹操显然也有些激动，眼中闪烁几点泪花。

乔玄这才明白，为何宴席才开没一会儿，曹操便独自离开了袁府。乔玄自有识人慧眼，看出曹操确非虚情假意。此子虽然出于权宦之家，倒也有些见识，显然也是深以与宦官相交为耻，又能在用兵之道上自学成才，还真令人刮目相看。如今天子昏聩，天下大乱不远矣。虽有袁隗众人欲延大汉国祚，只怕终是逆天而行。乔玄身为汉臣，打心底里不愿相信这件事会发生，可也知绝非没有可能。曹操在这乱世之中自有一番作为，然而一心用于兵事绝非成事之道，遂劝道："世侄熟于兵道，便是乔某也叹为观止，又何须学于他人？只是我大汉立国，素来轻武重文，若一味用强，绝非国家栋梁。想当初光武爷中兴大汉，云台二十八将如邓禹、冯异、耿弇、贾复、岑彭之辈，又有哪一个不是文武兼备？世侄研习兵法无可厚非，却也不可疏怠了经史。唯有文成武就，方能长盛不衰。”

曹操受尽了那些正人君子的冷眼，乔玄名满天下，竟然会指点自己学业，曹操不由感恩戴德，一想乔玄本就是经学世家，熟于礼道，忙拜道：“晚辈不才，乔公可否收晚辈于门下？”说到这里，曹操声音已经是有些颤抖了，唯恐被乔玄拒绝。

乔玄却笑了笑：“那些个繁文缛节不过是许攸这些贫寒士子的敲门砖。世侄有大鸿胪做靠山，还学那劳什子作甚？”

曹操失望之情溢于言表，乔玄这般说辞，显然是婉拒了曹操所请。也对！乔玄家门清白名满天下，与那些以正人君子自居的虚伪士人一般嘴脸，又怎会真与自己这个阉宦遗丑为伍？曹操轻叹一声，扬手一拜：“既如此，便不搅扰乔公门庭了。”说罢便要离去。

乔玄却把曹操叫住：“世侄莫要疑心，乔某所言乃是实情。虽说乔某祖上传下《礼记章句》在士林颇有些虚名，却在乱世之中全无一丝用处。乔某倒有心教些世侄别的东西，怎奈学识有限也不敢轻易教授，免得误人子弟。乔某这里有几卷《诗经》，乃是琅琊伏完亲笔批注。乔某素来喜爱，故而从不离身。若世侄不嫌弃，便借于你几日，好好研读自然受益匪浅。”

曹操大喜。东海伏氏乃是真正的名儒世家，其祖上伏湛便精通《诗经》闻名于世，就连光武爷游学长安时，都曾听过伏湛讲诗。待光武爷称帝后，第一个想要征辟的大儒也是此人。伏湛官拜大司徒后，伏家先后倒也有过女子入宫为贵人，也有伏家儿郎迎娶公主，可伏家一直都是平平淡淡，几乎再没出过什么位高权重之人。可就是这样一个经学大家，硬是在百十年中，因精通儒家经典而闻名于世，尤其以《诗经》最为出众。这伏完乃是伏湛七世孙，其所注《诗经》乃是天下最为公认的正解。莫看《诗经》不足为奇，可经伏家点注，自有治国之道藏于其间。只是伏家所标注的经书，实乃士人争相追捧之物，便是有钱都难买到。乔玄竟然肯借予自己数日，已是天大的面子。曹操不由为误会了乔玄而有些惭愧，赶忙拜谢道：“晚辈一定小心募写，仔细研读，定不辜负乔公厚赐。”小心接过书简，仔细抱在怀里。

乔玄眼见天色将暮，遂说道：“今日匆匆一见，也就不多说了。世侄若是有不懂之处，自可来我府中。说不上什么请教二字，不过你我共勉而已。”说罢拱了拱手，也便辞别曹操，吩咐仆人驾车回府。

曹操感激地拜送乔玄离去。刚刚转过身来，正想回家好好瞧瞧这伏氏注解的经书，却听身后忽有车马奔来。便见乔玄去而复返，停在曹操身边。曹操不明所以，问道："乔公可还有什么交代？"

就见乔玄似有难色，直直望着曹操，看得曹操心里直发毛。半晌，乔云终是下了决心，说道："天下将乱，非命世之才不能济也，安生民者在于君乎！乔某家无产业，财无留存，我儿乔羽不过是个本分的读书人，乔某也从未为其前程刻意求过何人。若是世侄他日得势，能帮衬我这孩子有口饭吃，那便感激不尽了。"

说罢，还未等曹操回过神来，乔玄车马便已绝尘而去。曹操万分诧异，乔玄这番没头没脑的话竟是在向自己托付后事。还有他所说天下大乱，安生民者在于自己又是何意？一个凭着宦官得以出仕之人，素来为正人君子所不齿之人，究竟如何得乔玄垂青？曹操有太多疑惑，不知不觉竟已走回府来。

正要进门，便见父亲曹嵩正慌慌张张向外跑来。曹操忙拜道："孩儿刚刚拜贺袁公回来。"

就听曹嵩跑到身边嘟囔道："你来得正好，快随我速速入宫去。"

曹操奇道："天色已晚，只怕宫门已关，父亲急急忙忙去宫中有何要事？"

就见曹嵩面色有些发白："皇帝征召满朝文武，无论官职大小速速入宫，去迟了只怕要被怪罪的。"

曹操忙问："父亲可知究竟何事这般紧要？"

就听曹嵩悄悄说道："张角反了！"

曹操愣在原地，这时便见刚才还算寂静的街上，忽然多出不少车马。显然各府都得皇帝诏命，正要赶去宫中。一时车水马龙，烛火照亮天际，你拥我挤向着皇宫方向推移过去。望着人心惶惶的各色群臣，曹操不由一阵疑惑，这天下当真要变了吗？

50

苍天已死　黄天当立

曹操随父亲急匆匆赶入皇宫，便见里里外外早已站满了朝臣，上自三公九卿，下到博士郎官，熙熙攘攘挤在一处，文臣武将此刻早已没了序列，乱哄哄地直往大殿涌去。

眼见全然没了章法，再这样下去，只怕待到天亮都说不了正事。忽有旨意传来，除了三公九卿，仅传两千石以上官员面圣，其余人等尽皆留于殿外候旨，这才勉强控制住局面，硬是匀出一条窄道，容受命之人进殿。

曹操原是没有资格走进大殿的，可这节骨眼上，曹嵩硬是装作崴了脚，唤了曹操扶他一并面圣。越是此等危难之时，越是皇帝着急用人之际，能离皇帝近些，自然是近水楼台先得月。曹操虽然对父亲心中的小九九满是不屑，可对张角暴乱也是惴惴不安，有心听听满朝文武究竟如何应对，故而也不推辞，一路扶着曹嵩，几乎是小跑着奔上殿来。守门的侍卫眼见曹嵩悄悄带了儿子过来，知道曹家与大宦官曹节的关系，自然不会多事阻挠，更何况乱糟糟一团，谁还顾得了谁？

待曹操挤进大殿，便见宽敞的殿堂早已是人满为患。天下大乱，皇帝征召所有官员即刻入宫，平日里也不见得有这样多的两千石大员碰面。此刻除了三公九卿、各部尚书、将军校尉，那些个挂了太中大夫、光禄大夫的闲散老臣也都赶来面圣，就连留滞京师述职朝贡的刺史郡守也散布其中。又有不少年轻人挤在里面，显然和曹操一样混进来的官宦子弟不在少数，几乎没了立足之地。

曹操远远瞧着皇帝坐于殿上，面色阴沉满是煞气，身边依旧是张让、赵忠十常侍陪侍。新官上任的司徒袁隗早已站在最前面。曹操心中不由惊叹，还真难为这老爷子，刚刚还在府中宴请宾客，此刻便已赶到宫中，竟比父亲跑得还快，便是太尉杨赐都落在后面。难怪袁家四世三公长盛不衰，在这等危急时刻还真是耳聪目明快别人一步。

正这样想着，就听皇帝恶狠狠地叫了一声："将那杀千刀的给朕拉上来！"

便见虎贲卫士架上一人，瞧那服色，显然是个布衣百姓，众官不明所以，便听皇帝嚷道："睁大你的狗眼，予朕看看，这殿上可有勾通之人？"

那人显然吓得不轻，抖似筛糠连连叩首，壮着胆子四周一瞧，哆哆嗦嗦拜道："小人不敢欺瞒皇帝，便在皇帝身侧便有谋逆之人！"

此言一出犹如一声霹雳，惊得满朝文武一阵嘀咕。

皇帝骂了一声："予朕指认出来！"

那人匆匆抬了抬头，慌慌张张指出二人。待众臣瞧去，竟是中常侍封谞、徐奉两个宦官。两人早已面如死灰瘫倒在地，显然认得那检举之人。早有虎贲卫士走上前去，将封谞、徐奉锁拿一旁。

皇帝已然恼羞成怒，喊道："司隶校尉何在？"随手将一团脏兮兮的黄色帛书丢了过来，"念予众卿家听听。"

殿中初时还有些嘀咕声，可越是听到后面，越是静悄悄一片。皇帝丢来的帛书竟是黄巾祸首张角所书信函，言及之事真是惊天动地。却是张角已经召集天下信徒，得众三十余万，分为三十六方，多则万人，少则数千，拜设渠帅统御部众。张角自称天公将军，其弟张宝、张梁称地公将军、人公将军。此书函乃是传于其嫡系弟子马元义，命收拢荆州信徒，选敢死之士数千，潜入三辅，买通中常侍封谞、徐奉为内应，内外举事抢攻洛阳擒杀天子。而张角则号令天下信徒同日起兵，攻占郡府杀尽汉官。其后附着长长名册，乃是告于马元义可串联举事的官吏。就听司隶校尉每念一人，殿上便倒吸一声冷气，虎贲卫士便会上前拿住一人拖到一旁。偷瞧被抓之人面色，再想想那个检举之人竟能认出封谞、徐奉，显然名册还真错不到哪里去。待到后来，殿上之人渐渐少了起来，而虎贲卫士已经开始在殿外锁拿出现在名册上的官吏了。

待长长的名册念完，剩下的人这才长舒了口气。张让、赵忠吓得不轻，显然事先尚不得知检举之事。虽然两人姓名没有出现在名册上，可同为中常侍的封谞、徐奉竟然通匪，张让、赵忠唯恐受了牵连，面色苍白动都不敢动上一下。曹操瞧在眼里，心中一阵揣测。那人能得张角密函，显然是黄巾之中紧要人物，也不知究竟如何手段，竟能瞒过把持后宫的宦官，把密函呈到皇帝眼前。那些被抓之人非富即贵，不知究竟出于何种目的竟会和张角有了瓜葛，此刻没有逃离京师落在皇帝手中，显然入宫时尚不得知已走漏了风声。再瞧满朝文武，大多吓得一身冷汗，其余也是目瞪口呆，只怕大多人入宫时都不知究竟是为了何事。仅有袁隗数人面不改色，似乎先前多少知道些消息。而父亲还未入宫，便已知道张角反叛，看来老爷子还真有些手段。

就听皇帝愤愤骂道："司隶校尉！限你一日为期，将这些吃里扒外的东西严刑逼问，可还有漏网之鱼，决不可放脱一人！"

随着一干要犯被押出殿外，那检举之人也被严密看护带了出去，殿中一时空出不少。皇帝这才气急败坏嚷嚷着："马元义现已藏于三辅，只怕就在洛阳城外，如今反贼阴谋败露，通贼要犯皆已缉拿，但凡有所招供，宁可错杀一千绝不轻饶一人。马元义失了内应，想要杀进洛阳那是痴心妄想。河南尹何进听宣！"

国舅何进听到皇帝召唤，慌慌张张跪上前来，就听皇帝说道："今拜何进为大将军，统御京畿兵马，进军都亭。函谷、大谷、广城、伊阙、轘（huán）辕、旋门、孟津、小平津八关拜设都尉，尽锁八关隘口，定要将那马元义一网打尽！"

屠户出身的何进哪曾领过兵？此刻忽被皇帝予以重任，不由吓了一跳，就听身边有亲近之人嘀咕几句，这才明白马元义已是瓮中之鳖，皇帝不过丢给他一个手到擒来的大功罢了。这才高高兴兴拜谢圣恩，领了旨意匆匆调拨兵马去了。

皇帝在这危难时刻处乱不惊，还真有些帝王气度。严密封锁消息，以雷霆手段控制住局面，调度兵马也算有些章法。马元义虽已不足为患，可黄巾祸首张角仍逍遥在外，纵然洛阳得一时稳固，可三十多万乱民不日即将举事，三辅之外顷刻间便要失去控制，这才是心腹大患。

袁隗问道："京师虽安，然张角如之奈何？三辅之外，仅边郡有屯兵守备，中原州郡久疏征伐，只怕绝难阻遏张角兵势。陛下还当早作打算，以免贼势愈演愈烈！"

皇帝烦闷说道："传召州郡刺史太守，令各自修整防备，打造兵甲，招募猛士，守备城池，但凡与黄巾牵连者，急速锁拿，必要将这群祸国殃民之徒斩尽杀绝！"

太尉杨赐心中一颤。自光武皇帝中兴大汉之后，历经数十年裁撤地方兵权，罢去州牧改置刺史，终有今日兵马尽归朝廷所控。如今天子再次开了这个口子，准允州郡自选兵马，虽是形势所迫，却给了州郡兵权，是福是祸当真难料。杨赐身为太尉，虽在宦官压制下担了个虚名，却也有职责在兵权问题上提点皇帝。忙上前拜道："张角诳耀天下，百姓沉迷归附，其罪在于张角，而非百姓。连年天灾人祸，民不聊生，方有百姓沦为流民四处乞活。今若追讨过甚，唯恐逼得百姓拼死抗拒，反倒成了张角贼势。不若传旨刺史，甄别流民，护持遣归本郡，好生安抚，以弱贼势。待流民散去，郡府只需缉拿贼首要犯，一场兵祸不劳而定可也。"

皇帝正在气头上，听有人顶撞自己，立刻恼火起来，见是杨赐说话，这才压着火说道："太尉虽然心存善念，所言却过迂腐。那些流民自甘堕落，早已沦为奸贼，哪还算是朕的子民？如今贼人气势汹汹，你当几个衙役便能劝归本郡？"

杨赐好意提点皇帝小心兵权旁落，却被呛了一口，非但没有惧意，反倒激起血性，当庭争辩起来："今日要剿！明日要剿！这些年来剿了多少流民乱党，可曾剿个干净？权宦当道，奸佞横行，贪官污吏鱼肉州郡，逼得百姓没了活路，这才铤而走险，方有今日黄巾之祸！若陛下想要根治天下，便当整治朝堂安抚百姓，方能得享太平！"

杨赐话音刚落，皇帝还没反应过来，便听殿下传来一声喝彩："杨公高见！早就该扫扫这满堂晦气！十常侍卖官鬻爵祸乱朝廷，就是这些个阉宦小人把那些心术不正之徒送到州郡。封谞、徐奉交通贼人，十常侍也多难辞其咎，该当一并下狱审查。用这些奸贼狗头，安抚天下汹汹怨怒。"

此言一出，莫说张让、赵忠之辈吓了一跳，便是满朝文武也都惊得不轻。十常侍荣宠正盛，权势滔天，何人竟敢不知死活要拿十常侍开刀？循声望去，却是个不入流的侍御史。张让连气带吓，指着那人骂道："天子正与诸位大人商定大事，哪有你侍御史说话的份，还不退出殿去！"

那人却是浑无惧意，指着张让骂道："狗贼，我大汉天下便是你等祸害到今日这个地步。我王允虽然官职卑微，可行得端坐得正，倒是你这小人有何资格立于殿上？"

王允据理以争，道出士大夫藏于心底不敢说的话，封谞、徐奉勾结黄巾已是事实，若能借此扳倒十常侍还真是天大喜事。虽然事发突然，可不少热血士子在王允激励之下，渐渐躁动起来。初时不过廖廖数人应和，待到后来，喊杀十常侍的声音竟然越来越响亮。

曹操听得热血沸腾，虽然身为宦官之后，却对张让之辈恶贯满盈深以为耻。正要高声附议，忽被曹嵩扯了一把，就听曹嵩低声喝道：“你小子予我老实些，十常侍没那么容易倒台。”

曹操被曹嵩浇了一头冷水，稍稍冷静下来，就见刚才还飞扬跋扈的张让此刻早已蔫了，与赵忠一干人等跪了一地，哭哭啼啼连连告饶：“陛下明鉴，奴才们一心只为陛下，绝与封谞、徐奉那两个狗东西没有半点牵扯。”

皇帝眼见殿上失了控，那些朝臣面露凶相，此刻似要把张让们活吃了一般，不由打了一个激灵。皇帝并非不知道十常侍行为不端，却也不得不用他们。一者需要这些小人替自己收罗钱财，否则拿什么逍遥快活？二者经历了窦武、陈蕃之事后，藩王出身的皇帝深感士大夫对自己的压力，也只能扶持张让予以制衡。虽然得知封谞、徐奉通贼后，皇帝对张让们也有些怀疑，欲待事态平息后再加盘查。可眼前气势汹汹的朝臣，远比远在天边的张角要让皇帝感到恐惧。朝臣越是要杀十常侍，皇帝越是不能杀十常侍，连连喝道：“都予朕住口。今夜召集百官，在于平息叛乱。封谞、徐奉已经缉拿，检举信函又无张让他们姓名。尔等不想着如何剿灭叛贼，反倒在此吵嚷，难道要等贼人杀到洛阳来不成？”

皇帝动了怒，满朝文武不禁有些迟疑，袁隗忙上前打个圆场：“陛下息怒，杨公所言虽显迟缓，却也有理，不若一面传旨大赦天下，使流民百姓稍稍安心，若能听劝回乡也有利于朝廷。一面传旨征集天下精兵，择定良将出关东征剿灭群贼。”

袁隗这样说，一下子为皇帝解了围，皇帝忙说道：“司徒所言有理，准奏。除了贼首张角不赦，其余人等若能悔改皆可既往不咎。不知众臣可有剿贼方略？”

殿上一时又安静下来。随着功臣宿将日渐凋零，朝中能征善战之人屈指可数。当年征讨西羌威名显赫的“凉州三明”皆已亡故，公卿之中也就乔玄真刀真枪和鲜卑打过硬仗，可眼下早已年迈，如何指挥三军？而诸将之中，那些剿灭过流民之人，想想关外几十万叛军的声势，便心中犯怵，哪有人敢来应承？就在这时，有人奏请道："微臣愚见，依张角书函之言，贼势以豫州、荆州、冀州最盛。当发五校、三河骑士，广募三辅精勇，以陛下西园厩马武装兵士，发内宫私库财货以激士气。大军分兵两路东进豫州，杀散颍川群贼，以解京师危局，隔断南北黄巾关联，一路南入荆州，一路北上冀州，则黄巾可定也！"

皇帝一看那人，乃是北地太守皇甫嵩。此人乃是"凉州三明"之首皇甫规侄儿。弓马娴熟，颇得皇甫规真传。三言两语便将一团乱麻的黄巾贼势分析得头头是道，还真有将帅之才。这些年久驻北地，少不得与羌胡厮杀，以其领兵出击黄巾还真是不二人选。

还未待皇帝说话，就听皇甫嵩接着说道："除了依太尉、司徒之言大赦天下，陛下还当使公卿州郡举荐贤才，有明战阵谋略之人，无论列将子孙还是吏民百姓，皆可补为将校随军出战，征辟才德良臣安抚地方。朝廷用人之际，当解除党锢禁令，以安天下士子之心。"

此言一出，本还频频点头的皇帝一下子面有怒色。两次党锢牵涉甚广，罢官在野不得入朝的士人无以计数，虽说两次党锢源于宦官对士族的打压，可最后拍板的乃是皇帝。一旦解除党锢，无异于让皇帝自己扇自己嘴巴。何况被禁锢之人在皇帝来看，多是性情偏执激进，动辄以死相逼，且不说是不是为国尽忠，单那没完没了的性子就让皇帝苦不堪言。这些年来，遭禁锢的士人与宦官仇怨至深，罢黜多年更是对朝廷心怀怨念，再次回到朝廷，指不定要把皇帝烦成什么模样。皇甫嵩此时谏言解除禁锢，当真让皇帝满心不悦。

正想驳回皇甫嵩谏言，身边却有中常侍吕强上前劝道："北地太守忠心为国，恳请陛下大赦党人。否则党人不为国家所用，一旦为张角所接纳，乃是弱己而资敌也。"

吕强身为一个宦官，居然为士人仗义执言，当真出人意料。天下名士大族多半相互熟识，私下里谁家没有亲朋友人在禁锢之列？此刻有皇甫嵩、吕强出头，眼见有机会为他们谋个出头之日，满朝士人无不上前附议。

望着四面八方炽热的目光，皇帝终是妥协了，叹了口气："那便依皇甫嵩之言。未知众卿可有举荐之人为国征讨叛逆？"

一听有官可做，满朝文武立刻热闹起来，纷纷举荐亲友子弟出仕。可听来听去，多是谋个留守洛阳镇守八关都尉的差事，美名其曰为国征战，实则混些军功挣个前程，竟无几人敢出关讨伐。

就在众臣各怀私心之时，尚书卢植终是看不下去，愤愤上前："微臣不才，自请为将，愿与北地太守一并出征。"

卢植乃是涿郡人士，早年求学于开国名将马援从孙马融，能通古今，精于儒学，出任九江太守时，蛮寇宾服，郡界安宁。虽然官拜尚书，可因得罪宦官，在尚书台深受排挤，闲来多在东观与马日磾、蔡邕撰写国史。今日眼见无人敢于征讨叛军，一怒之下主动请缨。

卢植一介文士请战，皇帝虽然欣喜，却也不太放心，说道："卢尚书精勇可佳，未知公卿可还有谁人举荐？"

太尉杨赐说道："微臣愿举荐谏议大夫朱儁（jùn）为将讨伐黄巾。"

朱儁乃是会稽人士，出身寒门。早先不过是个县吏，后被郡守赏识，提拔做了个县令。接连剿灭几次叛乱，因功拜为交阯刺史。交阯远在边塞，汉越混杂，本就不是什么太平之地。当年马援平定征侧叛乱后，虽然再没有大的动乱，可也是纷争不断。朱儁刚刚上任，便有贼人梁龙勾结南海太守举兵叛乱，声势浩大席卷边郡。朱儁征集数千兵勇，短短数月之间便将叛军击溃，降者数万人，总算保全交阯一州之地。故被朝廷封为都亭侯，拜了个谏议大夫闲职居于洛阳。朱儁颇有谋略，足可出征黄巾，有杨赐举荐，立刻引得公卿纷纷附议。

皇帝大喜，说道："既然如此，便以皇甫嵩为左中郎将，朱儁为右中郎将，出颍川击荆州，以卢植为北中郎将，出河南击冀州。两路并进，必要一举剿灭黄巾。"

皇甫嵩三人拜领旨意，这时乔玄奏请道："老臣也有一人举荐。"

皇帝喜道："老太尉习于军旅，所荐之人必然能征善战，不知是哪位将军？"

乔玄说道："老臣举荐议郎曹操为将！"

众人皆是一愣，乔玄何故举荐一个宦官子弟，还是个从未领过兵的毛头小子？曹嵩更是莫名其妙，那些士人素来瞧不起曹家，乔玄声名远播为何要抬举自己儿子？曹操惊异之中不由对乔玄感激无比，早就有心从军怎奈没有出路，与乔玄不过一面之交，便得其厚爱，怎能让曹操不打心底里敬重？此刻哪还顾得了父亲的疑惑，忙上前拜道："若陛下准允，微臣愿意随军出征。"

皇帝虽然不明白乔玄是何用意，可老太尉慧眼如炬，既然举荐曹操，想必也有过人之处，遂说道："那便拜卿为骑都尉，随大军出关征战。"

满朝文武不由唏嘘一声。曹操一个几百石的小小议郎，陡然而起成了两千石的武将，嫉妒之情溢于言表。天色渐渐转亮，皇帝与公卿百官议了一宿，已经有些困倦："既然已经定下此事，众卿不可误了大事，这便各自忙去便好。"说罢，散了朝议，转回内宫去了。

51

虽胜尤败

黄巾起义奇袭洛阳机密外泄，马元义虽然早已统领数千人马秘密潜伏于洛阳京畿，可随着城中内应逐一落网，马元义立刻成了无头苍蝇。大将军何进奉命屯兵都亭，八关又已封锁，马元义兵马无处躲藏，外无援兵内无粮草，短短数日便被围剿一空。马元义兵败受缚，被车裂于洛阳警示天下。司隶校尉又四处缉拿同党，与黄巾稍有关联之人尽皆擒获。待到后来，官宦百姓下狱者足有千余人之多，不论有无实证，也不论与黄巾交往深浅，尽皆诛杀以儆效尤。

在洛阳一片腥风血雨之中，皇甫嵩、朱儁、卢植三将统领大军浩浩荡荡东出函谷关征讨黄巾。依皇甫嵩谏言，皇帝虽然万分不甘，还是拿出私库金银犒赏将士，放出平日用来玩乐的西园骏马武装大军。可仅让皇帝一人出钱如何肯依？遂传旨于百官，命各自捐钱充为军饷，献出府中弓弩铠甲送于军中。洛阳驻军几乎倾巢而出，公卿士大夫及京师豪门多有勇士应征入伍，不少人家还将府中仆役遣来军中效力，好歹编凑出五万大军交付于皇甫嵩三将。

曹操官拜骑都尉，兴致勃勃便想赶往军前效力，却被曹嵩死活拽住。耽搁了数日有旨意传来，才知道父亲早已买通宦官，命曹操留于大军后队。曹嵩如此运作，无非让曹操既能博个征讨黄巾的功名，又少了许多风险。

看着一肚子不乐意的曹操，曹嵩骂道：“你个愣头青，懂些什么？莫看皇甫嵩几人风光无比，你当打仗是儿戏？虽说三将确实有些能耐，可你以为打仗就靠的是谋略？为父告诉你，就在大军出征之日，吕强已被赵忠告了刁状，自尽于宫中！”

曹操大惊。当日吕强与皇甫嵩力争于殿上，逼得皇帝解除士人禁锢，自然深深得罪了十常侍。可黄巾尚未平定，十常侍便已开始公报私仇，真是可恶至极。就听曹嵩继续说道：“还有那侍御史王允，当庭怒骂张让，强谏天子锁拿十常侍杀头谢罪，你当张让能饶过了他？”

“王允也死了？”

“哼！那到未必，不过也是凶多吉少！张让举荐王允做了豫州刺史。”

王允原本一个侍御史，一下子成了封疆大吏，还是富庶的豫州，当真让曹操有点摸不着头脑。细细一想，这才明白。黄巾暴乱，豫州乃是朝廷与乱兵相接的前沿，必然深遭黄巾祸害。颍川更是群贼聚集所在，战火一起，州郡再无宁日，张让举荐王允去做这个刺史，显然没安好心。王允官拜刺史，没有多少兵马护卫，孤身前往豫州，生死当真堪忧。张让借黄巾之手取王允性命，当真歹毒。

“傻儿子，为父告知于你。无论皇甫嵩三将是输是赢，都决然没有好果子吃。尤其皇甫嵩和卢植，已经得罪了十常侍。眼下皇帝指望着他们剿灭黄巾，十常侍自然不敢轻易下手。然而黄巾势大，以朝廷五万人马出征三十多万乱兵，本就凶险无比。一旦战场失利，十常侍怎会放过机会收拾他们？即便皇甫嵩他们手段了得，当真剿得了黄巾，却是更加凶险。有此大功在身，高官厚禄自然不愁，皇帝必会分外看重，十常侍岂会不怕？越是害怕，便越会想尽办法对付。宁得罪君子不得罪小人，张让众人整天围在皇帝身边伺候，有的是机会诋毁陷害，待到那时，轻则丢官弃爵，重则性命难保！为父不让你早早跟着皇甫嵩他们出关，固然是怕你有个闪失，最怕的还是你和他们搅到一块儿去。一旦让张让那几条疯狗盯上，为父就算散尽家财都怕保不住你。”

叹了一声，曹嵩接着说道：“为父混迹官场一辈子，给王甫、曹节送了多少礼，熬了多少年头，才坐到今天这个位置。你倒好，年纪轻轻，便有乔玄抬举你做了骑都尉，可知有多少人在背后嫉恨得咬牙切齿？就算十常侍不找你麻烦，那些个妒意汹汹的士大夫只等着看你笑话呢。眼下你已经是在风口浪尖上，低调做人才是道理，若真撞了大运，让你在战场上捡个便宜得了大功，封侯拜将固然光宗耀祖，却是招引更多人嫉妒你，怨恨你！月盈必亏，过早显名于世绝不是什么好事。为父让你迟些出关，不求有功但求无过，在战场边上转上一圈，混些微名便足以今后立足于朝堂。你还年轻，已有骑都尉军职在身，熬上几年资历，有你扬名立万的时候。”

曹操看着苦口婆心的父亲，仿若今天才真正认识了他。平日里，曹嵩忙着在官场钻营，何曾像现在这般向曹操坦露心中所想？听着这些匪夷所思的言语，曹操忽然觉得官场竟是那般可怕，而自己建功立业的梦想竟是那样幼稚和不切实际。

就在曹操吃惊于曹嵩的言论时，远在颍川的皇甫嵩已是陷入绝境。

三将出关时，原以为黄巾虽众，却散于各州并未集结，以数万兵马之力必能各个击破。遂依皇甫嵩所谋，兵分三路，朱儁领军两万为前部，皇甫嵩领军两万为后部，奔赴颍川，抢占豫州。而卢植领军一万北入冀州，乘虚进讨张角。哪知关外形势远比想象中可怕。马元义潜入洛阳未过多久，朝廷便封锁八关，张角嗅出危机提前起兵，集结各路兵马近十万众聚于颍川，以最为精锐的波才部众为主力，早已设下埋伏只等汉军入伏。

汉军所知敌情有误，朱儁与黄巾不期而遇仓促应战，在数倍敌军面前节节败退。皇甫嵩得知朱儁竟然战败，匆匆引兵退守长社。波才兵虽然人多势众精猛善战，却毕竟是流民居多，渠帅并无才略，兵马也无军纪。朱儁虽然吃了亏，却退得干脆，毫不拖泥带水。波才兵占不到多少便宜，又听闻汉军集结于长社，遂舍了朱儁合围皇甫嵩。

看着城外漫山遍野的流民叛军，汉兵早已慌了手脚。孤军深入受困于敌，朱儁兵马又不知所在，长社不过是座小城，如何挡得住数倍叛军？只怕此番出征，未能剿灭黄巾反倒要尽丧于敌手了。

皇甫嵩苦闷之中守了十数日，好在叛军虽众，却着实没有什么将才，就连小小的长社城都未能攻杀进来。皇甫嵩又整日奔走于各营之间，总算暂且稳住了军心。而攻城数日已有些疲乏的叛军，愈发没了什么章法，混乱不堪地散布荒野。皇甫嵩计上心头。时值初夏天干物燥，叛军多是紧靠密林屯聚避暑，莫说没有立下坚营御敌，便是军帐都是稀罕之物，以天为幕以地为席，困倦之中就连岗哨都稀松得紧。

皇甫嵩于军中选敢死之士千人，腰缚干草引火之物，乘夜潜出城去，于叛军外围四处引火高声呼喝，长社城头多张火炬遥相呼应。

叛军多是农民出身，日出而作日落而息。白天不顾死活拼杀许久，早已累得和死狗一般，睡得迷迷糊糊中吵醒过来，四周耀眼的火光刺得眼睛瞧不清东西。喊杀之声又此起彼伏，也不知究竟来了多少汉兵。吓得叛军心惊胆战，便是想逃都不知逃到哪里。便在此时，又起大风。火借风势愈燃愈烈。随着灼人的热浪蔓延叛军营中，滚滚的浓烟卷着刺鼻的焦臭翻天覆地，凄惨的尖叫此起彼伏。

眼见叛军已经乱成一团，皇甫嵩大开城门杀出城外。在震天的战鼓声中，汉军势如破竹仿入无人之境一般，直杀得叛军哭天抢地只顾逃命。恰在此时，朱儁在外数日，总算站稳脚跟，收拢败兵来救长社。远远瞧着城外火光冲天，自然明白叛军必是中了皇甫嵩之计。领了兵马直扑叛军。在皇甫嵩和朱儁前后夹击下，叛军腹背受敌，再无一丝抗拒之力。

两将领兵杀得正急，忽有一队骑兵杀奔而来。两将皆是吓了一跳，还当是黄巾援兵。正要分兵迎敌，却见那队骑兵直扑叛军之中，在拥挤的叛军人群里横冲直撞，将纷乱的叛军人马切割得支离破碎。借着火光仔细观瞧，竟是迟迟未到的骑都尉曹操。

却说曹操在曹嵩阻挠下，耽搁了近十日方才出征，一路揣摩着曹嵩的话语，闷闷不乐地向着颍川进发。回头看着两千骑兵，心中愈发不是滋味。虽说个个人高马大，却多有官宦子弟，显然有不少达官显贵也和曹嵩打着一般主意，送了子侄迟延出战，混些军功以作进身之阶。这些人平日斗鸡走狗骑射田猎，倒也有些功夫傍身，可作为主将的曹操，带着这样一群人去打仗，还真是有些不伦不类。好在曹操精于兵法，一路行军颇有章法，再加上有曹嵩做后台，还没有几人胆敢得罪，倒也能约束住这队人马。

待到了颍川地界，听闻朱儁战败，皇甫嵩受困，也不知汉军境况如何。再从逃散来的汉兵打听，全不知颍川究竟有多少叛军。有说数万的，有说十几万的，甚至有说张角亲领三十万大军尽在长社的。曹操初次领兵，眼见将士吓得了无斗志，若再不拿定主意是进是退，只怕兵马就要开始哗变逃散了。左思右想，以皇甫嵩、朱儁之能，怎么也不可能败得没有转圜余地。何况曹操第一次领兵，若是还没打上一仗便败退而还，为人耻笑倒是其次，只怕今生再与军旅无缘。遂连哄带骗，又以军令威慑，强令大军徐徐前行。待到长社，远远瞧见皇甫嵩与朱儁正在合击叛军，不由热血沸腾，早把曹嵩的告诫抛到九霄云外，领着同样兴致勃勃的军士，一路高呼杀入阵中。

叛军本就苦不堪言，此刻再被锐气正盛的骑兵冲击，哪里还挡得住汉军攻势？莫看黄巾人多势众，足足多出汉军两倍有余，可其中最为精猛的不过波才部众万余人马，其余多是手持棍棒木铲的农户，全身上下没有片甲遮护，仅在头上裹了块黄巾便充作兵勇，看着乌泱泱一大片，实则没有多少战力可言，烟熏火燎之中早就吓破了胆，再被汉军围杀许久，此刻已然成了溃逃之势。

皇甫嵩、朱儁、曹操怎会轻易放纵？合兵一处奋力追击，直杀得天色大亮，尸横遍野，将士们累得再也跑不动了，这才停下脚步稍作休整。待人查验一番，斩首数万之众，降者无以计数。惊得颍川其余各县作乱的黄巾闻风而逃。

困于阳翟的豫州刺史王允得以解脱，领着苦守城池的千余壮丁赶来劳军。交接归降叛兵，查验户籍所在，开仓放粮救济饥苦流民。但凡受张角蛊惑反叛者，好言劝慰送归本郡。眼见游荡于山野的流民成千上万，虽然此刻还未被黄巾裹挟，可若放任不顾只怕也多会为了一口吃食而投奔叛军。王允征辟大儒荀爽、孔融，借着颍川士人之力，四处收拢流民百姓，一并记录造册遣归乡里。先后遣送者足有数十万之众，颍川兵患得以瓦解，洛阳安危总算保全。

皇甫嵩大军休整十数日，便将颍川防务交由王允打理。大军继续征讨，一路讨平汝南、陈国，前后斩首万余级，将黄巾势力彻底驱逐出豫州境内。

就在汉军气势高昂之时，有旨意自洛阳传来，三将皆以为是捷报传回京师，皇帝遣使犒赏。可待听罢旨意，三将不由目瞪口呆。

卢植与皇甫嵩分兵北入冀州后，虽然一路也遇不少阻遏，却比豫州战势轻松了许多。莫看卢植不过一书生，却声名远播享誉儒林。得知卢植征讨叛军，冀州多有士族豪强领家兵投奔，幽州刺史刘虞亦遣兵马南下助阵。且说这刘虞军中有一校尉唤作刘备，据称乃是中山靖王后人刘氏宗亲，曾求学于卢植门下。听闻恩师征讨黄巾，故请命于刘虞随军南下。刘备虽然只有千余新兵，可麾下却有两员猛士，唤作关羽、张飞，皆有万夫不当之勇。卢植既有刘备部众充为先锋，又有冀州豪强甘作羽翼，黄巾叛军连战连败。张角气急败坏，亲领数万大军迎击也被打得落荒而逃，战死万余兵马后退守广宗城。

卢植围城凿堑，打造云梯器械，筹划攻城之事。皇帝得知张角受困，遂遣小黄门左丰入军督战。这左丰贪婪成性，哪管什么国家大事，只把此番督战当成发财良机，索要重贿于卢植，自然被严词拒绝。左丰恼羞成怒，回京之后污蔑一番。言黄巾已是穷途末路极易攻破，卢植拥兵自重不肯尽力，只为借此要挟朝廷以求封官加爵。皇帝听信谗言，遂将卢植槛车押回京师，又在宦官举荐之下，以河东太守董卓为东中郎将，接替卢植入冀州围剿张角。卢植有功于社稷，却落个牢狱之灾，若非杨赐、乔玄竭力周全，只怕难逃一死。

董卓乃是凉州陇西人，原本为“凉州三明”张奂部将。与羌胡大大小小打了数十仗，得了不少军功，但有赏赐尽皆分予将士，颇得军中敬爱，又素喜结交豪强，无论羌胡汉人多与其交往，在凉州甚有威名。当年张奂受宦官蒙蔽，阴差阳错围杀了为国除奸的大将军窦武，悔恨之中辞官归家闭门不出，董卓却借此和宦官攀上了关系。这些年一边靠着军功，一边靠着宦官，拜为戊己校尉累迁至河东太守。此番调往冀州平叛，本以为是件美差，却是输得一败涂地。董卓也算一员有勇有谋的沙场宿将，按理说兵败困守的黄巾决然不是对手。可关东士人素来瞧不起凉州兵将，无论董卓有多大能耐，在人眼中都不过是和羌胡一般的蛮子。何况深受人敬重的卢植因宦官而蒙受不白之冤，董卓却靠着宦官的关系来冀州捡便宜，哪里能得大军效力？冀州豪强本就不在官兵序列，各自领了家兵散去，汉军一时人心惶惶全无战意。张角瞅准时机出城奇袭，一举击溃汉军。董卓连战连败一路西撤，靠着贿赂宦官仅仅罢官了事，可冀州局势却再次回到原点。

皇帝眼见张角脱困，遂传旨于豫州，急命皇甫嵩领军北上，朱儁统兵南下，限令时日，威逼两将尽速破敌，若再有延误，卢植便是前车之鉴。

听罢旨意，曹操不知皇甫嵩、朱儁是如何想的，自己早已深感悲凉。黄巾尚未平灭，朝廷已忙着自毁长城。出征前父亲的话仿若就在耳边，打仗果然不是仅靠谋略取胜，还要时刻提防背后小人兴风作浪。在这样的愁绪中，汉军上下一片死气沉沉。皇甫嵩满面愁容奉命北上，曹操得令随朱儁南入荆州。

只因张角兄弟三人都在冀州，南阳黄巾大将张曼成又已被太守秦颉斩杀，故而朱儁南下不过万余兵马。谁知待朱儁来到南阳，局势再次恶化。张曼成虽死，黄巾推举赵弘、韩忠为帅，收拢四方流民，聚众十万余，攻破治所宛城。好在黄巾虽众，却和豫州一般，远不是汉军敌手，只能据坚死守，不敢出城对阵。

朱儁征集荆州各郡兵马，增兵至一万八千众，猛攻城池日夜不休。怎奈宛城乃是南阳第一坚城，城高池深粮草丰足，朱儁从六月攻至八月，都未能攻破城防。早有消息自洛阳传来，张让那些宦官整日煽风点火，言黄巾久剿不绝，太尉难辞其咎，杨赐已被皇帝罢免。若非司空张温与乔玄护全，只怕朱儁也要步卢植的后尘，被收押回京问罪了。

朱儁烦闷无比，终是思出一计，于城西南高筑土山以观城中叛军，集结兵马高鸣战鼓，箭雨狂射佯作攻城。赵弘只当汉军要在宛城西南孤注一掷，故而调集各门兵马尽来城南。朱儁却亲领精锐五千，于宛城东北杀入城中。黄巾即刻大乱，赵弘死于校尉孙坚刀下，余众且战且退，在韩忠统领下退入内城。黄巾惨败之后人心涣散，韩忠遂遣使投于朱儁军前乞降。

朱儁正因朝中糜烂的局势怒气冲冲，攻城数月早已杀红了眼，此刻唯恐准降之后再被十常侍抓到把柄参上一本，哪会容韩忠归降？杀了那使者，合围内城，催命各营猛攻。

黄巾求生无门，绝境之中唯有拼死抗拒，汉军死伤惨重，依旧没能攻破内城。朱儁受挫数日，总算回过神来。撤去合围，设伏于城外。黄巾早已人困马乏，粮草早已耗尽，见汉军稍退，你争我抢只想逃离宛城这块绝地，终是落入汉军伏击。没了城池倚仗，黄巾已是待宰羔羊，死伤万余众后，韩忠惶恐归降，却被太守秦颉斩杀。余部战无可战降不能降，唯有拼死逃亡，待汉军追杀至西鄂精山，南阳黄巾终是死伤殆尽，残部四散遁入山中。

随着南阳黄巾平灭，皇甫嵩也已平定冀州。张角早已病死，其弟张梁、张宝分兵守备广宗、下曲阳。只因两次击退汉军，黄巾气势正盛。皇甫嵩初至冀州闭营不战，待黄巾疑惑之中士气稍懈，皇甫嵩夜袭广宗，斩杀张梁，获首三万级，溺死者五万余众。又驰奔下曲阳，大破张宝，亦擒杀于城中，斩首十万众。尸体于城南筑为京观，警示叛军。将张角剖棺戮尸，连同张梁、张宝首级一并传回洛阳。

声势浩大的黄巾起义就此平定。

52

凉州平叛：野心的膨胀

捷报传回京师，皇帝龙颜大悦。改元中平，犒赏三军。以皇甫嵩首功，拜为左车骑将军，领冀州牧，封槐里侯，食邑八千户。拜朱儁为右车骑将军，更封钱塘侯，增邑五千户，位特进。曹操在其父亲曹嵩运作之下，离开军旅，官拜济南国相，终成远离战火富庶安宁之地的封疆大吏。在皇甫嵩保全下，卢植也得以复为尚书。

皇甫嵩功成名就，却是深为不安。这份功名是二十多万黄巾叛军尸骨堆积而成，其中多有无家可归流离失所的冀州百姓。血腥的双手让皇甫嵩在冀州愧疚不已，遂请旨于皇帝，为冀州减赋一年，以赡饥民，权作对冀州百姓的一份抚慰。皇帝欢颜之中恩准不提。

战火肆虐的冀州稍稍安稳，皇甫嵩小心翼翼打理冀州，总算稍有成效。

有信都县令阎忠忽来拜见。作为皇甫嵩治下一个小小县令，不可能有什么紧要公务需要越过郡府面见州牧。皇甫嵩只当阎忠又是来攀交情。未等阎忠开口，皇甫嵩就唤人照旧端上一盒钱银，说道："同为凉州乡人，远来冀州为官，若阎县令手头紧，那便收了我这点心意。若是有私事相求，还是莫要开口，省得面上难看。"

阎忠尴尬地笑了笑："牧守大人清正廉洁，下官早有耳闻，怎敢请托私情让大人为难。此番前来，实有天下紧要之事，还请大人屏退左右，容下官一一道来。"

皇甫嵩不由好奇起来，遂让在旁伺候的仆役退了出去，就听阎忠笑道："牧守大人为国平难，冀州士族百姓无不对大人敬仰万分。下官治下，多有百姓传唱'天下大乱兮市为墟，母不保子兮妻失夫，赖得皇甫兮复安居'，足见百姓对大人爱戴。"

皇甫嵩听得有些不舒服，阎忠说有紧要之事，可说来说去无非为自己歌功颂德。皇甫嵩最是厌烦这般谄媚之人，正耐不住性子想要打断，就听阎忠话锋一转说道："然而大人正有杀身之祸，阎某同为凉州人，实不愿大人这般英才受这无妄之灾。"

皇甫嵩满是疑惑："还请阎县令不吝赐教。"

"将军出兵于暮春，收功于冬末，不足一年便以摧枯拉朽之势扫灭黄巾，威震天下，名扬海外，虽汤武之举，未有高于将军也。然将军建此不赏之功，又具高人之德，尽收冀州民心，却臣于骄奢淫逸庸主，开罪于奸佞权宦，试问将军何以求安？"

皇甫嵩听得冷汗淋漓，并非不知道自己的处境。光武皇帝光复大汉之后，罢去牧守设立刺史，以此削减州郡权柄。如今皇帝为了平定叛乱，再次给地方放权，皇甫嵩成了百十年来第一个官拜州牧之人，冀州军政大权集于一身。假以时日，皇帝岂会不心存猜忌？从叔叔皇甫规开始，就已得罪了宦官，皇甫嵩又为士人翻了党锢大案，早把十常侍得罪个遍，这些人成天在皇帝身边说三道四，皇甫嵩岂能安稳？

听着阎忠的言辞，皇甫嵩心中悲戚，却又不愿让外人瞧出自己心怯，敷衍着说道："本官夙夜在公，心不忘忠，何故不安？"

阎忠却说："韩信不忍一饭之恩，终弃三分天下，落个身死国除。如今天子势弱于高祖、项王，将军权重于韩信。所谓天道无亲，百姓与能。将军得冀州民心，征冀州壮士，何人不从？蹈流漳河，饮马孟津，诛杀阉宦群贼，为天下扫除祸患，则将军之功必得天下效力。功业已就，天下已顺。将军大可告命于天，南面称制君临天下！"

皇甫嵩大惊失色，阎忠分明是劝自己造反，忙喝止道："快快住口！创图大业岂庸才所为？身为汉臣岂能忘主？背信弃义人神共愤！反常之论，所不敢闻！阎县令莫再多言，请回！"

阎忠原本指望着说动皇甫嵩成就大业，也好为自己谋个劝进之功，谁料却被严词拒绝，灰头土脸出了幕府。冒险说出造反之言，阎忠哪敢回信都去，弃了官职逃亡去了。

皇甫嵩正为阎忠之言惶惶不可终日，忽有使臣自洛阳而来，皇甫嵩吓了一跳。还当阎忠谋逆之言走漏了消息，皇帝遣使问罪。却听那使臣传旨："北地先零羌胡作乱，共拥湟中胡酋北宫伯玉为主，杀护羌校尉、金城太守，攻烧郡县，东侵三辅，着令左车骑将军皇甫嵩回镇长安，以御群贼。”

听闻圣旨与阎忠之事并无关联，皇甫嵩这才松了口气。离开了冀州回往关中，正好摆脱身为州牧大权在握的尴尬处境。皇甫嵩急急领旨，尽速西行。待到长安，各部兵马皆已汇集。副将不是别人，正是征讨黄巾兵败罢官的董卓。时隔数月，董卓靠着宦官东山再起，官复原职仍拜中郎将。

此时的叛军早已侵入关中，声势之大，远超皇甫嵩预料。北宫伯玉连战连胜，收服各部羌胡。不少汉人豪强为求富贵也投效麾下，甚至不少汉军兵将难以抗拒，亦归降于叛军。北宫伯玉把凉州翻了个底朝天，除了抢掠金银财货牛马粮草，还将不少汉人壮丁裹挟军中。有金城人边章、韩遂，颇有些谋略，显名于边郡，为贼所迫充为军师。既已屈身于贼，为求活命，也就破罐子破摔。献计于北宫伯玉，言起兵乃为诛杀宦官，替天下百姓讨个公道，复还大汉一个清平世界。一时引得不明所以的士族百姓投效麾下，几乎畅通无阻杀入关中。

凉州民风彪悍，无论羌胡汉人多习厮杀，善于骑射。入关数万人马几乎清一色的西凉骁骑。皇甫嵩仓促入关，兵员不足，军中又缺战马，如何出城迎击？只能退守长安坚壁清野，以待敌疲。

张让、赵忠本就恨得皇甫嵩牙根痒痒，眼见有此良机，遣人索要重贿。皇甫嵩自然不允。终是被张让、赵忠参上一本，言皇甫嵩出征无功，惧敌怯战，被皇帝征还洛阳，罢免左车骑将军，削去封地六千户。

可叛军又不可放任不管。朱儁自讨灭黄巾回到洛阳后，右车骑将军还没当上几天，便被转任为光禄大夫的闲差，想想征讨南阳时，在战场上没有什么性命之忧，反倒险些丧命于宦官谗言，心灰意冷中也便不再过问朝政。适逢母亲去世，朱儁索性辞官回家丁忧。朝廷无将可用，遂以司空张温为车骑将军，执金吾袁滂为副，征集天下郡国兵马，合步骑十余万，接替皇甫嵩入关平叛。

张温大军与叛兵遇于美阳，莫看汉军兵马更盛，怎奈汉军多是州郡抽调而来，除了公孙瓒所领乌桓突骑可直面一战，其余各部只怕难当西凉骁骑兵锋。乌桓突骑毕竟只有三千之众，也绝非数万叛兵敌手，好在汉军人多，北宫伯玉心存忌惮。两军便这般僵持不下，各自扎下营盘。

两军虚耗月余尚无一战，参军孙坚耐不住性子，数来请战，皆被张温婉拒。待问得急了，方知张温是在等屯驻长安的董卓部众。

孙坚不由怒道："将军屯兵美阳已有月余，若董卓肯来，早就来了。至今仍未见他一兵一卒，如此贻误军令，就该治他个抗命之罪，又岂能把破敌的指望全押在董卓一人身上！"

就在此时，便听帐外一声咆哮："谁他娘的背地里说老子坏话，看老子不活剐了他！"也未通报一声，就见一员膀大腰圆的武将掀开营帐直直走了进来，正是迟迟没有现身的董卓。

自皇甫嵩撤职回京后，身为副将的董卓原指望能接替皇甫嵩之职征讨叛军，谁曾想左等右等也未等来封拜旨意，倒是等来了张温入关。皇甫嵩好歹也是凉州出身，又有平定黄巾之功名扬天下，董卓多少还能听命于他，可张温一个关东士人，何德何能居于董卓之上？当日董卓奉命征讨黄巾，就是因为关东士人瞧不起凉州人，这才害得董卓惨败于张角颜面尽失。如今面对张温的征召军令，董卓故意连番迟延，就是要给张温难堪。董卓本就窝着一肚子火，拖了月余这才来到美阳，谁曾想还没见到张温，便听到有人说自己不是，火暴的脾气立刻点了起来，横眉冷对便要动起手来。

孙坚虽是吴郡人，可从军数载也是个暴脾气，打起仗来还没怯过谁。听董卓挑事，哪里会怕，指着董卓便骂："老子骂的便是你个老兵痞。若是怕了北宫伯玉，就窝在长安别出来，此刻跑来丢人现眼，什么东西！"

被孙坚这般一骂，董卓反而愣住了。哈哈哈哈大笑数声："老子还当是个没卵的孬种背地里嚼舌根，你倒还算条汉子，敢当面找老子不是。罢了，老子不与你计较！"

董卓忽然变了脸，孙坚一时招架不住，就见董卓对着张温随手拜了一拜，就算见过主将，嚷嚷道："末将军务繁忙，集结兵马收拢粮草费了些时日，将军莫怪！"

面对董卓的骄横无礼，张温强忍着怒气："将军为国辛劳，张某敬服。如今叛兵对峙月余，也不知虚实究竟如何。将军久驻凉州骁勇善战，又熟知羌胡，烦劳将军引本部兵马战上一阵，也好探探叛军底细。"

董卓却是冷笑一声："将军莫要寒碜我。末将就是个阵前效力的老兵，哪有什么本事？虽说末将乃是凉州人士，可素来奉公守法，从不与羌胡有什么交往，将军说我熟知羌胡，莫不是疑我通敌？这等大罪末将可万万担戴不起。”

张温讪讪笑道：“将军误会张某了。早就听闻将军少年时孤身游走于羌地，结识不少羌人豪酋，又以行侠仗义闻名于边郡。人言将军膂力过人，左右驰射无人能及。将军这等本事，要破那北宫伯玉，必是手到擒来。”

董卓冷冷瞧了一眼，阴阳怪气地说道：“末将生得肥大粗壮些罢了。看着凶巴巴的，实则没什么真本事。其实末将打心眼里佩服将军一般的关东士人，说起话来文绉绉的，听到耳朵里都觉得舒坦。要不将军怎么都做到车骑将军了，末将才是个中郎将？要我说，将军都不必打仗，就凭着三言两语把叛军说散了便是。”

张温恍然大悟，董卓这是来要官了，笑道：“将军说笑了。张某一介书生，忝居车骑将军，行军打仗还是要多多仰仗将军这等猛士。张某这便上疏朝廷，表奏将军为破虏将军，待平定叛军，更要论功行赏。”

董卓一听张温封官许愿，这才乐呵呵地谢道：“那末将就愧领将军厚意了。”说罢便要离去。

张温赶忙问道：“那将军打算何时出战？”

董卓却是不耐烦道：“急什么急？打仗讲的是天时地利人和，将军都等了月余，还在乎多等几日？且等着吧！”转身出了大帐，边走边还嘟囔：“这些个关东软蛋，自己没什么鸟用，尽想着让我关西人冲锋陷阵，什么东西！”

董卓本就是个大嗓门，这些话有一句没一句地传到帐中，气得张温脸上红一阵白一阵。孙坚在旁骂道：“将军亲率王师征讨叛逆，董卓目无军纪恃勇而骄。闻古今名将，杖钺临众，未有不惩骄兵悍将以服军心者。将军有十万大军，何须倚仗董卓一人？今日放纵如此，自损威重而使董卓愈发狂妄，实于平叛不利。且请将军斩杀董卓以立军威。末将愿行军令出征叛兵，若不能胜甘当军法！”

张温却是叹了口气：“孝安皇帝年间，大将军邓骘西征叛羌惨败而回，自那时起，凉州名义上是大汉疆土，实则朝廷早已无力控制，只能封拜凉州豪强为官抵御羌胡。凉州无论羌汉，整日厮杀为业，人人习战，西凉骁骑勇猛难当也就不足为奇。莫看我军有十万之众，厮杀起来还真没有必胜之算。如今叛军汉胡勾结，情势愈发错综复杂，董卓出身凉州早有威名，对叛军形势只怕无人能比他要清楚，其部兵马也多为西凉精锐，唯有倚重于他，方能克敌制胜。为求朝廷稳固，就且忍他一忍吧。”

孙权愤愤说道：“将军不听我言，总有一日悔之莫及！”

董卓哪管张温的无奈和孙坚的愤怒，乐呵呵地回到军中，就近扎下营盘。整日该吃吃该喝喝，就是只字不提打仗之事。汉军之中不满将校越来越多，张温压制不住，只能遣人领兵试探几阵，却多是在西凉骁骑面前吃了亏。

张温束手无策，又使唤不动那董卓，正不知该当如何。忽有一夜，有流星如火，光芒十余丈，落入叛军营中，惊得驴马嘶鸣整宿不绝。自北宫伯玉以下，皆以为乃是凶兆，拔营退兵便欲撤还金城。张温还未回过神来，整日吃喝玩乐的董卓，仿若忽然睡醒的猛虎一般，集结兵马一路追杀。叛军自与汉兵对峙以来，从未输过一阵，本以为汉兵早已惊惧，决不敢自找没趣，疏于防备，被董卓杀得溃不成军，战死数千人马，都来不及退回金城，只能就近撤往榆中自保。

张温大喜，催动全军追击叛兵。孙坚望着沿途叛军失落的辎重，请命于张温：“今贼战败逃亡，粮草弃之无数，榆中又是小城，积存难以供给数万叛兵，必求粮于金城。末将愿请兵万人，断其粮道。将军统大兵继后，叛兵困乏不战自溃，凉州可定也！”

张温犹豫之中，又听董卓使人来报，北宫伯玉求救于先零羌，已有数万羌兵尽速驰援榆中。张温遂弃孙坚之策，增兵于董卓，使其将兵三万抵挡先零羌，张温亲领大军合围榆中城。

只是张温原以为叛军惨败之后必是人心惶惶，孰料叛军回城后休整数日，见城外没有董卓压阵，一时气势复盛。韩遂、边章领兵杀出城外，屯兵于葵园峡，反而断去张温粮道。张温慌慌张张命孙坚领兵强攻葵园峡，怎奈韩遂、边章占尽地利，孙坚死伤惨重也未能疏通粮道。汉军一时陷入绝境。乌桓突骑本就是外族，最先哗变。哪管公孙瓒约束，逃散一空退回幽州。其余各郡兵马见势不妙，每日都有士兵溜之大吉。张温心知败局已定，仓皇之中引余众退往关中。北宫伯玉如狼似虎衔尾追杀，汉军一路死伤退回长安。

董卓正与驰援而来的先零羌大军对峙于望垣北，张温退兵，使得董卓陷于重围。先零羌戒惧董卓之名，并不敢强攻，只等董卓粮尽。董卓遂寻黄河水缓之处，垒起水坝，佯作捕鱼充为军粮，待水浅之后渡过黄河。先零羌急匆匆追赶来时，董卓毁去水坝，挡住追兵之路，总算得以全师而还。

张温平叛失利，被灰头土脸召回洛阳，好在张温当年乃是大长秋曹腾举荐，与宦官倒也有些人脉，不但未受惩处，反倒官拜太尉。董卓不仅交好于宦官，此番又独建功勋，遂封为斄（tái）乡侯，邑千户。

让所有人意外的是，莫看北宫伯玉打了胜仗，却不是最后的胜家。韩遂在叛军之中功劳最大，在以实力说话的凉州，韩遂尽得叛军拥护。遂杀北宫伯玉、边章，拥兵十余万进围陇西。凉州刺史部将马腾，亦拥兵反叛，与韩遂联兵，攻杀凉州刺史，东进三辅，兵围陈仓。

皇帝管不了叛军究竟是北宫伯玉还是韩遂、马腾，一旦陈仓关破，叛军长驱直入，关中再无宁日，洛阳也将岌岌可危。无奈之中，只得再次启用罢官在家的皇甫嵩为左将军，拜董卓为前将军，各引精兵两万驰援陈仓。

董卓依旧没有如愿成为主帅，可皇甫嵩毕竟是凉州名将，董卓虽然骄横，却也不敢不尊皇甫嵩。为抢功劳，董卓早早请战："智者不候时，勇者不迟决。贼兵声势浩大，速救则城全，不救则城灭。全、灭之势，在于此也。末将不才，愿领本部兵马先行，星夜驰奔陈仓，破贼必矣。"

皇甫嵩早已听过张温西征时董卓的骄横，此子功劳越来越大，也越来越难以驾驭。张温未能节制，反倒增兵于董卓。当日汉军败退，董卓全师而还，所得张温兵马皆私自吞并，未有一兵一卒退还。如今驰援陈仓，董卓只引两万兵马出征，尚有万余人马不知藏于何处，显然是在保存实力，其心机着实可怖。莫看皇甫嵩眼下还能挟制于他，若再让董卓得些战功，只怕连皇甫嵩也管束不住了。董卓现官拜前将军，已是军旅之中数得上名号的人物，又和十常侍有着说不清的关系，长此以往必是国家大患。何况皇甫嵩乃是当世名将，打起仗来自有一套，婉拒了董卓请战，说道："百战百胜，不如不战而屈人之兵。故而先算我军之败，再算叛军之胜。叛军坚守不足，我军强攻有余。今陈仓虽小，却是关中数一数二坚城，粮草丰足以一当十。叛军虽盛，却攻我所不救之城，心存迟疑愈发不能毕力攻城。而我从旁虎视，便能不劳师动众以待敌疲，全胜之功轻而易举。"

董卓愤愤之中只得从命。韩遂、马腾强攻陈仓八十余日，果如皇甫嵩所料，人困马乏却未破城，只得放弃陈仓退往金城。董卓本以为皇甫嵩用兵谨慎，必不会主动出击，孰料皇甫嵩一改坚守模样，全然不惧叛军声势，都未告知董卓一声，便独军追击。依董卓所想，韩遂、马腾绝非庸人，十万之众纵然退兵也会留有后手，皇甫嵩孤军深入必遭算计。谁曾想皇甫嵩早已探清叛军底细，接连挫败叛军伏兵，斩首万余级。叛军惊慌失措哪敢再找皇甫嵩麻烦，转瞬之间便从撤军变成了败退。韩遂、马腾又为争夺兵马财利反目成仇，相互攻杀各自散去。

董卓眼见皇甫嵩独领大功，本就已经分外嫉恨。却又听人传言，皇甫嵩侄儿皇甫郦连番劝说，欲让皇甫嵩收捕董卓斩杀于军中，早早除去隐患。董卓心中又惊又怒。此刻的董卓本还没有什么野心，凉州战乱不休，唯有兵马实力才能安身立命，故而又是要官又是要兵，只为能在凉州称霸一方。可皇甫嵩已与董卓生隙，究竟有没有起杀机也不可知。董卓惶恐之中忽得朝廷旨意，展开一瞧，却是皇甫嵩呈于朝廷的密函。弹劾董卓私藏兵马，不从调令，包藏祸心，奏请天子罢免官职。

再听宦官连连谄笑，言皇甫嵩参奏董卓，幸有张让从中周全，这才让皇帝断了罢免董卓的念头，还把皇甫嵩的密函送于帐中，以示对董卓的信任。

董卓怒从心起，一面好生款待传旨宦官，一面备了厚厚一份礼物送于张让。随即不顾皇甫嵩将令，拔营起行，统领本部兵马退于河东，自此与皇甫嵩分道扬镳。天下大乱无从避免，张温西征兵败，乌桓突骑逃回幽州，已和鲜卑再次举兵反叛。张角虽已剿灭，黄巾余众声势又起，黑山、黄龙、白波、左校，几十部流民叛军复乱河北。既然当不了忠臣，也保全不了权势，那便作壁上观以待时变，只要攥紧兵权不放，那这乱世之中便有我董卓一席之地。

53

群雄并起　天下大乱

韩遂、马腾叛军溃逃，关中危局消散。虽然凉州依旧乱成一片，可洛阳已算安稳如初。皇帝放下心来，使皇甫嵩继续西征凉州，却不顾幽州、冀州的叛乱，且先逍遥起来。

征讨黄巾时，皇帝听从皇甫嵩谏言，不得不拿出私库财货赏赐将士。张角刚刚覆败后，皇帝便已急不可耐地大肆收敛钱财。适逢残旧不堪的南宫失火，遂在张让、赵忠谗言下，敛举国田亩税十钱以修宫室，传旨郡国收良材文石送往京师，却挑三拣四不肯收入库中，只为连哄带吓勒索钱财。又广发民役，造万金堂于西园，修旧宅于河间，铸铜人四列于仓龙、玄武阙，造两千斛巨钟于云台殿，所铸天禄蛤蟆、翻车渴乌当真巧绝至极。

如今凉州叛乱平定，皇帝心安之后愈发有恃无恐。依张让、赵忠之言，使督邮考核天下官吏为名，大肆收拢贿赂，不肯送钱者多遭罢黜，空出官位又卖于他人。甚至变本加厉，连三公都已开始成为皇帝赚钱的法子。就算是十常侍举荐之人，照样得拿钱买官。一些不可能与三公有缘的小人，纷纷掏出腰包，买几个月三公当当，也算光宗耀祖不枉此生。就连曹嵩也以亿钱天价，买了一年太尉过足了瘾。

天下动荡难安之际，皇帝依旧只顾骄奢淫逸，不少人终是失望透顶。故太尉乔玄告老还乡，引得许多士人渐渐散去。曹嵩这样敏锐滑头之人，也闻出洛阳重重危机，待皇帝花完一亿钱罢去他太尉之后，拖家带口回了谯县，离开了京师这块是非之地。

曹操便在这样的纷乱之中，再次回到洛阳。官拜济南相后，曹操查禁淫祀惩处贪官，在济南任上颇有建树，怎奈皇帝杀鸡取卵巧取豪夺，逼得百姓民不聊生，曹操不愿背负骂名，严拒朝廷苛捐杂税，终是丢了济南相官职，回乡闲居年余。虽然皇帝荒淫至极，可中原再次动荡，为了防备万一，还是扩充兵马，于西园设八校尉。关乎皇帝生死，选将还算有些真才实学，拜袁绍为中军校尉，鲍鸿为下军校尉，淳于琼为右校尉。曹操因有征讨黄巾之功，亦在征召之列，拜为典军校尉。只是这支军马，却在皇帝亲信宦官骞硕统御之下，也安插了不少宦官党羽并列为校尉。

有这样一个皇帝，曹操着实心寒不已。回想在济南时，许攸曾来拜访，密告于曹操，以冀州刺史王芬为首，欲联结天下豪杰，趁天子巡幸河间旧宅时起事，废黜当今天子，共立合肥侯为帝，重振朝纲匡扶天下。曹操深以为不可。言废立之事，天下不祥也。古之行废立之人，仅伊尹、霍光而已，皆是至忠至诚，又兼秉政重权，方能成事。今王芬既无忠名又无权势，欲行逆天之举绝无一丝成算。其后果然事败，王芬自尽谢罪，许攸逃亡他乡。曹操不时幻想，若当日王芬真能成功，拥立合肥侯登基，或许天下也不至于沦落到今天这个地步吧。

八校尉之中，曹操与袁绍最为亲近，鲍鸿、淳于琼皆与袁绍为友，故而也和曹操相熟。在西园当差一段时日，曹操渐渐觉察出一些味道来。皇帝之所以在洛阳北军各部兵马之外，再设西园校尉，除了防备天下叛乱外，更重要的还是提防大将军何进。

当年皇帝册封何皇后，皆因何家出身低微，不可能成为皇帝心腹大患，省得再出个权势滔天的外戚把持朝政。可皇帝却是打错了主意。屠户出身的何进，原本胸无大志，只求富贵荣华。怎奈黄巾一起，何进掌控兵权，在尝过权力的滋味之后，心中自然起了波澜。而士族百官被宦官压制得难以抬头，渐渐与何进越走越近，如刘表、荀攸、陈琳、王允这些名士都征辟入大将军府。袁绍、袁术兄弟刚入仕途，也是何进属官，就连尚书卢植这些重臣都是大将军府座上客。随着何进羽翼渐丰，皇帝也越来越忌惮。皇长子刘辩乃是何皇后所生，若他日承继皇位，只怕这大汉朝就要落在何进手中了。故而皇帝有意废长立幼，以刘协承继国祚。怎奈何进权重，何皇后又暗害刘协生母王贵人，使皇帝久久没有册立刘协的机会。如今设立西园兵马，皇帝自封为“无上将军”，还拜其舅舅董重为骠骑将军，就是要分何进兵权，好为册立刘协创造条件。怎奈何进也有手段，硬是在西园安插进袁绍、鲍鸿、淳于琼三人。皇帝原本以为其他五个校尉都与宦官紧密，即便何进耍了些小手段，依旧能够压制住何进，却怎么也没有想到，身为宦官之后的曹操竟然也是偏向于士人。西园兵马的设立，依旧没能盖过何进势头。

摸出这些门道，曹操心中当真不是滋味。曹操本就深恶宦官秉权，心存匡扶社稷之志，故而与袁绍交情匪浅。如今得知西园兵马竟然是一个争权夺利的产物，袁绍对曹操的亲近就显得有些功利的味道。曹操固然心中不快，可也乐见何进能够诛杀宦官，故而甘愿为何进所用。

蹇硕受皇帝之命，拜为西园兵马统帅，察觉出西园隐患，几次三番想要清除何进对西园的影响。但凡有流民反叛，多是以袁绍几部人马挡在前面，欲借乱兵之手消耗何进势力，又以莫须有的罪名下狱治死了下军校尉鲍鸿，总算渐渐掌控了局势。遂进言皇帝，以何进为帅征讨凉州韩遂、马腾，欲把何进赶出洛阳去。

何进渐渐落在下风，有消息自宫中传来。皇帝荒淫玩乐，已是病入膏肓。之所以遣何进离开洛阳，乃是为了趁何进不在京师时，册立刘协为太子承继皇位。蹇硕忙里忙外，只等何进西征，便要宣告天下了。

何进在袁绍众人力挺之下，一再延缓出兵时日，终于等来期盼许久的喜讯。孝灵皇帝刘宏驾崩了！以三十四岁之龄结束了荒唐无道的一生。

何进喜出望外，在袁绍、曹操兵马护卫之下闯入宫中，一举剿灭孤注一掷设下伏兵的蹇硕。以皇帝久久未立太子之名，于灵前扶皇长子刘辩承继皇位，是为汉少帝。尊何皇后为皇太后，临朝听政。封刘协为陈留王，又以董太后为藩妃出身不宜留居洛阳，遣归旧宅鸩杀于途中，骠骑将军董重亦下狱治死，彻底断了刘协的后台。拜司徒袁隗为太傅，与何进共录尚书事，掌控天下，改元光熹。

何进总算成了大事，士人欢欣鼓舞。曹操与所有痛恨奸宦的士人一般，只等何进振臂一呼，诛杀十常侍，还天下一个清平世道。谁知何进掌权之后却未能如士人所愿。

张让、赵忠自知这些年来借着皇帝之名，坏事做绝，早已把天下士人得罪了个遍。何进得士人之力掌权，必要以十常侍开刀，故而早早留好了后路。

莫看十常侍鱼肉天下，在后宫却是慈眉善目，伺候何皇后无微不至。如今少帝登基，张让、赵忠对晋位太后的何氏愈发谦恭，哄得何太后整日开怀不已。当年何氏能入宫尊为皇后，本就是张让、赵忠之力，如今何家得势，何太后愈发感念十常侍旧恩。被张让、赵忠哭诉一番，听闻何进在士人策动下，欲取十常侍性命，自然是一百个不愿意。还未等何进动手，太后便已召何进入宫。又是软言相劝，又是严词告诫。还说蹇硕伏兵谋害，都是靠张让等人透露消息，这才保全何进性命得以掌控朝廷，逼着何进不得不饶过十常侍一遭。

何进回府之后，翘首以盼的士人早已挤满了厅堂。待知何进居然轻易放过十常侍，无不激愤难当。申斥奸宦之声此起彼伏，吵得何进不胜厌烦。只是此事确实要怪何进过河拆桥，臊得何进不好与众人翻脸，只能一个劲赔着不是，敷衍着从长计议。

其实何进也有苦衷。莫看何进贵为国舅，却与太后同父异母，感情远不如太后的亲哥哥何苗。虽然太后乃是因何进入宫，不得不尊何进为兄长，高官厚禄好生笼络，却毕竟要疏远一些。眼下何苗已被太后拜为车骑将军，若何进不顺着太后的心意，只怕国舅爷的位子渐渐就要被何苗取而代之了。

众人眼见何进毫不松口，十常侍依旧得以活命，失望之情溢于言表，不少士人心灰意冷辞官而去，还有的人都不愿再与何进多费口舌不辞而别。何进眼见人越走越多，也是害了怕。何进知道自己没什么才学，想要保天下无事只能倚重于士人。一旦没了士人支持，只怕这大将军也是做到了头。不得已只能讲明缘由，乃是太后一心要保十常侍，自己实在不好忤逆太后。

堂上一片唏嘘之声。久久没有说话的袁绍拜道：“若是如此，末将倒有一计，必能逼迫太后不得不从。”

何进仿若捞到了救命稻草一般，忙问道：“本初有何法子能说动我那妹子？”

袁绍说道：“太后妇人，感念十常侍小恩而不顾天下大事，又受十常侍蛊惑，敢冒天下之大不韪。既然说不动她，不若征召天下猛将、豪杰，领兵入京，耀武黄河，兵谏朝廷，诈言不杀宦官，必举兵攻城，擒杀十常侍以谢天下！先前凉州叛乱，韩遂便以清君侧为名扰乱关中，太后总该记得此事。韩遂被皇甫嵩打回了凉州，太后并未见识过乱兵之势，我等便让太后亲眼瞧瞧，一旦激怒天下，兵马暴乱，究竟是何等危难。如此一来，惶恐之中总该推出十常侍，以那几条狗命平息兵马汹汹怒意。”

何进听得连连点头：“好！好！我妹子素来胆小，被吓上一吓，就不会有那么多话来悖我心意了。”

曹操原以为袁绍会有什么良策，一听竟是这样个馊主意。满朝文武堂堂男儿，好意思向太后一个妇人耀武扬威？把天下大事当成小孩子过家家一般，当真可悲！何况京师重地，一旦外兵入京，势必人人惊恐，稍有不慎天下大乱。朝廷本就已经危如累卵，实在经不起闹腾了。忙劝道：“本初之言太过戏谑，大将军不可当真。十常侍跳梁小丑，何必如此兴师动众？大将军录尚书事总揽朝政，将宦官罢去官职遣出宫来，仅一差役便能收押奸宦，为天下除害。”

何进听得皱起眉头：“只怕太后必不会准我废黜十常侍，反倒再次与太后生隙，惹得大家都不痛快。”

袁绍却赞同道：“孟德之言有理。我等行兵谏之举，若是太后心慈手软不愿伤了十常侍性命，大可劝谏太后罢去几人官职放出宫来，权当给各路兵马一个交代。太后既能保全自己，又报了十常侍恩惠，必然允诺。”说到这里，向前跪拜：“末将向大将军讨个司隶校尉，并赐节仗。袁某非为自己求官，愿为天下锄奸。”

何进笑呵呵说道：“本初之言有理，我这便表奏朝廷，准你所请。再以王允为河南尹，助你一臂之力。”

曹操心中一惊。若真能吓得太后罢黜十常侍弃于宫外，别说司隶校尉掌管京师司法治安，有权过问三公九卿不法之事，就是一个小小的洛阳令，都足以将罢官在野的十常侍收押入狱。持节之权太大，若仅仅是为收拾没了权势的十常侍，未免大材小用。袁绍得了司隶校尉还不够，进而索要节仗究竟意欲何为？

何进哪懂袁绍这点心思，问道：“本初欲以何人领兵入京，可有人选？本公这便传军令征召。”

“并州牧董卓现驻河东，刺史丁原屯兵河内，临近洛阳，皆可招来一用。”

尚书卢植吓了一跳，忙阻道：“万万不可。董卓乃是虎狼之人，凶悍难制。张温西征叛羌时，便难以驾驭，就连皇甫嵩都收拾不住。董卓自行其是调兵屯驻河东，拥兵自重其心叵测。朝廷先前拜其为并州牧，就是想削减其兵马交由皇甫嵩。谁知董卓领了并州牧，丝毫不提交接兵权之事。此等悍将一旦入京，必然后患无穷。岂可招其领兵入京？且董卓、丁原兵将，多是久战沙场刀口舔血，军中又有羌胡匈奴部众效力，这些人马来到洛阳，一旦闹将起来，何人能弹压得住？”

主簿陈琳也跟着劝道：“寒士尚不能以欺得志，何况国家大事怎能以诈取胜？今大将军总揽皇威，手握兵权，欲除十常侍，如烈火燎毛，何须借助外兵？如卢尚书所言，大兵汇集，强者为雄，所谓倒持太阿授人以柄，功必不成，只为乱阶。”

袁绍却说：“那便明令二将，只可各自领兵三千，胆敢违抗军令者严惩。我等只求外兵遥作声势，也用不着太多人马。二将六千之众，有洛阳北军和西园兵马，足以牵制于他，闹不出什么乱子来。”

何进被众人闹腾了许久，早就有些疲于应付，好不容易有袁绍出了个主意，听起来还颇有成算，哪还听得进别人劝诫？固执己见，使人写了表奏袁绍、王允奏疏，又分发将令调集董卓、丁原南下，便支支吾吾送了众人出府，且先躲上一时清闲。

河东、河内紧邻三辅，与京畿重地也就隔着一条黄河。得了何进将令，董卓、丁原名正言顺渡过黄河，董卓屯于上林苑，丁原驻守孟津渡。乱哄哄的兵马一路纵马驰骋，羌胡匈奴混杂其中，惊得百姓还当外敌入侵。丁原部众又纵火焚烧孟津，火光照耀半边夜空，吓得京畿豪族百姓，争先恐后逃进洛阳避祸，搅得京城人心惶惶。

太后哪曾见过这般阵仗？慌慌张张传旨于何进，欲罢免十常侍，以安乱兵军心。速招何进入宫商议退兵之策。

何进见袁绍所谋得成，喜出望外，匆匆便要赶入宫内。集结所属兵马，由部将袁术、吴匡统辖警备，又传了袁绍、曹操紧盯皇宫，只等十常侍一出宫门便要动手锁拿。待到宫前，有守宫兵将拦住何进，言太后惊惧，不得再有兵马进入宫内惊了圣驾。何进稍有迟疑，也便勒住兵马，只带了几个贴身侍卫觐见太后，免得迟缓下去太后悔了心意。

何进跟着引路的内官直往里走，眼见快到太后寝殿，忽然一绕走进别路。何进心中见疑：“你这奴才，何故走了这边？”又见路口人影闪动，愈发惊惧，转身便想奔出宫去。却有一队人马已经截断归路。为首一人讪讪笑道：“大将军安好，奴才久候多时了。”

何进借着火光一瞧，正是大长秋张让无疑。何进心中明了，忙敷衍道：“本公奉旨入宫觐见太后。”边说边寻逃命路径。

就听张让笑道：“天下纷乱，岂能独怪我等这些苦命人？大将军只说宦官秽浊，可遍看公卿又有几人忠清？若没有历代功将外戚独揽大权，这大汉朝怎能沦落到今日这个地步？若说有罪于天下者，正是大将军这些外戚权臣！先帝对大将军不义，蹇硕设计谋害，若非奴才之力，只怕大将军早已死于宫中，哪有今日对着我们这些苦命人耀武扬威？大将军不念旧恩也便罢了，却听信那些个自诩正人君子要取我阖家性命，岂非欺人太甚？”

何进哪里还听得进张让之言，眼见无路可逃，拔剑出鞘便想杀出一条血路。可还未近到身前，早有一通弓箭射杀护卫。何进身中数箭，张让冷冷走上前来，一剑斩下首级，说道：“大将军如此薄情，就休怪老奴心狠手辣。”转身告于赵忠：“你我速速回殿，看住太后、少帝，连那陈留王一并带来，免得落入士人之手。速速拟旨，以樊陵为司隶校尉，持节遣散各部兵马，再招车骑将军何苗带兵进城，敢有不尊旨意者，皆以反叛之罪诛杀。当年曹节、王甫能除了窦武，我等今日也能除了何进！”

袁绍众人左等右等，迟迟不见何进出宫，连连威吓，命开宫门。却见樊陵手持节仗慌慌张张赶了过来：“众将何故在此喧闹？领兵围宫乃是灭族之祸，还不速速各自退去？”

樊陵虽是士人，也曾贵为三公，却和十常侍走得亲近。见他来此，袁绍疑道：“我等奉大将军之命缉拿乱贼，樊公休来碍事！”

樊陵却道：“何进谋反，天子拜我为司隶校尉，持节驱散各部兵将，敢有抗命者以谋逆论罪。”

此言一出，众人皆惊。

除了袁绍寥寥数人知道此行所为何事，大多兵将只是奉命而来。听樊陵这般一说，还真是吓得退却起来。这时，见何苗领兵亦至，杀气腾腾边走边嚷：“都聒噪些什么？我家兄妹自己闹些别扭，你们这些个外人掺和什么？再不散去，老子要他好看！”

话还未说完，忽有一物丢出宫来，何苗吓了一跳，待与众人一瞧，赫然竟是何进首级，便听宫阙高呼：“何进谋反，已奉旨诛杀，诸将速速散了吧。”

本来被樊陵、何苗镇住的兵将，此刻忽然变得有些喧闹起来。莫看何进没有多大本事，却对部下极为厚遇，眼见何进遇害，不少兵将哪管得了谁家谋反，纷纷痛哭起来。何苗大半夜被太后旨意吵醒，听闻何进闹事，只当这个没有血缘的哥哥又要与太后为难，领了兵马就来声援。谁曾想何进居然死了！事情闹到这个地步，何苗也有些后怕。虽说何苗与十常侍亲近，与何进闹得并不愉快，可也不至于要杀何进。正心中慌乱不知究竟发生了什么事，就听何进亲信部将吴匡高呼一声："何苗不顾手足之情，为求私欲暗害大将军，有血性的男儿随我为大将军复仇！"

就见吴匡一骑冲了出来，一枪便将目瞪口呆的何苗刺死马前。何苗兵马大惊失色。吴匡部众一见将军动了手，纷纷操起刀兵杀了过来。袁绍见状，反手一剑亦将樊陵刺死，呼道："十常侍谋反，暗害大将军，我乃天子亲封司隶校尉。樊陵矫传圣旨，已被我诛杀。敢为樊陵、何苗生事者，以谋逆罪论处！"

转眼之间，反叛者掉了个个儿，何苗部众皆是一头雾水。可何苗一死没了主将，早已乱成一片。有的降有的逃，搅得宫前愈发杂乱。

就听袁术喊道："还等什么？快快杀进宫去，铲除宦官，解救天子！"

眼见袁术先动了手，猛攻宫门，众人渐渐从惶恐之中缓过劲来。事情闹到现在这个地步，唯有诛杀十常侍，控制天子，方才能洗脱反叛之名，否则事败必然难逃一死。此刻哪还管得了谁是谁非，全都朝着宫门冲杀过来。

宫阙守卫吓得不轻，一旦让宫外兵马杀进来，待事态平息必然难辞其咎。何况守卫多是十常侍亲信，此刻在宦官威逼之下，也只得死守宫门。

两军相斗一时僵持不下。袁术使人一把火烧了南宫，守卫惊慌不已，终是落在下风，被袁绍众将杀进宫来。此刻都不必袁绍传话，杀红了眼的将士们四处追杀宦官，但凡没有胡须之人无论是不是阉人，尽皆斩杀。

卢植闻讯赶来，哪顾得了乱哄哄的兵将和四处逃命的宦官，急匆匆便往内宫赶去。皇宫已成一片血海，万万要护住天子和太后，否则为乱兵所伤，只怕这大汉天下真要乱了套。

远远瞧见一群宦官，扯着天子、太后，还有那年幼的陈留王，沿着宫阙，急匆匆往北宫逃命。卢植疯狂追上，怎奈有阙台阻隔，拦截不住。张让见卢植追得急迫，惶恐之中一把将太后推下阙台。卢植慌忙上前，便见太后跌了一跤，好在内宫阙台倒也不高，并未伤到筋骨，可早已吓得花容失色。

卢植留人看护太后，自己一路急奔绕过墙来，又遇王允也赶了过来，两人领着护卫，一前一后沿路追击。出了北宫，眼瞅着都快到了小平津，总算追到张让一行。还未近前，便见张让哭号数声，跌跌撞撞跳入黄河。卢植、王允大惊，赶上前去，连杀数人，却不见天子和陈留王踪影，连声威吓惊慌失措的小黄门，皆不知慌乱逃亡中，天子于何时走散。

卢植、王允仿若五雷轰顶，着急忙慌四处找寻，又使人奔回皇宫，传告于袁绍。众人早已杀得脱力，若非曹操提醒，都还未发现天子没了。得了卢植讯息，纷纷赶出城来，往北搜寻。忽有兵丁自北而来，慌慌张张说道："大队人马自上林苑奔来，似是董卓部众瞧见洛阳生变，领兵驰来。"

袁绍众将皆乱了方寸，骑都尉鲍信说道："董卓来者不善，今大将军又死，不若先发制人，击散其众。"

下军校尉鲍鸿因公死于宦官之手，曹操与鲍鸿弟弟鲍信关系越来越近，自然想和鲍信合兵御敌。可众将猛攻皇宫，又四处追杀宦官，忙了大半宿，早已人困马乏。董卓兵马本就骁勇，此刻与之交恶，无异于自取其祸。袁绍众将一筹莫展，眼见天色渐亮，连天子都还没有寻到。正思量着遣使出去，且先传旨阻挡董卓一时，莫让西凉兵马继续南下，就见一队人马已经浩浩荡荡开赴过来。

曹操心知不妙，单瞧那五花八门的兵器铠甲，再看凶神恶煞的外族面孔，便知是西凉兵马无疑。为首一员膀大腰圆的将军，一副吃人凶相，骑着一匹浑身血染一般的马驹越走越近。怀中搂着一个孩童，细细一瞧乃是陈留王刘协。旁边车驾坐着一人，正是少帝刘辩。卢植、王允面如死灰跟在后面，显然是被董卓抢先得了天子。

众将惊慌失措，一一上前参见。此刻哪还有人敢让董卓退兵？都是灰头土脸跟在西凉兵马身边。到了洛阳城外，亦无一人阻拦外兵，任由董卓大军扬扬得意开进城中。

数日过后，袁绍、曹操暗地里收拢各自兵马，好歹握住兵权，欲联合京师各部驻军，胁迫董卓退兵。让人没有想到的是，竟就在这短短几日当中，西园八校尉已有一半将佐因和宦官亲近，眼见十常侍倒台纷纷投奔于董卓。并州刺史丁原得知洛阳事变，忙引其兵马南下，却被董卓收买主簿吕布，刺死于军帐之中，其部众亦随吕布归于董卓。袁绍、曹操又得消息，这几日来，每天都有数千西凉兵马开进洛阳城中，也不知董卓究竟使了怎样手段，竟瞒天过海把他数万兵马带过黄河。董卓已握三辅最强兵马，就凭袁绍、曹操所剩不多的数千残兵，如何与董卓抗衡？

京师士人朝臣，眼见武夫当道，大祸将至，多有逃出京师之人。刘表去往荆州，袁术逃亡南阳，鲍信走了兖州，荀攸北渡冀州。袁绍也觉察出董卓野心，弃官逃亡渤海。董卓眼见这些人不能为己所用，便要通告天下锁拿下狱，却在吏部尚书周玭（pín）的劝说下，封赏众人收买人心，免引得群起攻之。遂以刘表为荆州刺史，袁绍为渤海太守，袁术为南阳太守，鲍信为济北相。

太尉张温，原以为与董卓有旧，更有恩于董卓，至少能保富贵，却被董卓以通贼之名，擒杀于宫中。董卓连堂堂太尉说杀就杀，一时洛阳再无人敢与其作对。卢植数次抗拒董卓，本也要丢了性命，只因卢植精通儒道享誉士林，得众人救护终是罢官了事。皇甫嵩也未脱难，被董卓召回洛阳，幸有其子皇甫坚寿四处托人情，甚至不惜栖身侍奉董卓，这才保全皇甫嵩性命，罢去左将军，贬为御史中丞。朱儁深为董卓忌惮，却又没什么罪过，董卓有心拜为太仆陪衬自己，却被朱儁辞谢，也便闲置一旁不再任用。待排除异己，董卓遂自封太尉，总揽朝政。废黜少帝刘辩为弘农王，改立陈留王刘协为帝，是为孝献皇帝。未过多久，何太后与刘辩皆被董卓鸩杀。

自此天下大乱。益州为宗室刘焉占据，官拜益州牧，其部将张鲁私自霸占汉中截断道路。幽州为宗室刘虞占据，官拜大司马、幽州牧，其部将公孙瓒因平定乌桓之功，渐渐掌控辽东辽西。吴郡孙坚领兵投奔南阳太守袁术，被袁术表为豫州刺史。陶谦东征黄巾平定徐州，拜为徐州刺史。韩遂、马腾没了皇甫嵩征讨，时分时合霸占凉州。乌桓、鲜卑抄掠边郡，黑山、白波各部流民兵马作乱中原。朝廷再也无力统御天下，汉室江山自光武皇帝刘秀复兴之后，又一次岌岌可危起来。

曹操独骑奔出洛阳，回望日暮中的洛阳城，后怕不已。只因董卓欲借曹操之力管束洛阳兵将，故而拜为骁骑校尉。曹操屈身于贼寻机刺杀，险些被吕布撞破，好在曹操机敏，这才逃出城来。想想天下之大，竟无栖身之地，曹操不由一阵悲凉。忽而想起许劭曾言："君乃清平之奸贼，乱世之英雄。"如今乱世已现，若真有天命，那我曹操自能闯出一片天地。

曹操精神一振，策马扬鞭，向着故乡谯县狂奔而去。